RICHARD FORD

Valentinstag

Roman

Aus dem Englischen
von Frank Heibert

Hanser Berlin

Die amerikanische Originalausgabe erschien 2023
unter dem Titel *Be Mine* bei HarperCollins in New York.

1. Auflage 2023

ISBN 978-3-446-27732-8

Umschlag: Peter-Andreas Hassiepen, München
Motiv: © Johnny Johnson/Getty Images
Satz: Greiner & Reichel, Köln
Druck und Bindung: CPI books GmbH, Leck
Printed in Germany

Kristina

Glück

In letzter Zeit denke ich öfter als früher über das Glück nach. Das ist, egal in welcher Lebensphase, nie eine müßige Überlegung; aber für mich, Jahrgang 1945, ist es ein Bonusthema im oberen Preissegment – während ich mich allmählich der in der Bibel festgesetzten Zuteilung nähere.

Als früherer Presbyterianer (nicht praktizierend, nicht gläubig, wie die meisten Presbyterianer) bin ich mit einer Version von Glücksvorstellung komfortabel durchs Leben gekommen, die wohl auch der alte Knox* hätte gelten lassen, auf dem schmalen Grat zwischen den verschwisterten Leitsätzen: »Was uns nicht umbringt, macht uns stärker« und »Alles, was nicht niederknüppelndes Unglück ist, zählt als Glück«. Wobei der zweite eher an Augustinus gemahnt; aber all diese komplexen Systematiken bringen einen zu demselben Rätsel: »Und was jetzt?«

Dieser Mittelweg hat in den meisten Situationen, die mir das Leben so hingeschmissen hat, ziemlich gut funktioniert. Ein allmähliches, manchmal unmerkliches Voranschreiten in der Zeit, ohne dass irgendwas Großartiges passierte, nichts Unüberlebbares dabei und das meiste ganz in Ordnung. Der schmerzliche Tod meines ersten Sohnes (ich habe noch einen). Scheidung (zwei Mal!). Ich hatte Krebs, meine Eltern sind gestorben. Auch meine erste Frau ist gestorben. Mir wurde mit einem AR-15 in die Brust geschossen, und dabei bin ich fast selbst gestorben, aber dann, unwahrscheinlicherweise, doch nicht. Ich habe Hurrikane überlebt und eine, manche würden sagen: Depression (falls es überhaupt eine war, dann eine leichte). Aber nichts hat mich ganz

* Siehe Anmerkungen ab S. 377

nach unten trudeln lassen, so dass ich auf die Idee gekommen wäre, mir selbst den Stecker zu ziehen. Viel ziemlich gute zeitgenössische Literatur, die ich abends im Bett lese, handelt – wenn ich das richtig durchschaue – von diesen Themen, das Glück entzieht sich immer, bleibt aber das Ziel.

Und doch. Ich weiß nicht, ob Glücklichsein der wichtigste Zustand ist, den wir alle anstreben sollten. (Es gibt Statistiken dazu, Doktorarbeiten, Forschungsbereiche mit Stipendien, einen Glücks-Thinktank an der UCLA.) Anscheinend nimmt bei den meisten Erwachsenen das Glücksgefühl im Lauf ihres dritten und vierten Lebensjahrzehnts ab und erreicht Anfang des fünften einen Tiefpunkt, und dann nimmt es in den Siebzigern manchmal wieder zu – sicher ist das aber nicht. Zu wissen, wovor man im Leben Angst hat, ist vielleicht viel nützlicher. Als der Dichter Larkin von einem Interviewer gefragt wurde: »Meinen Sie, Sie hätten im Leben glücklicher sein können?«, antwortete er: »Nein, es sei denn, ich wäre ein anderer gewesen.« Und so würde ich über den Daumen gepeilt schon sagen, ich bin glücklich gewesen. Zumindest glücklich genug, dass ich Frank Bascombe bin und kein anderer. Bis vor kurzem hat das zum Weitermachen vollauf genügt.

In letzter Zeit allerdings, seit mein überlebender Sohn Paul Bascombe, 47 Jahre alt, krank ist, mit deutlichen Symptomen von ALS (dem Lou-Gehrig-Syndrom – obwohl es mittlerweile Spekulationen gibt, dass das Eiserne Pferd gar nicht ALS hatte), musste ich dem Thema Glück mehr Aufmerksamkeit widmen.

* * *

Seit achtzehn Monaten habe ich einen Teilzeitjob bei den *Hausflüsterern* in Haddam, New Jersey, wo ich ein einsames Seniorenleben lebe, inkl. Schlüsselkarte und Bibliotheksausweis. *Die Hausflüsterer* ist eine Boutique-Immobilienfirma, eingebettet in ein größeres, vertikal integriertes Immobilienunternehmen, das komplett meinem früheren Angestellten Mike Mahoney gehört. Mike, mein Mitarbeiter ab den Neunzigern, in denen ich – wir – an der Küste New Jerseys rasend erfolgreich Häuser verkaufte(n), ist nachweislich Tibeter – vor langer Zeit änderte er seinen Namen Lobsang Dhargey in »etwas Irischeres« – und schwerreich geworden, nachdem ihm ein neuer Markt aus finanzstarken tibetischen Investoren aufgefallen war, die scharf darauf waren, vom letzten Hurrikan ramponierte Strandimmobilien in New Jersey zu kaufen. (Beim Reichwerden geht es fast immer darum, schneller als die Konkurrenten einen Markt zu erkennen. Aber wer hätte gedacht, dass Tibeter über so viel flüssiges Kapital verfügen, und wo hatten die das her?)

Mike hat zügig den Verkauf von Strandliegenschaften-mit-Schäden hinter sich gelassen und seine neue Vermögenslage dazu genutzt, den Ankauf Hunderter früher ganz normaler Familienhäuser zu organisieren – in Topeka, Ashtabula, Cedar Rapids und Caruthersville, Georgia –, die aufgrund von Steuern, verzögerter Instandhaltung, Krankheit der Besitzer, Sorgen um das Festgehalt, um ausstehende Unterhaltszahlungen usw. für die Besitzer zu einem Problem geworden waren. Diese Häuser renovierte er billig (das tut er immer noch), wobei er outgesourcte Bautrupps einsetzt, Instandhaltungsfirmen, die ihm gehören, damit beauftragt, sich um die Häuser zu kümmern, dann wandelt er sie in Wertpapiere um, die er scheibchenweise als Anteile an der Börse von Tokio jedem verkauft, der bereit ist, ein Risiko einzugehen (oft andere Tibeter). Wonach er sie dann vermietet – manchmal an ihre früheren Besitzer. Der ganze Schwindel ist lückenlos legal, nach dem »verlorenen Immobilien-Jahrzehnt« schürft der Bankensektor nach reicheren Flözen. Seine Mantel-Firma heißt HLP, *Himalaya Lösungen und Partner*. (Die Partner gibt es nicht.)

Die Hausflüsterer, wo ich offiziell arbeite, ist Mikes Baby, ein Westentaschen-»Nischen«-Projekt, um hochklassige Immobilienkunden zu finden, die aus ihren ureigensten Gründen beim Hauskauf absolute Hochsicherheitslevel-Anonymität wünschen. In allen Stadien des Hauserwerbs, sogar über den eigentlichen Kauf hinaus, gibt es Unmengen betuchter Leute, die einfach nicht wollen, dass die Welt auch nur das Schwarze unterm Fingernagel über sie erfährt: Leute, die ein Haus kaufen, aber es nie bewohnen, besichtigen, ja betreten wollen; Leute, die ein Haus für Opa Beppo haben wollen, bis er »dahinscheidet« und das Testament durch ist. Oder Leute, die tatsächlich ein Haus kaufen, um darin zu *wohnen*, aber sie sind berühmte Rockstars, in Ungnade gefallene Politiker oder russische Dissidenten, die keine Öffentlichkeit wollen. Für eine saftige Provision bedienen *Die Hausflüsterer* diesen Markt. (Und ich meine keine Menschen im Zeugenschutzprogramm oder verurteilte Schniedelwedler, die inmitten der allgemeinen Bevölkerung keine Zuflucht finden könnten. So was wird von Regierungsbehörden gehandhabt, das ist nicht unsere Kundschaft.)

Vor Jahren ließ ich meine eigene Maklerlizenz auslaufen. Aber ich war bereit, bei Mike an Bord zu gehen, um mich in den Nachwehen meiner Scheidung wieder wachzurütteln, als meine zweite Frau, Sally Caldwell, beschloss, ihr Leben als Beraterin in den Dienst der Trauernden in fernen Landen zu stellen (wo anscheinend sehr viel getrauert wird). Sie hat ihr Gelübde als Laiennonne abgelegt, so dass eine glückliche Neuaufstellung unseres Ehelebens kaum am Horizont steht.

Unser kleines *Hausflüsterer*-Büro liegt im ersten Stock über dem Hulett's-Schuhladen, gegenüber vom August Inn, am Haddam Square; mein Job dort ist nur ein Halbtagsjob, keine Gig-Economy, aber auch nicht das glatte Gegenteil. Eigentlich gehe ich nur ans Telefon und gebe private Kontaktinfos an meine Vorgesetzten in der Agentur weiter. Allerdings bescheren mir meine Minimalpflichten den Bonus, allen Anrufern, die unseren Internet-Auftritt missverstanden haben – da steht, wir sind »Vertrauliche Berater mit einzigartigen Hauskauf-Strategien für ungewöhnliche Kunden« –, detaillierte Grundlagen- und Echtzeitinfos in Immobiliendingen zu bieten. Mitbürger, die (irrtümlich) glauben, unsere Website-Beschreibung meint *sie*, rufen regelmäßig an und wollen sich über das banalste Immobilien-Einmaleins informieren, und mit dem größten Vergnügen löse ich ihnen auf Grundlage meiner jahrelangen Erfahrung jedes Dilemma auf: »Wie *(zum Beispiel)* funktioniert eigentlich eine umgekehrte Hypothek, und sollte ich mich, mit 92 und diversen Vorerkrankungen, in so was reinstürzen?« Nein. »Was sind die Nachteile, wenn ich in der Wohnung meiner Schwiegermutter aus China importierten Trockenbeton einsetze?« Da lauern Prozesse. »Wo liegt der Break-even-Punkt bei dem renovierungsbedürftigen Haus, das ich auf dem Mietmarkt anbieten will, aber die Decken müssen noch gemacht werden?« Wann war es kein Vermietermarkt? Verdienen Sie Geld, indem Sie Geld ausgeben.

Die meisten dieser Informationen findet man natürlich auch in der *New York Times*. Nur wollen sich die Leute diese Mühe nicht machen – und deswegen haben wir anderen einen Job. Und: Selbst im schicken Haddam lesen die meisten Leute keine Zeitungen mehr.

Mike Mahoney, mein Möchtegernboss, ist wie immer ein halbwegs liebenswerter, quasi-ehrlicher Unternehmerdynamo, der es zu seinen angeborenen Vorzügen zählt, dass all seine geldgierigen Beutezüge auch das Leiden anderer lindern, indem er sie von ihren Lasten befreit – ihren Häusern. Steht alles in Übereinstimmung mit dharmischen Sprüchen aus irgendeinem Bardo. Mir für meinen Teil ist Mike sympathisch, weil er seinen kleinen tibetischen Arsch riskiert und auf lange Sicht viel gewonnen hat. Und doch: Aus meinem dubiosen Block der Wilson Lane in Haddam hat sich das Flair des wahren Wohnens heute praktisch verflüchtigt, wie es für viele Innenstadtstraßen im ganzen Land gilt – und das lässt die Tür einen Spalt offen für stets abwesende Besitzer, private Beteiligungen als Schnäppchen, AirBnBs und Business-Apartments, genau dort, wo früher normale Bürger, also Apotheker, Lehrer, Bibliothekare und Professoren, Steuern bezahlten und zu Recht ihren Lokalstolz hatten. Inzwischen ist es selten geworden, deinen Nachbarn überhaupt zu kennen. Solltest du in einer solchen Nicht-ganz-Bleibe sterben, würden keine Kränze an der Tür hängen, kein Pastor käme vorbei, kein Nachbar mit einer warmen Mahlzeit. Zu meiner Zeit habe ich diese Häuser wie Pfannkuchen verkauft. Aber immer an richtige Menschen, die darin leben wollten, Kinder aufziehen, Geburtstage und Feiertage begehen oder sich scheiden lassen. Und sterben – meistens glücklich.

* * *

Letzten Oktober saß ich an meinem *Hausflüsterer*-Schreibtisch und schaute aus dem Fenster auf die Grünanlage, wo zwei Mädchen in Sportshorts Fähnchen fürs Oktoberfest aufhängten. Und plötzlich geschah etwas ziemlich Ungewöhnliches. Ohne anzuklopfen, trat über die Schwelle meines winzigen Büros meine Mutter, die meines Wissens seit sechsundfünfzig Jahren tot war. Natürlich nicht meine Mutter. Aber ihre Zwillingsschwester, wenn all die Jahre keine Spuren hinterlassen hätten und wenn meine Mutter eine Zwillingsschwester gehabt hätte – was nicht der Fall war.

Ich hinter meinem Schreibtisch muss gestarrt haben, als wäre ich betrunken. Womöglich stand mir sogar der Mund offen. Erschrocken schob ich mich auf meinem Stuhl nach hinten, denn vielleicht hatte ich ja gerade einen Schlaganfall.

»Sie wirken nicht besonders glücklich, mich zu sehen«, sagte meine Mutter – also die Frau, die wie sie aussah, als ich sie zum letzten Mal lebendig erblickte. 1965. Diese Person betrachtete mich mit spöttischem Ernst, dann lächelte sie rätselhaft. Sie war sechzig (ungefähr so alt wie meine Mutter, als sie starb) und hatte sowohl das komplexe, fröhliche Gesicht und den dichten silbrigen Pagenschopf meiner Mutter als auch ihre kleinen, kessen Züge, die ihr eine lebhafte Ausstrahlung gaben, bereit zu jeder Narretei, die man ihr antrug.

»Es tut mir leid«, sagte ich und brachte ein erleichtertes Lächeln zustande. »Hier kommen nicht viele Leute ohne Termin herein. Sie erinnern mich an eine Person, die ich sehr liebte und die vor langer Zeit gestorben ist.« Das kam so unmittelbar herausgeplatzt wie in einem Traum.

»Oha, *die* alte Geschichte«, sagte die Frau skeptisch. »Tja, ich bin weder Ihre Ex-Frau Dolores noch Ihre zweite Frau, falls ich nach denen aussehe. Mein Mann hätte seinen Spaß an Ihnen. Ich suche nach der Zahnarztpraxis. Dr. Calderon. Vielleicht habe ich den falschen Eingang erwischt. Beim Schuhladen hängen die Schilder alle durcheinander.« Sie zeigte ein schimmerndes Regiment von Beißerchen. »Das hier sind nagelneue Implantate«, sagte sie. »Ich kehre jetzt zu einem richtigen Zahnarzt zurück.«

»Okay.« Calderon war seit fünfunddreißig Jahren mein Zahnarzt, hätte schon vor zehn Jahren in Rente gehen sollen, hat aber nichts Besseres zu tun. Ich war schon eine Weile nicht mehr bei ihm gewesen und brauchte eine neue Krone. »Er ist in Nummer 12. Da müssen Sie nochmal nach unten und dann nach links. Das ist der nächste Eingang, neben dem Schuhladen.« Ich bot ihr noch einmal mein wiederhergestelltes Lächeln an, aber mein Herz klopfte.

»Und was läuft *hier*?«, fragte die Frau und sah sich um. »Was ist ein Hausflüsterer? Sind Sie Privatdetektiv?«

»Nein. Immobilien.«

»Ach so.« Sie glättete ihren Mund. »Hübscher Name. Also, wem sehe ich denn so ähnlich?«

»Meiner Mutter.« Ich wollte es eigentlich nicht zugeben. Wer weiß warum.

»Ohhhh. Wirklich? Das ist aber süß. Macht es Sie glücklich, sie wiederzusehen? Also, mich? Manchmal sehe ich Verstorbene im Traum. Das finde ich immer aufregend. Jedenfalls eine Zeitlang.«

»Hm. Ja«, sagte ich. »Das macht es.« Stimmte auch.

»Sehen Sie, Sie können den Tod nur durch Träumen besiegen. Meine Mom lebt noch, und sie ist der Horror. Immer noch in Manalapan. Kauft selber ein. Fährt ihren kleinen Kia. Ich besuche sie nie, aber meine Schwester kümmert sich.«

»Das ist gut.«

»Na ja«, sagte meine Mutter. »Wir können uns unsere Eltern ja nicht aussuchen, oder? Und die uns auch nicht. Also. Das passt am Ende schon.«

»Nein, tun wir nicht. Ich meine, ja, wahrscheinlich.«

»Sonst würden wir uns wohl kaum unsere aussuchen, oder?« Meine Mutter stand in meinem kleinen Büro und sagte diese Worte zu mir. Es hätte durchaus passieren können, dass ich als Nächstes ohnmächtig wurde oder anfing zu bellen.

»Ich weiß nicht.«

»Doch, doch. Aber ich verstehe«, sagte die Frau. »Ich … verstehe. Sie haben viel zu tun. Also, ich wünsche einen gesegneten Tag. Ja? Ich geh dann mal zum Zahnarzt. Wie heißen Sie?«

»Frank«, sagte ich. Erst hatte ich bloß zu »Bascombe« angesetzt.

»Okay, Frank. *Try to remember the kind of September.*« Mit diesen Worten – immerhin war mein Name dabei – ging meine Mutter hinaus, schloss die Tür hinter sich und war weg. Wie ein Geist.

* * *

Mehr brauchte es nicht, um mir »Glück« ins Gehirn zu setzen, wo es schon länger nicht gewesen war. Alte Menschen – ich bin vierundsiebzig – können es eigentlich ganz bleiben lassen, sich Gedanken übers Glücklichsein zu machen (so wie der Frosch im Topf nicht darüber nachdenkt, dass das Wasser immer heißer wird, bis das Froschsuppenstadium erreicht ist). Hätte mich jemand gefragt, ob ich glücklich bin, hätte ich gesagt: »Klar. So glücklich man nur sein kann. Eine sichere Bank.« Hätte mich aber derselbe Mensch gefragt, was mich so glücklich macht oder wie sich ›glücklich‹ anfühlt, wäre mir eine Antwort schwerer gefallen. Glück gehörte nicht zu meinem Alltagswortschatz, anders als hundert glücksneutrale Signifikanten (zum Beispiel: ich höre immer noch gut; meine Reifen sind ordentlich ausgewuchtet; bislang hat mich heute noch keiner beklaut).

Aber auf einmal sagte meine »Mutter« zu mir, ich wirkte »nicht glücklich« (sie zu sehen), und fragte mich: »Macht es Sie glücklich, Ihre Mutter zu sehen?« Das tat es, es war mir nur nicht anzumerken. Oft, wenn ich auf dem Kraftfahrzeugamt ein neues Foto machen lassen muss, sagt die Frau hinter der Kamera: »Und jetzt schön lächeln, Mr. Bascombe, damit die Cops Sie nicht verhaften.« Dann kann ich immer nur sagen: »Ich dachte, ich würde lächeln.«

Als meine echte Mutter starb, in einer frühen Version eines Hospizes in Skokie, damals war ich Erstsemesterstudent in Michigan und fuhr mit dem New York Central, um sie an den Wochenenden zu besuchen – sie so zu sehen, eingefallen und entstellt, tat unerträglich weh –, da schrak sie eines Tages jäh aus ihrem Morphiumtraum hoch, als ich ängstlich und ehrfürchtig an ihrem Bett stand. Ich war mir nicht sicher, ob sie mich erkannte, und taumelte vor Angst buchstäblich zurück. Ihre dunklen Augen waren weit aufgerissen und starrten nach oben, als sähe sie ein Gespenst, ihre Nasenflügel blähten sich, als atmete sie Schwefelschwaden ein, und ihre Lippen waren in einer wilden, bewussten Anstrengung zusammengepresst. Und urplötzlich rief sie aus – an meine Adresse: »Ich habe dir nur eines zu sagen, Freundchen!« »Was denn?«, fragte ich zitternd, zutiefst verängstigt und verzweifelt. Vielleicht schrie ich das sogar vor lauter Schreck. »Bist du *glücklich*?«, fragte sie anklagend. »Dein Vater war ein sehr glücklicher Mensch. Er war ein fantastischer Golfer. Bist du das auch?« Sie meinte nicht, ob ich ein Golfer sei (das bin ich kein bisschen), sondern, ob ich glücklich sei. In diesem Moment ohnegleichen schien ihr das am allerwichtigsten auf der Welt zu sein – wichtig genug, um sie aus der Besinnungslosigkeit hochzureißen und mir die Frage ganz direkt zu stellen. (Am nächsten Tag nach dem Mittagessen starb sie.) »Das *musst* du sein«, sagte sie furchteinflößend. »Davon hängt alles ab. Du *musst* glücklich sein.« »Das bin ich doch«, sagte ich zitternd – obwohl ich auch hätte sagen können: »Okay, dann bin ich das«, im Sinne von »Wenn du das von mir verlangst, dann bin ich es«. Ich log. Ich war alles andere als glücklich. Meine Mutter starb vor meinen Augen – ein folgenschweres, schlimmes Ereignis. Ich war kein guter Student. Ich hatte keine Freundin und machte mir auch keine Hoffnung auf eine. Ich überlegte, zu den Marines zu gehen, in Asien zu kämpfen, um meinem Leben zu entkommen. Welchen Grund, glücklich zu sein, hatte ich denn? Ich hätte anders reagieren können, mit streitlustigen, jungmanntypischen Fragen wie »Was meinst du mit glücklich?«, »Warum fragst du mich ausgerechnet das?« oder einfach mit »Ich bin mir nicht sicher«. Aber sie lag auf dem Totenbett, also sagte ich Ja.

»Gut. Da bin ich aber froh«, sagte sie. »Das habe ich gehofft. Ich hab mir solche Sorgen deswegen gemacht. Jetzt lass mich mal ein bisschen schlafen. Ich habe einen weiten Weg vor mir.«

Was gar nicht stimmte. Fast leblos fiel sie auf ihr Kissen zurück. Ich weiß nicht mehr genau, ob sie noch einmal mit mir sprach, obwohl man ja die letzten Worte, die jemand zu einem sagt, angeblich nicht vergisst. Ich wohl schon. Es ist lange her.

* * *

Ein anderes bedeutungsvolles Ereignis, wodurch das Glücklichsein aus dem Kühllager befreit und in meinem vorderen Hirnbereich installiert wurde, geschah letzten Sommer. Im Juni beschloss ich, zu einer Versammlung des 63er-Jahrgangs der Militärakademie von Gulf Pines (Die Einsamen Pinien) zu fahren, die an der stickigen Golfküste von Mississippi stattfinden sollte. Wir hatten uns sonst immer auf den alten Paradeplätzen getroffen, aber in den letzten fünfzehn Jahren – in denen die Akademie erst an einen religiösen Kult verkauft, dann weiterverkauft, dann abgerissen wurde, um Platz für die Parkfläche eines Kasinos zu machen – wurden die Treffen auf dem eichenbeschatteten Gelände von Jefferson Davis' Familiensitz anberaumt. Hurrikan Katrina hat das Haus des früheren Präsidenten zwar in einen Haufen Streichhölzer verwandelt, aber immerhin wurden die meisten großen Eichen, die sich zäh an ihrem Spanischen Moos festklammerten, verschont. Über die Jahre habe ich ein paar Mal an diesen Versammlungen teilgenommen und war danach immer verblüfft und halbwegs beschwingt. Verblüfft, weil die meisten meiner Jahrgangskameraden knallharte Vollpfosten waren, und sie Jahre später in ihrem aktuellen Zustand wiederzusehen, verstummt, unaufdringlich, schwerfällig, etwas feindselig, oft angeschlagen, diente nur als Beleg dafür, dass es reine Glückssache ist, ob man über seine Anfänge hinauskommt oder nicht. Viele von uns waren nach Vietnam gegangen und benebelt, geistig vertrocknet, vorzeitig verbraucht zurückgekehrt (sofern sie nicht ganz oder teilweise in Stücke gerissen worden waren). Das Schicksal hatte die meisten quer über den Kontinent verstreut, zu John-Deere-Vertretern, Sportlehrern, Krankenpflegern, bildenden Künstlern (abstrakte Metallskulpturen in Hayden Lake) oder, wie mich, zu Immobilienexperten in New Jersey gemacht. Ein paar hatten es geschafft, sich mit angeborener Cleverness und befeuert vor allem von Scheitern und Wut eine goldene Nase zu verdienen. Aber mit denen redete ich nie, weil die einzige Lebensgeschichte, die sie kannten, immer ihre eigene war.

Ich fand es aber, um mal die positive Seite hervorzukehren, belebend, ein paar dieser Wandergefährten – von denen ich mich an keinen so richtig erinnerte – die Hand zu schütteln und sich gegenseitig auf den aktuellen Stand zu bringen, und sei es nur wegen einer Buchkritik, die ich in der *New York Times* gelesen hatte. Es ging um den Roman einer berühmten Autorin mit drei Namen, der die Lebensgeschichte einer Figur mit komplettem Verlust des Langzeitgedächtnisses erzählte (das könnte man auch als Segen empfinden, aber nicht in diesem Buch). Der Artikel hatte ein klangvolles Glöckchen in meinem Hirn angeschlagen. Die Kritikerin schien den Roman zu mögen, allerdings irgendwie grollend, und das tat sie wie folgt dar: »Als welche Art Mensch können wir uns bezeichnen, wenn uns die Fähigkeit fehlt, ein zusammenhängendes persönliches Narrativ zu stricken?« Das sollte ein Lob sein.

Heutzutage ist natürlich alles ein Narrativ. Und mir war mein eigenes eher scheißegal. Es ist weithin anerkannt, dass die Menschen länger leben und glücklicher sind, je mehr Zeug sie vergessen oder ignorieren können. Außerdem hätten die meisten anderen vermutlich eine deutlich andere Sicht auf mein persönliches Narrativ als ich – angefangen bei meinen beiden Ex-Frauen und den beiden überlebenden Kindern, die sich eher für Opfer »meines Narrativs« halten. Anders als die Figur im Roman war ich froh und glücklich, einen Großteil meines Narrativs fahrenzulassen, es hatte mich oft genug nachts wach gehalten und unglücklich gemacht.

Doch die Einladung zu dem Treffen kam zufällig genau in dem Moment, als ich die *Book Review* in die Hand nahm. (Die Gründe, zu solchen Treffen zu gehen, zeigen uns nie von unserer besten Seite.) Und aus einer perversen Laune heraus befand ich: Wenn ich im dampfenden Spätaugust da runterflöge, mich in der sengenden Hitze irgendwo auf dem schattigen Rasen von Jeff Davis postierte, unter die Leute mischte, den Ellbogengruß machte, auf Schultern klopfte, aus der Hüfte geschossen redete, nickte und schallend lachte, vielleicht sogar ein Tränchen mit den ganzen früheren Vollpfosten vergösse, dann würde ich am Ende vielleicht ein durchdachteres, klareres Gefühl davon bekommen, »was für eine Art Mensch ich war«, während sich mein Narrativ der letzten Zeile näherte. (Ich gebe auch gern zu, dass das vielleicht eine heimliche Entschuldigung dafür war, um während der Hundstage aus Haddam rauszukommen, wenn das Maklergeschäft sowieso in den Sommerschlaf geht.)

Immer weniger alte Jahrgangskameraden kommen zu diesen öden Anlässen. Diesmal, zum sechsundfünfzigsten Mal, waren noch weniger aus unserer Originalbesetzung dort – nur die paar verstreuten, die in der Nähe wohnten oder in New Orleans oder Pensacola: Leute, die an einem Sommersamstag nichts Besseres zu tun hatten und keine Lust auf Baseball im Fernsehen daheim. Lange Klapptische aus Metall waren aufgebaut, bedeckt mit blau-weißem Metzgerpapier (die

Farben der Militärakademie). Dazu Klappstühle in Hülle und Fülle, denn viele von uns können nicht mehr lange stehen. Jemand hatte für einen leichten Imbiss Geld hingeblättert – eiskalte Shrimps, warmen Coleslaw, Kartoffelsalat und Wassermelone. Plus eine lange geriffelte Blechwanne mit Bierdosen auf Eis. Aus unserem Jahrgang von siebzig Leuten waren vielleicht dreißig da. Nichts Exorbitantes war geplant – einfach zwei Stunden die Fressalien konsumieren, ein, zwei Bier dazu, vielleicht mit jemandem plaudern (aber nicht unbedingt), über den Highway zum Golfküsten-Kasino schlendern, eine Stunde an den Spielautomaten, dann verschwinden.

Wir verhielten uns alle genauso, wie ich es erwartet hatte: unruhig die anderen belauern, zögernd Blickkontakt aufnehmen, dann schnell wieder weggucken; Bauch voran die Hand ausstrecken, dann zögern, nicken, halb lächeln, aufgesetzt lachen, krampfhaft überlegen, wer der andere war und wie er die Zeit seit unserem fünfzigstem Jubiläum überlebt hatte (das mir Spaß gemacht hatte, weil meine Frau Sally mitgekommen war und später verkündet hatte, das Ganze und meine Jahrgangskameraden seien »zum Brüllen«). Worte – sehr wenige – wurden gefunden und gesagt. Abgänge nahm man nickend zur Kenntnis. Nettigkeiten oder Nähe ergaben sich seltener – wie man »aussah«, was ein anderer durchgemacht und einigermaßen überstanden hatte; wo die Kinder eines Dritten jetzt zu Hause waren, wann die Ehefrau gestorben war (meine erste erst vor zwei Jahren). An Politik traute sich keiner ran, es war keine Rede davon, welche Kriege gerade geführt wurden, niemand ging das Risiko ein, etwas Sexuelles oder auch nur halbwegs Witziges zu äußern. Die Chancen verschiedener Universitäten, Ole Miss oder Louisiana State, und des Footballs in Alabama wurden flüchtig und leidenschaftslos angetippt. Das Essen war zuerst weg. Dann das Bier. Und dann wir alle – ohne dass ich irgendetwas über mein Narrativ gelernt hätte oder was für eine Art Mensch ich war, bis auf die Tatsache, dass ich mich ihnen kaum zugehörig fühlte, was ich sowieso vermutet hatte.

Alle waren weg, und dann gab es doch noch eine Begegnung – ein seltsames, unerwartetes und vielsagendes Beinahe-Gespräch mit Pug Minokur: ursprünglich aus Ferriday, Louisiana, der Heimatstadt des alten Countrymusikers und Cousinenschnackslers Jerry Lee Lewis, die auch an einem besseren Tag harter Tobak ist. Pug – leicht zu erkennen, weil er sich kein Jota verändert hatte – stand einsam und allein neben einer großen Eiche, Bier in der Hand, gekleidet in ein Paar trottelbeige Bermudashorts, ein weißes Hemd mit offenem Kragen, dazu lange peinliche schwarze Nylonsocken und weiße Lackslipper. Auf mich wirkte er gestrandet, als bräuchte er dringend jemanden, der seine Isolation durchbrach, ihn ansprach und den Augenblick rettete, denn mittlerweile neigte sich das Fest seinem Ende zu. Pugs Miene war ausdruckslos. Aber als er mich sah, leuchteten seine Augen auf, und er lächelte, als sei er freudig bereit für irgendeine harmlose Verbrüderung, bevor er sich heimwärts trollte. Und ich verfügte über den Ball, den wir, wie kurz auch immer, ins Rollen bringen konnten. In dem mehrere Leben zurückliegenden Halbdunkel von 1961 war Pug unangefochtener Star der Basketballmannschaft der Gulf Pines Fighting Seamen gewesen. Als gerissener, hartgesottener Aufbauspieler von knapp eins achtzig, der Körbe in Serie warf, hätte Pug nach Baton Rouge gehen und an der Louisiana State University bei den Tigers als Frischling einsteigen können, bloß hatte er leider die Neigung, in Vorstadthäuser einzubrechen und Dinge zu stehlen, die er nicht brauchte und sofort in den Mississippi warf – bis er erwischt wurde. Er hatte Pech, und das brachte ihn statt auf den glamourösen Erfolgskurs zu den Tigers in die Militärakademie der Einsamen Pinien. Eine Menge der Kadetten dort waren angehende Verbrecher, denen ein Jugendrichter eine letzte Chance gegeben hatte, weil er sie weder teuer einbuchten noch in den Tod in einem Kriegsgebiet schicken wollte. Und ich, ein wenig sportbegabter Außenseiter aus einem nahe gelegenen Städtchen und Interner an der Akademie, malte mir aus, wie die (wundersame) Aufnahme in die Basketballmannschaft hinfort für mein Vorankommen hier sorgen würde. Ich war gut eins achtzig groß. Das stellte meine einzige Basketball-Befähigung dar. Ich war ein trauriger, ungeschickter Lahmfüßler, neigte zu Fouls, konnte nicht höher als meine High-Tops springen und brachte nicht den simpelsten Korbleger oder Sprungwurf aus der Nähe zustande. Doch genau wie die anderen Tölpel war ich in der »Statistenmannschaft« nützlich. Bei den eigentlichen Spielen durften wir nie mitmachen, aber Shug Borthwick, der alte Seamen's-Trainer, stellte uns in ungefähren Basketball-Posituren auf den Übungsplatz, dort, wo bei den echten Ausscheidungskämpfen die gegnerischen Spieler stehen würden, und dann wurden wir herumgeschubst, Bälle flogen über unsere Köpfe, wir wurden geblockt und gelegentlich umgerannt, falls das gerade irgendwem aus der Mannschaft Spaß machte. Pug war unser Kapitän – eine ungestüme, bedrohliche Gestalt im Blau der Militärakademie mit einer frechen Nummer 1 auf dem Trikot. Er hatte noch nie das Wort an mich gerichtet, offenbar gab es keinen Grund dafür. Einmal war er an mir in meiner hilflos erstarrten Block-Haltung nahe der Grundlinie vorbeigezischt und hatte es dabei fertiggebracht, mir wüst gegen das Brustbein zu rammen – so hart, dass ich eine Verletzung am Herzen fürchtete. Zutiefst demütigend war das. Ich tat natürlich, was ich konnte, um mir nichts anmerken zu lassen, das wollte ich keinem gönnen, ich schluckte es runter, nahm Pugs Volltreffer hin und sagte nichts. Insgeheim wollte ich davonkriechen und sterben, nie mehr einen Basketball oder auch nur ein Trikot sehen müssen.

Doch am nächsten Tag, während meine Statistentruppe »trainierte«, also abprallende Bälle einfangen und unermüdlich die Mannschaftshelden mit ihnen füttern musste, so dass sie ihre beidhändigen Würfe und Haken-Würfe perfektionieren konnten, was ihnen natürlich gar keine Zeit ließ, die Bälle selber einzusammeln, da kam Pug zu mir und sagte: »Charlie« (er dachte, ich heiße Charlie), »ich finde, du solltest durchhalten. Du bist groß genug und absolut zäh genug dafür. Wenn du über den Sommer hart an deinen Grundtechniken arbeitest, kannst du dir nächstes Jahr einen Platz in der großen Mannschaft verdienen. Ich leg beim Trainer ein Wort für dich ein, wenn du willst.«

»Das fände ich toll, Pug«, sagte ich feige. »Du bist ein super Spieler.«

»Ich weiß«, sagte er. »Aber das steckt in uns allen, Charlie. In dir bestimmt auch.« Und das war's schon.

Aber nichts – das kann ich bis heute ohne jeden Zweifel sagen – hatte mir je so viel bedeutet wie diese wenigen, unaufgeforderten, höchstwahrscheinlich unaufrichtigen, halbwegs lobenden Worte. Pug ging weg – ich sah ihm nach – und direkt zu Trainer Borthwick, mit dem er ein paar Worte wechselte. Beide drehten sich zu mir um und beobachteten, wie ich versuchte, abprallende Bälle einzufangen und möglichst nicht auf den Kopf zu kriegen. Ich glaubte, dass Pug getan hatte, was er mir versprochen hatte. Im nächsten Jahr könnte ich auf einer ganz neuen Ebene des Daseins leben, gedeihen, mich auszeichnen; denn selbstredend würde ich mir den Sommer über ein bis zwei Beine ausreißen, um an den Grundtechniken zu arbeiten (was immer die genau waren). Dieses neue Leben würde ruhmreich werden – anstelle der Demütigungen in der Statistenmannschaft (die Statisten hatten nicht mal Spielernummern auf dem Trikot) ein echter neuer Maßstab von erzielten Trefferpunkten und wirklichen eingefangenen Abprallern – nicht so wie jetzt, wie ein Scheißautomat am Fließband.

Dass es nie zu alldem kam, dass ich, bis die nächste Saison angefangen hatte, schon bei der Zeitung der Akademie, *Poop Deck*, als anfangender Sportreporter mitmachte und nie ein weiteres Wort an Pug Minokur richtete (ich schrieb allerdings über ihn, als wäre er mindestens Bob Cousy), dass ich nie mehr auf einen Basketballkorb warf, außer mit meinen beiden Söhnen auf verschiedene Korbbretter in anderen Städten und anderen Lebensphasen – all das war wurschtpiepenwumpe. Ich hatte gehört, was ich gehört hatte. Es war zum Schwur gekommen. Meine Zukunft war ausgelegt für Basketballruhm – falls ich das so wollte. Nur wollte ich es gar nicht. Aber Pug Minokur hatte sich für mich eingesetzt, als es drauf ankam. Er war ein Riese; so zäh und geschmeidig wie nur was, mit dem Herzen eines Kriegers, und doch konnte er sich hinunterbeugen zu einem anderen Jungen, der ein gutes, aufmunterndes Kumpelwort brauchte. Auch wenn das totaler Bullshit war.

Derlei Gefühle hielt ich vor Pug in jenen kaputten Tagen damals natürlich verborgen. Es war mir peinlich, dass ich im nächsten Jahr nicht meinen »Auftritt« hatte, sondern mich für das berührungsfreie Spiel beim *Poop Deck* entschieden hatte. Pug schien mich niemals zu bemerken oder wiederzuerkennen (den ollen Charlie). Wir hatten unseren einen strahlenden Augenblick gehabt, und das war's.

Bis zu dem Treffen.

Trotz all der Jahre war das eindeutig Pug, den ich da erspähte: dieselbe zerknitterte Stirn, derselbe altmodische Bürstenhaarschnitt, dasselbe unterdimensionierte Kinn, als hätte sein Schöpfer bei seinem Gesicht irgendwo ein bisschen sparen wollen. Ein Junge mit Pugs Gesichtszügen wäre früher von einem Highschoolmädchen als »süß« bezeichnet worden, das sich gesteigertes Ansehen davon versprach, eine Sportskanone ergattert zu haben. Und nun, als vierundsiebzigjähriger stellvertretender Carglass-Geschäftsleiter in Rente aus Bastrop, Louisiana, sah Pug nur noch aus wie ein trauriger kleiner Verandasprinter aus der Provinz, der früher mal viele Freunde hatte.

Aber ich würde mich von so einem wenig verheißungsvollen Gefühl nicht beirren lassen. Falls ich mit meiner Teilnahme an diesem halbherzigen Treffen hatte herausfinden wollen, welcher Aspekt meiner Person womöglich erinnernswert war, um ihn nie wieder zu vergessen (»Bascombe war nicht so übel, oder jedenfalls nicht *so* übel«), dann hatte ich jetzt die Chance, das Richtige zu tun. Gerechtigkeit, verzögert, aber nicht verweigert bis in alle Ewigkeit.

Ich lief quer über das glühend heiße St.-Augustine-Gras auf Pug zu, der an der überlebenden Eiche lehnte. Er schaute jetzt anders drein, starrte mit ungerührter Miene in irgendeine Ewigkeit hinein, seine runzligen, glänzenden Knie zwischen Bermudashortssaum und

Sockenbund leicht gebeugt, wie auf der Suche nach Gleichgewicht. Er fixierte mich, während ich näher kam, und schien mich doch nicht zu erfassen. Die Dose Schlitz-Bier hatte er noch nicht zum Mund geführt, sie hing an seinem Arm.

»Pug?«, sagte ich und streckte ihm eine Hand entgegen. »Franky Bascombe. Ich war dein größter Fan damals, Anno 61. Ich war dabei, als du 64 mit den Birmingham Lutherans die Jungs von Huntsville Normal beim Heimspiel auf den Topf gesetzt hast, dreißig hast du eingefahren.« Irgendwann hatte er – als Star – für irgendein Popelcollege gespielt, dritte Unterliga, bevor er zur Navy ging.

Pugs kleine dunkle Augen, wie Kugelgeschosse, reagierten jetzt und nahmen mich wahr, aber so, als spräche ich aus einiger Entfernung und möglicherweise nicht zu ihm. Meine Hand nahm er nicht, also zog ich sie zurück.

Pug hatte es nie mit Worten. Als er mir geraten hatte, durchzuhalten und mein Können aufzupolieren, weil in uns allen Größe stecke usw., waren das Worte, die ich jetzt als einen kleinen, aber damals wichtigen Wendepunkt für mich feiern wollte und bis zum heutigen Tage zu schätzen wusste. Es waren aber auch die einzigen Worte, die Pug jemals an mich richtete, selbst wenn ich ihm später, in gedruckter Version, Tausende gewidmet hatte.

»Ich hab dir was zu verdanken, Pug«, sagte ich. Pug hieß eigentlich Rodney Jr., und danach sah er jetzt auch aus, in seinen hochgezogenen Shorts, den schwarzen Socken und dem Haarschnitt aus dem Einkaufszentrum. Ich kannte mich immer noch mit weißen Südstaatlern aus; Pugs unkommunikatives, Rollladen-runter-Starren war sein »Pug-Look«. So *war* Pug; mit diesem Gesicht begrüßte er die Welt, seit der Applaus verebbt und für die restlichen langen Jahre nur der Austausch gesprungener Windschutzscheiben und Abendessen-zu-Hause übrig geblieben waren. Falls er jetzt gesprochen hätte, wäre vielleicht das letzte kleine bisschen vom alten Pug in Gefahr geraten. Was ich gern vermeiden wollte. »Wahrscheinlich überschreite ich hier meine

Grenzen, Pug«, sagte ich schnell, mit dem Grinsen eines Schuhverkäufers, bereit zum Rückzug. Es war brutal heiß. Ich schwitzte sturzbachartig mein kariertes Hemd durch, aber Pug schien die Hitze nichts auszumachen. Irgendwas kühlte ihn runter. Der Golf drüben, jenseits vom Highway 90, lag grau da, dick gebacken wie Schlamm. Weit draußen tauchten immer mal die Köpfe von Schwimmern auf. Eine Konföderiertenflagge hing schlaff an einem traurigen Mast, wo das frühere Anwesen des Verräterpräsidenten gestanden hatte.

»Du musst eines wissen«, sagte Pug ruhig, als hätten wir die ganze Zeit wie die Gänse geschnattert, über Temperaturschutztönungen von Autofenstern, damit man auf seiner Fahrt in den Urlaub nach Wicki-Wachee nicht geröstet wurde.

»Was denn, Pug?« Er sah mich direkt an mit seinem weichen, nachgiebigen Gesicht, erfüllt von einem Gefühl, für dessen versuchsweisen Ausdruck er von seinem üblichen unkommunikativen Ich abgerückt war. Und natürlich sah ich es dann. Erkannte es. Begriff es. Dumm, dumm, dumm (ich).

»Ich bin wirklich glücklich«, sagte Pug mit einem Lächeln, das seine aufgereihten viereckigen farblosen Zähnchen entblößte. Die dunklen Augen glänzten. Ich hatte nichts Bedeutsames gesagt und würde es jetzt auch nicht tun. »Mein Leben war wunderbar, einfach wunderbar, Franky« (nicht Charlie), sagte Pug. »Und das hier wäre alles gar nicht nötig gewesen. Ich habe …« Er hielt inne und musterte mich scharf, als hätte ich ihn unterbrochen. Er blinzelte, der kleine Mund verzog sich zu einer Art Lächeln. Er nickte. »Ich verstehe«, sagte Pug, genau wie die Frau, die meiner Mutter so ähnlich sah, es sechs Wochen später tun würde. »Ich verstehe.« Pug schaute erstaunt. »Diese kleine Mini-Uhr läuft nicht, wenn man sie nicht anschließt, nicht wahr?«, sagte er. »Von daher …« Mehr war Pug und mir nicht beschieden, nicht an jenem Tag oder sonst wann. Ich dankte ihm – für lebenslange Erinnerungen. Ich ergriff seine erstaunlich weiche, erstaunlich kleine und einst geschickte Hand – seine Werferhand – und schüttelte sie behutsam, um der guten alten Zeiten willen. In dem Moment kam ein Teenager – sein Enkel, ein kleiner Pugster – auf uns zu und sagte leise etwas, worauf Pug nicht antwortete. Er nickte mir zu. Dann gingen die beiden zusammen zu den Autos, die auf dem Sonnengrill geparkt standen.

Wozu nicht mehr viel zu sagen ist. Wie kommt es, dass eine lange schlafende Idee wieder zum Leben erwacht und als komplett erneuertes Ziel ihr strahlend helles Lebensbanner schwenkt? Glücklich sein – bevor der graue Vorhang fällt. Oder zumindest drüber nachdenken, warum du es nicht bist, wenn du es nicht bist. Und ob es überhaupt was bringt, sich darum zu scheren. Was ich behaupten würde. Es bringt was, sich darum zu scheren – mehr Sicherheiten habe ich allerdings auch nicht anzubieten. Aber wer zur Tür hinausgeht (das wusste meine Mutter, das »wusste« sogar Pug Minokur, falls er überhaupt etwas wusste) und sich nicht darum schert, ob er glücklich ist, der zollt dem Leben weniger als den vollen Tribut. Was doch schließlich unser Daseinsgrund ist. Dem Leben seinen vollen Tribut zu zollen, egal wer wir sind. Oder etwa nicht?

TEIL EINS

Eins

Rochester, Minnesota. In der trüben Jahreszeit des Lupercal. Heilige, blutige Märtyrer, Opfer. Im gefrorenen Herzen des Winters die Verheißung eines fruchtbaren Frühlings. Und in drei Tagen Valentinstag.

Ich fahre mit meinem Sohn Paul in die Comanche Mall für die Dienstagsmatinee des Northern Lights Octoplex-Kinos. Der Enteiser bläst, die Scheibenwischer schlappen. Es schneit, als wär's Alaska. Paul starrt hinaus und sagt wenig. Seine rechte Hand könnte, wenn ich es recht sehe, zittern, vielleicht auch die Knie in seiner Jogginghose. Wir haben keine Kinomatinee mehr besucht, seit er ein süßer, chaotischer Zwölfjähriger war. Wie gesagt, jetzt ist er siebenundvierzig und nicht gut beieinander.

Allerdings ist der heutige Kinoausflug für mich eine Wiederaufnahme meiner eigenen, lang vergangenen Samstage in dem runtergekühlten verräucherten Dunkel des alten Bay View Biloxi, wo ich mich vier Hauptfilme, vier Kurzfilme, sechs Zeichentrickfilme plus eine Talentshow lang mit Süßigkeiten vollstopfte. Um dann watteäugig in den mulmig heißen Spätnachmittag an der Küste zu taumeln, mit dem Gefühl, so gut könne das Leben nie wieder sein. Wahrscheinlich hatte ich recht.

Die Programmplaner der Naldo-Kinos (Zentrale in Mendota) – acht kleine Kinosäle, sie zeigen selten Filme, für die jemand bezahlen würde – bieten eine opulente Auswahl von »Spezialitäten der Amor-Woche« an, um Stubenhocker und alte Nostalgiker in die erschlagende Kälte und auf die andernfalls leerstehenden Sitze zu locken. Mein Sohn ist mehr oder weniger ein Stubenhocker. Und ich der alte Nostalgiker. Wobei ich nicht glaube, dass Nostalgie mein hauptsächlicher Blick auf die Welt ist.

Kino 8 ist für mich nur von geringem Interesse, gefällt aber meinem Sohn, der behauptet, er »liebt« Roger Cormans Breitwandsplatter von 67, *Das Valentins-Massaker*, »ein Brüller und ein Klassiker«, findet er. Er will auch zu *Picknick am Valentinstag* in Kino 6 dableiben – den Titel findet er »interessant«, obwohl wir beide nicht mehr darüber wissen, als dass es ein australischer Film ist und vielleicht einen Bezug zum Valentinstag hat. Da wir jeden Tag vor der Aufgabe stehen, die Zeit rumzubringen, ist er bereit, ihn mir aufzuzwingen. In der Hinsicht ist er nicht anders als mit zwölf.

Draußen an der Kreuzung South Broadway / State Highway 14 sind es unter dem Nichthimmel minus zwanzig Grad, ein großes Alberta-Tief schleudert Eisnadeln und Schnee wie Schrot, mein Honda Civic bebt unter den Sturmböen. In Minnesota steckt man das alles cool weg. »Trockene Kälte«, »da zieht man sich für an«, »Wir fahren von Geburt an auf Eis«, »kann immer noch schlimmer werden«. Als altgedienter New-Jerseyer, der nur hergekommen ist, um seinen Sohn bei seiner experimentellen ALS-Behandlung in der Mayo-Klinik zu begleiten, fühle ich mich eher in der verbesserungswürdigen Jahreszeitenfolge der mittleren Ostküste zu Hause – wo eine kaum von der anderen zu unterscheiden ist. In New Jersey redet keiner vom Wetter – wir lassen uns darin treiben wie die Goldfische. Das muss man Minnesota zugute halten, hier passiert alles Nötige, damit den Leuten der Arsch abfriert, da wird nichts dem Zufall überlassen.

Heute beginnt eine Woche mit hohem Stress und hoher Priorität für meinen Sohn – und für mich. Wir sind seit zwei Monaten in der Klinik in Rochester, seit er kurz vor Weihnachten in die Arzneimittelstudie aufgenommen wurde – eine regenerative »Versuchsphase I« in der Neurologie-Abteilung, die ich nicht so richtig verstehe, aber die seine Ärzte blumig »Medizinpioniere an den Grenzen der Wissenschaft« nennen. Sein Medikament hat einen bombastischen Namen, der so klingt wie »Cyclotron«. Sobald er es im Körper hat, können die Ärzte essenzielle Dinge isolieren und untersuchen (Proteine) und essenzielle andere eliminieren, die ausschlaggebend dafür sind, warum die Krankheit bei ihm voranschreitet, anders als bei anderen Patienten. Man weiß nicht viel darüber, was einen bestimmten Menschen anfällig für ALS macht, nur, was passiert, wenn man es bekommt; wenn die Studie also nichts herausfindet, wäre das auch schon was. Die »Behandlung« wird ihn selbst garantiert nicht retten, nicht mal seinen Zustand verbessern, denn er bekam die Diagnose zu spät (ein guter Grund, es einfach bleiben zu lassen). Die Aufnahmeevaluation hat ihn jedenfalls als »höchst geeignet« für die Studie ausgewiesen, und wir waren noch nicht ganz aus der Praxis raus, als er schon sagte, er wäre *dabei*. »Das ist mein Vermächtnis«, sagte er amüsiert im Auto, obwohl er, genau wie ich, »Vermächtnisse« für ausgemachten Schwachsinn hält. Seine ALS-Variante hat mit dem Gehirn zu tun, nicht mit dem Rückenmark, deshalb erledigt sie ihr schmutziges Geschäft schneller. Der Grad der Neurodegeneration war bei ihm zum Zeitpunkt der Diagnose schon weit fortgeschritten, aber er könnte noch jahrelang leben. Die meisten Patienten haben schon länger Symptome, als ihnen bewusst ist. Paul dachte (und hoffte), bis er durchgecheckt wurde, er hätte Borreliose.

In der Klinik, umgeben von seinem »Team« – ärztliche Behandlung, Pflege, Therapie, Massage, Beratung, Vermittlung, Betreuung, für alles ist im Rahmen der Studie gesorgt –, hat Paul seine lebenslange Außenwirkung als verquer-abgründiger Introvertierter aufgegeben. In den Büchern, die ich gelesen habe, hat diese Verwandlung in einen Extrovertierten ihren eigenen klinischen Begriff – »idiopathische Selbstobjektifizierung«. Eine schlimme und tödliche Krankheit hat ihm, heißt es da, ein besonderes Ich angeboten und ihn »befreit« – wovon oder wozu, da bin ich mir nicht sicher: vielleicht so, dass er nicht darüber grübelt, wie der Rest seines Lebens aussehen wird. Mir kommt er zum Glück so vor, als würde er seine »Lage« eher beherrschen, als von ihr beherrscht zu werden, er ist zu ihrem leibhaftigen Repräsentanten und Ausrufer geworden. Er ist mit seinem Team aus Kümmerern so locker wie ein Spielshow-Host und lässt sie freigiebig an seinen einzigartigen Ansichten über alles teilhaben. (Wir müssen ja jetzt alle ein Team haben.) Sie nennen ihn »Hübscher« oder »Professor Bascombe« oder »Lover Boy«, während Paul ALS nur noch wie »Al's« ausspricht (wie in »Al's Bar«), den Tod umschreibt er mit »das Finale mit links schaffen«, »die Farm kaufen«, »Immobilienerwerb« oder einfach seine »magische Zahl« (z. B. »meine magische Zahl ist bestenfalls sechs Monate«). Bedauerlicherweise beschäftigt er sich seit einiger Zeit auch viel mit Leben und Musik eines Cockney-Crooners im Bonsaiformat, Anthony Newley, der seit über zwanzig Jahren tot ist. Wenn wir allein sind, kann er nervtötende Karaoke-Sessions abziehen (und tut es auch), von *There's No Such Thing As Love*, *The Candy Man* und *Who Can I Turn To*: »*... with you on a nyew dah-ay*«, was ich ertrage, aber oft unterbinden muss. Es stabilisiert ihn, sagt er, eine Figur nachzuahmen, die nicht gerade stirbt (bzw. erst später). Die Ärzte betonen, das sei gut für ihn. Musikunterstützte Entspannung. Mich macht es halt manchmal wahnsinnig.

Er sieht sich tatsächlich nicht als Patient, als Leidenden oder als lebende Statistik, sondern als Amateur-»Wissenschaftler«, der einen schadhaften Körper objektifiziert, und zufällig ist das sein eigener – alles zugunsten namenloser anderer. Wie ein Auto, das defekt ist, aber noch gefahren werden kann. Mehr als einmal hat er mir gegenüber angemerkt, er sei »überrascht«, dass es so lange dauere, bis er tot sei. Was statistisch gar nicht stimmt.

Bislang habe ich bei ihm noch keine Angst vor dem nahenden Tod bemerkt. Er wirkt eher fasziniert als betroffen. (Ich beneide ihn sogar um die Unvergleichbarkeit seiner Erfahrung, ohne dass ich ihn um die Erfahrung selbst beneide.) Gelegentlich äußert er ungute Gefühle in Bezug auf das Leiden – das fürchte ich am meisten für ihn. Obwohl ich manchmal denke, bei dem Umstand, dass mein Sohn eine ausgefallene tödliche Krankheit hat, geht es gar nicht so sehr um den Tod (er ist halt ein ungewöhnlicher Mann), sondern darum, die Gelegenheit zu nutzen und einen schwierigen Trick besonders gut vorzuführen, einen Zaubertrick, den man nur einmal vorführen kann. Jemand, der ihn nicht kennt, könnte vielleicht sagen, er sei dabei, mit dem Leben klarzukommen, indem er einen guten Tod vorbereite, oder wie die tibetischen Buddhisten sagen: Da vereinigen sich der weiße und der rote Tropfen im Herzen wieder. Aber ich kann mit Gewissheit sagen, dass es ihm gänzlich um ein gutes Leben geht und nicht die Spur um einen guten Tod (was immer das sein könnte). In meinen einsamstummen Augenblicken kann ich mich dem Gedanken, die tödliche Krankheit meines Sohnes sei womöglich einer der Höhepunkte seines Lebens, nicht so ohne weiteres hingeben und frage mich zuweilen: Ergeben seine siebenundvierzig Jahre unter der Sonne genug Leben? Ich kenne die Standardantwort. Mein Herz antwortet trotzdem (seltsam, für einen Mann, der nie hofft): Ich hoffe es. Es ist nur schade, dass sein gutes Leben jetzt nicht mehr besonders lang sein wird.

* * *

Diese Valentinswoche ist so stark emotional aufgeladen, weil ich morgen um zehn Paul für den letzten seiner geplanten Aufenthalte in die Klinik fahre – das »Kennenlern- und Wertschätzungstreffen der medizinischen Pioniere an den Grenzen der Wissenschaft«, wo die Pioniere der Studie, an der er teilnimmt (ursprünglich acht, aber einer ist verloren gegangen), neurologisch begrüßt, bedankt, befeiert, belobigt, beschenkt und dann zu einem »Langzeit-Update« zu den Ärzten geschickt werden. Es ist eine stachlige »Promotion«, schließlich stirbt er. (Das soll keiner sagen, obwohl er selbst es natürlich tut, und ich genauso, damit das Leben eine Chance hat, in Echtzeit und Augenhöhe auf einem Spielfeld gegen seinen Feind anzutreten.) Er ist beharrlich in seiner Begeisterung für die Pioniere. Als Vater mache ich mir Sorgen, dass in ihm eine unausrottbare Hoffnung glimmt, *irgendwas* in seiner Zweimonatsstudie würde von Zauberhand ausgegraben, so dass *irgendwas, irgendwas, irgendwas* an *irgendwas, irgendwas* anderem gemacht und das schlimmste *Irgendwas* vermieden werden kann – wird's aber nicht. Ich fürchte, dass das vorhersagbare Scheitern – unser aller Schicksal – einen großen psychisch-spirituellen Pauken-und-Trompeten-Zusammenbruch in ihm auslöst, an dem er zugrunde geht. Und ich auch. Ärzte sind daran gewöhnt, Unglücksbotschaften zu verkünden, und praktizieren »Ablieferstrategien«, die in Hopkins und Yale unterrichtet werden, was ihnen ermöglicht, den Blick abzuwenden, wenn die Welt für den Patienten die Grätsche macht. Aber ich als sein Pflegender muss ihn davor schützen. Obwohl ich zufällig der Ansicht bin, dass oft vieles für robuste Verdrängung spricht – und der Tod steht da weit oben auf der Liste.

Und so habe ich mir als Verarbeitungsstrategie für Paul und mich ausgedacht, dass wir morgen, wenn er »rauskommt«, eine nahezu epische Fahrt gen Westen unternehmen werden. Eine Lewis-und-Clark-Expedition der Letzten Stunde, munter hinaus durchs wintrige Minnesota und weiter in die South-Dakota-Prärie, bis hin zum Mount Rushmore (den ich 1954 mit meinen Eltern besichtigte), ein fernliegendes Ziel, fernliegenderweise im tiefsten Winter angepeilt, aber möglicherweise findet Paul es ja »urkomisch« und es kann seine Verzagtheit, seine Verzweiflung, dass nichts mehr zu machen ist, verdrängen. Mehr kann ich nicht tun – die Kunst des geretteten Augenblicks ist die einzige, in der ich halbwegs gut bin, auch wenn ich nicht weiß, was wir danach machen sollen. Hierher zurückkommen? Nach New Jersey fahren? Auf die Seychellen fliegen? Er ist bislang skeptisch, was so einen Ausflug betrifft und was mich betrifft und überhaupt alles, denn das sind vermutlich die letzten Dinge, die er sich wird aussuchen können. Aber auch wenn ich das Schlimmste nicht abwenden kann, würde ich meinen Sohn, wo es irgend geht, vor jedem Leid bewahren.

* * *

Der Verkehr, kurz bevor wir in die Comanche Mall abbiegen, ist Stoß-'n'-Stop, Stoß-'n'-Go. Wir stecken auf Rochesters überfüllter »Wundermeile« fest, aber keiner hupt. In Minnesota misstraut man der Hupe an sich, die für New Jerseyer ein wahres Musikinstrument ist. Gelb blinkende Streufahrzeuge verstopfen weiter vorne alles, zudem haben die Cops einen Typen rechts rangewinkt, denen ist scheißegal, dass sie die Kreuzung blockieren, die blau blinkenden Streifenwagen sorgen dafür, dass wir in einem Klumpen vor Babies R Us hängenbleiben. Paul und ich sind hinter einem Pick-up, der anscheinend lauter kaputte Hockeyschläger transportiert. Allerdings hatte ich, weil wir neu in der Stadt sind, Pufferzeit eingeplant.

Paul hat den Vormittag nicht gut überstanden – er hat mit den Hemdknöpfen und dem Zähneputzen gekämpft und im Bad zu lange gebraucht (ich musste zweimal anklopfen, bis er durch die Tür knurrte: »Ich leg grad ein Ei, das ist nicht so einfach«) und ist wie ein Varietéclown auf dem Seil zum Auto geschwankt. Wir waren früh aufgestanden, damit er pünktlich zu seinem Entlassungsgespräch bei seiner Neurologin Dr. Oakes war, einer grinsenden, sommersprossigen, rothaarigen Beinahe-Schönheit aus Menominee (in Stanford ausgebildet). Pauls letzte Infusion war gestern, und jeden Dienstag wird er – wie heute – zur Sprechstunde gebeten, um »seine Erfahrungen durchzugehen«: wie sich sein Körper anfühlt, wie er das Riluzole verträgt, das er einnimmt, um das Fortschreiten seiner Krankheit zu verlangsamen (es sorgt für verschwommenes Sehen und erhöhte Herzfrequenz, und er muss öfter – besser geht es ihm aber nicht), und wie er das Leben im Allgemeinen sieht – besser als ich. An seinen Kliniktagen bemüht er sich darum, robustes Wohlbefinden auszustrahlen, und takelt sich gern auf, als hätte er ein Date mit Dr. Oakes. Heute Morgen war seine Stimme allerdings »dünner« und höher, eine Symptomatik, die Dr. O. sicher bemerkt, notiert und kommentiert haben wird, obwohl Paul mir gegenüber nichts davon erwähnt hat. In diesem Stadium seiner Krankheit – dem mittleren – lassen die Muskeln seines

Sprechapparats nach, weil in seinem Gehirn Nerven absterben. Irgendwann wird er schlicht aufhören zu sprechen. Und irgendwann werden sämtliche Muskeln aufhören, Aufträge vom Gehirn umzusetzen – obwohl dieses weiterhin tapfer welche schicken wird. Und danach wird er – für alle bis auf die Philosophen unter uns – aufhören zu »sein«. Bislang waren wir nicht sehr erfolgreich darin, dieses Thema anzusprechen, aber wir werden es bald versuchen müssen.

Nach zehn Minuten Stillstand sind wir endlich auf dem Parkplatz der Comanche Mall, der größer ist als die Oberfläche der meisten Kleinstädte, harter Schnee prasselt herunter. Schneepflüge rumpeln herum – Autos und Fußgänger schlittern den blinkenden, pingenden, scharrenden, schneespuckenden Panzern aus dem Weg, die Einkaufswagen, verlorene Einkäufe, Kleinwagen, Haustiere und Kinder zu dem Schnee-Matterhorn hinter dem Sears-Kaufhaus bulldozern, wo alles bis nächsten Sommer gefroren bleiben wird. Auf diesem Breitengrad herrschen die Schneepflüge, deren bärtig-bullige, Meth-entflammte Fahrer mit niemandem Gnade kennen.

Das Northern Lights Orthoplex, unser Ziel, befindet sich auf der Rückseite, hinter einer hoch aufragenden Jagen & Angeln-Pagode (Scheels) und einem verreckten Penny. Paul nutzt seine metallene Mehrfußgehhilfe – praktischer für den Schnee als sein Rollator, der ihn andererseits besser davor bewahrt, zu stürzen und sich das Gesicht aufzuschlagen, was heute Morgen beinahe passiert wäre. Aus irgendeinem Grund macht ihm die Kälte weniger aus als mir, aber er nähert sich der Grenze zwischen Gehenkönnen und Nichtmehrgehenkönnen. Für viele ALS-Kranke kann das den finsteren Übergang von ihrem bereits in Mitleidenschaft gezogenen Selbstwertgefühl zu etwas Schlimmerem darstellen. Ich bin mir nicht sicher, wie er das wegstecken wird, er ist so schwer einzuschätzen.

Im Auto hat er Anthony Newley auf seinem iPhone laufen, das er in einem albernen, paillettenbesetzten Gürtelholster aus Plastik »trägt« – Bluetooth eingeschaltet, Ohrstöpsel drin. Er starrt stumm auf die Mall-

Tundra hinaus wie aus einem Flugzeug. Irgendetwas an dem Gespräch mit Dr. Oakes heute Morgen beschäftigt ihn noch. Ärzte von sterbenden Patienten müssen kühn die Wahrheit sagen und einen heiligen Bund der Aufrichtigkeit mit den Menschen einhalten, denen sie aus dem Leben helfen. Bloß dass sie es nicht richtig machen können. Jedes unbehauste Wort, ein »und« statt eines »aber«, ein falsch platziertes »sehr« oder »möglicherweise« oder »in meinen Augen«, und der gut eingestellte Leukämie-Leidende oder Nierentransplantatträger rauscht davon in unerreichbare Ängste. Aller Fortschritt dahin. Ich will mal versuchen, ihn danach zu fragen, wenn es einen geeigneten Augenblick gibt, wobei er normalerweise nichts eingesteht.

Auf unserer Fahrt in die Mall gab es nur zwei Momente größerer Lebendigkeit, als wir an seinen beiden Lieblingsgeschäften vorbeikamen – Little Pharma Drug und die Reinigung namens Free Will. Beide entlockten ihm einen prüfenden Blick zu mir, als wir vorbeifuhren, als würden wir beide ein unaussprechliches Geheimnis genießen. Unser ganzes Leben lang war das Gespräch zwischen Vater und Sohn kodiert und lückenhaft – kontinuierliches, themenbezogenes Sprechen liegt uns einfach nicht. Manchmal schweigen wir lieber. So ungewöhnlich kann das nicht sein.

Die Reinigung Free Will hatte rote Herzchen quer übers Schaufenster drapiert, dazu handschriftlich die Worte »Porentief frei – vom Fleck weg«, das gefiel ihm.

»Weißt du zufällig«, fragte er, ohne seine Ohrstöpsel rauszunehmen, »was die verbreitetste Hosengröße bei Männern ist?«

»Nein«, sagte ich, mit Verkehr und Schnee beschäftigt.

»Vierunddreißig, regular.« Er atmete unauffällig ein und wieder aus. Ich konnte den Tony-Newley-Song hören, der in seinen Ohren summte. Sonst sagte er nichts.

Als Paul in Connecticut auf die St. Jehosaphat's ging (das war sein Name für die zweitklassige Prep School, auf die seine Mutter und ich ihn geschickt hatten), war er schon unterwegs in sein Leben eines

Unnormalen; sie und ich schickten ihn zu zahllosen Therapeuten, probierten verschiedene Einrichtungen aus, sogar holistische Sommerlager in Maine, um herauszufinden, ob er in irgendeinem Syndrom oder Spektrum oder einer »-ose« festhing, gegen die nur half, was immer man in den fernen Achtzigern so verabreichte. Er »passte sich nicht ein«. Er war fröhlich und höflich, aber (viele) Freunde hatte er nicht. Sein Berufswunsch lautete Bauchredner. Sport war ihm egal. Er war Linkshänder. Er stotterte. Er legte abwechselnd diffuse Symptome von Tourette, Zwangsneurose, vielleicht auch ADHS an den Tag, ohne dass irgendwas davon als klinisch »nicht in Ordnung« eingeschätzt wurde. Sein IQ lag bei beachtlichen 112 (höher als meiner und der seiner Mutter, deutlich unter dem seiner Schwester). Er tat sich selbst oder anderen nichts zuleide, onanierte nicht exzessiv, zeigte sich nicht von Feuer fasziniert, versagte nicht in der Schule. Sein Verhalten – oft grinste er wie die Cheshire-Katze über etwas, das sonst niemand lustig fand – war »gar nicht mal *so* schräg«, laut Dr. Wolfgang Stopler, angesichts einer Scheidung, eines gestorbenen Bruders und der hereinbrechenden Pubertät. Mit dieser Diagnose waren seine Mutter und ich nicht einverstanden, aber wir trösteten uns damit, dass wir alles versucht hatten und sonst nicht viel tun konnten – da wir ihn mochten und auch gar nicht mehr tun wollten. Er sollte sein Leben leben. Wir ahnten nicht, dass er eines Tages ALS bekommen würde.

Und noch etwas sagte Paul heute Morgen, während wir in den Mall-Verkehr kamen und der Schnee wie Hagel auf die Windschutzscheibe pfefferte: »Wie geht es dir damit, Vietnam verpasst zu haben?«

Ich musste mich umdrehen und ihn anschauen. »Was bitte?«

»Wie geht es dir damit, Vietnam verpasst zu haben?« Seine Nase lief. Er wischte sie mit dem Ärmel ab und fingerte an dem silbernen Knopf herum, den er seit Mayo im linken Ohrläppchen implantiert hat.

»Warum zum Kuckuck fragst du mich das?«

»Hab ich so gedacht.« Dazu ticktackte er seinen Kopf vor und zurück, zu Anthony Newley in beiden Ohren.

Paul trug seinen »Krankenanzug«. Graue Jogginghosen, geräumig am Hintern, um seine bereits eingeschränkte Mobilität nicht noch weiter einzuschränken. Nach seinem Entlassungsgespräch hatte er sich umgezogen (zu diesem Anlass hatte er ein Brooks' Oxford-Hemd mit Button-down-Kragen getragen, einen Pullover mit V-Ausschnitt, Chinos und Mokassins – um Dr. Oakes zu beeindrucken. Genau diese Uniform hatte ich ca. 1964 im Haus der Sigma-Chi-Studentenverbindung in Ann Arbor angehabt, und auch jetzt sah meine Zivilkluft des Pflegenden ungefähr so aus). Paul hat seit seiner Diagnose ein paar Pfund zugelegt und wirkt jetzt *rundlich*. Er hat immer eine Brille getragen und verliert seit zehn Jahren sein Haupthaar, manchmal ähnelt er dem alten Pornopapst Larry Flynt – kein guter Look. Er hat kurze, warzige Finger, und seit er als Kranker dokumentiert ist, hat er einen Teint wie das Innere eines Kühlschranks bekommen. Manchmal verströmt er auch einen scharf-metallischen Geruch, vermutlich von seinen Medikamenten. Die Zunge rollte er schon immer im Mund zusammen und drückt die grau-rosa Unterseite zwischen den Lippen hervor – was ich als Zeichen der Anstrengung erkenne. Neben mir im Auto, in seinem dreiviertellangen roten Super-Bowl-Stadionparka mit Kapuze (*Kansas* City Chiefs steht drauf), seiner Jogginghose, seinen speziellen Schweizer Schuhen, eigens für Al's-Patienten entworfen, und den Fäustlingen, die seine Mutter für ihn strickte, als er ein Teenager war, sah er wie ein Riesenbaby aus.

»Das geht gerade in deinem Gehirn vor sich? Du denkst an Vietnam?«

»Genau.«

»Ich bin *glücklich*, dass ich Vietnam verpasst habe.« Die Scheibenwischer matschten lautstark Schnee. »Sonst gäbe es dich nicht. Oder vielleicht wärst du ein kleiner vietnamesischer Junge.«

Ich wusste, dass er diese Idee großartig fand, und nicht darauf einging.

»War das eine Art Hürde?« Paul denkt (zuweilen obsessiv) an Hürden; ein Widerstreben in uns, das uns daran hindert, all die dynamischen Dinge zu tun, die wir tun wollen. Harmonika spielen. Jonglieren. Einen Rückwärtssalto vom Zehner springen. Nichts, was er je hätte tun können. Jegliche Leistung fordert von ihm die unvermeidlich schmerzliche Überschreitung von Schwellen. Tatsächlich ist er zum Beispiel ein mäßig-bis-schlechter Bauchredner, besitzt eine Profi-Puppe mit orangem Haar, einer grellen, karierten Reitjacke und dummen blauen Glotzaugen. »Otto« – den er nach Minnesota mitgebracht hat. Das Bauchreden zu *lernen*, was er auf der Highschool gemacht hat, erforderte die Überwindung starker innerer Hürden. Er brauchte Jahre dazu, obwohl er immer noch die Lippen bewegt, wenn Otto reden soll – was er auch weiß. Seine Schwester findet Otto gruselig und erträgt seinen Anblick nicht. Das löst bei Paul einen Freudentaumel aus.

»Es war überhaupt keine Hürde für mich«, sagte ich, Vietnam betreffend. Das blaue Blinklicht der Polizei flackerte durch den Schnee, der die Scheibe beflog. Irgendein armer Somali reichte seinen Führerschein durchs Fenster, als wir vorbeikrochen. »Ich hab es mir nicht *ausgesucht*, nicht nach Vietnam zu gehen«, sagte ich. »Ich wurde krank und wurde für untauglich erklärt. Die Marines wollten mich nicht. Damals hab ich das bedauert, aber nicht lange. Der Krieg war schrecklich. Du bist in dem Jahr auf die Welt gekommen, als er zu Ende ging.«

»Ich hab mich nur gefragt, ob das ein Syndrom hervorgebracht hat wie meins.«

»Wie deins? Welches hast du denn? Du hast doch kein Syndrom. Du hast was anderes.«

»Stimmt.« Die schwere rosa Zunge wurde wieder sichtbar.

»Meinst du so was wie das Überlebendensyndrom?«

»Keine Ahnung. Nein. Das ist Bullshit.« Vor einer Woche fragte er mich, was das moderne Äquivalent des *Unsichtbaren Mannes* sei – noch ein Lieblingsfilm von ihm. Claude Rains, Gloria Stuart et al. Ich wusste es nicht. »Ein Al's-Überlebender«, sagte er. »Jemand, den es nicht gibt.« Sein Mund kräuselte sich, dann sah er weg.

»Pass auf«, sagte ich verstimmt, als wir an dem Streifenwagen vorbeikamen, »dass ich verpasst habe, mich in Vietnam hochjagen zu lassen, hat gar nichts verhindert. Okay? Ich habe alles gemacht, was ich machen wollte. Inklusive jetzt hier zu sein. Klar?«

»Ja.« Es gefiel ihm nicht, dass ich mich über ihn ärgerte.

»Und falls ich länger leben sollte als du – was nicht gesagt ist –, dann werde ich auch deswegen kein Schuldgefühl haben.« Das gefiel ihm, schließlich ist es praktisch sicher, dass ich ihn überlebe.

»Also. Und du, ähm, freust dich jetzt, dass ich hier bin?« Er blies in seinem Chiefs-Parka die Backen auf, denn er wusste, meine Antwort bedurfte einer gewissen Kunstfertigkeit. Das war seine Art, sich »selbst zu verorten«, was er laut seinen Ärzten tun sollte.

»Ja, aber auch nein«, sagte ich. »Ich freue mich nicht, dass du jetzt genau hier bist. In Rochester. Ich wäre lieber mit dir an einem Strand auf den Malediven. Aber ansonsten, ja. Ich freue mich, dass du hier bist. Ich freue mich, dass ich hier bin. Ich freue mich, dass du am Leben bist. Das war eigentlich immer so.«

»Okay.« Er starrte vor sich hin, die Zunge war immer noch ein bisschen draußen. Ja-und-nein-Antworten mag er am liebsten.

»Und übrigens«, sagte ich, immer noch verstimmt, »ist das vollkommen idiotisch, ja? Ich liebe dich.« Es ist nie eine schlechte Idee, das mit einzubauen, falls er womöglich meinen sollte, sein Kranksein wäre eine Hürde für die Liebe. Ich war mir nicht sicher, ob er mich hörte, mit seinem Bluetooth drin.

»Das ist gut«, sagte er. »Aber den Geist darfst du nicht aus der Flasche lassen, Lawrence.« Er ist auf der Hut vor jeglichen Sentimentalitäten, vor Gönnerhaftigkeit, Melodrama oder Angelegenheiten des Herzens – das hasst er, da kann er grausam werden. Seit wir in der Mayo-Klinik waren, hat er angefangen, mich Lawrence zu nennen, kurz für Lawrence Nightingale.

»Ziemlich anspruchsvolle Nummer«, sagte ich, damit es ein Ende hatte.

»Jepp, du sagst es«, sagte er und sah hinaus auf den verschneiten, verstopften Verkehr.

* * *

Bis wir einen Behindertenparkplatz gefunden und uns durch den Pulverschnee zum Westeingang der Mall durchgekämpft haben – Paul kann seinen Stock nur mit Mühe einsetzen –, sind alle Chancen, einen Film zu sehen, vorbei. Vor dem inneren Eingang zum Northern Lights läuft ein Protest. Eine Reihe lärmiger Mahner – überwiegend Frauen in Daunenparkas, ein paar katholische Priester, ein pummeliger Mann in einem rosa Amor-Bodysuit mit kleinen Flügeln, ein paar Senioren in Freizeitkleidung und ein oder zwei Mädchen im Highschoolalter – hat sich untergehakt und bildet eine Menschenkette quer vor dem Kinoeingang und dem Kassenfenster, was jeglichen Zutritt verhindert. Inklusive unseren. Wir haben online virtuelle Karten gekauft, aber die Protestler sind eine Barrikade gegen alles, schwenken Plakate hoch und runter, winken und rufen. DER VALENTINSTAG IST FÜR MICH NUR GEWALT IN DER EHE, DER VALENTINSTAG ENTWÜRDIGT DIE FRAUEN UND DIE LIEBE, ICH HAB SCHON EIN GEBROCHENES HERZ, VALENTINSTAG-ÜBERLEBENDER, AMOR NERVT. Eine finster blickende weißhaarige Frau in einem hellorangen Schneeparka, die ein Megafon schwingt, stimmt einen Sprechgesang an. BÖSER FRAUENFEINDLICHER MIST, verkündet ein Schild, das sich vermutlich auf das *Valentins-Massaker* bezieht und gar nicht so unrecht hat, wobei ich mich nicht daran erinnern kann, dass da Frauen von Maschinengewehren niedergemäht wurden, nur irische Hooligans, die später sowieso niedergeschossen worden wären.

Paul und ich kommen bis zum Rand der zusammengedrängten Zuschauer, die amüsiert wirken, aber nicht betroffen. »Wahrscheinlich kann man auch gegen zwei fickende Ziegen protestieren, wenn man will«, bemerkt einer.

»Was für ein gequirlter Quark!«, knurrt Paul, seine Brille ist vom Wetter in der Mall beschlagen. In seinem Stadionparka und der roten Wollmütze, auf seiner Dreifußstütze herumtorkelnd, wirkt er wie ein ergrauter Obdachloser – seit er krank ist, sieht er so aus. »Jeder ist ein Scheißüberlebender.«

»Lass mich das mal sondieren.«

»Genau. Ich geb dir Rückendeckung, Lawrence.« Und verliert fast die Balance auf seiner Gehhilfe.

Ein schmächtiger junger Mann in weißem Hemd und String-Tie steht hinter den blockierten Glastüren zum Kino und redet durch einen Spalt mit einem uniformierten Sicherheitsmann. Die Protestler nehmen den Sprechgesang auf, albern herum und grinsen einander zu, Arme untergehakt, als würden sie mit Martin Luther King und Harry Belafonte auf der Pettus Bridge für die Bürgerrechte marschieren, dabei sind sie bloß Idioten in einem Einkaufszentrum. In Minnesota wird nicht demonstriert. Das Motto des Staates ist ›undemonstrativ‹.

»Wir haben Karten für das *Massaker* um zehn nach eins«, rufe ich in den Spalt, in der Hoffnung, gehört zu werden. Das weiße Hemd des Jungen hat das Naldo-Wappen mit einem roten N drauf, das soll nach Mitgliedschaft im Harvard-Club aussehen. Ich halte ihn für den Geschäftsführer.

»Die haben eine Erlaubnis für eine Stunde«, ruft der Junge zurück und nickt mit aufgekratztem Grinsen, als wäre das alles die pure Unterhaltung. Die Highschoolschüler hinter dem Stand mit Süßigkeiten und Popcorneimer zeigen auf den dicken kleinen Amor, der die Beine hochwirft wie beim Fernsehballett.

»Wann ist ihre Stunde rum?« Ich drehe mich zu Paul um, der auf seiner Gehhilfe schwankt, zitternde Beine, Mütze abgesetzt, Haare durcheinander. Er kocht vor Wut, schwitzt in seinem Parka, verzieht den Mund und nennt die Protestler bestimmt »Spastis« und »Affen« und »Arschkriecher«.

»Holt euch einen Kaffee bei Starbucks«, sagt der Geschäftsführer durch den Spalt. »In einer halben Stunde ist alles vorbei.« Das macht ihm Spaß, der Film oder wir sind ihm scheißegal.

Ich scanne die ganze Comanche Mall ab, die über den herumlaufenden Einkäufern in schmierig gelbem Licht versinkt. Kein Starbucks weit und breit. Ich habe mich noch nie mit einem schwerbehinderten Sohn in eine Vorstadt-Mall gestürzt und auch jetzt keine Lust dazu.

»Warten Sie mit dem Film?«, rufe ich durch die Glasscheibe. Hinter mir ein dröhnender Lärmpegel. Ob das Glas wohl kugelsicher ist?

»Egal«, sagt der Bursche, als spräche er unter Wasser. »Vergnügt euch.« Womit er meint »Verzischt euch«. Wir haben praktisch verloren.

* * *

Wir vergnügen uns – oder versuchen es. Um ein Uhr mittags ist die Comanche Mall nur halb voll, aber auch wenn sie leer wäre, es liefe auf dasselbe hinaus. Shoppingmalls verströmen allesamt dieselbe Endspielatmosphäre des Scheiterns, egal wo in ihren höhlenartig anmutenden Räumlichkeiten. (Sie waren nie als Ort gemeint, wo sich jemand geborgen fühlen sollte.) Von nirgendwo kommt mehlig blasses Licht. Die Luft hat eine warmkühle Temperatur, die es nur hier gibt, und sie trägt ein Zuckerwattenaroma wie eine Kirmes. Als Krönung piepst ein Heimchen irgendwo *When You Wish Upon A Star*.

Bei Urban Outfitters biegen wir um eine Ecke, und sofort sind die Protestler kaum noch zu hören, einen Starbucks gibt es aber immer noch nicht. Stattdessen immerhin einen GNP-Plattenladen. Foot Locker. Caribou Coffee. Nordic Shop. Einen Kiosk mit Sonnenbrillen. Pizza, im Minnesota-Stil. Tattoos und Piercings. Exotische Tiere. Thousand Lakes-Dialyse. Dekorativer Beton. Twin Cities-Optiker. The GAP. Und ein Schaufenster, wo die Marines rekrutieren, zwei blaubehoste Ledernacken starren hinter ihren leeren Schreibtischen schläfrig in den Malltrubel. Die Marines haben eine Valentinstag-Botschaft ins Fenster gehängt: »Gib ihr, was sie noch nie hatte … Ewige Treue! Semper Fi!«

Paul, der die Demonstranten als Pussys und Weicheier beschimpft hat, scheint es nichts auszumachen, dass wir hier sind, er glotzt alles voller Interesse an. In dieser Hinsicht ist er der am besten angepasste verzweifelte Kranke, den man sich vorstellen kann. Mit Al's ist es kein großes Ding für ihn, wenn nichts so richtig funktioniert oder zusammenpasst.

Vor Jahren gab es eine kurze verzweifelte Phase, in der ich an dem hochpreziösen Berkshire College Englisch unterrichtete, während ich gleichzeitig versuchte, mit zwei Dingen klarzukommen: 1. dass mein neunjähriger Sohn Ralph Bascombe am Reye-Syndrom starb und 2. dass meine Frau sich von mir scheiden lassen wollte, weil ich mit 1. nicht gut klarkam. Damals forderte ich meine Klassen voll schief grinsender kleiner Aristotelesse mit Denksportaufgaben. (Ich hatte ihnen nichts beizubringen, außer wie es war, ich zu sein.) »Was bedeutet *bedeuten*?«, fragte ich sie gern mit zusammengekniffenen Lippen. »Was meint ihr, was ihr sagt, wenn ihr sagt, ihr *versteht* etwas?« »Was tut ihr wirklich, wenn ihr einer Sache *einen Sinn gebt*?« Jeden Tag hörte ich, wie sie genau diese Wörter daherplapperten, wenn ich über den Campushof schlenderte: »Was *bedeutet* der weiße Wal?« »Ich *verstehe* meine Mitbewohnerin nicht. Sie kommt aus Utah.« »Das eine Wort, das der alberne alte Professor Sowieso benutzt, *ergibt* für mich keinen *Sinn* …« Mir, ihrem Lehrer, kam es nicht zu viel verlangt vor, dass sie sich klarmachten, was die Wörter, die man benutzte, wirklich bedeuteten. Diese jedenfalls spielten damals in meinem Leben eine wichtige Rolle. Wie konnte ich *verstehen*, dass mein erstgeborener Sohn starb? Konnte ich der Tatsache, dass ein Mensch, den ich liebte, mich verstieß, einen *Sinn geben*? Ich fand, dass diese Begriffe Eckpfeiler jeder hochklassigen Ausbildung sein sollten.

Meine Klasse interessierte sich natürlich null dafür, alle saßen bloß an ihren Tischen und starrten mich an. Sie wollten, dass die Stunde bald vorbei war, damit sie wieder nach draußen auf die Rasenflächen rennen und ihre Gespräche über Sex und Sport fortsetzen konnten.

Aber ich wollte ihnen beibringen, dass es bei *verstehen*, *Sinn ergeben*, die *Bedeutung* von irgendetwas erfassen immer darum ging, lose Enden des Lebens zusammenzufügen, die eigentlich nicht zusammenpassten, und aus den neu gefügten Splittern ein neues Ganzes zu machen. Der weiße Wal konnte alles bedeuten, wofür man Belege fand und zu etwas Bedeutungsvollem ordnete. Genau das taten alle Entdeckungen in der Wissenschaft, alle großen Romane, sämtliche Philosophie – glaubte ich. Das Sinngeben ist ein unablässiger Prozess des Ordnens und Neu-Ordnens und Wieder-neu-Ordnens, in sich vorläufig, und bald ersetzt man es durch etwas Besseres. Es ist alles »unterwegs«, wie der gute alte Heidegger sagen würde. Wobei ich am Ende nicht lange genug dort blieb, um ihnen diesen letzten, wichtigen Teil auch noch zu vermitteln.

Für Paul sind die Fertigkeiten, das Nicht-Zusammenpassende zusammenzufügen – die Fertigkeiten des Verstehens, Bedeutens und Sinngebens –, lauter Lektionen, die er seit seiner ALS-Diagnose gelernt hat wie ein Katechismusschüler. Für mich dagegen steckt keinerlei Sinn in seiner Konfrontation mit dem herannahenden Tod, sie ist radikal bedeutungslos und kein Jota verständlich. Oft liege ich nachts wach mit dem Gefühl, ich könnte gleichzeitig mit ihm sterben. (So etwas kommt anscheinend vor.) Obwohl ich mich darauf verlasse, dass es nicht eintritt, denn wenn ich mich in diesen Momenten frage, was ich eigentlich gerade tue (in jeder Situation eine gute Frage), dann lautet meine Antwort: Ich versuche alles, damit das Leben dem Sterben ein Schnippchen schlägt, indem ich am Leben bleibe, so dass sich mein Sohn, wenn er das Leben hinter sich lässt, nicht allein fühlt. Mehr Sinn kann ich der Sache nicht geben.

Hier im Menschenstrom der Mall fällt Paul das elementare Gehen zunehmend schwer, er gibt jetzt grobe Grunzlaute von sich, und vor Anstrengung hängt ihm die Zunge aus dem Mund. Die ganze Woche schon ist er nicht so gut zu Fuß gewesen. Ich nehme ihm seinen Parka ab, unter dem er sein blaues *Amerika = Arsch der Welt*-Sweatshirt trägt, und man kann seinen neuerdings größeren Bauch sehen. Wir zwei passen hier gut rein. Obwohl ich, wie mittlerweile an vielen öffentlichen Orten – und aus absolut vertretbaren Gründen –, das Gefühl habe, gleich könnte von irgendwoher irgendjemand auf mich schießen.

»Hast du jemals das Gefühl, dass das Leben wahnsinnig schnell vergeht?«, fragt Paul. Wir sind stehen geblieben, was den Fußgängerverkehr dazu bringt, um uns herumzustrudeln. Seine schlauen Augen sind zugange. »Wahnsinnig« ist so eines seiner Wörter. »Er ist wahnsinnig eifersüchtig.« »Ich bin wahnsinnig hungrig.« »In Afrika ist es wahnsinnig heiß.« Keine Antwort wäre eine richtige Antwort – wie bei ob es mir leidtut, Vietnam verpasst zu haben.

»Nein«, sage ich. »Vergeht es schnell für dich?«

»Ich leide an Empörungs-Erschöpfung«, sagte er mit Pokerface. Ich höre ihn tief Luft holen.

»Hat heute Morgen Dr. Oakes etwas gesagt, das du nicht gern gehört hast?« Die Blicke der Mall-Kunden suchen uns und flitzen wieder weg. Offenbar sieht man das nicht oft in Minnesota, zwei Erwachsene, die in aller Öffentlichkeit miteinander reden.

»Was zum Beispiel?«, fragt er.

»Weiß nicht. Ich war ja nicht da.«

»Na, dass ärztliche Fehler die dritthäufigste Todesursache nach Krebs und Herzkrankheiten sind? Oder dass sie mich nicht heiraten will, weil sie schon verheiratet ist? So weit sind wir nicht gekommen.« Er hebt seinen kugeligen, dünnbefilzten Kopf und lächelt böse. Er ist knapp eins fünfundsiebzig groß, und ich stütze ihn. Seine Brille fängt eine Paillette getrübten Mall-Lichts ein. Er ist Larry Flynt – ein gelehrter Larry Flynt mit Brille. »Glaubst du, Dr. Oakes träumt von mir? Ich bin doch so ein Traummann.«

»Tut sie ganz sicher.«

»Glaubst du, sie bemitleidet mich?« Die Zunge schaut wieder raus, als würde ihm das helfen, im Gleichgewicht zu bleiben.

»Ich weiß nicht. Nein.«

Er guckt weg, am besten soll ich verschwinden, aber das kann ich nicht. »Glaubst du, hier drin gibt es irgendwelche Komantschen?« Seine Stimme klingt dünner und ist in eine höhere Lage »geklettert«. Viele Passanten hier ähneln ihm – in Rollstühlen, mit Sauerstofftanks auf dem Rücken, hinter Rollatoren einherstaksend, durch Kehlkopfscheiben sprechend, auf Krücken herumhoppelnd, mit Mundschutz. Die Mall ist wie ein Krankenhaus, krank ist normal. Aber er ist in Gefahr, mittendrin eine Schwalbe zu machen.

»Vielleicht sollten wir uns kurz hinsetzen.«

»Ja. Okay«, sagt er, es quält mich.

Das Starbucks ist in Sicht, aber zu weit weg. Wir müssen uns hinsetzen. Ohne große Probleme steuere ich uns aus dem Strom auf zwei leere Stühle im Montparnasse in Minnesota, einem »Draußen«-Bistro innerhalb der Mall mit Drahtgeflecht-Stühlen, weiß gefliesten Böden, fröhlichem Servicepersonal in weißen Schürzen, das mit künstlichem französischem Akzent spricht. Paul sackt zu einem Haufen zusammen, an seinen Stock geklammert wie ein Alter.

Augenblicklich erscheint eine reizbare junge Kellnerin mit Pagenkopf, rotbraunen Lippen und einem Wangenpiercing. In einem zickig aufgesetzten Akzent erkundigt sie sich, ob wir »irgöndetwás böstellön« wollen. Stammt vermutlich aus dem Marais von Owatonna. Ich sage, wir ruhen uns nur kurz aus, und lächele hoffnungsfroh. Sie schlenkert einen kleinen Hüftschwung hin, den ich gern in einer anderen Situation sehen würde, und verzieht ihre erstaunlichen Lippen zu einem Schmollé. »Bien sûr, Messieurs. Jedörßeit ßu Dienstön.« Und weg ist sie, zu den zahlenden Kunden.

Paul ist erschöpft, stiert aber wieder um sich, als regte ihn etwas auf. Sein »Kontexttherapeut« hat uns aufgegeben, dass wir beide schwierige Gespräche »teilen« sollen – was wir vom Leben vermissen werden, wenn wir sterben; wie wir aussehen werden, wenn wir tot sind; was wir »auf der anderen Seite« zu finden glauben. Das könnten wir ja vielleicht jetzt versuchen. Obwohl in einem der Al's-Pamphlete, die die Mayo bereithält (ich habe viele davon gelesen), den Lieben empfohlen wird, nicht allzu »helikoptermäßig« zu sein, sondern sich lieber um *Authentizität* zu bemühen. Paul wiederum gestattet nur seinen Ärzten, ihn danach zu fragen, wie es ihm geht. Ich halte es aus, das erst zu erfahren, wenn er es mir mitteilen möchte.

Allerdings entdecke ich gerade, was ihn aufregt. Am anderen Ende der halb vollen Mall, vor dem christlichen Buchladen namens *Die Welt liest dir zu Füßen*, sind zwei waschechte Blondie-Babes aus Minnesota, eine dralle Gudrun und eine schmollmundige Astrid, damit beschäftigt, rosa Ballons in Valentinstag-Herzform aufzublasen. Sie benutzen eine Luftpumpe und amüsieren sich wie blöd damit, ihr »shiii-uuuuh«-Geräusche zu entlocken, während der jeweilige Ballon dicker wird. Einer der Marines-Anwerber hat sie beäugt und seinen Posten verlassen, um rüberzugehen und etwas Marinehaftes, Unartig-Anzügliches in ihre Aufblasarbeiten einfließen zu lassen. Die Mädels finden es toll, geben sich aber genervt.

Das bringt meinen Sohn so auf. Die Nähe schöner Frauen hatte immer eine verstörende Wirkung auf ihn. Seit seinen Prep-School-Tagen brachte ihn weibliche Schönheit erst zum Stammeln, dann zum Schweigen, und dann blubberte alles aus ihm heraus, was ihm gerade kaleidoskopisch durchs Gehirn schoss – seine Sammlung ausländischer Münzen, die Geschichte des Enfield-Gewehrs, geometrische Rätsel der Cheops-Pyramide in Gizeh –, bis seine Klassenkameradinnen schlicht auf Abstand gingen. Noch mehr Seelenklempner-Termine. Noch mehr fette Schecks auszustellen. Noch mehr Diagnosen von Normalität, allerdings mit der Einschränkung, dass unser Sohn vielleicht keinen so konventionellen Lebensweg einschlagen würde.

Der Anwerber, ein stahlseildünner, vierkantköpfiger, hohlwangiger, kerzengerader Sergeant-Major, die Brust voller Orden, die Ärmel voller Winkel – die seltenste Sorte, der Kühnste der Kühnen, Härteste der Harten –, war garantiert bei jeder Schlacht seit Antietam im Bürgerkrieg dabei. Er ist älter, als er aussieht, aber die Ballonmädchen sind fasziniert (und argwöhnisch – mit gutem Grund). Der Sarge-Major tut genau das, worauf Marines gedrillt werden: Er strahlt äußere Unbesiegbarkeit aus, verbirgt seine (gefakte) einfühlsame Seele, verspricht seinem Opfer den Bums ihres Lebens, ist aber über alle Berge, wenn der Zahltag der Gefühle naht. Eine bestimmte Art Midwestern-Girl kann da nicht Nein sagen.

Für Paul ist das allerdings zu viel. Er rutscht auf seinem Drahtstuhl vor und zurück und gibt beunruhigende Laute von sich. Seine Finger fummeln herum. Er schießt einen Falkenblick zu mir, dann wieder zu dem Trio da drüben, das ihn ungefähr so sehr bemerkt wie die Luft ringsum. »Der Film macht mir Sorgen. Ich will den Abspann nicht verpassen, nur wegen einem Haufen Arschgeigen.« Ein Klumpen Zunge sitzt ihm hinter der Unterlippe. Durch die Brillengläser fixiert mich ein anklagender Blick. Ich soll etwas in Ordnung bringen, was ich nicht in Ordnung bringen kann.

»Der Geschäftsführer hat gesagt, er wartet auf uns. Willst du über unseren Ausflug morgen reden?« Meine optimistische, zusammengestoppelte Winter-Expedition zum Mount Rushmore, mit dem Ziel, eine Panikattacke abzuwenden, die auf das morgige Abschluss-Kennenlerntreffen der medizinischen Pioniere folgen könnte.

»Ja-nee.« Paul guckt schnell weg. Er hat bemerkt, dass die Minnesotaer zu allem »ja-nee« sagen, ein Beweis dafür, dass sie Schlappschwänze sind. Der geflügelte rosa Amor von den Protestlern kommt durch die Menge getänzelt, wedelt mit seinem Glitzerstab und schwenkt ein Schild, auf dem ein rotes Valentinstag-Herz mit einem schwarzen gesenkten Daumen darin prangt. Der Sarge-Major zeigt ihn den zwei Ballonsüßen. Sie lächeln und schütteln die Köpfe. Vielleicht löst sich der Protest jetzt auf, und wir haben noch eine Chance, unser Massaker zu genießen. »Denkst du oft an Ann?« Ann – seine Mutter, die vor zwei

Jahren in einer »Pflegeeinrichtung« in Haddam starb, wo er sie zu besuchen pflegte, ich übrigens auch. Sie und ich waren da seit siebenunddreißig Jahren geschieden, und doch hatte sich Paul das immer anders gewünscht, überzeugt, dass dann vieles in seinem Leben besser gelaufen wäre. Was wohl auf uns alle zutrifft. Mit dem Thema kommt er oft an. In die Woche vom Valentinstag fällt auch der Jahrestag ihres Todes.

»Klar. Ich denke die ganze Zeit an deine Mutter.« Ich nenne sie nicht »meine Frau« oder »meine Ex-Frau« und niemals »Ann«. »Fast jeden Tag denke ich an alles Wichtige, das ich je getan habe, und an jeden wichtigen Menschen, dem ich je begegnet bin. Du nicht?«

Fragen als Fragen zurückgespielt zu bekommen, mag er nicht besonders. »Was denkst du dann über sie?« Die schiefergrauen Augen hinter der Brille wandern von mir weg, bleiben aber konzentriert. Der Mund ist locker und feucht – endlich hat er die Zunge entspannt. »Wünschst du dir, ihr hättet wieder geheiratet?« Er klingt dünn und müde.

»Nein«, sage ich. Ja-nee wäre präziser. Als Ann in ihrer Senioren-»Community« am Rand von Haddam das komfortable Leben einer parkinsonkranken Ruheständlerin führte, unternahmen wir einen halbherzigen Versuch, die Liebe zu erneuern, als wollten wir der abgesessenen Zeit Tribut zollen. Ich hatte einen Mini-Schlaganfall hinter mir, eine Episode globaler Amnesie und ein kleines, frisch entdecktes Loch in meinem Herzen (das kommentierte sie als wenig überraschend). Sie fand, wir seien reif für die Paaralympics. Wir gingen auf eine Reise zu den Gräbern meiner Eltern in Illinois und Iowa, was eine schlechte Idee war. Sie hatte sie nie kennengelernt und hegte daher das Gefühl, ich würde sie nicht genug ehren. Kurz davor hatte sie erfahren, dass sie Knochenmarkkrebs hatte und nicht mehr lange zu leben. Wir gingen sogar so weit, einen Anlauf zu einem Alters-Akt der Liebe in einem Best Western in Couch, Missouri, zu unternehmen, *auf* einer Couch. Es wurde ungefähr so, als würden Wissenschaftler mit Laborhandschuhen radioaktive Teströhrchen in hermetisch versiegelten Glaskästen herumschieben. Später machten wir Witze darüber, aber nicht in Couch.

Das war das Ende der Geschichte. Ann verschied, bevor wir über unser Einverständnis hinauskommen konnten, dass Paul und seine Schwester, falls wir wieder heirateten, bestimmt endlos entrüstet wären, dass wir ihnen ein ganzes Leben vorenthalten hätten, weil wir damit nicht früher rübergekommen waren. Das war unsere Ersatzformulierung für »Ich liebe dich«.

Am traurigen Ende ihres Lebens – und *das* ist das Ende der Liebesgeschichte – war ich die einzige vertraute Person, die Ann länger als fünf Minuten ertrug, und darauf wäre unsere »lange Ehe, die es nie gab«, wohl auch hinausgelaufen. Im Allgemeinen kriegst du die Dinge am Ende nicht mehr repariert. Aber Paul nimmt sich gewohnheitsmäßig alles, was seine Mutter und mich betrifft, zu Herzen.

»Hör zu, Paul«, sagte ich und stützte die Ellbogen auf den Marmortisch wie ein Cop. »Ich glaube, ich hatte deine Mutter eher lieb, als dass ich sie liebte. Und sie hatte mich weniger lieb als früher, als wir jung waren. Okay?« Ich muss hier umsteuern, sonst landen wir bei einem Streit, zu dem ich in einer Mall um halb zwei Uhr nachmittags nicht den Nerv habe und der den Film ruinieren würde, falls wir ihn noch sehen sollen.

»Das ist nicht wahr!« Plötzlich wird er lebhaft, klopft mit der weichen, fleischigen Seite seiner Linken auf den Tisch. Er sieht grotesk aus in seinem *Amerika = Arsch der Welt*-Sweatshirt. »Als ich sie da draußen in dem Drecksloch besucht habe, wo sie wohnte«, er meint das »Community« in Carnage Hill, »hat sie gesagt: ›Ich liebe deinen Vater. Ich weiß nicht, warum er nicht endlich das Richtige tut und mich heiratet, bevor ich sterbe, oder er.‹« Pauls Mund kräuselt sich zu etwas Verblüfftem – diese Miene habe ich schon oft gesehen. So schaut er, wenn er konsterniert ist, oder jedenfalls früher, bevor er krank wurde. Wütend ist er aber nicht. Worüber soll man *am Ende des Tages* (ich hasse diese Redewendung) schon wütend sein?

»Zu mir hat sie das nie gesagt«, sage ich leise.

»Sie wollte, dass du es zu ihr sagst. Wolltest du das nicht?«

»Ein bisschen schon«, sagte ich. »Ich hab's halt nie getan.«

»Okay«, sagt er. »Tja ...« Er hat aufgehört zu klopfen, bereit, unser Gespräch ebenso willkürlich, wie es begann, versickern zu lassen. Vielleicht hat sich da gerade etwas Schwieriges aufgelöst. Wobei wir noch nicht über unseren Ausflug geredet haben. Was ich mir dringend wünsche.

Sergeant-Major Gunnerson (so nenne ich ihn) bahnt sich, wie ich sehe, nun einen Weg durch den Strom der Einkaufenden, auf uns zu. Er ist ein zusammengeschweißtes Stück menschliche Kampfmaschine – blaue Hose, rote Streifen, Gehrung im Haarschnitt, die Kiefer aus Eiche. Er starrt genug in meine Richtung, dass ich mich auf meinem Stuhl gegen einen Schlag wappne, der mir anscheinend gleich blüht. Nur dass er scharf an mir vorbei in das Innere von Montparnasse in Minnesota rauscht – er hat die Mission, seinem Marine-Bruder im Laden einen Kaffee zu konfiszieren. Alles wird zu einer Invasion in Feindesland, sogar in einer Mall.

Paul hat seinem »Tja ...« nichts weiter hinzugefügt. Die Worte über seine verlorene Mutter haben ihn mehr bewegt als mich. Wie immer bin ich der Vorenthaltung schuldig. Diesmal gegenüber der Verstorbenen.

»Kümmern wir uns mal um unseren Film«, sage ich und lächele ihn an. Er guckt weg, in die Vorhut der diensträglichen Prä-Valentinstag-Shopper hinein, er sucht nach den zwei Ballon-Babes, die aber nicht mehr zu sehen sind. Ein weiteres Mal, spät im Leben, wird ihm ein bisschen das Herz gebrochen.

* * *

Das Northern Lights Octoplex ist drinnen dunkel und verschlossen, als wir wieder dort ankommen, wo die zahlenden Kunden reingehen, alle Protestler sind verschwunden. Nicht mal ihr Müll liegt auf dem Boden der Mall herum. Im Foyer sind die Lichter am Süßigkeiten- und Popcornstand heruntergedimmt. Im Dunkeln lauert eine Statue von Paul Bunyan, bärtig, im karierten Holzfällerhemd, mit einem irren Lächeln Richtung Eingang. Die Kartenverkäuferin ist nicht mehr an ihrem Schalter, wo das Times-Square-Laufband in Miniatur immer noch die Anfangszeiten der Filme in Grün durchlaufen lässt. Wir befinden uns hier auf der falschen Seite der Geschichte.

Drinnen schafft der Geschäftsführer Samtkordeln und silberne Ständer in einen Abstellraum neben dem Männerklo. Ich tippe mit einer Quartermünze gegen die Scheibe, aber er tut so, als wäre ich nicht da, was ja absolut stimmt. Mein Sohn, elend auf seiner Gehhilfe schwankend, steht mitten in der leeren Mall und beobachtet mich. Er hat seine Kansas City Chiefs-Jacke wieder angezogen. Ich klopfe fester dagegen – um zumindest einen Gutschein oder eine Rückerstattung herauszuschlagen. Eine Erklärung wäre auch schon was.

»Genau. Die sind zu«, sagt eine Stimme. Es ist der Sicherheitsmann, den ich beim Plaudern mit dem Geschäftsführer durch die Glasscheibe gesehen habe – gar nicht so lange her. Lang genug, dass all unsere Pläne den Bach runter sind.

»Er hat gesagt, er würde ihn anhalten und nochmal starten …« (Ich meine den Hohlkopf von Geschäftsführer, der da drinnen herumprütschelt.) »Wir hatten Karten gekauft.«

Das goldene Namensschild des Sicherheitsmannes verkündet, dass er »Knutsen« heißt (vermutlich »Ka-nut-san«). Officer Knutsen – ein plumpköpfiger, schnurrbärtiger Sohn Norwegens in der zweiten Generation. Todsicher ein ehemaliger Stadtcop, der zu fett für den Job geworden ist. (Das sind immer die Typen, die auf dich schießen.) Zu seiner Security-Ausrüstung gehören genau die Cop-Requisiten, die er als Polizist getragen hat – große Knarre, Handschellen, Taser, Pfefferspray, Schultermikro –, nur in Billigversion. Goldene Eichenblätter auf seinen Schulterstücken weisen ihn als »Major« aus.

»Wahrscheinlich hat's einen Bombenalarm gegeben. Muss man heutzutage mit rechnen.« Major Knutsen redet und hält zugleich die Luft an und nickt, versucht besorgt auszusehen, ist es aber nicht. »Wer will bei diesem Wetter schon ins Kino gehen?« Offenbar bläst der Blizzard von draußen direkt in den Kinosaal hinein. Er steckt die Daumen in seinen Copgürtel und zerrt ihn über seinen Bauch hoch, dann räuspert er sich ordentlich, was das Aroma seines Mittagessens heraufbeschwört. Er hat die allerkleinsten blauen Augen, die man sich vorstellen kann.

»Mein Sohn wollte unbedingt da rein. Wir hatten vorher Karten gekauft«, sage ich noch einmal. Mit diesem Mann zu reden ist, als wollte man einen Getränkeautomaten in ein Gespräch verwickeln.

»Das da der Sohnemann?« Major Knutsen wirft einen eisigen Blick auf Paul, der allein in seinem Chiefs-Aufzug dasitzt, Haare verwuschelt, saure Miene. Paul reagiert mit einem kleinen grausamen Lächeln, es gefällt ihm, dass ich mit Major Knutsen rede. Geschieht mir ganz recht, wenn ich uns schon nicht in den Film reingebracht habe.

»Er liebt Kino.«

»Logisch.« Major Knutsen quittiert mit einem Nicken, für welche Sorte Humanoiden er Paul auch immer hält. Er hat schon alles gesehen, könnte mir unglaubliche Dinge erzählen. Er wird kein Wort über meinen Sohn sagen.

Wenige Leute gehen durch den Mall-Eingang hinein oder hinaus. Weiter unten, bei Starbucks und Applebee's Grill, spielt die Musik. Andy singt jetzt alle Shopper mit »Hot-diggity, dog-ziggity BOOM« an, begleitet von einer Dampforgel.

»Okay. Also, alles geklärt jetzt?« Major Knutsen zieht die Nase hoch, wie es Cops tun. »Ich hab gesehen, wie Sie da an die Scheibe geklopft haben, und mich gefragt …«

»Wie? Ja, sicher, alles okay.« Ich sehe zu Paul, der unhörbar die Worte formt: »Schaff uns endlich hier raus, verdammt.« Vielleicht hat er Schmerzen, weil er zu lange auf den Beinen war. Für mich ist tatsächlich alles okay. Völlig. Sogar ohne Film. Ich lächele Major Knutsen an, der es gut meint, es aber nicht gewohnt ist, angelächelt zu werden. »Hot-diggity, dog-ziggity …«

»O-kay«, sagt er, rührt sich aber nicht.

»O-kay«, sage ich, »danke.«

»Dafür sind wir doch da.« Er verlagert sein Gewicht, wartet und bewegt es dann die Mall hinunter, wo sich interessantere Menschen finden. Er gibt Entwarnung in sein Schultermikro. »Das war 'ne 24«, oder so was. Er hat einen hübschen, beschwingten Trällergang, anmutig fast. Garantiert ein hervorragender Tänzer.

Unser Tag ist kein bisschen so gelaufen, wie ich das wollte. Wie viele Tage in diesem Ausnahmewinter. Aber wir sind wieder unterwegs. Paul und ich. Filmlos.

Zwei

Wie mein Sohn und ich zu medizinischen Pilgern in einer weit im Norden des Mittleren Westens liegenden drittrangigen Stadt wurden, ist eine Geschichte, die zu erzählen sich lohnen könnte, denn wie so viele Geschichten, die sich lohnen – darunter die der großen Meister –, bestätigt sie die uralte Weisheit: Wenn du Gott ein dickes fettes Lachen entlocken willst, dann erzähl ihr von deinen Plänen.

Nicht dass meine Pläne letzten Oktober, als Paul seine Diagnose bekam, so wahnsinnig unternehmungslustig gewesen wären. Ich »arbeitete« vier Stunden täglich bei den *Hausflüsterern*, damit ich mir weismachen konnte, ich täte etwas (statt nichts). Mein Job besteht vor allem daraus, Privattreffen zwischen hochklassigen Hauskaufinteressenten und unserer »Kundenberaterin« Miss Evelyn Snowman (mit einem Bachelor in Jura) zu arrangieren, einer früheren Spionageabwehrexpertin, was sich dieser Tage als perfekt für die Arbeit im Immobiliensektor erweist. Evelyns Job ist das Treffen mit den Kunden – in meinem Büro (ich bin nie dabei; Geldsäcke lieben diese Art Räuberpistolenfirlefanz) –, sie befragt sie, lässt sich von ihnen befragen, durchleuchtet sie, stellt ein Profil von ihnen auf. Und bietet ihnen dann, wenn alles passt, virtuelle Rundgänge durch mögliche Objekte an, gefolgt von tatsächlichen, ultraprivaten, persönlichen Besichtigungen. Wenn *das* alles passt, begleitet sie die Angelegenheit vom Angebot zum Gegenangebot, zur Verhandlung, zur Anzahlung, zum Vertrag und schließlich zum Vertragsabschluss – alles, ohne dass schnüffelnde Nachbarn es mitbekommen, Stunk machen und einstweilige Verfügungen erwirken, weil das Nebenhaus an Faisal el Akbar, einen früheren Sicherheitschef aus Kuwait, verkauft wird oder an Idi Amins Nichte, die aufs Mädchenpensionat gehen will, weil sie einen Neuanfang braucht. Meinen Teil dieser Arbeit könnte ich auch von zu Hause aus machen, wie alle anderen. Aber mein Arbeitgeber Mr. Mahoney mag das authentische, »traditionelle« Backstein-und-Mörtel-Gefühl, das von einem Schreibtisch, einem Fenster, einem Kundenstuhl, einem Abfalleimer und einem Telefonhörer ausgeht. Was für mich in Ordnung geht, schließlich habe ich selbst zu meiner Zeit genau so meine Häuser verkauft, wobei Mike nicht versteht, dass »Tradition« in all ihren Darreichungsformen auch nur ein Marketingtrick ist.

Haddam, New Jersey, war keineswegs immer so pingelig damit, wer dort wohnen darf. Ungefähr bis 2016 konnten sich alle Bürger darauf verlassen, dass es weitgehend wohlhabende weiße Männer waren. Als Ann und ich in den Siebzigern eintrafen, wohnte in der Hoving Road, ein Stück weiter in unserem Block, Stalins Tochter – die einzige Promikuriosität der ganzen Stadt. Wir sahen sie jeden Tag, wenn sie beim Gassigehen mit ihren Zwergspitzen an unserem Haus vorbeikam und sie auf unseren Rasen scheißen ließ, als gehörte der ihr. Die Zeit ist lang vorbei – dann kamen die Opfer von Immobilienboom, Immobiliencrash, Hurrikan Sandy, Multikulturalismus, 9/11, hochkommenden Rechten, IS, Taliban und Breitband –, und es steht nicht in meiner Macht, irgendwas daran zu ändern.

Letzten Oktober war Ann seit zwei Jahren tot. Meine zweite Frau, Sally Caldwell, hatte sich in der Schweiz, in Schweden oder Eden für ein Trauerberaterinnentraining bei den Laiennonnen eingeschrieben, von wo sie mich ab und zu spätnachts und halbbeschwipst anrief, um mir mitzuteilen, dass ich ein »leuchtender« Mensch sei, der aber nie so wirke, als brauche er sie, und der nie genug »gebe«. Weswegen ihr trauernde Menschen lieber seien, deren Sprache sie nicht verstehe. (Anscheinend »geben« diese Menschen sehr viel.) In Wahrheit brauchte ich sie sehr wohl und wäre glücklich gewesen, wenn sie noch am selben Tag zurückgekommen wäre. Nur dachte ich – und denke es noch immer –, dass das Geheimnis der Liebe darin liegt, gegen das Brauchen anzukämpfen, und dass die Leute, die mit *nicht genug geben* argumentieren, meist verschlüsselt sagen wollen, dass du dich gefälligst mehr einbringen solltest als sie selbst.

Keins meiner Kinder wohnte bei mir. Meine Tochter Clarissa Bascombe (45) lebt in Scottsdale, wo sie zusammen mit ihrer Lebenspartnerin Cookie Lippincott eine Kette edler Hundepensionen führt. Cookie hat eine Menge Schotter geerbt und lässt sie machen. Mein Sohn Paul war in den letzten, schmerzhaften Monaten von Anns Leben aus Kansas City nach Haddam gezogen, um »bei ihr zu sein«, und dann geblieben. (Ich habe ihn in seinem schrottig-schimmligen »Studio« im zweiten Stock eines umgebauten alten Familiensitzes auf der Humbert Street besucht. Was deprimierend war. Wobei er anscheinend, bevor er krank wurde, eh mein Haus als seines betrachtete.)

Innerhalb eines Monats fand er online einen Job als »Partner« in der Abteilung »Human-Resources-Logistik« des Theologieseminars. Es ging um ausgelagerte Sicherheitsbelange, ein Major Knutsen ohne Knarre, Handschellen, Plastikfesseln, Nunchakus, Pfefferspray oder Taser – nur mit aufgenähter Dienstmarke, offiziellem Hemd, Kinnmikro und einem Lächeln. »Wir sind ausschließlich bei der Vor-Ort-Überwachung im Einsatz«, erklärte mir Paul in meinem Wohnzimmer, während der Nachrichten. Ich muss angedeutet haben, dass ich das ungewöhnlich fand. »Ball flach halten«, sagte er mit seiner offiziellen »Human Resources«-Stimme. »Keine Polizei, keine Sicherheitsleute. Diese Begriffe benutzen wir nie. Wir sind eine *Präsenz*. Per se.«

Wie sich herausstellt, gibt es in den besten religiösen Einrichtungen ebenso viel Grabschen, Stalken, Glotzen, auffällige Männer, Genitalentblößungen und unpassende Ansinnen – plus die Standard-Einbrüche, Überfälle, Diebstähle, Eigentums- und Sodomiedelikte – wie an der Columbia und am Mount Holyoke. Wird alles vertuscht, sagte Paul mir im Vertrauen. Was mich an meine Jugendzeiten in Ann Arbor erinnerte, als demoralisierte Farmkids aus Bad Axe oder The Soo Locks plus die vorhersehbar heimwehkranken Chinesen nach

Mitternacht von den Dächern ihrer Studentenwohnheime »flogen«, für immer befreit von organischer Chemie und ihrer Hausarbeit über den *Zauberberg*. Die Leichenwagen krochen in aller Stille vor Tagesanbruch vom Campus – als wäre Selbstmord ansteckend (was durchaus sein kann).

Trotzdem. Mein ungewöhnlicher Sohn als Finger an der Hand, die am langen Arm des Gesetzes hing – das konnte ich mir nur schwer vorstellen. Obwohl, wenn er manchmal »nach Schichtende« auf seinem Fahrrad rübergefahren kam, immer noch in seinem mintgrünen »Arbeitshemd«, bereit für ein Bier und eine Gratismahlzeit, versicherte er mir, gravitätisch und Brust raus, dass die Human-Resources-Logistik (HL) ein dynamisches Feld sei, dass er bedaure, Jahre mit dämlichen Grußkartentexten bei Hallmark und später mit der Leitung des Gartenbedarf/Mietkauf-Ladens in Kansas City verschwendet zu haben, was er jetzt alles als »Leerlauf« betrachtete. (Und ich hatte immer geglaubt, das wäre alles gut, und mich gefreut, dass er in Kansas City war und das machte.)

Die Human-Resources-Logistik sei seine Berufung, fand Paul und findet es selbst in seiner derzeitigen Lage immer noch, schließlich habe er ein Talent dafür, kleine Konflikte zu lösen, weil er gut zuhören könne, nicht schnell wütend werde und »die Menschen im Grunde mag«. Nichts davon kann ich über ihn bestätigen. Die Tücke, sagte er, liege darin, dass die Firma (Gormles Logistics 3.1. Innovations) einen, sobald man gute Arbeit leiste, auf die Supervisionsebene hochbefördere, die aber nicht mehr seinen Fertigkeiten entspreche. Ich erzählte ihm, mein eigenes Leben sei einem ähnlich richtungslosen Kurs gefolgt, nie hätte ich »mich ganz gefunden« – außer jeden Morgen im Spiegel. Einstein, versicherte ich ihm, wäre am liebsten Metzger geworden, aber dann kam er vom Weg ab und zur Relativität, weil er als Jude nicht in die Metzger-Innung eintreten konnte. Ich war allerdings ganz froh, dass sich mein Sohn nicht an einem Abschluss in Bibliothekswissenschaften oder an einer Kochschule versuchte.

Es ist auch keineswegs das schlimmste Endergebnis, wenn die eigenen Kinder nach Hause kommen – vorausgesetzt, sie ziehen nicht bei dir ein, essen jede Mahlzeit an deinem Tisch, benutzen dein Klo, füllen deine Mülleimer und leben vor deinem Fernseher.

Haddam hat Restexemplaren wie Paul immer Obdach geboten, Sonderlingen, an die man sich gewöhnte, die bei der Post oder am Zeitungskiosk herumhingen oder an den hinteren Tischen in der Bibliothek, wo sie *China Today* lasen oder die *Lancet* und über etwas lachten, das nur sie verstanden. Diese Menschen tragen tagaus, tagein dieselben Kleider, wirken immer grimmig *beschäftigt* mit etwas, während sie eigentlich gar nichts tun, denn eine Stunde später sieht man sie einen Block weiter, beschäftigt mit genau demselben. Sie sind (oder waren) ein Kind der Liebe, Sohn oder launische älteste Tochter eines lang verstorbenen Exgouverneurs von New Jersey oder der fahle, hohläugige Sprössling eines längst weitergezogenen Schweizer Seminaristen. Das sind niemals Leute, die Schnellfeuergewehre kaufen und von Glockentürmen aus die unschuldige Welt mit Terror überziehen. Sie sind die wässrigen *Präsenzen* am Rande unseres Blickfelds, warten auf nichts, anscheinend ohne Freunde (allerdings nicht immer), tun nichts und niemandem etwas zuleide, werden alt, während man selbst alt wird, und gehen nachts *irgendwo* zum Schlafen hin. Man könnte meinen, das Leben solcher Leute wäre nicht voller Erwartungen und kleiner Triumphe. Ist es aber.

Paul Bascombe ist (oder war) mehr oder weniger so ein Ausnahmefall – nur ein bisschen eigenständiger. Bis zu seiner AL's-Diagnose hatte er Arbeit, einen kleinen Freundeskreis aus Sonderlingen, mit denen er Schach spielte und Robert Heinlein und Philip K. Dick las, wahrscheinlich Anthony Newley hörte und besprach und irgendwas zusammen am Computer machte. Okay, er ist nicht verheiratet – obwohl, einmal doch, kurz, in den Neunzigern, mit einem netten, intelligenten, wenn auch ebenso merkwürdigen Mädchen aus Cheboygan, von der oberen Unteren Halbinsel in Michigan (keine Kinder).

Irgendwann »passierte etwas«, dann war sie nicht mehr auf der Bildfläche und wurde auch nicht ersetzt. Ich erkundigte mich zweimal nach ihr, als er den Gartenbedarf-Laden leitete, aber er sagte nur, das sei eine lange Geschichte, die ich nicht verstehen würde – was vermutlich zutraf. Es kann schon sein, dass seine Fertigkeiten nicht zur Ehe passen.

Zugegeben, mein Sohn Paul Bascombe hat kein Leben voller Erfolge gelebt – keine Bestseller gelandet, keine IT-Patente angemeldet, keine Trophäen oder Touchdowns geliefert oder auch nur identifizierbare Themen außer ihm selbst. Er ist nie richtig »angekommen« – so sah seine Mutter das am Ende. Wobei ich denke, er hat ein *Irgendwie*-Leben gelebt, mehr nicht, wie ich und viele andere auch, und bis zu seiner Krankheit schien ihm das auch nichts auszumachen. Natürlich ist er Nutznießer eines fetten Treuhandfonds, von seiner verstorbenen Mutter, den seine Schwester verwaltet (dafür wurde ich als zu alt befunden, aber perfekt dafür, ihn sicher durch die Mayo-Klinik zu geleiten). Obwohl er nun also jung sterben muss, wird er niemals mittellos sein oder in einer Pappkiste leben müssen oder in einer Klapsmühle geparkt sein – egal wie exzentrisch er im restlichen Teil seines Überlebens noch wird. Man könnte ihm zumindest ein teilweise konventionelleres Leben wünschen; er könnte bei Gormles zum Abteilungsleiter aufsteigen, eine polnische Witwe namens Blaczyowski aus Wall Township heiraten, ein Haus in Lakewood kaufen und irgendwann Jupiter als Rentneradresse haben – die Stadt in Florida, nicht den Planeten. Aber es gibt keine Garantie, dass ihn so ein Leben glücklich machen würde, eher – wie so viele – mürrisch und niedergeschlagen, was gar nicht seinem Wesen entspricht. Aber jetzt wird es zu nichts von alledem mehr kommen.

* * *

Im letzten Herbst begab ich mich in der Woche nach Halloween auf eine melancholische Reise, die mich am Ende bis nach Rochester brachte. In ihrem Testament und auch von Angesicht zu Angesicht, als sie im Sterben lag, wünschte sich Ann, dass die Hälfte ihrer kremierten Überreste auf dem Friedhof von Haddam neben unserem Sohn Ralph Bascombe begraben werden sollte, der jetzt einundfünfzig wäre und ein berühmter Physiker an der Cal Tech oder ein Lyriker oder ein viel bewunderter Solo-Oboist. Eine Grabstätte ist dort auch für mich reserviert sowie Platz für Paul und Clarissa, falls uns danach sein sollte.

Ihre zweite Hälfte wollte Ann gern in der bewaldeten Feste des Huron Mountain Club am Ives Lake verstreut wissen, auf der Oberen Halbinsel von Michigan, dem vertrauten Ort ihrer Kindheitssommer und eines einzigen Familienurlaubs, als wir noch eine Familie waren. Ab und zu war sie nochmal »hochgefahren«, hatte in dem ererbten Landhaus übernachtet, war auf ihrer Jolle herumgesegelt, hatte Würstchen gegrillt und mit dem geschnackselt, der gerade um sie herumscharwenzelte. Ich bin da oben Persona non grata aufgrund persönlicher Unzulänglichkeiten, die man keinem der Clubmitglieder, alte Oligarchen allesamt, je nachsagen könnte.

Unsere beiden Kinder zeigten nicht die geringste Bereitwilligkeit dazu, diese traurige Pflicht zu erfüllen. (Ich auch nicht, aber ich sagte, ich würde es tun.) Es stellte sich als unmöglich heraus, vom Obersten Sowjet des HMC eine Genehmigung für eine private Bestattung zu erwirken – »gegen alle Regeln«. Also flog ich am Dienstag nach Halloween allein von Newark nach Detroit und weiter nach Marquette, mit Anns Asche in einem Einliter-Zipper-Beutel, den ich in einer Kosmetiktasche von Delta verstaut hatte. In Marquette mietete ich einen Lincoln Navigator und fuhr westwärts Richtung Big Bay, übernachtete im Comfort Inn und fuhr am nächsten Morgen zu dem imposanten, rustikalen Haupttor des HMC. Es war schon kalt, das Laub lag am Boden. Ich war besorgt, dass im Wald bewaffnete Wachen patrouillieren könnten, auf der Suche nach Wilderern, also fuhr ich weiter auf die Westseite der großen Umfriedung (80 Quadratkilometer), fand einen kleinen Einschnitt im Wald und manövrierte den Wagen vom Weg runter zwischen ein paar trockene Erlen. Ich trug Stiefel, meinen Karakoram-Parka (mit dem Päckchen in der Tasche) und eine blaue Unversity of Michigan-Rollmütze. So stapfte ich in den Wald hinein, folgte Instinkten, die ich nicht besitze, und fand einen gen Norden fließenden Bach. Die Sonne war kalt, der Wind frisch und beißend. Der Bach führte zu einem Morast, den ich umrundete. Auf der anderen Seite spürte ich, dass die Geräusche hohler wurden, und erspähte weiter oben zwischen den kahlen Ästen offenen Raum, was ich für den Herbsthimmel über einer Wasserfläche hielt. Und schon bald – dreihundert Meter weiter – lag jenseits einer Gruppe Tamarack-Lärchen der Ives Lake vor mir und schwappte schwach gegen das westliche Felsufer. Ich war außer Atem, mit heftig pumpendem Herzen und eisigem Gesicht, die unbehandschuhten Hände bloß und steif und rot. Ich war praktisch im Laufschritt durch diesen Wald gehetzt, als wäre irgendwer oder irgendwas hinter mir her.

Ich hatte keinen klaren Plan für die Ausführung meiner Mission. Ich hatte zwei hartgekochte Eier und ein Stück Wurst vom Frühstück des Comfort Inn dabei. Außerdem hatte ich in einem Partyladen eine kleine Flasche Wodka gekauft. Das waren meine Requisiten für den zeremoniellen Ritus. Der See erstreckte sich kalt und fremd vor mir, das gegenüberliegende Ufer drei Kilometer entfernt, von einem Wall aus Wald begrenzt wie auf meiner Seite. Keine Menschen weit und breit. Die Lärchen schimmerten zwischen den Urkiefern und -tannen hindurch, nicht weit von dem Ort, wo Ann und Ralph und Clarissa und Paul – und ich – vor Jahrzehnten dem Familienidyll gefrönt hatten, Schwimmen, Kanufahren, Segeln, Lagerfeuer, Lieder und Grillwürste bis tief in die kühlen Sommernächte hinein. Niemand würde mich hier erspähen, dachte ich – ein Gespenst aus unbekümmerteren Zeiten. Ich setzte mich auf einen Stamm, dem See zugewandt. Holte die Eier aus der Tasche, pellte die Schalen in ein Loch, das ich mit dem Absatz gegraben hatte, und aß sie beide auf, plus die geräucherte Wurst, die köstlich war. Mit einem schneidenden Schluck Wodka spülte ich alles runter. Wind wühlte die Wasseroberfläche auf und brachte Kälte und einen fischigen Geruch. Rauch von einem Holzfeuer trieb heran, von gar nicht so weit weg möglicherweise, aber es war mir egal. Ich saß auf meinem Stamm wie ein Bär, wackelte mit meinen bestiefelten Füßen, wärmte mir die Hände in den Taschen, wartete. Und dann, der Moment war nicht vorherbestimmt, nahm ich den Zipper-Beutel heraus. Der Wind über dem See blies mir entgegen, aber in der Nähe ragte eine kleine Landzunge aus krautig-matschigem Land in das leicht gewellte Wasser hinein, eine Mini-Halbinsel. Ich stellte mich, Zipper-Beutel in der Hand, auf der morastigen Fläche in die Brise. Ein tief fliegendes Erkundungsflugzeug hätte mich jetzt sehen können. Ich ging auf der Schlammzunge zwanzig Meter weiter nach vorn, bis ich dem Wind den Rücken zudrehen konnte und Wasser vor mir hatte. Vorsichtig zog ich den Plastikverschluss auf, trat einen Meter ins Seichte hinein, nahm die Mütze ab, drehte den Beutel um und ließ den körnigen Inhalt hinausrieseln, die Asche formte kurz ein Wölkchen, dann einen Rußflecken auf der Wasseroberfläche, der sich auflöste und davontrieb, tiefer sackte und dann einfach verschwand. »Von andern aber gibt es kein Andenken«, zitierte ich aus dem Gedächtnis. Ich hatte die Stelle im Buch Sirach nachgeschaut. »... sie sind ausgelöscht, als wären sie nie gewesen. Und als sie lebten, war es, als lebten sie nicht noch ihre Kinder nach ihnen.« »Nicht dein Los, mein liebster Liebling«, sagte ich zu der Brise. »Nicht dein Los. Nicht heute.« Dann packte ich meinen Wodka und den leeren Zipper-Beutel ein und ging etwas entspannter durch den Wald zurück, ganz allein.

* * *

Als ich an jenem Nachmittag den Flughafen von Marquette erreichte, war ich, wenig überraschend, in einer höchst fragilen, höchst komplexen Stimmung: Ich hatte genau das getan, wozu ich hergekommen war – und darin steckte ein solider Kern des Guten. Und außerdem hatte ich genau das getan, wozu ich hergekommen war – das Allerallergramvollste. Doch während ich durch die Halle zu meinem Gate hastete, sank vollkommen unerwartet eine Frage auf mich hernieder. Eine absolut passende Frage, da hätte niemand widersprochen, angesichts der Tatsache, wo ich gerade gewesen war und was ich gerade getan hatte und an welchem Punkt meines Lebens ich angelangt war. Spät und allein.

Nämlich: Was jetzt? Wieder einmal.

Das geschah etwa in der Mitte der Zeit meines Nachdenkens über das Glück. Ich las zwei Wochenstunden lang für die Blinden in unserem örtlichen Radiosender WHAD. Ich leistete meinen Teil bei den *Hausflüsterern*. Ich sah meinen Sohn regelmäßig, aber nicht oft. In der Stadtbücherei lieh ich mir Bücher aus, sah mir Filme und Football im Fernsehen an, fuhr manchmal zum Red Man Club raus, ging aber selten angeln. Sogar mir war klar, dass so ein lauwarmes Dasein dem Leben nicht seinen vollen Tribut zollte. Das hatte ich meiner Mutter vor all den Jahren auf dem Totenbett nicht versprochen, ein Leben wie Pug Minokur in Bermudashorts.

Im Vorjahr hatte ich eine TIA gehabt, eine vorübergehende Durchblutungsstörung des Gehirns, es war zum Glück nichts dabei kaputtgegangen. (Ich nahm ein Statin.) Im Krankenhaus von Haddam war ein mikroskopisch kleines Loch in meinem Herzen entdeckt worden, aber nicht schwerwiegend genug für Blutverdünner (in Sachen Erektion konnte ich aufatmen). Ich besaß seit Jahren eine Blutdruckmanschette, benutzte sie aber nie. Ich hatte grauen Star auf beiden Augen, bemerkte aber nichts. Ich sah glasige Schwimmkörper, von einer Knüppelwunde während meiner Marine-Ausbildung in den Sechzigern, und litt unter gelegentlichen morgendlichen Schwindelanfällen – dafür hatte ich eine Reihe Abhilfemaßnahmen, die man nur ungern vor Zeugen absolviert. Manchmal hämmerte das Herz, manchmal brannten die Füße. Meine Fingernägel wuchsen wie bei einer Leiche. Das waren die unausweichlichen *Dinge des Lebens*, die jegliche Fantasie von einem »sauberen Gesundheitszeugnis« und »jung für sein Alter sein« so lächerlich machten wie eine Clownsnummer.

Aber ich konnte ziemlich gut schlafen – in meinen Träumen war ich immer jung. Es gab niemanden »in meinem Leben«, und es fühlte sich so an, als würde das auch so bleiben. (Ein, zwei Kandidatinnen hätte ich schon ausgehalten.) Ich dachte immer noch an die Liebe und ihren guten Nachbarn Sex, in lebhaften Einzelheiten und ohne Zweischneidigkeit oder Konflikt – nur nicht mehr als Anspruchsberechtigter. Nachdem ich von dem Einsame Pinien-Treffen zurück war, dachte ich eine Zeitlang über Reisen nach. Das Problem beim Reisen ist aber, dass du irgendwann immer *ankommst* – das alte Ich hängt ein paar Stunden oder Nächte oder Tage hinterher, aber irgendwann holt es dich wieder ein, und dir lastet immer noch genau derselbe Scheiß auf der Seele. Und dann kannst du eigentlich nur gleich weiterreisen, woandershin.

Eine Woche lang überlegte ich, mich zu einem Kurs über das Alte Testament am Priesterseminar einzuschreiben. Ich war nie über die *zeugte-zeugte-zeugte-*Stellen hinausgekommen und hatte immer den Verdacht gehegt, dass sich der Rest eh nicht lohnte. Ich druckte mir eine Broschüre über eine Singles-Kreuzfahrt nach Alaska aus, die innere Passage nach Ketchikan, die (in meinem Tagtraum) darauf hinauslief, eine geschiedene Frankokanadierin im mittleren Alter zu betören und der Lust und Liebe zu verfallen, und dann würde ich in New Jersey alles an den Nagel hängen, zu ihr nach Kamloops fahren, zusammen ein Bed & Breakfast aufmachen und Kanadier werden. Ich dachte über viele Dinge nach: das Rote Kreuz, eine Schiedsrichterausbildung, einen Schulbus fahren. Leistung (in irgendeiner Form) war, so schien mir, die Quelle des Glücks, Bedeutungslosigkeit und verschattete Einsamkeit dagegen schlimmer als zwei Päckchen Luckies am Tag. Aber als ich mich aufmachte, meine verlorene Frau nach Michigan zurückzubringen, hatte ich immer noch keinen Weg gefunden, wie es weitergehen konnte.

Warum tun wir bestimmte Dinge *nicht*? Das ist eine ergiebigere Frage als die, warum wir etwas tun.

* * *

Aber zwei Tage bevor ich nach Marquette flog, saß ich in meinem *Hausflüsterer*-Büro und dachte an nichts weiter, als was direkt vor mir lag. Ich hatte mit einem früheren Mitglied des inzwischen aufgelösten Clubs der Geschiedenen Männer telefoniert, Carter »Knöterich« Knott. Er ist achtzig und will unbedingt ein Teilzeiteigentum verscheuern, das seiner Schwester »Glad« in Florida gehört, weil sie gerade den Löffel abgegeben hat. (»Du wirst dir mit diesen Drecksäcken nur Ärger einhandeln. Zieh dich zurück. Sollen dich die Wichser doch verklagen. Werden sie nicht.«) Ich schaute gerade sinnierend aus dem Fenster auf eine Hornisse, die gemerkt hatte, dass die Jahreszeiten wechselten, als durch die Kliententür, genau wie letzten Sommer meine »Mutter«, mein Arbeitgeber hereinspazierte, Mr. Mahoney – an egal welchem Tag ein erfreulicher Anblick.

Vor lauter Erfolg und Selbstzufriedenheit ist Mike inzwischen rundlich und auf Hochglanz poliert. Vorbei sind unsere schlanken schnellen Tigerjahre an der Küste, wir hatten massenhaft Ware, aber keine Massenware, also auch keine Billigpreise. Nach dem Markteinbruch 08 hatte ich die Firma an ihn verkauft, und er schwenkte sofort um auf hurrikanbeschädigte Objekte, womit er Fantastilliarden scheffelte. »Tougher Tibeter ersteigt Immobilien-Everest«, schrieb die *Asbury Press* süffisant.

Mike schneit gern mal bei seinen diversen Unternehmen herein – eins für Instandhaltung, eins für Verkauf, eins für Vermietung, auch bei seiner kreuz und quer über New Jersey verteilten Mannschaft von Zwangsvollstreckungs-Rowdys. Siebzig Prozent der Angestellten sind Familienangehörige – sie alle haben einen Höllenschiss davor, zurück nach Lhasa geschickt zu werden. Ein Zwischenstopp bei mir ist dagegen immer ein Schmankerl für ihn. Wir sind alte Komplizen desselben Verbrechens. Ich mag ihn sehr.

»Wups! Ha! Und wieder erwischt!« Sein Kopf in der Türöffnung, kleine, harte Augen hinter einer getönten Designerbrille. Ich hatte seinen »Flying Spur«-Bentley schon auf den Platz fahren sehen, als ich mit Carter Knott telefonierte. Er hat seinen Neffen als Chauffeur eingestellt.

»Wollte gerade diese fetten Schecks in den Safe zurücklegen«, sagte ich. Unsere übliche Abbott-und-Costello-Nummer. Ich bin der diebische Angestellte. Er ist der tyrannische Boss mit dem goldenen Herzen. Er versteht nicht alles davon, aber das macht es nur besser. Mikes einst dicht-schwarzes Mönchshaar ist schütter geworden, es gibt kahle Stellen. Er färbt es noch schwärzer, was seinen Kopf ein bisschen nach einem Schachbrett aussehen lässt. Inzwischen stellt er eine anständige Wohlstandswampe zur Schau, um seine Finanzkompetenz zu betonen. An jenem Tag trug er seine Version von Casual Friday – Jogginganzug aus hellbraunem Velours mit Goldpaspel und Unmengen Reißverschlüssen. Goldene Air-Jordans in Zwergengröße mit silbernen Schnürsenkeln – womöglich aus echtem Silber. Mike besitzt einen Online-Kleidungsvertrieb in Karatschi und hat seine geschiedene tibetische Gattin Sheela recycelt, um ihn zu leiten. Der Jogginganzug entstammte vermutlich der eigenen Kollektion. Er ist so reich wie Nebukadnezar, höchstwahrscheinlich kriminell und so amerikanisch wie Thomas Jefferson. Natürlich ist er Republikaner, allerdings nicht pro Trump.

Wir reden kaum noch übers Geschäftliche, aber ohne Grund schneit er auch nicht herein. Kaum stand er in meinem Büro, trat er ans Fenster, steckte die Hände in die Hosentaschen des Jogginganzugs (seine kurzen Arme sind mittlerweile so prall wie Würste), starrte hinunter auf die Grünfläche des Platzes und die Arkade mit den schicken Boutiquen – bestimmt überlegte er, wie er das alles kaufen könnte, mich als Verwalter einsetzen, einen Izod- oder Patagonia-Laden eröffnen, dann an reiche Araber verscherbeln und in fünf Jahren das Ganze von vorne. Sein Kopf steht niemals still, aber am liebsten stelle ich ihn mir als tibetischen Jungen vor, mit purpurnem Rock, komischem Hut und Sandalen.

»Ich habe eine fantastische Idee.« Mike sprach zur Fensterscheibe, als probte er für etwas.

»Bin ganz Ohr«, sagte ich.

Er legte den rundlichen Schädel leicht schräg, wie um festzustellen, ob ich ihn aufziehen wollte, was ich manchmal tue. Er hält sich an strikt lineare Berechnungen, ein warmherziger, aber nicht von Haus aus humorvoller Mensch. Er würde einen guten Christen abgeben.

»Hör zu, Frank.« Er trat aus dem hereinstrahlenden Nachmittagslicht und setzte sich auf den Klientenstuhl, wo gewohnheitsmäßig Hausverkäufe für viele Millionen Dollar abgeschlossen wurden. Er verströmte den üblichen Eifer des kleinwüchsigen reichen Mannes. »Ich habe einen bislang übersehenen Nischenmarkt entdeckt, wo dein Sohn problemlos Fuß fassen kann.« Die Augen hinter der Goldrandbrille zuckten. Er beugte sich vor, die winzigen Air-Jordans verbanden mal grade den Stuhl mit dem Boden. Mikes Englisch ist durchtränkt mit Siebzigerjahre-Bisness-Jargon, aus der Zeit, als er in Carteret, New Jersey, als Telefonmarketing-Freibeuter seine Start-up-Sporen verdiente. »Ein Feld besetzen« (bei irgendwas). »Erfolg durch die Hintertür« (bei irgendwas). »Auf den Zweitmärkten entjungfert werden«. Bilanzaufstellung, Betriebskapital, Treuhand – als Metaphern. Ich versuchte, nicht zu lächeln, ihn nicht zu reizen. »Das stand in *Real Estate Forward*. Okay?« Eine randständige Branchenzeitschrift, in Pakistan produziert, die er online liest. »Heutzutage wollen die Klienten alles wissen, Frank. Okay? Nicht bloß über das Haus, das sie kaufen, sondern über die ganze verdammte Nachbarschaft.« Mikes Gesicht verknautschte sich vor lauter Business-Intensität. Er flucht gerne. »Die bezahlen für Recherchen vor dem Kauf, auf die jeder Makler scheißt, weil schlechte Nachrichten den Verkauf torpedieren. Stimmt's?«

»Stimmt«, sagte ich.

»Dein reicher Klient will also wissen, ob der Typ auf der anderen Straßenseite vorbestraft ist, okay? Oder ob der kleine Junge drei Häuser weiter Lernschwächen hat, die vom Trinkwasser kommen. Nachbarn sind nicht mehr normal. Du musst sie unters Mikroskop legen. Das ist nicht mehr so wie damals, als wir anfingen.« Mikes Gesicht wurde ernst. Eine Perle Altenspeichel hatte sich in seinem linken Mundwinkel gebildet. Er zog die Nase hoch, inhalierte das süße Aroma unerwarteten Geldes. Wenn Mike übers Geschäft redet, verschwindet sein Akzent völlig. »Wir haben einen riesigen, fruchtbaren, unerkannten Markt vor uns, Frank. Den kann ich als Onlineservice starten. Wir können in das angrenzende Büro erweitern.« (Ihm gehört das gesamte Gebäude.) »HLP kriegt fünfzehn Prozent Courtage. Dann übernehmt ihr, Paul und du, und steckt den Rest in die Tasche. Ihr könnt mich rauskaufen, wenn ihr ordentlich kassiert habt. Wir nennen die Firma *Ortskenntnis-Lösungen*. Ihr werdet reich und zieht auf die Bahamas.« Seine Augen zuckten erneut. Mike fand es beunruhigend, dass mein komischer Sohn nicht in der Welt aufgestiegen war. Er stellte sich Paul – ohne sein grünes Gormles-Hemd und die Bauchrednerpuppe – als fruchtbare, unangezapfte Ressource vor (ich natürlich nicht). Er sah Paul vor sich, wie er Stapel von Ausdrucken und Gerichtsakten durchackerte und am Computer Schnüffler-Bonusmeilen sammelte, nur um mit ein paar »Treffern« über eine Nachbarsfrau aufzuwarten, deren Missionarsonkel Lepra hat, aber im zweiten Stock lebt, wo ihn keiner sieht, und dieser Schnipsel Information könnte das Angebot für ein Haus zwei Straßen weiter, »Contemporary«-Stil mit Scheunenplanken, »um 'ne halbe Million runterdimmen« und möglicherweise dafür sorgen, dass keiner wegen Fahrlässigkeit drangekriegt wurde. Mike war seit einiger Zeit davon überzeugt, dass Paul und ich Partner auf einem Gebiet mit dynamischem Wachstum sein sollten, was mich der Sorgen um meinen Sohn entheben könnte (so groß waren die früher gar nicht), außerdem hätte ich dann wirklich was zu hinterlassen. So denken Tibeter.

»Das würde Paul nicht machen.« Ich lächelte entschuldigend, ich wusste, das ärgerte ihn.

»Warum nicht!« Mikes Kugelfäustchen trommelten auf die Lehnen des Klientenstuhls. »Wer bin ich denn? Etwa ein kleiner Trottel in Beige?« Arbeitskollegen aus seinen frühen Telefonbanking-Zeiten hatten ihn so genannt, und als er den ganzen Laden kaufte, bereuten sie nichts mehr als das. »Du musst es ihm *befehlen*!« Mike zupfte ein hellorangs Seidentaschentuch aus der Hosentasche und wischte sich den Mund ab, was die Speichelperle verschwinden ließ, er musste sie gespürt haben. Aus einer zweiten Tasche holte er ein silbernes Spenderbehältnis und verpasste seiner Zunge einen Spritzer – das nahm ich als Ablenkungsmanöver, weil er nicht sofort seinen Wunsch erfüllt bekam.

»Er mag seine Arbeit in der Human-Resources-Logistik«, sagte ich und verschränkte die Hände wie zum Gebet auf dem Schreibtisch. »Ich kann ihm nichts vorschreiben. Er ist kein Tibeter. Sehr lieb von dir, an ihn zu denken.«

»Es ist nicht lieb. Er ist ein Idiot.« Für Mike war Human-Resources-Logistik ungefähr dasselbe wie eine Karriere als Schülerlotse.

»Tja …« Ich wollte natürlich ebenso wenig eine Firma mit meinem Sohn gründen wie Kanadier werden oder einen Schulbus fahren.

»Sprich mit ihm! Sag's ihm!« Plötzlich suchte er den Boden rechts und links von seinem Stuhl ab, als könnte da irgendwas seine nächste Bewegung gefährden. Mike und ich fühlten uns nicht wohl, wenn wir stritten. Irgendwo da draußen in der Gemeinde Haddam gab es ein Feuerwerk, es pfiff und knallte am stillen Herbsthimmel. Absolut gegen sämtliche Regeln. Je reicher eine Stadt ist, desto mehr Bürger fühlen sich bemüßigt, ein Feuerwerk zu veranstalten.

»Ich treffe ihn nächste Woche, dann spreche ich es an«, sagte ich. »Er wird sich freuen. Er bewundert dich.« Gelogen. Paul fand Mike in Wahrheit »komisch«.

»Ich öffne den Menschen gern Türen, Frank.« Er klatschte nervös mit beiden Händen auf die Stuhllehnen. Die Republikaner glauben alle, dass sie den Menschen gern Türen öffnen, Hauptsache, sie kommen zuerst rein.

»Sie sind ein großer Mann, Senator.«

Jetzt nickte Mike, ohne Anlass, er dachte noch über seinen nächsten napoleonischen Zug nach. Vielleicht hatte ein Schuss Wehmut seinen Überschwang verdünnt. Wehmut nach dem alten Leben, als ihm alles, was er anpackte, noch gelang. Scheitern – sogar bei so einer Kleinigkeit – machte ihn traurig.

Also stand ich stracks auf. Mike neigte reflexhaft zu überdosiertem Umarmen. Das war eingerissen, als er stinkreich wurde. Er war dankbar, dankbar für alles, was Amerika ihm ermöglicht hatte. Eine Chance, »zurückzugeben«, Tribut zu zollen, den Spieß umzudrehen. Laber rhabarber. Ich kam nicht um den Schreibtisch herum. Ich wollte nicht in meinem eigenen Büro umarmt werden.

»Hast du für Sonntag auf die Eagles gesetzt?« Im Aufstehen zog sich Mikes Lungeranzug makellos glatt. Ihm gehörte eine Sky-Loge im Lincoln Financial Stadium, und er war verrückt nach Football. Er hatte mich schon oft eingeladen. Ich guckte lieber im Fernsehen, dafür war Football doch gemacht.

»Das mit dem Quarterback war ein Riesenfehler, wenn du mich fragst.« Ich war froh, einfach zum Sport überzugehen. Festerer Boden als mein Sohn.

»Die haben einem geschenkten Gaul in den Podex geschaut, wenn du *mich* fragst.«

»So was in der Richtung. Aber interessant sind sie schon.«

»Ich hab versucht, einen Anteil der Mannschaft zu kaufen. Einen Krümel!« Er riss die kleinen Augen auf und strahlte darüber, wie prächtig das alles war. Ein Minderheitseigner aus Tibet. »Wir rufen Sie an, hieß es. Ha!«

»Was das heißt, wissen wir ja.« Ich antwortete mit unserem alten Schlaumeiernicken. Jetzt war die Wehmut aus dem Raum gesaugt. Dahin.

»Ha!« Die Augen wurden feurig, die Füße scharrten vor Begeisterung. »Fick dich, Schlitzauge! Das heißt es! Ein Haufen alter weißer Scheißer, oder? Kann's ihnen nicht verdenken.«

»Fick dich und das Lama, auf dem du angekommen bist«, sagte ich. Das war einer unserer ältesten Sprüche. »Du fehlst mir, Don Miguel.«

»Ha!« Das machte ihn jetzt alles glücklich. »Gleichfalls«, sagte er. »Red mit deinem Doofheimer.«

»Mach ich«, sagte ich. Und weg war er, aus der Tür hinaus, die Treppe runter, zu seinem Bentley. Auf nach Red Bank, New Jersey. Die gute Tat des Tages – beinahe.

* * *

Als ich in Marquette das Gate erreichte – inzwischen hatte sich mein Zustand stabilisiert, irgendwo zwischen Flucht, Trauer und Ballflachhalten in Bezug auf die anstehenden Fragen (was jetzt, für mich, oder was überhaupt) –, wimmelte es in dem Warteraum nur so. Die Fighting Bull-Bats von der Northern Michigan University sollten morgen gegen ihren Erzrivalen spielen, die Wisconsin-Eau Claire Anvil Heads, es ging darum, wer die Meisterschaft in der Proleten-Footballliga gewinnen und den Alten Pinkelpott aus Eiche heimführen und in Duluth beim Tinnef-Pokal antreten durfte, am Neujahrstag, wenn sich das Schicksal der Welt entscheiden würde.

Die Anvil Heads-Mannschaft war gerade beim Aussteigen. Die Musiker der Pep-Band drängten sich im Wartebereich – sie waren mit einem anderen Flugzeug gekommen –, alle in Purpur und Gold, glänzende Instrumente in der Hand. Vor der Band hatte sich eine Anfeuertruppe aus gehaltvollen Wisconsin-Schönheiten mit Pompoms in Purpur und Gold versammelt, die einen etwas instrumentalisierten Eindruck machte. Der große Tambourmajor, Marke Ichabod, mit seinem Stab und seinen gewienerten kniehohen Stiefeln, beäugte die

Girls mit leidender Miene, als wünschte er sich eine von ihnen für den Heimflug ins Käskopfland.

Ich war schon wieder so weit, die Reise nach Alaska zu erwägen, im Vertrauen, dass eine falsche Entscheidung, ohne zu wissen, dass es die falsche war, am Ende besser war als Nichtstun aus Angst vor einem schlimmeren Irrtum. (Das klassische Dilemma alter Menschen, das üblicherweise zugunsten des Nichtstuns ausgeht.) Außerdem hatte ich beschlossen, dass ich mir sofort nach der Ankunft in Haddam meinen Sohn Paul vorknöpfen würde – wir hatten Karten für Kansas City gegen Oakland am Sonntag –, um Mikes Angebot zu besprechen: kostengünstiger Einstieg, gute Wertsteigerungschancen, minimales Verlustrisiko, dynamische Nischenbranche. Auf den ersten Blick konnte das nach einer Schnapsidee aussehen, aber weil sie von Mike kam, würde sie garantiert irgendwen reich machen – weil Mikes Pläne immer irgendwen reich machten.

Auf ein Zeichen hin sprangen die Musiker der Pep-Band alle auf. Die Pompom-Girls huschten in eine lockere Reihe vor der Band, wedelten mit ihren Pompoms und lächelten, während Trompeten die Ouvertüre zu Coplands *Fanfare For The Common Man* bliesen. Ein kleines Kontingent Anvil Heads-Anhänger war mit der Mannschaft gereist und stellte sich jetzt auf, sie schwenkten Schilder mit »A-Head Fans« und »Schwingt die Schläger« und »A-Head Fans« Dies alles im besten Geist einer Uni-Mannschaft. Und prompt kamen die ersten Anvil Head-Spieler aus dem Rüssel – breite, polternde, seltsam anmutige Trampel mit Kopfhörern und Spielbüchern, in purpurnen Sportjacketts mit goldenen Krawatten – die meisten waren Schwarze, aber nicht alle. Sie wirkten schläfrig und etwas entnervt von dem Trubel.

In genau diesem Augenblick dudelte mein Handy.

Vorwahl 480.

Meine Tochter Clarissa. Ein Anruf aus dem Tal der Sonne. Hätte genauso gut aus den Ardennen kommen können. Aus Finnland. Oder Feuerland. Sie und ihre Frau reisen viel.

Ich erwog kurz, nicht dranzugehen, was öfter passiert, wenn sie anruft. Mein Flugzeug hätte gerade ankommen können. (Dem war nicht so.) Ich hätte gerade beim Pinkeln sein können. (Stimmte nicht, obwohl es oft stimmte.) Ich hätte mein Telefon im Gepäck haben können. (Hatte ich nicht.) Das hätte ich später als Entschuldigung vorbringen können, aber ich ging dran.

»Wo bist du?«, fragte Clarissa, gefolgt von bleierner Stille. Warum musste sie wissen, wo ich war? Mein Magen gab ein leises, hohes sköiii-Geräusch von sich, einen Gruß von dem Pastetchen, das ich morgens auf dem Weg vom Huron Mountain Club zum Flughafen am Pasteten-Kioski in Negaunee gegessen hatte.

»Ich bin in Marquette. In Michigan«, antwortete ich. Wo ich die Überreste deiner Mutter bestattet habe. Und gerade Pasteten-Reue erleide. Und am liebsten ein anderer wäre. Von alldem sagte ich nichts. Soweit ich es beurteilen kann, glauben Lesben keinem Mann ein Wort.

»Hast du überhaupt mit deinem Sohn gesprochen?«

»Seit ein paar Wochen nicht.« Aus irgendeinem Grund war ich kurzatmig. »Er kommt zum Chiefs- und Raiders-Spiel am Sonntag vorbei. Ich mache …« Ich wollte gerade »Hackbraten« sagen und sagte stattdessen: »Warum?« Die meisten Anvil Heads waren jetzt ausgestiegen. Die kleine Fangemeinde zerstreute sich. Die Musik war zu einer kirchenliedartigen Version der Alma-Mater-Hymne geschrumpft.

»Sind dir seine Symptome nicht aufgefallen? Er sieht wattig aus. Er will es dir nicht sagen, er denkt, du wirst dann wütend auf ihn. Er traut dir nicht. Du bist wirklich ein schrecklicher Mensch. Er ist gestürzt, als ich ihn diese Woche in der Sanford Weill hab untersuchen lassen. Es war grotesk. Er hat Angst, er könnte seinen idiotischen Wachmannjob verlieren. Du versuchst nicht mal, dich um ihn zu kümmern.«

»Ich kümmere mich auch nicht um ihn. Das tut er selber. Wovon redest du, verdammt nochmal? Wattig. Was soll das heißen?« Die Delta-Angestellte im roten Jackett hinter dem Check-in-Schalter schürzte die Lippen und tat so, als hörte sie nichts, aber in Gedanken ging sie eindeutig die Checkliste der Security-Profile durch. *Älterer weißer Mann flucht, wirkt aufgeregt, brüllt ins Handy. Vielleicht Medikamente abgesetzt. Potenziell bewaffnet.* Jetzt kam mein Flugzeug tatsächlich an. Wartende First-Class-Passagiere waren zu einem Haufen verschmolzen und warfen argwöhnische Blicke auf die Economy-Leute, als könnte es gleich zu Handgreiflichkeiten kommen. Ich war in Reihe 20. Ganz hinten.

Clarissa hatte vergessen, mir mitzuteilen, wovon sie eigentlich sprach. Wieder das bleierne Telefon-Schweigen. Ich drückte mein Samsung dichter ans Ohr und steckte einen Finger ins andere, um die Wartesaal-Ansagen auszublenden. An Clarissas Ende hörte ich, wie sie ärgerlich zu jemandem – nicht mir – sagte: »Sag ihr, ich rufe sie zurück. Diese Dienstleistung machen wir nicht umsonst. Wir sind hier nicht bei der Caritas.«

»Was?«, sagte sie, nun wieder zu mir – auf dem Flugplatz von Marquette in einem Schwarm immer dichter werdender Befürchtungen. »Ach so. Er hat ALS. Ich bin erstaunt, dass ich diejenige bin, die dir das sagen muss. Weißt du überhaupt, was das ist?« Etwas – etwas Metallisches – klopfte gegen ihr Telefon. »Hör auf damit!«, sagte sie zu jemandem oder zu irgendeinem Lebewesen. »Das können wir nicht benutzen.«

»*Was* ist los?«, sagte ich. Ich hatte sie gehört. Mein Sohn hatte ALS. Ich musste es noch einmal hören. Mein Sohn hat ALS. Mein Sohn hat ALS. Sag es drei Mal, dann ist es nicht mehr wahr. »Natürlich weiß ich, was das ist. Das Lou-Gehrig-Syndrom.«

»Was auch immer. Er hat mich vor drei Wochen angerufen, als ich auf Cape Cod war. Er sagte, er hätte so komische Symptome. Vielleicht Borreliose, schließlich haben wir vor hundert Jahren mal in Connecticut gewohnt. So tickt er halt. Cookie und ich waren zusammen mit irgendwelchen Harvard-Leuten auf ihrer Hinckley-Yacht. Und eine von den Freundinnen unserer Freundinnen – Greta Sowieso – ist Neurologin am Brigham's. Der Dussel sagte, ihm würden die Beine zittern, die Hände seien schwach und er fühle sich unbeholfen. Greta meinte, ich solle ihn mal untersuchen lassen. Sie kannte jemanden in der Sanford Weill. Sie hat noch vom Boot aus angerufen. Und das war's dann.«

's. 's. 's.

»Was soll das heißen? Was *war's dann*?« Meine Knie – ich war aufgestanden und hatte mich langsam von den anderen Passagieren entfernt –, meine Knie waren jetzt voller Eisnadeln und zitterten auch. »Was ist passiert?«

»Ich bin da runtergeflogen. Vor zwei Wochen oder so? Paul kam mit dem Zug. Wir sind zur Sanford Weill in der 68th hochgefahren. Er wirkte okay. Wir kamen direkt dran. Gretas Freund – Dr. Bendo – hat einen Kernspin gemacht und ein paar Bluttests. Hat Paul ein paar Nadeln in die Muskeln gesteckt, wegen der Nervenleistung. Tut wohl scheißweh. Aber Paul fand das gar nicht. Sie haben ihm eine Menge Fragen gestellt, er musste hin und her laufen, Gleichgewichtstests und haufenweise anderes Zeug. Es war nicht gut. Der Arzt sagte, er hätt's offenbar schon länger. Was typisch ist. Er könnte Dysphagie haben.«

»Was ist das?« 's. 's.

»Schluckbeschwerden. Hat er letztes Jahr ein schweres Trauma erlitten? Manchmal – steht in den Büchern – berichten Patienten von so was. Alles Spekulation.«

»Nein. Nicht dass ich wüsste.«

Clarissa hatte vergessen, dass ich ein schrecklicher Mensch war, der sich nicht um seinen Sohn kümmerte. Sie hätte all das gerade auch ihren Harvard-Freundinnen auf ihrer Scheiß-Hinckley-Yacht erzählen können, bei goldenen Kelchen voll Montrachet.

»Faszikulationen«, sagte sie.

»Was? Was machen die?«

»Muskelzuckungen. In den Beinen. Ein Tölpel ist er immer schon gewesen.«

»Ich weiß nicht.«

»Er fühlt sich okay. Er sagt blödes Zeug, was blöd ist, weil er *nicht* blöd ist. Er ist direkt wieder arbeiten gegangen. Dieser Job. Was soll das eigentlich sein?«

»Der gefällt ihm. Ich weiß nicht«, sagte ich.

»Natürlich.«

»Was, natürlich?«

»Er – dieser Dr. Bendo – meint, er hat vielleicht die üble Sorte ALS. Die schnell voranschreitende. Die fängt im Gehirn an, nicht im Rückenmark. Unter anderem ist die für die Atmung zuständig.« Wo immer Clarissa gerade war, fingen gerade Hunde wie wild an zu bellen. Dann ebbte der Lärm ab, als wäre eine schwere Tür geschlossen worden. Einen Moment lang sagte sie nichts. »'tschuldige, ich bin draußen bei den Zwingern.« Die Anvil Head-Spieler strömten durch die Gänge auf die Gepäckausgabe zu. Die Pep-Band hatte die Instrumente weggepackt.

»Was soll jetzt passieren?«, fragte ich.

»Sein Zustand wird sich verschlimmern. Möglicherweise ziemlich schnell. Die Nerven sterben ab. Er wird kein Wachmann mehr sein können. Das ist mal sicher. Er ist ein richtiger Wichtigtuer geworden. Ist dir das aufgefallen?«

»Er ist glücklich. Er ist ein Durchschnittsbürger geworden. Das bringt das Wichtigtuerische im Menschen hervor.«

»Mhm-hmm«, sagte seine Schwester. »Ich …«

»Was?«

»Nichts.« Schweigen. »Ich hab mit Cookie geredet. Wir können ihm einen Flug hierher bezahlen. Es gibt hier eine Mayo-Klinik. Ihr Vater hat einen ganzen Flügel gestiftet. Wir können ihn nochmal untersuchen lassen. Ich hab ein paar Anrufe gemacht. Wir haben Beziehungen.«

»*Ich* werde mich um ihn kümmern«, hörte ich mich in mein albernes kleines Sprint-Handy sagen. Passagiere eines anderen Fluges stiegen aus. Lächelnde, braungebrannte Leute in geblümter Strandkleidung, Strohhüten und Blumenketten. Sie waren auf Hawaii gewesen und jetzt zurück auf der Oberen Halbinsel, was kost' die Welt. Mein Herz bummer-wummerte los, meine Knie wechselten von Eis zu Wasser, mein Bauch fing an, unter der Gürtellinie wehzutun. Ich brauchte dringend eine Pinkelpause.

»Das geht so was von gar nicht«, sagte Clarissa kalt. »Du bist zu alt.«

»Du magst ihn doch nicht mal«, sagte ich, zu laut. »Und er liebt dich. Du tust, als wäre ich hundert. Ich bin nicht zu alt.«

»Du bist vierundsiebzig oder so.«

»Ich bin vierundsiebzig oder so. Exakt. Paul ist mein Sohn. Wenn er sterben muss, werde ich mich um ihn kümmern. Ich liebe ihn. Er ist doch kein *Haustier*.« Sterben. Das hatte ich gesagt.

»Fick dich, Frank. Du bist ein Idiot. Es geht alles immer nur um dich, stimmt's?«

»Nein. Es geht nicht um mich. Aber auch nicht um dich. Warum hast du mich jetzt angerufen anstatt vor zwei Wochen?«

»Er sagte, er wollte es dir sagen. Er hatte Angst, du würdest – egal. Als hätte er irgendeinen Scheißtest nicht bestanden. Was weiß ich. Ich kann mehr für ihn tun als du.« Ihre Stimme war brüchig und kehlig geworden, sie kämpfte. »Ich will jetzt nicht mit dir reden. Ich steh grad neben mir. Paul stirbt.«

»Tut mir leid. Nein, tut er nicht.«

»Mmm-hm. Okay. Jetzt weißt du Bescheid. Wir reden ein andermal. Ruf ihn an. Oder sprich mit ihm. Was weiß ich.« Ein hörbarer Seufzer verließ meine Tochter, die versuchte, wieder zu Atem und zu ihrer hochwichtigen Autorität zu kommen. »Wenn er es dir nicht gesagt hat, heißt das, er hat Angst.«

»Ich verstehe.« Katawumm, katawumm. Skuuaaaallll, mein armer belagerter Bauch mit dem Killerpastetchen drin. Für diese Art Detonationen gab es nie einen idealen Augenblick. Gelandete Michiganer zogen vorbei und oho-ten über die »guten Leis«, die sie abgekriegt hatten.

»Ich wollte …«, setzte Clarissa an und brach wieder ab.

»Ich weiß«, sagte ich. Ich wusste nichts. Ich war auch ihr Vater. Im Grunde nicht schwer, wenn die Einstiegsfeindseligkeiten erst überstanden waren.

»Morgen wird er wohl kaum sterben«, sagte sie in einem Verhandlungston, nahezu unhörbar über die Entfernung hinweg.

»Damit fang ich mal an«, sagte ich »Danke. Ich hab dich lieb.«

»Ja klar. Okay. Ich bin nicht auf dich sauer. Ich bin nur auf das Ganze sauer.« Sie atmete so schwer ein, wie sie gerade noch ausgeatmet hatte. »Er kann das nicht gebrauchen.«

»Ich weiß. Ich …« Ich glaube, ich wollte mich noch einmal bedanken. Aber da war die Leitung schon tot. Ich dachte, sie hätte noch etwas gesagt, aber ich war mir nicht sicher.

* * *

In einem Anfall von Panik rief ich aus der Delta-Lounge in Detroit bei Dr. Catherine Flaherty an, die vor kurzem die Leitung der Gynäkologie am Scripps La Jolla in San Diego abgegeben hatte. Catherine. Licht meines Lebens, Feuer meiner Lenden. Das ist eine lange Geschichte, wie sie sich häufen, wenn man lange lebt.

Seit 1983 sind Catherine (die sechzig ist) und ich eigentlich immer in Verbindung gewesen. Und seit Sallys Fortgang gab es zwischen uns ein oder zwei Gespräche, bei denen ein schwebender, halb unterdrückter Hauch von Möglichkeit über die Cyberwellen zu wittern war. Die fünfzehn Jahre, die uns anfangs trennten, als sie in ihren Zwanzigern war und ich achtunddreißig, sind jetzt nicht mehr derselbe Abstand – diese Tatsache bemerke ich, spreche sie aber nicht an. Seit wir Anno 84 von einem »Zusammen in Frankreich« zurückkamen, habe ich sie nur zwei Mal in Fleisch und Blut gesehen – beide Male im Century Club, einmal, als sie einen Vortrag bei einer ausgesprochen schleimabsondernden Veranstaltung hielt, und einmal, als sie sich scheiden ließ. Jedes Mal war ich völlig fertig davon, wie unfassbar wenig sie sich mit inzwischen irgendwo in den Vierzigern verändert hatte – immer noch die große, bärenstarke Co-Kapitänin der Frauen-Rudermannschaft von Dartmouth. Dieselben langen Boston-Schneidezähne. Dieselben ironischen Bostoner Herrenschuhe, wie ihr alter Herr; dasselbe honigblonde Haar – nicht im praktischen Ärztinnen-Kurzschnitt; dieselbe päonienblütenperfekte Haut und die köstlichen Läuferinnenwaden. Beide Male war ich von meinen eigenen Unwägbarkeiten blockiert – Kinder (natürlich), Immobilienunternehmen an der Küste und Schlimmeres –, hatte die Gelegenheit versäumt, Versager!, die jeder mit mehr als einem Spatzenhirn ergriffen hätte: alles fallen zu lassen und mit dieser Frau loszuziehen. Natürlich steckte Catherine bis zum Hals in den eigenen *Komplikati-ounen* – ihrer großen Karriere als Ärztin, ihrer Scheidung, ihren Anliegen, anderen Verehrern, die sie umschwirrten und die sie nie ernst nahm. (Solche Frauen sind nie allein.) Wir hatten stillschweigend anerkannt, dass sich zwischen uns immer noch ›etwas‹ regte, und fanden übereinstimmend, dass das ganz natürlich war. Dessen Zeit war gekommen. Und wieder gegangen. Eine unnötig düstere Perspektive, dachte ich; ein positiv-gradueller Ansatz kann sich doch durchaus lohnen. Manchmal tun wir etwas nicht, weil wir einfach Geduld haben.

Als ich ihr aus Detroit halb unzusammenhängend das wenige mitteilte, was ich über Pauls Situation wusste, schien sie sich darüber zu freuen, dass ich mich meldete, war sofort bereit, aktiv zu werden, und wusste offenbar alles Notwendige. Mit der Evaluation an der Cornell war sie nicht zufrieden, damit fing es an (»Bestenfalls kursorisch. Dafür ist das alles viel zu ernst.«). Erstklassige Experten trauen nur ihren Leuten – den eigenen Pflegern, CTAs, Phlebologen, Scannern, Pipetten, Blutdruckmanschetten usw. In den meisten Fällen ist die Medizin weder eine Wissenschaft noch eine Kunst, sondern eine gildenhafte Freimaurerei, die auf schwarzmagische Geheimnisse und Geisterbeschwörung zurückgeht. Kein Problem für mich.

Ein Dr. Karl Pomfret, sagte Catherine, sei kürzlich von La Jolla »hoch nach Mayo-Rochester« gewechselt (an meine Alma mater; da war ich mit meiner siechen Prostata Anno 2000; Sweatshirt und Kaffeebecher hab ich immer noch). Seine »Domäne« (sie benutzte jetzt diese halb oder ganz französischen Vokabeln – »Domäne«, »peu à peu«, »frisiert«, dazu, als Verben!, »tranchen« und »carte-blanchen«), seine Domäne seien neurogenerative Störungen. Er sei engagiert worden, um großangelegte Versuchsreihen im Zusammenhang mit »Bewegungsneuronen, die gut funktionieren«, zu starten und herauszufinden, was von ihrem genetischen Material »interessant« sein könnte im Hinblick auf die anderen, die »auf halb acht hängen«. Es gebe »schlicht« keinen Besseren. Sie seien zusammen an der Hopkins (aber »in verschiedenen Läden«) »trainiert« worden (wie Sportler oder Kickboxer) und hätten sich kurze Zeit gedatet (»... ein Witz. Ich nannte ihn immer *Pomme frite*«). Nun war dieser Pomfret offenbar mit einer glücklichen, plumpen Schwedin verheiratet, die das Leben in Minnesota liebte, weil es sie an Norrbotten erinnerte. Sie – Catherine – wolle mal bei Karl »durchklingeln«, damit Paul »durchgesehen« würde, sobald ich ihn hinbringen könne. Cartegeblanchet. Cornell sei natürlich »absolut erstklassig, versteh mich recht, aber es ist halt nicht Mayo, falls du weißt, was ich meine«. Tat ich.

»Und?«, fragte Catherine. Ein Punkt abgehakt. Der nächste? »Jetzt wieder du. Was hast du zu beichten, junger Mann?« Ich stellte mir den donnernden, schäumenden kalten Pazifik vor, der irgendwo unterhalb ihres möglichen Sitzplatzes unter einer Pergola gegen hartgesottene Felsen klatschte, und sie sonnte ihre bronzenen, tattoofreien Glieder, vielleicht sogar oben ohne (nur zu Hause), und trank einen Smoothie, dessen Früchte man sich aus Qualitätsgründen »von den Inseln« liefern lassen musste. »Ist Sally immer noch weg ...? Wo war sie noch gleich hin?« Ich war halb betäubt davon, mit welcher abfertigenden Leichtigkeit sie meinen Sohn »wegorganisiert« und über die Best-Practice-Rutsche zu erneuertem neurodegenerativem Wohlergehen runterexpediert hatte.

»Tschetschenien«, sagte ich. »Da gibt es mehr als genug zu betrauern. Wahrscheinlich krieg ich sie nie wieder zu Gesicht.« Sie kannte Sally Caldwell nicht, war meinen Kindern nie begegnet, aber das störte sie nicht. Sally und sie hatten eine gewisse forsche Grundhaltung gemeinsam und wären sich vermutlich sympathisch gewesen. Was für mich nicht günstig ausgegangen wäre.

»Hast du auch mal Spaß, Frank?« Eine deutsche Reisegruppe, alle mit gelben Plastiktaschen vom Reisebüro über der Schulter und ihren Pässen um den Hals, hasteten mit bestürzten Mienen aus der Lounge, als hätten sie gerade den Aufruf zu ihrem Flug versäumt und säßen nun in Detroit fest, ohne ein Wort Michiganesisch. Präsident Trumps gedunsenes, glubschäugiges Gesicht füllte den TV-Bildschirm hinter der Gratisbar, ganz Mussolini mit der Hündchenschnauze und den verschränkten Armen. Ich konnte nicht wegschauen – die knolligen Arme, das vorspringende Kinn, in alle Richtungen gleichzeitig spähend, ob er auch beklatscht würde, und nie war es genug.

»Ich hab versucht, mir was in der Richtung auszudenken«, sagte ich feige. Und überraschte mich dann selbst: »Wie würde es dir gefallen, wenn ich rübergeflogen käme?«

»Meine Güte.« Eine laszive Landbrise wallte an ihrem Telefon entlang. Ich roch Eukalyptus und Passionsblume. »Ich weiß nicht. Was würden wir zusammen machen?«

»Das würde ich herausfinden.« Meine Domäne. »Ich könnte mit einer Überraschung ankommen.«

»Wahrscheinlich nicht *so* überraschend. Ich kenne deine Überraschungen.« Darüber kicherte sie und nahm einen Schluck von ihrem Smoothie oder was immer das war. »Ähm.« Diesen Laut gab sie von sich. »Meine Freunde hier draußen sind alle Langzeit-Republikaner. Du bist noch keiner, oder, Frank?«

»Noch nicht«, sagte ich. »Ich halte immer noch viel vom Konzept der Volkspartei.«

»Na, dann könnte ich dich nicht in den La Jolla Club mitnehmen.

Die Leute würden Herzanfälle kriegen. So einen wie dich haben die noch nie gesehen.«

Erstmals eine Prise Widerstreben. Obwohl es auch das Gegenteil hätte sein können. Wenn du älter bist, kannst du oft Widerstreben und Nachgeben nicht mehr voneinander unterscheiden, weil bei beiden vielleicht dasselbe herauskommt. Ich wollte sie nicht allzu heftig anbaggern, falls es später nochmal eine Chance geben sollte. Wenn du älter bist, ist der Geduldsfaden oft der einzige rote.

»Wie geht es dir körperlich? Will deine Ärztin wissen.«

»Tipptopp.« Ihre Bewerbungsgespräch-Direktheit verblüffte mich – ich kannte das zwar von unserer ersten Begegnung 1983, als ich für eine Sportzeitschrift arbeitete und sie, mit zweiundzwanzig, Praktikantin am Dartmouth war. Eine hektische Phase; ich war gerade geschieden und ein wandelnder Schwamm voll existenzieller Trübsal, die ich mir einbildete erfolgreich zu überspielen. Ich war nicht im Begriff, ihr meinen Mini-Schlaganfall zu offenbaren, meine globale Amnesie, das Loch in meinem Herzen, die angesammelten Ablagerungen in meiner Halsschlagader, meinen grauen Star, die morgendlichen Kämpfe mit Schwindelgefühlen – was alles auf diverse, ängstlich erwartete »Geschichten« hindeuten konnte. Tipptopp, tipptopp, tipptopp. »Und selbst?«

»Prima. Ein paar kleine Mädchensachen. Mir geht's gut. Also, was denkst du, hast du was Wichtiges im Leben versäumt?« Ein Geräusch sagte mir, dass sie aufgestanden und an eine steinerne Aussichtsbalustrade getreten war, von der aus sie auf das schimmernde Panorama des Meeres hinausblicken konnte.

»Dich habe ich versäumt. Ich habe Heidegger gelesen. Dem ist der Körper egal, für ihn sind wir anscheinend alle Fragende, Entscheidende und Macher unserer selbst.«

»Hmmmm. War der nicht ein Nazi?«

»Nicht in allem. Er hat viel über das menschliche Dasein nachgedacht.«

Catherine vollführte einen Einatmer, um Langeweile anzuzeigen. Ich weiß nicht, warum ich das alles hatte sagen müssen. Bei ihr war es gerade neun Uhr früh. Mittag in Detroit, eine Stunde von meinem College entfernt, wo ich einst die junge Ann Dykstra kennenlernte und einen Weg einschlug, der mich irgendwie hierherbringen sollte, in die Sky-Lounge, am Telefon mit einer fünfzehn Jahre jüngeren Frau, die sich unmöglich für irgendwas interessieren konnte, das ich sagen würde. »Hast du den Namen und die Kontaktinfo mitgeschrieben? Karl Pomfret. Sein Büro wird dich anrufen. Okay, Sweetheart?« *Sweetheart*. Das war ich immer noch. Vielleicht hätte Catherine Lust auf eine Kreuzfahrt nach Alaska.

»Okay«, sagte ich zu laut, »danke dir.«

Catherine räusperte sich, irgendwie typisch Ärztin. »Übrigens bin ich zu den Katholiken übergetreten. Mein Vater wäre völlig baff – dabei war er selbst einer, bis er meine Mutter heiratete. Wahrscheinlich überlegst du es dir jetzt anders mit dem Rüberkommen. Du könntest mit mir in die Messe gehen. Oder zu Hause bleiben und Heidegger lesen.«

»Ich habe dich immer geliebt«, sagte ich wie im Krampf. »Mir doch egal.«

»Was ist dir egal?« Das mit der Liebe, übergangen.

»Ob du bei den Papisten oder bei den Mormonen bist.«

Sie räusperte sich wieder, als wollte sie noch etwas sagen, ließ es dann aber. Ich hörte an ihrem Ende eine Taube gurren – auf dem Aussichtspunkt unter der Pergola, neben einer Strelitzie, unter Eukalyptus. Die Meeresbrise schmachtete durch den leeren Raum.

»Also, kann ich rüberkommen und dich besuchen? Irgendwann? Eigentlich bist du das, was ich versäumt habe. Die Person, die.«

»Ach, ich weiß nicht. Da müsste ich vorher das Haus in Ordnung bringen.« Das betrifft den derzeitigen edlen Freier – weg mit dem Alten, her mit dem Älteren.

»Das geht in Ordnung.« Mehr als das.

»Und du hast deinen Sohn, was mir übrigens leidtut. Wirklich leid.«

Bumm-peng. Bummeti-päng! Ich wusste gerade mal eine Stunde von den fatalen Aussichten meines Sohnes, und schon plante ich einen Flug nach La Jolla, auf einer Mission der Liebe, nicht der Barmherzigkeit. Was war bloß los mit mir? Wahrscheinlich gar nichts.

»Ich bin richtig froh, dass du angerufen hast.« Catherines Stimme war flüssig und plötzlich fröhlich und skeptisch zugleich, so wie ich sie als junge Frau in Erinnerung hatte.

»Ich kann's nicht erwarten, dich zu sehen.« Mir wurde plötzlich klar, dass auch ich am falschen Ende des Flughafens war und mich jetzt sputen musste. Aber ich wollte in Detroit bleiben, der Stadt der geplatzten Autoträume, und Catherine weiter verträumt vollsülzen, als gäb's kein Morgen.

»Bye«, sagte sie, immer noch amüsiert.

»Bye«, sagte ich. »Bye.« Ich sagte es nochmal und wahrscheinlich ein weiteres Mal.

Und damit endeten wir.

* * *

Am nächsten Nachmittag, als ich gerade nach Hause gekommen war, meldete sich Karl Pomfret – ausdruckslos und förmlich, typisch Arzt, der sich am Telefon ziert, als würde er ungern mit anderen Menschen sprechen oder als hätte irgendetwas in Catherines güldener Stimme gewisse Katzen aus gewissen Säcken gelassen und dazu geführt, dass gewisse Sehnsuchtsnähte, die wir beide nur zu gut kannten, wieder aufklafften. Ich hatte Mitgefühl mit ihm. Er hatte verloren. Er mit mir? Nicht so viel.

Ich konnte ihm fast nichts Nützliches über den Zustand meines Sohnes mitteilen. Die Cornell-Ärzte hätten den Verdacht, dass … aber noch keine belastbaren Ergebnisse … und so weiter; möglicherweise

»die schlimme Variante«; wenn man ihn so sehe, scheine es ihm gut zu gehen. Alle Infos kämen ja über seine Schwester, und dass das keine echten Infos seien, wisse ich auch. Ich würde ihn erst am Sonntag sehen, für das Chiefs- und Chargers-Spiel. Catherine habe gesagt usw. usf. …

Pomfret fragte, ob »Nervenleiter-Tests« gemacht worden seien. Ich sagte, ich dächte schon. Er sagte, Krankheiten mit absterbenden Nerven seien faktisch viele Krankheiten, die oft unter ein und demselben Namen firmierten. Wie bei Krebs. (Ich sagte, den hätte ich gehabt und sei damit in der Mayo gewesen, das schien ihn aber nicht zu interessieren.) Er fragte, ob das Wort »Hirayama« gefallen sei. Nicht mir gegenüber. Er fragte, ob mir etwas Ungewöhnliches bezüglich Pauls Beweglichkeit, Geschicklichkeit, Muskulatur, Haltung aufgefallen sei. Ich sagte, Paul sei sowieso ein Tölpelheimer, in seinen besten Stunden ein »ungewöhnlicher« Junge (ich sagte »Junge«), man würde so etwas also nicht sofort bemerken. Ich jedenfalls nicht. So oft hätte ich ihn auch gar nicht gesehen – und bei diesen Worten erfasste mich ein Schwirren, das die Brust leerfegte, ein Gefühl der eventuell strafbaren, gar verknastbaren Unzulänglichkeit. Noch vorgestern war ich ahnungslos gewesen, dass er überhaupt etwas hatte. Woher soll man etwas wissen, bevor man es weiß? Wie wenn Onkel Malachy plötzlich tot umkippt, aber eine Minute vorher saß er noch in der Küche und verspeiste sein Zitronenbiskuittörtchen.

»Hat Ihr Sohn Ihnen gegenüber etwas davon erwähnt, Mr. Bascombe?« Pomfret schrieb offenbar nicht mit. Wenn deine Kompetenz den Mayo-Level erreicht hat, hast du 10 000 Versionen derselben Geschichte gesehen und gehört. Dieselben Macken in allen Phasen von Gottes Handwerk. Was gab es da mitzuschreiben?

»Nein. Er hat mit seiner Schwester gesprochen. Sie hat ihn dann in die Sanford Weill gebracht, denk ich.« Ich wurde zu einem dieser Schönfärber, die am Ende jedes Satzes *denk ich* sagen, statt *So, und das glaubst du jetzt gefälligst*.

Pomfret entließ einen mühevollen Atemzug in den Hörer, als trüge er einen Mundschutz. »Okay«, sagte er. »Kann er nach Rochester kommen? Wo sind Sie, Mr. Bascombe? Oder wo ist Ihr Sohn?«

»Hier!« Als wäre ich gerade aufgewacht. »Im mittleren New Jersey. Wo wir wohnen. *Er* wohnt.«

»Wie alt ist Paul?«

»Siebenundvierzig.«

Eine kurze Pause, in der ich endlich das schnelle Klackern von Computertasten hörte. Ich hatte im Geist schon das Porträt des Dr. Pomfret fertig. Klein, zu eckig, kurze Bürstenhaare, Nieten als Augen, ein Läufer, vielleicht sogar ein Ruderer mit eigenem Leichtgewichtboot, der den Tod der Bewegungsneuronen lebte, atmete und schlief. Keine Ahnung, wie ihn diese Eigenschaften mit Dr. Flaherty in die Horizontale gebracht hatten. Verdächtig fand ich auch einen Hauch Rheinland in seinen Konsonanten. Oder schlimmer, Schweiz.

»Mr. Bascombe, wer wird Ihren Sohn nach Mayo begleiten?« Tipp, tipp, tipp.

»Ich. Ich mach das. Wissen Sie, wie lang er dort sein müsste?«

»Kommt trauf an«, *Herr* Bascombe. *Ja, ja, ja*. »Fenn fir Ihren Ssohn efaluieren, kibt es pestimmt noch Einikes zu bereeten, je nachtehm fas fir finten. In Ortnunk?« Tipp tipp tipp tipp tipp tipp tipp. »Wunderbar, wunderbar.«

»Klar. Absolut. Das ist super.« Auf einmal war ich zitterig, als spräche ich mit einem Bestatter. Ich hätte am liebsten gesagt: Wenn Sie Paul in Ihre experimentelle Studie aufnehmen, können Sie ihn wieder in Ordnung bringen und zurückschicken zu seiner Human-Resources-Logistik, wo er so glücklich war? Das war nie mein Lieblings-Lebensziel für meinen Sohn gewesen, aber jetzt war es das.

»Okay«, sagte Pomfret. »Das hab ich abgeschickt. Sie werden von meiner Termin-Mitarbeiterin hören, Miss Boykin. Wir schieben Sie baldmöglichst rein.«

»Sie schieben *Paul* rein.«

»Paul, klar.« (*Ja, ja.*) »Nur die Ruhe. Wir werden uns gut um Paul kümmern.«

»Okay. Okay. Danke.«

Eine kleine Pause. »Wenn Sie mit Kate sprechen, beste Grüße.«

»Wer ist Kate?«

»Catherine. Dr. Flaherty. Wir waren zur gleichen Zeit an der Hopkins. Damals hat sie mich total angespitzt.«

»Angespitzt. Wirklich?«

»Sie interessierte sich nicht für Ärzte. Sie hatte die großen Brieftaschen im Visier. Hat sie auch gekriegt.«

Wohl wahr. Ihr Ex-Mann Gilles war ein Investment-Freibeuter bei Lazard Frères, besaß seine eigene kleine Vulkaninsel im Indischen Ozean und hatte einen Abschluss von der Sorbonne. Natürlich waren sie »immer noch Freunde«.

»Wo haben Sie beide sich kennengelernt?«, fragte Pomfret. »Waren Sie ihr Lehrer?«

»Genau«, sagte ich, einzig und allein, um ihn reinzulegen.

»Highschool?«

»Genau. In Dedham, Massachusetts. Wir waren die Dedham Doornails. Ich hab ihr beigebracht, Chaucer auf Chinesisch zu lesen.«

»Ah. Okay. Super.« Irgendwas an seinem Ende machte ein *Fank*-Geräusch. »Wir melden uns sehr bald.«

»Super«, sagte ich. »Alles super. Echt super. Wirklich. Danke schön.«

Und wir beendeten das.

Drei

Zu unserem Aufbruch Richtung Mount Rushmore gehört aus komplexen Gründen die sofortige Anmietung eines Wohnmobils (dazu gleich mehr). Und da unser Valentinstag im Kino eine Pleite war, habe ich heute – Dienstag – die Chance, uns ein solches Gefährt zu beschaffen, damit ich gerüstet und bereit bin, falls Paul morgen in der Stimmung für unser Abenteuer ist. Außerdem kann ich mich, mit einem Quäntchen mehr Zeit, noch um meine privaten Bedürfnisse kümmern, und wie genau, das wird desgleichen im Weiteren deutlich.

Ich finde es überhaupt nicht schwer, mich in Rochester zu Hause zu fühlen. An den meisten Tagen geht es mir sehr gut. Mein Arbeitgeber Mr. Mahoney hat, über seine Firma *Himalaya-Lösungen* und getreu seiner Berufung, das Leiden der anderen zu lindern, Paul und mir für unseren Aufenthalt in der Mayo eins seiner vermietbaren »Zuhauses« überlassen, die überall im ganzen Land zu finden sind, bald auf dem ganzen Planeten, und das passt perfekt für uns. Unsere Leihgabe befindet sich in einem komfortablen älteren Viertel, nur Minuten von der Klinik entfernt – eine Straße voller weitgehend immer noch schöner Heimstätten aus den Zwanzigern, Dreißigern und Vierzigern, Holzhäuser, Backsteinhäuser, Stuckgebäude, die über die Jahre langsam in dem für den Mittleren Westen typischen Flickenteppich der Mischnutzung aufgegangen sind – stattliche Restexemplare alter Ulmen, unbefestigte Bürgersteige, Wurzeln, die sich durch den Asphalt boxen, all das bräuchte mal eine wohlwollende Umnutzung.

Mischnutzung hatte für mich nie etwas Negatives. Wenn man, wie wir gerade, gegenüber von einem Akupunkturstudio wohnt, wo zuvor ein Urologe ein Jahrhundert lang in seinem weißen Backsteinhaus im Kolonialstil gelebt hat (und darin gestorben ist), oder ein Stück entfernt von der abessinischen Taubstummenkirche, die im Tudorstil-Vierfamilienhaus eines früheren Schuhverkäufers sitzt, dann hat man meiner Meinung nach urbane Beliebigkeit in Bestform vor sich. Ich habe mich nicht bei Paul erkundigt, wie er es findet, hier zu wohnen, während sein Leben auf die Grundbedürfnisse heruntergefahren wird – Gehen, Schlucken, Sprechen, Atmen. Aber seine Gefühle werden sich, wie so oft, kaum von meinen unterscheiden. Zustimmung unter Vorbehalt.

Einmal pro Woche sind Paul und ich in den sieben Wochen unseres Aufenthalts hier von unserer Medizinpilger-Bleibe in der New Bemidji Street über die Minnesota Route 14 gen Osten gefahren, wo das üppige Getreideland einsetzt, das Gelände hügelig wird und wir auf schöne Aussichten zählen können. (Das ist hier nicht weit entfernt von der medizinischen Bundesanstalt, wo Sheik Omar, Lyndon LaRouche und der Unabomber eine erstklassige Gesundheitsversorgung auf Staatskosten erhielten.)

Gleich bei dem Adopt A Highway-Schild der Freimaurer bin ich nach einem Wendemanöver rechts rangefahren – Motor und Heizung lasse ich laufen –, weil wir hier den Blick über Rochester auf uns wirken lassen können, ungefähr so, wie eine sich zusammenziehende Armee es täte. Es ist gut, wie ein Kartograf auf die Orte zu schauen, die wir bewohnen, ganz gleich, wie lang wir vorhaben dort zu bleiben. Einer der wenigen, aber echten Vorteile des Fliegens (als wir im Dezember herkamen, haben wir es vermieden) liegt darin, eine Lokalität zu sehen, als näherte man sich einer Insel und nähme sie zur Gänze wahr, bevor man den ersten Fuß auf den Boden setzt. Die wichtigen Daten, die aus der Luft erhoben werden, bekommt man nie, wenn man auf einem Esel heranreitet wie Johnny Appleseed, den Blick nach hinten gewandt. Ich weiß noch, wie ich zum ersten Mal in die »Halbmondstadt« New Orleans flog und unter mir das Herz dieser grellen, ramponierten Metropole sah, heikel arrangiert am epischen Bogen des großen Flusses Richtung Golf. Ich wusste sofort, dass unter allem, was dort ablief, ein Sinn fürs Verleugnen lag, der wie ein Fieber brannte, und für mutwilligen Leichtsinn, vielleicht sogar Irrsinn. Das waren die Totems dieser Stadt.

Das Überleben und Gedeihen einer Stadt hängt davon ab, ob sich in ihr das menschliche Verhalten an einer locker interpretierten *Idee* – wie etwa mutwilliger Leichtsinn – orientiert, denn so leiden die aufeinanderfolgenden Bewohner nicht unter verwirrender Beliebigkeit. Die meisten Ideen und Institutionen, an denen uns etwas liegt und die wir sogar als ikonisch empfinden, sind so ausgedacht wie die Watts Towers, die Freiheitsstatue und Babe the Blue Ox.

Ich selbst hatte nie ein Problem mit leicht dosierter Beliebigkeit, daher habe ich sie stets gefördert, soweit es praktikabel ist. Mit meiner Art zu leben weiß ich gegenüber meinem Sohn – dessen Leben jetzt vorprogrammiert ist zu einem ALS-Leben (und -Tod) und der trotzdem oft nicht weiß, was genau er als Nächstes tun soll – oft nicht, wie genau ich *überhaupt sein* soll, und dieses Gefühl nehme ich als Essenz der Beliebigkeit und finde es, in Maßen, nicht immer schlecht. Auf diese Weise haben Paul und ich eine Art gegenseitigen Ausgleich gefunden zwischen dem, was zu tun ist, und dem, wie man sein könnte – und das hat uns bis jetzt recht gute Dienste geleistet.

Wenn wir von unserem hoch gelegenen Ausguck hinunterschauen, lässt sich gar nicht so leicht sagen, warum die Stadt Rochester überhaupt da sein muss oder was ihre Totems sind – abgesehen von der verschachtelten Monumental-Klinik. Vielleicht lebten hier mal Ureinwohner, was die meisten längst vergessen haben. Oder es war womöglich eine Kreuzung von alten Handelswegen der Pioniere, ebenso in Vergessenheit geraten. Er ist einer jener Punkte auf der Landkarte, wo, wenn unschuldige Bürger vor einem Vorstadt-Drugstore niedergeschossen werden, andere Bürger schnell sagen: »Hier passiert so was nicht.« Als wäre *hier* ein präziser Ort.

Wie die meisten Städte wurde Rochester einmal (fragt sich von wem) als einer der Orte mit der besten Lebensqualität in den USA ausgewählt. Und doch kommt es mir nicht wie ein echtes bürgerliches *Hier* vor – nicht ganz –, bloß ein labyrinthisches, summendes, amöbiges *Ziel* für menschliches Wohnen und menschlichen Verkehr, wo die Geschäfte sprießen wie Löwenzahn. Als ich mich mit dem Pflegeteam meines Sohnes besprach, deuteten die meisten an, sie hätten überhaupt nichts dagegen, wenn die Stadt Rochester umgesiedelt werden könnte, und es würde einzig und allein Mayo übrig bleiben, Mayo und nochmal Mayo – tapfer und rettergleich der Krankheit gewidmet (oder, wenn man so will, der grenzenlosen guten Gesundheit), als Ort, der sich selbst genug ist.

Das verleiht Pauls und meinen Ausflügen, um Topografie, Gebaren und Orientierung all dessen zu betrachten, was wir wahrnehmen können, einen Wert: damit wir trotz allem sagen können: »Ja, hier haben wir Platz, der sich eignet für das, was immer wir gerade zu tun glauben. Dort ist ein kleiner Fluss. In dieser Richtung schauen wir nach Westen. Die Twin Cities sind da lang (nicht in Sichtweite, aber unstrittig). Außerdem gibt es die größeren Arterien. Da, der erste Ring Vorstädte, der zweite und der dritte. Dieser Koloss aus Glas und Stahl in der Mitte, wo rote Signalstationen Signale geben und weißer Dampf aus verborgenen Schloten quillt und gerade ein Helikopter landet – *das* ist die Klinik, wo alles, was passiert, von äußerster Bedeutung ist. Und in dem Bereich mit entlaubten Ahornen, Ulmen und Eichen gleich dahinter liegt unser Haus, kaum sichtbar hinter einer großen Blautanne. Und hinter alldem ist die Prärie. Die sich immer mehr ausbreitet.« Mit anderen Worten, Beliebigkeit ist in Ordnung, je nachdem, in welcher Dosierung du sie aushältst. Doch irgendwann ist es gut, vielleicht sogar nötig, deine eigenen Koordinaten zu setzen.

Im Hinblick darauf – und für den Fall, dass Paul plötzlich Panik bekommt, weil wir im Nirgendwo sind (die schlimmste Version von Beliebigkeit) – habe ich während unserer Wochen der Mike-Mahoney-Untermiete versucht, ein Gefühl von »richtig in Rochester leben«

herzustellen. Schon früh habe ich die Tageszeitung *Post Bulletin* abonniert, ein Girokonto bei der Raubritterbank Wells Fargo eröffnet, in unser beider Namen Bibliotheksausweise beantragt, uns als Mitglieder und Punktesammler in einem Coffee Club eingeschrieben, ebenso im YMCA, falls wir Sport treiben wollen. Ich habe ein Postfach gemietet. Ich habe eine Reinigung zu unserer erkoren (Free Will), eine Autowerkstatt (Babbitt's Stoßdämpfer plus) und einen Drugstore (Little Pharma), außerdem das Octoplex ausgeguckt, das uns heute leider hängenließ. Ich habe alles getan, was ich konnte – außer mich den Zion-Lutheranern anzuschließen, Kapuzinerkresse zu säen und mich zur Wahl registrieren zu lassen –, um für uns eine Vorstellung von »normal« zu etablieren, damit uns die ständige Konfrontation mit den schaudernden Avancen des Lebens nicht die Chance auf Weitsicht verstellt. Wahrscheinlich hat der Dichter das mit seinem Ausspruch gemeint: »Es gibt eine andere Welt, aber sie ist in dieser Welt.«

Wenn ich des Nachts also meinen Kopf aufs Kissen lege und draußen vor dem Fenster an den gruseligen kahlen Ästen vorbei auf die Klinik schaue, die drei Straßen weiter unheilvoll aufragt wie ein großes, rund um die Uhr summendes Raumschiff und den weißen Himmel dahinter verdunkelt, ein Raumschiff, wo Tausende gelb erleuchteter Fenster warten, während die Luftambulanz heruntergeht, dann muss ich sagen, dass ich mir in den Momenten, bevor ich mein Friedensmantra spreche und mich der Schlaf findet, keine großen Sorgen mache. In der Zeitung hab ich gelesen, dass Minnesota mit der höchsten »Bleibequote« in der gesamten Region der Großen Seen prunken kann. Ein perfektes *Überall für jedermann zu jeder Zeit*. Ein ersehntes Gleichgewicht aus Beliebigkeit und unaufdringlicher Hier-Qualität. So dass es unterm Strich – wenn eines Tages der Strich gezogen wird – auch ein passendes *Hier* für mich sein könnte. Ein letztes Greifen nach dem Glück.

* * *

Noch auf dem Parkplatz der Comanche Mall verlangt Paul, dass ich ihn »nach Hause« fahre, und im Auto ruft er sofort die Mayo-Abteilung für Integrative Verbesserung an und bucht für heute Nachmittag eine Einzelsitzung zu Hause, einmal Dehnen, Kräftigen und Meditieren bei Miss Wanda Stiffler, seiner Lieblingsphysiotherapeutin-mit-Abschluss. (Die Klinik stellt ihm diesen Service als Teil der Studie zur Verfügung.) Schwester Wanda ist eine pferdige, fröhliche, blond gefärbte, rauhändige, Marlboro rauchende Bergarbeitertochter um die vierzig aus Biwabik, Minnesota, die in einer Frauen-Polka-Band singt (inklusive Imitieren einer Trompete mit den Lippen), und wenn sie bei uns ist, jagt sie Paul durch strapaziöse Übungen, um seine körperliche und geistige Gesundheit erstklassig wiederherzustellen – was aber nicht so richtig klappt. (Bei diesen Zwischenspielen bin ich immer unerwünscht.) Wanda ging nach 9/11 runter in die Twin Cities, um ihren Pflege-Abschluss zu machen, und kam in die »neurodegenerative Abteilung«, dafür hat sie ein ausgesprochenes Talent, und bevor sie es zurück nach Biwabik schaffte, wurde sie von der Mayo engagiert. Und dann vergingen wie von Zauberhand zwanzig Jahre. Jede Woche taucht Wanda in ihrer rosa Arbeitskluft, mit quietschenden Krankenschwester-Gummischuhen und hochgesteckten Haaren bei uns auf, sie riecht nach Zigaretten und zwinkert mir zu, wenn ich sie hereinbitte. »Sou. Wie geyhts unserm Patiehntn heudee?« Ich hab den Sticker mit der zusammengerollten Schlange auf ihrem am Straßenrand geparkten VW Jetta gesehen, »Tritt mir nicht auf die Füße«, Paul ist davon ganz angepikt, so jemandem ist er noch nie begegnet, und er tut gern so, als wäre es gefährlich, in ihre Nähe zu kommen. Außerdem hat er erwähnt – weil er es nicht ertrüge, das nicht zu erwähnen –, dass er, wenn er es nur richtig anstellte, Schwester Wanda wahrscheinlich zu einem Bonuswichs verlocken könnte. Woraufhin ich ihm erklärte, dass er dann sofort sämtliche Klinik-Privilegien verlöre, als behinderter Perverser auf die schwarze Liste käme und der einzige Al's-Patient im Gefängnis von Rochester wäre. Bestimmt würde Wanda bloß lachen, ihm einen Stups auf die Schulter verpassen, ein böses Biwabik-Zwinkern hinterdrein und vielleicht noch »Leudeeee! Jetz mach aba mal haaaalblang …« Und es ist auch nicht ganz unvorstellbar, dass sie sich drauf einließe.

Außerdem hat sich Paul heute Nachmittag bei einem »Webinar zum Teilen« eingeschrieben (er liebt diese Wörter), wo ALS-Patienten von überall her (von Kiew bis Encino) in unterschiedlichen Krankheitsstadien ihre Lebensgeschichten vor einem Computerbildschirm mit den Gesichtern anderer Patienten runterbeten, und während das abläuft, wird »aufschlussreicher Kontext« zu Isolation und Hilflosigkeit geliefert, denen fast alle ALS-Patienten anheimfallen, da könnten sich auch Mutter Teresa und Jonas Salk zusammen um sie kümmern.

Auch da war ich nicht dabei, aber ALS-Webinare können sich nicht so sehr von AA-Meetings unterscheiden – perfekt, wenn du derjenige bist, der »teilt«, aber der Ertrag geht zurück, wenn du dasitzt und stumm vor dich hin schäumst, weil dieser ganze Scheiß null mit deiner eigenen Situation zu tun hat und du dir zurechtlegst, was du sagen willst, wenn endlich du dran bist, während du so tust, als würdest du zuhören und immer alles »unterstützen«, und dir nicht anmerken lässt, wie wütend du bist, dabei kannst du doch gar nichts anderes sein als wütend.

Schon zweimal gab es Klagen über Paul seitens seiner Mit-ALS-Patienten, er habe sie mit seinen persönlichen Meinungen »verunsichert«. Verunsicherung soll es nicht geben, ALS-Patienten haben es schon ungemütlich genug. Einer der Web-Moderatoren schlug über mein »Portal zur Patientenunterstützung« vor, Paul solle sich nicht ganz so häufig einloggen und stattdessen einen Telekurs in Meditation belegen. Und falls er sich wieder einlogge, solle er nicht vergessen, dass die Erfahrungen der Menschen mit einer neurodegenerativen Krankheit nicht alle gleich sind. (Ich glaube, Paul ist weniger empathisch, als er es sein könnte.) Einer Gruppe von Webinarteilnehmern – viele von ihnen sind fixiert, an motorisierte Weltraum-Rollstühle geschnallt, halten knurrige Mienen in die Kamera und können ihre Dankbarkeit nur mit Hilfe von Roboterstimmen ausdrücken – hat er verkündet, »herauszufinden«, dass er diese Killerkrankheit hat, sei so gewesen, als säße man in einem Flugzeug, plötzlich seien die Motoren verstummt und man sei da oben nur noch am Abwarten, wann die Schwerkraft übernimmt und der freie Fall beginnt. »Das war gar nicht so schlimm«, sagte er ihnen. »Irgendwie hat es Spaß gemacht. Es fühlte sich authentisch an.« Nach diesem Zwischenfall wurde er eingeladen, weniger oft teilzunehmen. Heute bekommt er eine neue Chance, als Reaktion auf sein Versprechen, nicht mehr so häufig dabei zu sein und sich kollegialer zu verhalten. Er will es unbedingt versuchen. Ich bin mir nicht sicher, warum.

Aber eins muss ich zur Verteidigung meines Sohnes schon sagen – er, auf den ich jetzt tagtäglich achte, dessen Mahlzeiten ich unter Mühen koche, über dessen Witze ich unter Mühen lache, dessen intime, oft bestürzende Wutanfälle ich mitanhöre, dessen Fürze und Verdauungsvorgänge ich in der Nase habe, dessen Schlaf ich allnächtlich nach Anzeichen fortgesetzten Lebens überwache, dessen Kleider ich wasche, dessen Feindseligkeiten ich abwehre, dessen strauchelnden Gang ich stütze, dessen Stürze ich auffange (oder es zumindest, nicht immer erfolgreich, versuche), dessen beharrliche Lebenskraft mich mehr und mehr erstaunt, bis ich denke, dass auch ich verschwinden werde, wenn er verschwindet – wenn jemand stirbt, möchte ich sagen, ist sein Leben nicht das Leben der anderen, selbst wenn diese anderen im selben Zimmer oder auf demselben Bildschirm sterben. Web-Moderatoren wollen uns glauben machen, alles wäre (mit)teilbar; Gleich und Gleich gesellt sich gern, zumal, wenn es einem schlecht geht usw. Im Lauf unserer Zeit hier, zwei Herzen in einer Zwangsjacke, hat Paul bestimmt immer sein Bestes gegeben, und doch muss er alles allein durchmachen, auch wenn ich dabei bin – vielleicht sogar umso mehr, da ich es bin. Ein großer Mann hat mal gesagt, dass jeder *weiß*, was Licht ist, aber noch lange nicht genau sagen kann, *was* Licht ist. Das trifft doppelt zu, wenn es nicht um Licht, sondern um Dunkel geht.

Aber. Ich verstehe jetzt, warum private Krankenschwestern alte Witwen foltern und verhungern lassen und komatösen Millionären Nadeln in die Zehen stechen. Die Pflegenden kriegen immer eins auf die Fresse. Angesichts des Sterbens fühlen sich die Nicht-Sterbenden ausgeschlossen und schäbig, denn der Todeskampf ist ein Kampf wie kein anderer. Vor langem, als ich ein zum Scheitern verurteilter Schreiberling amerikanischer Kurzgeschichten war, wie sie, von John Cheever und John Updike, im *New Yorker* erschienen (meine nie), hielt ich mich an eine »Regel«, die ich im Schreibkurs an der Michigan gelernt hatte, nämlich dass es niemals erlaubt war, den Tod in das fragile Gewebe deiner Kurzgeschichte einzuweben, da die Bedeutung des Todes im Verhältnis zu dem zu Ende gegangenen Leben stehen muss, und Kurzgeschichten waren laut meiner Lehrerin nicht geeignet, angemessen von der Tragweite des menschlichen Lebens zu erzählen. Dies sei die Domäne des Romans. Und da ich nicht besonders gut darin war, Figuren eine übergroße Bedeutung einzuhauchen, egal wie, war mein Schicksal besiegelt. Doch nun hatte ich in letzter Zeit immer mehr mit dem Tod zu tun, sowohl mit dem konkreten als auch mit dem Tod an sich, und kam zu dem Schluss, dass diese Regel falsch war. Nicht das Leben ist schier unvorstellbar und bedarf der Vergrößerung und stärkeren Beleuchtung. In Bezug auf das Leben gibt es genug Daten, mit denen wir arbeiten können, da wir schließlich alle eins haben. Nein, im Tod liegt das tiefe Geheimnis, die echte Geschichte. Denken Sie mal drüber nach – so wie ich es oft tue, wenn ich Nacht für Nacht in den maßgeblichen Stunden auf den Atem meines Sohnes lausche und nur weitermachen kann, wenn ich mir vorstelle, dass ich zusammen mit ihm sterbe. Es ist komisch, aber das Gefühl, wenig mit ihm gemeinsam zu haben, hatte ich nie häufiger als in diesen Tagen und Wochen seines Dahinschwindens. Obwohl ich schon sagen kann, dass ich ihn jetzt viel besser kenne, hatte ich nie weniger eine »Beziehung« zu ihm, war nie ahnungsloser, was sein Denken und Fühlen angeht. Es ist nicht so viel anders als die Betrachtung des tiefen Weltraums, den wir versuchen heraufzubeschwören, obwohl wir es eigentlich gar nicht können. Wie es der ranzige alte Heidegger ausdrückt, allein das Bewusstsein, dass unser Sein ein Sein zum Tode ist (das man nur auf eine Weise erlangen kann), ermöglicht einem, die Fülle und das Geheimnis des Seins wertzuschätzen. Laber rhabarber.

* * *

Jetzt ist es zehn nach zwei in der zentralen Zeitzone. Das angedrohte Alberta-Tief des Morgens ist gen Süden gesackt, es schneit nicht mehr. Die späte Wintersonne wird schmerzhaft von vorbeikommenden Windschutzscheiben reflektiert, während ich über die Route 52 nordwärts zu dem Wohnmobilverleih namens *Wolkenkuckucksheim* fahre. Es ist immer noch so eisig wie in Alaska, aber viele Rochesteraner fahren zum Vor-Valentinstags-Dinner in die Twin Cities. Würd ich auch gern.

Jetzt und hier, auf 44° N, stehen mir nicht mal mehr zwei Stunden brauchbares Tageslicht zur Verfügung. Ich war noch nie ein kompetenter Zeitmanager. Ich bin jetzt aber, als Pflegender meines Sohnes, dazu aufgerufen, die Zeit so zu managen, als würde ich sie gar nicht managen – da ihm Zeit tagsüber wenig bedeutet und doch kostbar ist. Bald wird sich Paul in Wandas neurodegenerativ fähigen Händen befinden – bis vier Uhr – und dann in seinem Webinar der siechen Seelen bis halb sechs (falls er nicht rausfliegt). Bis dahin wird es so dunkel sein wie um Mitternacht, er und ich können dann die Nachrichten einschalten und eine Pizza bestellen, und ich kann nochmal versuchen, ihm meinen Mount-Rushmore-Plan schmackhaft zu machen, wonach wir den Tag im Wohnzimmer mit einer Partie Sackloch beschließen können; in diesem Spiel, das Paul auch von seinem Rollstuhl aus spielen kann, war er nie besonders gut, jetzt aber ist er selbst mit seinem guten linken Arm ziemlich hoffnungslos darin, er verteilt die Säckchen über das ganze Zimmer, als wäre das die Aufgabe. In

Wahrheit glaube ich, er spielt das nur, damit er immer wieder »Sackloch« sagen darf.

Seit Jahren hat Paul einen (reichhaltigen und bunt gemischten) Wunsch gehegt, nämlich dass wir zusammen ein Wohnmobil mieten und in alle Städte Amerikas fahren, deren Namen er brüllkomisch findet und die deshalb einen Besuch verdienen. Whynot, Mississippi. Stinking Springs, New Mexico. Cheat Falls, West Virginia. Cape Flattery, Washington. Froid, Michigan. Sopchoppy, Florida. Horseheads, New York. Und am Ende nach Carefree, Arizona, wo er ein Tiny House kaufen und für immer leben könnte. Was für eine Liste – von Warum nicht über die Stinkequellen, die Mogelfälle und das Kap der Schmeichelei zu Eiseskälte, Hackschnulze, Pferdekopf und Was soll's. Es gibt eine Menge solcher Städte, wenn man einmal anfängt, danach zu schauen.

Als er von dem düsteren Ausmaß seiner Erkrankung erfuhr – wir waren gerade zum Start seiner Versuchsstudie in Rochester eingetroffen –, machte er sich wieder für unsere lang verschobene Reise stark, die er »Die Fliegender-Holländer-Tour« nennt, dafür ist seiner Meinung nach Al's erfunden worden, denn wenn du das Ende erreichst, wartet da nichts auf dich. Der Weg ist das Ziel. Das ist zur Hälfte eine Ausgeburt seiner Fantasie, eher als Witz gemeint, wie so vieles, was ihm durch den Kopf geht und so aussieht, als meinte er es ernst. Aber er hat eine Autovermietung mit gebrauchten Wohnmobilen im *Post Bulletin* gefunden. Und er glaubt, wir können »auf Tour gehen«, sobald sein Kennenlerntreffen der »Medizinpioniere an den Grenzen der Wissenschaft« vorbei ist (morgen) und Stinking Springs anpeilen – es gibt drei davon in benachbarten Staaten, Utah, Wyoming und Colorado, und zum Ausgleich dann noch zwei weitere in New Mexico und Kalifornien. All das macht ihn glücklich.

Hier muss ich wohl oder übel den Bad Cop spielen und habe Paul erklärt, dass so eine Expedition nicht in Frage kommt. Erstens würde sie den Rest unseres schon nicht mehr so langen Lebens beanspruchen. Zweitens schafft er das nicht, ich übrigens auch nicht. Es ist schon jetzt problematisch, ihn von A nach B zu kriegen – das gibt er zu. Und so eine Reise könnte schlimmeres Unheil heraufbeschwören – eine Panne im verschneiten Wyoming-Winterland, ohne Handyempfang, Lichtjahre von ärztlicher Versorgung entfernt, zu dünn angezogen, schwach und ohne Überlebensfertigkeiten.

Mein Ersatzplan, Mount Rushmore, glänzt mit den Verkaufsargumenten Einfachheit, Kürze und Vernunft. Wir mieten das Wohnmobil bei seinem Favoriten, *Wolkenkuckucksheim*, einem Center an der Straße, wo wir einmal waren und wo man Golfwagen, Abwassertanks, Dixi-Klos, Schneemobile, Hebebühnen, riesige US-Fahnen, leere Grabmonumente und Wasserrutschen-Bausätze mieten oder kaufen kann, wie die fünfundzwanzig gebrauchten Wohnmobile, die draußen im gefrorenen Schnee aufgereiht stehen. Paul darf sich aussuchen, welches davon er haben will. Und sobald sein Medizinpioniere-Treffen vorbei ist, laden wir ein und fahren los, zum Mount Rushmore in South Dakota. Unterwegs machen wir dann bei jeder durchgeknallten Sehenswürdigkeit halt, die sich finden lässt (ich habe online recherchiert). In Mitchell steht der »Einzige Maispalast der Welt«, den meine Eltern bei unserer einzigen Transkontinentalsause 1954 ansteuerten und an den ich gute Erinnerungen habe. In Murdo ist Elvis' Harley-Maschine ausgestellt. Es gibt eine beliebige Anzahl von Dinosaurier-Parks. Es gibt Wall Drug, ein Monster-Einkaufszentrum in der Stadt Wall. Ein Traktormuseum. Ein echtes Reservat der Crow Creek. Eine Nationale Historische Stätte für die Minuteman-Interkontinentalrakete in Philip. Plus den Badlands-Nationalpark. Alles in South Dakota. Der Nationalpark endet südlich von Rapid City da, wo die Gesichter von vier Präsidenten wie Marionetten der Steinzeit in einen Berg gehämmert wurden. »Erzählt die Geschichte einer ganzen Nation«, sagt die Website www.rushmore.gov, »was es heißt, Amerikaner zu sein« usw. Das ist weder Cheat Falls noch Stinking Springs, aber in Sachen Absonderlichkeit schon die richtige Hausnummer, und das Beste ist, man kann es bei geeignetem Wetter in plus/minus drei Tagen schaffen. Die ganze Fahrerei übernehme ich.

Bislang hat sich Paul noch nicht festgelegt, ihm passt nicht, dass es meine Idee war statt seine, so als würde ich mal eben übernehmen und ihn in etwas unangemessen Ernsthaftes reinmanipulieren. Sterben ist die letzte große Eskapade seines Lebens, und die will er auf keinen Fall in der falschen Geistesverfassung unternehmen. In dieser Hinsicht ist er der lebensvollste Mensch, den ich kenne – man käme nicht auf die Idee, ihn könnte der Tod ereilen.

Und doch. Ich muss aufpassen, dass unsere Reise nicht plötzlich zum Emblem für sein verkürztes Leben mutiert. Und damit zu noch etwas, wovor er fliehen will. Insofern bleiben nicht viele Möglichkeiten, alles richtig zu machen.

Letzte Woche also hatten wir schon mal das *Wolkenkuckucksheim* ausgekundschaftet. Paul in seinem Chiefs-Parka, mit seiner Mehrfußgehhilfe kämpfend, schwerfällig zwischen den verschneiten Reihen der Mietkarren herumtorkelnd, mit neugierigen Blicken in das Innere vieler dieser Monster, den Besitzer im Schlepptau, Mr. Engvall (Pete, ein gigantischer Afroamerikaner in einem braun-goldenen Hoodie von den Minnesota Gophers, der einen prima Angreifer im Basketball abgeben würde). Paul erklärte ihm, dass wir zu »Einstellungsgesprächen mit Wohnmobilen« hier seien und dass er die Oldtimer vom Typ C vorziehe (er kennt solche Begriffe), alte schwankende Klapperkisten, die auf ein Truck-Chassis geschraubt sind und nicht unbedingt durch Straßentauglichkeit auffallen. »Authentizität«, verkündete Paul, sei der Goldstandard. Am besten gefiel ihm ein alter Koloss in Beige mit einer verblassten hellblauen Ozeanwelle auf der Seite, vor langem hatte jemand in Rot »Warmer Wind« draufgepinselt, und das Ganze war auf einen roten Dodge 1500 geschraubt, mit Nummernschild aus Florida – dem grün-weißen mit den Orangen drauf. Auf dem Rückfenster klebte ein transparenter Sticker: »In liebendem Gedenken an Norm Cepeda«.

Ich stand bei den eisigen Temperaturen auf der Schneedecke, während die Spätwintertrübnis unter die Lichterketten rund um das Gelände sank, und sah zu, wie Paul sich anstrengte, um ins Innere zu spähen (er schaffte die Metallstufen nicht, wollte aber keine Hilfe). Mr. Engvall leuchtete mit einer riesigen Taschenlampe hinein.

»Wahnsinn. Voll der Wahnsinn«, sagte Paul, dann drehte er sich mit einem Blick zu mir um, als hätte ich etwas abgeblockt, was ich kein bisschen vorhatte. »Drinnen ist alles fest eingebaut«, sagte er und schlurfte vor der offen stehenden Tür herum. »Alles ist zugänglich. Die einzige Einschränkung betrifft das Platzangebot – aber eigentlich auch nicht.« Er fuhr wieder zu mir herum. »Findest du das nicht auch absolut toll?«

»Doch. Es ist toll. Wahnsinn ist das richtige Wort. Ist es für dich in Ordnung, wie alt das Ding ist?«

»Diese alten Modelle werden heute gar nicht mehr gebaut. Ich mag die auch lieber«, sagte Pete Engvall. Er war groß, breitschultrig, massig, mit vorstehenden toten Augen und einer Bollwerkstirn. Seine Frau, hatte er gesagt, sei Onkologie-Schwester in der Klinik. Ihr Vater Gunnar – ein Mann mit einem Hang zum Literarischen – hatte die Firma 1968 gegründet, und er – Pete – hatte die gute Idee gehabt, die Golfwagen, die Hebebühnen, die Fahnen usw. dazuzunehmen. Jetzt war er es langsam leid und hatte sich ein Fertighaus in Arizona gekauft. Da wollte er die Lizenz für eine Kettenfiliale erwerben, vielleicht ein Carglass oder einen Doughnut-Laden.

»Ich sollte mir das Ding anschaffen«, sagte Paul und musterte den *Warmen Wind* bewundernd. »Damit nach Alaska fahren und einfach dableiben.«

»Damit können Sie nach Alaska fahren. Wenn Sie das wollen«, sagte Pete Engvall. »Sie können es auch *kaufen*. Ich mache Ihnen beiden einen guten Preis.«

»Mit meiner Freundin Cheryl, nicht mit ihm.« Damit meinte er mich. Ich wusste nichts von Cheryl. Paul ist in Liebesdingen zugeknöpft, als hätte ihm einer verboten, dass da was läuft. Ich hätte gern mehr erfahren. Vielleicht hätte sie auf unsere Reise mitkommen können. Falls es sie gab.

»O-*kay*«, sagte Pete Engvall und schmunzelte mir zu, als wollte er sagen, wem will der denn was vormachen.

Paul sah mich an, wieder herausfordernd. Er hatte Eis unter der Nase hängen, seine verschmierte Brille war nach vorn gerutscht. Es war zwölf Grad unter null und stockfinster auf dem Gelände. Er umklammerte den Chromgriff auf der Seite des *Warmen Winds*. Wir steckten in einer Art Sackgasse, als könnten wir die Dinge jetzt nur noch anstarren.

»Wer ist dieser Norm Cepeda?«, fragte Paul.

»Ja-nee. Keine Ahnung«, sagte Engvall, zog sich die Kapuze seines Gophers-Hoodies tiefer in die Stirn und klopfte seine behandschuhten Pranken gegeneinander, um sie aufzuwärmen. »Ist wahrscheinlich aber gestorben. Unten in Florida. Seine Tochter lebt hier in Red Wing. Ihr hab ich es abgekauft.« Ich konnte natürlich nur an den alten Baseballer denken, Orlando »Cha cha cha« Cepeda, First Baseman in San Francisco, legendärer Trainer in Cooperstown – ein Champion und außerdem ein ehemaliger Drogenschmuggler in Ponce, Puerto Rico, wo er herkam. Engvall hätte ihn vielleicht noch gekannt, Paul nicht.

»*Warmer Wind*«, sagte Paul versuchsweise. »Ein Brüller. Phhrrrppp.« Er machte ein Furzgeräusch mit den Lippen und grinste mich anzüglich an.

»Jo«, sagte Engvall. »Nicht meine Schuld. War nicht meine Idee. Ich vermiete die bloß.«

»Phhrrrppp. Genial.«

Nach dem zweiten Furzgeräusch waren wir zum Auto zurückgegangen, ohne irgendetwas zu entscheiden.

* * *

Auf unserer Rückfahrt in die Stadt, unter einem niedrigen weißen Wolkenhimmel, der den Wintermond verdeckte, wurde Paul deprimiert – vielleicht weil der »Fliegende Holländer« unmöglich war. Wir waren unterwegs zu Minnesota Pizza auf der anderen Seite des Flusses.

»Ich werd den Schrotthaufen nicht fahren können«, sagte Paul über den *Warmen Wind.* »Wir haben zu lange gewartet.«

»Klar kannst du das«, sagte ich. »Ich werde in South Dakota auf eine Landstraße abbiegen und dir das Steuer überlassen. Das schaffst du. Da fahren schon die vierjährigen Farmkinder.«

»Ich bin nicht vier. Alter ist keine Geistesverfassung.« Er kniff die Augen zusammen und lugte herüber, ob ich mit an Bord war. »Das Ding braucht so einen Lift, damit ich reinkomme.«

»Dann heuere ich ein Team Träger an.«

Als wir von Route 52 auf die 2nd Street abbogen, die uns auf den South Broadway, über den Fluss und zu unserer Pizzeria bringen würde, verstummte er. Der dichte Februar-Frühabendverkehr wurde langsamer, die Scheinwerfer entzündeten die vereiste Fahrbahn. »Sooo traurig«, sagte Paul. »Da hätten wir was zusammen machen können. Wusstest du, dass Lou Gehrig mit seinen Eltern Deutsch sprach?«

»Das wusste ich, ja.«

»Er war auf der Columbia. Aber ohne Abschluss.«

»Den brauchte er nicht.« Irgendwas im Auto roch modrig. Pauls Kleidung. Seine Knie zuckten zur Seite. Ich dachte, dass es ihm vielleicht nicht gut ging, und hätte am liebsten die Pizzapläne fallenlassen. »Wer ist Cheryl?«

»Eine Bibliothekarin zu Hause, in der Präsenzbibliothek.« In gespielt hysterischem Falsett sagte er: »Sie sieht mich so, wie ich wirklich bin. Oder mal war. Jetzt krieg ich gar keinen Sex mehr.«

»Tut dir was weh?«

»Zwei Footballfelder.« Das hieß, so schlimm war es nicht. Fünf Footballfelder wäre übel gewesen. »Dieser Engvall. Wieso ist der Schwarz, mit dem Namen? Er ist ein Schwachkopf.«

»Ich finde nicht, dass er ein Schwachkopf ist. Und er ist Schwarz, weil ihn der liebe Gott so gemacht hat. Wie dich. Er hat halt einen norwegischen Namen.«

»*Weeng, weeng, weeng*, das sagen die hier im Mittleren Westen, wenn sie *wegen* meinen. Hat er jedenfalls. *Weeng, weeng, weeng*. Ja von *weeng*. Ich komm *weeng* der polnischen Wurst her.«

»Der mochte dich.«

»Hattest du ihm erklärt, dass ich krank bin? Pete. Pete. Petey. Pete. Peter. Pete.«

»Du bist nicht *krank*-krank. Du bist was anderes.«

»Und wos wäre dos?«, sagte er mit seiner Bella-Lugosi-Stimme. »Wos!, bittä scheen, wirden Sie sogen, biin ixh dann? Aber nicht auf Ungarisch antworten. Du chost nur eine Ontwort.«

»Du bist ein Depp. Willst du nun mit dem *Warmen Wind* zum Mount Rushmore fahren, nur wir zwei? Oder nicht?«

»Da wolltest du wahrscheinlich eh hin.« Er sah nach draußen auf den zischenden Verkehr. Seine rechte Hand zitterte. »Wusstest du, dass darauf abgerichtete Hunde Al's riechen können? In Kanada werden die bei den Einreisekontrollen benutzt. Für Quarantäne.«

»Sag einfach Bescheid, wenn du dich entschieden hast. Okay?«

»Hast du dir je vorgestellt, dass du so lang leben würdest, Lawrence?«

»Nein. Wirklich nicht.«

»Dein Leben ist nicht schwer genug gewesen. Hast du das schon mal gedacht?«

»Ist ja immer noch Zeit dafür, dass es schwerer wird.« Das, so wusste ich, würde ihm den Mund stopfen. Hätte fast geklappt.

»Oooooh ja«, sagte er. »Treffer versenkt.«

Und danach fuhren wir Pizza essen.

* * *

Das *Wolkenkuckucksheim* wirkt heute, als ich bei dem eisigen Nachmittagslicht auf das Gelände fahre, kleiner als vor einer Woche. Die Lichterkette zum Highway hin ist nicht eingeschaltet – nur ein olles Schild auf Rädern am Straßenrand: »Große Rabattaktion zum Valentinstag«. Unklar, worauf es da Rabatt geben soll. Die Wohnmobile stehen dahinter bis in ein verschneites Stück Brache hinein, wie ankernde Boote, und auf den Windschutzscheiben leuchtet der Schnee von heute Morgen. Ganz hinten stapeln sich die Weihnachtsbäume vom letzten Jahr, in einer verrosteten Nissenhütte sind alle wetterempfindlichen Sachen gelagert. Davor an einem Mast eine US-Fahne, so groß wie Utah. In der Ödnis dieses Ortes scheint sich gar nichts zu ereignen.

Die Bürohütte ist auf der linken Seite, daneben ein Auto, Rauch kräuselt aus einem Metallschornstein hoch. Mir war nicht aufgefallen, dass die direkten Nachbarn ein Waffenshop auf der einen Seite sind, GUNZ und auf der anderen ein EROTIK-OUTLET mit »Toys« und »gewagten« Videos im Angebot. Vor beiden haben Kunden geparkt. Das ist erstklassiges Gewerbegebiet hier draußen. In einem Jahr könnte es ein Mediamarkt sein oder eine Lebensmittelkette – und Pete Engvall mit Frau weg in Tempe, Arizona.

Ich bin nur gekommen, um mir den *Warmen Wind* genauer anzusehen – und festzustellen, ob er für unsere Reise und das Wetter geeignet ist, dazu der Papierkram, damit morgen alles fertig ist, falls Paul zustimmt. Irgendeine Entscheidung muss jetzt fallen.

Wie sich herausstellt, ist Pete Engvall gar nicht da. Stattdessen sitzt seine hübsche, zierliche Frau, die Schwester aus der Mayo-Onkologie, hinter dem Schreibtisch, als ich aus der vernichtenden Kälte in die Hochofenhitze trete – der toughe kleine Jotul-Ofen in der Ecke ist die Wärmequelle. In ihrer rosa Schwesterntracht sieht sie so drahtig-blond-falkenhaft aus, wie Pete ein behäbiger Obsidian-Flatschen ist. Sie allerdings – Krista (das steht auf dem Schreibtischschildchen) – freut sich, wenn sie mal einen Morgen lang nicht Nadeln in Menschen stechen und sie zu ihrem eigenen Besten voller Gift pumpen muss.

»Ach, der ist draußen am See«, sagt Krista, als ich nach Mr. Engvall frage, und schüttelt den Kopf darüber, wie skandalös das ist. »Steck den Burschen in eine Eishütte mit einer Flasche Schnaps und ein paar Billigzigarren, und schau erst nach ihm, wenn es dunkel ist. Ist aber gut. Der Winter kann einen schon ganz schön belasten.« An der Wand hinter ihr hängt eine große, nach Fake aussehende ausgestopfte Muskellunge (mit einer ganzen, ausgestopften Mallard-Ente im Maul), darunter eine kleine Fotogalerie im Stil gerahmter Starporträts. Pete in Shorts mit einem ähnlichen Fisch, auf einem Seesteg im Sommer. Pete – dünner, in Army-Camouflage, einem T-Shirt mit Herausgestreckte-Zunge-Smiley und einer grünen Militärmütze – steht grinsend mit seiner M-16 neben einem gepanzerten Truppentransporter. Krista, ebenfalls in militärischer Wüstenuniform (Flakjacke, Handfeuerwaffe, Helm), lächelt aus der offenen Klappe eines Zelts heraus in die Sonne. Göttlich, aber tödlich. Zu beiden Seiten hängen, auf grünem Samt und eingerahmt, Orden und Bänder, die diese beiden Bürger-Krieger nach Hause gebracht haben. Das Beste, was Amerika zu bieten hat. Ich erwarte ein Hochglanzfoto mit Autogramm von ›W‹ Bush, der mit erbeuteter Autorität grinst. Aber da ist keins. Stattdessen eine gerahmte Maklerlizenz über einem Foto, das Krista vor einem Maklerbüro in Edina zeigt. Bestimmt sind sie moderate Republikaner. Sie sind nervös wegen der Steuern und wegen Amerikas Ansehen, aber wenn ein Einwanderer das *Wolkenkuckucksheim* kaufen und durch ein Chili's Bar und Grill ersetzen würde, wäre es ihnen egal.

»Vor einer Woche haben mein Sohn und ich uns ein Miet-Wohnmobil angeschaut«, sagte ich. »Mr. Engvall hat es uns gezeigt. Ich will gern nochmal einen zweiten Blick bei Tageslicht darauf werfen.« Ich nicke, um völlige Transparenz rüberzubringen. Republikaner verdächtigen dich oft, sie reinlegen zu wollen, selbst wenn sie dich kennen.

»Nur zu!«, strahlt Krista. »Gehen Sie einfach da raus. Ich geb Ihnen die Schlüssel. Welches war's denn?«

»Eins von den Oldies. Der *Warme Wind*.«

»Oldtimer sind die besten«, sagt sie und dreht sich zu einem Wandkasten um, der mir noch gar nicht aufgefallen war, hinter der Tür offenbaren sich mehrere Reihen Haken mit Schlüsseln dran. »Wie ist die Nummer?«

»Ich weiß es nicht. Aus Florida.«

»Florida?« Sie lächelt überrascht über die Schulter, als wäre irgendwas an Florida ungezogen. »Da unten sollten wir heute sein, oder?«

»Sollten wir«, sage ich.

»Ich arbeite in der Klinik, Abteilung Kieferkrebs, und in Jacksonville gibt es auch eine Mayo-Klinik. Manchmal fahr ich runter und bilde Krankenschwestern aus. Aber die hier ist was Besonderes. Eigentlich sind alle gut.«

»Mein Sohn wird hier behandelt.« Eher wird er *erforscht*, wie ein Meerschweinchen.

»Super«, sagt Krista, die Nase im Schlüsselkasten. Ich schwitze schon in meinem Karakoram-Parka und der wollenen Rollmütze. »Die reparieren ihn bestimmt«, sagt sie in den Kasten hinein. »Was hat er denn?«

»Ich hoff's.« Man muss nicht alles erzählen.

»Hier. Schlüsselschlüsselschlüssel, wo bist du, alter Stinker? Ah! Klar. Florida. Genau da, wo ich dich nicht finden konnte, direkt vor meiner Nase.« Sie dreht sich schwungvoll zurück und hält einen Schlüsselanhänger in Gestalt eines neonrosa Plastikfisches hoch, wie eine Maus am Schwanz. »Dodge Ram 1500, von 2011, das Fahrerhaus hat einen kleinen Rücksitz«, sie bleibt sitzen, reicht den Schlüssel über ihren Tisch, auf dem eine aufgeschlagene *Elle* liegt. »Ein Sonderangebot zum Valentinstag: zwanzig Prozent Rabatt, wenn Sie es für eine Woche nehmen.«

»Vielleicht nicht«, sage ich.

»Egal.« Sie zwinkert und schüttelt in gespielter Überraschung den Kopf. Sie lässt sich nicht so leicht von ihrer guten Laune abbringen. »Ich hab nicht gehört, was Ihr Sohn hat.«

»Er hat ALS.«

»Oh wow!« Ihr hübsches funkelndes Gesicht wird diagnostisch und ernst. Allein das Bewusstsein, dass unser Sein ein Sein zum Tode ist, ermöglicht einem, die Fülle und das Geheimnis des Seins wertzuschätzen. »Das ist 'ne große Sache. Die zwanzig Prozent kriegen Sie auf jeden Fall.« Sie dreht sich wieder zurück, um den Schlüsselschrank zu schließen. »Pete hatte eine Tochter, als wir uns kennenlernten.« Sie wendet mir den Rücken zu. »*Und* eine Frau. Wir haben uns in der Army kennengelernt. Irak Numero Uno. Wir zwei aus Minnesota. War nie für die Ewigkeit gedacht.« Sie dreht sich um und schenkt mir ein glamouröses Lächeln vom Schreibtisch aus. »Dann kam Janelle ums Leben. Eine Schulschießerei in St.Cloud – lange vor der in Red Lake. Seine Ehe hat das nicht überstanden. Eines Tages rief er einfach hier unten an.« Ihre Zungenspitze vollführt eine Runde durch die Wange, um Gefühle zu signalisieren. »Mag es draußen noch so finster sein, irnkwo brennt für dich ein Kerzelein.«

»Ich hatte getippt, Sie zwei wären schon ewig verheiratet.« Ein unwahrscheinlicheres Paar lässt sich kaum vorstellen.

»In ewig und drei Tagen vielleicht.« Krista verdreht die Augen. »Fühlt sich manchmal so an. Mr. …?«

»Bascombe. Frank.«

»Frank Bascombe. Hundert Prozent amerikanisch, der Name. Sie suchen vermutlich kein Haus zum Kauf.«

»Im Moment nicht, nein.«

»Ich bin ein bisschen überall unterwegs.« Sie zeigt zu ihrer Maklerlizenz hoch, ohne hinzuschauen. »Wie heißt Ihr Sohn?« Sie schenkt mir ihr »Wirklich interessiert«-Lächeln, das alle verirrten, trostbedürftigen Seelen abbekommen, inklusive Pete Engvall. Es ist ein wunderschönes Lächeln.

»Paul.«

»Ich wette, *der* ist eine Nummer.«

»Genau das ist er.«

»Und bestimmt lieben Sie ihn.«

»Ja.« Ich sollte auf der Stelle gehen. Tue es aber nicht.

»Gehen Sie mal Ihr Wohnmobil auschecken, Frank. Ich bereite inzwischen ein Angebot für Sie vor. Damit Sie auf jeden Fall wieder kommen.«

Das ist der alte Makler-Schenkelklopfer, von früher, als man noch solche Witze machte. Damit Sie auf jeden Fall wieder *kommen*. Ha ha ha. Die Zeiten sind vorbei.

»Okay«, sage ich. »Mach ich.« Und bin schnell wieder durch die Tür, zurück in die gefrorene Welt.

* * *

Draußen auf der Schneedecke unter der gigantischen Fahne ist mir von der Hitze des Büros leicht schwindlig, die verschwitzten Hände sind eisig, die Kälte zieht mir in die Brust, als ich an mehreren Hebebühnen, einer Böschung aus aufgestapeltem Plastik und Abwassertanks aus Beton, an fünf neuen Schneemobilen und einer Kollektion Dixi-Klos mit verschiedenen Namen vorbeigehe. »Throne von Minnesota«. »Wir sind für Groß«. »Verweile doch«. Paul würde es lieben. Die Golfwagen, noch mehr große Fahnen, die Grabmonumente, vielleicht ein Panzer, irgendwelche Boden-Luft-Raketen, ein Mini-U-Boot sind alle in der Nissenhütte untergebracht, falls die nächsten Wahlen schiefgehen – was durchaus sein kann. Hier draußen bei dem Krimskrams und dem Wehrmaterial ist es kälter. Hoch oben im eisigen Azur radiert ein Zubringerflieger von Delta eine saubere weiße Narbe quer über die leere Sphäre.

Wo das Gelände in die Brache übergeht, ist der *Warme Wind* problemlos zu finden. Wie alles, was man zum zweiten Mal besichtigt, hat er jetzt menschlichere Ausmaße – wirkt freundlicher und besser in Schuss. Ich werde ihn ohne Schwierigkeiten steuern können. Ich klettere pro forma in den Camper-Teil, wo die Luft tot und propanig und kühlschrankkalt ist. Das Licht, das durch die Fenster reinsickert, macht es kein Stück gemütlicher. Ich kann nur ein Möchtegernbett identifizieren – eine Formicabank, die die Rolle einer Sitzbank und eines Tisches übernehmen kann, aber zum Schlafen ginge sie auch. Vielleicht gibt es ein zweites Bett, das als irgendwas anderes auftritt, aber ich entdecke nichts. Die »Küche« besteht lediglich aus zwei elektrischen Kochstellen in Liliputgröße auf einer Pressspanplatte in Liliputgröße. Das Klo ist gleich gegenüber der Tür, wer es benutzt, verzichtet auf jegliche Intimsphäre. Der Boden ist blaues Linoleum mit weißen Flecken, und der ganze Innenraum ist in einem blassen Irrenhaus-Braun gestrichen, einer echten Nichtfarbe.

Mit anderen Worten, der *Warme Wind* ist von einer Zwei-Mann-Karre weit entfernt; vor allem wenn der eine ständig überall dagegenrennt und zunehmend Hilfe braucht. Vorteilhaft ist nur, dass du unmöglich längelang hinschlagen kannst, wenn du erst mal drin bist. Allerdings, solltest du hinfallen, brauchst du gleich Erste Hilfe, um wieder hoch- und rauszukommen. Diese Aspekte des Wohnmobil-Lebens hat Paul nicht durchdacht. Mein Honda wäre um Welten besser, hätte aber nicht den Fliegender Holländer-Appeal.

Aber wenn ich ihm heute Abend später, während der Sackloch-Partie, erzähle, dass der *Warme Wind* bloß eine Ein-Mann-Kutsche ist – einsame Seele auf einsamer Mission –, könnte er womöglich das ganze Projekt canceln. Ein weiteres Beispiel dafür, warum wir das, was wir nicht tun, nicht tun. Es ist eindeutig nichts Wesentliches, diesen Haufen Schrott zu mieten und zum Mount Rushmore zu fahren. Aber auf der Zielgeraden zum letzten Vorhang fühlt es sich entscheidend an, dass das hier funktioniert, mir gehen auch langsam die Ideen aus, was wir nach dem morgigen Tag sonst tun könnten. Wir könnten an Ort und Stelle bleiben. Aber das sollten wir nicht.

Meine Füße sind mittlerweile Eisblöcke. Ich klettere wieder auf das gefrorene schottrige Gras runter. Die meisten anderen Wohnmobile sehen bei Tageslicht neuer und schöner aus und tragen Namen wie »Abfangjäger«, »Monarch«, »Störenfried«. Die amerikanische Freizeit-Nomenklatur. Aber ihnen fehlt die Authentizität, an der Paul gelegen ist.

Ich gehe einmal herum, öffne die Fahrertür mit meinem Schlüssel und klettere hoch und hinein, wo es noch unwirtlicher kalt und steif ist. Mein Lebendatem lässt sofort die Windschutzscheibe beschlagen. Es stinkt nach Zigaretten, auf dem Boden liegen eine Bierdose, Dos Equis, und lauter Papierchen. Aber hinter dem großen Steuerrad ist es gar nicht so ungemütlich. Die Ledersitze sind geräumig, sogar auf der Rückbank, die Armaturen eher neu und geschwungen wie in einem Kampfjet. Alles ist kompakt und ausladend zugleich. In so einer Maschine hab ich noch nie gesessen.

Ohne Grund öffne ich das Handschuhfach, keine Ahnung, was ich da erwarte. Eine Pistole? Eine Schatzsucherkarte? Eine abgeschnittene Hand? Drin liegen Papiere, Dokumente, eine Gebrauchsanweisung, eine Schachtel Pariser in verschiedenen Farbtönen und Geschmacksrichtungen – einer fehlt. Und eine Vorladung zum County-Gericht von Osceola, Florida, zum 4. Mai 2012, ausgestellt auf eine Lorenza Amelia Cepeda. Weitere Post für »Señora Cepeda«, die offenbar einmal in Kenansville gewohnt hat und die Briefe von einem Mr. Jeffers in Lake Wales ebenso wenig aufgemacht hat wie die vom Staatsanwalt von Kenansville, vom Jugendamt von Osceola County oder von der Lebensversicherungsgesellschaft Granite State in Concord, New Hampshire 03 301. Wo Señora Cepeda jetzt ist, weiß der Himmel. In Red Wing? Ich wünsche ihr angenehmeres Fahrwasser und stecke die Papiere wieder in das Fach, wo sie sie gelassen hat.

Ich versuche den großen Dodge kalt zu starten. Falls Pete Engvall nicht regelmäßig die Runde macht, um die Batterien in Schuss zu halten, was ich bezweifle, muss das letzte Mal schon länger her sein. Wofür steht, wenn ich's nur wüsste, wohl 1500? Die große Kraftmühle aber – nach diversen T-Rex-haften Metall-auf-Metall-Geräuschen (oben kein Öl, träge Stößel, eine Magnetspule, die wer weiß was tut …) – knallt sich irgendwie in Gang. Das Radio dröhnt los, genauso die Lüftung, arktische Luft versengt mir das Gesicht. All das passiert gleichzeitig, das nervenzerfetzende Getöse macht einen Moment lang Angst.

Aber ich kriege das Zeug wieder ausgeschaltet, der Motor gibt Klicker-klicker-Laute von sich und beruhigt sich dann zu einem rumpelnden Leerlauf. Ich trete ein paarmal aufs Gaspedal und lasse die große Maschine ein bisschen aufheulen, dann schalte ich auf D, die Kupplung kracht, die Räder machen einen Satz nach vorn und zersplittern das Eis unter den Reifen. Es ist eine einschüchternde und ermächtigende, »leicht gemacht« ultra-amerikanische Empfindung, so ein Vieh aufzuwecken, aber ich glaube, ich kann mit ihm umgehen, es vielleicht sogar mögen. Pete Engvall kann den Motor morgen für uns aufwärmen, die Tanks füllen, die Vitalfunktionen checken, einmal saubermachen. Es gibt einen Allrad-Knopf – aber wie schwer kann das schon sein, den zu bedienen? Wir können Duftbäumchen kaufen und alles mit Kokos überziehen, das wird meinen Sohn begeistern. Ich muss Paul nur davon überzeugen, dass er sich gar nicht erst in den Camper-Teil vorwagt, wo er entweder erfrieren oder sich verletzen wird. Ein Best Western oder ein Hilton Garden werden all unsere menschlichen Bedürfnisse sehr gut befriedigen können. All dies ist im Grunde nichts anderes, als ein Haus zu verkaufen, wo du einfach das Haus, das du im Angebot hast, durch das Haus ersetzt, das der Kunde seiner Meinung nach haben will. Ich hab mal gelesen, ein Optimist ist daran zu erkennen, dass er das Unvermeidliche für das hält, was ohnehin passieren musste.

* * *

Als ich zum Büro zurückstapfe, hat Schwester Krista für die 15-Uhr-Schicht in der Klinik schon ihren Kittel angezogen. Ihr zierlicher gelber Smart steht draußen im Leerlauf. Die Winterkleidung über der Klinikkluft besteht aus Daunenweste und Hasenfellstiefelchen, beides in Rosa. Hier oben wissen sie, wie sie sich für das Wetter anziehen müssen – und bestimmt ist auch noch Unterwäsche ohne Schnickschnack am Start.

Sie ist immer noch in beschwingter Stimmung, wahrscheinlich ist sie das immer – die Onkologie-Patienten freuen sich auf ihr Kommen, lieben es, dass sie eine Irakkrieg-Veteranin ist und so hübsch *und* gut *und* geschickt. Tu ich ja auch, obwohl es hier drin brütend heiß ist.

»Pete, der Oberfischer, hat's nicht für nötig gehalten, nochmal vorbeizuschauen«, sagt sie mit fröhlich blitzenden blauen Augen. »Macht viiiiel zu viel Spaß, sich da draußen seinen kleinen schwarzen Hintern abzufrieren. Ich muss hier dichtmachen, Frank. Wiewarsn? Alles gut?«

»Ja, gut. Wir nehmen ihn.« Mit allem einverstanden. Wenn ich hier drin kein Kopfweh kriege, hab ich Glück gehabt. Ich bin leicht außer Atem, als würde mich etwas erregen.

»O-kay!«, sagt Krista und wühlt nach ihrem Büroschlüssel.

»Können Sie Mr. Engvall Bescheid sagen, dass ich den Truck morgen um die Mittagszeit abholen möchte? Wenn er ihn durchschauen und reinigen und aufwärmen könnte. Den Papierkram machen wir, wenn ich mit meinem Sohn herkomme.« Und dann wäre da noch die Sache mit den zwanzig Prozent Rabatt für Valentinstag. Obwohl es schon genug ist, wieder in die Nähe der bezaubernden Army-Krankenschwester Krista zu kommen.

»Petey gibt Ihnen das Ding wahrscheinlich gratis, wenn ich ihm von Ihrem Sohn erzähle. Was ungefähr um zwei Uhr früh sein wird, wenn ich von der Arbeit heimkomme, dann genehmigen wir uns einen Drambuie. Seit seine Tochter gestorben ist, schläft er nicht grad wie ein Weltmeister. Zu viel Zeug im Kopp. Deshalb geht er angeln.« Sie sperrt die Augen weit auf, um anzudeuten, dass um zwei Uhr früh noch einiges andere passiert, was mich für sie freut, falls es stimmt.

»Das ist nicht nötig«, sage ich – zum Thema »gratis« –, aber ablehnen werde ich es auch nicht.

»Haben Sie irgendwo eine Ehefrau, Frank?« Krista geht hin und her und macht die Lüftungsschlitze vom Kaminofen zu, was die Backofenhitze hier drinnen noch steigert. Jetzt ist sie ganz geschäftsmäßig. »Ich meine, na ja, wenn es darum geht, sich um Ihren Sohn zu kümmern.«

Sie richtet sich auf, ihre elfenhaften Züge drücken die tiefe Unbefangenheit der Krankenschwester aus. Frauen sind unberechenbar darin, was sie einem alles geben und dann einen Herzschlag später wieder nehmen können.

»Ich habe an mehreren Orten Ehefrauen. Aber keine, die hier ist.«

»Alles klar. Immerhin sind *Sie* hier«, sagt Krista. Krista und Pete. Solide. Dankbar. Optimistisch. Eine glaubwürdige »gemischte Ehe«. Höchstwahrscheinlich sind sie gläubig, aber diskret damit. »Jetzt muss ich in die Gänge kommen«, sagt sie. »Ich teile Seiner Gnaden mit, dass Sie morgen Mittag kommen. Bis dahin hat er den ollen *Warmen Wind* mal ordentlich auf Touren gebracht.« Der Name scheint sie nicht zu amüsieren. Minnesotaer finden andere Sachen lustig.

»Okay«, sage ich. »Super.« Und wir sind fertig. Schnell. Krista und ich. Hätte genauso gut Pete sein können.

»Bereit für die Elefanten?« Krista zieht sich Hasenfell-Handschuhe über. Das ist ihr täglicher Witz für die Patienten, egal welche finsteren Elefanten vor denen liegen.

»So was von«, sage ich, halte die Tür fest und bin schon weg, alles Entscheidende ist geklärt. Das morgige Projekt ist schon halb unter Dach und Fach, wenn auch noch nicht ganz in Sack und Tüten. Hauptsache, mein Sohn sagt Ja.

* * *

Phase zwei der nachmittäglichen Vorfreuden kann etwas Erläuterung vertragen, derweil fahre ich nordwärts vorbei an Rochesters Gewerberandgebiet (mit einem Mikrotel, einem riesigen Kia-Händler und einem Verizon-Laden am Arsch der Welt). Die Sonne hat sich im Westen schon in die Baumlinie gefressen, und seitliche Schatten fallen auf den Highway. Um drei Uhr nachmittags haben in Minnesota die meisten Fahrer schon aufgeblendet – das soll hier, wo die Randbezirke ausdünnen und Farmland sich breitmacht, das Risiko verringern, nähere

Bekanntschaft mit einem Hirsch zu machen. Alles ringsum läge jetzt unter einer Decke von genetisch verändertem Mais, wenn es nicht gerade unter einer Schneedecke läge.

Wenn du die meiste wache Zeit mit einem Sterbenden verbringst – auch wenn dieser Jemand dein Sohn ist –, solltest du deinen eigenen Bedürfnissen zumindest ein bisschen Aufmerksamkeit widmen. (Liberale Gutmenschen wären da natürlich anderer Meinung.) In der ersten Woche hier – kurz vor Weihnachten – besuchte ich das freiwillige Kolloquium »Neuerdings Pflegende« in einem mit nachhaltiger Eiche getäfelten, ultra-unaggressiven Konferenzsaal der Mayo, wo lauter kleine Familiencluster von Al's-Angehörigen hoffnungslos versammelt saßen. Die meisten anderen schienen elender dran zu sein als ich, aber alle führten sich plauderlustig und positiv auf, damit sie nicht mit dem Heulen und Zähneknirschen anfingen, was man alles *nicht* für ihren Liebsten tun konnte. Aus mir unerklärlichen Gründen fiel mir die Rolle zu, den positivistischen Jedermann zu spielen, der sich alle Meinungen anhörte, nickte, herumwitzelte, bedeutende »Gedanken« in einem Moleskin festhielt und blinzelnd überflüssige Fragen stellte, die unweigerlich mit »Ich verstehe …« anfingen. »Ich verstehe. Körperachtsamkeit *kann* also eine Rolle spielen …?« Vielleicht stand ich bei den anderen Familien im Verdacht, ein Mayo-Lockvogel zu sein, aber sie waren froh, dass sie mich als Blitzableiter dahatten, dann mussten sie nicht auf sich selber sauer sein – oder noch schlimmer, auf ihre unglücklichen Liebsten. Trauer, so erklärte mir Sally Caldwell, bevor sie sich aus dem Staub machte, kann paradox sein.

In der ersten Sitzung (zwei hab ich geschafft) erklärte unsere Moderatorin Miss Duling, eine schicke, zierliche grünäugige Dame in den Siebzigern, wie ich, die ein orange geblümtes Kleid, ein Spitzendeckchen aus weißem Haar und ein Mayo-Namensschild mit der Aufschrift »Mitgefühl-Beraterin« auf ihrem roten Jackett trug, unserer Gruppe, dass wir alle die Aufgabe hätten, »uns ebenso um uns selbst wie um unsere erkrankten Angehörigen zu kümmern. Seien Sie nicht nur ein Anhängsel« – verschwörerisches Lächeln – »der sterbenden Anderen. Das kann eine Form von« – (erraten!) – »sublimiertem Egoismus sein.« »Versuchen Sie, Zeit für Ihre persönliche Entwicklung zu finden. Setzen Sie sich Ziele in der Gegenwart – auch wenn es merkwürdig erscheinen mag, sich Ziele mit jemandem zu setzen, der nicht mehr lange da ist. Ziele müssen ja nicht langfristig sein. Verringern Sie die Bedeutung der Vergangenheit. Es geht auch um Ihr Leben.« Sie zitierte sogar den verkommenen alten Faker Faulkner (ich war der einzige Angehörige, der ihn erkannte), als sie sagte: »Es gibt kein *war*. Es gibt nur *ist*.« Ich habe mir eine Menge davon aufgeschrieben, aber nicht viel dafür getan, etwas von dem Gelernten anzuwenden.

An diesem sonnenverlorenen Dienstagspätnachmittag bin ich – sehr im guten, selbstfürsorglichen Geist der Miss Duling – eilig unterwegs zu *Vietnamesische Gastfreundschaft in Minnesota*. Der Name weist nicht sofort auf einen Massagesalon hin, aber darum handelt es sich, in einem geräumigen, Wohlstand ausstrahlenden Minnesotaer Farm-Familienhaus mit weißer Holzverschalung (einst die Bio-Molkerei Pieter Amdahl) in der Provender Road, einer Querstraße der Route 52 North, auf einem Hügel oberhalb der Maisfelder, auf halbem Wege zwischen Rochester und Zumbrota. Je älter ich werde, desto weniger erscheint mir fehl am Platz.

Auf VGM bin ich in unserer ersten Woche hier gestoßen, als ich durch den Teil der *Post Bulletin* mit den »Dienstleistungen« blätterte, weil ich die Scheinwerfer einstellen lassen wollte. Die Anzeige für VGM lautete: »Spezialität Vietnamesische Massage. Frauen und Männer willkommen. In hiesigem Besitz. Freundlich. Verlässlich. Sicher.«

Ich hatte noch nie einen Massagesalon frequentiert, vielleicht versteht sich das von selbst. Oder auch nicht. Einmal, bei den Marines, war ich nahe daran gewesen, als ich einen Puff namens El Burro in Ensenada besuchte – mein einziger Kontakt mit »Sexarbeiterinnen« (warum wir sechs nicht an der Pest gestorben sind, weiß nur der liebe Gott). Außerhalb von Haddam, weit unten an der Route 1 Richtung Trenton, gab es in der Einkaufsmeile immer schon Schaufenster mit Schildern, die für »Spa« und »Massage mit vollem Service« warben, und jeder wusste Bescheid. Mehrmals ließen die Mitglieder vom Club der Geschiedenen Männer durchblicken, dass sie dort »teilgenommen« hatten – meist während sie gerade in den Fängen einer vergifteten Scheidung oder in tiefer Trauer über den Verlust einer Ehepartnerin waren. Sie gaben zu, dass sie diese Besuche überraschenderweise »genau richtig« fanden, um den Druck und Stress des modernen nach-ehelichen Lebens aufzubrechen. Wobei sie, typisch, mit Einzelheiten geizten: War das eine echte Massage? War es ein Quicky? War es das komplette Programm, »einmal mit alles«? (Informationen, die man brennend gern bekommen hätte, nach denen man aber aus männlicher Scheu nicht fragte.) »Okay, Bascombe. Fahr da einfach mal hin. Guck dir an, wie du's findest. Und mach draus, was du draus machst.« Zwinker, zwinker. Ein Mitglied, Flip Baxter, gab mir sogar mal einen Geschenkgutschein zu Weihnachten, eine Karte, auf der am unteren Rand eine Verzierung aus rosa Lotusblüten war und die man bei jedem Besuch lochen lassen konnte, bis man sich einen Gratisbesuch verdient hatte. Wie bei Starbucks.

Ich ging nie hin. Allerdings nicht weil ich es falsch gefunden hätte, das zu tun. Ich halte es nicht für falsch. Es ist – neben der Politik – das älteste Gewerbe der Welt, und das ist es nicht, weil es dabei versagen würde, ein lebenswichtiges menschliches Bedürfnis zu befriedigen. Die meisten Handlungen, die ein ethisches Stigma tragen, sollte man regelmäßig neu bewerten.

Der Grund, warum ich nie »teilnahm«, war natürlich schlichte Angst. Angst, ich würde ausgeraubt und tot auf eine Müllkippe geworfen. Angst, ich würde mich reintrauen, den Mut verlieren, dann die Orientierung, und nicht mehr wissen, wie ich da wieder rauskam (wie in einem Gruselkabinett). Angst, dass, obwohl all diese Etablissements nominell von Asiaten betrieben werden, die Besitzer in Wahrheit Italiener (aus dem County Union) waren, die mit den Cops halbe-halbe machten. Solche Läden müssen »zustimmen«, dass es dort regelmäßig Razzien gibt, dann werden alle Kunden – Richter, Sonntagsschullehrer, Gastroenterologen, Gefängniswärter, Bäcker, Biker und Makler – hemdlos und verwuschelt in einem elenden Spießrutenlauf hinausgescheucht, dann fortgeschafft zur erkennungsdienstlichen Behandlung in West Windsor. Später dürfen sie dann nach Hause, um still in der Badewanne Harakiri zu begehen.

Warum wir nicht tun, was wir nicht tun, hat oft einen guten Grund.

Aber ich gebe zu, dass ich ein einziges Mal, auf dem Heimweg von Pete Lorenzos Spaghetti-Orgie in Trenton, auf der Province Line Road einen U-Turn machte, auf dem Highway 1 wieder nach Süden rauschte und auf den Parkplatz von Little Saigon Tulip Massage abbog, zwischen Bennie's Grinders-Sandwiches und einem Elektronikmarkt, der Pleite gemacht hatte. Damals war Sally Caldwell gerade zum ersten Mal nach Tschetschenien abgehauen, und ich fühlte mich dumpf und down und bedürftig nach etwas, das ich als »Gesellschaft« definierte.

Das Schaufenster (im ersten Stock brannte rosa Licht) war so gewöhnlich wie bei einem Schuster, nur mit dicken blickdichten Vorhängen vor den Fenstern und einer roten Neonschrift »Massage – Offen«. Es war nach Sonnenuntergang an einem feuchten Julifreitagabend in New Jersey. Die Heuschrecken summten. Der Verkehr auf Route 1 wimmelte gen Norden. Einige Autos mit getönten Scheiben parkten davor. Nichts wirkte übermäßig libidinös, aber ich wusste, für achtzig Dollar (die ich zufällig in der Tasche hatte) würde ich alles bekommen, was ich wollte. Ich könnte es *einfach mal tun*, dachte ich, als schuldlose Alternative zum Nichtstun. Bestimmt machen es viele aus diesem Grund – so wie sie zur Marine gehen.

Während ich dasaß, in der frühlingshaften Dunkelheit in meinem Ford Crown Victoria verborgen, ging die Eingangstür des Little Tulip auf (dahinter war ein weiterer blickdichter Vorhang), und zwei immens fettleibige Männer kamen heraus – junge Männer, so schien es mir. Männer in ihren Zwanzigern. Sie hätten Zwillinge sein können.

Sie lachten nicht oder torkelten besoffen herum, sie waren nicht mal aufgekratzt oder gesprächig. Sie verließen den Ort ganz bräsig, als wären sie nur kurz reingegangen, um sich ein paar Halbsohlen draufmachen zu lassen. Wenn ich sie so aus meinem dunklen Auto beobachtete, wirkte nichts an ihnen seltsam oder erotisch aufgeladen. Es fühlte sich vielmehr ermutigend an, dass diese beiden einen Ort hatten, wo sie hinkonnten, um ihre menschlichen Bedürfnisse versorgt zu bekommen, so harmlos ihre menschlichen Bedürfnisse vermutlich waren. Eine schlichte Massage, aller Wahrscheinlichkeit nach.

Für mich war das ein ideales Ergebnis dieser Spontanaktion, umzukehren, zurückzukommen, das ganze Unterfangen noch einmal zu erwägen und mich dann dagegen zu entscheiden. Ich fühlte mich kein bisschen überlegen; nur abgeschnitten – so fühlte ich mich ohnehin. Als die beiden schweren Jungs, die zusammen hergekommen waren, sich in ihrem Ford Explorer untergebracht, den Wagen zurückgesetzt und vorsichtig in den lichterglitzernden Verkehrsfluss auf der Route 1 eingefädelt hatten, folgte ich ihnen wie ein Streifenwagen direkt auf die Fahrspur gen Süden, und ihre beiden runden Köpfe vor mir waren zwei Silhouetten auf den Vordersitzen. Ich konnte erkennen, dass sie auf dem Weg nach Trenton ins Gespräch kamen. Aber ich bog rechts in die McGinty Lane und nahm die lange Route zurück nach Haddam, fühlte mich weniger down und dumpf, nein, sogar unerwartet positiv. So viel braucht es also manchmal gar nicht, sieh mal einer an, um zu einer besseren Einstellung zu finden.

Vietnamesische Gastfreundschaft in Minnesota ähnelt, das sollte ich zuallererst sagen, der kleinen Tulpe aus Saigon in keiner Weise. Erstens ist Minnesota nicht New Jersey, mit anderen Worten, es ist hinterm Mond. Zweitens kann ich jede Woche ein oder sogar zwei Mal zu VGM rausfahren und mich tatsächlich massieren lassen (wobei ich mir nicht sicher bin, wie »vietnamesisch« diese Massagen tatsächlich sind, abgesehen davon, dass sie offenkundig von Vietnamesen verabreicht werden). Drittens wird VGM tatsächlich von einer Familie geführt, nicht von der Mafia. Die Besitzer, Familie Tran aus dem nahe gelegenen Kiester, Minnesota, sind die vierte Generation hier, 1968 entkamen sie dem sicheren Tod in Saigon und sind heute so amerikanisch wie Betty Crocker-Backzutaten. In Kiester, wo Großvater Tran 1970 vom Außenministerium »untergebracht« wurde, hat die Familie in fünfzig Jahren Kleinstadtleben einen mehr als beachtlichen Erfolg hingelegt. Das Kino gehört ihnen – das Key (für Kiester) –, dazu der einzige Lebensmitteldiscounter der Stadt. In Albert Lea, nicht weit entfernt, haben sie ein Motel 6, und auf der anderen Seite der Grenze, in Iowa, zwei Family Dollar-Resterampen. Und mehr ist in der Planung. Alle Kinder und Enkelkinder waren auf dem College oder hätten hingehen können, wenn sie gewollt hätten. Großvater Trans Sohn Jeff war auf dem Bowdoin College in Maine und sitzt heute in der Planungskommission von Faribault County, Minnesota. Ein Superhirn-Cousin ist Anästhesist in der Mayo-Klinik. Sie sind alle Zion-Lutheraner und moderate Demokraten – in Reagans erster Amtszeit haben sie gewechselt, von den Free-Will-Baptisten und den Republikanern kommend. In den sieben Wochen meines vorübergehenden Domizils in Minnesota bin ich ein regelmäßiger, zufriedener Kunde geworden, rückhaltlos-höflich, großzügig mit Trinkgeld – fast schon ein Vertrauter. Ich zahle bar und werde geschätzt, respektiert und angenommen, als käme ich selbst aus Minnesota (oder Vietnam).

Dass *Vietnamesische Gastfreundschaft in Minnesota*, meilentief in der Pampa auf dem Weg nach St. Paul, ebenfalls der Tran-Familie gehört, ist in Kiester kein Gesprächsthema. Dabei könnte nichts direkter und schicklicher sein: Ein geschätzter ausländischer Agent mit CIA-Kontakten wird vom dankbaren Amerika per Flugbrücke aus der Gefahr geholt und an dem schlimmsten, abweisendsten Ort implantiert, den man sich (in puncto Klima und sozialer Hierarchie) vorstellen kann; nun erwartet man, dass er floppt und vermutlich untergeht, aber er schafft es – auch wenn die ersten Jahre zugegebenermaßen schwer sind –, von den Ortsansässigen (mehr oder weniger) akzeptiert zu werden, steigt beharrlich auf und wird irgendwann triumphieren, als Bürgermeister oder Gouverneur oder Senator (oder Präsident). Die Herkunftsgeschichten eines Andrew Carnegie oder einer Elizabeth Taylor klingen nicht sehr viel anders. Oder die Mike-Mahoney-Saga drüben in Red Bank, New Jersey.

Aus nächster Nähe ist natürlich wenig jemals wirklich einfach. Warum brettere ich bei egal welchem Wetter oder hektischem Seelenzustand die 25 Kilometer bis zu VGM raus? Weniger, weil ich den Weg der Tran-Familie, so weit wie von der Venus, überaus bewundere – obwohl ich das tue; vielmehr habe ich mich unerwartet in eine der Massage-»Dienstleistenden« verliebt, oder so was Ähnliches, eine Frau, die in dem Farmhaus jede Woche mit Leidenschaft lebensrettende Exerzitien an mir praktiziert – wirklich das Gesündeste und Normalste auf der Welt – und die mich, unter bestimmten Einfallswinkeln von Licht und kokettem Humor, zurückzu»lieben« scheint. Was für mich ein Geschenk ist.

Ja, ja, ja, ja, ja, ja, ja, ja, ja, *ja!* »Ich weiß. *Ich weiß – ich weiß*.« Vieles im Leben müsste eigentlich Anführungszeichen um sich herum tragen.

Meine Massage-Dienstleistende, Miss Betty Duong Tran, ist die Enkelin des alten Byron Lo Duc Tran, des lange verstorbenen, verehrten und »eingebetteten« CIA-Informanten, der in Kiester landete und sein Glück machte, usw. usf.

Betty ist eine von sechs Töchtern von Jeff Nguyen Tran (der vom Bowdoin College und der Planungskommission in Faribault). Mit vierunddreißig macht sie in Rochester ihren Business-Abschluss und hat für danach das Gastgewerbe im Visier. Über solche und verwandte Themen sprechen wir, während ich massiert werde, was in ihrem »Studio« im ersten Stock des früheren Amdahl-Farmhauses stattfindet, mit Ausblick auf die verschneit-gefrorenen Maisfelder Richtung Rochester im Süden. Die Wände drinnen sind dekoriert mit einem Poster von Kirby Puckett, dem Baseball-Centerfielder der Minnesota Twins, einem »Uffda!«-Poster, ein paar gerahmten Cartoons von Ole und Lena, mehreren romantisierten Farbfotos vom Mekong, der Thien-Mu-Pagode und smaragdgrünen Reisfeldern, einem gesunden Ficus, einem Defibrillator mit Wandhalterung und einem großen (signierten) Poster des vorgestrigen Tennisstars Boris Becker in Aktion, im Sprung, er zerlasert gerade mit einem Ausdruck fröhlicher teutonischer Entschlossenheit auf seiner gutaussehenden Krautheimer- Visage einen Ball zu Atomen. Plus ihr Laptop und ein kleiner Toshiba-Fernseher, den sie mit einem Geschirrtuch abdeckt. Ich stelle keine Fragen nach diesen Deko-Vorlieben. Betty selbst ist nicht weit von hier zur Welt gekommen, in Austin, also keine Einwanderin. Was nicht besagen soll, dass das Leben für sie ein Spaziergang gewesen wäre.

Während sie an mir arbeitet – ich bin immer nackt, in ein Drachentuch aus roter Seide gehüllt –, plaudern wir auch über die Geschichte und den Aufstieg ihrer Familie oder über Fallstudien in ihrem abschließenden Marketingkurs – etwa die kontroverse Umbenennung von Holiday Inn und das Zeitziel, wann sich wieder treue Kunden einstellen sollen, nachdem sie zunächst durch das Ödland des Hotelgewerbes geirrt sind, während Hilton, Marriott, Wyndham und Hyatt einen willkommenen Aufschwung ihrer Marktanteile erlebten. Solche Themen beschäftigen Betty, und ich kann halbwegs mitreden, weil ich alles, was Handel betrifft, immer bewundert habe. Ihr Lebensziel ist kein Platz im Aufsichtsrat einer Firma – irgendwie hat sie durch eine spät gestartete Ehe unter einem schlechten Stern wertvolle Zeit verloren; er war ein Bauerntrampel und einer der besten Eishockeyspieler des Staates, mit dem sie nach Mankato, Minnesota, zog, weil er dort ein Stipendium hatte und sich Hoffnungen auf die Nationalliga machte. Dank purer Seelenstärke schaffte sie »einen klaren Schnitt« mit Ingemur – kein Nachwuchs –, und ihre Familie in Kiester nahm sie ohne Vorbehalte wieder auf. Ihr Langzeit-Karriereziel sieht so aus, dass sie gern ihren Business-Abschluss im Bereich Personalverwaltung nutzen möchte – bei einem »Krankenhausbetreiber mit Maximalversorgung« oder einer Eventplanungs-Megakette –, um das Leben vieler

Menschen da zu verbessern, wo sie es vielleicht selbst noch gar nicht erwarten. Für sie »klingt das nach einem Plan«, diesen Satz benutze ich zwar nicht, aber ich unterstütze sie aus vollem Herzen, soweit es unsere Umstände erlauben.

Wie die Fahrt in die Provender Road Ende Dezember zu einer Variante von Liebe führte, ist nicht so kompliziert. Wenn Liebe das ist, was dir fehlt, kann sie die flüchtigste und unauffindbarste unter den Zwerggalaxien sein. Doch wenn die Liebe kommt und sich ganz von selbst häuslich niederlässt oder du dich häuslich in ihr niederlässt, dann ist sie das handgestrickteste menschliche Projekt, das es gibt, man könnte es fast übersehen, und deshalb verlieren so viele es aus dem Blick und sind am Ende allein.

Als mein Sohn Paul mit seiner Kurzzeit-Medikamenten-Versuchsstudie in der Mayo-Klinik begann und wir in unser von Mike Mahoney wertgesteigertes Zuhause in der New Bemidji Street zogen, wo wir jetzt wohnen, stellte ich fest, dass ich an dem vollkommen vorhersehbaren Wahn dieses Riesenstresses fast erstickte. Alle Bemühungen um ein quasi-normales Leben hatten bislang nicht gefruchtet. Ich knirschte mir ein fettes Loch in meinen zweiten vorderen Backenzahn, Zahnfleisch und Haare gingen zurück. Ich schlief nur schubweise. Wenn ich gute Laune aufbringen konnte, war sie für meinen Sohn reserviert. Auf einer Mayo-Website steht, dass größerer Stress so ist, als würdest du zu jeder Mahlzeit einen Monster-Cheeseburger essen. Das Immunsystem fällt dir in den Rücken, das kann bis zu Organversagen gehen. Wenn dreimal Umziehen einmal Sterben entspricht, dann bedeutet eine ALS-Diagnose für deinen Sohn, dein Auto jeden Tag von neuem gegen die Wand zu fahren, immer mit demselben Ergebnis.

In den letzten Dezembertagen, als Paul lange Vormittage in der Klinik verbrachte, strandete ich regelmäßig im »Neuro«-Wartesaal und las Mayo-Artikel, die den pflegenden Angehörigen gratis zur Verfügung standen – über die sechs Warnsignale für Alzheimer oder die vier Warnsignale für Dengue-Fieber, Guinea-Wurmkrankheit, afrikanische Schlafkrankheit, Tollwut und Trichinen. Und natürlich für Depression, die ich nicht zu haben glaubte.

In der Zeitung, die auf der Couch liegengeblieben war, sah ich zufällig den Kasten mit der Werbung für *Vietnamesische Gastfreundschaft in Minnesota.* »Männer und Frauen WILLKOMMEN. In hiesigem Besitz … sicher …« usw. Ich weiß nicht, was genau an diesem schlichten kleinen Anreißer – Palmwedel, die zu einer Laube der Geborgenheit arrangiert waren – auf mich so wirkte, als bräuchte ich das zutiefst, angesichts meiner Angst vor Mafiosi, Spießrutenlaufen und Polizeihunden. Aber mitten in diesem angstvernebelten Mayo-Wartesaal voll panischer Angehöriger, konfrontiert mit der schonungslosen Ungerechtigkeit des unsteten Schicksals, beschloss ich kurzerhand: »Ja! Das ist richtig gut. Nein, das ist hervorragend. Das muss ich sofort machen, am besten noch schneller.« Dieses archaische Denkmuster liegt in der Erschöpfung des Geistes begründet, die auch in den Stärksten von uns lauert. Und natürlich kann es zu den besten Entscheidungen führen, die wir je getroffen haben.

Der 29. Dezember – ein Donnerstag – war klirrend, keuchend, quietschend kalt. Ich erschien zu meinem Zehn-Uhr-Termin in der Provender Road. Paul wurde in der Klinik umschwirrt. Ich läutete an der Tür zu dem großen weißen Haus, wirklich das ikonische Heim einer Familienfarm, das genauso aussah wie an dem Tag, als die Amdahls nach Vadnais Heights in den Twin Cities zogen: auf der Rückseite ein von Hand erbautes gelbes Backsteinsilo; auf der anderen Seite des Innenhofs eine Werkstatt. Eine Stangenscheune. Ein Hühnerhaus. Ausgewählte Tiergehege und Stallungen auf der windabgewandten Seite, hundert Meter dahinter ein zugefrorener Teich mit Weiden. Betty sagte, die alten Amdahls hätten nie darüber gesprochen, dass ihr Familienhaus zu einem Massagesalon entstellt wurde, von derselben Sorte Asiatischer, wie sie der alte Harmon Amdahl in den Dschungeln des Ia-Drang-Tals bekämpft hatte, um die Welt entweder für sie oder vor ihnen zu retten. Aber für mich ist das alles bewundernswert, das Trendige der neuen Farmwirtschaft mit neuer migrantischer Deckschicht – ob's einem nun passt oder nicht.

An jenem kalten Morgen wurde ich von der zierlichen Betty Tran höchstselbst hereingebeten. Ich hatte *sie* »erwischt«, denn im Schichtplan des Tages arbeitet sie immer früh, damit sie nachmittags studieren gehen kann. Draußen standen keine weiteren Autos, zehn Uhr vormittags ist keine beliebte Stunde für Massagen. Drinnen war das Haus so eingerichtet, wie es die Amdahls verlassen hatten – all ihre »hübschen« eklektischen Furniermöbel, karierte Polstergarnituren mit Sitzkissen, in jedem Zimmer Flatscreen-Fernseher an der Wand, für sonntags eine Essgruppe aus falschem Mahagoni mit vielen Stühlen, eine Welt der Orientteppiche, Brokatvorhänge vor den Fenstern, damit die Wärme drinblieb, Kaffeetische mit Glasplatte, dazu Glastiere, von Glasschäfern bewacht, ein Set aus Porzellanglocken und ein Schwarzes Porzellankind, das mit seiner eigenen Porzellanangel angelte. Plus eine norwegische Bibel, ein altes Paddel vom Aufnahmeritual der Sigma Alpha Epsilon-Verbindung und ein gerahmter, gestickter Wandspruch mit der Feststellung »Nicht jeder, der wandert, verlorn«. Alles, was das Farmhaus der gutbetuchten dritten Generation skandinavischer Amerikaner braucht. Es gab auch einen fröhlich beleuchteten, geschmückten, mit großen Flocken bestreuten, anscheinend permanenten Weihnachtsbaum mit einem Stern obendrauf.

Von der Tür aus bemerkte ich schwaches Licht, das von einem hinteren Flur in eine Küche drang, die glücklichen Stimmen junger Frauen, klirrende Tassen und laufendes Wasser in der Spüle sorgten dafür, dass ich mich nicht als Fremder fühlte. Eine solche Erfahrung hatte ich als Einzelhandelskunde noch nie gemacht.

Betty, auf der anderen Seite, war genau das, was ich mir erhofft hatte. Klein, lächelnd, fröhlich, Bobfrisur, dunkel-wache Augen. Eins siebenundvierzig groß, keinen Zentimeter mehr, flinke, freundliche Bewegungen, willkommen heißend und selbstbewusst, freudiger Augenkontakt mit einem leicht verunsichernden Zwinkern. Sie trug einen himmelblauen kurzen Morgenrock und möglicherweise nicht viel mehr – ihre Arbeitskleidung. Ihr muss eiskalt gewesen sein, aber sie wirkte schwungvoll und bereit, zum Geschäftlichen zu kommen – was immer das sein würde. Ich hatte eine »Anzahlung« von zweihundert Schleifen über meine Visa-Karte geleistet und keine genaue Vorstellung davon, was mich erwartete.

Betty nahm meine Daunenjacke, die so groß war wie sie, und bat mich, meine Stiefel auf der Willkommen-Matte stehen zu lassen. Ich hatte meinen Namen genannt (»Hi, ich bin Frank«). »Ich bin Betty.« Sie hatte gelächelt, schüchtern, muss ich sagen. »Wir können nach oben in mein Studio gehen, okay?« Erst dann sah ich das Bühnenbild mit den Farm-Familienmöbeln, nahm den fernen Kaffeegeruch wahr, hörte die klimpernden weiblichen Stimmen. Es wirkte nicht viel anders als das Mangum & Gayden-Bestattungsinstitut in Haddam. Ein Sarg mit Lilien und Gladiolen, wo der Fernseher hing, hätte mich nicht überrascht.

»Also. Wie geht es *Ihnen*, Frank?« Betty zeigte mir den Weg, die Treppe mit dem Geländer nach oben, wo kein Licht brannte.

»Wirklich sehr gut«, sagte ich. Auf der eiskalten Türschwelle war ich nervös gewesen, als ich das Dingdong der Klingel hörte, nervös, als Betty in ihrem knappen blauen Kittelchen die Tür öffnete. Aber kaum war ich drinnen in der Wärme, hatte Mantel und Schuhe abgelegt und stieg hoch nach werweißwo, ging es mir besser als seit Monaten. Oder Jahren. So einfach! Unerwartete, unerklärliche Wellen des Wohlgefühls sollte man, das wusste ich, niemals hinterfragen.

Hoch in einen engen, lichtlosen Flur. »Jetzt rechts rein.« Sie sprach mit dem nasalen Minnesota-Timbre, das Hiesige sogar blinzeln lässt, wenn sie bestimmte Wörter aussprechen. Sie schaltete eine salatschüsselgroße Deckenhalbkugel ein, ein dunkles Badezimmer am Ende eines Flurs wurde sichtbar. »Und dann nach links«, in den Raum, den ich für ihr »Studio« hielt. In dem Augenblick setzte, das gebe ich zu, ein Trillertrillern oben in meinem Magen ein, so als vibrierte ein altes Telefon, es reichte bis nach außen in meine tieferen Rippen – kein Gefühl, das ich in letzter Zeit oft gehabt hätte. Wenn ich jetzt den Mund aufgemacht hätte, wäre wahrscheinlich eine Babystimme rausgekommen. Wobei in genau diesem Augenblick bestimmt nicht weniger als eine Milliarde Menschen (überwiegend Männer) überall auf der Erde genau dasselbe taten.

Ich trat, die Aufregung in Person, in Bettys Zimmer. Ich weiß, dass ich unwillkürlich lächelte.

»O-kay!« Betty schloss die Tür hinter uns. Drinnen stand ein Massagetisch, am Fenster ein ordentlich gemachtes, schlichtes Lager, plus der Defibrillator, die Poster und der ganze Rest. Es gab auch ihr Schulregal, ein gerahmtes Farbfoto einer lächelnden Teenager-Betty im Cheerleader-Kostüm auf einer Eisbahn (ja, auf dem Eis) neben einem großen, lächelnden, quadratköpfigen, jungenhaften Mann mit frischem Gesicht und dem Eishockeytrikot der Mankato State Mavericks, beide auf Schlittschuhen. Ingemur der Furchtbare. Der sie natürlich bestimmt noch liebte. Aber ich war ja weder für Techtel noch für Mechtel hier.

»Da sind wir, Frank.« Betty reichte mir das rote Drachentuch aus Seide. Sie kullerte mit ihren dunklen Augen, perfekten Scheiben in einem See aus perfektem Weiß. »Legen Sie bitte hinter dem Wandschirm Ihre Kleidung ab.« In der Ecke ein dünner Sichtschutz aus schwarzem Bambusimitat vom Großhändler – nicht diskret genug, um alles von mir zu verbergen.

»Wie viel lasse ich an?«, fragte ich zag.

Betty kniete auf einem kleinen Gebetsteppich, goss eine gelbe Flüssigkeit in eine rot geblümte Untertasse und entzündete eine dicke Kerze auf einem kleinen Gestell. Sandelholz – das Aroma, das meine beiden Ehefrauen für den Gebrauch im Bad gestattet hatten, keine ideale Konnotation.

»So viel Sie mögen.« Sie hatte leise Inselbrisenmusik auf ihrem Telefon eingestellt und drehte sich zu mir um, als wäre ich schon nackt, und so fühlte ich mich auch, weil ich noch nicht dafür bereit war. War das Scheu? Vorgezogene Käufer-Reue? Nichts war passiert, bis auf das

Anzünden einer Kerze. Vermutlich musste das alles – und ich – gar nicht weiter gehen. Nichts war ein Grund für Scham. Für solche Besuche gab es keine Schablonen. Das ganze Zimmer wurde plötzlich sehr still. »Alles in Ordnung?« Auf Bettys schmales Gesicht legte sich ein gespielt ernsthaftes Stirnrunzeln, sie schob die hübsche Unterlippe vor und legte beide Hände auf die bloßen Oberschenkel.

»Klar. Denk schon«, log ich. Vor ihrem vereisten Fenster stand gut sichtbar ein kahler Ginkgo. Auf dessen Ästen fingen drei dicke Krähen an, zu krakeelen und die Schnäbel zu recken wie singende Cartoon-Krähen – als könnten sie mich sehen, wie ich mich vor einer Wildfremden nackt auszog. Ann hatte diese Eigenschaft immer an mir geliebt. Meine »Scheu«. Als wir jugendfrisch waren, hatte sie angemerkt, ich sei »vornehm, ein Mann mit einer längst aus der Mode gekommenen, abgenutzten, aber dringend notwendigen Etikette«. Wie vieles andere, was man so denkt, wenn man frisch verheiratet ist: nicht ganz zutreffend.

»Muss ich Ihnen vorher noch irgendetwas angeben?«, fragte ich. Ich weiß nicht, was ich genau damit meinte. Haustierallergien? Einen Schrittmacher? Ein Holzbein?

»Nix.« Betty sah mich ernst an, als sendete ich besorgniserregende Signale aus. »Sind Sie nervös?«

»Bin selber überrascht«, sagte ich und lächelte grimassierend. Mir war sehr warm, und in ihrem kleinen Zimmer kam ich mir viel zu groß vor, voll bekleidet, auf Wollsocken. Als könnte ich jeden Moment ins Taumeln geraten und einen Tisch demolieren. Ich wollte mich hinsetzen und möglichst nicht ausziehen. Im Geist sah ich Blinklichter über leere Schneefelder hinweg blinken. Stiefel die Treppe hochtrampeln. Pünktlicher Einsatz des Defibrillators.

»Vielleicht sollten Sie sich hinsetzen«, sagte Betty. »Setzen Sie sich auf mein Bett. Ich kann etwas Tee für uns machen. Das wird Sie beruhigen. Okay?«

»Ich bin ruhig. Aber, gern.« Bedeutungsvoll setzte ich mich auf ihr hartes kleines Bett, während sie über der Kerzenflamme Tee machte.

Ich fühlte mich erstaunlich erleichtert, als wäre ich in den letzten Minuten fast gestorben.

Und so begann das alles mit Betty Tran, nicht vielversprechend, halbherzig, demütigend, nicht gelungen, aber immerhin liebevoll. Wobei es sich ganz anders weiterentwickelt hat.

* * *

Bald schaltete Betty die Inselbrisenmusik aus, ging hinter den Bambusparavent und holte einen karierten Wollbademantel hervor, den sie anzog. Wir tranken den lauen, faden Tee und lachten darüber, dass ich »wuschig« geworden war, was nach ihren Worten öfter vorkam, als man denken sollte (meistens bei jüngeren Männern). Sie boxte mich auf die Schulter, als sie mir das erzählte, als wäre ich plötzlich wundersam verjüngt. Sie fragte mich, wo ich herkomme, und als ich New Jersey sagte, meinte sie, sie wisse, dort sei es sehr schön und es gebe »richtig gute« Krankenhäuser dort, wo sie mit ihrem Personalführungs-Wissen einen guten Job kriegen könnte, obwohl sie Minnesota noch nie verlassen hatte, außer einmal bei einem Ausflug nach Fargo-Morehead in North Dakota und ein anderes Mal nach Madison, Wisconsin, zu einem Highschool-Workshop für Cheerleader. Noch nie nach Vietnam, sagte sie etwas steif, aber eines Tages schon, hoffentlich. Ich wusste nicht und weiß bis heute nicht, ob sie genau so oder ganz und gar nicht so war, wie man sich eine junge, sexy vietnamesisch-amerikanische Masseurin vorstellen mag. Sie plauderte gern, lachte gern über sich und über mich – als kennten wir einander seit Jahrzehnten. Sie konnte eine ganze Reihe von Themen ziemlich prägnant und nachdenklich kommentieren und gut zuhören außerdem (als ich ihr erzählte, dass ich mir ziemlich sicher sei, nie mehr zu heiraten, meinte sie: »Warum sagen Sie denn so was, Frank«). Sie interessierte sich für meinen Sohn und seine Geschichte und befand, die Weisen von Mayo würden ihn wahrscheinlich »hinkriegen«, schließlich hätten sie auch den Leistenbruch ihres

Großvaters Anno 1990 hingekriegt. Am Ende meiner Stunde sagte sie zu mir, von elf bis zwölf sei sie noch nicht gebucht, falls ich länger bleiben wolle. Und da Paul bis nach eins in der Klinik beschäftigt war, berappte ich die nächsten zweihundert, sie kochte neuen Tee und holte eine Blechkiste mit dünnen, knusprigen Ingwer-Zitronen-Keksen unter dem Bett hervor: der beste Geschmack meines Lebens, den ich wie Proust mit ins Grab nehmen werde, dieses dichte fremde Aroma, das meine Lippen nicht mehr losließ. (Diese, sagte sie, seien für »besondere Kunden«.) Wir sprachen über unsere Scheidungen; wir sprachen über die *Hausflüsterer*, aber nicht zu viel (sie verstand das nicht so richtig, kein Wunder). Wir sprachen kurz über den Vietnamkrieg, wo ich nicht gekämpft hatte, also in der Lage war, mir die moralische Verwerflichkeit all dessen, was begangen und was nicht erreicht worden war, voll bewusst zu machen. Sie erzählte mir, wie es war, »viel zu jung« zu heiraten. Und wie das ihr Vorankommen verlangsamt habe, aber ihre Großfamilie in Kiester, die sehr liebevoll zusammenhalte, sei für sie da gewesen; allerdings in der Hoffnung, dass sie bald wieder heiraten und dann mit ihrem Mann fortgehen würde, wohin er sie mitnahm – vielleicht in die Twin Cities, die viele Möglichkeiten boten. Der Massagesalon, sagte sie, sei eine »Warteschleife«, bis die unternehmerisch denkende Familie Tran eine Hampton Inn-Lizenz erwerben, das Amdahl-Haus abreißen oder noch besser verkaufen und umsetzen lassen würde. Sie sah nichts Anrüchiges oder Unanständiges in einem Massagesalon, nicht mehr und nicht weniger als in einem Geschäft für Autoersatzteile, so eins besaß ihre Familie, wie sich herausstellte, auch noch, drüben in Waseca. Wir saßen auf dem Bett in ihrem »Studio« und redeten weiter, sie hatte die Beine übereinandergeschlagen, hielt ihren Teebecher in beiden Händen, und ich lehnte mich an die kalte Fensterbank. Zwei Zimmergenossen im College lernen sich, am Tag bevor das neue Trimester beginnt, schon mal ein bisschen kennen. Ihr Handy klingelte mehrfach – der Klingelton war ein quakender Ochsenfrosch –, aber sie ging nie dran und zeigte mir so, dass diese

Stunde ganz mir gehörte. Bis es tatsächlich Mittag wurde und ich »mich auf die Socken machen« musste. Natürlich hatte ich mir noch nie mit einem weiblichen Wesen ein Zimmer geteilt – nur mit schief grinsenden, stechend starrenden Rumtreibern und schrägen Typen, allesamt weiße »Männer«, damals in den salpeterigen Einsamen Pinien. Jetzt zwei Stunden lang mit der hübschen, aufregenden, lebendigen, unglaublich sympathischen Betty dazusitzen und zu reden war wie eine wilde Fantasie (die Männer in meinem Alter anscheinend öfter hegen): das Mädchen von der Highschool, das du hättest lieben sollen, wozu es aus tausend Gründen nie kam, aber du träumst immer noch davon, sie halt jetzt zu lieben. Allerdings ist *das* Mädchen (falls nicht schon tot) in deinem eigenen Alter, und so würdest du nicht ernsthaft daran denken, sie zu lieben, selbst wenn es jetzt ginge.

Betty Tran aber *war* dieses Mädchen, in ihrer jugendlichen Attraktivität erhalten, wie sie lagerfeuermäßig auf ihrem schmalen Bett saß und lachte, mir zuzwinkerte, mich anstupste, die Augen verdrehte und genau wusste, was los war, im karierten Morgenmantel und, was das Beste war, *in Reichweite*. Keine Fantasie, sondern wirklicher als die Wirklichkeit – zumindest kam es mir an dem Tag so vor.

Am Ende der zwei Stunden stand ich auf – nicht ohne Unterstützung. (»Vielleicht versuchen wir es nächstes Mal mit einer Massage«, sagte sie und riss die Augen in gespielter Überraschung auf.) Erneut fühlte ich mich in ihrem kleinen Zimmer übergroß, diesmal aber ohne die Angst, womöglich gleich umzukippen. Mein Rücken knurrte mich an, meine Knie, Knöchel, Handgelenke und der Nacken, wo er mit dem unteren Kleinhirn verbunden ist, plus irgendetwas tief in meinem Hintern – alles jaulte auf. Ich hatte zu lange »komisch dagesessen« und war dann zu schnell aufgestanden. Als ich mich aufgerichtet hatte, machte mein Herz ein tiefes Ka-Dunk, und mein Gehirn – eben noch so erfrischt – jagte wieder zu blinkenden Krankenwagen, schnell die Treppe hochgeschafften Tragen. Und ich ausgestreckt am Boden, mit toten Augen und einer knienden Betty daneben, die nickte und lächelte und dem Rettungsteam erklärte: »Es geht ihm gut. Er ist richtig glücklich. Er hat es so gewollt.« Das stimmte.

Nur dass … mein armer Sohn mit Al's in der Mayo-Neuro auf mich wartete, sich fragte, wo ich blieb, während er zu verstehen versuchte, was es bedeutet und nicht bedeutet, wenn man sagt, er »lebt noch«.

Bei genauerer Betrachtung war es ja nicht so, als wäre zwischen Betty und mir »nichts« passiert, aber ebenso wenig »alles«. *Tatsächlich* war nichts passiert. Es ging mir nur schlicht großartig (was auch immer das gerade gewesen war), weil sich alles so lebenswahr anfühlte – Tschechow hätte darüber schreiben und es mit tiefer Bedeutung erfüllen können: das ereignisreiche Nicht-Ereignis, das es schafft, alles zu sein.

»Darf ich ein andermal wiederkommen?«, fragte ich mit, das wusste ich, einem gierigen, hilflosen (und hoffentlich nicht lüsternen) Grinsen.

»Na klar«, sagte Betty fröhlich und strich ihre Chenille-Tagesdecke glatt, in deren auf Stoß gelegter Perfektion unsere eng nebeneinandersitzenden Körper eine Kuhle hinterlassen hatten. »Ich mag Sie«, sagte sie. Fügte dann aber hinzu: »Ich mag die meisten Menschen.«

»Ich auch.«

»Kommen Sie, wann immer Sie wollen.« Zum ersten Mal bemerkte ich in ihrer Intonation Staccato und Singsang Asiens – oder was ich für Asien hielt. Es machte sie nur umso verlockender.

»O-kay«, strahlte ich. »Ich komme zurück, sobald ich kann.« Übereifer ist nie die klügste Strategie.

»Dann gebe ich Ihnen mal ein Küsschen.« Betty stellte sich in ihrem Karomantel, der nach Sandelholz und einer fernen Schweiß-Note roch, auf die rosa lackierten Zehenspitzen, hielt mir ihre kleinen, zarten, kräftigen Hände geöffnet hin, damit ich mich in ihre halbe Umarmung begeben konnte, und küsste mich auf die Wange. »Da«, sagte sie. »Ein Küsschen in Ehren kann niemand verzehren.« (Ich wusste, was sie meinte.) Aber wenn ich nicht zurücktaumelte, dann nur, weil ich mich nicht daran erinnern kann. Ich kann mich an nicht vieles erinnern, bis ich wieder in meinem Honda saß und über die vereiste Provender Road zurückdonnerte, zwischen den schneeweißen Stoppelfeldern am Mittag, und feststellte, dass ich hundertdreißig fuhr.

* * *

Was gibt es zu sagen? Dass die »Lage« meines Sohnes sich zugespitzt hat und damit auch die Tatsache, dass ich ihn wohl überleben werde, was dem Hier und Jetzt großen Vorrang verleiht? Dass ich in meinem Leben den Punkt erreicht habe, an dem mich keine Frau, die ich attraktiv finden könnte, jemals attraktiv finden wird – also ist alles nach oben offen? Dass ich, schon viel länger, als mein Sohn krank ist, ab und zu nachts aufgewacht bin – wie immer um 02:46, zu meiner exakten Geburtsstunde – und mich gefragt habe: »Wie hältst du das alles aus, die trostlosen Tatsachen des Lebens, ohne irgendeine dauerhafte Form von Fantasie, Schwindel oder Schönfärberei?« Oder dass ich mich an manchem sonnigeren Morgen gefragt habe, ob es nicht naheliegend wäre, eine Geschichte mit einer bestimmten Person anzufangen, die mich nicht zu verstehen braucht, außer wenn es einfach ist? Einer Person, mit der ich fast ausschließlich über Alltägliches spreche? Der es nichts ausmacht, dass ich nicht genug »gebe«? Die wenige Meinungen, aber viele Ziele hat? Die ich durch nichts beeindrucken muss außer durch Höflichkeit und Nachsicht? Die vielleicht nicht an mich denkt, wenn ich nicht da bin, und sich niemals Gedanken darüber macht, was ich von ihr denke? Mit der ich zwar strenggenommen keinen »Sex«, aber auch nicht gar nichts habe?

Und jetzt die Krönung … Mit einer Person, über die und in der ich mich vielleicht völlig täusche? Laute Alarmglocke, okay. Aber wenn es dafür, sich zu irren, eine große Belohnung gibt, dann will ich mich gern irren.

Zugegeben, Liebe mag nicht das Wort sein, auf das sich unser Expertengremium einigen würde. (Sie sind eine knallharte Truppe.)

Aber wenn sie mir zugestehen, dass die Liebe vielleicht das Einzige ist, was bleibt, wenn dir alles, was nicht Liebe ist, weggenommen wurde, dann spricht ja vielleicht doch einiges dafür. Zumindest könnte es sich für das Gremium lohnen, bei seiner Tagung in Chicago meine Gefühle für Betty Tran der wahren Liebe gegenüberzustellen, die ich mit meinen beiden Ehefrauen vierzig Jahre lang erlebt habe – ein ständiges Durchwurschteln, auf der Jagd nach »Authentizität« und »Wer gibt wem was und wer nimmt die ganze Zeit nur«.

* * *

Natürlich war ich zwei Tage später wieder in der Provender Road. Paul hatte seine erste Runde Physio mit Schwester Wanda als Bonus; seine Einstellung wird als »sportlich« wahrgenommen, was nur halb stimmt.

Bei meinem zweiten Besuch war alles anders und sollte auch anders bleiben, bis zu dem später als üblichen Termin, zu dem ich heute Nachmittag fahre.

Ich kann nicht sagen, ob Betty Tran das Massagehandwerk wirklich gut beherrscht, nur dass sie behände und bestimmt vorgeht, mit schnellen, präzisen Reibebewegungen der Finger (sie ächzt und gluckst oft dabei), und sie scheint eine festgelegte Abfolge auszuführen. Ich weiß, dass mir all das – meine Kleider ablegen, in dem roten Seidentuch herauskommen und mich auf die Liege legen, damit Betty sich an mir verausgabt – rundherum als etwas erschien, das ich unbedingt tun musste: Die Direktive, sich »Ziele in der Gegenwart« zu setzen, war erfüllt. Obwohl Miss Duling diesen Fall, wo ich einer jungen asiatisch-amerikanischen Frau zweihundert Schleifen zahle, damit sie mich bezwingt wie den K2 und mich dann energisch mit ölduftenden Händen, Knien, Knöcheln, Fersen, Ellbogen, sogar ihrer hübschen Stirn und ihrem Kinn bearbeitet, wohl auch als sublimierten Egoismus betrachten würde. Für mich war und ist es immer noch ein klarer Fall von: »Es gibt kein *war*. Es gibt nur *ist*.«

Auf Bettys Liege, schutzlos wie ein ausgenommener Hecht (meine Nacktheit interessiert sie wenig), erlebe ich die reine Ekstase: unbekannt sein, ohne Verantwortung. Ich höre auch sofort auf, über den Tod nachzudenken, ob nun meinen oder sonst einen. Unbekleidet in Gesellschaft einer freundlichen jungen Frau zu sein, während beruhigende tropische Musik läuft, kann etwas unvergleichlich Hinreißendes haben. (Dass wir Frauen einfach *mögen*, dürfen wir Männer nicht mehr sagen; nicht ohne eine Menge Vorbedingungen, Ausschlussklauseln, Vertraulichkeitsvereinbarungen und Klarstellungen, die mehr Zeit erfordern, als wir investieren wollen.) Im Lauf dieser wenigen Wochen mit Betty ist mir klargeworden, dass meine Empfänglichkeit für unbekümmerte Hingabe sich irgendwann ungewollt abgeschaltet hat (das kann auch am Alter liegen); meine Tendenz, mich spät im Leben in körnigen, wenig schmeichelhaften Lichtverhältnissen zu sehen, war dagegen viel zu hoch gepegelt. Das ist ungefähr so, als wenn du die Kamera auf deinem Handy einschaltest und dich plötzlich *selbst* siehst – ein hohläugiges Pferdegesicht, das nicht lächelt, aber mal eine Rasur brauchen könnte und verständnislos zurückstarrt wie ein Verbrecher.

Das kann sich dann tatsächlich so schauderhaft anfühlen, als wäre man ein Hochstapler. Bei meinen pflegerischen Pflichten hatte sich bereits ein ähnlicher Schwindlerkomplex breitgemacht – eine innere Stimme, die wie ein militärischer Ausbilder bellte. »Bascombe! Yo! Vollpfosten! Du bist bei gar nix richtig beteiligt, oder? Gibt es kein Programm, dem du dich voll und ganz *verschreiben* kannst? Musst du dich immer nur ausschließlich um dich selbst drehen? Was tust du eigentlich, um deinem Sohn wirklich zu helfen? Wünschst du dir überhaupt, dass es ihm besser geht?« Das Hochstaplerische wird in die Alltagsexistenz eingebaut, als würde man eine Messerklinge in ein Hemd einnähen.

Nur. In diesen gut sechs Wochen, seit Betty in mein Leben trat und unsere Beziehung sozusagen erblühte, haben sich die Hochstaplergefühle zurückgezogen. Ich bin sogar ein geschickterer, geduldigerer und einfühlsamerer Pflegender für meinen Sohn geworden, wobei ich mir nicht sicher bin, ob er es überhaupt merkt.

Und das ist noch nicht alles.

Es gibt, das brauche ich nicht dazuzusagen, ganze Welten der Betty Tran, von denen ich nichts weiß und niemals erfahren werde. Aber diese Leerstellen und das wenige, was sie tatsächlich offenbart hat, sind immer bedeutungsvoller für mich geworden. (Tiefes Verständnis für andere Menschen wird stark überschätzt.) Wie gesagt, sie betrachtet ihre Massageberufung als absolut praktischen und aufrechten Weg, um ihren Business-Abschluss zu finanzieren und vielleicht einen Ehemann zu finden. Ich weiß nichts von den anderen Kunden und frage sie auch nicht danach – wie viele es gibt oder wie weit ihre Dienste wohl gehen. Ich betrachte sie definitiv nicht als Sexarbeiterin und finde auch nicht, dass ich irgend anders als verabredet einen Nutzen von ihr habe. Ich weiß viel über ihre Familie und etwas über ihre beendete Ehe mit Ingo. Aber ich kann nichts darüber sagen, wie sie mich »sieht«. Würde mir einer sagen, dass sie mit dem Satz »Ich mag Sie« (den sie oft sagt) lediglich Ehrfurcht vor den Älteren ausdrückt, dann wäre ich nicht überrascht und nicht vollkommen enttäuscht. Sicher weiß ich bloß, dass ich, wenn ich eintreffe und später wieder gehe, niemals Vorwürfe oder Verwirrung verspüre, es geht mir einfach nur besser – von den meisten menschlichen Begegnungen lässt sich das nicht behaupten.

Aber wenn die Frage gestellt werden muss, ob da etwas Ernsthaftes zwischen Betty Tran und mir ist, dann antworte ich wie Präsident Clinton, als er eine ähnliche Frage über eine Liebesverwicklung gestellt bekam: Das hängt davon ab, was Sie unter »ist« verstehen.

Da sich die Dinge weiterentwickelt haben (jetzt schon über einen Monat lang), bin ich eine Handvoll Male mit ihr zum Essen »ausgegangen« – für ihr Lieblingsessen, Scampi, bei dem kostspieligen Italiener im Doubletree Hilton und zu einem griechischen Laden, den sie mag – und zwar anstelle einer Massage (die zweihundert bleche ich auch dann). Ich habe ihr meine Handynummer gegeben, benutzen muss sie sie noch. Ich habe ihr angeboten, Empfehlungen für sie zu schreiben, wenn es so weit ist, dass sie sich auf Stellen bewerben will. Ich habe sie sogar – an Martin Luther Kings Geburtstag, einem Feiertag, den ihre Familie ehrfürchtig begeht – nach Kiester draußen in der Maisprärie begleitet, zu einem Abendessen im Familienkreis. Ich war nicht in meinem Element, aber ich wurde als Ehrengast behandelt. Dem Tenor der Fragen, die ihr Vater mir stellte – über die Zukunft des stationären Einzelhandels und ob Werbung irgendwann zu hundert Prozent digital wird –, konnte ich entnehmen, dass mich Betty eher als einen ihrer Business-Profs einordnet, nicht als Kunden.

Bei unseren »Dinner-Dates« lachen wir, Betty lässt sich über die Anforderungen ihres Studiums aus und darüber, wie es war, mit einem Eishockeystar verheiratet zu sein, wo sie irgendwann gern wohnen möchte und ob in ihrem Leben Platz für Kinder sein wird. Ich spreche von Paul, den ich komplex und interessant klingen lasse, davon, dass ich mal Sportreporter war und sogar über Eishockey berichtet habe, bevor sie geboren wurde, und haufenweise anderes Zeugs, das ich ausschmücke, wie dass das Maklergeschäft ein dienendes Dasein ist – was sie wegen der Personalführungsperspektive interessant findet. Ein, zwei Mal haben wir uns in meinem eisig ruhigen Auto geküsst und lieb gedrückt, im Parkhaus des Doubletree Hilton und einmal sagte Betty (ich könnte mich auch verhört haben), dass sie mich liebt, nachdem ich gesagt hatte, dass ich sie liebe. Und obwohl ich mir sicher bin, dass sie mich nicht als Heiratskandidaten sieht, habe ich mehr als einmal im Bett gelegen, mit meinem schlafenden Sohn auf der anderen Seite der Wand, und von Betty und mir fantasiert, wie wir ein einfaches Feld-, Wald- und Wiesenleben in Minnesota führen, in Eden Prairie oder Anoka, wo sie ihren Business-Abschluss für Mariott arbeiten lässt, und wir könnten nach Hue reisen und an den Mekong, aber auch nach Venedig und Paris und an die Glitzerorte, von denen sie träumt, und alles wäre das reine Vergnügen. Während ich in der Autowerkstatt im Wartezimmer saß, las ich in einer Zeitschrift, dass die Frauen von heute, wenn sie sich ihre Lebenspartner aussuchen, den »Michelangelo-Effekt« zu maximieren versuchen – das heißt, es geht um »gegenseitiges Bildhauern«, womit sich lang gehegte Ziele der Selbstentfaltung verwirklichen lassen, während Wissen angehäuft und ein anderer Mensch in das eigene Ich hineingesogen wird. In so was wäre ich überhaupt nicht gut. Mir bleibt nicht genug Zeit. Außerdem habe ich einen Sohn mit ALS, von dessen Pflege ich oft Zeit *stehle*. Insofern ist es sinnlos, länger irgendwelchen Fantasien in Technicolor nachzuhängen, als es braucht, um einzuschlafen.

Die Massagen jedoch sind weiterhin der Kern dessen, was zwischen uns existiert. Manchmal zieht sich Betty zu unseren Sessions aus unvorhersehbaren Gründen völlig aus. Dann erfüllt oder verlässt sie einfach irgendein quirliger Geist. Ich tue nicht so, als sähe ich es nicht; aber ich sage auch nichts dazu – wiederum so, als wären nackt und bekleidet Unterscheidungen ohne Unterschied. Sie ist durchschnittlich hübsch, nicht umwerfend. Ausgezogen ist sie so klein, wie sie auch angezogen wirkt, aber unerwartet kurvig und fleischig, wo man es nicht erwarten würde. (Sie hat praktisch gar keinen Hintern, das gefällt mir nicht so.) Zum Glück gibt es keine Tattoos oder Piercings, nur ihre stecknadelkopfgroßen rubinartigen Stecker in den strammen kleinen Ohrläppchen. In ihrem linken Augenwinkel hat sie eine Pfeilfedernarbe, von einem Highschool-Missgeschick als Cheerleader, und ein paar jugendliche Pickel bis hoch in ihren Haaransatz hinein. Ansonsten ist sie vollkommen makellos. In den letzten zwei Wochen hat sie ihren kurzen Garçonne-Bob so gelb gefärbt wie eine Butterblume, was sie eher nach siebzehn als nach vierunddreißig aussehen lässt. Dass Betty Vietnamesin ist, macht sie in meinen Augen mit am wenigsten aus (ich bin sowieso nicht gut darin, ethnische Unterschiede wahrzunehmen, für mich könnte sie auch aus Singapur stammen). Aber manchmal, wenn bei atmosphärisch gedimmtem Licht und rauschender Ozeanmusik alles warm und kuschlig ist, dann wandern ihre agilen, weichen, energischen Finger, sicher unabsichtlich, in meine förderliche Zone – ihr

Handrücken, ein streifender Finger, eine Ellbogenspitze, Berührungen, die man in einem persönlicheren Kontext nicht ignorieren könnte. In diesen Momenten sage ich wild entschlossen nichts, auch wenn klar ist, dass ich es bemerkt habe. Ein oder zwei Mal habe ich ein Ächzen oder Seufzen von mir gegeben oder vielleicht auch gezuckt, oder meine Augen haben sich vor Lust schnell geöffnet oder geschlossen. Betty bleibt typisch unverbindlich. »Okay, gut«, hat sie schon gesagt. Oder »Um-hm«. Oder »Ja, ja«. Obwohl sie einmal auch gesagt hat: »Na, da sehen wir's, du lebst noch.« Wenn man frank mit einer offenkundigen Erektion umgeht, kann man sie als Teil einer Gesamtkörperreaktion rationalisieren – wie einen Wadenkrampf oder eine Gänsehaut, wenn ein Ellbogen an der Wirbelsäule gräbt und Schauderwellen über den ganzen Rücken laufen. Wenn man *ich* ist, denkt man allerdings: »Ja! Was sollte ich denn in genau diesem flüchtigen Augenblick meines Lebens anderes tun?« Auch wenn Betty Senioren nur kostenpflichtig ehrt – manche Leute sterben in meinem Alter (vor allem Männer; Frauen können auf siebzehn Jahre länger hoffen). Aber natürlich steht in keinem Nachruf: »Bascombe hatte seine letzte gehaltvolle, ganz ausgefahrene Erektion vor zwei (oder fünf oder zehn) Jahren.« Jetzt ist jetzt. Es gibt nur »ist«, nur das.

Wie dem auch sei, ich werde wohl kaum versuchen, die Tiefe und Tragweite unserer »Beziehung« – falls es sich um eine handelt – zu erweitern. Entweder aus Angst, dass sie nur sagt »Vergiss es«, was alles ruinieren würde, oder sie würde sagen »Okay, super«, was alles ruinieren würde. Ich weiß, es gibt alte Narren, die sich liebestrunken einbilden, eine attraktive junge Frau wie Betty Tran würde sie würklich-würklich lieben, sich nach ihnen verzehren, wenn sie nicht da sind, ständig an sie denken und nachts und in den frühen Morgenstunden von ihnen träumen. So ein großer Narr bin ich nicht. In Wahrheit ist es gar nicht so leicht vorstellbar, dass wir mehr miteinander anstellen, als wir es jetzt tun – sei es auf dem Tisch oder auf den Vordersitzen meines Honda im Parkhaus des Doubletree Hilton. Damit Leidenschaft erblühen kann, musst du sie dir auch ausmalen können. Und für mich ist die schiere mechanische, logistische, strategische zwischenmenschliche Geometrik von alldem schon sehr fern gerückt. Ein früher, inzwischen verstorbener Teilnehmer der Geschiedenen Männer, ein emeritierter Professor in Altphilologie von der Rutgers, North Carolina, hatte sich angewöhnt, regelmäßig wohlgestalte Studentinnen anzuschwärmen, bis weit in seine Sechziger hinein. Einmal, beim Mittagessen, bemerkte er zu mir: »Der Sex, Frääank, war imma umbeholfm. Aba in meim Alta wird des alles noch viiel umbeholfma. *Nemo dat quod non habet.*« Was ich zu Hause erst mal nachschlagen musste und entschlüsselte als »Keiner kann geben, was er nicht hat«. Könnte mein Lebensmotto sein. Meine Ehefrauen würden beide zustimmen.

Und doch ... wenn ich am Ende jeder Sitzung so träge wie ein Verandahund auf dem warmen Kunstleder liege, wenn der Kosmos der Sinne um mich herumwirbelt und ein paar funkelnde Augenblicke lang *mein Kosmos* wird, wenn Betty schon angekleidet ist und Tee macht und keiner sagt ein Wort – die Geräusche des Farmhauses sind gedämpft, und die kalte, schneeverwehte Ebene draußen so fern wie Coconut Island –, dann denke ich, irgendetwas in der süßen Feierlichkeit ihres Gesichts, das nachdenklich lächelnd nun, am Ende unserer Stunde, zu mir herüberschaut, ist zumindest wieder *wie* Liebe. Und wenn nicht, dann bestimmt eine Art der »unbestimmten Zuneigung«, von der ich gelesen habe. In ihrem Blick liegt ein Einverständnis darüber, dass ich bestimmte Ungereimtheiten an ihr bemerkt und akzeptiert habe und sie an mir (obwohl ich mich selbst für den schlüssigsten Menschen halte, den es gibt); und das ist eine löbliche Leistung – ob es nun heißt, dass wir eine Beziehung haben, oder gar nichts heißt, und ich bin wie jeder andere Depp, der bezahlt, wofür er gekommen ist, und am Ende glücklich wieder geht. Im Laufe eines längeren Lebens mag es löblichere Leistungen geben. Aber mir genügt das.

* * *

Als ich von der Provender Road auf den Farmhof einbiege, den Kundenparkplatz von *Vietnamesische Gastfreundschaft in Minnesota*, ist es halb fünf. Paul ist jetzt mit Schwester Stiffler und seinem Webinar fertig und allein zu Hause – was gefährlich sein kann. Der Himmel im Westen ist klar, rot-grünes Licht lässt ferne Hausdächer schimmern. Der Schnee überall liegt stumpf im Schatten. Auf dem Feld unterhalb des Hauses stehen gespenstische Hirsche. Der wohlproportionierte abnehmende Mond pausiert über den Himmelsfarben im Osten.

Im Dämmerlicht sieht die Beleuchtung im Haus festlich aus, als wären die Amdahls zurück und würden ihre traditionelle Begehung des Valentinstags inszenieren (wobei ihnen als Lutheranern allzu viel Feiern verdächtig wäre). Meine Scheinwerfer streichen über die kleinen japanischen Autos des Massagepersonals, die bei der Scheune parken. Nur ein fremdes Auto, eine schlanke rote Corvette, steht dort, wo ich sonst parke – dicht an den Zaunlatten um den Vorgarten und den entlaubten Ginkgo mit den ausgebreiteten Armen, den ich aus Bettys Zimmer sehen kann. Ich bin zwölf Minuten zu früh dran und stelle mich in diskretem Abstand neben die Corvette. Als ich die Scheinwerfer ausknipse, schiebt jemand – nicht Betty – die Wohnzimmervorhänge beiseite, beugt sich zur Fensterscheibe, um einen Blick auf mein Auto zu werfen, und tritt dann zurück. Zu dieser ungewöhnlichen Stunde fühle ich mich hier als Fremder.

Jetzt – wo Paul allein auf mich wartet – ist keine Zeit für meine übliche Sitzung. Ich habe die Stunde gebucht und bin so spät am Tag – bei nachlassendem Licht und nachlassenden Hoffnungen – schnell hergeflitzt, um mich aufzumuntern. Als ich anrief, sagte eine anonyme weibliche Stimme (nicht sehr viel anders als beim Friseur): »Sie haben Glück, um 16:45 hat Betty Zeit.« Vielleicht zieht sie nicht mehr so viele Kunden an wie früher, und man kann sie auch schwerlich als übereifrig bezeichnen, denn manchmal schweift ihre Aufmerksamkeit ab, während sie an mir arbeitet, dann hält sie länger inne und starrt ohne ein Wort durchs Fenster nach draußen in die leere Weite.

Ich hab ihr eine Valentinskarte mitgebracht – wobei ich gar nicht weiß, was Vietnamesen vom Valentinstag halten. Vermutlich steigen sie drauf ein. Ich habe auch eine wilde Idee für den Valentinstag – mehr als weit hergeholt –, nämlich Betty auf Pauls und meine Fahrt morgen einzuladen – eine anregende Weiterung der kompakten Rücksitzsituation im Fahrerhaus. Diese neue, starke Fantasie kommt selbstverständlich nicht in Frage. Das Vergnügen ihrer Gesellschaft unter Umständen, die über das Übliche hinausgehen, würde ich allerdings schon genießen, zum Beispiel, wenn sie aus Minnesota rauskäme und mehr vom Land zu sehen kriegte. Ich könnte ihr ein Zimmer in einem Hilton Garden buchen. Sie könnte mit Handtüchern im Überfluss eine Luxusdusche nehmen, alle fünfhundert Fernsehkanäle schauen, auf gestärkten Laken schlafen und dann zum Gratisfrühstück nur für Ehrenmitglieder gehen. Ich könnte ihr, sobald Paul im Bett wäre, sogar einen spätnächtlichen Besuch abstatten, vielleicht keusch, vielleicht auch nicht. Paul könnte Dad in einem neuen Licht begegnen. Plus, sobald er Betty erblickt hätte, könnte er sie mit seinen Stimm-Projektions-Techniken beeindrucken, minutiös über seine Human-Resources-Logistik reden, als der Renaissance-Mann Gestalt annehmen, für den er sich hält, und nicht an all das denken, woran er ansonsten so zu denken hat. Sie würde ihn bestimmt mögen.

Meine Valentinskarte, die unter der Sichtblende steckt, würde Paul gutheißen. (Es gab nur eine ausgedünnte Auswahl bei Walgreen's.) Sie zeigt einen Cowboy mit extrabreitem Hut beim Gitarreklampfen auf seinem mageren Pony, unter einem fetten Western-Mond. Sein Ross zieht eine skeptische Miene und wirft dem Cowboy einen Blick über die Schulter zu. Darunter die Botschaft: »Liebe, getreuliche Liebe. Sei bei mir am Valentinstag!« Ich habe mit Kuli dazugeschrieben: »Kann's nicht erwarten, Dich zu sehen. Alles Liebe, xoxoxoxo Frank« und zweihundert Schleifen in den Umschlag geflutscht.

Jetzt bin ich seit zehn Minuten hier, Motor im Leerlauf, Heizung rauscht, und aus dem Radio kommen Oldies aus den Siebzigern. In dem kuschligen Wohnzimmer säße ich bequemer und könnte in alten Nummern von *Fortschrittlicher Farmer* äsen, statt hier draußen in dieser Eiskiste zu ersticken.

Aber kaum mach ich alles aus, steck die Karte in die Brusttasche und schieb die Autotür auf, geht ihrerseits die Farmhaustür auf, und heraus tritt jemand, den ich wiedererkenne. Sarge-Major Gunnerson, immer noch in seiner blauen Uniformhose, mit Bomberjacke plus weiße Uniformmütze. Ohne einen Blick zurück strebt er mit knackigem militärischem Schnellschritt, Arme angewinkelt, als hätte er es nicht so kalt erwartet, zu seiner Corvette. Er schaut nicht zu mir herüber. Ich warte, bis er sich reingezwängt hat, bevor ich mich in Gang setze. Kaum sitzt er drin, ist er schon auf dem Absprung. Die Scheinwerfer drehen sich hoch und beleuchten das Haus. Die Zündung gibt ein beeindruckendes, kehliges Röhren von sich, dann ein vorhersehbares Vroom-vroom. Er knirscht den Gang rein, fährt schwungvoll zurück, und dann, gerade bevor das Scheinwerferlicht über die Einfahrt und mich schweift, geht die Vordertür wieder auf, und Betty Trans Gesicht ist da. Sie lächelt, winkt mit graziler Hand, und ihr schlanker bloßer Arm wuschelt – diese Geste hat sie bei anderer Gelegenheit für mich vollführt – durch ihre leuchtend gelben Haare. »Mach's gut, mach's gut. Und komm bald wieder«, ich »höre« die Worte, als dröhnten sie aus einer Lautsprecheranlage. »Mach's gut, mach's gut. Und komm bald wieder.« Sergeant-Major Gunnerson klatscht auf seine Hupe wie ein Highschoolangeber – »biipidi-biip-biip« (wie der Roadrunner). Wahrscheinlich hat er sie nicht mal gesehen. Auf seiner hinteren Stoßstange klebt ein Semper Fi-Sticker. Gib ihr, was sie noch nie hatte. In einem Schwall aus Schnee und Schotter rauscht er davon. Ich bleibe mit meinem Umschlag sitzen. »Sei bei mir am Valentinstag.«

Vier

Ich komme zu spät, zu spät zu einer sehr wichtigen Verabredung. Mit meinem Sohn. Zu Hause. Wo er schon zu lange allein ist und Gottweißwas passiert sein könnte, wovor ich ihn hätte retten sollen – eine angelassene, übersehene Gasflamme. Seine Halsschlagader bei einem Sturz im Badezimmer verletzt. Ein Schlaganfall – die gibt es bei ALS häufiger. Jedes Mal wenn ich zu spät von VGM zurückkomme oder wenn Betty und ich im Auto rumschmusen und die Zeit vergessen, hetze ich zurück und stelle mir vor, was im Eröffnungsprotokoll der Anklage stehen wird. »Der Angeklagte Bascombe tritt vor das Gericht, er wird beschuldigt, seinen behinderten Sohn vernachlässigt zu haben – der die Verandastufen hinunterstürzte, noch versuchte, den Nachbarn Zeichen zu geben, gebrochenes Genick, steif wie ein Brett.« Die Menge keucht. »Der Angeklagte plädiert auf mildernde Umstände … dringender Besuch in Massage-Einrichtung usw. usf.«

Wenn es wahrscheinlich wird, dass dein Sohn vor dir stirbt, ist das keineswegs so, wie du es dir vorstellst. Es ist nicht »wie« irgendetwas anderes. Es gibt kein festes Vokabular und keine Hallmark-Karte. Als unser Sohn Ralph Bascombe 1979 im Sterben lag und dann auch starb, rauschten seine Mutter und ich in eine Katakombe des Grauens hinein – nicht so sehr um Ralphs willen, der sich unglaublich bemühte, uns zu trösten, indem er dem Tod widerstand mit allem, was er in sich hatte, und oft sehr lustige Dinge sagte. Nein, uns graute vor uns selbst. Wir konnten uns einfach nicht verzeihen, dass wir daran gescheitert waren, den Schmerz des anderen zu lindern – was wir uns doch im Ehegelübde geschworen und auch versucht hatten. Deshalb zerbrechen oft Ehen, in denen Kinder sterben, so wie unsere auch.

Aber keiner soll mich verurteilen, der noch nie in meinen Espadrilles gesteckt hat.

Welchen Schmerz haben wir gegenseitig nicht gelindert? Den Schmerz, der Tatsache ausgesetzt zu sein, dass du nur du selbst bist, nur du, mehr nicht. Wie weit kann ein anderer Mensch mit auf den Tod zugehen? Wie der Dichter uns sagt, nicht wahnsinnig weit. Insofern sind Pauls und mein Dilemma vielleicht nicht übereinzubringen.

* * *

Rückfahrt um 17:15 – die Stadt taucht den Abendhimmel da draußen vor mir in zitronige Blässe. Der Tagesrandverkehr flammt zu den Pendlerstädten weiter nördlich hoch. Oronoco. Pine Island. Zumbrota und dann Red Wing, wo die Leute von der Krankenpflege, der Bestrahlung, der Labortechnik und das drittrangige Klinikpersonal zu Hause sind – die Bonzendocs sitzen alle in der Abgeschiedenheit der gezimmerten und manikürten Hügel in bewachten Luxusresidenzen aus Glas, Stein und Redwood, Porsches und Jaguars in der Einfahrt.

Paul hat zweimal angerufen – einmal bin ich drangegangen, einmal nicht. Als ich nicht drangegangen bin, lautet die Nachricht (mit besorgniserregend dünnerer Stimme): »Okay, Lawrence, das mit der Unterleibs-Schneefrau läuft nicht.« Schwester Wanda. »Sie hat damit gedroht, mir den Pimmel abzuschneiden, wenn ich ihn noch einmal erwähne. Was weh tut, ist nicht der Sturz, sondern das abrupte Ende.« Klick.

Anruf Nr. 2 kommt, als ich im Verkehr stecke. Bettys Perfidie sticht mir in die Nase. Mein Sohn klingt sauer und belastet. »Wo zum Teufel steckst du?« Warum wollen das alle wissen? Hängt das, was du sagen wirst, davon ab?

»Ich bin auf dem Nachhauseweg. Hab mir den *Warmen Wind* nochmal angeschaut. Grünes Licht, wenn du Lust dazu hast.« Ich drehe meine Stimme höher, um seine schlechte Laune zu überwinden, und meine.

»Grünes Licht wofür?«

»Für unseren Mount-Rushmore-Ausflug morgen. Der Maispalast in Mitchell, South Dakota, wo alle Hansen heißen und das Land sich erstreckt bis in alle Ewigkeit. Weißt du noch?«

»Hast du wieder einen Anfall?«, fragt mein Sohn. »Was ist los mit dir, Lawrence?«

»Ich habe keine Anfälle. Alles bestens. Ist das Webinar schlecht gelaufen?«

»Ich wurde per mündliche Abstimmung zum Jahrgangssprecher gewählt. Natürlich konnten nicht alle Teilnehmer sprechen. Jetzt entsperren wir alle unsere Telefone und hören, was unsere Zuhörerinnen und Zuhörer zu sagen haben. Hier ist Lawrence aus Lawrenceville. Warum das lange Gesicht, Larry?« Klapperdiklirr. Er hat sein Telefon fallen lassen. Die rechte Hand funktioniert nicht mehr so wie früher. Ich hoffe, er hat keinen Abgang aus dem Rollstuhl hingelegt, den er im Haus benutzt, wenn er müde ist.

»Alles in Ordnung bei dir, mein Sohn?« In Minnesota gibt es Gesetze gegen Telefongebrauch am Steuer. Andere Fahrer durchbohren mich mit ihren Blicken. Ein Mann hält seine Hand wie ein Handy ans Ohr, dann verwandelt er sie in eine Pistole und tut so, als würde er mich erschießen. Auf seinem Chevrolet Cherokee klebt ein Biden-Sticker.

Weiteres Klapperdiklirr, dann gedämpfte Geräusche der Anstrengung. Dann heiseres Keuchen. »Mir geht's absolut gut. Solange ich weiterrede, sterbe ich nicht. Offenbar kannst du sterben und immer noch einen Beitrag leisten. Ich war ein Riesenhit.« Er meint im Webinar.

»Gut.« Ich fädele mich in schnelleren Stadtverkehr ein, dafür brauche ich beide Hände. Ich stelle den Lautsprecher an, damit das Telefon außer Sicht ist.

Noch mehr gedämpfte Geräusche. »Wann kommst du nach Hause? Ich sitze jetzt im Rollstuhl, hast du sicher inzwischen gemerkt.«

»Geht es dir wirklich gut?«

»Hast du doch gesagt. Ich liege im Sterben, Lawrence. Ich schaffe es bloß nicht schnell genug.«

»Ja. Tut mir leid.«

»Von aktuellen Ereignissen inspiriert, oder? Heute ist Moms Un-Geburtstag. Ich will nicht, dass du das übersiehst.«

»Tu ich nicht. Hab ich nicht.«

»Du bist ein vergesslicher alter Wichser. Gib's zu.«

»Aber so kann ich *ganz bei dir sein*.« Eine seiner verhassten New-Age-Redewendungen – von denen es viele gibt. Stille breitet sich in der Leitung aus. Paul hat angerufen, damit wir genau das tun, was wir gerade tun. Ein Thema ansprechen, indem wir es nicht ansprechen. »Willst du morgen fahren?«

»Was ist das beliebteste Satzzeichen? Im Netz hab ich gelesen, das Semikolon.«

»Das ist ja interessant.«

»Meins sind die drei Pünktchen. Das am meisten missverstandene.«

»Verstehe.«

»Ja, wirklich? Du hast den Scheißlautsprecher eingeschaltet. Das höre ich. Nur Arschlöcher telefonieren über Lautsprecher.«

»Ich liebe dich, Paul.«

»Liebe dich, liebe dich, liebe dich. Im Ernst.« Er legt auf.

* * *

Bloß ein paar Straßen von zu Hause entfernt vollführe ich schon, worin alte Menschen zwangsläufig Übung bekommen – schmerzliche Vorfälle aus den Gedanken zu vertreiben. Den Todestag meiner toten Frau. Bettys ungünstig getimte Sitzung mit Sarge-Major Gunnerson. Das koddrige Gefühl, abserviert worden zu sein. Viele unangenehme Empfindungen wären erträglich, wenn wir sie nicht auch in Worte fassen müssten. Abserviert. Nietzsche fand, Glück lässt sich nicht durch

Reden erreichen (Worte). Für ihn war das Schweigen die Königsklasse. Mit dem *Un*glück war es etwas anderes.

Im letzten November, als Paul und ich uns zu unserem sonntäglichen Football-Abendessen vorm Fernseher auf der Couch trafen, Kansas Chiefs gegen Los Angeles Chargers, und ich Mike Mahoneys Deal (nicht entgehen lassen, reich werden) doch hatte ansprechen wollen, bis ich herausfand, dass Paul krank war – da wusste ich, es würde wahrscheinlich irgendwann einen Kippmoment geben, da er seine Diagnose verraten musste, wonach nur der liebe Gott wusste, was ich sagen oder tun würde. Er vergaß es sogar fast, so sehr faszinierte ihn das Spiel. Und als gerade der Quarterback der Chiefs – die gelenkige, wilde Nummer 15 – von zwei Goliaths der Chargers auseinandergenommen wurde (sein roter Helm ploppte tatsächlich ab, als wäre es sein Kopf), schaute Paul abwesend zu mir herüber, während ich meinen Wodka Lime austrank und über einen weiteren nachdachte. »Übrigens«, sagte er. Das Zittern seiner rechten Hand hatte ich bemerkt. Zum ersten Mal war mir das aufgefallen. »Ich hab dieses Nervendings. Hat Clary dir wohl erzählt.« Er zog hinter der Brille die Augenbrauen zusammen, seufzte und wandte sich gedankenverloren wieder dem Spiel zu.

»Hat sie, ja«, antwortete ich. »Alles unter Kontrolle. Wir fahren in die Mayo-Klinik nach Minnesota rüber, um eine zweite Meinung einzuholen. Falls du das möchtest.«

»Klar. Okay. Super. Ich nehm mir Urlaub auf Arbeit. Die schulden mir noch was.« Blickkontakt nicht nötig.

Ein »Nervendings«. »Urlaub auf Arbeit«. Wir wussten, was wir wussten – zumindest einen Teil davon. Vor diesem Augenblick war das seine Sache gewesen. Jetzt war es unsere Sache. Das alte Dilemma, wer sich verraten fühlen sollte – er, weil ich über seinen Kopf hinweg Pläne mit der Mayo-Klinik gemacht hatte, oder ich, weil ich nicht als empathisch genug für ein Gespräch befunden worden war. Diesen Weg schlugen wir bewusst nicht ein. Und über Mikes Schnell-reich-werden-Plan sprachen wir auch nicht.

Wenn ich herausfinden wollte, was Betty Tran denkt – über mich oder sonst was –, müsste ich sie natürlich explizit danach fragen, was mir dann herzzerreißend klarmachen würde, dass es sich nicht herausfinden lässt. Dafür gibt es kein Rezept und auch nicht die richtigen Worte. Sollte es eine nächste Woche geben, kann ich nur wieder zu VGM fahren und für eine Massage bezahlen, als wäre alles noch da (was ja vielleicht auch stimmt). Das Geschäft vom Geschäft ist immer das Geschäft – bis es keinen Spaß mehr macht.

Beim Herumkurven durch die dunklen Wohnstraßen von Rochester verspüre ich den chaotischen Drang, Dr. Flaherty in La Jolla anzurufen, unter dem (fadenscheinigen) Vorwand, 1. den weiteren Weg meines Sohnes in die Krankheit zu besprechen; 2. mit ihr darüber zu reden, wie es *mir* geht; 3. wie es ihr geht; 4. ob es für uns vielleicht eine Abkürzung geben könnte, zu irgendeinem noch zu bestimmenden Zeitpunkt und möglichst bald. Alles Themen, die ich lieber unter einer Pergola ansprechen würde, wo Zeisige und Kolibris um Nektar buhlen und ein Tablett Martinis wartet. Aber jetzt reicht auch der Anruf.

Zu diesem Zweck fahre ich rechts ran. Auf beiden Seiten der Straße (10th Street NW) sind die Schilder in den Vorgärten, auf den schneeverkrusteten, silbrig im Licht der vorderen Zimmer schimmernden Rasenflächen ziemlich gleich verteilt. Trump – Biden. Schwer zu sagen, mit welcher Meute ich eher in Konflikt geraten würde – mit einem Mob aus kreischenden, sandalentragenden Liberalen, die mit ihren blauen Schutzdecken wedeln, oder einer Stampede aus tätowierten, muskelbepackten Bauerntrampeln mit AR-15-Gewehren und frisierten Exemplaren der Verfassung. Eine große, langgliedrige, stirnrunzelnde Frau in einem Muumuu kommt an ein Vorderfenster ihres Hauses, vor dem ich angehalten habe, und beäugt mich. Ein Teenagerjunge in weißem Hemd und Krawatte, der irgendwas isst, tritt neben sie. Sie sprechen mit jemandem hinter der Bühne, einem Gatten, der sich gerade mit einem Bier vor die frühen Nachrichten gesetzt hat. Das Verandalicht geht an – Halloween-Kürbisse und -Skelette besetzen seit dem letzten Herbst die Stufen. Die Eingangstür geht nicht auf, was aber jederzeit passieren könnte. Eine Unterhaltung durchs Autofenster mit einem schlecht aufgelegten Ehemann brauche ich im Augenblick echt nicht. Meine Pflichten liegen vor mir und leider nicht in La Jolla. Es gibt nichts anderes zu tun, als es zu tun – was in dieser traurigen Phase der Erwartung normal geworden ist. Ich stecke mein Handy weg und fahre langsam los.

* * *

Pauls und meine Unterkunft in der New Bemidji Street ist nicht typisch und zeigt damit, welcher neue Wind heute in der Einschätzung und Nutzung von Immobilien weht und wie die Amerikaner, die ihr eines Leben in Echtzeit leben, darüber nachdenken und davon träumen.

Eine »New Bemidji Street« gibt es in Wahrheit gar nicht. Paul und ich haben die 11th Avenue NW so getauft, weil wir finden, Wohnstraßen verdienen alle echte Namen. Die Nummer 171, unser Mike-Mahoney-Haus, ist eine klassische »Ranch-auf-der-Platte« und völlig unstandesgemäß im Vergleich mit den älteren, sortenreinen Haustypen in der Nachbarschaft – prächtigen Bausatzhäusern von Sears aus der ersten Hälfte des 20.Jahrhunderts, bulligen, scheunenartigen Dutch Barns usw. Unser Haus steht auf einem wertvollen Doppelgrundstück und war eine Maßanfertigung für einen berühmten Kardiologen-»Rockstar« aus Texas, der in den Achtzigerjahren von der privaten Baylor Medical School wegengagiert wurde, um hier die Abteilung »Reparieren oder raus« an der Mayo-Klinik zu leiten. Dem war es scheißegal, ob sein Traumhaus in die Straße passte, er fand sowieso, dass die Häuser im alten Midwest-Stil alle plattgemacht werden sollten, damit die Straße mehr nach Houston aussah. Man erzählt sich, dass er Cowboystiefel aus Klapperschlangenleder trug, einen breitkrempigen Stetson und eine vernickelte Pistole, er rauchte Cohibas und fuhr einen Maserati und sorgte schnell dafür, dass ihn an der Klinik alle hassten, worauf er sich zurück nach Texas trollte und seine mexikanische Frau hier sitzenließ, um den ganzen Schlamassel in Ordnung zu bringen.

Mikes Firma kaufte das Haus von den Kalbfleisches, einem älteren Paar, das es in der zweiten Generation besaß und keine Lust mehr hatte, die Hypothekenzinsen abzuzahlen und den Unterhalt zu finanzieren – lieber alles eine Nummer kleiner in Siesta Key, Florida. Das Haus hat texanisches Format, dreihundertsiebzig Quadratmeter, ein solides, barrierefreies Erdgeschoss (»sterbegerecht«), und drinnen funktioniert alles. Es enthält auch sämtliches Mobiliar der Kalbfleisches – Fotos von ihren Eltern, von ihnen selbst als Babys, ihre Krempelberge auf dem Dachboden, Schubladen voll Unterwäsche, Wärmflaschen, Stromrechnungen, Rasenpflegequittungen, ihr 1959er-Jahrbuch vom Beloit College, Wisconsin – sogar Zeugnisse, Abschlussurkunden und Heiratserlaubnis. Man sollte annehmen, dass den Menschen an solchen höchst intimen Besitzgegenständen liegt. Aber da irrt man sich. Normalerweise würden Mikes *Himalaya-Partner* diesen ganzen Klumpatsch in die Tonne treten und das Haus im Schnellverfahren zu einem Business-Mietobjekt umbauen. Dass Paul und ich im Dezember plötzlich eine Unterkunft brauchten, war zeitlich zusammengefallen mit dem Hinauskomplimentieren der Kalbfleisches. Und wir haben uns dankbar mit ihrem Plunder arrangiert.

In den meisten Wohngebieten gibt es solche spät hinzugekommenen Schandflecken, die die meisten Anlieger am liebsten abgefackelt sähen, damit etwas »Angemesseneres« hochgezogen werden kann. Zur Klinik acht Minuten Fußweg entfernt (die Paul nicht mehr schafft), weist es eine Doppelgarage auf, an die der Schneepflug nicht rankommt, einen kurzen Eingangsweg, wo ich mich gelegentlich beim Schneeschaufeln ertüchtigen kann, ein Wohnzimmer in Doppelgröße, wo Paul und ich an unseren meist unbeschäftigten Abenden Sackloch spielen, und einen Riesen-Sony-Fernseher mit allen Kanälen. Jahrelang habe ich Witze über »Ranches« gemacht, während ich sie im New Jerseyer Tiefland verhökerte. Aber jetzt habe ich meinen Frieden damit gemacht. Auf dem Dach billiger Marmorsplitt, die Fenster zum Rauskurbeln, schlecht beleuchtete Flure, die zu schlecht beleuchteten Schlafzimmern führen, Badezimmer in Rosa und Blau, komplett elektrische Fußbodenheizung, Einbauschränke mit Jalousientüren und Trockenbau ... Unterm Strich gehört es mir ja nicht. Wobei Mike mir versichert hat, wenn ich wollte, könnte ich es kaufen – mit einem Angestellten-Wertschätzungsrabatt –, während er mein Haus in Haddam kommerzialisiert.

Als ich in die New Bemidji einbiege, auf dem Weg zu der großen Blautanne vor unserem Haus, bin ich mehr als reif für einen Drink und bereit für alles, was Paul wohl für mich in petto hat. Nur ... blinkblinkblink, blinkblinkblink. Ein rotes Feuerwehrauto und ein roter Kastenwagen von der Feuerwehr Rochester, beide mit blinkendem Rotlicht, haben die Straße blockiert. Ein Schwarm blauer Polizeilichter zuckt kreuz und quer über den Asphalt, Streifenwagen stehen in Einfahrten und auf dem Gehsteig, eine dunkle Armee aus behelmten Cops in Sicherheitswesten, manche in Schutzausrüstung und mit Schulterwaffen, hat sich auf Autodächern, dem verschneiten Boden, hinter Bäumen und der Plattform des Feuerwehrwagens verschanzt, Augen und Waffen auf die Fassade des Stuck-Doppelhauses neben dem Akupunkturstudio gegenüber gerichtet. Eine Batterie Jupiterlampen, als wären wir in Hollywood in Grauman's Chinese Theatre, leuchtet die Eingangstür zum Doppelhaus aus. Ich hatte angenommen, das Haus stünde leer. Im Vorgarten ein Maklerschild von Century 21, halb im Schnee umgekippt, daneben eins mit »Hier lebt kein Hass«.

Mein Herz flattert tief in seiner Höhle. Meine Oberschenkel und Füße werden eisig. Es ist erst 17:30, aber so dunkel wie drei Uhr früh. Wo ist mein 47-jähriger Sohn, der nicht gut gehen kann und nur die falschen Sachen lustig findet? Der ist ein gefundenes Fressen für die Cops. Wobei ich, ehrlich gesagt, Paul schon zutraue, dass er nicht draußen herumschwankt und professionelle Checkereien und Einsichten aufgrund seiner Erfahrungen in Human-Resources-Logistik hervorsprudelt. Es ist viel zu kalt, damit fängt es mal an.

Ich fahre rechts ran, unser Haus liegt weiter hinten. Trotz der Kälte sind Nachbarn in ihren Vorgärten, Leute, die ich noch nie gesehen habe. In den Häusern brennt Licht. Andere Nachbarn stehen drin am Fenster und glotzen, was immer da wohl gerade los ist – irgendetwas Ungutes. Eine kleine, gefährlich aussehende, stahlgraue, panzerartige Apparatur wird vor das jupiterlampenbeleuchtete Doppelhaus manövriert. Eindeutig passiert gleich etwas Dramatisches oder ist soeben passiert – etwas Gewalttätiges oder Katastrophales oder Unsinniges oder alles auf einmal. Die Entschärfung einer Bombe. Razzia in einem Drogenlabor. Ein Entflohener, der genau in meinem Viertel zur Strecke gebracht wird.

Aber wenn hier alles gleich auf den großen Knall zuläuft, warum hängen dann die Nachbarn so herum und bringen sich glotzend in Gefahr? An beiden Enden des Einsatzes stehen Sägebockbarrikaden, und alles wird von den Cops gefilmt. Ich steige aus in die kalte Nacht. Drei Mitbürger stehen auf dem halbdunklen Gehsteig, Arme verschränkt wie Juroren, und lassen die ganze Szene auf sich wirken. Sie tragen allesamt Schneemobil-Anzüge. Eine Person mit einer karierten Elmer-Fudd-Mütze ist, wie ich sehe, eine kleine, runde und sicherheitsgepolsterte Frau.

»Was läuft?«, sage ich – ein Ausdruck, den ich seit der Militärakademie nicht mehr von mir gegeben habe, und damals hieß er, die Sache war schmutzig. Die Feuerwehrautos machen tiefe, pochende »Grrr-ing«-Laute, was der ganzen Nacht eine Art Stich mitgibt. Eine Stimme, vermutlich jemand Vorgesetztes bei der Polizei, ebenfalls eine Frau, spricht jetzt laut in ein Megafon. »Okay. Befreiungsteam bereithalten.« Keiner von den Bürgersteigstehern redet mit mir, untereinander schon. »Das wird gleich super«, sagt die Frau mit der Elmer-Fudd-Mütze.

»Die sollten Eintritt für diesen Scheiß nehmen«, sagt einer der Männer. Wegen ihrer Sturmhauben kann ich nicht feststellen, welcher es war.

»Da sind unsere Scheißsteuergelder an der Scheißarbeit«, antwortet der andere Mann.

»Ist das alles sauber?«, frage ich, ein zweiter Versuch. Ich stehe neben ihnen, bin aber eindeutig keiner von ihnen.

Ganz plötzlich taucht aus dem nächtlichen Nirgendwo ein Helikopter auf – ein schmaler, tödlicher, wespenhafter Rächer über den Baumwipfeln, der einen noch stärkeren weißen Lichtkegel auf das Haus und die Szene, die sich davor abspielt, richtet. Alle Aktivitäten unten sind kurzzeitig wie gelähmt. Ein Funkscanner in einem der Feuerwehrautos ploppt an. »Verstanden, siebenundachtzig. Wir haben jetzt den Heli hier. Bereithalten.« Das ist wieder die Frau, eine heisere Stimme, die vor verhärtetem Polizeiselbstbewusstsein strotzt.

Einer der drei neben mir holt ein Klapphandy hervor und fängt an zu reden. Sie haben keine Notiz von mir genommen, müssen also aus Minnesota sein.

»Ich hör einen Scheißdreck.« Die Frau. Sie muss schreien. »Ich hab ’nen Heli im Nacken. Wir frieren uns hier die Eier ab. Wenn das hier echt wäre, müssten wir alle … Was? Nein. Woher soll ich das wissen? Gib ihr das ganze Glas voll, mal sehen, wie sie dann aus der Wäsche guckt. Was? Nein. Du Schwachkopf. Sei froh, dass du nicht bist, wo wir grad sind. Bis dann.« Ihr Telefon verschwindet in der Schneemobil-Tasche. »Halle-leck-Fett-luja«, sagt sie.

»Was hat sie gesagt?«, fragt einer der Männer über den Hubschrauberlärm hinweg.

»Was hat sie überhaupt zu sagen?«, antwortet die andere Frau laut. »Buhuuu, ich kann nichts dafür. Kommt dir bekannt vor? Ist doch *deine* Tochter.«

»Vielleicht ist da ja Trump drin«, ruft der andere Mann.

»Der ist zu schlau dafür.«

»Ja klar. Wahrscheinlich.«

Gegen das Hubschrauberknattern schreit die Kommandantin in ihr Megafon: »Okay, okay. Bringt sie jetzt raus!« Ein SWAT-Einsatzteam, das hinter dem Kleinpanzer ungesehen in Sicherheit war, prescht auf einmal in einer dichten Reihe geduckt voran, die spielzeughaften Waffen über der Schulter, auf den Eingang zum Doppelhaus zu, offensichtlich bereit, die Tür einzurennen, als wäre es keine Tür. Zwei Sekunden später passiert genau das, und das Team verschwindet schlagartig drinnen, alle sechs auf einmal. Sofort sind, offenbar aus dem Haus, Geschrei und Gefluche zu hören, übertönt vom Helikopter. Dann ein lauter Knall, und die Vorderfenster des Doppelhauses splittern raus, gefolgt von weiterem Geschrei: »Polizei, Polizei! Auf den Boden! Auf den Boden! Auf ... den ... Boden, verdammt nochmal!« Die Megafon-Kommandantin brüllt wieder: »Okay. Bringt sie raus! Bringt sie raus!« Durch den Eingang des verlassenen Doppelhauses stürmen drei Beamte vom SWAT-Team, sie halten eine junge Schwarze Frau in Flakweste unter den Achseln hoch, ein Stück über dem Boden, ihre Füße rennen in der Luft, um mit den großen Männern mitzuhalten, die sie in, ich nehm mal an, Sicherheit bringen. Das alles hat dreißig Sekunden gedauert. Im Vorgarten des Doppelhauses gibt es ein Trampolin, was mir vorher gar nicht aufgefallen war. Wem gehört das?

»Na toll. Großes Kino«, sagt einer der Schneemobil-Männer. Nachbarn weiter unten, näher an den Vorgängen dran, applaudieren und johlen und pfeifen, während die herausgeholte Schwarze Frau schnell durch die Polizeiabsperrung gebracht wird, an Polizisten und Feuerwehrleuten, an Leichtpfosten und Fahrzeugen vorbei wird sie auf dem Rücksitz einer schwarzen Limousine platziert, deren Blaulicht auf dem Dach zu blinken anfängt, während der Wagen beschleunigt und zwischen den Gaffern die New Bemidji entlangfährt, wer weiß wohin. Der Heli, der über allem schwebt, schaltet den Scheinwerfer aus, macht eine langsame, anmutige Drehung nach links und gewinnt an Höhe – ich kann die Piloten erkennen –, wird dann schnell kleiner und verschwindet in der Nacht. Auch für ihn applaudieren die Nachbarn. »Die hätten sie meinetwegen auch drinlassen können«, bemerkt einer der Männer zu seinen Freunden. Sie gehen allmählich alle weg. Keiner hat ein Wort zu mir gesagt oder auch nur Notiz von mir genommen.

»Wenn das einer von uns gewesen wäre«, sagt der andere, »wären wir jetzt im Arsch …«

»Du vielleicht. Ich nicht«, sagt die Frau und geht los.

»Na klar. Du wärst Mus.«

»Ich bin immer auf der Seite des Opfers«, sagt die Frau.

»Ist uns schon aufgefallen«, sagt der andere Mann.

»Schieb dir doch ein Ofenrohr in deinen flachen Arsch.«

»Okay. Mach ich. Und dann?«

»Versuch's mal.«

»Hab ich ja vielleicht schon.«

Die drei gehen lachend über den dunklen Bürgersteig. Ich tippe darauf, dass sie gar nicht Schneemobil fahren, sondern sich nur so anziehen.

»Zwei Minuten. Keine Verletzten. Gute Arbeit, Geiselbefreier«, sagt die weibliche Stimme ruhig durch das Megafon. Polizei und Feuerwehrleute laufen allmählich auseinander. Der Himmel – ich schaue jetzt hoch – ist voller Sterne, wie in einem Planetarium, was für morgen kältere Temperaturen verspricht, für unsere Abfahrt. Noch ist es nicht so spät. Ein guter Abend für eine Geiselbefreiung.

Tatsächlich herrscht hier draußen in der Kälte, während der »Tatort« dichtgemacht wird, als verließe der Zirkus die Stadt, jetzt ein überraschend aufgekratztes Gefühl der Zugehörigkeit – die Dinge sind erledigt worden, wenn auch nicht perfekt. Zwei lange Feuerwehrfahrzeuge verschwinden mit leise blinkenden Lichtern in der Nacht. Die Jupiterlampen werden abgebaut. Feuerwehrleute in Schutzkleidung stehen herum, lachen, rauchen eine. Die Nachbarn sind langsam wieder nach drinnen gesickert. Die Straße nimmt erneut ihre angenehme Anonymität an. Ich höre einen Motor anspringen – Kettensäge oder Schneemobil. Dann noch einen. Vielleicht sogar einen dritten. Sie heulen auf, dann sind sie fern. Oben in dem dunklen Haus, vor dem ich stehe, geht ein Licht an. Die massige Gestalt eines voll bekleideten Mannes passiert das Rechteck und erscheint nicht wieder. Aus dem hellen Sternenhimmel siebt tänzelnd der Schnee durch die Bäume. Minnesota kann selbst einer Rübe Schnee entlocken.

* * *

Das mächtige Haus im Texasformat liegt still da, als ich durch die Vordertür eintrete – kein schlechtes Zeichen, aber auch kein gutes, was das Überleben meines Sohnes angeht. Heizung ist voll aufgedreht, dazu Festbeleuchtung. In dem übergroßen Wohnzimmer, dessen Schwerpunkt der breite offene Kamin mit Gasbetrieb bildet, ist alles für unseren Sackloch-Wettbewerb vorbereitet – mein Sohn hat vom Rollstuhl aus Möbel umgestellt und Sackloch-Stationen gebaut, wo Stapel von Sackloch-Säcken bereitliegen. Das Kalbfleische-Mobiliar – Couchgarnitur aus Zebrafell, Rattanteppiche, Stahlrohrsessel, eine Eames-Sessel-Kopie für den Herrn des Hauses, Marya Kalbfleisches New-England-Miniaturen in Acrylfarben und, damit kombiniert, ein paar Western-Kaktusdrucke – ergibt einen abgenutzten, liebenswerten Kuddelmuddel, keiner würde lange fackeln, den hinter sich zu lassen. In jungen Jahren war Bob Kalbfleische an der Klinik in der Patientenbetreuung tätig und Marya als Gastlehrerin für Kunst an Highschools. Sie hatten keine Kinder und reisten gern, bis Bob langsam geistig abbaute und Geld ein Thema wurde.

Das Haus – still, überheizt und überbordend beleuchtet – hat auch etwas Lautstarkes an sich. So muss es der Polizei ständig gehen – die sirrende Hyperbewusstheit von Räumen, die man gleich betritt, ohne zu wissen, was dort wartet. Paul, den Kopf im Ofen. Paul, hinter der Badezimmertür baumelnd. Ich tue, was ich kann, um da die Nerven zu behalten.

Ich gehe durch das Esszimmer und höre, wie der große Kenmore-Kühlschrank in der Küche katschunk macht, als der Kompressor anspringt. Irgendwo knarrt es im Haus. Ein schmuddeliger Geruch schwebt vorbei – etwas pupsig. Doch als ich die Küche betrete, liegt Pizza da, der Schachteldeckel steht offen, ein Dreieck fehlt. Paul kann langsam immer weniger schmecken und will immer exotischere Geschmackskombinationen. Die Sorte hier, eine »Resterampe« – so steht es obendrauf –, scheint aus eingelegtem Gemüse, Kirschen und einer Art angeschmortem Schinkenfleisch zu bestehen, das Paul »Reihersteak« nennt. Ich reiße eine Ecke heraus – ich sterbe vor Hunger –, schnüffle dran und lege sie wieder zurück.

Einen Moment lang genieße ich in der tickenden Küche die kleine Träumerei, dass ich mir jetzt ganz in Ruhe und allein einen Drink genehmigen könnte. Gleichzeitig höre ich die Stimme meines Sohnes hinten in seinem Zimmer, bestimmt am Laptop, von wo aus er – zunehmend mühevoller – mit der Außenwelt in Verbindung bleibt. Ich höre ihn laut sagen, als unterhielte er sich dort mit jemandem: »Ha! Den haste wohl mal eben ausm Ärmel geschüttelt, was?« Wahrscheinlich ein Videotelefonat mit seinem Sortiment komischer Freunde, bei dem sie Triviales über Tony Newley austauschen. Ich mach mir keine Sorgen mehr. Er ist ganz in seinem Elefant.

Ich hole meinen Liter Stolichnaya aus dem Gefrierfach und schenke mir drei dicke Finger breit in ein Souvenir-Glas aus dem Nationalpark, das beschlägt, als die Flüssigkeit reinfließt. Hier drauf ist ein Farbfoto vom Grand Canyon zu sehen, Touristen starren von einer Holzplattform aus ins Leere. Ich proste den Kalbfleisches zu. Glückliche Floridianer. In ihrer Glassammlung fehlt der Mount Rushmore.

Ich widme, während ich merke, wie der Stoli sofort seine Wirkung entfaltet, unserem erhofften morgigen Ausflug einen Gedanken – es ist nicht die große Exkursion, die ich mir wohl hätte aussuchen sollen. Jeder Vater eines siechen Sohnes würde doch Parasailing vom Eiger wählen. Scubadiving tief ins Great Blue Hole. Eskapaden, von denen wir nachher behaupten könnten, wir hätten die großartigste Erfahrung unseres Lebens gemacht. Glücklich sterben. Nicht dass irgendwer jemals glücklich sterben würde. Der Gedanke, dass du in den meisten Situationen die Wahl hast, wie du dich entscheidest, ist natürlich eine federweiche Lüge der westlichen Philosophie. Das begreifst du, wenn du Häuser verkaufst. Dort passiert es regelmäßig, dass die Menschen sich entscheiden, sich umentscheiden, sich entscheiden und dann die Entscheidung bedauern, sich entscheiden, dann erneut entscheiden, sich gegen die Entscheidung wehren, dann falsch entscheiden und lernen, gut damit zu leben. Eine Entscheidung ist normalerweise keine Entscheidung, eher ist dir nichts anderes übrig geblieben. Paul, das weiß ich, hätte in seiner derzeitigen Zwangslage gern einen klareren Blick auf seine Entscheidungen. Bei einer unserer wöchentlichen Fahrten über den Highway 14 zu einem Aussichtspunkt auf die Stadt sagte er zu mir: »Wie alt ist man wohl im Himmel, was glaubst du? Bleibe ich in dem Alter, das ich jetzt habe?«

»Was? Was denn sonst?« Wir schauten in den Sonnenuntergang über der verschneiten Prärielandschaft, der ein Feuer an den Himmel malte. Ich war schockiert.

»Sei kein Arsch.«

»Ich wusste nicht, dass dir solche Fragen wichtig sind.«

»Man kann seine Gedanken nicht kontrollieren«, sagte er. »Du bist echt ein Arsch.«

»Da kenne ich mich nicht aus. Es ist ein Mysterium.«

»Ein Mysterium ist nicht dasselbe, wie keine Antwort zu wissen. Vergiss es einfach.«

Ein anderes Mal kamen wir vom Rathskeller zurück, seinem Lieblingsrestaurant in Rochester, wo er Schnitzel bestellt, nur damit er »Schnitzel« sagen kann.

»Ich habe das Gefühl, ich werde die ganze Zeit kleiner«, sagte er. Er lächelte nicht, der Mund stand halb offen, die Zungenspitze lag auf den trockenen Lippen.

»Das tut mir leid.«

»Ich erreiche mein wesentliches Ich, hat Dr. Oakes gesagt.«

»Ich bin nie davon ausgegangen, dass so was in mir schlummert.« Ich bog in unsere Straße ab.

»Es bedeutet, zu dem zu stehen, was du tust, egal in welchem Augenblick. Es ist sehr einfach. Du bist bloß nicht besonders gut darin.«

»Wahrscheinlich muss man in der Situation sein.«

»Stimmt«, sagte er. »Aber das bin ich ja. Genau da.«

In diesen Wochen in Rochester schlittert er oft in eine Sinnlosigkeitsrage hinein, wenn er allein ist – bei neuen Schwierigkeiten damit, das Hemd zuzuknöpfen, Zahnpasta aus der Tube zu drücken, die Haare über seine kahle Stelle zu kämmen, wenn er in die Klinik geht und gut aussehen will. In diesen Momenten schlägt er sich an die Schläfen (glaube ich) – das tat er schon als Kind. Dann höre ich seine dünner werdende Stimme durch die Wände: »Verdammte Drecks-Zahnpasta! Ich kann dich fertigmachen, ja. Durch einen Scheißspender ersetzen.«

Wenn ich diese Ausbrüche höre, erschreckt mich das wahnsinnig, dann bin ich froh, nicht dabei zu sein und mich noch hilfloser zu fühlen als ohnehin schon. Natürlich bin ich dem Tod gegenüber genauso aufgeschmissen wie er, kann nicht damit umgehen, wenn der Zugang zur Bewusstheit (die wir ja noch höher schätzen als die Liebe) versperrt ist. Weshalb ich mitten in der Nacht, wenn mich solche Gedanken verwirren, oft abschweife zum Sonnensystem, seinen Mysterien und Chiffren, seinem Logos. Null unendlich, Ereignishorizont, helle und dunkle Nebel – all die Zusammenhänge, wo Dinge, die wir nicht verstehen, tröstlicherweise in etwas Größerem enthalten sind, das wir noch weniger verstehen. Paul hat (bis jetzt) das Leben noch nie so ernst genommen, immer genau im Auge behalten, dass es vorübergehend ist und im Wesentlichen einer hellen Glut entspricht, die man ins Dunkle wirft. Und so entschlossen er jetzt auch sein mag, sich nicht von Al's definieren zu lassen und eine praktische Berufung als Sterbender zu finden und zu akzeptieren – ich spüre, dass er sich, was den Tod betrifft, vollkommen verzettelt und noch längst nicht genug gelebtes Leben hatte. Die Tatsache, dass alles zu Ende geht, ist vielleicht das Interessanteste an allem, aber wenn das Ende dich selbst betrifft, sieht das anders aus. Wobei ich mich, wie bei allem, absolut irren könnte.

* * *

Ich wage mich mit meinem Grand-Canyon-Glas in den Teppichflur zu den Schlafzimmern – das am nächsten gelegene ist meins, dann kommt Pauls, in dem dritten steht der Sony 65, auf dem wir den Super Bowl 54 gesehen haben (Kansas City legte einen Durchmarsch hin, die Nummer 15 war der beste Spieler). Im hintersten Zimmer steht Pauls Laptop, durch den er mit Speedschachspielern in Sri Lanka Kontakt hält und mit Websites über Human-Resources-Logistik, deren Besucher Gruselgeschichten über nicht tödliche Fixierungsvorrichtungen austauschen. Er besucht auch regelmäßig Chatrooms, wo die Leute, weniger sensibel als »diese Webinar-Pussies«, knallharte Erfahrungen und Empörungen über Al's austauschen. Ebenso Websites über Bauchreden, neue Sichtungen von Anthony Newley, die Erforschung neuer tödlicher Krankheiten, Körpertypen, Farbenblindheit (er hält sich für farbenblind, was aber nicht stimmt) und Datingseiten für Menschen, die nicht mehr lange zu leben haben. »Sollte ich mich für etwas *Angemesseneres* aufheben?«, hat er mich gefragt. Darauf hatte ich keine Antwort.

Auf den Flurfotos im Halbdunkel sind die Kalbfleisches zu erkennen – Seit an Seit auf einer Brücke, vielleicht Pont Neuf. Das glückliche Paar in Machu Picchu. Auf Skiern auf einem verschneiten Berg, in die Wintersonne lächelnd. Bob, mit neutraler Miene vorm Mayo-Gebäude – noch neu im Job, was sein voller Haarschopf anzeigt. Vor einem Brunnen steht Marya, neben einer Frau, die genauso aussieht wie sie – ein Zwilling vielleicht. Später dann Bob, älter, in einem Krankenbett, Marya beugt sich über ihn, beide lachen. Wodkabenommen begreife ich, dass nichts an diesen Fotos mir eine umfassende Vorstellung davon vermitteln kann, was es heißt, die Kalbfleisches zu sein. Würde ich sie kennenlernen, wären sie mir bestimmt sympathisch und wir hätten Dinge gemeinsam. Wobei alle Ähnlichkeiten irrelevant werden, sobald man Kinder hat.

Als ich um den Türpfosten herumspähe, sitzt Paul schlafend im Rollstuhl vor dem Computer, das Deckenlicht brennt. Er trägt den rot-grün gestreiften Marimekko-Bademantel, der einst Marya Kalbfleische gehörte, und ein schlabbriges T-Shirt mit der Aufschrift »Beschwerdeabteilung« und einem großen roten Pfeil, der auf seine Leistengegend zeigt. Er hat viele solcher T-Shirts, die er online kauft: Die »Glen-Campbell-Abschiedstour« mit einem Foto von Glen in sonnigeren Zeiten. »Fahren wie ein Deutscher, Anziehen wie ein Italiener, Küssen wie ein Franzose«. Ein Oldie-Trikot von den Chiefs das er seit Jahrzehnten besitzt und das seiner Meinung nach viel Geld wert ist. Plus ein Marine-Corps-Trikot, das er sich – mir zu Ehren, entgegen meinen Wünschen – in Cedar Falls gekauft hat, als wir im Dezember hinausfuhren.

Wie er da in seinem Rollstuhl schläft, wirkt er verbraucht – mit dem großen Kopfhörer und der Brille, Kopf im Nacken (schnarchfrei), Mund in Bewegung, der Bauch hebt und senkt sich. So sehe ich ihn oft. Bis auf das Atmen wird er, denke ich, so aussehen, wenn er tot ist.

Ich setze mich auf die Kante des Gästezimmerbetts – fröhliche marineblau-weiße Tagesdecke – und beobachte ihn still, versuche, alles von ihm wahrzunehmen, solange noch alles von ihm da ist. Da ich bei der täglichen Pflege so nah an ihm dran bin, nehme ich ihn oft gar nicht gut wahr. Nach dem Tod meiner Mutter 1965 in Skokie besuchte ich am Abend vor ihrer Beerdigung das Begräbnisinstitut – Kresge's –, um ihr einen letzten Besuch abzustatten. In einem der kleineren Damenzimmer stand ihr offener Sarg. Es war noch nicht lange her, dass ich sie lebendig gesehen hatte. Als ich den schwach beleuchteten Raum betrat und einen Klappstuhl heranzog, um neben ihr zu sitzen, fühlte ich mich plötzlich und unerwartet lebendiger als seit Monaten. Ich war verzweifelt, dass sie weg und ich für immer allein war (so kam es mir vor). Höchstwahrscheinlich musste ich in wenigen Monaten nach Vietnam in den Dschungel. Es gab nichts, worüber ich glücklich sein konnte. Doch nun lag sie neben mir, eine präsente leere Hülle, und ich fühlte mich gestärkt, gefasster. Das war kein Jimmy-Cagney-Moment, in dem ich mit meiner Mutter »sprach«, ihr gelobte, mich zu bessern, ihr sagte, wie schön sie sei (das war sie nicht, sie war tot), und ihr und mir ein Leben voll Güte und Selbstlosigkeit schwor. Ich weiß nicht, ob ich irgendetwas dachte, tiefschürfend oder nicht. Aber es wäre sicher nicht falsch zu sagen, dass es mich am ganzen Körper prickelte. Ich »sah« nichts Neues. Ich beschloss nicht, die traurigen Pflichten des nächsten Tages auszulassen und in Grand Marais mit einem gemieteten Ruderboot rauszufahren. Nichts war anders. *Ich* war nicht anders. Ich stand da und sah auf das leblose, geschminkte Gesicht meiner Mutter hinunter. Vor ihrem linken Ohr bemerkte ich eine kleine, blasse Narbe. Und dass ihre kräftige Nase sie im Tode ein bisschen adlerhaft aussehen ließ. Auf ihren Lippen, fest geschlossen durch die Nähkunst des Einbalsamierers, lag in den Mundwinkeln der Anflug eines ungezogenen Lächelns – das vermutlich immer dort gewesen, aber mir nie aufgefallen war. Es kann ja nicht sein, dass ich meine Mutter zum ersten Mal richtig sah, als sie tot war. Aber ich sah sie, man würde wohl sagen: für sich genommen. Ohne Kontext außer mir und dem Tod. Ich fühlte mich extrem wach und extrem bei mir. Und das war's.

Wobei der springende Punkt ist, dass wir nicht warten sollten, bis es zu spät ist, um die Menschen zu erkennen, die wir vielleicht längst zu kennen glauben.

Paul in seinem Rollstuhl atmet rhythmisch, seufzt, schnüffelt, keucht, die warzigen Finger flattern. Manchmal lacht er im Schlaf. Das höre ich durch die Wände. Weiß er, wenn er träumt, dass er eine tödliche Krankheit hat? Sind wir nur krank, wenn wir wach sind? Ist das ein Witz auf unsere Kosten?

Doch was ich spüre, während ich ihn betrachte, ist unleugbar Vernachlässigung. Durch mich. Und Angst. Angst, dass ich ihm nie die verdiente Aufmerksamkeit als Erwachsener geschenkt, dass ich ihn gönnerhaft unterschätzt und manchmal vergessen habe, als wäre er, so wie er ist, nicht immer plausibel (für mich): dicklich, mit immer mehr Glatze und warzigen Fingern, nicht sehr empathisch, kein guter Zuhörer, manchmal ein Langweiler und Laberkopp – wie zahllose Siebenundvierzigjährige. All das sind natürlich keine schlechten Eigenschaften. Ich denke nur manchmal einfach: *Wie kann dieser Mann mein Sohn sein?* Bestimmt erleben viele Väter diese Art von Erstaunen. Lobenswert ist das nicht.

Ich stehe auf und trete einen Schritt näher. Ich habe vor, mir anzuschauen, was auf seinem Tisch liegt. Sein Handy, auf dem ihn, soweit ich weiß, niemand außer der Klinik anruft. Eine Mayo-Broschüre über grauen Star, an dem er leidet. Sein Diplom von der ALS-Gesellschaft und sein Ausweis. Eine genetische Untersuchung seiner Herkunft, die ihn als »Englisch« und »Westeuropäisch« bestätigt (Holländisch, von der Seite seiner Mutter her) und überraschenderweise »Französisch«. Nicht was er sich erhofft hatte, nämlich mindestens »irgendwas Afrikanisches«. Ein Ausdruck der Liste bedeutender Menschen, die im letzten Jahr gestorben sind. I.M.Pei. Diahann Carroll. Lee Iacocca. Claus von Bülow. Daryl Dragon. Einer von den Monkees. Er hat mir erzählt, dass er, wenn er über das Sterben nachdenkt, gern wissen will, in welcher Gesellschaft er sich befindet. Eine Tube Hämorrhoidensalbe – auch in dieser Hinsicht ist er ein Leidender. Die heutige Ausgabe von *USA Today*, seine Lieblings-Nachrichtenquelle, die ihm Schwester Wanda mitbringt. Eine schwarze Jarmulke mit Ziermünzen bestickt, die ihm einer seiner Ärzte geschenkt hat, für »Tage, wenn es vielleicht hilft, Jude zu sein« – näher kommt er an Religiosität nicht heran. Und ein Ausdruck von einem Online-Genetiklabor in Texas, der ihm mitteilt, auf welche weiteren Krankheiten er sich freuen kann, falls er dann noch lebt.

Mein Sohn, auf dem Stuhl neben mir, furzt mit einem weichen, duftenden Zischen. Ein Einzelstück. Ein Schleicher. Er nennt das Elefantenluft. Im Schlaf rollt er seine mehlige Zunge im Mund nach oben und macht ein »Hnff«-Geräusch, genüsslich, nehme ich mal an. Hier liegt sein einmal abgebissenes Pizza-Dreieck gemütlich auf einem gefalteten Stück Papier, das er bekritzelt hat. Notizen, die ich lesen sollte, um auf dem neuesten Stand zu bleiben. Draußen auf der dunklen, verschneiten, jetzt leeren New Bemidji Street höre ich das gedämpfte Schepperklappern eines Schneepflugs. Paul hat von der »Geiselbefreiung« vermutlich nichts gehört. Das Haus tickt. Es ist achtzehn Uhr. Ich weiß ganz genau, wo mein Kind ist. Hier, bei mir.

Hier ist auch sein »Suizidbuch«. *Sein oder Nichtsein – Was ist die Antwort?*. Von Dr. Romeo Hudspeth, der an der SUNY in Oneonta, New York, im Fachbereich Philosophie und Humanethik lehrt (ich wusste gar nicht, dass es noch andere Arten gibt). Paul hat es bei Amazon bestellt, aber meines Wissens noch nicht aufgeschlagen. Ich schon, heimlich. Es ist eine Zusammenstellung von Miniaturbiografien bekannter Selbstmörder – Charles Boyer, Clover Adams und andere, insgesamt einhundert – inklusive Details ihrer vorzeitigen Tode, gefolgt von Erläuterungen, warum sie das nicht hätten tun müssen (Hilfe war um die Ecke; so schlimm war doch alles gar nicht; morgen hätte alles schon anders ausgesehen; wäre nur jemand da gewesen, mit dem sie hätten reden können). Schwer vorstellbar, dass Selbstmörder sich erst mal in die Materie einlesen.

Paul und ich haben uns auf Umwegen über Suizid unterhalten. Alle Al's-Patienten denken daran – mit gutem Grund – und ziehen das, wie man weiß, manchmal auch durch. Ich glaube nicht, dass er es tun wird, weil er dazu so »konsequent« sein müsste, wie er es eher nicht ist, und weil ihn das Leben immer noch interessiert. Ihm ist aber schon klar, dass er in einen Zustand geraten könnte, wo er sich vielleicht das große Ticket ohne Rückfahrkarte wünscht und es nicht mehr kann. Er hat mir gegenüber schon laut überlegt, ob ich ihm »die Ehre erweisen« würde. Worauf ich Nein sagte, obwohl, ehrlich gesagt, dieser Moment erst mal kommen müsste, damit ich das wirklich sagen kann – und dann wäre es kein echter Suizid mehr. Er hat mir von einer Freundin bei Hallmark erzählt, die »es getan hat«. Eine gesellige ältere kubanisch-amerikanische Frau, die in der Abteilung »Zuwendungskarten« arbeitete (Mitgefühl, neue Babys, Wedding Shower), nicht in der Abteilung Humor, wo die Genies sind. Diese Frau, sagte er, war es irgendwann schlicht leid, den ganzen Tag diese klebrigen Karten zu texten und so zu tun, als sei ihr an »Zuwendung« gelegen, dabei ging es ihr echt am Arsch vorbei. Sie sagte keiner Menschenseele Bescheid und zog auch kein langes Gesicht. Eines Tages stoppte sie einfach ihr Auto mitten auf der Heart-of-America-Brücke und sprang in den Missouri River. Ihr Abschiedszettel lautete: »Wenn Du am Ende Deines Lebens noch einen Freund übrig hast, bist Du wahrscheinlich ein Arschkriecher.«

Ich selbst war lange davon überzeugt, dass Suizid eine vollkommen persönliche Angelegenheit sei. Nicht immer eine Schwäche oder eine heilungsbedürftige »Krankheit«. Für viele muss der Suizid so natürlich sein wie eine Kreuzfahrt zu den Kanaren – nur dass man nicht mehr zurückkommt. Dr. Hudspeth sagt, es sei meistens besser abzuwarten, falls man abwarten *kann* – so wie man der Gier nach einem Doughnut widersteht. Wobei man auch sagen muss, dass Suizidexperten meistens Leute sind, die es selber nicht geschafft haben.

Ich habe in Haddam einen Freund, mit dem ich ab und zu angeln gehe. Seine Mutter hat sich mit achtundachtzig »das Leben genommen«, wurde für tot erklärt, bekam das Schildchen an den Zeh, die Totenstarre hatte eingesetzt, das ganze Programm. Nur dass sie aufgrund irgendeiner Chromosomen-Intransigenz in der Pathologie wieder aufwachte, sich aufsetzte und über Baseball redete. Nachdem sie sie aus der Geschlossenen entlassen hatten (wo sie laut meinem Freund hingehörte), verliebte sie sich in einen jüngeren Mann (68), zog in die Catskill Mountains, verlegte sich auf die Herstellung von Designerkäse und hatte die beste Zeit ihres Lebens, bis sie es noch einmal versuchte, mit hundertdrei, diesmal erfolgreich. Was mich zu der Überzeugung bringt, dass an Selbstmord mehr dran sein muss, als man auf den ersten Blick erkennt – wenn man es sogar zweimal tun würde.

Mit vierundsiebzig und einem kleinen Katalog von Krankheiten und traurigen Erinnerungen denke ich nicht weniger als einmal am Tag daran, mich umzubringen. Wahrscheinlich würde ich mich am Ende auch nicht trauen, mich in den praktischen Umständen verheddern und den Moment zwischen den Fingern zerrinnen lassen. Was vermutlich der Grund dafür ist, warum die meisten Menschen sich am Ende doch nicht umbringen. Nicht dass sie nicht gern tot wären. Die Einzelheiten stellen sich halt quer. Das viel größere Rätsel ist natürlich, warum mehr Leute sich dafür entscheiden, weiterzuleben.

Als ich nach Pauls Notizzettel greife, der unter seinem Stück »Resterampe« liegt, komme ich versehentlich an eine Taste seines Laptops, was seinen Bildschirm anspringen lässt – als würde die Himmelschleuse sich auftun und es lospladdern, gerade wenn es nicht passt. Ich taumele zurück, ringe um die Balance. Pauls Schweiß, seine ungewaschenen Haare, die Pizza und sein Schlafatem stechen mir in die Nase. Ein Alter-Mann-Muff.

Auf seinem Bildschirm läuft plötzlich das Masters aus dem letzten April. Tiger Wood im roten Muskelshirt und der schwarzen Mörderkappe, mit dreiundvierzig so stark wie ein Stauer, schreitet um das 18. Loch, hinterdrein schlurft der Caddy. Tiger ist eiskalt – er will die Nummer durchziehen, seine Zwei-Schlag-Führung retten, die nächste Grüne Jacke (und 11,5 Millionen) absahnen, das Schicksal bei den Hörnern packen, sein Image aufpolieren und den Sportreportern sagen, sie können ihn mal. Dies ist einer der großen Augenblicke in der Geschichte des Golfspielens – ganz oben, zusammen mit Ouimets Sieg bei den Open von 1913 und, bei den Masters 1935, Sarazens »Schlag, der auf der ganzen Welt gehört wurde«. Ich wusste gar nicht, dass mein Sohn Golf mag.

Als ich zufällig zu Paul hinunterschaue, starrt er mich an. Er spricht nicht, blinzelt nicht, scheint nicht mal zu atmen, als würde er lieber da bleiben, wo er gerade ist, wo immer das sein mag.

»Was tust du?« Die Stimme ist ein Krächzen.

»Nichts«, sage ich leise. Ich lege die Hand auf seine nachgebende Schulter, was ihm ein Ächzen entlockt. Tiger, auf dem Bildschirm, hat schon die Arme in der Luft und schwingt das Eisen, mit seiner Grinsegrimasse auf dem unattraktiven Gesicht. Auch er wird bald kahl sein. »Tut dir das weh?« Womöglich ist er gestürzt, wie ich befürchtet hatte. Allein gelassen, unbemerkt. Vernachlässigung.

Mit der abgeknickten Rechten zieht er die Kopfhörer runter, um seinen Nacken. »Was?« Ich höre Bss-bsss-bss. Vielleicht Anthony Newley, nicht zu erkennen. Der Schneepflug ist weiterhin zu vernehmen – das traurigste aller Geräusche. »Meine Stimme ist komisch, stimmt's?« Sie klingt tatsächlich dünner und jünger.

»Mir ist nichts aufgefallen.«

Er starrt den Bildschirm schweigend an. Tiger, der seinen jungen Sohn Charlie umarmt. »Ich hatte geträumt. Du und ich und Mom und Clary und Ralph, wir waren am Mount Rushmore.«

»Das ist gut. Das habe ich jetzt alles arrangiert.« Ich will nicht über seine tote Mutter reden. Mom.

Er räuspert sich. »Im Traum hab ich gestottert. Und ich hatte einen Assistenzhund, das war Mr. Toby.« Unser alter, liebenswerter Basset, aus der Zeit, als Paul noch klein war, und der direkt vor seinen Augen überfahren wurde. Den Tag hat er nie vergessen.

»Okay.«

»Ich hab doch früher gestottert, oder?« Er dreht sich halb zu mir um. Ich stehe neben und hinter ihm und schaue auf seine über die kahle Stelle gekämmten Haare.

»Du hast vieles gemacht.« Von oben erkenne ich die schwache Narbe in seinem linken Augenwinkel, hinter dem Brillenglas. Eine dreißig Jahre alte Wunde, die ihm Glaskörpertrübung, Astigmatismus, dicke

Brillengläser und grauen Star eingebracht hat. (Nur Farbenblindheit nicht.)

Mein Sohn fummelt mit seinen dicken Fingern herum, die Hände liegen auf dem Bauch und dem Beschwerdeabteilungs-Shirt. Tiger verschwindet, Kappe in der Hand, mit langen Schritten die Rampe hoch zur Butler Cabin. Lächeln allüberall. Sieg. Sieg. Sieg. Sieg. Sieg.

»Hast du dran gedacht, dass heute der Jahrestag ist?«

»Ja. Das hast du mich schon gefragt.« Er schwingt den Kopf wieder herum. Seine Gesichtsfarbe ist ungesund, gelblich und stumpf in dem Schlafzimmerlicht. Gut, dass seine Mutter ihn nicht sehen kann. Das denkt er vielleicht auch. Er gibt ein leises kehliges Summen von sich. Das zeigt, er ist mit diesem Augenblick zufrieden. Die Finger flattern schneller. »Wie war es mit Schwester Stiffler?«

Vor Vergnügen stülpt er die Lippen nach außen. »Toll. Vielleicht kommt sie nicht wieder. Jetzt, wo meine Studie vorbei ist. Die hat größere Fische an der Angel.« Den Spruch sagt er gern. »Ich glaube, ich habe meinen Platz gefunden, Lawrence.«

»Das hast du. Anmut unter Druck, ohne dass man dir den anmerkt.«

»Hmmh.« Er schaut auf den Bildschirm, wo ein gutaussehender Sportkommentator in gelbem Jackett ohne Ton alles einordnet. Das widersinnige Comeback. Der freche Triumph. Der Ruhm. Das Poetische. Paul seufzt anerkennend. Bei mir packt der Wodka alles in Watte. Ich lege beide Hände auf die glänzenden schwarzen Rollstuhlgriffe. Es ist noch keine sieben. Aber ich muss ihn ins Bett kriegen. »Wie wär's mit 'ner Runde Sackloch?«, fragt er. Er kneift genüsslich die Augen zusammen. Übermut ist seine Zuflucht.

»Aufgeschoben ist nicht aufgehoben. Siehe dein Massakerfilm.«

»Oh. Toll.« Er legt den Kopfhörer auf die Schreibtischplatte, setzt die Brille ab und späht zum Fenster, das den Raum und uns widerspiegelt. Der Pflug draußen tönt immer noch. Sonst ist nichts los. »Ich bin mir nicht sicher, ob sich dieses Bullshit-Kennenlernkläffen morgen Vormittag lohnt. Was meinst du? Ich bin viel fitter als die anderen

Kranken. Die sollen sich doch nicht schlecht fühlen. In einem Webinar ist das einfacher.« Er meint seinen Empfang bei den Medizinpionieren um zehn, den er meinetwegen gern ausfallen lassen könnte, denn ungefähr dann sollten wir uns zum Mount Rushmore aufmachen. Ich sage nichts, um die Chance nicht zu vermasseln. »Meinst du, die haben Papiertischdecken und Blechkuchen?«

Das findet er witzig, keine Ahnung wieso. »Bestimmt. Und Obstbowle und Sandkekse mit Pekannüssen. Du bist der Ehrengast.«

»Kacke in jeder Bowle.«

»Braut auf jeder Beerdigung. Plus ein hübsches Geschenk.«

»Eine Armbanduhr ohne Zahlen.« Er ist gnadenlos.

»Wir können morgen früh entscheiden. Okay?«

»Das wird Bombe. Peng. Krach. Phhrrrppp.« Er sieht zu mir hoch und lächelt böse.

»Peng. Krach«, sage ich. »Phhrrrppp.« Ich ziehe ihn langsam von seinem vollen Tisch weg, und wir gehen früh zu Bett.

* * *

Um 23:08 sitze ich aufrecht im Bett wie die Toten in Hardys Gedicht. Wenn du um 19:30 ins Bett gehst, gähnt die Nacht vor dir wie eine Gefängnisstrafe. Ein Exemplar von *Schande* steht aufgeschlagen auf meiner Brust – das hatte ich auf dem Nachttisch entdeckt. Der Strahl der kleinen Leselampe beleuchtet sein satinweißes Cover. Als ich die Hand ausstrecke, um das Buch auf den Nachttisch zu legen, fällt mir ein Satz auf, den ich unterstrichen habe. »In einer zeremoniellen Handlung läßt er sich auf die Knie nieder und berührt mit der Stirn den Boden.« Mir ist so, als hätte ich genau das etwas früher im Schlaf getan. Eine Reverenz an Anns Todestag. Obwohl ich mich nicht erinnern kann, von ihr geträumt zu haben. Stattdessen träumte ich, ich hätte in einem riesigen leeren Flugzeughangar, wo die Menschen Deutsch sprachen und auf Segways herumfuhren, nach Paul gesucht. Das ging dann über in die Suche nach meinem Auto – dem alten Crown Victoria – in einem leeren Parkhaus, in Ann Arbor vielleicht. Ich habe wie immer das Ziel, den Traum so schnell wie möglich zu vergessen, er erzählt mir sowieso nur, was ich schon weiß. Ich weiß, warum ich vielleicht von Ann geträumt habe, aber habe keine Ahnung, was das bedeuten soll – warum ich mich so niederbeugen würde.

Hungrig wie ein Löwe bin ich aufgewacht – da ich seit dem Mittagessen nicht mehr an Essen gedacht habe, und da waren es Schmalzfleisch und Ritz-Cracker, als ich Paul zu seiner Therapiesitzung ablieferte. Seine »Resterampe« steht immer noch draußen auf der Arbeitsplatte. Aber das Licht im Flur würde mich vollends aufwecken – ich lasse es immer an, damit Paul nicht stürzt, wenn er aufs Klo geht. Ist ihm schon drei Mal passiert. Ich versuche ihn zu schützen, viel mehr tue ich nicht. Für Pflegende ist die Welt eine Welt aus lauter unerledigten Dingen.

Ich schalte die Nachttischlampe aus und fummle im Nachttisch nach zwei Glückskeksen, die ich bei unserem letzten Besuch im Master Kong's erbeutet habe, ich steh nicht drauf, aber Paul. Ich befreie beide von ihren Papierchen und mampfe sie mit Wodkaresten runter. Sie sind lecker und altbacken und machen mich satt, ohne dass ich aufstehen muss. Die Fähigkeit, sich gut zu fühlen, wenn es praktisch nichts Gutes zu fühlen gibt, steht als Talent gleich neben dem Überleben von Verlust – und anscheinend verfüge ich neben der Begabung, zu vergessen, auch darüber. Als ich in der Baseball-Kinderliga spielte, wir wohnten damals in Biloxi, da wurde ich einmal auf demoralisierende Weise aus der Mannschaft (Bodenbeläge Biloxi) geschmissen, weil ich eindeutig schlecht im Baseball war. Das war der bislang finsterste Moment in meinem elf Jahre alten Leben. Man wurde nicht rausgeschmissen. Niemals. Wer nicht gut war, kam einfach nicht rein. Man blieb in seinem Sportdress auf der Reservebank, klammerte sich an seinem Handschuh fest, aber kam nie zum Spielen. Tagelang schmollte ich in unserem Haus, einem kleeblattgrünen Bungalow in Back Bay, beschämt und ohne Zukunft. Meine Mutter zeigte sich besorgt. Mein Vater redete mit mir darüber, dass man Hindernissen und der Ungerechtigkeit der Welt die Stirn bieten musste, was ich für großen Bullshit hielt. Dann, am dritten Tag meines Exils, klopfte es an der Tür. Es war Samstagvormittag. Unser Trainingstag. Draußen stand Bill Anderson, einer meiner Mannschaftskameraden, Handschuh und Schläger in der Hand. Er hatte gerade bei uns als Rechtsverteidiger angefangen. Eingeschüchtert stand ich da, und er erzählte mir, er hätte beschlossen, in ein christliches Erneuerungs-Camp in Alabama zu gehen und die Mannschaft zu verlassen. Wenn ich wolle, gebe es einen freien Platz für mich. Fast hätte ich ihn geküsst, aber wir schüttelten uns die Hand wie kleine Erwachsene. Das war das Freundlichste, was irgendjemand je für mich tun würde, bis Pug Minokur mich in den Einsamen Pinien aufforderte, es mit der Uni-Mannschaft zu versuchen. Ja, sagte ich. Ich würde hingehen. Na klar. Mir schwoll das Herz in der Brust. Bill Anderson schien mich zu verstehen.

Ich ging in die Küche und erzählte meinen Eltern von diesem unwahrscheinlichen Glücksfall. Mein Vater sagte: »Ich an deiner Stelle würde nicht hingehen, Franky. Ich würde den Drecksäcken nicht die Genugtuung gönnen.« Meine Mutter senkte den Blick zu ihrem Teller mit dem Pimento-Käse-Sandwich. Ich wusste, sie war seiner Meinung. Für sie – stolze Menschen, gebeutelt von der Großen Depression – war die Aufforderung zurückzukommen eine größere Beleidigung, als fortgeschickt zu werden. Es hätte mir noch schlechter gehen sollen als ohnehin schon.

Stattdessen war mein Gefühl – und der Grund, warum ich mich jetzt in meinem kalten Zimmer in Rochester, Lichtjahre entfernt vom Sommer 1956 in Biloxi, daran erinnerte – eher *Happy days are here again, the skies above are clear again*. Ich ging direkt in mein Zimmer, holte meinen Handschuh hervor, meine orange »BB«-Mütze (Bodenbeläge Biloxi) und die Stollen. Ich rannte buchstäblich an meinen Eltern vorbei nach draußen zum Platz, zwei Straßen weiter, obwohl das Training erst um drei anfangen sollte. Jeder Gedanke an Demütigung und grausamen Ausschluss – ich hatte deshalb schon mein ganzes Dasein in Frage gestellt – war dank der Chance, durch etwas, egal was, ein gutes Gefühl zu bekommen, ausgelöscht. Meine Eltern erwähnten die Angelegenheit nicht mehr. Meine Mutter kam sogar zu ein paar Spielen, in denen ich entweder gar nicht oder schlecht spielte. Mein Vater nie. Ich spürte, dass er eine Schwäche in mir erkannt hatte. Ich war ein Junge, der nicht mit seinem strengen Blick auf die Welt schaute. Das tat ich wirklich nicht. Mein Geist schottet sich gegen zu viel Schlechtes ebenso ab wie gegen zu viel Gutes – das war immer mein Problem. Meine Ehefrauen haben das beide als nicht gerade idealen Lebensansatz moniert. Aber ich glaube, genau so schaffe ich es, mich an meine derzeitige Serie trübseliger Vorkommnisse »anzupassen«. Vielleicht habe ich deshalb von Ann geträumt und es dann vergessen.

Jetzt, im Dunkeln, während die Kälte durchs Fenster hereinzieht, mit erstaunlich positiven Gefühlen und dem Geschmack von alten Keksen und Wodka auf der Zunge, wühle ich noch tiefer in der Nachttischschublade nach der Packung Kools, die einer der Kalbfleisches dort gelassen hat. Plus ein Heftchen Streichhölzer mit dem Aufdruck des Hotel Allerton in Chicago. Eine dieser Fluppen – trocken wie Reisig – stecke ich mir zwischen die Lippen, reiße das Streichholz an und schnaufe eine Woge heißen Mentholrauch ein. Bloß nicht falsch einsaugen, sonst fang ich an zu kreuchzen. Ich klettere mit eisigen Füßen aus dem Bett, die Kälte zieht die Pyjamabeine hoch, trete an das kaum geöffnete Fenster und blase einen Rauchtrichter in den Spalt und durch das Fliegengitter nach draußen. Es ist richtig gut, im Dunkeln im Pyjama durch einen kalten Fensterspalt zu rauchen, hinter dem eine gefrorene Welt ihre müden Knochen für die Strapazen des nächsten Tages ausruht. Ich habe nie geraucht, aber in Maßen kann das nicht so schlimm sein. Es gibt wenig genug solcher Genüsse.

Die Straße draußen ist nicht ereignislos. In dem zitronigen Natriumlaternenschimmer fallen keine Schneeflocken mehr, aber glitzernde Eiskristalle hängen in der Stille. Ein Streifenwagen der Polizei steht im Leerlauf vor dem Doppelhaus der Geiselbefreiung – Haus und Vorgarten sind mit Tatortband umwickelt, der Beamte schaut im Schein des Armaturenbretts auf sein Telefon. Die Eislaufbahn gegenüber im Kutzky-Park ist immer noch beleuchtet und liegt im Dunst. Zwei Eisläufer unterhalten sich mitten auf der Eisfläche, auf die Stöcke gestützt. Irgendwo höre ich gedämpftes Lachen. In der Entfernung summt ein Generator. Eine Brise, die ich nicht spüre, bringt eine Dachlüftung im Nachbarhaus zum Glucksen. Auf Spikes pöttert ein Auto die Bemidji Street entlang. Auf dem Bürgersteig vor der abessinischen Kirche, die mit dem Schild »Gottesdienst auf Facebook« wirbt, pinkelt im Halbdunkel eine Männergestalt gegen einen Baum, und dieser Anblick veranlasst den Beamten im Streifenwagen dazu, sein Blaulicht einzuschalten, das wiederum lässt den Mann den Reißverschluss hochziehen und Richtung Park davonschlurfen. Am Ende der Straße ragt unser Nachbar, die riesige, summende Klinik, empor wie ein Ozeandampfer. »Na komm! Wir bringen dich wieder in Ordnung«, verspricht er. »Und falls wir das nicht können, wird es dir egal sein.«

Ich nehme noch einen Zug von meiner Kool, lasse aber versehentlich Rauch in den falschen Eingang, was mich zum Keuchen und Gurgeln und Zukrampfen sämtlicher Schließmuskeln bringt, dann kommt ein strangulierter Atemzug, um überall, wo es geht, Rauch rauszulassen, und ich sehe Flecken vor Augen – die Brust schmerzt, der Kopf dreht sich, und etwas Minzig-Widerliches überfällt meinen Mund. Ich bin mal wieder der Dödel.

Ich taste mich zum Bett zurück und nehme ein letztes Rinnsal Wodka zu mir, um alles zu beruhigen. Inzwischen sieht immer mehr vom Leben erstaunlicherweise wie alles andere im Leben aus – zumindest mir geht es so. Krankheit wie Gesundheit, Wachen wie Schlaf, Freude wie Bedauern, Überraschung wie kein nennenswertes Interesse. Auch das ist bestimmt eine Eigenschaft meines Alters – oder, wie es so schön heißt, »des Alterns«. Ich altere. Ich bin gealtert. Ich bin im Erwachsenenalter. Ich bin schon älter. Ich habe ein gewisses Alter erreicht (bin aber selbst nicht gewiss, schon gar nicht selbstgewiss).

Nun also mein getreues Friedensmantra, um den Schlaf wieder herbeizuwinken. Der Frieden von Paris. Der Friedensbonus. Die Friedensbrücke. Der Friedensfluss. Der Staat mit dem Friedensgarten. Macht Frieden statt Krieg. Das Ziel der Kunst ist Frieden. Friedensrichter. Friedensstifter. Friedenspfeife. Friedensvertrag. Frieden. Frieden. Frieden. Frieden. Frieden. Frieden. Frieden. Frieden. Welcher höher ist als jede Vernunft …

TEIL ZWEI

Fünf

Um neun Uhr vormittags sind wir aufgestanden – geschoren, geschissen und geduscht – und schon mit den wichtigen Dingen des Tages befasst. Paul hat bei allem Hilfe gebraucht. Oft machen dir die Dinge, von denen du gedacht hast, du würdest sie verabscheuen, gar nichts aus. Meine pflegerischen Aufgaben zum Beispiel machen mir nichts aus. Was soll ich denn sonst tun? Was würde ich denn sonst tun? An meinem *Hausflüsterer*-Schreibtisch sitzen, aus dem Fenster auf entlaubte Eichen und Maulbeerbäume starren und mich fragen, wie ich den ganzen Weg bis zum Jetzt so verflucht schnell hinter mich gebracht habe? Während mein Sohn, von seiner Schwester gepflegt, an seiner Krankheit dahinsiecht? Undenkbar.

Paul hat sein übliches Kliniktag-Outfit an – Chinos, ein Button-down-Oxfordhemd usw., alles von Brady's Dad 'n Lad –, er ignoriert, dass draußen minus dreizehn Grad herrschen, dazu gerade genug Wind, um dich umzubringen. Er hat mit seiner Mehrfußgehhilfe gekämpft und sich dann für seinen »Handtuchhalter«-Rollator entschieden, so wollte er eigentlich nicht zu seinem letzten Auftritt in der Klinik erscheinen. Ich habe ihm sein Riluzole gegeben, das Haar zu der bewährten Glatzenverdeckerfrisur gekämmt, ihm das Gesicht mit meinem Elektrorasierer glatt gemacht, beim Zähneputzen geholfen, die Brille geputzt, Blistex auf die Lippen, English Leather-Duft draufgetupft, und all das, nachdem ich draußen vor dem Haus EisWeg verteilt und den Wagen angelassen habe, damit es drinnen warm wird. Ich habe uns Frühstück gemacht, damit ist er allein klargekommen. (Cream of Wheat-Grießbrei – er mag den glücklich lachenden Schwarzen Koch auf der Schachtel, der natürlich langsam ausgemustert wird.) Während er auf dem Klo war, hab ich zwei blaue Reisetaschen mit dem M der Uni Michigan gepackt, lange Unterhosen, dicke Socken, Pullover, L.L.Bean-Hosen, Eskimostiefel, Handschuhe und Sturmhauben, dazu seinen Chiefs-Parka und die Rollmütze. Ich setze darauf, dass wir uns gleich von der Klinik aus auf den Weg zum Mount Rushmore machen.

Paul ist schwungvoll aufgewacht, »auf zum Kennenlerntreffen«, »das Edelmetall einsacken« etc. Aber ich merke, er macht sich Sorgen – gesagt hat er das nicht –, wie er sich verhalten soll, wenn er nicht mehr die Aufgabe hat, der medizinische Wegbereiter zu sein, mit den Ärzten als seinen besten Kumpeln, und er allein auf mich zurückgeworfen ist, der ihm dabei hilft, dass das Leben noch möglichst lange ein Leben ist. Ich kann's ihm nicht verdenken.

Im Auto ist er launisch, infolge der Schwierigkeiten, mit seinem Rollator die Eingangsstufen zu bewältigen und sich dann in den Honda zu bugsieren – den er meinen »Honda Ascetic« nennt. Er hat seinen neuen Autocoat von Kohl's an und schwarze Gamaschen über seinen Slippern. Ihm ist immer noch nicht warm genug, und dass ihm trotz seiner langen Thermounterhosen und seiner irischen Hahnentrittmütze kalt ist, in der er brav aussieht, macht ihn streitlustig. »Nur Idioten frieren«, knurrt er auf der kurzen Fahrt in die Klinik zwei Straßen weiter. »Und ich seh aus, als ob ich gleich sterbe.« Seine Knie schlagen aneinander – vielleicht die Kälte oder neue faszikuläre Muskelzuckungen. Heute geht es ihm schlechter – vielleicht aus Angst. Bei Al's weiß man allerdings selten, was genau was hervorruft, klar ist nur, wenn es besser wird, dann nie für lange Zeit.

* * *

Als ich um sieben aufwachte – später als geplant –, hörte ich Paul mit seinem Stock durch das Haus stampfen und Selbstgespräche führen. »Leg das da hin. Leg es einfach da hin …« Wenn wir beide drinnen sind, habe ich das Gefühl, er ist in Sicherheit, auch wenn ich ihn nicht sehen kann. Ich hatte auf den Backenzähnen herumgeknirscht, Nachtschiene vergessen. Außerdem spürte ich Muskelkater in den Schultern und Schenkeln, was bei mir bedeutet, dass ich nicht friedlich geschlafen hatte. Pauls hingekritzelte Notizen, die ich gestern Abend stibitzt hatte, lagen auf meinem Nachttisch. Seine Handschrift, auf die er sich mal viel eingebildet hat, sieht jetzt aus, als hätte er den Stift wie einen Dolch umklammert. Wir denken gern, dass Notizen, die jemand in einem privaten Moment aufschreibt, uns entscheidende Einsichten über dessen innerstes Ich enthüllen werden. Dabei ist das, was jemand anderem durch den Kopf geht, selten wissenswert. Pauls private Notizen lauteten …

Cs Entwurf Nr. 32. Brauche RB
Wenn du ein Wetteransager bist, hast du dann Angst vor Donner?
Ich starre Frauen zwischen die Beine. Zu viel!
Oswego. Wie viele davon gibt es eigentlich? Indianischer Name?
Tätowieren lassen.
Ist meine Klappe groß genug?
Wiederverwertbare Dinge.

Keine besondere Enthüllung – außer dass sich mein Sohn nicht groß von anderen unterscheidet, die keine schwere Krankheit haben.

Auf meinem Anrufbeantworter, den ich im Bett abgehört habe, als das Morgenlicht gerade zurückkehrte, waren zwei Nachrichten. Eine von Betty. Die andere von Sally Caldwell, die mitten in der Nacht von dem Ort angerufen hatte, wo sie gerade war; oft äußert sie bei diesen Anrufen ihre Unsicherheit über den Trauerprozess, aber nicht diesmal.

Bettys Nachricht war typisch. »Frank. Ich glaube, ich hab dich draußen gesehen. Warum bist du nicht reingekommen? Ich wollte dich sehen. Bis dann.« Ihr verführerisches kleines Lachen ließ mich halb wehmütig, halb erleichtert zurück.

Sallys Nachricht war zufriedenstellender und informationshaltiger als sonst. »Hi, mein Süßer. Hab grad mittaggegessen und leg mich gleich hin. Ich denk an dich. Bald ist Valentinstag. Den du nicht besonders magst. Ich hoffe, du kümmerst dich um den ollen Paul. In Minnesota muss es eisig kalt sein. Ich erinnere mich an die Winter in Chicago, als meine Kinder noch klitzeklein waren. Brrrr. Heute hab ich grad mal nicht meine übliche Glaubenskrise, mir ist vielmehr gerade aufgegangen, dass es vielleicht nie jemanden gibt, der für jemand anderen perfekt ist. Das hätte ich vielleicht mal begreifen sollen, was dich betrifft. Ich hab dich immer als priesterlich empfunden, du wirst dich erinnern – weil du anscheinend niemanden brauchtest. Ich hab auch gesagt, es gäbe etwas Hohles in dir. Heute glaube ich, es stimmt weder das eine noch das andere. Wahrscheinlich nur gut, dass du jetzt nicht drangegangen bist. Ich hatte ein Glas von diesem unfassbar starken – *Koge* nennen die das –, es ist wie Wein, aber kein Wein. Ich hoffe, heute ist ein guter Tag für dich. Und hab am Freitag einen glücklichen Valentinstag. Ich liebe dich natürlich. Bye.« Klick.

Keiner dieser Anrufe enthielt Informationen, die für die Herausforderungen meines Vormittags unmittelbar nützlich waren.

* * *

Und das steht an diesem Mittwoch an, zwei Tage vorm Valentinstag um zehn Uhr: die Mayo-Klinik. Autos und Hotel-Limousinen und Taxis und Vans und Ubers warten darauf, an der Wagenauffahrt zum Gonda Building auszuladen. Mein Sohn ist heute anscheinend nicht der Einzige mit medizinischen Problemen.

»Klinik« ist eine typische Untertreibung des Mittleren Westens für das, was die Mayo wirklich ist – ein glitzernder, vielhäusiger, vielstufiger, viellappiger summender Koloss, den an jedem beliebigen Tag Tausende betreten und wieder verlassen, zweihundert Prozent sicher, dass, falls es Heilung für sie gibt, sie hier drin zu finden ist und dass sie gewiefte Schlaumeierchen sind, weil sie hier sind. Krankenhäuser verbreiten vor allem Angst. Hier aber geht niemand unzufrieden weg, nicht mal in einer Kiste.

Als ich 2001 herkam, um mir meine Prostata mit Titanium beschießen zu lassen – meine Tochter Clarissa traf damals die wichtigen Entscheidungen –, da war ich in einem kränkelnd konfusen Zustand, hatte mich damit abgefunden, dass ich den ganzen weiten Weg nur gemacht hatte, um hier zu welken und zu sterben. Doch als ich das »Große Atrium« betrat, ein einziges Murmeln von einem Menschengedränge, das kreuz und quer lief wie die großen Handelsrouten der Antike, den Blick fest auf das Ziel gerichtet, wo sie jeweils unbedingt hinmussten, allesamt selbstbewusst voranstrebend – Patienten, Angehörige, Ärzte, Pflegepersonal, Medizintouristen, Menschen in Rollstühlen, auf Rollatoren und Tragen, mit IV-Galgen im Schlepptau oder Begleithunden vorweg –, konnte ich sofort erkennen, dass Prostatakrebs kaum mehr als ein Vogelschiss war, um den man sich problemlos an der Rezeption würde kümmern können. Das ganze Mayo-Klima war so aufbauend, dass ich froh war, irgendetwas Schiefgegangenes in petto zu haben, damit es hier repariert werden konnte. Bei meinem Sohn lautet die Prognose natürlich anders.

Heute checken Paul und ich nicht so ein wie normalerweise. Heute Morgen sind wir VIPs. Ein Mayo-»Concierge« – eine Person, die von der Klinik zur Begrüßung und Unterstützung der Patienten abgestellt wird – tritt aus den Drehtüren in die brutale Kälte, als kennte er mein Auto. Er schiebt einen Rollstuhl und trägt einen blauen Mayo-Parka und dazu ein breites, Kaffeeatem-hereinspaziert-Grinsen, als kennte er nicht nur mein Auto, sondern einfach alles, was es über uns beide zu wissen gibt. Diese Helden sind meist in den Sechzigern, hängebackig hemdsärmlige Rotariertypen mit Hamburger-Lachen, Ex-Armeeangehörige oder Rentner aus dem Blechhandel, die sonst bei Frauchen zu Hause vorm Fernseher säßen.

»Na, das kann ja heiter werden.« Dieser Bursche legt gleich los mit

Paul und öffnet ihm die Wagentür, weil Paul es nicht kann. Er kennt uns keineswegs seit Pablo Picasso, tut aber so, er hat unsere Namen und meine Autonummer auf einer Liste stehen. Burt Lister, steht auf seinem Namensschild. Pauls rechte Hand ballt und verrenkt sich, und in seinem Autocoat und der irischen Mütze sieht er aus, als hätte er schon verloren.

»Da ist dein Kumpel«, sage ich über den Autositz nach hinten. Paul dreht sich halb um und wirft mir einen bösen Blick zu. Seine Brille ist beschlagen, die Hände flattern. »Tief durchatmen.« Ich lege ihm eine Hand auf die Schulter. »Das geht vorbei.«

»Was denn?«, schnauzt er. »Das ganze Scheißprogramm?«

»Bevor du dich dreimal umgedreht hast, sind wir schon unterwegs.« Ich lächle ihn an.

»Jetzt passen Sie mal auf, John Dillinger. Wenn Sie hier über die Stränge schlagen wollen, kommen Sie auf den Stuhl«, sagt Burt zu laut. Er lächelt und grimassiert. Eine eisige Winterbö kracht in das warme Auto. »Jetzt halten Sie sich an meiner Bärentatze fest, John, und schooooon sind Sie draußen. Okay. Ich mach's für Sie. Wer ist dieser Kerl, der Sie da herumschoooofiert? Ihr Butler?«

»Ich bin sein Dad.« Beuge mich zur Tür rüber.

»Wer braucht keinen Fahrer, was, Dad?« Burt hebelt Paul hinaus und auf die Füße, dann lässt er ihn in den überdimensionierten Mayo-Rollstuhl flatschen, hergestellt (wie ich erfahren habe) von derselben deutschen Firma, die auch die Messerschmitt-Flugzeuge gebaut hat. Jemand hinter uns fängt an zu hupen. Rückstau in der Auffahrt. Ringsum laufen Fußgänger umher. »Parken Sie einfach die Kutsche, Dad. Ich bringe unseren Cupido hier nach drinnen. Bestimmt hat er einen Witz für mich auf Lager. Der Pfundskerl.«

Paul umklammert die schwarzen Plastiklehnen des Rollstuhls und schaut schon aufgebracht drein, weil er von einem Fremden manövriert wird. Bislang hat er es geschafft, in der Klinik allein klarzukommen; heute nicht. Was ihm Angst macht. Ich lächele und überlege, ihm einen gereckten Daumen zu zeigen, aber er schaut nicht zu mir. Er schaut ins Leere.

»Mach ich«, sage ich. Die Beifahrertür fällt zu, während Paul in das überfüllte Gebäude hineingeschoben wird, ohne einen Blick zu mir. Ich zeige ihm den gereckten Daumen trotzdem, kurz die Fahne hissen.

* * *

Mein Telefon summt, als ich in das Parkhaus einbiege – bis ganz oben wird VOLL angezeigt, dort sind nur wenige Autos, und das wintrige Rochester liegt zu allen Seiten unter mir. Kein schlechter Ort für ein Sandwich an einem Sommertag. Der Anruf kommt von Betty, impulsiv gehe ich dran – obwohl ich schnell zurückmüsste. Sie hat an mich gedacht, was konnte ich mehr erhoffen. Ich sollte sie fragen, ob sie mich heiraten will. Sie hätte immer noch viel Leben vor sich, nachdem ich mich getrollt habe.

»Hi.«

»Hi. Ich hab dir auf den Anrufbeantworter gesprochen.« Wir haben fast noch nie telefoniert. Ich bin begeistert.

»Es war zu spät für einen Rückruf.« Eine Lüge – aber jetzt reden wir ja. Von hier aus – Ebene D – sieht man ringsum aufgereiht die Spitzen der Stadtgebäude, Dampfwolkenkissen steigen empor und an der großartigen medizinischen Landschaft namens Mayo mit ihrem wimmelnden Innenleben vorbei. Weit im Osten erkenne ich den beschneiten Hügel, von dem aus Paul und ich sonst die Stadt überschauen und neue Perspektiven gewinnen. Er ist ein Maulwurfshügel.

»Warum bist du nicht hereingekommen? Ich hab dich gesehen«, beklagt sich Betty. »Ich habe gewartet. Wir hatten einen Termin. Ja?«

»Ich weiß. Tut mir leid.« Sarge-Major Gunnerson und seine lächerliche Corvette brauchen jetzt nicht hochgeholt zu werden.

Betty sagt irgendwas – ein einzelnes Wort, »ja« – zu jemandem, der im Zimmer bei ihr ist oder im Flur vorbeikommt. Verwandtschaft.

»Ich bezahle die Stunde«, sage ich. Das Falsche.

»Geht es dir gut? Du könntest jetzt kommen. Ich höre Verspannung in deiner Stimme. Okay?«

»Okay«, sage ich. »Ich bin mit Paul in der Klinik. Ich kann jetzt gerade nicht.«

»Mein Produktbranding-Seminar wurde wegen Lincolns Geburtstag abgesagt. Ich kann dich auch später reinnehmen.« Der anständige Abe wird heute zweihundertelf. Hatte ich ganz vergessen.

»Das wäre wirklich toll. Danke«, sage ich. »Ich wünschte, ich könnte. Paul und ich fahren zum Mount Rushmore.«

Dazu sagt Betty nichts. Vielleicht hat sie Paul vergessen oder glaubt nicht, dass es ihn gibt. Oder sie weiß nichts vom Mount Rushmore. »Willst du mich heiraten?«, frage ich – weil ich es kann. Ich bin auch bereit zu sagen: »Ich bezahle deine Fortbildungen. Wir können ein Haus in Wayzata kaufen. Du kannst ins Fitnessstudio gehen. Wir essen jeden Abend im Restaurant.« In diesem Szenario kommt Paul natürlich nicht vor.

»Hast du eine Krise?« Wie üblich spricht sie mich nicht mit meinem Namen an. Vielleicht hat sie ihn noch nie benutzt. Ich kann mich jedenfalls nicht daran erinnern. Aber wenn wir heiraten würden, müsste sie es tun. Zumindest einmal.

»Vielleicht«, sage ich – zum Thema Krise. »Keine große.«

»Ich wünschte, du würdest jetzt kommen«, sagt Betty lieb. »Ich kann dir helfen.«

»Ich stehe ganz oben in einem Parkhaus. Aber ich springe nicht runter. Du hast nichts dazu gesagt, ob du mich heiraten willst. Ich mein's ernst.«

»Du bist der zweite in zwei Tagen, der mich das fragt.« Im Hintergrund höre ich Frauenstimmen. Geschirr klappert. Sie ist in der Küche im Amdahl-Haus, macht Toast und networkt am Telefon.

»Das ist prima.« Nur nicht für mich.

»Die Menschen sind nett.«

»Das ist auch prima. Du bist ein sehr nettes Mädchen. Eine Frau, meine ich.«

»Es gibt schon jemanden, den ich heirate.« Gleichgültig.

»Wen?« Wirklich? Den gutbestückten bandgeschmückten Sarge-Major Gunnerson bestimmt. Immer treu.

»Er ist Apotheker in den Twin Cities. Vietnamese. Der Bruder vom Mann meiner Schwester.« Ich höre Klicken auf einer Laptoptastatur. »Er ist aus Cloquet.«

»Was ist das? Ich meine, wo?«

»Bei Duluth. Im Norden. Er hat zwei Kinder. Seine erste Frau ist gestorben.« Klickediklack.

»Ist das ein ganz neuer Plan?«

»Oh nein. Kein neuer Plan«, sagt sie geistesabwesend. »Ich schiebe es nur immer raus.«

»Was ist denn mit deinen beruflichen Plänen, im Gastgewerbe? Ist dir das nicht wichtig?«

»Doch, klar. Wir ziehen wieder da hoch. In Duluth gibt es ein Wyndham Suites-Hotel mit Wasserpark.«

»Dann hab ich wohl keine Chance, dass du mich heiratest.«

»Du hast deinen Sohn. Das ist wie verheiratet.« Sie kichert. »Ich wünschte, du würdest heute herkommen.«

»Ich auch. Aber ich kann nicht.«

»Dann irgendwann später. Okay? Vergiss das Geld.«

»Mach ich«, sage ich. »Ich habe eine Valentinskarte für dich. Ich schick sie dir.«

»Okay. Du kannst das Geld reintun. Zwei Überraschungen.«

»Zwei Überraschungen. Genau.«

»Dann seh ich dich also.« Einen Namen hab ich weiterhin nicht.

»Ja. Du wirst mich sehen.«

»Ich mag dich wirklich. Okay?«

»Ich mag dich auch wirklich. Okay.«

Und so geht das hier leider auf einem Parkdeck zu Ende.

* * *

Bis ich das Innere des Gonda-Eingangsatriums erreicht habe, bin ich durchgefroren bis in die Eingeweide – der Fahrstuhl im Parkhaus war kaputt. Mayo-Bittsteller strömen durch die Drehtüren herein und hinaus. Burt Lister hat Pauls Rollstuhl zu nah an den Sog und Zug gestellt, da will ich ihn nicht haben. Er stirbt, aber er könnte sich vorher noch eine Bronchitis holen.

Pauls graue Augen funkeln, und die Füße in den Gummischuhen zappeln auf den Fußstützen des Rollstuhls. Irgendwie ist er wieder da, wo er hingehört, wie er mit Burt über alle ihre Gemeinsamkeiten labert und blökt. Burt besitzt in Oslo, Minnesota, einen Apfelgarten, wo die Leute selber pflücken kommen. Paul besaß (von seiner Schwester beaufsichtigt) ein Gartencenter in Kansas City, wo er Zwergtannen und Hängende Kirschen verkaufte. Burt ist ein Fan der Packers betrachtet aber die tüchtigen Chiefs mit Ehrerbietung. Burt ist seit je ein Curling-Athlet und sieht Chancen für Rollstuhl-Curling als spezielle Olympia-Disziplin. Burt hat früher gestottert, es aber überwunden. Paul hat ihm einen Stottererwitz erzählt, da haben sie beide gejohlt.

»Burt fährt eine große Harley mit einer Konföderierten-Flagge am Tussibügel«, sagt Paul.

Burt nickt. »Nicht alle verstehen das Symbolische daran, aber viele schon.« Kurz blitzen große Schneidezähne auf.

»Denk ich mir«, sage ich. Menschenmengen schieben sich an uns vorbei in das hoch aufragende Atrium, wo aufgereiht die Fahrstühle warten. Es ist jetzt 10:20. Wir sind spät dran.

Paul mustert mich herausfordernd. Er hat wichtige Infos von Burt bekommen und will, dass ich weiß, dass er weiß, dass ich weiß, dass er weiß, dass ich weiß.

»Okay, Houston«, sagt Burt. »Zeit, unseren Flash Gordon hier hoch in die 8E zu schaffen, Abteilung Neurologie.« Burt löst die Rollstuhlbremse, dreht und ruckelt an den Rädern. »Füße hoch. Abflug.«

»Halleluja«, sagt Paul, und dann stürzen wir uns in die Weiten der umtriebigen Mayopolis.

* * *

Das Gonda-Atrium ist ein stolzes, summendes, lichtdurchflutetes skandinavisches Fischglas, und wir sind drei Fische, die hindurchschwimmen – Burt, der emsig schiebt, Paul in Mantel und Mütze und ich das Schlusslicht, mit schmerzenden Hüften und wehem Schlüsselbein vom schlechten Schlaf, das Ergebnis davon, einfach am Leben zu sein. Eine Massage hätte gutgetan. Drüben, vor dem großen Fenster – drei verglaste Etagen, davor ein Tableau eisiger morgendlicher Rochester-Straßen im Winterschlaf –, schmalzt eine A-cappella-Gruppe aus rotbejackten alten Knaben *Edelweiss* und *Sunrise, Sunset*, und vorne bei den Fahrstühlen, wo wir hinwollen, lässt eine große, glückliche, nach Rosemary Clooney aussehende Frau in einem rosa Kleid einen Assistenzhund, einen Labradoodle, seine Gangarten demonstrieren, begrinst von Passanten. Breite Korridore bringen unablässig Fußgänger in alle Richtungen. Eine Etage unter uns befindet sich der »Subway«, eine große, röhrenförmige Shopping Mall, wo die Angehörigen der Kranken und Sterbenden und Genesenden Pizzen, Chili-Hot-Dogs und Riesensandwiches erwerben können, während sie sich nach Mayo-Nippes und mittelmäßiger norwegischer Kunst umschauen, die sie nach Hibbing heimbringen können. Es wäre problemlos möglich, im Inneren der Mayo zu wohnen – wie Quasimodo in Notre-Dame – und niemals sterben zu müssen. Die Mayo hat sich ebenso den Rätseln des Heilens wie dem Herumbefördern von Menschenmengen verschrieben, was für einen Äther aus keimfreiem Positivismus sorgt, den wir alle inhalieren können. Überdies klingt in dem sehnsüchtigen Murmeln das Glockenspiel anderer Sprachen und Intonationen mit, von Patienten aus allen Gefilden, die unter bescheidenem Lachen irgendwohin unterwegs sind und versuchen, niemanden dabei anzurempeln, dazu niest irgendwer, und ein Fremder sagt, ohne stehen zu bleiben, »Gesundheit!«. Ein Gefühl von Erleichterung und Ankommen, von Bis-jetzt-läuft-alles-gut. Kranksein ist nicht nur normal hier – es ist gut. Nur ein Depp würde es nicht lieben. Und in meiner stabil zweitrangigen Rolle dreht sich nichts um mich. Von diesem Luxus kann ich nicht genug kriegen.

Burt ist zweimal stehen geblieben, um Patienten-Passanten detailliert darzulegen, wie sie ihr Ziel erreichen. Alle haben Papiere für ihren nächsten Termin dabei und müssen hinkommen, ohne dass ihr Blutdruck durch die Decke geht. Er erklärt zwei buddhistischen Mönchen, wie sie zum Essen ins TGI Fridays auf dem Subway-Level finden. Er zeigt einem älteren Farmerpaar, wo es zur Andachtskapelle geht – der Mann trägt unkaputtbare Jeans, Can't-bust-'ems. Gut gekleidete Neuankömmlinge, eine Familie, suchen das Seminar über mitfühlende Pflege, in dem ich auch war. Burt ist natürlich nur ein Sicherheitsmann, der als Samariter *posiert*. Wahrscheinlich ist er bewaffnet, hatte mehrere Einsätze in Tora Bora und sucht jetzt einen neuen Weg, um in Teilzeit einen Beitrag zu leisten. In der Mayo herrscht das Gefühl, dass absolut jede und jeder einfach reinkommen, sich für eine Runde Chemo oder einen Herzkatheter anmelden und zum Abendessen wieder in den Twin Cities sein kann. Wenn es hier Eigentumswohnungen zu kaufen gäbe, ich wär sofort dabei.

Paul erzählt Burt gerade, dass er Al's hat und dass es gar nicht so schlimm ist. Burt ergötzt ihn mit dem »Winterlauf«, den sein Harley-Club zu den Boundary Waters bei Duluth veranstaltet. »Viel zu kalt für die Mädels«, sagt Burt. »Wir anderen bringen das locker. Sind halt viele Ex-Soldaten. Jepp.« »Kälte ist eine Frage der Klamotten, meiner Meinung nach«, sagt Paul, verblüffend. »So, bitte«, Burt, als er ihn rückwärts in den großen Fahrstuhl rollt, nach oben in die Neuro und zu allem, was ihn da erwartet. Über das Kennenlerntreffen – wohin wir unterwegs sind – haben wir gar nicht nochmal gesprochen, ob das eine produktive Idee ist. Muss er offenbar finden, denn wir gehen hin. »Ich würde in Mankato wohnen, wenn man es nach Del Ray Beach verpflanzen könnte«, sagt eine Frau, die nicht in unseren Fahrstuhl reinkommt, weil er zu voll ist, zu einer anderen Frau, die mitfährt. »Ciao.« Ein Lächeln, als die Tür zischend zugeht. »Bleib nicht zu lange weg.«

Die Neurologie ist ein Bienenstock, als Paul, Burt und ich aus dem Fahrstuhl kommen. Der große Wartesaal, wie in einem Flughafen, bietet viele Reihen halbwegs komfortabler Sitze an, einander gegenüber und zum größten Teil besetzt, eine nichtaggressive Vertäfelung, geschmackvolle, beinahe gute plein air-Kunst an den Wänden und einen langen, überlaufenen Empfangsschalter, wo gutmütige Minnesota-Mädels seit einer Million Jahren arbeiten, weil sie sonst nicht wüssten, was sie mit sich anfangen sollten. Uhren über dem Empfang zeigen die Zeit in London, Tokio, Moskau, New York und Abu Dhabi. In regelmäßigen Abständen tritt eine Schwester im Kittel durch zwei Schwingtüren am Ende des Raums und verliest mit Signalhornstimme den Namen eines Patienten von ihrem Klemmbrett. Sofort wedelt irgendwer auf einem der vielen Sitze, ruft »Hier!« und rackert sich auf. »Hi! Nennen Sie mir bitte Ihren Namen und Ihr Geburtsdatum«, sagt die Schwester und führt sie oder ihn durch die Türen. »Ist heute ganz schön frisch draußen«, zwitschert sie, um von allen Ängsten abzulenken. »Wo seid ihr hergekommen? Big Fork! Das ist ja ziemlich weit. Für die Holzlaster wird die Straße ja wohl immer geräumt. Muss ja auch sein, oder …« Die Türen schwingen zu.

Burt schiebt Paul ans Ende einer Sitzreihe, dann geht er an den Empfang, um die Aufnahmedamen wissen zu lassen, dass wir da sind. Alles Teil der VIP-Behandlung wegen Pauls Abschlussstatus bei den medizinischen Pionieren. Das Ende einer Lebensphase, der Anfang einer schlechteren. Die Damen am Empfang kennen Burt alle und lachen über irgendwas, das er gesagt hat, lassen dabei durchblicken, dass er total unmöglich ist. Auf dem Weg zu ihnen ist er sich einmal schnell mit dem Taschenkamm durch die Haare gefahren. »Okay, also passt mal auf, ihr zwei«, sagt Burt, schon wieder zurück, und beugt sich, Hände auf den Knien, in seinem blauen Mayo-Parka und den Cop-Schuhen mit den schwarzen Kreppsohlen zu uns. Der Pfefferminzhauch ist seine persönliche Note. Dichte Stoppeln sprießen aus seinen großen Ohren. Da ist doch keine Frau scharf drauf. »Wenn ihr hier fertig seid …« Burt spricht stets lauter als nötig, was die wartenden Patienten misstrauische Seitenblicke werfen lässt. »… dann sagt den Mädels am Empfang einfach, sie sollen mich anpiepen.« (Irgendwo unter seinem Parka ist ein Pieper, bei dem Sicherheits-Equipment, das zwischen Paul und ihm schon Anlass zur Verbrüderung gegeben hat.) »Dann komm ich gleich hoch und bring euch wieder runter. Easy. Okay, Catahoula?« (Das muss irgendein Minnesota-Witz sein.)

»Okay«, sage ich. »Danke. Easy.«

Burt streckt die Hand aus und knufft Paul beruhigend aufs Knie. »Immer schön die Rute hoch, Jack Dempsey. Halt die Ohren steif.«

»Was soll das denn heißen?«, sagt Paul. In seinem albernen Autocoat und der blöden irischen Mütze wirkt er verwirrt. Erst war er nicht hier, und jetzt ist er hier. Nicht das erwartete Procedere. Auf einmal mag er Burt nicht mehr so besonders. Paul schaut eingeschüchtert zu mir hoch. Burt ist wahrscheinlich kein schlechter Kerl, mal abgesehen von der Konföderiertenflagge.

»Wir lassen Sie anrufen«, sage ich. »Danke.« Burt zwinkert verschwörerisch, wirft Paul einen Blick voll erprobtem Pathos zu und strebt zurück zu den Fahrstühlen. Er hinkt, das war mir vorher nicht aufgefallen. Vielleicht ein Kriegsheld.

Paul sieht sich ungeduldig um, ob sich gleich jemand mit uns beschäftigt und uns sagt, was wir tun sollen. Gegenüber plaudern leise zwei Frauen, von Kopf bis Fuß in schwarzen Burkas, während ein dürrer arabischer Mann mit Mundschutz, der sich nicht mit ihnen abgibt, auf Englisch telefoniert – Handys sind hier streng verboten. Überall unterhalten sich ältere Ehepaare, einige mit Enkeln, in vertraulichem Ton. Mehrere Leute sitzen im Rollstuhl, einige an Sauerstofftanks angeschlossen. Die Leute kommen aus Asien (Anzug) oder Afrika (Dashikis und großer Kopfputz). Es gibt Veteranen, halb im Tarnfleck, eine Handvoll Kinderpatienten mit ihren Eltern, einen katholischen Priester. Eine vierschrötige Nonne. Zwei untersetzte Jungs aus Texas mit weißen Hüten und protzigen Stiefeln. Zwei Hutterer im schwarzen Anzug treffen gemeinsam ein. Ein bulliger Schwarzer Sportler – vielleicht ein Footballer im Trainingsanzug – mit seiner glamourösen weißen Frau. Das ist die UNO hier. Alle sind verletzlich, weil ihre Zentraleinheit von den besten Experten, die es gibt, neu gebootet werden muss. Zweimal habe ich beim Warten auf Paul auch Stars durchkommen sehen. Einmal den berühmten Mark-Twain-Darsteller Hal Holbrook. Ein anderes Mal den besten Schläger der Welt, Hank Aaron von den Boston Braves. Beide stolzierten herein, als gehörte ihnen der Laden, und gingen sofort durch die Schwingtüren, ohne aufgerufen zu werden. Meine Befriedigung in diesen Winterwochen war die Erleichterung des Ausweichens: nur zu tun, was ich tun soll, und das ohne Probleme zu erledigen. Das kommt im Leben selten vor. Auch wenn der heutige Besuch anders abläuft.

Paul sagt eine Zeitlang nichts, aber er ist zunehmend genervt. Streitlust ist seine übliche Reaktion auf Angst. Er mag es nicht, wenn nur ich da bin, um mich um ihn zu kümmern. Er will mehr Autorität haben, als ich mitbringe. Seine Finger zucken, und er hat die Mütze abgenommen, was obendrauf eine »Belagerung« von Schuppen und eine Menge kahles Gelände entblößt. Wie immer sieht er etwas merkwürdig aus.

Während wir warten, überfliege ich die heutige *Post Bulletin*, die mein Vorgänger auf dem Platz hat liegen lassen. Da finden sich zwei unabhängige Artikel über denselben tollwütigen Fuchs, der einen 6er-BMW angegriffen hat und von der Besitzerin – einer Miss Bingham – mit einem Kantenschleifer abgewehrt wurde. Es ist beim Golf ein Wolf gesichtet worden. Auf dem Bamber Lake sind vier Schneemobilfahrer durchs Eis gebrochen. Es gab eine Schießerei wegen eines Weihnachtsspielzeugs, das in der Einfahrt der Nachbarn liegengeblieben war. Eine private Cessna ist (sicher) auf der Interstate 90 gelandet. Außerdem wird, in einer längeren Geschichte, Rochester als Stadt bezeichnet, die den bereits hier lebenden Menschen sehr viel bietet, aber denjenigen, die gerade ankommen, nicht so viel, um dann die Frage aufzuwerfen, ob das was Gutes oder was Schlechtes ist. (Was Gutes, würde ich sagen.) Als Neuankömmling in Rochester, der schon immer eine urbane Einstellung hatte, interessiert mich jeder Aufwärtstrend bei Einbruchdelikten, wenn sie in Bezug gesetzt werden zu immer mehr spanischsprachigen Mitbürgern und zu der Frage, ob Zahlen je lügen. Außerdem der investigative Artikel darüber, ob die Wasserqualität Einfluss auf die Übertragung von Asperger und die entsprechenden Fallzahlen hat. Und über den »Geruch« auf dem neuen Jack-Nicklaus-Golfplatz, der direkt auf das Gelände einer ehemaligen Gerberei gebaut wurde. Die Geschichten von einem Ort sind meistens wie die Geschichten von anderen Orten. Regionale Verschiedenheiten sind nur noch Unterschiede ohne Unterschiedlichkeit. Weshalb ich Rochester mag, hier könnte ich, irgendwann in einer ungewissen Zukunft, auch leben, denn ich würde mir keine Sorgen darüber machen, woanders irgendwas zu verpassen, weil es kein Woanders gibt.

Einen Augenblick lang döse ich (fast) in dem warmen Wispern des Wartesaals ein. »Also, wenn dieser Defibrillator losgeht, dann weißt du das verdammt nochmal«, sagt jemand leise hinter mir. Ein anderer Mann spricht von abgesagten Air-India-Flügen in einem abgehackten subkontinentalen Akzent. Irgendwer schnarcht. Jemand redet davon, was für ein guter Schauspieler Tom Cruise sei. Und all das, während die Carpenters uns von 1970 her *Close To You* ins Ohr flöten … »Waaaaaaaah…«

Ohne es zu merken, starre ich eine junge, üppige Schwarze Frau in einem geschäftsmäßig aussehenden Hosenanzug – inklusive Krawatte – an, die aus der Schwingtür kommt, wo weiterhin Patienten aufgerufen werden. Sie hat ein strahlendes Showgirl-Lächeln auf dem Gesicht und kommt auf uns zu wie eine Jägerin auf ihre Beute. Vielleicht habe ich sie schon mal gesehen.

»Paul?«, singt die üppige Frau, peinlich, schon bevor sie uns erreicht, wo wir, in zwischenmenschlicher Ferne erstarrt, sitzen. »Hiiiiii. Wissen Sie noch? Meeegan?« Andere Patienten drehen sich wieder um, nach ihr, dann nach uns.

»Ja.« Paul spricht fast unhörbar aus seinem Rollstuhl heraus. Seine Füße fangen wieder an zu zappeln. Ich rapple mich auf, die Schultern tun mir immer noch weh. Diese Frau soll irgendwie Meegan heißen?

»Nicht aufstehen, nicht aufstehen, Mr. Bascombe. Bleiben Sie mal beide schön da sitzen, wo Sie sind.« Paul hat keine Wahl. Diese in jeder Hinsicht festlich aufgekratzte Frau im Männeranzug habe ich tatsächlich schon mal gesehen – ohne ihren Namen zu kennen –, nämlich in dem angstüberwölkten ALS-Familiengemenge der ersten Woche, wo ich mich bei anderen Al's-Angehörigen zum Hassobjekt machte. Auf ihrem blauen Namensschild steht »Meegan Stooks, MSW – Eventplanerin«, eine Position, die dem US-Arbeitsministerium vor 1997 nicht bekannt war und von der aus eine extrovertierte Sozialarbeiterin mit Masterabschluss von der Cleveland-State-Uni bestimmt einen Fuß in die Tür kriegen kann, sofern sie nichts gegen alte weiße Kranke hat. »Okay, passen Sie auf.« Meegan hat große Hände, große Füße, einen großen Kofferraum, perfekt weiße Zähne. Eine solide Frau über eins achtzig mit kurzrasiertem Haar, einem goldenen Ohrstecker (wie Pauls silberner), kräftigen Schuhen und wahrscheinlich einer Strumpfhose aus Stahl drunter. Für ihre Hautfarbe gibt es keinen Namen, aber sie hat tiefdunkle, makellose, glatte, wunderschöne Haut mit einigen unergründlichen Schattierungen drin. Sie leuchtet. Auf dem College war sie die Beliebteste im ganzen Wohnheim, ständig übermütig drauf, kannte alle Songs, hatte immer Bestnoten, nahm die schüchternen Mädchen unter die Fittiche, kannte jeden Spieler von jeder Mannschaft – aber war anscheinend nie mit einem zusammen. Wie sie vor

Paul und mir steht, verströmt sie das köstlichste Aroma – süße Vanille mit einem irgendwie orangigen Hauch drunter. Sie ist perfekt für die Mayo-Klinik. »Wir wollen Sie einfach feiern. Okay, Paul?« Meegan steht imposant direkt vor uns und schaut leicht verblüfft. Es fehlt nicht viel, und ihr Körper macht ein Geräusch. »Und sichergehen, dass alles so ist, wie Sie es wollen.« In ihrer Stimme schwingt eine Spur Südstaaten mit. Vielleicht der Mississippi-Teil von Ohio, was eine Garantie dafür wäre, dass sie einen zur Salzsäule erstarren lässt, wenn man sie verstimmt. Die Weißen meinen, alle Schwarzen kämen aus dem Süden.

»Wegen dem, was wir hier gleich machen werden, Meegan«, sage ich und setze meine Miene aufrichtiger, aber liebenswürdiger Besorgtheit auf. »Paul ist nicht gerade in großer Feierlaune.« Paul hat sich umgesehen, als wäre Meegan nicht hier, und schaut mich jetzt an, als hätte ich angedeutet, er wäre ein stadtbekannter Verbrecher.

»Oh nein. Nein-nein.« Meegan beugt sich überengagiert vor. »Vooooollkommen klar. Da ziehen wir am selben Strang, Mr. B. Pauls Team möchte sich nur bei ihm bedanken, weil er in der Versuchsstudie so ein unglaublicher Kollege und Pionier war, und ihm seine Wertschätzung ausdrücken. Okay? Absolut nichts, worüber Sie sich Sorgen machen müssten.«

Mr. B.

»Okay, mein Junge?«, frage ich.

»Ja. Okay«, sagt Paul.

»Bist du sicher?«

»Ja.«

»Na dann.« Meegan richtet sich auf, legt den Kopf in den Nacken und wirft Paul einen schlauen Blick zu, Marke »ich hab dich durchschaut«. Gleich wird sie ihm zuzwinkern. Sie ist ein umwerfendes Exemplar junger amerikanischer Weiblichkeit. »Wir brauchen nur schnell ein paar Auskünfte.« Aus ihrer Innentasche zieht sie ein flaches Handy hervor, an dem sie herumfuhrwerkt, damit es kooperiert. Paul starrt hoch zu ihr, er ist in eine abgepufferte Grauzone abgetaucht. Ihren Ohrstecker hat er bemerkt. »Okaaaaay. Mal sehen.« Meegan schüttelt den Kopf, gespielte Ungeduld mit der dummen ollen Technik. Dann liest sie vom Display vor: »Irgendwelche Lebensmittelallergien, Paul? Ich glaube, da unten gibt es Blechkuchen, da könnten Erdnüsse drin sein. Und eine Obstbowle.«

»Wo?«, fragt Paul. Die Füße unstet, die Finger auch – auf den Lehnen des Rollstuhls. Der Blechkuchen ist ihm nicht entgangen.

»Wir müssen den Korridor da runter.« Meegan schwenkt den Blick zum Korridor und zu den Türen, hinter denen Patienten verschwinden und wo Paul zwei Monate lang einmal die Woche hingegangen ist. »Da unten haben wir einen echt tollen Mehrzweckraum, wo alles vorbereitet ist, und Ihr Team und eine Reihe weiterer Pioniere warten schon. Alle wollen Sie sehen. Kann ich gut verstehen.« Beim Sprechen tipptippt sie was auf das Display ihres Telefons.

Paul hat keine Allergien angegeben, er hat keine. Er hat grauen Star und Hämorrhoiden und abgesehen davon bloß ALS. Sein Blick wandert zu den Türen, die sich automatisch öffnen, und zu der trompetenden Frau im Kittel mit ihrem Klemmbrett. »Achmed Faisal Atiyeh!« Ihr Ruf schallt durch den gut gefüllten Raum. »Mr. oder Ms. Atiyeh?« Keiner schaut hoch. Das hat etwas Trübsinniges.

»Ok-aaay«, sagt Meegan, während sie ihr Telefon benutzt. Ihre Hände sind glatt und jung und geübt, die Fingernägel elfenbein und makellos. »Macht es … mal sehen … würde es Ihnen was ausmachen, wenn Ihnen dort im Raum jemand von der Öffentlichkeitsabteilung ein paar Fragen für den Newsletter stellt? Nur ein paar einfache Fragen.«

»Was?« Paul leckt sich mit der Zunge um den kreisrund geöffneten Mund. Das deutet bei ihm auf größere Aufregung hin. Irgendwas verstört ihn. Diese erschlagende Frau. Eine Änderung der Routine. Ein Mini-Schlaganfall.

»Hm. Das weiß ich echt nicht!«, sagt Meegan. »Nichts allzu Aufdringliches. Ich glaube, ein Fotograf ist auch noch dabei.« Sie sperrt ihre perfekt braunen Augen auf. Sie schaut auf ihrem Handy etwas nach, klickt Felder eines digitalen Plans an, den nur sie sehen kann. »Meinen Sie … meinen Sie, Sie brauchen einen Rollstuhl?« Ihr Blick findet Paul, der in einem Rollstuhl vor ihr sitzt. Er starrt zurück.

»Nein.«

»O-kay!«, sagt Meegan. »Rollstuhl nö«, ohne aufzuschauen. »Können Sie hundertzwanzig Meter laufen?«

»Weiß nicht«, krächzt Paul.

»Gaaaaar kein Problem.« Klick, klick, klick. Sie schaut wieder zu meinem Sohn hinunter und lächelt ihn flirtend an. »So! Bereit für die große Paaaaty? Wir haben auch ein schönes Geschenk für Sie.«

»Was denn?«, fragt Paul.

»Oh, das werden Sie noch sehen, junger Mann. Die Leute machen gern ein bisschen Aufhebens.«

Paul sieht zu mir hoch. Zu seinem Vater. Neben ihm. Ich muss ihm helfen. Ich weiß nicht, wo ich anfangen soll.

»Ist das alles für dich okay, Paul?«, mehr bringe ich gerade nicht zustande. Wieder mal.

»Okay«, sagt Paul. »Okay, ja.«

»Na klar ist es das«, sagt Meegan, steckt ihr Telefon weg und schaut auf die Uhr, ein zartes goldenes Armband, das am Ende ihres Jackenärmels ins Handgelenk eingesunken ist. »Diesen Mann können wir nicht bremsen, was? Kommen Sie auch, Mr. B. Kommen Sie, gleich hier entlang.« Sie tritt überraschend hurtig beiseite und lässt uns beide nebeneinander auf unseren Stühlen sitzen.

»Ich muss ihn schieben«, sage ich und rapple mich unerwartet mühevoll hoch, meine Schulter macht innere Scharrgeräusche, die nur ich hören kann. Ich lasse Pauls irische Kappe auf seinen Schoß fallen. »Um deine Kappe kümmerst du dich selber, oder?« Er sagt nichts.

»Kommen Sie mit, Sie beide, hier entlang.« Meegan ist schon drei Meter vor uns, strebt voran, dreht sich aber um, dass wir schneller machen sollen. »Okay«, sagt sie. »Sie haben schon einen Rollstuhl. Ich verstehe.«

Wir sind mal wieder anderen Patienten aufgefallen. (Zwei Arschlöcher, die sich vordrängeln, mit ihrem VIP-Status wedeln, während wir hier leiden. Immer dasselbe.)

Ich schaffe es hinter Pauls Rollstuhl. »Füße hoch, aus dem Weg«, sage ich streng. Die trompetende Schwester steht da, wo wir hinfahren. Sie lächelt Meegan wissend an, dann auch uns, strahlend. »Ejner Jensen«, ruft sie in den Raum voller Patienten. Was ist mit Mr. oder Miss Atiyeh passiert? »Hier. Ejner Jensen«, ruft einer von hinten. »Komme.«

»Hier entlang, Dad«, mahnt Meegan. Ich bin – wir sind – nicht schnell genug. Sie wirft uns über die Schulter ein drängendes Eventplanerlächeln zu. Es ist halb elf. Halb acht in Abu Dhabi. Ich habe Bleifüße. Der Korridor vor uns ist eine lange Passage glatter, fluoreszierender medizinischer Aktivität. Personal in grünen Pfleger- und weißen Doktorkitteln, jemand schiebt eine Trage, könnte eine Leiche an Bord haben. Zwei Schwestern kommen aus einem Zimmer und fallen in Laufschritt, von uns weg. Zwei Schwarze Weißkittel schlendern lachend daher. Das ist wie *der lange Korridor* mit den wehenden Vorhängen, den die Dahinscheidenden sehen und wir anderen hoffentlich nie.

»Es ist Nummer 16. Direkt voraus«, sagt Meegan und scheucht uns weiter. »Gleich rechts. Alles schon vorbereitet.« Ein paar Schwestern sind gerade in den Raum hineingegangen – Dr. Oakes war dabei. Zwei weitere Ärzte dahinter – einer davon ist Dr. Pommes Frites, dem ich nur zweimal begegnet bin und der genauso aussieht, wie ich ihn mir vorgestellt hatte – alle sind natürlich am Telefon.

Nummer 16 hat eine grün leuchtende Raute über der Tür, mit anderen Worten *In Gebrauch*. Ich fühle mich hier nicht gerade auf sicheren Füßen. Ich will auf keinen Fall sagen, es wäre wie ein Traum – weil nichts jemals wie ein Traum ist. Aber dieser Korridor, summend, unpersönlich, unheilvoll, das ist tatsächlich der Traumkorridor des Todes, und ich schiebe meinen Sohn hier entlang. Wenn du an seiner Stelle bist, gibt es hier nichts zu feiern. Warum müssen die Menschen jeden Scheiß feiern? Warum ist eine Beerdigung ein »Fest des Lebens«? Warum »feiern« düstere Priester ihre Messen? Was ist los mit den Leuten?

»Paul, ich finde, wir sollten hier auf der Stelle abhauen und direkt zum Mount Rushmore fahren.« Das sage ich, sechs Meter bevor wir die Tür zu Raum 16 erreichen, wo Meegan mit einem Bestatterlächeln unser harrt. Eine Frau im Rollstuhl wird gerade hineingeschoben, nicht in so guter Form wie Paul Bascombe, aber trotzdem eine Pionierin. »Ich halte das für keine gute Idee.« Ich kann mir nicht verkneifen, das zu sagen. »Du brauchst nicht gefeiert zu werden.«

Paul hat nichts gesagt, als wir über den hellen Niedergang des Todes gerollt sind. Nur vor sich hin gestarrt. »Gefeiert dafür, dass man krank ist«, sagt er, die Finger klopfen rat-ta-tat auf die Lehnen, die Füße hoppeln auf den Fußstützen. »Das können wir schwänzen.«

»Okay-ay«, ruft Meegan uns zu, als ich mit Paul eine Kehrtwende mache und ihn und mich zurück zu den Schwingtüren und dem Meer der geduldigen Patientengesichter schiebe. Die trompetende Schwester ruft den nächsten Pilger zu seiner oder ihrer vorbestimmten Stunde auf. »Babiak. William Babiak.« Kommen Sie doch bitte.

* * *

Als ich uns eilig durch die strömende Menge im sonnendurchfluteten Atrium bugsiere, erspähe ich Burt Lister in seinem Parka, mit den Arktis-Handschuhen, ohne Mütze, der ein paar Schwestern in rosa Kitteln vollquatscht und ihnen Honig um den Mund schmiert. Deswegen macht er sich die Mühe mit dem Job – Livekontakt mit den scharfen Ladys, ohne dass seine Frau davon erfährt.

Ich peile die Drehtür nach draußen an und hoffe, Burts Aufmerksamkeit nicht zu erregen, falls es einen Alarm gibt – *Amber Alert*, Vater hat Sohn gekidnappt usw., trotz aller guten Absichten. Man weiß selten genug, wann Schluss ist. Paul äugt wieder auf dem medizinischen

Forum herum und konzentriert sich auf eine letzte Schnappschuss-Erinnerung. Die 80-jährigen A-cappella-Sänger am Ende des Atriums haben gerade unter spärlichem Applaus *If I Had a Hammer* beendet und nehmen das Kampflied der Michigan-Uni in Angriff, um ein Lächeln von den alten Alumni unterm Wappen des Vielfraßes zu ergattern, die auf dem Weg zu Endoskopie und neuem Knie sind. Paul dreht sich mit einem scheelen Blick um. Er hat seinen irischen Deckel wieder auf und sieht mit dem Autocoat aus wie ein älterer bebrillter Pfandleiher, den sein Neffe auf einen Ausflug mitnimmt.

Leider erspäht uns Burt aber doch. Zumindest erspäht er Leute, die er irgendwie wiedererkennt. Die Schwestern sind davongehuscht. Er steht allein neben einer Tafel an der Fahrstuhlnische, »Seminar über Mitgefühl-Fatigue«, ein roter Pfeil weist nach unten. Die morgendliche Menge strudelt um uns herum – auf Krücken, Rollatoren, Elektrorollstühlen –, alle haben Papiere dabei und wirken wie eine verkleinerte Version ihrer selbst. Burt überwacht das Gedränge wie ein Schupo, auf der Suche nach jemandem, dem er seine Hilfe aufzwingen kann. Sein Blick streift uns. Ich starre ihn direkt an, damit ich unvertraut wirke. Aber das große Gesicht hellt sich auf. Er legt den Kopf schief, erhebt die Hände resignierend, auf die Läuft-doch-immer-so-Art. Dann serviert er mir den internationalen Eigenhandschlag, wie ihn die Shriner, Rotarier und Kiwanier auf der ganzen Welt pflegen. Und genauso schnell sind wir auch an ihm vorbei – während die A-cappella-Gruppe immer noch »Heil den tapferen Siegern!« schmettert.

»Ich muss pissen wie ein Pferd«, knurrt Paul und schaut geradeaus, zusammengekrümmt, als hätte er Schmerzen. Das ist das Riluzole. Noch hat er sich nicht in die Hosen gemacht, soweit ich weiß, und dass ihm das bevorsteht, beschämt ihn.

»Bin dran«, sage ich und verändere den Kurs Richtung HERREN. Mayo hat überall Toiletten. Diese Mission kann Paul meines Erachtens solo bestehen. »Kriegst du es hin, wenn ich dich reinrolle und schon mal den Wagen hole?«

Er sagt: »So ist der Tod. Die ganze Zeit pinkeln müssen.«

»Damit hab ich ein bisschen Erfahrung«, sage ich. Hab ich auch. Immer noch. »So richtig sterben tust du ja nicht.«

»Ich sterbe unrichtig«, sagt er. »Besser? Ich denke in etwas grobkörnigerer Weise an den Tod als du, Lawrence.«

Ich schiebe ihn direkt bei den HERREN hinein, wo es hallig und geruchlos ist, bis vor die Reihe Urinale, die sich makellos präsentieren wie ein Altar. Sonst ist niemand hier. Paul rutscht schon mit heraushängender Zunge herum, während ich die Räder mit der Bremse fixiere, damit er sturzfrei aufstehen kann.

Als er steht, dreht er mir, wie ich den Rollstuhlbügel für ihn festhalte, eine Grimasse voller Abneigung zu. Vor der Pissoirtür drängen sich Kommende und Gehende. Ein Hund bellt. Handys klingeln. Die A-cappella-Gruppe ist fertig mit den *Siegern* und schmalzt jetzt *Heartaches*: »Heartaches, har-har-har-taches, it doesn't matter how my heart aches ...«

»Zisch ab, Lawrence.« Paul kämpft mit dem Reißverschluss seiner Khakihose, den Kopf gesenkt, die Knie an das Urinal gepresst, die Mütze könnte jederzeit da reinfallen.

»Pass auf deine Mütze auf.«

»Pass auf meine Mütze auf«, sagt er. »Okay. Ich pass auf meine Mütze auf. Hilft das dann auch beim Pissen?« Er steht nicht auf sicheren Füßen.

»Vielleicht.«

»Mach dich mal nützlich. Hau endlich ab hier, verdammt.«

Ich möchte ihm gern helfen. Das ist der einzige rote Faden in meinem Leben in genau diesem Augenblick. Aber ich kann es nicht, er will es nicht. Ich überlasse ihn seinen beeindruckenden Anstrengungen und hoffe das Beste.

* * *

Mein Auto vom eisigen Parkhausdach herunterzufädeln ist keineswegs ein Kinderspiel. Ich habe keine Ahnung, wo der Parkschein gelandet ist, mein Gespräch mit Betty Tran hat diese Information aus dem Gedächtnis geklingelt. Während ich wie ein Geschoss die ganzen Etagen voller Autos auf der Kreisbahn runterwirbele, fluche ich, dass ich gleich für ein ganzes Jahr Parken werde blechen müssen statt nur für eine Stunde. Doch zufällig muss sich ein früherer Kunde erzürnt vor demselben Nadelöhr befunden haben und ist direkt durch die Schranke gepflügt, was sie in Splittern überall auf dem beschneiten Beton verteilt hat – jemand mit schlechten Nachrichten aus der Kardio, der beschlossen hat, für ihn gelten keine Regeln mehr.

Als ich in die Durchfahrt der Klinik einbiege, fünf Autos vor mir, ist Paul der Inbegriff von allem, was Verzweiflung ausdrückt. Bei der Eiseskälte im Rollstuhl draußen gestrandet, keucht er in der stechenden Luft, grimmige Miene, während immer mehr Kommende und Gehende sich an ihm vorbeischieben – da ist irgendwas nicht so gelaufen, wie er wollte. Vermutlich hat es drinnen irgendeine kleine Szene gegeben, sonst wäre er jetzt nicht *draußen*.

Sein Mund ist schon zugange, bevor ich nahe genug heranfahren kann, um auszusteigen. Ein Schwall Schimpfwörter. Alle seine Lieblinge. Er hebt die Arme hoch, als richtete jemand eine Waffe auf ihn, und schwadroniert und schwadroniert. Jemand anders – ein weniger guter Vater – würde womöglich weiterfahren.

Schnell bin ich draußen im Wind auf dem Asphalt, hier darfst du nicht lange halten, sonst kriegen sie dich gleich dran. Ich manövriere meinen Sohn und seinen Rollstuhl auf die Wagentür zu. Andere Autos schließen auf. Einer in einem Lieferwagen findet, es ist Zeit zu hupen. Einer aus Iowa.

»Was ist passiert?«, frage ich. Pauls Gesicht ist in finsterer Rage gefroren. Er riecht nach English Leather und Blistex. »Mach einfach einen Schritt. Vor einer Stunde bist du zu Fuß zum Auto gegangen.« Nur, jetzt kippe *ich* – rückwärts – in das Auto und ziehe Paul fast auf mich drauf. Das fällt auf. Sofort ist ein anderer Mayo-Concierge zur Stelle – nicht Burt Lister –, packt mich mit einer großen Pranke an der schmerzenden Schulter, während er Paul mit der anderen aufrecht stabilisiert. Wir sind zwei alte Kämpen, die der Schiedsrichter auf Abstand hält.

»Ihr Mädels habt zu früh mit Paartanz aufgehört, wenn ihr mich fragt«, sagt der große Mann mit dem schiefen Grinsen der mühelosen Anstrengung. »Einfach unter meinen Ellbogen schlüpfen, und dann geleite ich den Junior hinein.« Unsere Pein ist sein Spaß. Sein Atem macht mehlige Wolken vor meinem Gesicht.

»Okay«, sage ich. Plötzlich bin ich außer Atem, kann mich aber immer noch wegducken und zurückbewegen, so dass ich aus dem Weg bin, und auf dem Kotflügel abstützen. Ich höre, wie jemand hinter mir sagt: »Himmel.«

Dieser massige Helfer ist das Körperdouble des alten Vikings-Trainers Bud Grant – hat nie einen Super Bowl gewonnen, die Kinderlähmung besiegt und die Herzen aller Minnesotaer erobert, obwohl er aus Wisconsin stammte. Er kaut Dentyne-Kaugummi (ich dachte, das gibt es gar nicht mehr). Auf seinem Namensschild steht Fred Durkee.

»Bitte sehr, Mister«, sagt Bud Grant/Fred Durkee und schiebt Paul seitwärts auf den Beifahrersitz, hebt die Beine an und steckt sie hinein, als wären sie zerbrechlich. »So halten wir den Schaden in Grenzen. Schnallen Sie sich besser mal an. Mit diesem Typen da könnten Sie eine wilde Fahrt erleben.« Mit mir.

Paul hat nur Einverständnis gezeigt – nicht mitgeholfen. Vielleicht ist ihm die Bud-Grant-Ähnlichkeit auch aufgefallen.

»Und, sind wir fahrtüchtig, Väterchen?« Wie Bud ist Fred vierschrötig attraktiv, gut in den Siebzigern – frische weiße Haare, scharf geschnittene Züge mit umfältelten Augen, tellergroße Hände. Ein ernst zu nehmender Konkurrent des ollen Burt oben bei den Damen vom Empfang. Dabei sind in Wahrheit Burt und er derselbe Mensch.

»Ich bin startklar«, sage ich. Ich atme zu viele Abgase ein und muss ins Auto. Außerdem grinse ich – nicht aus Frohsinn, Vergnügen oder

Dankbarkeit, sondern so, wie Leute grinsen, die nicht wissen, was sie tun sollen. »Vielen herzlichen Dank«, mehr bringe ich albernerweise nicht zustande, vielleicht bei dem Motorengeheul und Autohupen nicht laut genug, dass er mich hören kann. *Väterchen*.

Paul starrt mich grimmig an.

»Versuchen Sie, nicht so zu fahren wie in New Jersey«, sagt der große Fred. »Ich war da unten mal. Echt was anderes.« Er hat mein Nummernschild gesehen. Er winkt dem Lieferwagen hinter uns zu. Ich muss los.

»Ja. Okay«, sage ich. Ich grinse immer noch. Eine männliche Umarmung oder ein Faustcheck – kommt nicht in Frage. »Vielen herzlichen Dank«, sage ich, noch einmal.

»Beehren Sie uns wieder. Wir sind immer hier«, sagt Fred Durkee und dirigiert die ersten Autos um uns herum.

Mehr Zeit zum Verabschieden gibt es nicht.

Sechs

Pauls Pinkelpause (er findet, ich habe ihn sitzengelassen) hat traurigerweise zu einer durchnässten Hose geführt, da lässt sich im Auto nichts machen. Als Prostataveteran weiß ich in diesen Dingen Bescheid und bin voller Mitgefühl. Paul hat vor lauter Eile und Ungeschicklichkeit auch noch den zarten Zipfel seines Pimmels mit dem Reißverschluss seiner Khakihose eingeklemmt, und die alles lahmlegende Wunde hat er noch verschlimmert, indem er den Reißverschluss über dieselbe Stelle zurückgezogen hat – doppelt so schmerzhaft. Den schwallartigen Blutverlust hat er mit einem Papiertuch stoppen wollen, das aber immer noch durchsuppt.

»Irgendein fetter Helfer kam rein und fragte, ob er mir helfen könnte oder jemand rufen sollte.« Er sitzt stinksauer neben mir im Auto, geballte Fäuste, Schultern verkrampft, Ellbogen am Körper, Gesicht leicht wächsern.

»Hast du ihn gelassen?« Ich fahre uns.

»Ich hab ihm gesagt, alles wär in Ordnung, hab den Rollstuhl in die Scheiß-Behindertenkabine bugsiert und meinen Schwanz eingewickelt. Ist nicht so schlimm. Ich hab mehr als genug Schwanz. Tat bloß scheißweh.«

»Müssen wir irgendwas machen? Zum Notarzt fahren?«

»Vielleicht könnte mich eine Krankenschwester zusammenflicken.« Trostsuchend schließt er die Augen. »Es ist okay. Muss ich es nochmal sagen?«

»Was ist unser Ziel?« Ich fahre uns zurück in die New Bemidji Street, bin aber bereit, auch zum *Wolkenkuckucksheim* aufzubrechen, das Kommando über den *Warmen Wind* zu übernehmen und uns auf den Weg zu bringen. Die Alternative wäre, hierzubleiben und zur Feier des Lincoln-Geburtstags den trüben Tatsachen in einem trüben Nirgendwo, Nirgendwann ins Auge zu sehen. Wie alle mit frischem Abschluss ist Paul nur zurück in die Gegenwart entlassen worden.

»Fahren wir nicht nach Mount-Dingsda und machen endlich mal irgendwas? Keine Ahnung. Ich komm einfach mit auf Tour. Das Kennenlerntreffen hab ich ja verpasst.«

»Willst du zurück?«

»Was war wohl das große Geschenk, was meinst du?«

»Ein Gratis-Radwechsel. Was weiß ich. Wie ist der Stand bei deinem Schwanz?« Da wird er nicht widerstehen können. Auf seinem Sitz zusammengesunken wie ein Sack irische Kartoffeln, wendet er den Blick ab, als wir an dem Blinden des Viertels vorbeirollen, der über den vereisten Bürgersteig tappt und hinter seiner Blindensonnenbrille hofft, dass er nicht vom Rand der Welt runterfällt. Paul arbeitet an einer Killerreplik und unterdrückt ein verschrumpeltes Lächeln. So ist er, seit er dreizehn war – ein Fluchtkünstler vor dem tristen Alltag des Lebens. Doch jetzt ist er in *diesem* Alter, allein mit mir in Minnesota, krank und unterwegs an einen Ort, wo er nicht hinwill. Da liegen die Witze nicht so nahe.

»Kennst du die Botschaft des Tages, Lawrence?« Er starrt geradeaus die wintrige New Bemidji Street hoch.

»Der muss jetzt aber gut sein.« Wir stehen vor unserem Haus. Ich habe vergessen, den Recycling-Müll rauszustellen, die Nachbarn natürlich nicht.

Paul sagt: »Vielleicht sollte es doch mal einer wagen, alte Menschen zu schlagen. An der Ball-State-Uni gibt es neue Forschungsergebnisse dazu.« Seine Knie tanzen Jitterbug. Vielleicht ist er schon glücklich.

»An dem musst du noch arbeiten«, sage ich.

»Halt's Maul. Was ist die beliebteste Körperfunktion? Das ist weniger eindeutig, als du denkst.« Er wirft mir einen scharfen, starren

Blick zu, die Zunge fuhrwerkt zwischen den feuchten Lippen herum, und seine armen müden Augen hinter der Brille sind fest auf mich gerichtet.

»Schluckauf. Was weiß ich.« Der Blinde holt auf.

»Das sagen alle. Versuch's nochmal.«

»Furzen. Du furzt die ganze Zeit. Das muss dir Spaß machen.«

»Das ist etwas Persönliches. Ich frag dich nochmal, wenn wir in Nebraska sind.«

»Wir fahren nicht nach Nebraska. Nach South Dakota.«

»Egal. Alles eins.«

»Brauchst du was aus dem Haus? Kleider hab ich schon gepackt.«

»Ich wäre heute am liebsten woanders. Was komisch ist. Denn ich bin ja woanders.« Sein rundes Gesicht voll Verzweiflung und Ratlosigkeit schaut mich vom Beifahrersitz an.

»Es gibt komischere Dinge.«

»Klar, ich weiß.«

Natürlich wünsche ich mir, ich könnte ihn blitzschnell zu einem wirklicheren Irgendwo schaffen, wo alle Witze zum Brüllen sind und wir rumalbern könnten wie die Affen – aber heute sind das weit entfernte Außenposten für uns. Wir zwei sind jetzt zusammen allein, unterwegs dorthin, wohin wir unterwegs sind. Zwei komische Vögel im Wolkenkuckucksheim.

* * *

Paul verlangt mehrere Last-Minute-Reisenotwendigkeiten. Seinen Laptop. Eine Auswahl an T-Shirt-Novitäten (»Ich seh dich nicht, wenn du mich nicht siehst …«, »Genie an der Abreit«, »Nicht witzig«). Er reißt sich den Autocoat, den irischen Deckel und die blutigen, vollgepissten Hosen vom Leib. Er tut seine neuen superglatten Sackloch-Beutel dazu (sechs pro Schachtel). Außerdem sein dickes »Voraussagen«-Buch, das die nächste Rekrutierung der National Football League vorwegnimmt – wo Kansas City vorhat, die Angriffslinie zu verstärken, plus einen neuen Runningback einzukaufen. Er nimmt außerdem den mit rotem Samt gefütterten Schutzkoffer mit, in dem er Otto, seine Bauchrednerpuppe, aufbewahrt. (Ich hatte gehofft, seine funktionsbegrenzte Fingerfertigkeit würde Otto zu einem Rohrkrepierer machen, aber von wegen.) Und dann will er noch die neue John-Denver-Biografie. Denver hält er für ein »massives Talent«, hoch oben mit Tony Newley und Ute Lemper, aber trotzdem ganz anders als sie, »und das macht ihn so herausragend«. Viel zu viel Mist für eine dreitägige Reise. Aber alles ist gut, Hauptsache, wir kommen endlich los. (Ich nehme nur mit, was in meiner Uni-Michigan-Reisetasche ist, dazu meinen Taschen-Heidegger, der mich garantiert binnen fünf Minuten in Tiefschlaf versetzt, mehr verlange ich ja gar nicht.)

Um halb zwölf hat Paul seine »kleine Wunde« versorgt. Ich habe Dagwood-Sandwiches mit Pastrami, Meerrettich, süßen Gurken, Sardellen und stinkigem Limburger auf Pumpernickel gemacht – Paul sagt, er schmeckt nichts davon, aber nachdem ich es für ihn kleingeschnitten habe, schlingt er alles runter. Und gegen Mittag sind wir in meinem Honda Ascetic auf dem Weg zur Route 52 North und zum *Wolkenkuckucksheim*. Alles nicht so bemerkenswert – wenn nicht der eine ALS hätte und der andere sein Vater wäre.

* * *

Draußen auf der Einkaufs-52 ist der Mittwoch zu einem Tag mit wolkenlosem, herzzerreißendem Arktishimmel geworden, der mich vor allem an den Sommer erinnert. In Richtung Vorstädte geht ein stetiger Strom UPS- und FedEx-Verkehr. Ungewöhnlich viele Autos tragen Trump-Aufkleber – die Wahl, die Amtsenthebung, aber mit dieser landesweiten Busby-Berkeley-Choreografie kann ich mich gerade nicht beschäftigen. Wenn du dich um einen dahinschwindenden Sohn kümmern musst, gibt es nicht viel anderes.

Ich spüre, zugegeben, ein großes Nachlassen der Anspannung, einfach nur, weil wir unterwegs sind. Und Paul neben mir lebt auch sichtlich wieder auf. Seine »Wunde«, das gestrichene Kennenlerntreffen oder der Todestag seiner Mutter, nichts davon wird erwähnt. Heute Morgen hat seine Schwester angerufen, sie weiß, die Medikamentenstudie ist beendet. Aber ich habe beschlossen, heute nicht mit ihr zu reden, denn unser Ausflug würde ihr nicht gefallen. Sie will, dass er nach Scottsdale zieht, und was er da tun soll, weiß kein Mensch – besser als mit mir, der ich rund um die Uhr für ihn da bin, kann es nicht sein.

Paul sieht vorbeiziehende Schilder zum Valentinstag. Er beharrt darauf, dass er nie an Karten zum Valentinstag »gearbeitet« habe. Bei Hallmark sei das ein »Alibifeiertag« gewesen – ein Alibi, um Geld für irgendwas Idiotisches auszugeben. Der Valentinstag »hat als Feiertag an Boden verloren, demografisch gesprochen«, sagt er. Der liege überwiegend Republikanern am Herzen. Eine Weile redet er über seine Recyclingideen, dass normalerweise weggeworfene Gegenstände grundsätzlich wiederverwendet werden sollten. Nachfüll-Kugelschreiber, Pflaster, Q-Tips, Kaugummi, Zahnbürsten, Damenbinden. Die Technologie kommt schnell voran, sagt er. Bald wird nichts mehr als Abfall gelten.

Und dann sind wir da – beim *Wolkenkuckucksheim*. Das Gelände glitzert vor Eis und ist frisch geräumt. Eine neue Anzeige auf dem Schild-auf-Rädern erinnert die Autofahrer an die Sonderaktionen zum Valentinstag: Sumpfpumpe, Abwassertank und amerikanische Flaggen – naiver Anflug von unverblümtem amerikanischem Kommerzoptimismus, der mit »Wenn wir's nicht haben, brauchst du's nicht« wirbt. Der Erotik-Outlet und der Waffenladen sind gut besucht – Sextoys und Schnellfeuergewehre, eine super Valentinskombi. Der *Warme Wind* steht vor dem Bürowagen, aus dem Doppelauspuff pöttert dünner Qualm heraus. Auch aus dem Metallschornstein steigt Rauch auf. Kristas gelber Smart steht an der Seite, wie gestern.

»Wo sind wir hier eigentlich?« Paul war nur im Dunkeln hier.

»Da, wo wir dieses edle Ross mieten.« (Den *Warmen Wind*.) »Deinem Wunsch entsprechend. Wie schnell sie doch vergessen.«

»Der sieht anders aus.« Er schaut aus dem Fenster auf den großen roten Dodge. Der Camper-Teil ist in verblassterem Wasserblau und Beige, als ich in Erinnerung hatte. Teile der Aufschrift »Warmer Wind« sind über die langen Dienstjahre abgeblättert. Auf all diese Aspekte hatte ich nicht so recht geachtet.

»Wir müssen das nicht machen«, sage ich.

»Wir haben bereits eine Grenze überschritten«, sagt er und schaut so ernst wie Larry Flynt drein. »Kommt drauf an, ob *du* das packst.«

»Ich packe das. Ich hab doch kein ALS. Ich bin bereit.« Nur halb wahr. Ich bin mir nicht sicher, welche Grenze wir überschritten haben.

»Packst du es, dass ich ALS habe?« Er nennt es jetzt beim richtigen Namen. »Kannst du den Krüppel auch noch in South Dakota managen oder wo zum Teufel das ist? ›Hab lang nichts mehr hingekriegt/ Weil auf mir ein Schatten liegt.‹ Tony singt das.«

»Hab ich es bis jetzt etwa nicht gepackt?«

»Nein. Weiß nicht. Du bist ein komischer Kacker.« Aus irgendeinem Grund seufzt er, als würde ihn das Gespräch schon langweilen.

»Und was bist du, deiner Meinung nach?«, frage ich und halte vor dem Bürowagen.

»Vollkommen normal. Ich bin das Pin-up für würdiges Sterben. Ich könnte Fernsehwerbung machen. Wofür könntest du werben?«

Für rundherum leidende Väter. Ich sage es nicht. »Wahrscheinlich gar nichts.«

»Deppen auf dem Deppenkanal, moderiert von Tommy Depp.« Er grinst, mit sich zufrieden.

»Ist das dein Maßstab? Wofür du Fernsehwerbung machen kannst?«

»Von nun an wirst du danach beurteilt. Jedenfalls von mir.«

»Okay. Kein Problem.«

»Für dich ist gar nichts ein Problem. *Das* ist dein Problem. Es heißt, dass eigentlich alles ein Problem für dich ist. Hansdampf in gar keiner Gasse. Hat Ann gesagt.«

»Du meinst Ann, deine verstorbene Mutter?« Heut hab ich kein Glück.

»Sie meinte, du wärst bestimmt glücklicher nach ihrem Tod, weil sie dich immer an all deine Fehler erinnert hat.«

»Das ist nicht wahr.«

»›Vielleicht hab ich recht, vielleicht irre ich mich / Vielleicht, dass ich irgendwohin gehör – oder auch nicht‹. Wenn du mich fragst, bist du ein Arsch.«

»Willst du zurückfahren? Ich kann uns zurück nach Haddam bringen.«

»Damit was genau passiert? Willst du zurück nach New Jersey? Ich nicht. Ich will hier in die Gänge kommen. Mount Rushmore sehen und sterben. Das ist mein Motto.«

»Dann ziehen wir das durch. Zumindest den ersten Teil.«

»Genau. Zieh es durch, Lawrence. Du bist mich doch sowieso schon leid.«

»Nein, bin ich nicht. Ich bin dich gar nicht leid. Du irrst dich.« Ich sollte es nicht sagen müssen, aber ich tu's.

»Okay.« Traurig schaut er hinaus auf den *Warmen Wind* im Leerlauf. »Tu, was du zu tun hast. Ich warte einfach hier.«

* * *

»Ich hab Pete gefragt, ob wir Sie wohl wiedersehen würden«, sagt Krista von ihrem Business-Schreibtisch aus, hinter ihr aufgereiht die Wand mit den kriegerischen Fotos, Kampforden und ausgestopfter Muskellunge-mit-Ente. Sie sperrangelt ihre Augen auf und lächelt mich an. Hier drin ist es wieder brüllheiß. Auf den Vermietungspapieren, die ich zu unterschreiben habe, liegt ein Schlüsselbund.

»Ich hatte noch einiges mit meinem Sohn zu verhandeln.«

»Jepp. Verhandeln, das lernt man als Krankenschwester. Die Menschen kommen an ihr Ende und meinen, *das* könnten sie verhandeln. Und ich muss es ihnen dann erklären. Wohin wollten Sie nochmal fahren?« Heute trägt sie nicht ihren Kittel, sondern einen plüschigen grünen Skihasen-Aufzug mit weißen Fellhosenträgern über einem rosa Rollkragenpulli. Da hat sich Pete Engvall ein entzückendes kleines Gesamtpaket rausverhandelt. Sie hat die Vermietungspapiere an sich gezogen und mir die Schlüssel zugeschoben. Ich habe mich nicht gesetzt.

»Mount Rushmore.« Ich nicke und lächele, damit sie zustimmt.

»Das ist der mit den Präsidenten?« Sie schreibt das auf den Vertrag, falls wir woandershin fahren und verhaftet werden müssen. Die *Elle*, in der sie gestern gelesen hat, liegt immer noch an Ort und Stelle.

»Stimmt.«

»Würde im Sommer wahrscheinlich besser laufen.« Sie schreibt und schüttelt den Kopf. Ihre Hände sind klein, kein Nagellack – für Pflegerinnen verboten. An ihrer linken Hand ein schlichter Goldring von Angler-Pete.

»Die Wahl haben wir jetzt nicht.«

»Klar, es ist Ihr Sohn.« Sie benutzt ihren Kuli, um sich die blonden, kunstvoll gezausten Krankenschwesternhaare zu kratzen. Sie ist älter, als ich gestern dachte. Raue, faltige Hände verraten das. Durch den Pflegejob ist sie schlank geblieben. »Was hat er, sagten Sie? Aids?«

»ALS.« Fast hätte ich »Al's« gesagt. Ich nicke immer noch, ohne Grund.

»Daaaas ist gar nicht gut.«

»Nein. Wirklich nicht.«

»Sind Sie beim A-A?«

Ich glaube, sie meint A-A-A, den Automobilclub. Da bin ich Mitglied. Die bestangelegten hundertdreißig Dollar überhaupt. Ich brauche sie dreimal pro Jahr, wenn ich meinen Schlüssel im Honda vergessen habe, einmal für die Batterie. »Bin ich.«

»Das ist auch gut so – bei diesem Wetter. Das Propan ist aufgefüllt. Trinkwasser ist in Ordnung. Benzin und Frostschutz voll. Ich hab mit Sagrotan durchgeputzt. Lassen Sie den Tank nicht unter ein Viertel leer werden. Wenn ich Ihnen einen Rat geben darf.«

»Perfekt. Danke schön.« Ich könnte den ganzen Tag hier stehen, ohne was Besseres vorzuhaben als das hier: ihre bezaubernde Anwesenheit – während mein Sohn abdampft.

»Unsere Telefonnummer steht hier. Wir sind demnächst bei meiner Nichte oben in Mendota. Aber rufen Sie an, falls es nötig ist. Pete mag Notfälle. Er vermisst den Irak, wenn Sie mich fragen.« Sie schaut mit einem warmen, geschäftsmäßigen Lächeln auf und schiebt mir die Papiere rüber. »Setzen Sie Ihren Oskar untendrunter, Mister. Ich vermute mal, Sie haben einen Führerschein.«

»Hab ich.« Zücke meine Brieftasche.

»Uuuund eine gängige Kreditkarte.«

»Unbedingt«, und reiche beide rüber. Krista zieht ihre Schublade auf, holt einen alten manuellen Kartenleser raus, den sie wie ein Profi handhabt, legt meine Visa drauf und knirscht leichthändig einmal drüber. »Ich hab Ihnen den Valentinstag-Rabatt gegeben, wegen Ihrem Sohn.«

»Okay«, sage ich. »Das ist toll.«

»Versicherung machen wir nicht. Da müssen Sie Ihre eigene haben.«

»Hab ich«, sag ich. »Wollen Sie sehen?«

»Nö.« Sie wirft einen Blick auf meinen Führerschein. »Gefällt es Ihnen da unten in Null Jersey?«

»Ja«, unterschreibe und datiere Vertrag und Quittung. »Bislang.« Ich betaste die Schlüssel mit dem rosa Florida-Fisch als Anhänger.

»Pete wurde in Fort Dix entlassen. Ist das nicht in New Jersey? Oder war's Virginia?« Sie schiebt unseren Vertrag in einen Plastikhefter, auf dem mit schwarzem Marker WM-VERMIETUNGEN steht.

»Es ist Null Jersey. Ich hab mal nicht weit von dort gewohnt.«

»Er fand nicht viel dran. Er liiiiiebt Minnesota. All die Seen. Sein Vater hat früher in der Eisenerzindustrie gearbeitet. Sonst gab es da keine Farbigen damals. Eine Sumpfpumpe brauchen Sie nicht zufällig?«

»Nein.«

Sie steht auf. »Ich geh mit Ihnen raus. Ich möchte gern diesen Sohn kennenlernen. Ist der da draußen?« Sie sieht überraschend kernig aus. Veteranin. Wahrscheinlich fährt sie Schneemobil. Armdrückerin. Ein klein-kompaktes Playmate. Durchs Fenster werfe ich einen verdrießlichen Blick auf Paul, dessen Mund sich bewegt und der verändert aussieht, wie immer.

»Bestimmt möchte er Sie gern kennenlernen.« Eine gelinde Untertreibung.

Draußen im sterilisierenden Sonnenschein ist alles ringsum gesichtslos und zu hell: Highway 52 mit seinem strömenden Verkehr, der Waffen- und der Sexladen, das Gelände voller Abwassertanks, Hebebühnen, Grabsteine und aufgereihter Wohnmobile, aus denen wir uns den *Warmen Wind* ausgesucht haben – alles ohne ersichtlichen Bezug zueinander, alles ein Teil des Unsagbaren.

»Das ist also unser Patient!«, ruft Krista laut in die messerscharfe Kälte hinein. Sie geht auf die Beifahrerseite zu wie ein Cop. Paul starrt mit skeptischem, leicht verärgertem Blick hinaus. Er hat keine Ahnung, wer sie ist. Eine Frau mit Kristas überschaubarer Schönheit würde ihn normalerweise in einen Redewasserfall über wiederverwendbare Q-Tips und John Denver hineinwirbeln. Aber er kann die Scheibe nicht herunterlassen, weil ich den Schlüssel habe.

»Paul«, sage ich hilfreich hinter ihr hervor. Er trägt seine rote Jogginghose und einen grauen Hoodie mit »ALS-Team-Mitglied« quer über der Brust.

»Allzu viel spricht er wohl nicht.« Krista lächelt durch die Scheibe. Pauls Augen zucken zu mir. Er bewegt die Lippen, spricht unhörbare Worte aus. Ich habe eiskalte Ohren. Ich brauche Mütze und Handschuhe. So lange hatte ich gar nicht draußen bleiben wollen.

»Er ist nicht immer gut im Kommunizieren.«

Krista zeigt Paul das »Ich mag dich«-Zeichen mit den beiden Fingern plus Daumen durch die Scheibe. Er blinzelt sie an. Mit der anderen Hand macht sie ein kleines Fingerzappelwinken. »Ich zeig Ihnen, wo das Reserverad ist.« Sie geht zur Rückseite des Wohnmobils, wo der Dodge weiterhin geduldig einen grauweißen Strom aus gefrorenem Dampf ausstößt. »Genau hier oben«, sagt sie, tritt herum und zeigt auf eine Stelle unterhalb des Norm-Cepeda-Fensters – Ehemann, Vater, Bruder von Lorenza, ungeeigneter Elternteil und Fluchtgefahr. Das Reserverad sitzt in etwas, das in meiner Jugend »ein Continental« hieß. Der Gipfel des Highschool-Automobilprestiges. Wir stehen kurz da und starren es an, wie es durch den Rost am hinteren Ende des *Warmen Windes* festgeklammert sitzt.

»Meinen Sie, ich könnte meinen Wagen ein paar Tage hierlassen?«, frage ich. Kunden fahren beim Waffen- und beim Sexladen rein und raus, tasten sich auf die 52 vor, sie haben es eilig, nach Hause zu kommen und ihre Neuerwerbungen zum Einsatz zu bringen.

»Stellen Sie ihn neben meinen und lassen Sie die Schlüssel da. Wenn Sie nicht wiederkommen, wird Pete ihn ausschlachten und die Teile verkaufen.«

»Verständlich.«

Krista schaut zu mir hoch, als hätte sie mich extra nach draußen in das eisige Tageslicht gebracht, um mir etwas Besonderes mitzuteilen. Ich bete, bete, bete, dass es nicht irgendwas mit Paul ist, was nur Krankenschwestern sehen und Ärzte einem nicht verraten, weil sie mit Golfspielen beschäftigt sind. Auf so einen Reisesegen bin ich nicht scharf. Krista starrt mich direkt an, so dass mir ihr ganz leichter Silberblick auffällt. Wie ist die in die Army gekommen?

»Frank«, sagt sie und verschränkt die Arme wie eine Heilige vor der Brust. Immerhin sagt sie den richtigen Namen, den sie eben noch auf der Visa-Karte bemerkt hat. »Sind Sie spirituell?«

»Ich glaube nicht«, sage ich. »Sie?«

»Ja«, sagt sie und kräuselt die Lippen, als müsste man ihren Worten intensiv Aufmerksamkeit schenken. »Nicht im religiösen Sinne. Eher wie eine Wahrsagerin. Woran ich eigentlich gar nicht glaube. Sie etwa?«

»Früher mal.« Vor langer Zeit, als meine Ehe mit Ann zerbrochen war und ich tief in Nach-Scheidungs-Verträumtheit versunken, besuchte ich regelmäßig eine düster umflorte »Mrs. Miller« in einem kleinen Ziegelhaus an der Route 1, neben einem Rusty Jones für Autobedarf. Für fünf Dollar bekam ich einen Blick auf meine Handfläche. »Sie haben ein gutes Herz«, versicherte mir Mrs. Miller. »Ich sehe ein langes Leben.« »Die Dinge werden für Sie bald heiterer aussehen.« Wenn ich ihr mehr als fünf gab, wurden auch die Nachrichten besser. Im Herbst, als ich erfuhr, dass Paul Al's hatte, fuhr ich zu ihrem Haus, aber es war schon lange plattgemacht und durch ein islamisches Zentrum ersetzt worden, wo keiner eine gute Zukunft für meinesgleichen vorhersah.

»Ich will Ihnen nur eins sagen, Frank.« Mit ihrem ernsten, straffen Mund, die Arme um sich selbst geschlungen, macht sie mich hellwach. »Ich glaube, auf dieser Fahrt wird etwas Gutes passieren. Das will ich Ihnen sagen. Sie werden etwas finden, das Sie glücklich macht. Ich kriege nicht immer ein starkes Gefühl, aber von Ihnen kriege ich ein sehr starkes positives. Das dachte ich schon, als ich Sie gestern zum ersten Mal sah. Hab ich Pete gestern Abend auch gesagt. Sie müssen nur dafür sorgen, dass Paul und Sie die Chance ergreifen und lauter Dinge tun, von denen Sie dachten, das machen Sie nie.«

»Das haben wir in letzter Zeit öfter gemacht. Aber gut.«

»Sie haben Pete kennengelernt.«

»Ja.« Paul hat ihn zu einem Trottel erklärt.

»Ich hatte dasselbe Gefühl, als er und ich uns drüben in Bagdad näherkamen, im Irak. Ich dachte, ich würde ihn nie wiedersehen, weil er verheiratet war. Aber dann, nachdem das mit Janelle passierte, kam er und hat in der Klinik nach mir gesucht, und das Gefühl war noch genauso stark. Ich hätte nie gedacht, dass ich ihn heiraten würde. Wissen Sie? Und jetzt …« Sie nickt mir verwundert zu. Wir erfrieren hier in den Abgasen des Wohnmobils. Aber für gute Nachrichten soll man immer ein offenes Ohr haben. Relativ dicht über uns, klein in dem tiefenlosen Blau, flappt ein Hubschrauber – ein »Heli« – mit rotem Blinklicht vorbei, auf dem Weg zur Klinik. »Und das war's schon, Frank. Ihnen ist eiskalt, und ich quassel Ihnen hier mit meiner ganzen Lebensgeschichte die Ohren voll.« Sie reißt die Augen auf und vollführt ein scherzhaft grinsendes Kopfschütteln, das ich von gestern kenne. Aber ihre Augen sehen jetzt normal aus, als hätte sie sie geradegeschüttelt.

»Es freut mich, das zu wissen.« Schlotter schlotter.

»Ich heiße Krista«, sagt sie, als wüsste ich das nicht. Ich hatte es auch auf ihrer Maklerlizenz gesehen. »Krista und Pete Engvall. Das komische Paar.«

»Das sind meistens die besten«, sage ich. »Ich dachte immer, ich wäre perfekt für die Menschen, in die ich mich verliebt hatte. Vielleicht liegt da das Problem.«

»Waren Sie ja vielleicht auch«, sagt Krista. »Und dann hat Mr. Life auch noch was dazu zu sagen.«

»Wohl wahr. Tut er jetzt auch.«

»Sehen Sie. Übrigens, an Ihrer Stelle würd ich in der ollen Wanne nicht schlafen. Da frieren Sie sich Ihren süßen Hintern ab.«

»Okay«, sage ich. »War mir auch schon durch den Kopf gegangen.«

»In New Jersey wär das okay. Aber hier sind wir in Minnesota, wo der Winter erfunden wurde.«

»Ist mir aufgefallen.« Paul, das weiß ich, beobachtet uns im seitlichen Rückspiegel. Er wird annehmen, dass ich was im Schilde führe, wovon ich mehr als weit entfernt bin. Krista ist schon halb am *Warmen Wind* vorbei. Draußen vorm Autofenster winkt sie Paul nochmal kurz mit den Fingern zu. Ich glaube, er winkt zurück. In meinem Alter fallen Abschiede schwerer. Sie handeln mit der Endlichkeit. Es reicht schon, Goodbye zu sagen, ohne Goodbye zu sagen.

Sieben

Als wir über die I-90 rauschen, sieht das ganze 44° N/92° W ziemlich gleichförmig aus – eiszeitlich weiß und riesig wie Melvilles Wal. Pauls Symptome sind jetzt auffälliger und besorgniserregender – als hätte ich gedacht, wir müssten bloß losfahren, und schon würde sich alles in Lachen auflösen. Vielleicht liegt es daran, mit ihm auf engem Raum zusammenzusitzen, aber er sieht räudiger und blasser aus – wattig –, und seine Stimme ist höher gegangen. Er findet es jetzt schwierig, seinen linken Kopfhörer mit der rechten Hand rauszunehmen, deren Finger störrisch sind und leicht krampfen, wie bei Zerebralparese – eigentlich hat er das, nur schlimmer. Muskelzuckungen hat er nicht – soweit es mir auffällt; aber ich glaube, seine Rückenmarksnerven kommunizieren weniger fließend mit den Muskeln. Die Symptome lassen sich nie ganz lesen und gaukeln uns oft Besserung vor, als blinkenden Köder. Allerdings ist Paul durchweg vertraut mit den Tricks seiner Krankheit, er scheint nur wenig darauf zu achten. Bis zu seinem Tod wird er der weltweit größte Experte sein – so gut wie seine Ärzte. Und genauso hilflos.

Bei meiner einen bereits erwähnten Episode globaler Amnesie, als ich zu Hause den Müll rausbrachte und mich dann nicht daran erinnern konnte, erklärte mir Dr. Cadwalader, mein Neurologe am Haddam Medical Arts, dass die Menschen während solcher Fugue-Zustände ganz normal ihren Beschäftigungen nachgehen, den Müll rausbringen, mit ihren Ehepartnern schlafen, sich Zähne ziehen lassen, nur um nachher festzustellen, dass sie keine Erinnerung daran haben. Während sich all das ereignet, merkt ihnen niemand etwas Ungewöhnliches an. Auch der Patient bemerkt nichts, erst später, wenn die

Zeitspanne zugeordnet werden soll und nichts da ist. Den Müll rauszubringen hatte vielleicht zehn Minuten gedauert, war aber einfach überpflastert worden. Nicht vergessen. Nicht falsch erinnert. Einfach nicht da, nie da gewesen. Cadwalader sagte, diese Aussetzer seien harmlos, wiederholten sich nicht und seien auch auf den Hirnscans, die er mir auf seinem Bürocomputer zeigte, nicht zu erkennen. Die verlorene Zeit kann fünf Minuten betragen oder eine Stunde, einen Vormittag oder noch länger. Spaß macht das nicht, die meisten Leute erschüttert es – so auch mich. (Wie immer gibt es heutzutage eine Website, wo die Leute erzählen können, was für vertrottelte Sachen sie gemacht haben, wovon sie gar nichts wussten, bis sie ihren Subaru nicht mehr fanden oder erklären sollten, warum die Nachbarsfrau nicht mehr mit ihnen spricht.) Heute aber, während ich mit meinem Sohn auf dem Weg nach Sioux Falls – an einen Ort, von dem ich nie gedacht hätte, dass er uns beide je zusammen erleben würde – über die Straße brettere, frage ich mich, ob die letzten drei Monate nicht zu einem dieser interstellaren leeren Flecken werden könnten. Denn wer würde sich das, unter den richtigen Bedingungen – oder im Fall von meinem Sohn und mir, unter den absolut schlimmsten Bedingungen –, nicht wünschen? Auf der anderen Seite einer beschlagenen Glasscheibe rauszukommen und festzustellen, dass wir den ganzen Mist nicht mitgeschleppt haben, weil gar kein Mist mehr da ist. Ja, der Dichter sagt, es gibt eine andere Welt, aber sie ist in dieser Welt. Vielleicht hat er *das* gemeint.

Seit einer Weile sitzt Paul still da und schaut hinaus auf die fremde Schneelandschaft von Minnesota wie ein Passagier im Salonwagen, Telefon und Kopfhörer ungebraucht auf seinem Schoß, Gesicht und Mund verkniffen, als sei er dabei, mehrere Gedankenzüge zu einer klaren Kostprobe zu destillieren, bevor er spricht. Unsere Sachen haben wir im »Wohn«-Teil des *Warmen Winds* untergebracht, wo es eiskalt ist, grabesstill und intensiv propanig – kein vernünftiger Mensch würde da fünf Minuten zubringen. Seit er vor einer Woche das Wohnmobil »liebte«, hat er null Interesse daran gezeigt, als wäre ein Wohnmobil mit einem albernen Namen meine Idee gewesen. Vermutlich wäre er genauso desinteressiert, wenn wir nach Soddy Daisy, Tennessee, oder Two Dot, Montana, unterwegs wären, sosehr matschige Gänseblümchen oder zwei Punkte als Ortsnamen auch nach seinem Geschmack sind. Ich habe vor, uns nach Sioux Falls zu fahren, uns in einem stressfreien Hilton Garden oder Marriott Hotel unterzubringen und abzuwarten, wie die Welt morgen aussieht.

Unser Big Ram hier entpuppt sich jedenfalls als geschmeidiges Viech, das sich mühelos im Autobahnverkehr tummeln kann. Wir sitzen hoch, und die großen Spiegel, das große Steuerrad und Armaturenbrett und die großen Räder tragen alle dazu bei, dass es sich geradezu militärisch beherrschen lässt. Die früheren Fahrer haben 180 000 Meilen runtergerissen, bestimmt alles auf dem Highway. Es gibt nur wenig Rumpeln und Vibrieren, und das Fahrgefühl ist geradezu gepolstert. Nichts an dem Camper-Teil hintendrauf gibt mir das Gefühl, ich würde von einem herrenlosen Aufleger gejagt – davor hatte ich Angst gehabt. Detroit mag nicht die besten Autos bauen (das überlassen wir lieber den Achsenmächten und den Schweden), aber für Amerika ist es gut genug. Und: Die Heizung »wird euch echt wegpusten«. Krista hat einen Duftbaum (nicht Kokosnuss) an den Rückspiegel gehängt, der einen süßlich minzigen Gestank absondert. Den hab ich kurz vor Stewartville rausgeschmissen. Das Sagrotan hat übernommen und den Zigarettenmief unterdrückt, so dass jetzt alles beinahe neutral riecht.

Paul hat die gigantischen, gespenstischen Windturbinen bemerkt, die die Schneefelder am Highway vermüllen – dreißig auf einem Haufen. Wind ist hier draußen die Energiequelle, es gibt ja so viel davon. Die großen Propeller drehen sich schläfrig in der Minimalbrise. Ich für meinen Teil fände es schrecklich, aus dem Fenster zu schauen, um den Tag zu begrüßen, und dann schwirrt in meinem Vorgarten seelenruhig eins dieser Windrädchen vom Mars. Lieber eine Ölförderpumpe mit kleinem Fußabdruck.

»Ein paar von denen drehen sich nicht mal«, sagt Paul. »Sind die kaputt?« Die meisten kreiseln pflichtgemäß, aber ein paar der vielen stehen tatsächlich reglos da.

»Die sind bloß nicht eingeschaltet«, sage ich. »Die muss noch einer einstöpseln.«

Dazu sagt er nichts und lässt die blaukalten Felder, wo im Sommer elefantenhoch der Mais steht, an sich vorbeirauschen. »Die ziehen mich eigentümlich an, Lawrence«, sagt er, etwas gruselig, um mich hochzunehmen. Mit der Linken reibt er über den dünnen Eisfilm, der die Fensterscheibe innen bedeckt. »Sie sprechen zu mir. Sie sagen mir etwas. Sie vermessen mein Leben. Das spürst du wahrscheinlich nicht, oder?«

»So sehen die Liberalen unsere Zukunft.« Ein zweiteiliger Sattelzug rumpelt an uns vorbei, spuckt Schnee und Scheppern in die Sonne, die auf den Eisfeldern blitzt. Wir fahren mit gemütlichen hundertzwanzig, da fühle ich mich wohl.

»Du bist wohl ein Trump-Wähler«, sagt Paul.

»Worauf du einen lassen kannst. Oder zwei.« Das ist eines unserer Spielchen. Wir »spielen Republikaner« und toppen uns gegenseitig mit Sprüchen, die kein vernünftiger Mensch ernst nehmen würde. Grönland annektieren. Puerto Rico bombardieren. Todesstrafe für alle, die sich weigern, Waffen zu tragen. Ich kann das besser als er. Er hat mir gesagt, er hätte beide Male Obama gewählt, aber ich bin mir nicht sicher, ob er überhaupt gewählt hat.

Die Spasmen seines Arms – jetzt vorbei – haben ihn abgelenkt, er schweigt. Seit seiner Diagnose hat er sich der Anstrengung gewidmet, als Person aufzutreten, die nicht ALS hat, und darin ein gutes Vorbild zu sein. Er hat sich geleistet, in einem Video des Online-Newsletters seiner Highschool in Haddam aufzutreten, wo er unwitzige Witze erzählt und Otto auf seinen Schoß gesetzt hat, damit der Anzüglichkeiten von sich gab, während er sich abmühte, die Lippen nicht zu bewegen. Er hat davon gelabert, zur Sackloch-Weltmeisterschaft nach South

Carolina zu reisen – und danach würde er »einfach sehen, wie die Al's-Nummer weiterläuft«. Die Überschrift lautete »Todkranker Ehemaliger entscheidet sich für Optimismus«. Weitere Interviews hat er abgelehnt.

Mit der linken Hand unternimmt er nochmal einen Versuch, seinen Bluetooth reinzukriegen, wobei er einen Mundwinkel zu einem grellen Grinsen verzieht und die Unterseite seiner Zunge rausdrückt, ähnlich wie der junge Cassius Clay. Der Kopfhörer fällt zweimal raus, was er mit einem gemurmelten »Scheißteil« kommentiert. Beim dritten Mal schafft er, es mit der Handwurzel der rechten Hand reinzuzwängen. »Schmale Ohrkanäle«, sagt er. »Übrigens, Lawrence, da draußen gibt es gar nichts, null.« Dann lehnt er sich zurück, schließt die Augen und hört wieder Ute Lemper zu, *Alles Schwindel*.

Tatsächlich ist im südwestlichen Minnesota nicht viel von touristischem Interesse zu finden. Die Hormel-Fleischverpackungsfabrik in Austin; das Familienhaus des Erfinders Jacob Mud, der in seinem Zuhause in Luverne den »mudroom« erfunden haben soll. Dabei hätte der »Windfang« doch gereicht. Der »einzige Maispalast der Welt« – rund ums Jahr geöffnet – in Mitchell, South Dakota, wird morgen unsere erste Anlaufstelle sein. »Lieblingsort von Präsidenten, Königen, Prälaten, Filmstars und Kaiser Haile Selassie« – Letzteres möchte ich bezweifeln. »Alles aus Mais, selbst Deine wildesten Träume.« Da stecken einige Elemente drin, die voll Pauls Kragenweite sind – klemmige Blödeleien, sexuelle Anspielungen auf Halbstarkenniveau und eine bodenständige »Leben in diesen Vereinigten Staaten«-Scheußlichkeit. Aber er ist schwer berechenbar – und das kann etwas Gutes sein.

Während er schläft, schalte ich den Sportsender aus Omaha ein, wo sie kuhwarme Infos über Werfer und Fänger der Bradenton Marauders bringen und die Aussichten für die Fans der Nebraska Cornhuskers, wo der nächste Frühling mit einem Trainerwechsel startet, plus einem neuen Quarterback vom Junior College, der sich für mehr Spielzeit mit der West-Coast-Angriffsstrategie ausspricht. Es ist eine Wonne, mir das hier anzuhören, quer über die enorme, eintönige Prärie hinweg. Nichts würde mich glücklicher machen, als den Mount Rushmore zu besichtigen, dann nach Port St. Lucie zu fahren, mit Paul auf der Tribüne zu sitzen und in der wässrigen Frühmärzsonne das Spiel der Mets gegen die Cards zu genießen. Wie weit werde ich mit solchen Träumen kommen? Wie weit ist es von Schritt eins bis Wolke sieben?

Um halb sechs fahren wir über die Grenze nach South Dakota und direkt nach Sioux Falls hinein, das unter einer sternenlosen Decke der Dunkelheit liegt – ein Tischtuch aus Handel und Werbung, Richtung Süden und Westen ausfransend, hier und da auf dem Stadtplan blinkende Blaulichter der Polizei, große Autokathedralen, meilenweit Wohnviertel, unbeleuchtete Golfplätze und lange Ketten langsam vorankommender Scheinwerferlichter. 171 000 Seelen, vor allem nordische. Sioux Falls könnte Birmingham sein.

Wir fahren am nördlichen Quadranten entlang, bleiben auf der 90, aber dann übersehe ich das Schild zum Hilton Garden und Denny's bei Ausfahrt 412 und muss später abfahren, fünfzehn Kilometer zurück auf den Seitenstraßen von Hartford, gerade als Paul aufwacht. Wir haben dreihundertachtzig Kilometer gemacht. Bislang keine schlimmeren Vorfälle als eine verpasste Ausfahrt.

»Wo sind wir denn jetzt?« Er ist heiser, hat die Ohrhörer drin und schaut hinaus auf den Lichterstrom, zu dem South Dakota geworden ist, während er schlief. Weit weg schwingt sich ein Suchscheinwerfer hoch in die Nacht und quer über den Himmel.

»Das hier ist Uranus. Möchtest du den Bürgerinnen und Bürgern etwas sagen?« Ich bin erleichtert, hier zu sein.

»Was gibt es hier?«

»Ein Hilton. Ich besorge uns ein Zimmer, dann können wir bei Denny's essen.« In meinen Sportreporter-Tagen vor Urzeiten war mir nichts willkommener und willkommenheißender als ein Hilton (als das noch echte Hotels waren). Bier oder Wein immer astrein. Gute zentrale Lage, nur Schritte entfernt vom besten Steakhouse und dem Baseballplatz; oft eine einsame Lady in der Lobby-Bar, die ich auf einen Sidecar einladen durfte, dann taten wir beide so, als wären wir interessiert, bis es aussah, als könnte hier eins zum anderen führen, wobei wir es bewenden ließen. Solche Begegnungen sind nicht immer das, was man denkt.

»Schlafen wir nicht im Wohnmobil oder so?« Paul kurbelt den Kopf steifhalsig herum, als wollte er den *Warmen Wind* durchs Fenster in Augenschein nehmen.

»Du kannst dir ja den Arsch abfrieren, wenn du willst. Es sind minus vierzehn Grad.« Das Thermometer auf dem Armaturenbrett bestätigt das. »Morgen schneide ich dich dann mit der Rettungsschere raus.« Die Rettungsschere ist eine seiner Lieblingserfindungen, genial, New Age. Andere sind etwa der selbstöffnende Fallschirm, die kontaktlose Autowaschanlage und das wasserlose Urinal.

»Meine Beine sind ganz taub.«

»Du hast zu lang in einer Stellung gesessen.«

Wir sind auf der Zufahrt zum rot-goldenen Hilton-Schild, der sicheren Zuflucht für müde Reisende.

»Was wird passieren?« Er klopft sich aufs Knie, damit es ihm was sagt. Dicke Schneeflocken segeln durch die Dunkelheit. Wir sind hier in einer Art Senke neben dem Interstate Highway. Sioux Falls liegt wieder vor uns.

»Wann?«

Er wendet mir das Gesicht zu, der Mund steht halb offen. Ein fast vollkommen rundes Gesicht. Die Spiegelungen auf seiner Brille lassen ihn wie jemand aussehen, den ich nicht so richtig kenne.

»Ich meine, was wird mit mir passieren?« Tiefes Ein- und Ausatmen.

»Meinst du, langfristig?«

»Lange Frist. Kurze Frist. Was der Bauer nicht kennt, frisst er nicht. Die Revolution frisst ihre Kinder. Was weiß ich.«

»Ich weiß es auch nicht. Müsste ich? Ich hab so was noch nie gemacht.«

»Ich auch nicht.« Er hebt das Kinn, als wollte er einen besseren Atemzug holen, unbehindert, dann seufzt er wieder. Das taube Bein zuckt. »Ich hatte einen schönen Traum. Wollte gar nicht wieder aufwachen.«

»Wovon hast du geträumt? Vielleicht träume ich das auch.«

»Es war doof.« Wir biegen zum Hilton ab, wo schon viele Fahrzeuge stehen. Möglicherweise kriegen wir gar kein Zimmer, obwohl es noch vor sechs ist. »Ich habe geträumt, ich wäre mit Candice Bergen verheiratet und Edgar Bergen wäre mein Vater. Du warst nicht da. Otto war da, und er war irgendwie halb real, und ich konnte ihn noch bespielen. Wir wohnten in Hollywood, dabei war ich da noch nie. Mutter war auch da. Es war Valentinstag. Ich hatte kein Al's. Weißt du noch, dass sie uns immer Valentinskarten gemacht hat? Das hat sie im Traum auch gemacht.«

»Deine Mutter liebte den Valentinstag.«

»Das war komisch, aber es war gut. Findest du, Candice ist heiß?«

»Total. Auf jeden Fall.« Ich stelle das Wohnmobil auf einen VIP-Platz in der Nähe zur Eingangstür. Wir sind keine VIPs, aber es gibt keine näher gelegenen Plätze.

Ich drehe den Schlüssel, der Motor geht aus, und wir sitzen im Dunkeln und denken über Candice nach, während Schneeflocken auf der Windschutzscheibe schmelzen. In der hellen Lobby des Hilton laufen Menschen herum, halten Cocktails in der Hand, ziehen Koffer hinter sich her, lachen und sind in angeregte Gespräche mit Fremden verstrickt, über Heizölkosten im Winter und das Wetter. In meinen Augen das vollkommene Glück.

»Was meinst du, werde ich den Rest meines Lebens damit verbringen, das zu tun?«

»Worüber reden wir gerade?«

Paul starrt die Wand aus beleuchteten Hilton-Zimmern vor uns an, wo sich Gäste in verschiedenen Stadien von bekleidet bis unbekleidet befinden, vom Bett aus fernsehen, ins Telefon lachen, mit Kindern reden. Einige Zimmer sind immer noch dunkel. Vielleicht haben wir eine Chance da drinnen. »Na ja, Sachen halt, die ich nicht gern tue. Bis, du weißt schon …«

»Ich weiß *nicht*.«

»Bis der Käfer gefangen ist.«

Ich warte ab, bevor ich spreche. »Macht dir diese Reise keinen Spaß?«

»Nein, die ist gut.« Ja-nee. Die *condition humaine* in zwei Worten. »Was hat Mutter von mir gehalten?«

»Sie wollte immer, dass du ganz schnell erwachsen wirst. Ich hab ihr gesagt, du wärst schon erwachsen. Du warst wie ein Vierzigjähriger. Sie fand, du wärst jung für dein Alter und manchmal auch schwierig. Sie hat dich geliebt. Du bist nicht schwierig.«

»Sie hat mich immer wie einen Teenager behandelt. Das hat mir nie gefallen. Du tust das auch.«

»Es tut mir leid, dass du das findest. Ich empfinde das nicht so. Im Übrigen ist niemand jung für sein Alter. Man ist einfach so, wie man sein sollte.«

»Denkst du meinetwegen die ganze Zeit über das Sterben nach?«

»Ich denke *meinetwegen* die ganze Zeit über das Sterben nach. So schlimm ist das nicht.«

»Was denkst du darüber? Über das Totsein?«

»Ich glaube, es ist wie eine Glühbirne, die einfach ausgeht. Jedenfalls hoffe ich das.«

»Richtig planbar ist es nicht, oder?«

»Man soll es als befreiend denken. Das habe ich alles in einem Buch gelesen.« *Sein und Zeit*, Seite 263. »Weißt du, wir machen diese Reise nur, weil wir es können. Ich dachte, sie würde dir Spaß machen.« Es ist befriedigend, sich mit wenigen Nebensätzen auszudrücken.

Jemand, ein Mann in einem weißen Unterhemd, tritt mit einem Bier in der Hand ans Hotelfenster – hinter ihm seine schmale blonde Frau, die sich ihr Kleid über den Kopf zieht, um es bequemer zu haben. Die beiden haben sich für die Nacht zurückgezogen. Sie redet. Er schaut nach draußen, schwenkt die Bierdose leicht. Sein Blick scheint auf uns zu fallen, aber er kann uns gar nicht sehen, unsere Gesichter sind im Dunkeln. Er sagt etwas zu der Frau, weist mit der Bierdose auf unser Wohnmobil und lacht. Das Florida-Nummernschild. Wie weit wir von zu Hause sind. Wie uns wohl das Wetter hier gefällt.

»Also, steigen wir aus?«, fragt Paul, als hätte er schon eine Stunde gewartet.

»Klar. Steigen wir aus.«

»Denk nicht, ich wüsste nichts, Lawrence. Ich weiß viel.«

»Aber ja. Ich mach einfach weiter so.« Ich lächele meinen Sohn an. Ich weiß, was er meint. Und mit der Zeit wird es noch mehr zu sagen geben.

Und dann steige ich aus, in die Nacht hinaus.

* * *

Im Hilton Garden bekommen wir genau das Paket, auf das ich gehofft hatte. Ein »Premium«-Doppelzimmer im Erdgeschoss, barrierefrei und nicht am Fahrstuhl, der Eismaschine oder dem Pool, zwei Gratisflaschen warmes Dasani-Wasser, Frühstück inklusive und eine *USA Today* aufs Haus. Zimmer 122 – weit hinten im Ost-West-Flügel, fast am Notausgang-Schild. Allerdings hat eine »Kirchengruppe« den großen Eventsaal des Hotels für eine Pensionierungsparty gemietet, und viele Gäste haben ihre Türen angelehnt gelassen, Lachen und Fernsehgeräusche schweben durch den Korridor, Kinder rennen kreischend hin und her und spielen Bäumchen-wechsel-dich, ihre Schritte hallen auf dem billigen Bodenbelag und lassen guten Schlaf ungewiss werden. Paul schiebt den Gepäckwagen, so kann er aufrecht vorwärts gehen, während ich den Rollstuhl bewege. Seine rechte Hand ist eingerollt, er geht schwer und mühsam. Als wir im Dezember von New Jersey aus hochfuhren, war er noch nicht so. Wir waren bloß zwei Typen – schwul, wer weiß – beim Winterwandern. Jetzt ist er behindert, und ich bin sein Betreuer. Die kleinen *Herr der Fliegen*-Kinder beäugen uns mit schiefem Grinsen. Sie halten ihn für einen Hirni. Doch da die Schwärme von Ärzten, die ihn untersucht haben, kranke Menschen als Schafe betrachten, denen man beim Sprung über die Hürde hilft, ist sein Selbstgefühl eines Gottserbärmlichen jetzt »kontextualisiert« worden. Nicht dass ihm jetzt egal wäre, wie er wahrgenommen wird. Allerdings würde mich gerade nichts glücklicher machen, als brüllend zwischen diese kleinen Pupsgesichter zu gehen wie ein riesenhafter Zerberus.

Doch kaum sind wir im Zimmer, mit zurückgegebenem Gepäckwagen, ist alles sofort hotelperfekt. Paul und ich schalten den Fernseher nicht ein, wir sitzen einfach auf unseren parallelen Betten, Schuhe noch an, sprechen wenig, starren den Druck von Dorset oder Devon im Constable-Stil an, lassen den Blick zum Fenster schweifen, hinter dem der Schnee vorbeitreibt und ab und zu ein Paar Scheinwerfer ankommen, grell hereinleuchten und wieder weg. Mein strapazierter Rücken tut nicht mehr weh. Paul, dick, immer kahler, moschusmüffelnd und bebrillt in seinem »ALS-Team-Mitglied«-Hoodie, zeigt vorübergehend keine Anzeichen, dass ihn irgendetwas belasten würde, was nicht auch alle anderen belastet. Wie versprochen stellt das Hilton-Management eine Speisekarte von Denny's zur Verfügung. Wir können anrufen oder per SMS oder Mail zwei »Grand Slams« für den großen Hunger bestellen, die ich dann nebenan abholen kann. In meiner Reisetasche hab ich den Stoli der Russkis untergebracht; und ohne die Eismaschine auszuprobieren, trinken Paul und ich zusammen zwei Badezimmer-Plastikbecher voll – meiner landet auf der Zunge, in der Kehle und den Eingeweiden wie ein Brahms-Lied bei einem Trauernden, was beinahe sofort weitere zwei Finger breit erfordert, die Becher sind klein.

Dann wird das Zimmer dicht und still und heiter und glattgezogen. Das Geheul der Kinder ist verebbt, jetzt sind sie in den Zimmern ihrer Eltern eingepfercht. Nur ein schwaches mechanisches Summen stört in der Wand hinter meinem Kopf, eine Pumpe, ein Heizelement oder Ventilator tief in der Matrix des Hotels – weißes Rauschen zum leichteren Einschlafen.

Es ist nicht schlecht, vielleicht ist es sogar sehr gut, so einfach in die Nische zu passen, die die cleversten Denker – Ergonomen und Anthropologen im Dienst des Hilton – als für mich passend markiert haben. So viel besser, als mit seiner Umgebung über Kreuz zu liegen. Mehr kann man sich in einem solchen sorgenfreien Moment nicht wünschen – außer eintausend sorgenfreie Momente. Wen juckt's, ob sie wirklich sorgenfrei sind oder wie lange?

Ich gönne mir einen dritten Stoli, während Paul, der kein Trinker ist, das Denny's-Angebot studiert. Das goldene Medaillon eines gelben Cadillac ist direkt vor unser Fenster gekurvt und wieder weggefahren. Ich höre das Kratzen einer Schneeschaufel und das Jaulen von Reifen auf Eis, dann Lachen. Einer meiner Freunde aus dem Red Man Club ist davon überzeugt, dass jeder Fehler, den er in seinem Leben begangen hat, die Folge von ein paar Drinks war. Und doch. Jetzt könnte eine gute Gelegenheit für ein »Gespräch« sein. Die »schweren Dinge« durchzusprechen, meint Pauls Kontexttherapeutin von der Mayo, Dr. Hedda Čilić (die sich öfter mal ver»hedda«t), kann einen grausamen und unabwendbaren Tod einfacher machen, wenn wir den Dingen bloß ins Auge schauen. (Gibt es dafür eine bessere Kulisse als das Hilton in Sioux Falls?) Auf ihrer Liste der schweren Themen steht auch – und darauf können wir beide antworten: 1. Hat das Sterben eine positive Seite und kann vielleicht andere Dinge erleichtern? 2. Wird das lustig oder traurig, wenn wir sterben? 3. Was sind unsere schlimmsten Geheimnisse, die wir nicht mit ins Grab nehmen wollen? Vielleicht kommt es noch dazu – wenn ich keine drei Wodka im Vorsprung bin –, dass diese Fragen uns passender erscheinen. Wobei sie meinem Sohn durchaus Spaß machen könnten, wenn er wüsste, wie unheimlich sie mir sind.

Paul ist mit der Plastikspeisekarte von Denny's auf dem Bauch eingedöst, Brille auf der Nase, rechte Pfote eingerollt, als hätte diese Krankheit vor, ihn in sich selbst zurückzuschicken, eingerollt wie eine Blume, die schlafen geht. So wird das natürlich nicht ablaufen. Aber wie er da auf dem anderen Bett schläft, sieht er nicht nach jemandem aus, den ein schlimmes Schicksal erwartet. Er wirkt nur – berührend – besorgt.

»Was gefunden, das du magst?«, frage ich, in der Annahme, dass er antworten wird wie früher als Kind, wenn ich in sein Zimmer trat, um Gute Nacht zu sagen und das Licht auszuschalten, und dann unterhielten wir uns fintenreich durch den Schleier seines Beinaheschlafs hindurch.

Er bleibt stumm. Wasser läuft durch Rohre in den Wänden. Eine gedämpfte Frauenstimme sagt etwas, das so klingt wie »Rembrandt. Bei dir ist es immer Rembrandt.« Dann lacht jemand – ein Mann – heiser, und jemand anders – eine Frau – stimmt ein.

»Ich brauch nichts«, sagt Paul. Ohne die Augen aufzuschlagen, holt er tief, aber mühevoll Luft und atmet langsam wieder aus, als wäre es sein letzter Zug. In der rechten Hand eine sichtbare Erschütterung. Der Kopf schaukelt vor und zurück wie bei einem Blinden, als folgte er einem Takt, den nur er hören kann.

»Alles in Ordnung, Bergie? Du solltest was essen.« Aus irgendeinem Grund flüstere ich fast.

»Denkst du, wenn wir in einer alten Kultur leben würden, würde sie aussterben, weil wir nicht klug genug sind?« Seine Stimme ist dünn und durchdringend.

»Ja.« Es stimmt. Das habe ich schon gedacht. »Ich könnte dir eine Pekan-Waffel erbeuten.« Er hatte mal einen Witz über Pekan-Waffeln drauf, aber mir fällt nur die Pointe ein: »Und scheiße, isst der doch glatt das ganze Ding!«

»Wer, findest du, sollte ewig leben?«, murmelt er. Sein frei flottierender Geist macht ihn glücklich.

»Weiß nicht. Die meisten davon sind wahrscheinlich schon tot.«

Er tut einen schweren, jetzt ungehinderten Atemzug. Draußen höre ich einen Hund kläffen, dann kommt ein dick eingepackter Mann mit einer Schneeschaufel auf der Schulter an unserem Fenster vorbei. Er schaut nicht zu uns rein.

»Leider müssen wir Ihnen mitteilen, Mr. Bascombe, dass Sie unter einem akuten Anfall von Hypochondrie leiden«, sagt Paul. »Wir können nichts für Sie tun.« Ich weiß nicht, wovon er redet; aber es macht ihm Freude, also ist es in Ordnung.

»Ich glaub, du hast eine akute Deppression«, sage ich. »Oder kriegen das nur Deppen?«

Das quittiert er mit einem schnellen Seitenblick. Den Witz, aus seinem Allzeitrepertoire, hat er sogar bei seiner Mutter losgelassen, und sie hat gebrüllt vor Lachen. Ich kriege Extrapunkte dafür, dass er mir jetzt eingefallen ist, wo er fast schon Sinn ergibt – mehr wollen wir doch gar nicht. »Wenn ich sterbe, Lawrence, wird es nach kurzer, schwerer Krankheit sein, oder werde ich tapfer gekämpft haben?« Ein Lächeln zuckt in einem seiner Mundwinkel.

»Das liegt bei dir.«

Sein Körper macht einen kleinen Satz. Er gibt ein leises »uuuf« von sich, als täte ihm etwas weh. »Oooooh … je. Das nun wieder. Liegt bei mir. Ich ruh mal ein bisschen die Augen aus.«

»Tu das.« Soll er ruhig in sein Traumgeflecht schlüpfen. Das Abendessen lassen wir hinter uns.

Acht

In den Untiefen des Schlafs höre ich Motoren anspringen, Autotüren zuschlagen, Stimmen draußen. »Ach so, klar. Na, dem Quark wird er schnell 'nen Riegel vorschieben.« Mein Kopf steckt unter dem Kissen, Paul hat die ganze Nacht geschnarcht – ungewöhnlich für ihn. Ich hab die schweren Vorhänge zugezogen, damit kein Licht hereinfällt. Den Geräuschen nach ist es Morgen. Reisende ziehen los, lachen über das Wetter, reden über den Präsidenten der Vereinigten Staaten, der wie üblich irgendwas abschafft, wovon ich was halte.

Paul, merke ich, ist nicht im Zimmer, aber ich mache mir keine größeren Sorgen. Wenn er etwas hinkriegen will und kann, dann sollte er das auch. Ich muss ihn nicht jede Minute überwachen und kann mir die Zeit nehmen, im Bett zu liegen und zuzuhören. Die wilden Kinder sind auf und donnern durch die schwammigen Flure des Hilton, kichern über irgendwas, das »Felicia« besser nicht gesagt hätte. Es passt zu dem Traum, den ich hatte – dass Sergeant-Major Gunnerson in unser Haus in der New Bemidji Street kommt, als weißbekittelter Arzt, und mir sagt, ich soll mich jetzt für das Haus entscheiden, sonst nimmt es mir ein anderer weg. Mike Mahoney ist irgendwo in der Randzone dieses Traums, aber was er da macht, ist unklar.

Letzte Nacht, als Paul weggeschlummert war, bin ich auf ein Glas Pinot Grigio in die Foyer-Bar geschlendert und hab mir deren Karte angeschaut – sie hatten Prärieaustern-Häppchen, was bestimmt zu meinen Träumen beigetragen hat. Ich saß auf einem Barhocker und kam mit einer gutaussehenden Schwarzen Anwältin ins Gespräch, mehr oder weniger in meinem Alter und unterwegs nach Rapid City, South Dakota, zu ihrem Zeta-Phi-Beta-Treffen. Sie arbeitete immer noch als Beraterin für eine »bedeutende« Anwaltsfirma in Chicago und wirkte reich. Wir waren einer Meinung, dass Amerika, wo früher mal »der Kunde König« war, heute eine Servicewüste ist, und hätten es uns besser gewünscht. Allerdings meinte sie, es bräuchte doch nur vierhundert Jahre Kolonialisierung plus regelmäßige Epidemien und Weltkriege plus eine Kultur der Gier und Ungleichheit, dann bekämen wir auch sicher wieder guten Service. Ich versuchte, auf das Thema der langfristig fraglichen Aussichten der Demokraten umzuschalten, aber sie hatte keine Lust mehr, weiter mit mir zu reden, und ging grußlos. Ich bezahlte ihren Metropolitan und kehrte in unser Zimmer zurück. Es ist schwer, immer das Richtige zu tun.

Jetzt sind wir auf halbem Wege zu unserem Ziel – dem nationalen Denkmal, das vor lauter Symbolmacht ein echtes »Denk mal« ist, das amerikanischste von allen. Jetzt wäre für mich typischerweise der Moment gekommen, unschlüssig zu werden, zur Unzeit in resigniertes Bedauern zu verfallen, alles zu überspielen und dadurch nicht richtig dabei zu sein, aber trotzdem am Plan festzuhalten und ihn so zu ruinieren. Das gilt es zu vermeiden.

Daher muss, in einem Geist von Endspiel-Ökonomie, Anpassungsfähigkeit und Fokussierung, jetzt das Reservat der Crow Creek Hunkpati Oyate von unserem Reiseplan gestrichen werden. Ebenso Elvis' Motorrad (wahrscheinlich eh ein Fake), das Museum der Minuteman-Rakete, Wall Drug, die größte Fasanenstatue der Welt und das Traktormuseum in Kimball – nichts davon liegt mir am Herzen. Einzig der Einzige Maispalast der Welt lohnt unsere Zeit, da Paul ihm nicht wird widerstehen können, und er liegt nur hundert Kilometer entfernt. Wie viel leichtfüßiger wäre die Welt, wenn wir nur begreifen würden, dass nichts von dem, was wir an jedem Tag so tun, weder auf lange noch auf kurze Sicht den allerkleinsten Furz von einem Unterschied macht.

Als ich es ins Foyer schaffe, unser Gepäck auf Pauls Rollstuhl, wimmelt es dort nur so – ganze Familien, Flugcrews, Kids in Schlafanzügen, Trucker sowie ein paar Ölquellen-Bohrarbeitertypen mit weißen

Helmen und Tagessätzen, die sie reich genug für ein Hilton machen, hauen sich gerade das Continental Breakfast rein. Paul hockt zusammengesackt in einem der knallroten Sessel im Foyer, wo Gäste auf den Flughafenshuttle warten, gerade eben fährt der voller Flugbegleiter und Piloten, am Eingang vor. Pauls Gesicht sieht fleckig aus – er ist unrasiert (das kriegt er nicht so gut hin). Seine rübergekämmten Haare stehen büschelig ab, er hat Zahnpasta auf der Stirn und Shampooschaum im rechten Ohr. Er trägt ein weiteres seiner neuesten Sweatshirts – USMC in fetten roten Großbuchstaben. Er versucht mit seiner *USA Today* klarzukommen und müht sich mit dem Umblättern der großen Seiten ab.

»Gürteltiere übertragen Lepra, aber sie sterben nicht daran. Das hast du wahrscheinlich schon gewusst.« Ein Ohrstöpselkabel baumelt über der Schulter. Das Bluetooth funktioniert nicht mehr. Außerdem hat er seinen Handyhalter verlegt und muss den klobigen Apparat in der Manteltasche herumtragen.

»Hast du was gegessen?« Ich will, dass wir loskommen, statt rumzutrödeln.

»Ein Joghurtparfait, ja.«

Ich erspähe die unfreundliche Schwarze Anwaltslady von gestern Abend, die an der Rezeption auscheckt, einen teuren rosa Rollenrucksack im Schlepptau. Sie sieht mich hinter dem Rollstuhl voller Gepäck und Paul, der über der *USA Today* brütet. Wahrscheinlich hebt sie eine skeptische Augenbraue, ansonsten kein weiteres Anzeichen dafür, dass sie mich je gesehen hat.

»Ich lese hier drin ...« Paul startet einen ungeschickten Versuch, die Seite mit dem weniger gut funktionierenden rechten Arm einzufalten, dann lässt er sie fallen. »... es gibt etwas, das nennt sich Tatort-Wiederherstellungs-Firma. Hast du davon gehört? Das wäre für meine Firma ein naheliegender Einstieg – wenn du mich fragst.« Er meint Gormles Logistics 3.1 Innovations, seinen früheren Arbeitgeber. Er fummelt an den Schaumresten im Ohr herum, scheint sie aber gar nicht zu bemerken. Bedauerlich, dass ich ihm Mikes Plan, private Nachbarschaftsinfos zu ernten, nie vorlegen konnte. Der glimmt jetzt nur noch.

»Sind wir so weit?« Ich habe seinen Parka über die Taschen auf dem Rollstuhl gelegt. Die Anwaltsdame schreitet an uns vorbei zu den automatischen Türen. Ihr Aufzug ist ein schicker schwarzer, knöchellanger Steppmantel, dazu sensationelle schwarze Steppstiefel mit goldenen Absätzen und Schnallen. Die Flugcrew bemerkt sie, man tauscht Bewunderndes aus.

»Ich hab mich im Badezimmerspiegel gesehen«, sagt Paul. »Nicht gut. Ich sehe scheiße aus. Ich muss abnehmen.« Er hievt sich mit Hilfe des Stocks mühsam aus dem Sessel hoch, drückt sich halb von der Armlehne ab, die Unterseite seiner Zunge steht hervor. Er schnauft durch die Nase. »Voll das Stockholm-Syndrom in diesem Scheißladen. Lass mich bloß nicht hier.« Halb aufgerichtet, schaut er sich um.

»Okay, dann mach ich das nicht.« Ich trete um ihn herum und packe ihn an den Unterarmen, die schwabblig sind und zittern. Jetzt soll nicht dasselbe passieren wie gestern in der Mayo – ein Spektakel. Die Leute glotzen hier genauso, tun aber so, als wär nichts. Im Foyer-Fernseher, zu dem mehrere Leute hochschauen, lässt man sich lautstark über die Amtsenthebung aus.

»Was macht Frauen attraktiv? Hast du darüber schon mal nachgedacht?«, fragt Paul, während ich ihn hochhieve.

»Ja. Ständig. Mach einfach einen Schritt nach vorn, Junge.« Ich mache einen Schritt rückwärts und stoße an eine Fußstütze des Rollstuhls. Musik (unidentifizierbar) sirrt aus einem baumelnden Ohrstöpsel. In einem seiner Mundwinkel sitzt etwas Joghurt. »Willst du gehen oder lieber sitzen?«, frage ich. Er steht aufrecht und nicht besonders wacklig da. Er grunzt, als ihm klar wird, dass er halbwegs stabil Tritt gefasst hat. Dicht an meinem Ohr sagt er: »Gestern Abend hast du gesagt, der Tod wäre so, als geht eine Glühbirne aus.« Jetzt redet er nicht mehr über Frauen und ihre Attraktivität, sondern über das Sterben, während er gleichzeitig zu gehen versucht – was gut ist. Ich stütze ihn am Arm.

»Ich habe gesagt, das hoffe ich. Ich bin noch nicht gestorben. Und du auch nicht.«

»Es ist aber nicht so.« Er stampft mit dem Stock hart auf den Terrazzoboden des Hilton und macht einen Satz nach vorn. Die *USA Today* hat er fallen lassen, da komm ich nicht dran. »Es ist wie ein Scheiß-Schieberegler. Ich hänge an einem Dimmer.« Wir nähern uns den Schiebetüren des Eingangs, und im selben Augenblick kommt eine Frontier-Airlines-Crew herein, frisch aus dem Flughafenshuttle von Denver. Sie machen Platz und schenken uns ein mitfühlendes Lächeln. »Saus und Graus«, brummelt Paul. So nennt er seine schubweisen Gehversuche, die heute gar nicht so schlimm sind.

Draußen in der schreckfrischen Luft von South Dakota sind diverse Fahrzeuge auf dem Gelände unterwegs, murmeln vor ihren Abgaswolken einher. Die Anwältin tuckert in einem schwarzen Tesla vorbei (der eigentlich wie ein Opel Insignia aussieht). Es gibt keine neuen Schneehaufen, auch keinen Wind. Mit etwas Glück kann ich gleich den Dodge zum Leben erwecken. Meine Schulterschmerzen sind mit einem dumpfen Muskelstechen wieder da. Finstere Wörter kommen mir in den Sinn – »Rotatorenmanschette«, »Tommy-John-OP«, »komplette Schulterprothese«. Prompt wenn mein Sohn mich am meisten braucht.

Paul schaut sich in alle Richtungen um, als würde er etwas hören. In seinem Krankenanzug und sonst nichts friert er sich zu Tode. Er braucht einen Mantel. Ich mache das hier nicht besonders gut.

»Also das hier ist jetzt *der echte Westen*?«

Ich kriege den Dodge auf, »Glaub schon«, halte ihn am Arm fest und drehe an dem Schlüssel herum, der womöglich im Schloss eingefroren ist. Der Hilton-Kleinbus verlässt die Vorfahrt, Richtung Flughafen. »Wie findest du es bis jetzt?«

Paul schwankt in meinem Griff wie ein Gebäude. Ich stochere den Schlüssel rein und wieder raus. »Soll ich dir nicht erzählen, was ich vermissen werde, wenn es kein Morgen mehr gibt?«

»Ja, klar. Erzähl's mir jetzt.« Das Schloss gibt ein umgängliches Klicken von sich, und ich kann die Tür mit einem Ruck aufschieben.

»Diesen Scheißladen hier jedenfalls nicht«, sagt er mit einem Linkskrängen. »Hab ich dir ja schon gesagt. Ich will nicht ständig *das hier* machen. Langweilig.«

»Was ist *das hier?*« Ich kann meine Zehen nicht bewegen.

»Na, was wir hier veranstalten, was immer das ist. Bin ich nur das Opfer meines eigenen Erfolges, Lawrence?« Seine Unterlippe zieht sich über die Oberlippe. So unterdrückt er ein schiefes Grinsen.

»Du bist der Hammer.« Ich bugsiere ihn hoch in die Türöffnung des Wohnmobils, was er vermutlich auch selber hinkriegen würde.

»Okay. Damit ich auch der Hammer bin.« Mit der Linken, einknickenden Knien und pfeifendem Atem zieht er sich hoch. »Ich habe ein Gelübde abgelegt«, sagt er mühsam. »Ich muss immer der Hammer sein, sonst.«

»Okay.« Ich schiebe seine Beine in den Fußraum. »Fall bloß nicht raus.«

»Nicht, solange wir stillstehen.«

»Das wär dann nicht der Hammer.« Ich lege ihm den Mantel auf den Schoß und schiebe die schwere Tür dicht an seinem Körper vorbei zu. Er ist drin. Ich wende mich um, den Rollstuhl holen, und dann sind wir wieder unterwegs.

* * *

Auf dem Interstate Highway peitschen drei Polizeiwagen des Staates South Dakota mit rotierenden Blinklichtern und jaulenden Sirenen an uns vorbei. Dann zwei weiß-orange Ambulanzen der Feuerwehr von Sioux Falls mit Stroboskop-Lichtern. Fünf Kilometer weiter erklärt sich alles. Ein Unfall direkt in der Ausfahrt 364. Unser Strom aus Pkws und Lkws wird von Polizeibeamten umgelenkt, runter vom Highway auf die Route 38 durch die Maisfelder. Es ist gerade erst passiert.

Auf der anderen Seite des Highways ist ein Auffahrunfall zu erkennen. Ein Mayflower-Sattelschlepper liegt auf der Seite, klatsch quer über die Fahrspuren. Unter seinem grün-gelben Auflieger befindet sich ein plattgedrückter Pkw, zerplatzte Fensterscheiben, aufgeblähte Airbags, Front und Motor nach hinten gerammt, wo der Fahrer war. Die Polizei hat Leuchtsignale aufgestellt und blaue Folien über die Fenster gehängt, um alles Grausige vor den Blicken der langsam vorbeifahrenden Reisenden abzuschirmen. Der Verkehr Richtung Osten staut sich bis zum Horizont. Kurz befürchte ich, es könnte der Tesla sein, der auf Autopilot in sein Unglück gesteuert ist, aber ich bin mir nicht sicher. Ein kleiner Mann, kurzärmlig, ohne Mütze, steht auf dem Randstreifen und spricht ruhig mit den Polizisten. Das ist der Lkw-Fahrer.

Und dann, als würde ein Vorhang zugezogen, läuft es wieder, und drei Kilometer weiter – bei der SD 38 – biegen wir westwärts ab, wo es Felder und Bewässerungsanlagen gibt, der meiste Schnee ist weg, als wären wir in eine andere Dimension eingetreten. Wenn dir das Wetter nicht passt, warte zehn Minuten. (Wobei, ist das nicht überall so?)

Bis zu dem Augenblick, als wir umgeleitet wurden, hat Paul ununterbrochen darüber gequasselt, wie schlecht uns unsere wichtigsten Medien versorgen. Vor allem die *New York Times*, findet er, liefert viel zu viele Nachrichten, um sich eine verlässliche Meinung zu irgendwas zu bilden. Die Artikel sollten viel reduzierter sein, wie in der *USA Today*, die ich immer für eine Lightversion von Zeitung gehalten habe, er schätzt sie aber. Er hat durchaus nicht ganz unrecht. Er zitiert einen Artikel, der neulich in *USA Today* stand, über einen Mann in Indien – einen Unberührbaren –, der nicht aufhören kann zu niesen, mindestens zehn Mal pro Stunde, seit fünfzehn Jahren. »Das sind achtundzwanzigtausend Nieser«, sagt Paul. »Und ich bilde mir ein, *ich* hätte Probleme. Alles in achthundert Wörtern.«

Vereiste Felder, verlassene Gehöfte, verlassene Feuerwerksstände, Falken auf Zaunpfosten, ein Hirsch am Straßenrand – Paul verstummt, als hätte sich irgendein Thema, das er die ganze Zeit auf Abstand hielt, in sein Gehirn geschlichen. Mit bebendem Bein und bebender dicklich warziger linker Hand (es scheint ihm nichts auszumachen) starrt er hinaus auf einen Pkw, der auf einer baumlosen Erhebung im weiten Feld vor sich hin rostet. Die Great Plains sind nicht so flach, wie sie immer dargestellt werden.

»Hat Clary angerufen?«

»Heute Morgen«, sage ich. »Ich hab sie nicht zurückgerufen. Sie will, dass du nach Scottsdale ziehst. Sie glaubt, ich schaff das nicht.«

Paul sagt: »Eher ziehe ich nach Libyen.« Erleichterung. Obwohl, muss jede Erleichterung willkommen sein? »Weißt du, wie wir früher im Sommer hoch nach Michigan gefahren sind? In diesen schicken Club?«

»Ja.«

»Ich hab heute Morgen versucht, mich an was zu erinnern. Ich weiß, dass Ralph da war. Aber ich kann mich nicht an ihn erinnern.« Sein Bruder.

»Er sprang vom Floß, und ich musste ihn retten«, sage ich. »Weißt du das nicht mehr? Später haben wir zusammen Würstchen am Feuer gebraten.«

»Ich weiß noch, wie *ich* vom Floß gesprungen bin und *du* mich rausziehen musstest. Ich weiß, wie Ralph ein Buch las, aber das war irgendwo anders.«

»Damals warst du erst fünf.«

»Wann ist Ralph gestorben?«

»1979. Du warst sechs.«

Er schaut mich über den Sitz hinweg an, als hätte er mich nicht gehört. »Al's hat auch eine kognitive Seite. Okay? Ich merk das.« Wir fahren an einem behelmten Jungen auf einem Quad vorbei, der über den Highway-Randstreifen brettert, halb im Graben, als wollte er uns ein Wettrennen liefern. »Schade, dass wir diese Reise nicht früher gemacht haben.« Er achtet nicht auf den Raser vor seinem Fenster.

»Für mich funktioniert das, okay?«

»Super.« Er schaut nach draußen auf den Jungen mit seinem Allradquad. »Wie alt war Ralph, als er starb?«

»Neun«, sage ich. »Er war neun. 1979.«

»Komisch«, sagt er. »1979.«

»Das ist jetzt sehr lange her.«

»Zu jung.« Mehr kann er über seinen Bruder nicht sagen.

* * *

Hinter Fulton, South Dakota, blinken die Frontlichter eines silbernen Zuges wie ein Raumschiff vor uns, eine Kette von Erzwaggons, so weit das Auge reicht und darüber hinaus. Die Lichter bewegen sich, wirken aber unbewegt. Paul schnüffelt, wie mein Vater schnüffelte, wenn er etwas gesagt hatte, das vielleicht unartig, vielleicht aber auch ernst gemeint war. »Ich dachte, ich dürfte auch mal fahren. Da hast du wohl gelogen.« Er schaut nach vorn, prüft aber, wie aufrichtig ich bin. Wie verlässlich.

»Du kannst fahren. Jederzeit.«

»Der Krüppel will fahren. Lass den Krüppel fahren.«

»Lass den Krüppel fahren. Wie schlimm soll das schon werden?«

»Das kann es«, sagt er. »Wart's ab. Glättegefahr im Brückenbereich.«

Ich nehme die nächste Farmstraße, die 286th Street (von wo ab das wohl gezählt wird?), und fahre zwischen den Maisfeldern hindurch. Der Zug, den wir gerade beide sehen, wird unsere Straße anderthalb Kilometer weiter kreuzen, aber so weit will ich gar nicht fahren. Es ist elf. Ein einsamer Mond zieht über den nördlichen Quadranten. Hier draußen ist sonst keiner. Die Felder zu beiden Seiten bilden eine gerade Allee, die Paul entlangsteuern kann. Ich halte mitten auf der Straße an, klicke meinen Gurt auf und klettere nach draußen, wo die harrenden Elemente brutal sind. Der Straßenschotter ist festgefroren, das Süßgras zu beiden Seiten flachgedrückt vom Schnee, als er es noch bedeckte. Kein Wind. Weiter oben kommt ein Tier – ein großer Hund – aus den Gräsern, schaut zu uns und trottet dann auf der anderen Seite ins Feld hinein.

»Was zum Teufel war das denn?«, fragt Paul, als ich um das Auto herumkomme und seine Tür aufziehe.

»Ein Hund. Keine Ahnung. Es ist zu kalt, darüber nachzudenken.«

»Ich gehe ohne meinen Parka.« Er fummelt an seinem Gurt herum und hat solche Schwierigkeiten damit, dass ich mich hineinbeuge und ihn abschnalle, obwohl ich weiß, er mag das nicht. »Das lohnt den Scheißaufwand nicht«, sagt er, den Mund vor lauter Frustration verhärtet. Er wirft mir einen ärgerlichen Blick zu, schaut dann durch die Frontscheibe nach draußen.

»Du musst nicht weit fahren«, sage ich. »Nimm uns einfach auf eine Spritztour mit.«

»Scheiß auf die Spritztour. Ich komm nicht mal aus der Kiste raus. Und mir ist eiskalt.« Er schaukelt von links nach rechts, als wollte er sich hinauskatapultieren.

»Klar kannst du. Ich hol dich raus.« Ich packe ihn an der linken Schulter und der blusigen Vorderseite seines USMC-Sweatshirts und ziehe und drehe ihn. Genau so hab ich mir gestern die Schulter verdreht, und sofort schneidet mir ein heißer Dolch am Arm hoch und ins Brustbein, wie eine dringliche Botschaft. »Du könntest mir helfen«, sage ich. Es ist ohne weiteres zwanzig Grad unter null. Ich trage keine Handschuhe, keine Mütze, nur mein Holzfällerhemd von Beans und eine Wollhose, die ich seit vierzig Jahren habe.

Er versucht rauszukommen, und ich habe ihn robust im Griff. Seine Füße stehen auf dem Trittbrett. Allerdings ist es von dem noch sechzig Zentimeter bis zum Erdboden, und wenn ich ihn fallen lasse und wir beide rückwärts in die Gräser taumeln, tu ich mir noch was und liefere uns beide dem Erfrieren aus, bevor uns irgendwer findet.

»Diese Idee ist fürn Arsch«, sagt Paul, der immer noch daran arbeitet, runterzuklettern, der rechte Fuß baumelt, sucht nach dem Boden, der schwere, gummiartige Körper hängt auf mir, bis ich ihn nicht mehr herauszuschaffen versuche, sondern ihn wie eine Teppichrolle umklammere. »Du wirst uns noch beide umbringen, Frank. Ich bin am Arsch. Das hier ist totaler Bullshit.«

Ich habe sein Sweatshirt im Gesicht, und seine linke Hand ist in meine Schulter gekrallt, direkt in den Schmerzkanal hinein. In der Ferne trompetet das Signalhorn des Zuges, als die Lokomotive über den Bahnübergang rappelt. Ich schaue hoch in einen leeren Himmel und suche nach etwas, worauf ich mich konzentrieren kann, während ich meinen Sohn festhalte. Nicht die fiedrigste Wolke. Nicht ein schwebender Raubvogel. Keine DC-10, die null Ahnung hat, was wir hier unten veranstalten.

Und dann reicht es. Mehr als das. Ich gebe bewusst Schub, während ich weiter am gefrorenen Boden Halt suche, in der skalpierenden Kälte ist mein Hals räuspertrocken. Die Finger brennen und stechen, die Schulter pocht, als hätte ich ihr was getan. »Steig einfach wieder ein, verdammt«, krieg ich noch raus, stemme Paul hoch und zurück, wobei ich ausgleite, so dass ich fast mit dem Gesicht zuerst auf das Trittbrett schlage. Mir tun die Wangen weh, die Hände fühlen sich blasig an, die Knie schlackern.

»Was würdest du machen, wenn du hier draußen lebtest?«, fragt Paul mit nervtötender Ruhe, während ich versuche, den Gurt um ihn zu schlingen, damit er sich selber anschnallen kann. Er zuckt mit dem rechten Arm, als schüttelte er einen Martini. Ich bin hier draußen praktisch zu einem Eisblock gefroren.

»Genau das, was wir gerade hier tun«, sage ich und greife rüber. »Alles vermasseln. Wütend werden.«

»Was hat diese Idiotin über mich gesagt?« Der Güterzug – drei orange Burlington Northern Santa Fe-Dieselloks vor einem endlosen Block Kohlewaggons – rauscht über den nächsten Bahnübergang, auf dem Weg in die weite Welt. Ich höre das aufreizende Ratterklacken der Räder auf den Schwellen.

»Wer?«

»Diese Tussi bei den Wohnmobilen.«

»Wir haben nicht über dich gesprochen. Kaum zu glauben, ich weiß.« Ich stehe wütend auf der Straße.

»Schwachsinn. Ich bin immer das Gesprächsthema. Die Welt findet mich faszinierend.«

»Womit kann ich dich glücklich machen, mein Sohn?« Ich hatte gedacht, das würde einfach. Ein Selbstläufer. Ein Klacks. Sollte es doch auch sein.

»Mit mir wird nie mehr jemand ins Bett gehen, stimmt's? Und ich habe meine Schwanzwunde.« Er hockt auf seinem Sitz in der Falle und starrt wütend auf die Windschutzscheibe.

»Was?«

»Mit diesem Mädchen in der Bibliothek hatte ich Fortschritte gemacht.« Untröstlich lässt er den Atem wieder raus. Die rechte Hand fuchtelt immer noch, eingerollt wie eine Krabbenschere, und von unserem Geracker hat er verstrubbelte Haare. Ein trauriger Anblick.

»Davon weiß ich nichts. Ich weiß nicht, wovon du redest.«

»›Morgen vielleicht schon / find ich, was ich suchEEE‹.« Er singt.

»Tu das nicht, Junge. Sing nicht. Ich erfriere hier draußen.« Ich zittere wirklich.

»Das ist mein Scheiß-Mottolied, Lawrence.«

»Nenn mich nicht Lawrence, Arschloch. Ich bin dein Vater, nicht dein Krankenpfleger. Ob's dir gefällt oder nicht.«

»Was sollte mir daran nicht gefallen?«

»Was weiß ich. Sag du's mir.«

»Du bist die Größte, Alice. Jetzt mach dieses Lungenentzündungsloch endlich zu. Wenn du erfrierst, denk dran, wie's mir geht. Ich bin gerade mal so am Leben.«

»Okay«, sage ich, und dann nochmal: »Okay.« Hinten, ganz am anderen Ende des weiten Maisfelds, hält das Hundswesen, das unseren Weg gekreuzt hat, inne und starrt zu uns rüber, kratzt sich mit einem

Hinterbein am Ohr, trottet zur Kuppe des Feldes und ist nicht mehr zu sehen. So weit sind wir gekommen. So wenig haben wir geschafft.

* * *

In Mitchell sind wir schnell bei der Sache – Mittagessen im Ole Conestoga Chuckwagon, wo die Speisekarten aus laminierten Farbfotos des Essens bestehen (Pauls Lieblings-Speisekarten). Das *plat du jour* ist der Bisonburger, den er bestellt, dann aber nicht in die Hand nehmen kann, also helfe ich ihm beim Zerschneiden, was er zulässt. Schwer vorherzusagen, was ihn stören könnte oder nicht. Er ist wieder mal anpassungsfähiger als ich und konzentriert sich mit Freuden auf das, was vor ihm liegt. Während er seinem Bisonburger und den Fritten mit einem Löffel beizukommen versucht, den er wie einen Dolch umklammert, lässt er sich darüber aus, was für eine hervorragende Arbeit das bei der Human-Resources-Logistik war. Persönliche und öffentliche Relevanz zu erlangen ist nicht nur Quark, denn wer nicht »kreativ arbeitet«, landet schnell in Einsamkeit und frühem Tod. Usw. usf. Das wäre ein guter Augenblick, um die Stimmung aufzuhellen und über unsere gemeinsame Anti-Bucketlist der Dinge zu reden, die wir nie mehr machen werden, weil wir vorher tot sein werden. Poi essen. Einen Basketball dunken. Eine Heldentat in einem U-Bahn-Waggon vollbringen. Einen französischen Pass haben. Unsere Hintern auf dem Kopierer verewigen. Aber Paul legt los über Lichtverschmutzung und unerwünschte Bodenechos von Fahrzeugen »tief im Westen« und dass deswegen der Vogelzug am Arsch ist – »das passiert auch durch Regenbogen«. Und genau in diesem Augenblick tritt die Schwarze Anwältin, mit der ich gestern Abend unerwünscht ins Gespräch kommen wollte und die mich abblitzen ließ, um die ich mich schon wegen des Mayflower-Sattelschleppers gesorgt hatte – aber er hat sie eindeutig nicht plattgemacht –, durch die Tür des Ole Conestoga, begleitet von einer weiteren erfolgreichen Schwarzen Lady derselben Generation (ihre Zeta-Phi-Beta-Schwester, keine Frage), anscheinend sind die beiden unterwegs zu Festivitäten weiter im Westen. Mehrere Cowboy-Kunden und zwei Staatscops nehmen diskret Notiz von ihnen und kehren dann zu ihrem Apfelstreusel zurück. (Mitchell liegt an der Interstate; da gewöhnt man sich an alles Mögliche.) Die kleinen Juristenaugen suchen den Raum nach einem Tisch ab, streifen mich, der ich meinem Sohn gegenübersitze, und kehren zu mir zurück, als wollte sie sich zu uns setzen oder uns komplett weghaben. Ich lächele ein sinnloses Halblächeln, aber nicht einladend. Sie geht weiter, zum zweiten Mal würdigt sie meine Existenz keiner expliziten Reaktion. Ich hingegen, der ich sie schon längst abgeschrieben habe, ich kenne ja nicht mal ihren Namen, ich brauche gar nichts. Wenn es zu potenziell bedeutsamen menschlichen Empfindungen kommt, bringt mich das neuerdings öfter in diesen Schlingerzustand. Aus dem Rennen.

»Die meisten Schlaflosen schlafen länger, als sie zugeben …«, höre ich meinen Sohn sagen. »Ich habe überhaupt keine Schlafprobleme.«

»Das ist gut, mein Junge. Ich wünschte, das könnte ich auch behaupten.«

»Tja«, sagt er und hievt ein letztes Stück Bisonburger auf den bereits aufgesperrten Mund zu. »Du hast es schwer, Lawrence. Wirklich. Jepp. Du hast mein Mitgefühl.«

Und das war das Mittagessen. Leicht rein. Leicht raus.

* * *

Mitchell hat dem hoffnungsfrohen Reisenden an sich wenig zu bieten, wäre da nicht der Einzige Maispalast der Welt. Zum Auskundschaften unternehmen wir eine kurze Fahrt durch den »guten Teil« von Mitchell, wozu der Campus der South Dakota Wesleyans gehört – das sind die kämpfenden Methodisten –, kleine-feine Backsteinbauten und ordentlich viel Bäume, wo ich mich gut als Professor sehen kann (allerdings unklar, was ich dort unterrichten würde). Das unstressige Geistesleben in der Prärie mit freien Abenden für Wodka, viel Fernsehen, ohne Kontakt zu den Nachbarn, und dann eine Romanze mit einer ganz lieben Geschiedenen, die sich nichts aus dem kurzatmigen Leben da oben in Pierre, South Dakota, macht. Wie immer reizt mich die Dichte des Lebens woanders, auch wenn ich klug genug bin, dessen Ausdünstungen nicht zu tief einzuatmen. Es gibt Gründe dafür, warum so wenige Leute hier draußen leben. Als Pionier kannst du kein Prinz auf der Erbse sein.

»Wofür ist South Dakota berühmt?«, fragt Paul und beäugt die älteren, stämmigeren Fakultätsgebäude, die bald ausdünnen zu weniger stämmigen Split-Levels und Ranches auf briefmarkengroßen Grundstücken, die meisten mit Booten, Fahrrädern, Schneepflügen, Wohnwagen und Quads, von denen ihre Einfahrten voll sind. Ohne den Winterschnee wirken sie dürftig und karg. Plakate für die lokalen Wahlen tüpfeln die Vorgärten. »Wählt Nepstadt. Ihr werdet es nicht bereuen.«

»George McGovern war hier auf dem College«, sage ich. »Die haben ein Museum für ihn direkt auf dem Campus.« Das hab ich bei meiner Reiserecherche gelesen.

»Der war ein Hirni. Oder?«

»Wir haben ihn gewählt. Deine Mutter und ich. Wir glaubten, er gewinnt.«

»Wählt Bascombe. Ihr werdet es euer Leben lang bereuen.« Paul kann das rechte Knie nicht zur Ruhe bringen und legt die Hand darauf, räuspert sich, um davon abzulenken.

»Er hätte einen guten Präsidenten abgegeben.«

»Schluss mit dem liberalen Blabla. Baut mehr private Gefängnisse.« Die Schilder hat er am Highway gesehen und fand sie gut. »Du solltest hier Professor für unpersönliche Beziehungen werden, Frank.«

»Vielleicht könnten wir mehr miteinander reden. Nicht bloß Witze machen«, sage ich. Mir würde das gefallen. Ich steuere uns hinaus aus den zusammengestoppelten Wohnstraßen, zurück in das geschäftige Herz von Mitchells Handel.

»Wenn nichts witzig ist, ist auch nichts ernst, oder?« Er schaut mich an.

»Mag sein.«

»Ich mach mir keine Sorgen über das Sterben, okay? So viel gibt es da nicht zu bereden.«

»Sieht so aus.«

»Ich verdränge nichts, du etwa?«

»Ich vielleicht«, sage ich. »Entschuldige.«

»Dann übernimm du doch das Reden. Ich mach lieber Witze. Du bist lächerlich.«

»Okay«, sage ich. »Ich versuche mich zu bessern.«

* * *

Alle Schilder führen uns zum Maispalast. Mitten in einer Stadtlandschaft aus Mega-Wash, Kwik Phil-Tankstelle, der Mais-Treuhand-Bank und dem Siouxland-Kieferchirurgen geht es mir sofort besser. Der mitreißende Geschäftsgeist kurz vor St. Valentin – dem Feiertag, der dem Geschäftsgeist entsprungen ist.

»Ich überlege, mir ein Tattoo machen zu lassen«, sagt Paul, während er die Fußgänger von Mitchell beobachtet, die bei minus zwölf Grad durchgefroren und eilig in Geschäfte hasten und wieder raus. »Mit so was muss ich mich jetzt ranhalten.« Er dreht sich zu mir und leckt sich die Lippen, als hätte er einen trockenen Mund. »Eine Zielscheibe, das Schwarze genau überm Herzen, wär doch toll, findest du nicht?« Mit seiner heilen Hand rückt er seine bestickte Jarmulke zurecht, das Geschenk eines Arztes, das er aufgesetzt hat, als wir das Conestoga verließen. Daran herumzufummeln zwingt ihn zur Konzentration, er beißt sich auf die Unterlippe. Auch heute ist wieder ein guter Tag, um Jude zu sein.

»Und eine Meerjungfrau?«, sage ich. »Oder ein Drache?«

»Und wie ein Volldepp aussehen, na danke. Lieber was Praktisches.

Weißt *du* genau, wo dein Herz ist? Die Leute versuchen immer, sich ins Herz zu schießen. Dann geht's daneben, und sie sind im Arsch.«

»Hast du vor, dich zu erschießen?«

»Dafür hab ich nicht genug Eier in der Hose. Also nein.«

Ich biege auf den Parkplatz des Maispalasts ein, alles voller Fahrzeuge und Familien, die Richtung Eingang hetzen. »Wenn du doch genug davon vorfindest, sag Bescheid, ja? Dann will ich woanders sein.«

»Dein Herz sitzt normalerweise sowieso am falschen Ort, Frank.« Er schürzt die Lippen, wischt sich die Nase mit dem Ärmel ab und starrt mürrisch in den Mittagsverkehr.

* * *

Der Maispalast ist, als ich Paul erst mal in seinen Rollstuhl gesetzt und um die Ecke zur Vorderseite geschoben habe, dankenswerterweise so, wie ich ihn in Erinnerung habe, als ich ein zehnjähriger Nichtswisser war. Allerdings auch nicht mehr als das – liebgewordene frühe Erinnerungen, vom Zauber des soeben kennengelernten Lebens geschürt, vom Vergehen der Zeit verblasst. Oft kein Verlust.

Ursprünglich von schwerblütigen lutherischen Stadtvätern in einem Anfall von Übermut als weihevolle, allerdings kremlartige Hommage an Demeter mitten in die Stadt gesetzt, war der Palast auch vor hundertvierzig Jahren schon eine architektonische Kuriosität. (Warum sollte man sich noch einen davon wünschen?) In Pioniertagen diente er als eigenwilliges Bürgerzentrum, sein komplettes Äußeres – Wände von fünfzehn mal dreißig Metern – wurde mit »Maiskolbenkunst« verschalt, woraus gigantische ländliche Panoramen entstanden, um Handelskammer, Business und die ganze Gemeinde ordentlich in Stimmung zu bringen. »75 Jahre Fortschritt in der Prärie«. »Die edle Rothaut«. »Lewis und Clark«. »Das Gottvertrauen der Siedler«. Als meine Eltern mich Anno 54 hierherbrachten, auf unserem Weg zum Mount Rushmore, war das Jahresmotto »Der Junge von Dakota ist zurück«, mit Maisdarstellungen eines grinsenden, Akkordeon schwenkenden Mr. Welk und seines Champagne Orchestra (die auch tatsächlich auftraten, als wir da waren, und die Leute tanzten dazu), meine Mutter mochte das und ich irgendwie auch, mein Vater allerdings, ein entschiedener Nichttänzer, blieb im Foyer, rauchte und grübelte über die ›rote Gefahr‹ nach, die meiner Mutter und mir ziemlich egal war.

Als Grünschnabel erschien mir der Maispalast wie die flamboyanteste, verblüffendste Konstruktion von Menschenhand – Maiskolben-Minarette, Maiskolben-Trompen, »maurische« Maiskolben-Bögen, »russische« Maiskolben-Zwiebeltürme, plus Maisfriese mit tanzenden und singenden Bauern und dem Grimassen schneidenden Mr. Welk, der so tat, als leitete er die Band wie Paul Whiteman. Ich weiß noch, wie ich beim Hinauskommen in den nach Erde duftenden Dakota-Sommerabend zum ersten, entscheidenden Mal mit der magischen Vereinigung aus dem fraglos Überdrehten und dem unerforschlich Wundersamen in Verbindung trat. Hier hatten täppische Bauerntrampel aus den Rohmaterialien, die direkt unter ihren Füßen lagen (Mais), einen besseren (so fanden sie) Taj Mahal gebaut als der echte – denn ihrer war gleich hier in der Main Street, und keiner musste dafür nach Agra. In seinen Räumen konnte Billy Graham ein Gebetsfrühstück inszenieren – und tat das auch. Tennessee Ernie konnte *Sixteen Tons* singen, Jack Benny konnte Geige spielen. Präsidentschaftswahlen (Grover Cleveland und William McKinley) konnten ausgezählt werden. Der Kunstverein konnte seine Open-Air-Frühjahrsausstellung mit Werken seiner lokalen Genies abhalten, und die kämpferischen Mitchell Fighting Kernels konnten Körbe werfen. Alles, bis ins Letzte, so amerikanisch wie das FBI. Weshalb mein Sohn den Maispalast sehen soll, bevor er stirbt – die Nähe zwischen dem Tiefempfundenen und dem Lächerlichen ist schließlich sein Yin und Yang.

Während wir uns dem Eingang an der Straße nähern, kommen und gehen Ströme von Touristen unter der alten Kinomarkise vorm Maispalast durch, machen Selfies, grinsen und klopfen Sprüche über den

Palast, als würden nur sie den Witz wirklich verstehen. Das in Mais gestaltete Motto der Saison lautet »Salut dem Militär«, auf der großen Fassade sind Abbildungen unserer Marines auf Iwojima, unserer Air Force, wie sie die Atombombe auf Nagasaki abwirft, unserer Seeleute auf der unglückseligen USS South Dakota – ein Opfer der Schlacht von Guadalcanal – und aufgereihte Maissoldaten, die vor einer riesigen Stars-and-Stripes-Flagge aus Mais auf einer kompletten Außenwand salutieren. Viele hier sind Veteranen und stehen in Habtachtstellung auf dem Glatteis-Bürgersteig, salutieren der Mais-Tapete und lassen sich von ihren Lieben dabei fotografieren. Für sie ist das das Nonplusultra.

»Was zum Teufel ist das denn?«, fragt Paul, als ich seinen Rollstuhl auf die Reihe der Außentüren zusteuere.

»Schwer zu beschreiben«, sage ich. »Meine große Überraschung.«

»Ach nee«, und ich schiebe ihn in diesen funzeligen, miefigen Raum, im Grunde ein altmodisches Theaterfoyer, unrenoviert seit meinem Besuch vor fünfzig Jahren.

Das große dunkle Foyer ist herrlich warm, und überall hängen Plakate von berühmten Auftritten, die einst die Bühne im Auditorium zierten – jenseits der roten Samtvorhänge ganz hinten, dahin streben alle Touristen. Etwas subtil Schmuddliges hängt in der Luft, als würde etwas nicht so Nettes öffentlich gemacht, irgendwie mag ich das. Paul stiert um sich, anscheinend findet er nichts so richtig schräg, und lässt die Fotos von den Dorsey Brothers, den Three Stooges, Crystal Gayle und Pat Boone auf sich wirken, auch der Große Jedermann und rechtslastige Profitmacher, Präsidentschaftskandidat William Jennings Bryan, ist dabei, der hier Anno 1900 erneut seine »Rede zum Kreuz aus Gold« hielt. Liberace sitzt an einem weißen Flügel mit Kerzen und trägt zum weißen Smoking ein breites lüsternes Grinsen.

Meine Schulter, unbeeindruckt von dem extrastarken Excedrin, das ich im Conestoga gekauft habe, tut wieder weh, und meinetwegen könnten wir auch gleich gehen – bevor Pauls Interesse abflaut und wir in einer trügerischen Zeit- und Ortlosigkeit stranden (das Foyer des

Maispalasts scheint dafür ein fruchtbarer Boden zu sein). Dieses Risiko ist allgegenwärtig und muss vermieden werden. Wie landen wir, auch bei den besten Absichten, da, wo wir landen?

»Vielleicht sollten wir uns trollen«, sage ich lahm.

»Kommt nicht in Frage.« Paul mit Jarmulke (wenn er die doch endlich absetzen würde), reißverschlossen in seinem Parka, kurbelt ungläubig den Kopf zu mir herum. Er ist heute vermutlich der einzige Jude im Maispalast. »Du hast uns hergebracht. Das hier ist besser als Disneyland – wo du eh nie mit uns warst.«

Ich schiebe seinen Rollstuhl zu den plüschigen Vorhängen und dem allerheiligsten Auditorium dahinter.

»Ich hab's immer angeboten. Ihr wolltet nie.«

»War nie ernst gemeint. Das wussten Clary und ich beide.«

»Meine Eltern waren mit mir auch nicht in Scheiß-Disneyland«, sage ich. »Sondern hier.«

»Und wenn *ich* mal verzweifelt bin, lese ich die Großen Russen«, verkündet Paul pseudodramatisch mit zuckender Hand und nicht lupenreiner Artikulation.

»Was soll das denn heißen?«

»Das heißt, *und* und *aber* sind dasselbe, Lawrence. Du bist im Rückstand. Streng dich mal an.«

* * *

Ich rolle Paul durch die Samtvorhänge in den dahinter liegenden Raum, was immer der ist – trügerisch womöglich. Aber zu meiner freudigen Überraschung sieht das Allerheiligste des Einzigen Maispalastes der Welt nicht mehr so aus wie 1954, als ich mit meiner Mutter neben einhundertvierzehn schwofenden Dakotanern tanzte. Damals war der »Große Saal« als altmodische Turnhalle gestaltet, mit einem Basketballfeld und vergitterten Fenstern, aber auch mit Bühne und Zuschauertribünen. (Wir tanzten auf dem Turnhallenboden.) Jetzt ist alles hier drin modernisiert zu einer Geschenkboutique rund ums Thema Mais, die schwarze Anzeigetafel und die Spieluhr hängen allerdings noch am Südende, und bestimmt beharken sich die Kämpfenden Methodisten und die Kämpfenden Maiskörner immer noch auf dem Basketballparkett. Ich hatte eine gespenstische Grabkammer voll Memento mori befürchtet – als besuchte man den Zoo und das Weiße Nashorn wäre gestorben.

Genau wie ich kann sich mein Sohn für nichts mehr begeistern als für die Anomalien des Handels. Die Grabsteinfirma, die Abwassertanks verkauft, die Tierfutterhandlung, die Seebestattungen anbietet, den Schuhladen, wo es auch Baseballtickets gibt. Die »Maispalast-Boutique« verteilt sich über das Ganze, Arena/Auftrittsbühne/Wahllokal: ein Macy's-Kaufhaus voller Mumpitz mit Maisbezug. Billige Maiskolben-Schlüsselanhänger und Maiskolben-Türstopper aus Plastik, Bilderrahmen, Fliegenklatschen und Rückenkratzer im Maiskolben-Look. Plastik-Flaschenöffner, Sonnenbrillen, Klopapier, Brieftaschen, Cowboyhüte, Kugelschreiber und Zahnbürsten, allesamt im Maiskolben-Look. All das ist haargenau der Grund, warum Paul Bascombe auf der Welt ist: um so etwas zu suchen, sich zutiefst dafür zu interessieren und davon faszinieren zu lassen. Ich hätte nicht vorausahnender sein können. Vorläufig bin ich erlöst.

»Das ist echt außergewöhnlich«, sagt Paul und rast mir mit dem Rollstuhl weg, wirbelt die Räder mit beiden Händen auf die Regale und Inseln und Gondelköpfe und Aufsteller zu, die mit den Mais-Must haves für jede Lebenslage vollgepackt sind. In der großen Turnhalle brummt es vor Einkäufern – stämmige, lang verheiratete Männer (und Frauen) mittleren Alters in Motorradkluft auf dem Weg zum Harley-Himmel in Sturgis, College-Studis aller möglichen Herkünfte und Schattierungen sowie die komplette Passagierliste der Pennsylvania Dutch Heartland Tour, deren Bus ich im Leerlauf auf dem Parkplatz gesehen habe – unterwegs auf einer billigen Ausflugstour im Winter, als wäre South Dakota im Februar dasselbe wie die Karibik.

Sofort bemühe ich mich, Paul freie Bahn zu lassen, stelle mich an den seitlichen Bühnenrand und lasse den Einkaufstrubel auf mich wirken, da oben sang Patti Page 1951 einst den *Tennessee Waltz*. Von seinem Rollstuhl aus hat Paul die Dinge blitzschnell erfasst, fährt hin und her und seitwärts durch die Gänge, rammt dem einen oder anderen Oldie gegen die Achillessehne, kurvt zwischen zwei schlanken Schwarzen hindurch, um einen besseren Blick auf maisverzierte Sweatshirts, Traktor-Mützen, Rodeogürtel und Nummernschild-Rahmen zu bekommen. Er behält mich im Blick und hält ab und zu eine Schachtel Zahnpasta oder ein Mundwasser mit Maisgeschmack hoch – ich antworte mit einem wissenden Nicken, worauf er mir ein noch schlaueres, noch wissenderes Nicken zurückgibt. Wobei: Wenn alles, was ich je auf der Welt bewundert habe, an einem Ort versammelt wäre, damit ich mir was aussuche – ob ich dann wohl irgendwas davon haben wollte? Die Antwort lautet – vielleicht.

»Wenn es das nicht gäbe, müsste es keiner erfinden«, ruft Paul aus, steuert blinzelnd seinen Rollstuhl zu mir herüber, die Jarmulke sitzt erstaunlicherweise immer noch auf seiner kahlen Stelle. Beide Füße scharren nervös auf den Rollstuhlstützen. »Ich bin der einzige Rollstuhlfahrer hier«, sagt er. »Ist dir das aufgefallen?« Er wirkt jünger.

»Hab nicht drauf geachtet.« Hab ich wohl. Es stimmt. Wir stehen bei den klingelnden Kassen, die von verblüffenden, grinsenden Amazonen aus Mitchell besetzt sind, sie haben Highschool-Gleitzeit und tragen alle gelbe Maispalast-T-Shirts. An jeder Kasse wird ein Riesenumsatz gemacht.

»Ich muss hierherziehen«, sagt Paul jubelnd. »Ich würde jeden Tag kommen.« Paul hat etwas gekauft, das ich nicht erkennen kann. Vielleicht einen Maiskolben-Schuhanzieher. »Ich wusste nicht, was ich kaufen sollte«, sagt er. »Sie haben ein Sackloch-Spiel. Aber ich hab ja schon eins. Ich hab mir bloß die hier geholt.« Jetzt sehe ich auf seinem Schoß eine Zellophantüte mit gelbem Karamellmais, und aus der Parkatasche zieht er einen Plastikholz-Bilderrahmen, auf dessen unterem Rand

Maispalast in das Fakeholz »eingebrannt« ist – wie mit einem der alten Brandmalerei-Sets aus meiner Kindheit gemacht. Das Wort *Paul* ist am oberen Rand »eingebrannt«, und auf einem der senkrechten Ränder steht eine Liste aller lobenswerten Eigenschaften, die jeder Homo sapiens namens Paul aufweist. Das reicht er mir mit seinem Schlauer-Fuchs-Grinsen. Hinter dem Glas steckt ein Farbfoto von einem anderen »Paul« auf billigem Papier, einem dunkeläugigen Irgendwie-Latino, einem gutaussehenden Surferboy mit buschigen Haaren und vollen, mädchenhaften Lippen und einem lasziven Lächeln mit zu vielen Zähnen. Dieser Paul hat die »Fähigkeit, tolle Sachen zu lernen«, ist »ein Mensch voll Zufriedenheit«, der »eine Schulter zum Anlehnen bietet und sich öffnet«, er ist »ein aufgeklärter Mensch« und »sehr engagiert«.

Ringsum drängen sich andere Kunden. Eine weitere Reisegruppe ist eingetroffen. Es wird langsam heiß und stickig hier drin, während die klingelnden und surrenden Kassen Quittungen ausspucken.

»Okay«, etwas Besseres kriege ich zu Pauls »Paul«-Bild nicht heraus.

»Magst du es?« Er ist in Hochstimmung, dass ich so ratlos bin. »Das ist der Sohn, von dem du nie zu träumen wagtest.«

»Toll. Okay.«

»Diese Liste beschreibt mich perfekt. Findest du nicht? Ein aufgeklärter Mensch. Sehr engagiert.«

»Glaub schon. Vielleicht brauchst du das nicht zu kaufen.«

Seine Augen funkeln und schießen Pfeile ab. »Das ist für dich. Zum Gedenken.« Er räuspert sich, aber die Kehle will nicht loslassen, was er rausräuspern will.

»Mehr als dich brauche ich nicht.«

»Ich hab's gekauft. Es ist hervorragend.«

»Ich will es nicht«, sage ich. »Es ist gruselig. Du bist gerade ziemlich gruselig, ehrlich gesagt.«

»Warum sind wir an diesen Scheißort gefahren, wenn du mir nicht mal ein bisschen Spaß gönnst. Ich habe gerade Spaß. Das hier ist Spaß. Krieg mal bessere Laune und leck mich.«

»Okay. Gut. Mach ich.« Die Menge der Einkäufer ringsum wird mir zu viel – ich spüre etwas Wirbeliges wie Schwindel, eine Neuropathie, einen Anfall, die nächste TIA – alles auf einmal. Mein Gesicht wird kalt, merke ich. Und warum auch nicht? Todesursache Maispalast.

»Du machst jetzt aber nicht die Grätsche, Lawrence?« Paul starrt von seinem Rollstuhl hoch, sein feuchter rosa Mund ist ein O, versucht, ein Grinsen zusammenzukriegen, scheitert aber. »Das wäre unfair.«

»Nein«, sage ich. »Du hast recht. Das wäre es.« Gesicht und Hände werden schon wieder wärmer. Es war nur ein kurzer Aussetzer. Vielleicht habe ich einfach solche Episoden. Ich spüre meine Füße, sie stehen beide flach auf den gelackten Dielenbrettern. Die werden mich schon noch aufrecht halten. »Können wir einfach hier raus?«

»Klar«, sagt Paul.

»Ich will dieses beschissene Bild nicht.«

»Zu spät. Es kommt mit. Du kannst dir nicht alles aussuchen.«

Rachsüchtig packe ich die Griffe des Rollstuhls. »Ich weiß«, sage ich und schiebe und drehe und justiere meinen Sohn über den Boden hin zu den Türen mit den roten Vorhängen, durch die wieder neue Besucher drängen, alle ganz aufgekratzt über alles, was sich auf der Welt aus Mais machen lässt. »Ich weiß«, sage ich noch einmal. Und ich weiß es auch. »Es ist okay«, sage ich. Und das ist es auch. Wir gehen hinaus.

* * *

Clarissa Bascombe ruft (wieder) an, gerade als wir auf dem Parkplatz vom Maispalast unser Gefährt erreichen. Wie immer will sie alles wissen (und bestimmen).

»Okay. Wo seid ihr zwei?« Sie klingt eilig. Ein ächzender Heartland Tour-Bus lädt noch mehr fröhliche Winterreisende ab, auf ins Vergnügen da drinnen. Ich würde lieber nicht in Pauls Gegenwart mit ihr reden, aber es geht nicht anders. Auf dem Beifahrersitz hält Paul sein »Paul«-Bild fest, immer noch in Jarmulke und *Genie an der Abreit*-Sweatshirt, er sieht ungeduldig aus, der rechte Arm bebt.

»Wir sind in Mitchell, South Dakota, Schatz. Wir haben gerade diesen unglaublichen Maispalast besichtigt. Es gibt nur einen, soweit ich weiß. Jetzt sind wir im Auto. Im *Warmen Wind*, genauer gesagt. Heute fahren wir zum Mount Rushmore weiter.«

»Wozu?« Wie immer bellen Hunde im Hintergrund. Sie ist in den Zwingern. Dann das Geräusch einer schweren zufallenden Tür und Stille. »Hast du mich gehört?«

»Ja. Um die Präsidenten zu sehen. Es war seine Idee.« Paul zieht einen Schmollmund und wirft mir einen gemeinen Seitenblick zu. Unser Gespräch gefällt ihm, weil es heikel und ironisch ist und sich um ihn dreht.

»Wann kann ich ihn sehen, Frank? Geht es ihm gut?«

»Würde ich sagen. Er hat ALS. Also geht es ihm nicht bestens. Aber er ist in Ordnung.«

»Sag ihr, ich habe sechzig Hunde und Katzen und lebe im Dreck«, sagt Paul. »Sie soll mich hier rausholen. Ich bin ein Gefangener.« Das gefällt ihm noch besser.

»Hast du das gehört?«

»Was? Nein. Du klingst komisch. Ist alles in Ordnung bei dir?«

Paul sagt: »Heute ist der Nationale Hol-dir-einen-neuen-Namen-Tag. Ich ändere meinen zu Ted Ramsey. Oder vielleicht Will Blaine. Wo ein Will, da ein Weg.«

»Paul sagt, er will seinen Namen ändern.«

»Du kümmerst dich überhaupt nicht um ihn, das ist offensichtlich. Nimmt er sein Riluzole? Das ist alles nicht gut für ihn. Ist er in der Klinik fertig?«

»Jepp. Alles zu Ende gebracht. Er nimmt sein Riluzole. Ich krieg das ganz gut hin.«

»Von wegen. Stress ist äußerst gefährlich für ihn. Er braucht jetzt jede denkbare Unterstützung. Er hat die schnell voranschreitende Art. Fährst du nach New Jersey zurück?«

»Vielleicht fahren wir noch an den Schauplatz von Custers letzter Stellung. Der liegt nur ein Stück weiter. Dann vielleicht nach Kamloops. Das müssen wir besprechen.« Ich rede wirklich komisch. Keine Ahnung warum. Meine Tochter hat manchmal eine verstörende Wirkung auf mich. Ehrlich gesagt mag ich sie nicht besonders.

»Er muss nach Scottsdale kommen, Frank. Und zwar sofort. Ich kann auch zu euch kommen, nach da draußen. Oder da oben. So weit ist das nicht, oder?«

»Wahrscheinlich nicht.«

»Wir haben Zugang zu einem Jet, über Cookies Vater. Du kannst mit uns zurückkommen.«

»Das wäre toll, Schatz. Aber hier ist gerade wirklich alles okay.«

»Ich weiß inzwischen viel mehr, Frank. Ich habe einen Onlinekurs belegt. Es ist kompliziert.«

»Stimmt. Das weiß ich. Schön, dass du einen Onlinekurs gemacht hast. War der von Harvard? Ich ruf dich in ein, zwei Tagen an, wäre das gut?«

»Du machst mir Angst. Ihr beide macht mir Angst. Du klingst komisch. Ich glaube, ich rufe die Polizei.«

»Das würde ich nicht tun.« Zwei Männer von dem Heartland-Bus haben unser *Warmer Wind*-Gefährt entdeckt und lachen sich scheckig darüber, recken die Daumen in unsere Richtung, als wäre der Wohnwagen voller Zirkusclowns.

Paul sagt: »Frag sie mal, ob sie den Unterschied zwischen einem Diadem und einem Diakon weiß.«

»Lass mich mit ihm sprechen.«

»Er spricht bestimmt gern mit dir, nicht wahr, mein Sohn. Sie will mit dir sprechen.« Ich reiche Paul mein Telefon. Seine Augen glänzen. Er hält immer noch das Bild vom »anderen Paul« fest und muss es unter die schlecht funktionierende rechte Hand drücken.

»Hi«, sagt er. Augenblicklich ernst. Ihr Jasager, Schleimer, Speichellecker und Arschkriecher. Ihr will er gefallen. »Es ist okay«, sagt er. »Ja. Ja. Alles gut.« Seine Stimme klingt nicht mehr dünn oder zu hoch, die kranke Hand fuchtelt am Ende des grauen Sweatshirtärmels. Bei ihm hat sie die Macht, etwas zu ändern. Immer schon gehabt. Und nicht immer zum Besten. »Das verstehe ich«, sagt Paul. »Nein, ist er nicht. Mach ich. Das musst du nicht. Wahrscheinlich wird es so kommen. Nein, nicht jetzt. Ganz sicher. Ja. Ja. Genau. Okay.« Er reicht mir das Telefon über das Armaturenbrett hinweg. »Ich hab alles wieder gerichtet«, sagt er mit einem vergifteten Lächeln, stillschweigendes Einverständnis plus Hinterfotzigkeit. »Sie hat versprochen, keine Lesbe mehr zu sein.«

»Hi«, sage ich, wieder in der Leitung. »Siehst du, es geht ihm gut.«

»Es geht ihm nicht gut«, sagt Clarissa. »Er braucht ein neues Ärzteteam.«

»Das hatte er in der Mayo«, sage ich. »Die haben gar nichts besser gemacht. Mit mir ist er immerhin glücklich. Ich weiß mehr davon als du.«

Draußen auf dem Parkplatz des Maispalastes begrüßt jemand, der als großer, strahlend gelber Mais aus South Dakota verkleidet ist, die Reisenden aus dem Heartland-Bus, die begeistert den Maiskolben abklatschen, Selfies machen und so tun, als tanzten sie mit ihm über den vereisten Boden. Paul sieht zu und wirft mir dann einen Blick tiefster Zufriedenheit zu. Nichts kann die Dinge wieder in Ordnung bringen. Aber hier ist eine kleine Reminiszenz an das frühere Leben. Eine kleine Gnade. Ein Possen treibender Maiskolben.

»Na schön, vergiss die Polizei. Versprichst du mir eins, Frank? Wenn ihr fertig damit seid, was immer ihr da veranstaltet, erlaubst du mir, ihn zu holen und ihm zu helfen? Du kannst auch mitkommen und bei uns bleiben. Ich bin nicht der schlechteste Mensch auf der Welt.«

»Nein. Wahrscheinlich nicht. Allerdings würde ich lieber in Libyen leben als in Scottsdale.«

»Schön. Aber versprichst du es mir?«

»Sag ihr, ich hoffe, dass ich sterbe, bevor mir alle Haare ausgefallen sind.« Er ist fasziniert von dem Maiskolben, der mit den Busreisenden herumhüpft und -tollt, ihnen sogar um die Ecke zum großen Eingang mit dem Salut ans Militär nachläuft.

»Ich kann gar nichts versprechen, Schatz. Ich werd's versuchen. Okay?«

»Ich bin seine Schwester, weißt du. Ganz gleich, wie du zu mir stehst.«

»Ich steh gut zu dir. Und Paul auch. Wir haben dich beide lieb. Sehr. Bloß sind wir heute hier in South Dakota.«

»Vergiss nicht, mich Ted Ramsey zu nennen«, sagt Paul, Will Blaine hat er vergessen.

»Es fällt mir echt nicht leicht, mit dir klarzukommen, Frank.«

»Ich weiß. Das tut mir leid. Ich versuche, dich auf dem Laufenden zu halten.« Noch eine Redewendung, die Paul liebt.

»Okay. Sag ihm, ich hab ihn lieb, bitte.«

»Deine Schwester hat dich lieb, Ted. Hat sie grad gesagt.«

»Sag ihr, ich fülle gerade meine Kühlbox an der Eismaschine auf«, sagt er. »Und genau so läuft es im Laufenden. Lauf, lauf, lauf.«

»Er sagt, er hat dich auch lieb.«

Sie hat schon aufgelegt. Auf seine Antwort hat sie nicht gewartet.

* * *

Nördlich der Stadtgrenze von Mitchell machen wir halt, eine halbe Stunde in einer unkrautigen, schneefleckigen Picknickecke am See mit nur einem Tisch, wo wir unseren Karamellmais essen und die Weiterreise nach Rapid City planen. Es sind noch vierhundertfünfzig Kilometer, und nach meiner Schätzung gibt uns das genug Zeit, für einen ersten Blick auf die Gesichter der Präsidenten auf dem Mount Rushmore einmal hochzufahren, bevor wir morgen – am Valentinstag –

die offizielle Besichtigung machen. Danach werden wir in die windige Höhle der verbleibenden Lebensspanne starren und überlegen, wie wir sie gestalten können. Ich glaube an strategische Vorausschau. Damit kann man vieles retten, wenn die in Stein gemeißelten Pläne schieflaufen.

Aber als wir gestern aus Minnesota abfuhren, hatte ich nicht auf meine Pflicht der Zeitplanung geachtet und prompt den Zusammenhang zwischen Zeit und Entfernung falsch eingeschätzt. Jetzt ist es halb zwei. Da wir mit der neuen Zeitzone, Mountain Time, eine Stunde verlieren, wird es bei unserer Ankunft in Rapid City vier Stunden später sein, und bis dahin ist es Nacht, und der Berg liegt im Dunkeln.

Hinter dem mickrigen Picknickplatz erstreckt sich der »Lake Mitchell«: anderthalb Kilometer breit und doppelt so lang, so hart gefroren wie Wolfram. Im Sommer wäre es das Reich der Wasserskier, Jetboote und Partyboote. Mitte Februar ist die Seeoberfläche gesprenkelt mit Eishütten, Schneemobilen, aufs Eis gefahrenen Autos und einem abgesperrten Eishockeyplatz in Ufernähe, wo ein paar Jungs zwei gegen zwei spielen. Einige einsame Langläufer mühen sich geduldig voran. Und überall am Himmel Möwen – wer weiß woher? Überformatige Seevillen tüpfeln das andere Ufer und bilden eine Art Prärie-Riviera für ortsansässige Banker, Auto- und John Deere-Vertragshändler. Am Nordende ist ein Links-Course, wo irgendwelche Trottel in gelben Golfcarts bei wenig Schnee die vorderen neun Löcher spielen. An dem Highway hinter dem Rastplatz stehen ein Kiwanis-Schild und eine Gedenkplakette für Trooper Snediker, der in Ausübung seiner Pflicht in der Nähe gefallen ist. Dazu ein Schild von einer Pizzeria, ein Schild, auf dem jemand Bauschutt sucht, ein Schild für eine Oldtimer-Rallye letzten Sommer, ein Schild, das besagt, wir sind im Land der Packer-Fans, ein Schild, das besagt, wir sind im Land der Trump-Fans. Und neben dem Picknickplatz ein ungepflegter Friedhof mit Metall-Lettern über dem Eingangsbogen. Himmlische Ruh. Ein einzelnes zottliges Reh – ein Weißwedel – steht zwischen den Grabsteinen und mustert uns.

»Glaubst du, ich bin krank geworden, weil ich schräg bin?«, fragt Paul. Er schaut sich in aller Seelenruhe die Aktivitäten auf dem zugefrorenen See an. Ted Ramsey und Will Blaine hat er hinter sich gelassen. Ich habe das Reh auf dem Friedhof beobachtet und mich gefragt, ob ich wohl hier begraben werden könnte. Oder müsste ich dazu erst mal hier leben? Vermutlich ist dieser Friedhof stillgelegt.

»Ich würde nicht sagen, dass du schräg genug bist, um davon krank zu werden.« Das ist wahr. Mit Al's wirkt seine Eigentümlichkeit weniger eigentümlich. Er kann sich durchaus schräg verhalten, aber im Herzen ist er es gar nicht sehr.

»Es wird schlimmer bei mir.« Er hat die Jarmulke zur Seite geschmissen. Sein Haar klebt an der Kopfhaut wie eine Kappe.

»Wie kommst du darauf?«

»Ich verknüpfe die Dinge nicht mehr so gut im Kopf. Es ist eher eins und dann das Nächste. *Du* verknüpfst alles.«

»Gar nicht mal. Die meisten Erfahrungen kommen mir unverwechselbar vor. Du denkst zu viel.« Das hat er schon als Kind getan. Eine Krankheit zum Tode kann allerdings bei jedem Menschen für einen verdrehten Geisteszustand sorgen.

»Ich bin mir sicher, dass gerade meine FRS sinkt.«

Die FRS ist eine funktionale Selbstbewertungsskala bei ALS und die abwärts führende Stufenleiter des Verlusts. Es geht um die Fähigkeit, sich im Bett umzudrehen, Treppen zu steigen, mit einem Stift zu schreiben. Noch später um das Atmen. Jeder Verlust zählt vier Punkte, die von perfekten achtundvierzig abgezogen werden. Sein Wert ist tatsächlich im Schwinden begriffen. Meiner allerdings auch. Nur stellen die anscheinenden Übereinstimmungen zwischen ALS und dem Alter von vierundsiebzig eines von vielen erstklassigen Beispielen dafür dar, wie Analogien lügen – das wusste schon Aristoteles. Genauso gut könnte man ALS damit vergleichen, wie eine Schildkröte das Meer sucht.

»Ist mir nicht aufgefallen«, lüge ich zu seinem FRS-Wert.

»Ich habe das Gefühl, ich bin in der Öffentlichkeit nervöser. War ich früher nicht. Tja. Wenn es mit mir nicht besser wird, muss ich wohl besser darin werden, dass es schlechter wird.«

»Das ist der Schlüssel zum Glück«, sage ich. »Den meisten Leuten bleibt er verborgen.«

Bislang hatte ich noch nicht über den verrosteten Friedhofszaun und das äsende Reh hinausgeschaut und sehe jetzt – das Art-déco-Vordach eines aufgegebenen Autokinos, auf dem in Großbuchstaben steht: GESCHLOSSEN und »PSYCHO« DEMNÄCHST. Ein paar skelettale Zaunlattenreste sind noch da, aber nichts mehr vom Vorführraum und dem Kassenhäuschen. Sechs schwarze Kühe fressen Unkraut und Disteln, wo früher Liebesautos im Dunkeln parkten. Mitchell hatte einst vor, sich zu vergrößern, beschloss dann aber, lieber alles zu lassen, wie es war. Im Immobilienspiel habe ich oft genug gesehen, wie sich ein junger libanesischer Macher seinen Lebenstraum erfüllte, einen Falafelstand an der Route 1, sich sofort über einen immer volleren Parkplatz vor seinem Stand freuen durfte und dann seinen letzten Burnus dafür verpfändete, drei weitere aufzumachen, die er nicht so gut führen konnte wie einen. Der kluge Mann weiß, wann es reicht.

Unser Karamellmais sieht jetzt nicht mehr nach einer so guten Idee aus, ich bringe die halbleere Zellophanverpackung zur Abfalltonne und werfe sie auf eine Autobatterie und einen kaputten Schirm. Dann sitzen Paul und ich noch eine Weile da und betrachten die Eishütten auf dem weißen See, die Eishockeyjungs und die Schneemobilfahrer, die sich eine Vorvalentins-Schlittertour gönnen und Regenbogenkurven aufs Eis zeichnen. Zwei haben aus einem Haus am anderen Ufer einen Gleitboot-Katamaran mit einem Segel hergebracht, das ihn quer über die Seefläche rutschen und rappeln lässt, in gefährlicher Schräglage auf einem seiner Rümpfe. Auf unserer Seite gibt es offenbar keinen Wind, aber draußen auf dem See mehr als genug. Wieder etwas, was man wissen sollte: wo der Wind ist, wo er hinbläst und wohin als Nächstes.

»Könnte ich nur eislaufen«, sagt Paul beim Zuschauen. »Ich könnte Tor sein.«

Vielleicht meint er »im Tor«, vielleicht auch nicht.

»Deine Mutter und ich waren früher Eislaufen, als wir uns kennenlernten«, sage ich. »Direkt im Rockefeller Center in New York, wo ich damals arbeitete. Sie konnte das gut. Große Überraschung.« Ich hätte seine Mutter nicht erwähnen müssen. Bislang habe ich das Thema unbeschadet umschifft. Aber es ist für mich ganz natürlich, von ihr zu sprechen.

»Was hast du eigentlich von alldem?« Er sieht mich an.

»Eine Menge«, sage ich. »Ich wollte, dass wir etwas machen, was wir sonst niemals tun würden.« Der weise Rat der kleinen Krista. »Manchmal beschließe ich, etwas nicht zu tun, nur um es nicht zu tun. Und hier wollte ich, dass wir *etwas* tun. Ich weiß eigentlich nicht, wie ich mit dir umgehen soll. Oder ob ich überhaupt wirklich mit dir umgehe.« Das hat ja seine Schwester von mir gesagt.

»Das ist jetzt also eine Beziehung hier? Geht es darum?«

»Ja. Klar. So in der Richtung. Findest du nicht?« Draußen auf dem See versucht der Wassergeist von einem Katamaran, in weitem gleitendem Bogen wieder auf beide Rümpfe zurückzukommen, kentert aber und kippt seine beiden Passagiere aufs Eis wie Spielzeuge. Sie sind schnell wieder auf den Beinen. Missgeschicke gehören zum Spaß dazu.

Das Reh, das ich beobachtet hatte, spaziert aus dem Friedhofstor hinaus auf den Asphalt des Highways und bleibt stehen, wo der nächste Viehtransporter es zu Mus fahren wird. Ein zweites Reh ist immer noch auf dem Friedhof und äst vor sich hin, ohne zu merken, dass es jetzt allein ist.

»Ich wünschte, du würdest Clary mögen.« Beide Knie zucken jetzt leicht im Gleichtakt. Er beißt die Zähne zusammen. Vielleicht stresst es ihn, mit mir zusammen zu sein – das hat seine Schwester auch gesagt.

»Ich mag deine Schwester durchaus. Ich hab sie lieb. Das ist einfacher. Sie ist Republikanerin.«

»Das weißt du nicht.«

»Das sagt sie selbst.«

Er räuspert sich. »Ja, ist sie wahrscheinlich.«

»Tut es dir leid, dass du aus der Klinik entlassen wurdest?«

»Warum? Ich hab's dir doch gesagt. Ich habe mein Leben in die Hand genommen. Sollte ich nicht genau das tun? Eine Zeitlang?«

»Du hast dein Leben immer in die Hand genommen.«

»Machst du dir Sorgen, wie ich dastehen würde, wenn *du* tot wärst?«

»Warum fragst du? Nein.«

»Fiel mir gerade ein. Was wirst du tun, nachdem *ich* den Löffel abgegeben habe?«

»Ich weiß es nicht.« Ich lege beide Hände bei zwölf Uhr aufs Steuerrad. »Mich um meinen eigenen Löffel kümmern. Vielleicht.«

Draußen auf dem See sind die zwei Sportsfreunde vom umgekippten Eissegler wieder auf den Beinen und plänkeln herum. Ein Schneemobil ist zurückgekurvt, um Hilfe zu leisten. Alle winken und lachen. Die Sonne gleißt auf den Panoramafenstern der Protzhäuser gegenüber. Außerhalb der Eishütten, wo die Pete Engvalls dieser Welt beim Angeln sitzen, Schnaps trinken und stumm rauchen, ist kein Mensch zu sehen.

»Glaubst du, es ist besser, wenn man schnell stirbt, oder lieber langsam?«, fragt Paul. »Hab ich das schon mal gefragt?«

»Hast du.« Zehn Mal. Alle, die Al's haben, denken darüber nach. Innerhalb der ungewissen Gewissheit ihres Lebens ist das eine der magnetisch anziehenden Variablen.

»Okay.« Er ist wie seine Mutter. Wenn die »okay« sagte, konnte das vieles bedeuten. »Okay, ja.« »Okay, ich hab dich verstanden.« »Okay, janee.« »Okay, *okay*, ach so.« Das erste Reh ist in Sicherheit gezottelt, auf das karge Maisfeld, gerade als ein weißer Pick-up Richtung North Dakota vorbeidonnert.

»Mein Motto ist, Freude heut will heute lachen«, sage ich, als wäre das eine Antwort. »Wahrscheinlich lohnt es sich nicht, darüber nachzugrübeln.«

»Ich fände schnell besser. Aber ich bin mir nicht immer sicher.«

»Wir sollten wohl mal weiterfahren«, sage ich. »Sonst verballern wir hier noch alles Benzin.« Das Wohnmobil tuckert im Leerlauf.

»Wir fahren eigentlich nirgendwohin, oder?« Er lächelt mich an, die rechte Hand zittert. Er leckt sich über die glänzenden Lippen.

»Wir fahren zum Mount Rushmore«, sage ich. »In ebendiesem *Warmen Wind*.«

»Körperlich war ich noch nie ein erstklassiges Exemplar, oder?« Er legt die beeinträchtigte rechte Hand von der Armlehne aufs Knie, als wollte er demonstrieren, was für ein Exemplar er nicht ist.

»Du warst immer ein großer Sportfan«, sage ich, um ihm eine Freude zu machen. Wir reden beide in der Vergangenheitsform von ihm – dabei ist er doch noch da.

»Wusstest du, dass Ann in der Residenz eine Freundin hatte?«

»Natürlich.« Ich steuere uns rückwärts wieder auf den Highway. Wir müssen nach Mitchell zurück, um den Interstate Highway zu finden.

»Hast du damit ein Problem?«

»Überhaupt nicht.« Ich wusste nichts davon und bezweifle es auch. Er denkt sich was aus, das ist seine Art, ein Gespräch interessant voranzubringen. Ich denke mir was aus, weil Ann verstorben ist und mich nicht mehr hören kann. Aber sollte sie in ihren letzten Tagen mit jemand anderem als mir »befreundet« gewesen sein, wäre ich glücklich darüber. Die Liebe reicht weit. »Hast du denn ein Problem damit?«, frage ich, während ich uns in dem großen knirschenden Dodge auf den Weg bringe.

»Nein«, sagt er in geradezu vertraulichem Ton, als säßen wir da im selben Boot. »Das ist die Sonnenseite von der Schattenseite.« Ich habe keine Ahnung, was das heißen soll. »Hatte ich dich schon gefragt, was deine Lieblings-Körperfunktion ist?« Seine schrägen Augen glitzern, die Klauenhand zappelt.

»Hast du. Ich durfte nochmal nachdenken. An dem Tag hatte ich Schluckauf gesagt.« Und Furzen.

»Und, was ist es?« Er ist richtig heiß drauf. »Das muss jetzt aber gut werden.«

»Lachen.«

Er schüttelt heftig den Kopf. »Lachen ist keine Körperfunktion. Lachen ist eine erlernte Reaktion auf einen Reiz. Denk richtig nach.«

»Was ist denn deine Lieblingsfunktion?«, frage ich.

»Ich weiß es nicht. Ich habe keine.«

»Dann muss Lachen genügen«, sage ich zu ihm. Und das wird es auch.

Neun

»Die ergriffene Endlichkeit der Existenz reißt aus der endlosen Mannigfaltigkeit der sich anbietenden nächsten Möglichkeiten des Behagens, Leichtnehmens, Sichdrückens zurück.«

Das lese ich mitten in der Nacht, heute Morgen, wenige Sekunden nach 02:46 im Hilton Garden in Sioux Falls, North Dakota, während mein Sohn im anderen Bett im Tiefschlaf liegt. Oft, wenn ich um diese Zeit aufwache, denke ich darüber nach, wie weit ich von meinem allerersten Erwachen entfernt bin – um 02:46 in Biloxi, Mississippi, 1945 –, und wundere mich über das ganze Leben dazwischen; voller Behagen, Leichtnehmen, Sichdrücken. Der alte Heidegger schrieb nur darüber, was es heißt, ein Mensch zu sein (und das als Deutscher), hat aber zufällig eine ziemlich zutreffende Beschreibung der Situation gefunden, in der mein Sohn und ich uns hier in der großen Mittelschneise unseres Landes befinden. Unser menschliches Dilemma ist nicht so einzigartig, wie man denken möchte, sondern ähnelt dem aller anderen. Mit anderen Worten, alt zu sein ist wirklich so, als hätte man eine tödliche Krankheit, zumindest insofern, als ich kein bisschen mehr als mein Sohn bereit bin, ernsthaft auf Behagen, Leichtnehmen, Sichdrücken zu verzichten. Zumindest darin sind wir uns einig.

* * *

Hinter der Ausfahrt 230 öffnet sich unser Highway plötzlich zu einem Western-Panorama im Breitwandformat. Sanft geschwungene Prärie voll Weizen und zukünftigem Alfalfa-Heu (im nächsten Frühling); mindere Kuppen und zerklüftete Felsnasen und fester Boden, gefroren, baum- und berglos, darauf triste Grüppchen Vieh. Andere tote Tiere liegen am Straßenrand – Hasen, Dachse. Ein Kojote. Eine Antilope, die Pech hatte. Ausgeschildert sind jetzt Wall Drug, das Indianerreservat, Elvis' Schrein, ein Dinosaurierpark, ein versteinerter Wald, das Museum der Minuteman-Rakete und die Badlands – alles Ziele, bei denen ich leider entschieden habe, dass wir uns nicht mit ihnen aufhalten können.

In Oacoma, wo der Missouri unter dem Highway durchfließt, halten wir zum Tanken an. Ein Spektakel aus Mammut-Trucks – reihenweise Sattelzüge, die auf einer riesigen Betontundra schnauben und dampfen, während ihre Fahrer auf einen Red Bull eingekehrt sind, der sie bis nach Chicago fliegen soll. Paul geht selbstständig rein, mit seiner Mehrfuß-Gehhilfe. Ich bin nicht eingeladen. Allerdings wankt er zehn Minuten später über den windigen Asphalt zurück wie ein auf steifen Beinen torkelnder Filmzombie und erklärt den Rastplatz – LOVE'S – für »Klassen besser« als den Maispalast, weil er mit einer erleseneren Auswahl an Impulsangeboten aufwartet. Er bringt einen Fotoband über den Mount Rushmore mit zurück: *Die Geschichte hinter den Kulissen – eine patriotische Erfahrung, die mein Leben veränderte.* Der Text stammt von einer der Schauspielerinnen von *Charlie's Angels*. Das findet er preisverdächtig. Er hat sich ein neues T-Shirt gekauft, mit der Aufschrift »Stolzer Apache« vorne drauf. Als Letztes holt er aus seiner LOVE'S-Tüte eine Basecap in Rot und Gold, die Rührei auf dem Mützenschirm und darüber, wie eine Goldkruste, »Semper Fi« zu bieten hat. »Die musst du jetzt tragen«, verkündet er und schiebt sie mir mit bitterem Lächeln zu. Wir sind draußen bei den Zapfsäulen, wo minus zwölf Grad herrschen. Paul findet, dass ich nicht genug Respekt für meine anderthalb Jahre währende, mäßige Marine-»Karriere« um 1968 einfordere – entgleist durch eine Bauchspeicheldrüsenentzündung (fehldiagnostiziert als ein Fall von Hodgkins), was mir zunächst eine Einweisung ins Navy-Krankenhaus und zwei Monate später die Entlassung und eine Bahnfahrkarte zurück nach Ann Arbor einbrachte. Frei von der Pflicht, zu töten oder mich töten zu lassen, ein Ausführender nicht getaner Handlungen.

Paul kennt diese Story gut, aber aus irgendeinem (perversen) Grund besteht er darauf, dass ich ein Vollblut-Marineinfanterist gewesen sei, Flagge zeigen, Passwort und Händeschütteln der amerikanischen Kämpferelite kennen sollte usw. Was ich hingegen überhaupt nicht will, ich würde mich nur noch hochstaplerischer fühlen als eh schon jeden Tag. Außerdem erinnert mich das jetzt an Sarge-Major Gunnerson, meinen Erzrivalen.

»Geh zurück und hol dir dein Geld wieder«, sage ich. »Das da trage ich nicht.« Der Dodge ist vollgetankt – mal eben siebzig Schleifen. Ein Spritfresser, aber so kommen wir jedenfalls bis Rapid City.

»Danke für den Zusatzinput.« Er schwankt auf seiner Gehhilfe, die jecke Tolle hebt sich in der eisigen Brise, die über die Riesenfläche des Truckerrastplatzes peitscht. »Bist du nicht ein Oberpatriot?« Er müht sich ab, dass die Gesichtsmuskeln zusammenarbeiten. Er macht das alles nur, um mir eins reinzuwürgen.

»Du hast keine Ahnung, was es heißt, ein Scheißpatriot zu sein.« Ich nehme die Semper-Fi-Mütze – er würde es nie im Leben zurück schaffen – und knülle sie zu einem kleinen Bällchen zusammen. Sie ist billig und steif und will immer zurück in Form springen, aber ich stopfe sie schnell genug in die LOVE'S-Abfalltonne neben der Zapfsäule.

»Huuu-rah«, knurrt Paul – mühevoll. »Sagt ihr Schwachköpfe das nicht immer?«

»Weiß nicht.«

»Was heißt das eigentlich? Huuu-rah?« Er steht wacklig an der Seite vom *Warmen Wind*. »Ist das irgendein Indianer-Ding?«

»Genau. Es ist ein Indianer-Ding. Du hast es geschnallt.«

»Huuu-rah!«

Ächzende, zischende Sattelschlepper rauschen an uns vorbei, winden sich Richtung Interstate. Die Hitze von ihren Motoren wärmt uns kurz.

»Huuu-rah!« Paul mimt ein ernstes Gesicht, dabei ist er nur ein Idiot.

»Setz dich endlich in den Scheißtruck zurück. Sonst verreckst du hier draußen noch.«

Mit unbedecktem Kopf fährt er herum, ob vielleicht jemand hinter ihm steht. Das kommt bei ihm inzwischen rein instinktiv. Die Welt steckt voller Gefahren. Er hält sich am hinteren Ende des Wohnwagens fest und steuert seine Füße da hin, wo sie hingehen sollen, in der Hand immer noch die Papiertüte. »Huuu-rah«, sagt er. »Der Schlachtruf des wilden Warmduschers. Ich frier mir hier draußen die Eier ab.«

Und weiter geht's gen Westen.

* * *

Paul schläft sofort ein, Ohrstöpsel tief in den Ohren, Brille auf dem Armaturenbrett, die rechte Hand in der gesunden linken eingekrallt, zum Schutz. Ich sehe, dass er sich an beiden Händen die Nägel abgekaut hat – das war mir entgangen. Auf dem Handrücken der Rechten sitzt außerdem ein hässlicher Bluterguss – möglicherweise im Schlaf passiert, da bewegen sich seine Gliedmaßen eigenständig.

Bei der Ausfahrt 163 fallen wir von sechzehn auf fünfzehn Uhr zurück, und nicht lange darauf biege ich zu einem Panorama-Ausblick ein, unter dem sich die Badlands in fließend gewellten Schatten südwärts erstrecken. Richtung Westen erhebt sich, hundertfünfzig Kilometer entfernt, ein Wandgemälde aus schneebedeckten Bergen, wohinter die bebende Sonne in einem dunkelgrünen Himmel versinkt und die Silhouette der Gipfel scharf konturiert. Da liegt Wyoming.

Ich steige aus und stelle mich an die Steinmauer, die mich vom leeren Abgrund trennt. Kein Mensch hier außer uns. Paul ist aufgewacht. Ich habe ihm angeboten auszusteigen, damit wir mit seinem Telefon ein Selfie machen können und er die Bemerkung loswird, dass die Badlands doch gar nicht so »bad« sind. In der Restsonne ist es komischerweise gar nicht so kalt. Kurz öffnet er die Beifahrertür, bleibt aber drinnen, in seinem Genie-Sweatshirt mit dem Zahnpastafleck wirkt er auf dem Sitz wie zu klein geraten. Also komme ich zu ihm, und wir machen unser Bild Seite an Seite, er in der Türöffnung, ich beuge mich lächelnd hinein, auch wenn er nicht lächelt. Ein Bild von zwei Männern in einem Truck.

»Wegen Candice hab ich gelogen«, sagt er, sobald ich wieder auf dem Fahrersitz bin, das rechte Knie zuckt.

»Es war eine interessante Geschichte. Mehr sind Träume ja eh nie«, sage ich.

»Ich brauche nie mehr die Wahrheit zu sagen, wenn ich keine Lust habe«, sagt er und zieht den Parka enger um sich. Ihm ist kalt. »Die Wahrheit hat mit der Zukunft zu tun. Also kann ich sonst was erzählen. Es ist egal.«

»Aber sie ist heiß.« Ich meine seinen Schwarm, die königliche Candice, in ihren Steve-McQueen-Tagen in *Kanonenboot am Yangtse-Kiang*, 1966.

»Das weiß jeder.«

»Wie geht es dir jetzt gerade?«, frage ich. »Bad feelings in den Badlands?«

»Mir geht's super«, sagt er. »Als würde ich gegen den Himmel kämpfen – und siegen. Ich bin ein Akteur des Wandels.« Das verstehe ich, glaube ich. »Ein Drittel der Amerikaner über fünfundvierzig sind chronisch einsam, Lawrence. Das ist *dein* Problem. Du bist ein chronischer Einzelgänger. Du musst mehr unternehmen.«

»Mehr als jetzt gerade kann ich nicht unternehmen«, sage ich mitten in den Badlands.

»Das hier zählt nicht«, sagt er. »Das ist deine Aufgabe. Du bist der Pflegende. Piloten bilden sich auch nicht ein, sie flögen in den Urlaub.«

Ich lächle ihn so an, dass er hoffentlich merkt, ich übe sichtlich Geduld und lasse ihn ein Arschloch sein. Ja, ich pflege ihn und werde das bis zu seinem Ende tun, und zwar gar nicht mal so schlecht.

»Was ist meine magische Zahl?« Er zieht den Mund zusammen wie eine runzlige rosa Pflaume.

»Das weiß ich nicht, mein Junge.«

»Null. Ich habe keine. Es gibt kein Morgen für mich.«

»Genau betrachtet stimmt das nicht. Okay? Es gibt ein Morgen. Nämlich morgen.«

»Heißen Schiffsköche alle Smutje mit Vornamen?« Das ist mal wieder einer unserer klassischen Oldies aus lang vergangenen Tagen, als er noch ein seltsamer Junge war, der eines Tages zu einem normalen Mitglied der Gesellschaft heranwachsen sollte – was nie geschah.

»Sind Zivilpolizisten immer zivil?«, antworte ich. »Mäkelt ein Makler an jedem Makel herum? Kann eine Taube wirklich nichts hören?«

»Sind tolle Hechte wirklich Hechte?« Das lässt ihn ganz wunderbar lächeln, wie er hier in der Kälte des Spätnachmittags in South Dakota sitzt und behaglich die Dinge leichtnimmt. Er ist nicht immer ein Arschloch. Wir können jetzt weiterfahren zu unserem Ziel, egal was jenseits der Badlands liegt.

* * *

Die neue Zeitzone lässt uns schneller vorankommen – scheinbar jedenfalls. Hier gibt es wenige Autos und Sattelschlepper. Jeder ist da, wo er hinwollte, und kann sich der wohlverdienten Ruhe hingeben. Wir fahren an klassisch bebauter Landschaft des Westens vorbei – Stierauktionen, Schildern mit »Raus aus der UNO«, indianischen Handelsstationen und Gedenkkreuzen mit Blumensträußen auf Ständern. (Als wäre der Interstate Highway ein Ort, an den man zum Sterben kommt.) Es gibt kaum mal eine Stadt – Land und Himmel fließen in weiter Ferne ineinander, und ein Jet, der zur Polarroute ansetzt, stickt eine Linie quer hinüber. Paul schläft mit Anthony Newley in den Ohrstöpseln. Und ich werde, nur diesen einen Augenblick lang, unerklärlich glücklich. In der Klinik, unter der strengen Überwachung der Ärzte, hatte alles konfuse Konsequenzen, um die man sich kümmern und bekümmern musste. (Dabei konnte nichts, was in meiner Macht stand, auch nur einen Mäusefurz an alldem ändern.) Aber jetzt, wo ich fahre, während mein Sohn neben mir schläft, gibt es nur wenig, was ich tun *muss*, nur den Dodge durch den Abend navigieren, als wäre ich allein und dürfte frei und ohne Widerspruch träumen – von tausenderlei oft vergnüglichen Dingen: dass ich unterwegs nach La Jolla bin, zu Dr. Flahertys steinerner, ewig sommerlicher Veranda über der Klippe, wo wir etwas stark Berauschendes konsumieren werden (auch zwei oder drei davon), auf Chaiselongues sitzen, bis in die Abendstunden über das Leben reden, das vorbeigegangen ist, und welche Anteile davon womöglich noch in Reichweite sein könnten. Solche hochfliegenden Träume haben nichts Hochstaplerisches an sich. Warum würden wir sie uns sonst die ganze Zeit gönnen?

Ab und zu erwacht Paul, flattert hinter den Brillengläsern mit den Augenlidern, späht in die Landschaft hinaus – immer schrundigere Auswüchse, schwebende Felder, wo bald ausgesät werden muss, Bauernhäuser, Scheunen, stattliche Silos – Land, Land und noch mehr Land. Vielleicht hat er nur kurz abgeschaltet, um nicht die schweren Themen mit mir diskutieren zu müssen – was ich jetzt sowieso nicht möchte.

»Wie lang geht das alles noch so weiter?«, mit schläfrigem Blinzeln Richtung Horizont. Er meint *das alles* ringsum. Wo wir sind.

»Bis wir das Flaggschiff der polnischen Marine sehen, wahrscheinlich.« Er reagiert nicht.

»Kennst du George Sanders' letzte Worte?«

»Nein.« Ich fahre gerade. Woher weiß er, wer George Sanders ist?

»›Mir ist soooo langweilig.‹ Stimmt's? Da kann ich viel mit anfangen.« Dann, kurze Zeit später: »Mich stört, dass man beliebige Nummernschilder kriegen kann. Das macht die Polizeiarbeit viel schwerer.« Wonach er zu einer Version von Schlaf zurückkehrt.

Eine Weile schalte ich auf NPR um, normalerweise meide ich diesen Sender, weil ich diese zuckersüßen, anmaßenden Stimmen hasse. Aber hier draußen, mitten im Nirgendwo, finde ich keinen Sportsender mit Höreranrufen. Heute Nachmittag bringen sie eine Story über das Sensorik-Zentrum der Pennsylvania State University. Ein statistisch nachweisbares Virus, das vom CDC, dem Gesundheitsamt in Atlanta, überwacht wird, kann bei normalen Sterblichen, wenn du das Pech hast, es zu erwischen, dramatische Verzerrungen des Geruchs- und des Geschmackssinns bewirken. Kaffee schmeckt wie Knoblauch; Erdnussbutter und Fäkalien riechen beide nach verbranntem Gummi. Sämtliches Fleisch schmeckt verwest. Es gibt Podcasts, Übungskits, Unterstützergruppen und Therapeuten in dreißig Sprachen, die den Betroffenen dabei helfen, ihre »sensorische Integrität« wiederzuerlangen. »Ich würde alles dafür geben, wenn ich wieder echten Urin riechen könnte«, sagt eine Frau in Hershey, Pennsylvania. Angeblich soll das Virus in Frankreich zuerst aufgetreten sein, aber das ist nicht zu hundert Prozent sicher.

Eine weitere Story, über das Zensus-Büro, berichtet, dass das am schnellsten wachsende Bevölkerungssegment Menschen über hundertzwei sind, über hundertfünfzehn hat es allerdings seit 1968 niemand geschafft, außer einer Frau – auch in Frankreich –, die hundertzweiundzwanzig geworden ist. »Vorhersagen zufolge«, sagen die Zensus-Leute, »sieht die Zukunft höchstwahrscheinlich ähnlich aus wie die Gegenwart, denn es geht vor allem um die Gesundheitsspanne, nicht um die Lebensspanne«. Da kann ich nur rufen: »Wer immer das glaubt, war noch nicht vierundsiebzig.« Paul öffnet ein Glotzauge, dann stellt er die Musik, die er gerade hört, lauter – John Denver. Weitere Nachrichten verkünden, dass Kirk Douglas – nie einer meiner Lieblinge – mit hundertdrei gestorben ist. Dito eine der ursprünglichen Chordettes. Als Highway-Hintergrund ist nichts davon so interessant wie die Basketball-Ergebnisse der NBA gestern Abend.

Doch als wir am National Grasslands Center vorbeikommen – immer noch hundertfünfzig Kilometer oder zwei Stunden von Rapid

City entfernt –, fange ich langsam an, düstere Gedanken zu wälzen: Vielleicht ist der Mount Rushmore nur eine weitere leere »Aktivität«, wie das Spam-Museum oder Elvis' Harley – nichts, was für irgendwen von Bedeutung wäre, wenn es um das reale Anliegen geht, in Echtzeit das Leben am Sterben zu messen, nur etwas, das so tut, als ob. Vielleicht entlarvt mich das (wieder mal) als Hochstapler, dass ich das nicht erkannt und mehr und Besseres geleistet habe – was natürlich für mich kein unvertrautes Gefühl ist.

Als ich (ungefähr Mitte der Neunziger) in meinem schicken Strandhaus in New Jersey lebte – ein Architekten-Abschreibungsobjekt aus Glas & Planken & Dielen mit vielen Terrassen, direkt auf dem Sand –, da stand ich oft an einem warmen Sommermorgen am Terrassengeländer und beobachtete einen Vater mit seinen Kindern am Strand; die Sprösslinge machten, was Sprösslinge so machen, wenn sie allein mit Dad am Meer sind. Burgen bauen. Sich bis nach China durchgraben. Sich gegenseitig bis zum Hals einbuddeln. Während der Vater in die Ferne starrt, Zeitung liest, telefoniert, oftmals in Bürokleidung. Ab und zu erhebt sich ein Appell der Kinder – dass er ein großartiges Detail ihrer Burg anschauen soll, die sie nur mit einer kleinen Schippe gebaut haben. Dann fokussiert der Vater seinen Blick wieder, sagt ein Wort, krempelt die Hosenbeine hoch, geht für einen genaueren Blick in die Hocke, bietet seine Einschätzung an. Aber danach steht er wieder auf, die Kinder wenden sich erneut ihren Beschäftigungen zu, und er schaut zurück auf die funkelnde Palette des Ozeans – einen fernen Frachter, einen Windsurfer, ein Charterboot, das vor Anker gegangen ist. »*Hier* tue ich nur so. Ich sollte *dort* sein«, verkünden seine Haltung und sein Blick. »Ich könnte unterwegs zu neuen Horizonten sein, zu einem anderen Sonnenaufgang. Aber ich sitze hier, am Rand des Kontinents mit meinen Kleinen, und tue, was das Leben mir bestimmt hat. Deswegen bin ich weder eine traurige Figur noch ein Hochstapler. Und doch, ja, es könnte mehr geben oder anderes.«

Und die ganze Zeit dachte *ich* damals – mit dampfendem Kaffeebecher auf dem Geländer: »Ich kenne das Loch im Herzen, die Sehnsucht und ihr Gegenteil – das Gute zu tun, weil du Gutes tun willst und ein guter Mensch bist, ganz gleich, was sonst noch auf dich zutrifft. Ja. Das Glück kann dir immer noch unterkommen, alter Junge; denn Glück ist kein reines Element wie Mangan oder Bor, sondern eine Legierung aus kostbaren und elementaren Metallen, und vor allem ist es: haltbar.«

* * *

Auf einer zunehmenden Anzahl Schilder bemerke ich grelle Werbung für das Kasino, Golf- und Konferenz-Luxushotel Fawning Buffalo – ein Unterhaltungsunternehmen der Wahpe-Mippa-Conji-Nation amerikanischer Ureinwohner irgendwo vor uns. Ich würde nie auf die Idee kommen, an so einen Ort meinen Fuß zu setzen, denn ich hasse es, Geld aufs Spiel zu setzen. Die Leute glauben, Immobilien zu verkaufen wäre eine Art Glücksspiel. Als Profi kann ich nur sagen – absolut nicht, wenn du es richtig machst.

Das große Zeichentrickgesicht eines grinsenden Mannes mit dicken Lippen und Glotzaugen und einem Jimmy-Durante-Rüssel, der Hundertdollarscheine in die Luft wirft wie Konfetti, beherrscht die beleuchteten Werbeschilder, darunter eine durchlaufende Zeile mit den Attraktionen des Kasinos, hab Spaß, während du dein ganzes Geld verlierst! Offenbar gibt es im Schließt die Reihen-Supperclub eine Rolling-Stones-Coverband nur aus »Natives«. Exotisches Entertainment in der Mutprobe-Lounge. An jedem Wochenende Contests: Nasses T-Shirt, Schrecklichster Pullover oder Bester Arsch. Eine »gigantische« Indoor-Wasserrutsche. Ein »weltberühmtes« Tahiti-Büfett. Plus eine Jobbörse in Bestattungswissenschaft, Kurse in »Lifestyle-Verbesserung«, Lyrik und Tai-Chi sowie ein Seminar »Lebe in der Gegenwart«, geleitet von Ureinwohner-Psychologen mit Abschluss von der South Dakota State University. Plus »Lockere Zeitfenster« und Valentins-Zimmerpreise für

Liebespaare – das sind mein Sohn und ich zwar nicht, könnten aber als eins durchgehen. Außerdem lassen sich »Die Monumente« alle zwei Stunden mit einem Gratis-Shuttle erreichen, das gefällt mir, denn ich bin mir nicht sicher, ob der *Warme Wind* die Steigung schafft, falls das Wetter widrig werden sollte, was es immer noch könnte.

Natürlich, natürlich, natürlich ist auch der Fawning Buffalo keine geniale Wahl. Wie könnte das ein schwanzwedelnder Büffel auch sein. Es gibt keine geniale Wahl für uns. Doch in diesem Augenblick der Beinahe-Ankunft an unserem Ziel – eine Ankunft ist immer auch ein Aufbruch – soll das unsere Wahl sein. Im Geist von Kristas Aufforderung, dass wir etwas tun sollten, was wir niemals tun würden, könnte eine Nacht im Fawning Buffalo unsere Kompassnadel ein Stück von da wegschieben, wohin sie jetzt, fürchte ich, zeigt – Richtung lebenserhaltende Maßnahmen.

Paul ist aufgewacht und schaut stumm in die vorüberrauschende, dunkel werdende Frostpampa hinaus. Es ist 17 Uhr 21. Die Sonne glitzert lachsrosa auf der Prärie und zeigt, dass sich bis zum Horizont mit seinem hohen blauen Winterhimmel eine durchgehende Eisfläche erstreckt. Vielleicht habe ich laut gedacht, was mir neuerdings öfter passiert, ohne dass ich es merke. »Wusstest du, dass der Valentinstag auch der landesweite Tag des Organspendens ist?« Er spricht ruhig.

»Denkst du darüber nach, deine Einzelteile zu versteigern?«

»Nein.« Mit der linken Hand zieht er an dem weißen Kopfhörerkabel, lässt beide Stöpsel in den Schoß fallen und legt die Hand darauf. »Weißt du, dass ich *nicht* an Potenzstörungen leide? Könnte man ja annehmen.« Er zieht die Wangen straff. Das letzte Licht versilbert den Highway, der unter uns durchrauscht.

»Dein Schwanz ist nicht mit deinem Gehirn verknüpft«, sage ich. »Der hat seine eigenen Vorstellungen. Davon handelt die meiste große Literatur.«

»Egal.« Er räuspert sich, was er heute öfter gemacht hat. »Glaubst du, jemand würde mich heiraten? Das hab ich mich gefragt.«

»Jeder wird irgendwann von jemandem geheiratet. Guck mich an.«

»Ich wäre doch ein Fang, findest du nicht? Ich bin ziemlich wild im Bett.«

»Ein schillernder Fang wärst du ganz sicher«, sage ich und meine es auch so.

»Du hast gestern Nacht im Schlaf gesprochen. Das weißt du bestimmt nicht.« Er wirft mir einen verstohlenen Blick zu. Im Halbdunkel fangen seine Brillengläser die letzte Sonne ein, winzige Diamanten. Er grinst schief. »Interessant war es nicht. Eher komisch.«

»Erspar's mir.« Dem brauche ich jetzt wirklich nicht nachzugehen.

»Willst du wissen, was du gesagt hast?«

Ich verweigere die Antwort.

»Du hast gesagt: ›Das ist eine billige chinesische Sonnenbrille. Deshalb bist du ein Scheißliberaler.‹ Wie komisch ist das denn? Und worum ging es da überhaupt?«

»Das habe ich mit Sicherheit nicht gesagt.«

»O doch. Und du hast gesagt: ›Gleiche Schuhgröße, gleiche Narben, gleicher Überbiss.‹«

»Kann mich nicht erinnern. Dafür bin ich nicht verantwortlich.«

»Wo sind wir hier?« Er blickt zu den fernen Bergen, die im letzten Licht tintendunkel daliegen. Rapid City ist aufgetaucht, dreißig Kilometer voraus – eine kleine Funkelgalaxie am wintrigen Abend. Ich bin bei Ausfahrt 78 rausgefahren auf die SD 44, den Schildern zum Fawning Buffalo nach. Höchstwahrscheinlich war Paul nie in einem Kasino, noch weniger in einem, das Indianern gehört. Angeblich richten die First Nations so was ein, um Touristenknete als Reparationen für die jahrhundertelange Ausplünderung ihrer Ahnen durch meine Ahnen einzusacken. Kann man ihnen nicht verdenken.

»Wir probieren jetzt was aus. Was anderes.« Vor uns überfriert ein Halo aus dunstigem Gold den Himmel, was das nächste größere Schild ankündigt.

»Ich glaube, ich sehe Nordlichter«, sagt Paul.

»Es ist ein Kasino. Das wird super.« Das nächste riesige, sensationell beleuchtete Schild zeigt einen deprimiert dreinschauenden Büffel, der vor einem leicht bekleideten Mann, möglicherweise einem Ureinwohner, kniet. Das Schild erhebt sich vor uns, dazu auf einem Vordach noch die schreiende Ansage: »Valentinstag-Spezial! Jeder ist ein Gewinner. Bleichgesichter willkommen.« Ein hektargroßer, fast leerer Parkplatz unter hohen LED-Leuchten erstreckt sich bis zu einem hotelartigen Gebäude mit zumeist dunklen Fenstern, aber es gibt einen grandiosen Eingang, dessen Lichter in die Nacht strahlen, als wär's die Notaufnahme eines Krankenhauses. Ein solider Wall aus Schnee, aufgehäuft von den letzten Schneestürmen, umgibt den Platz, an dessen hinterem Ende eine Reihe Wohnmobile steht, unserem gar nicht unähnlich. Da wohnen oder schlafen vermutlich die Angestellten. Davor parken Heartland-Busse (schon wieder) und eine kleine Flotte Fawning Buffalo-Shuttles, die können uns morgen früh zum Mount Rushmore bringen. Wo der Golfplatz ist, lässt sich nicht erkennen. Hier scheint nicht gerade die Post abzugehen, aber dieser Ort zählt zu den Dingen, die ich nie tun würde und deshalb tun sollte. Zumindest ist das hier hochkarätiger als ein Hilton Garden, die Sorte hat Paul ja zum Stockholm-Syndrom erklärt.

Ich parke nah beim hell strahlenden Eingang ein. Verstreute Kasinokunden geben sich die Klinke in die Hand, rein und raus – vor allem Männer in Stiefeln und Cowboyhüten von den Ölförderanlagen in der Gegend, die unbedingt ihren Tageslohn verlieren wollen.

»Glücksspiel ist nur was für Idioten.« Paul hat darauf gewartet, diesen Satz zu sagen.

»Ist doch gar kein Muss. Es läuft auch viel anderes.«

Wir starren beide den erleuchteten Eingang an, als kämen gleich Krankenwärter mit Tragen herausgeschossen, um uns zu schnappen. Über der Reihe Drehtüren läuft ein anderes Spruchband, das verkündet, was in diesem Augenblick drinnen los ist. Eine »Krieger-Revue für die Damen«, nur Männer, und in der Mutprobe-Lounge »Die epische Rückkehr von Minnie, der kleinen Holzhäckslerin«. Ein Punkband-Battle auf der Little-Bighorn-Minibühne. Der »Verein für Vergangenheitsbewältigung in South Dakota« hält Winterseminare im Mehrzweckraum J ab, während wir im Mehrzweckraum B an einer Brainstorming-Sitzung zum Thema Brutto-Einnahmen der First Nations teilnehmen könnten. Selbst für Ureinwohner ist Mischnutzung das Thema des Tages.

»Weißt du, ich muss kein ganzes Leben mehr in der Zeit unterbringen, die mir noch bleibt«, sagt Paul zu mir.

»Stimmt. Ich auch nicht.«

»Wenn du dein Leben versaut hast, ist das dein Problem.«

»Ich hab mein Leben nicht versaut. Ein Kasino ist einfach eine neue Idee, sonst nichts. Etwas anderes.«

»Inzwischen sorge ich für dich, oder etwa nicht, Lawrence? Du hast deine Führungsaufgaben nicht mehr im Griff.« »Führungsaufgaben« kriegt er nicht so gut raus, deshalb schaut er zur Ablenkung rüber zum Fahnenmast des Kasinos. Da hängen die ruhmreichen Stars 'n' Stripes und eine schwarze Soldaten-Gedenkfahne auf Halbmast (keine Ahnung warum. Kirk Douglas?), der Mast ist in der Mitte eines Betonbrunnens verankert, der im Sommer vermutlich »Wasserspiele« zu bieten hat, heute Abend aber zugefroren daliegt.

»Du sorgst nicht für mich.« Ich könnte auch antworten, dass wir füreinander sorgen, aber das stimmt nicht. Wir sind weitgehend allein. Jäh fühle ich mich grottenschlecht, und dabei sind wir noch nicht mal drinnen.

»Hast du das Gefühl, du sitzt mit mir in der Falle, Lawrence?« Diese Worte bringt er deutlich genug heraus. Bei der schlimmen Variante kann das Sprechvermögen sehr schnell verlorengehen, aber auch zurückkommen.

»Nö. Ich bin startklar.« Startklar. Noch einer seiner Lieblinge.

»Okay. Dass du mir aber auch startklar bist.«

»Können wir reingehen. Ich frier mir hier draußen einen ab.« Die Temperaturanzeige über dem Vordach vermeldet minus zwanzig Grad Celsius.

»Diese Tour wäre im Sommer besser gewesen. Aber das hab ich wohl schon gesagt.«

»Stimmt. Wahrscheinlich.«

»Pech«, sagt mein Sohn. »Und nicht das einzige.«

Und dann machen wir Tempo, auf zum Kasino.

* * *

Paul braucht den Rollstuhl, die Reisetasche und die Metallkiste mit Otto drin, als wollte er Otto auftreten lassen, sobald wir drin sind. Ich sende Stoßgebete.

Das Fawning Buffalo durch den großen Eingang zu betreten ist nicht viel anders als in der Mayo-Klinik – inzwischen liegt sie einen Tag und viele Kilometer hinter uns. In der Rotunde des Foyers – im Flair nördlicher Wälder designt – ist allerhand los, aber nicht *zu* viel. Die spärliche Menge Autos auf dem Parkplatz hat das schon angekündigt. In einem Jahr könnte der ganze Laden zu einem Altenwohnheim grundsaniert werden oder heruntergestuft zu einem vertikalen Mini-Storage, dann wäre der große Parkplatz mit Maschendrahtzaun umgeben und mit Vorhängeschlössern gesichert.

Das leuchtende Foyer öffnet sich direkt auf einen höhlenartigen, zwielichtigen, schummrigen Spielpavillon mit einem Meer von Einarmigen Banditen, die lediglich von einer Handvoll Spieler bedient werden, sie hocken auf Barhockern, nippen an ihren Gratis-Margaritas und rauchen (Gesundheitsvorschriften gelten hier nicht). Poker, Roulette und Würfeltische liegen weit hinten und sind gerade nicht in Betrieb. Ein bläulicher Dunst steht im Foyer, an dessen Rand sich die Geschenk-Boutique »Für Unartige« befindet, mit rotem Neon-Schriftzug, und noch ein paar Geschäfte ohne Kunden – ein Kondom-und-Tattoo-

Laden, eine exotische Bäckerei und ein Kunsthandwerks-Zentrum, in dessen Schaufenster Körbe und Folklore-Souvenirs im Sonderangebot sind. Breite, verdunkelte Korridore schwingen sich zum Tahiti-Büfett hinüber, zur »Schließt die Reihen«-Bühne, den Konferenzsälen und Mehrzweckräumen. Keine Spur von einer Wasserrutsche. Nichts hier ist auf der Höhe des Plakat-Hypes auf dem Highway. War es wahrscheinlich nie. Tom Jones singt alles übertönend »Oh … oh-oh-oh-oh-oh.«

Dieses Mal schiebe ich den Gepäckkarren, Paul navigiert den Rollstuhl mit anderthalb Händen, wieder mit der Rollmütze und hinterm Reißverschluss seines knielangen Parkas, und schaut sich täppisch um, als suchte er etwas ganz Bestimmtes. Es gibt keine Pagen, und das Sicherheitspersonal – teilnahmslose, knopfäugige Bodybuildertypen (sämtliche Geschlechter) in goldenen Sportjacken mit Fawning Buffalo-Wappen und schnörkelförmigen Ohrstöpseln zur Funkverbindung (könnten Italiener sein) – würdigt uns keines Blicks. Andere Überwachende, die an Videoschirmen im Keller stationiert sind, tun das natürlich. Mein nächstliegendes Problem ist die Entscheidung, ob ich unter den jetzt schon weniger-als-optimalen Umständen die Sache durchziehen und uns ein Zimmer mieten oder die Segel streichen soll. Der Fawning Buffalo ist nicht das, was ich auf der Rechnung hatte, ohne auch nur eine Idee davon zu haben, was ich auf der Rechnung hatte. Aber es könnte die Möglichkeit bestehen – falls wir hierbleiben, nicht spielen, uns die Bäuche am Tahiti-Büfett vollschlagen, zwei Sitze in der ersten Reihe für die Holzhäckslerin finden und den Schreibworkshop und die Ureinwohner-Rolling-Stones auslassen –, dass wir beim Frühstück einzigartige Lebenserfahrungen mit einer Familie aus Aberdeen auf Durchreise und Vergangenheitsbewältigungstrip austauschen. Etwas, worauf wir zurückblicken und worüber wir uns einen Ast lachen können. Oder ist es jetzt schon so trostlos hier, dass wir es am Ende bereuen und zu wenig Zeit vom Leben meines Sohnes übrig bleibt, um auf irgendetwas zurückzublicken? Es gibt nur *ist*. Ich versuche, mein Bestes zu geben, aber besonders gut mache ich es gerade offenbar nicht.

Die langgezogene Rezeption ist mit riesigen lackierten Holzbalken, Elch- und Hirschköpfen, ausgestopften Bibern, riesigen Forellen und Zandern dekoriert, die an Wänden und Decken montiert sind. Ein echt wirkendes Birkenrindenkanu, groß genug für zwanzig Tapfere, hängt unter den rustikalen Deckenbalken. Solches Inventar kann nur von einem Kasino-Lieferanten in Paramus, New Jersey, kommen. Über die Lautsprecheranlage wird Tom von einer lasziven Frauenstimme unterbrochen, die ruft: »Der nächste Ge*win*ner!« Dann hört man das laute Rasseln von Münzen durch eine Metallrutsche, während im Spielpavillon die Sirenen jaulen, Lichter blitzen und eine virtuelle Menschenmenge schreit und johlt. Keiner der Spieler an den Einarmigen Banditen schaut hoch. Kasinos sind auch nicht mehr das, was sie mal waren.

Der Hotelangestellte hinter der Rezeption ist aus unerfindlichen Gründen ein großer, gewinnend aussehender Sikh mit einem himmelblauen Turban, in den er seinen Bart hinaufgedreht hat. Ein Inder bei den Indianern. Als ich zu ihm gehe, weiß ich gar nicht genau, wonach ich ihn fragen will – nach detaillierten Anweisungen, was ich jetzt tun soll, wo es an vielversprechenden Vorzeichen mangelt. Eine bessere Frage wäre: Was macht ein Sikh ausgerechnet hier? »So! Hallo, Sir. Willkommen. Was kann ich für Sie tun?« Der Mann schenkt mir ein großes weißschneidezahniges Lächeln voll unbeirrbarer Versöhnlichkeit. Er spürt, dass ich spüre, dass ich hier nicht hingehöre. Seine langen Finger haben perfekt polierte und gefeilte Nägel. Als Arbeitsuniform trägt er dasselbe Jackett mit demselben Büffel-Wappen wie die Security-Leute, nur ist seines leuchtend grün, das bringt Glück. Vielleicht schläft er in einem der Wohnmobile draußen und pendelt am Wochenende nach Hause zu seiner Familie in Nebraska, wo es Sikhs besser haben.

»Ich denke möglicherweise über ein Zimmer nach«, sage ich, Widerstreben in der Stimme. »Nur für mich und meinen Sohn.« Ich zeige auf Paul im Rollstuhl, der mitten im Foyer angehalten hat und etwas aus der Fassung wirkt.

»Geeeeerne.« Das Namensschild des Mannes besagt, dass er, warum auch immer, »Allen« heißt. Wahrscheinlich ein Absolvent der Hotelschule an der Michigan State University. »Sollen es zwei Doppelbetten sein? Wir haben ein Valentinstag-Spezial für Liebespaare. Das könnten wir anbieten. Sind Sie Mitglied im Pensionärsverein, im Automobilclub?«

»Ja, ja und ja.« An der Wand hinter ihm hängt ein riesiger Adler-Kopfschmuck in all seiner fiedrigen Pracht, darunter die schwarze Silhouette einer Glock-G-17-Waffe mit der finsteren Warnung: »BRINGEN SIE DAS HIER NICHT INS HAUS!!!« Gut zu wissen.

»Brauchen Sie das Hilfspaket für Rollstuhlfahrer?« Allen lächelt entschuldigend.

»Vielleicht. Ja.«

»Dann bräuchte ich nur noch Ihren Ausweis und eine gängige Kreditkarte. Wenn es Ihnen nichts ausmacht. Ich kann Sie auch upgraden zu einer Suite mit zwei Wasserbetten. Die sind sehr angenehm.«

»Nein, das ist nicht nötig.«

»Kostet nichts extra. Insgesamt nur neunzig Dollar.« Noch ein entschuldigendes Lächeln, während er an seinem Computerbildschirm herumfuhrwerkt.

»Das würde mein Sohn nicht mögen. Der hält Wasserbetten für dumm.« Obwohl, vielleicht gar nicht mal.

»Ahh, ich verstehe. Dazu hat er jedes Recht.«

»Ganz sicher. Ich werde ihm sagen, dass Ihnen das aufgefallen ist.«

»Ich bitte darum.« Noch ein Lächeln, diesmal eins voll leuchtender Zufriedenheit.

»Ich rede nochmal mit ihm, bevor wir an die Unterschrift gehen.«

»Natürlich. Absprache ist immer am besten. Das verstehe ich.« Nickende Zustimmung.

Paul betrachtet vom Rollstuhl aus eine erhöhte Reihe Fernsehbildschirme über einem ausgestopften Vielfraß im Kampf mit einem ausgestopften Kojoten um ein ausgestopftes Kaninchen. Auf einem der Bildschirme ist in Endlosschleife der Spielpavillon zu aufgekratzteren Zeiten zu sehen, lachende Glücksspieler aller Formen und Formate, die den Spaß ihres Lebens haben. Ein anderer zeigt ein Baseballspiel aus der japanischen Liga – die Toyo-Karpfen aus Hiroshima haben die Tokioter Yakult-Schwalben zu Gast und machen sie 9:0 platt. Auf dem dritten Bildschirm sieht man eine traditionelle Zeremonie, junge Native Americans tanzen um einen Pfahl herum, an den sie mit langen, am Oberkörper durch die Haut gebohrten Lederriemen gebunden sind. Und der letzte zeigt ein Sackloch-Turnier in Las Vegas, das die komplette Aufmerksamkeit meines Sohnes beansprucht. Er hat sich seit zwei Tagen nicht rasiert und sieht, in der Chiefs-Fankleidung und dem Rollstuhl, wieder mal aus wie ein Notleidender, den die Sicherheitsleute des Kasinos im Auge behalten sollten.

»Diese Bohnenstange aus Cincinnati hat den ganzen Laden im Griff«, begeistert sich Paul. »Scheiße, der alte Knacker ist voll der Künstler mit seinem Sack.« Genau in diesem Moment lüpft ein langarmiger grimmiger Schluck-Wasser-in-der-Kurve im grellorangen T-Shirt voller Sponsorenaufnäher seinen Sack in Richtung wartender Öffnung und versenkt ihn darin – was die Zuschauer in Vegas in Ekstase treibt und bei der Bohnenstange tigerartige pumpende Fäuste und seltsame Kniezuckungen hervorruft. »Voll die Rakete! Game 1A over!« Paul grinst zu mir hoch, die Augen hinter der Brille weit aufgerissen, mit einem Ausdruck, der sich als Rachlust missverstehen ließe. »Der hat denen noch 'ne Extraschippe Schnell-Klatsche verpasst!« Das Bild wechselt zu einer jungen Frau mit Gummigesicht in einem gepunkteten Kleid, die das Ereignis für taubstumme Sackloch-Fans rund um den Globus gebärdet.

»Die geben uns die Valentinstag-Suite«, sage ich.

Pauls Mund – er kann die offenstehenden Lippen nicht vollständig kontrollieren – verzieht sich zu einer scheelen Grimasse, vielleicht ist er auch nur durcheinander. Seine üblichen Gesichtsausdrücke sind alle leicht aus dem Lot und kommen vielleicht nie wieder ganz ins Lot.

»Hier drin stinkt's«, sagt er. Er hat recht. Im Foyer steht ein Mief aus Zigaretten und Männerklo und Lösungsmitteln, der einem nicht auffällt, bis er einem dann doch auffällt. Wahrscheinlich riechen alle Kasinos so.

Gerade kommen, wie ich sehe, aus dem Pavillon mit den Einarmigen Banditen drei Schwarze Frauen im mittleren Alter – alle in pastellfarbenen Jogginganzügen mit schicken passenden Laufschuhen, als hätten sie sich zusammen beim Sportbedarf eingedeckt. Die Frisuren sind ähnlich, zuordnungsneutral modelliert und schimmernd. Sie haben getrunken, gespielt und sich amüsiert – genau dazu sind sie hergekommen. Die mittlere ist die Anwältin aus Chicago von gestern Abend in Sioux Falls. Wenn wir die Valentinstag-Suite nehmen, könnte ich sie alle drei auf einen Metropolitan einladen, während Paul über die Rollstuhlrampe in die Tittenbar fährt. Ich muss ja nicht jede Minute mit ihm verbringen. Die Anwältin erspäht mich – ihr Jogginganzug ist in einem reinen Rhabarberrosa gehalten –, und ihre glänzenden Wangen blasen sich unwillkürlich auf. Nein, nein, nein-nein-nein. Nein zu einem weiteren Drink mit mir. Nein zu harmlosem Herumalbern. Nein zu jeglicher Lockerheit. Nein zu Neckereien und Geplänkel zwischen Schwarz und Weiß. Auf *meinem* Namensschild steht Spaß jedenfalls nicht. Untergehakt peilen sie das Gratisbüfett an, bevor sie sich in die Krieger-Revue schleichen.

Pauls Knie sind unter dem Parka in Aufruhr. Vielleicht hat er Schmerzen. Da bin ich mir nie so sicher. »Dieser Ort ist der Strudel des Untergangs«, sagt er mit verbitterter Miene. »Wie zum Teufel hast du den gefunden?«

»Der hat mich gefunden. Ich dachte gerade, wie wär's mit einem Tanz auf dem Schoß im Stripclub. Das könnte der Brüller werden. Deine große Chance.« Ich lächle ihn an – nicht fröhlich, eher unterwürfig. Mein Gespür sagt mir, wir nähern uns einer Art Ende. Einer Hürde, die wir vielleicht nicht überwinden können. Dieser Ort schreit es zum Himmel. Und Paul weiß es.

Die nächste Ladung Münzen rauscht durch die Rutsche, zur öffentlichen Verkündigung: »Und der nächste Ge-win-neeeer«, triumphiert die sexy Mädchenstimme. Und noch mehr simuliertes Jubeln und Johlen. Der Sikh hinter der Rezeption ist verschwunden. Es ist sechs. Vielleicht macht er gerade Abendessenspause in seinem Wohnmobil. Ein Becher starken Tee. Eine Fluppe. Kurz zu Hause melden.

»In einem Scheißrollstuhl tanzt dir keine auf dem Schoß«, sagt Paul gehässig, beide Hände zucken. Die Knie auch. »Außerdem hab ich da 'ne Wunde.«

»Wetten, dass du dich irrst. Die Holzhäckslerin lässt sich sicher was für dich einfallen.«

»Ich schreite voran. Verstehst du, Frank? Das ist die Wendung, die ihr Gegenteil bedeutet. Ich schreite voran zu spiritueller Erleuchtung. Und dann schreite ich voran zu Bauchspeicheldrüsenkrebs im vierten Stadium.« Er ist wütend. Und streitlustig.

»So hatte ich das wohl nicht gesehen.«

»Ja. Alles Bullshit. Genau wie du.«

»Okay. Aber wir können immer noch in die Valentins-Suite einchecken. Ich kann dir exotischen Roomservice bestellen. Den gibt es ganz bestimmt.« Das meine ich ernst.

»Du bist ein Arschloch.«

»Warum bin *ich* ein Arschloch? Das Leben ist eine Reise, Junge. Und du machst sie gerade.« Ich bin bereit, ihm auf den Sack zu gehen, wenn ich ihn schon nicht glücklich machen kann. Was mir aber lieber wäre. Ich weiß gut, dass er letzten Endes ein ziemlich konventioneller, wenig abenteuerlustiger Mann ist. Genau wie ich.

»Es ist keine Reise hierher«, sagt er brüsk.

»Okay.«

»Wo ist dieser Mount Nevermore? Fahren wir da hin oder nicht?«

»Morgen. Wir sind da. Fast.« Weitere Münzen werden in die Rutsche gespuckt, weiteres Gejohle. »Der nächste Gewinneeeeeer!« Tom Jones bricht in *Delilah* aus.

Der gutaussehende Sikh ist zurückgekehrt und schaut erfrischt und lächelnd in unsere Richtung, strahlt Ermutigung für Suite und Wasserbetten aus. Dass Paul und ich streiten, ist ihm egal. Das hat er schon oft gesehen. Vaterschaft ist in jeder Sprache ein Kampf.

»Ich finde, wir sollten hierbleiben«, sage ich, im Wissen, dass er das nicht will.

»Du kannst ja gern hierbleiben, scheiße. Ich rufe einen Krankenwagen.« Er schaut drohend, die Klauenhand zappelt am Ende seines roten Goretex-Ärmels. Ohne es zu wollen, habe ich ihn besiegt.

»Okay.« Ich lächle – betrübt. Die andere besiegte Partei.

»Okay was?« Die Idee, einen Krankenwagen zu rufen, gefällt ihm, das weiß ich.

»Okay. Du hast gewonnen. Wir können hier weg.«

»Na endlich, verdammt. Ich hab nicht ewig Zeit, wie du.«

Ich schaue mich in dem rauchverschmierten Foyer mit seinen verlogenen Nordwald-Motiven und dem großen, höflichen Turbanträger hinter der Rezeption um. So schäbig oder trist ist das hier alles gar nicht. Ein paar Retuschen in Sachen Licht und Belüftung, ein Publikum aus echten Spielern, die trinken, lachen und alles locker laufen lassen, das würde schon einen Unterschied machen. Wie so oft entscheiden wir uns für Herabsetzung und geben zu schnell auf.

Zehn

Rapid City – späte Fahrzeit/Frühdämmerung – ein grelles Straßenleuchtenband, zu breite Straßen, zu lange Ampelphasen, zu laute Pickups und Franchise-Läden in vierfacher Ausführung (vier Mal Walgreen, vier Mal Midas-Stoßdämpfer, vier Mal Wells Fargo-Bank). Billy Idol und Billy Ocean (wer auch immer die sind) stehen in den Ankündigungen der Stadthalle ganz oben, als »Frühlingsweihe-Doppelkonzert«, darauf folgt »Der König der Löwen«. Schuppenflechte und Rückenschmerzen nehmen viel Platz in den Gedanken der Bürger und auf den Plakatwänden ein (»Betrifft Schuppenflechte Ihr Leben an vielen Stellen?«, »Rückenschmerzen? Gehen Sie zu Dr.Kreuz«). Es gibt sogar einen Howard Johnson, der ist allerdings nur ein »Inn« mit orangem Dach, nicht die berühmte Billigfresseria, wo Ann und ich uns immer die gebratenen Muscheln und ein überbackenes Tunfisch-Sandwich teilten, plus eine Portion Butter-Crunch-Eis, mit zwei Löffeln.

Vieles in der Stadt ist mit dem Rushmore-Label versehen (Berg und Denkmal sind via Route 16 knappe vierzig Kilometer entfernt). Rushmore Gastroenterologie. Rushmore Dialyse. Rushmore Optik. Rushmore Stubbenfräsen. Rushmore Müll. Rushmore Ford, Chevy, Hyundai. Keiner, der es kann, verzichtet drauf, damit Geld zu machen. Was hätte man auch sonst davon, hier zu leben?

Was einen Ort grässlich macht, interessiert mich immer, denn Orte können ja auf unzählige Weise grässlich sein – aber du weißt es sofort, wenn du aus dem Bus steigst. Es ist nie die Luftqualität oder der Auto-Lkw-Stau oder die Einkommensunterschiede oder der Mix aus verschiedenen Communitys oder wie viele Parks es gibt, wie viele Fahrradspurkilometer und asphaltierte Joggingwege, ein bebautes Ufer, Zugang zu öffentlichen Verkehrsmitteln oder eine lebendige Kunstszene. Eine Stadt kann auf der alljährlichen Liste der »Orte mit der besten Lebensqualität« stehen – neben Portland, Maine oder Billings, Montana, oder Rochester – und immer noch erbärmlich sein. Es hat mit gähnend leeren Straßen zu tun, Ampeln wie Totenwachen und der Gesamtzahl an Parkplätzen. Es hat damit zu tun, ob die größten Gebäude Parkhäuser sind, ob es in der Ferne eine Satelliten-»Downtown« gibt, die das alte Zentrum zum Problemviertel macht. Es hat damit zu tun, wie schnell neue »Loft«-Sozialbauten ehemalige Viehweiden verdrängen, wie gut die alten Malls überleben und ob Neuwagen-Autohändler ihre Läden gestalten wie Ming-Pagoden. Müsste ich einen Monat lang in den breiten Hauptadern von Rapid City zirkulieren – wie Paul und ich es gerade auf der Suche nach einem Hilton Garden oder einem Courtyard Marriott tun –, ich würde mir einen gebrauchten Isuzu kaufen und abhauen, egal wohin, Hauptsache weg.

Heute Abend haben wir allerdings Riesenpech, was die Zimmer betrifft – sogar in grässlichen Unterkünften. Drei Hiltons, drei Marriotts, vier Holiday Inns, dazu diverse Day Inns, Motel 6 und Motel 8 sowie der Howard Johnson. Alle rappelvoll. Hätte ich mich im Fawning Buffalo durchgesetzt, würde ich jetzt am Tahiti-Büfett stehen und hätte schon ein paar Stolis aufs Haus intus. Man sollte nie seinen Sohn irgendwas entscheiden lassen.

Jeff, der höfliche junge Azubi mit der Zahnlücke an der Rezeption des Hilton Homewood, informiert mich, dass die Stadt wegen des Rhetorikwettbewerbs der öffentlichen Highschools ausgebucht ist – »wichtiger als das South-Dakota-Basketballturnier und das Rodeo zusammen«. Komplette Großfamilien reisen aus so fernen Orten wie New Effington an, um dabei zu sein, wenn ihre Sprösslinge auswendig gelernte Reden über ein vorgegebenes Thema abliefern. Dieses Jahr lautet es: »Warum glauben Amerikaner an Demokratie?« (Gute

Frage, die Antwort würde mich interessieren.) Abends können sich die Dinge aufheizen, sagt Jeff, wenn die Eltern der Sieger und Verlierer die Hotelbars entern. Anscheinend nimmt man hier im Staat der versengten Katze die Kunst der Rede ernst – was man McGoverns Auftritt Anno 72 allerdings nicht anmerken konnte.

Jeff, ein Farmprodukt aus dem nahe gelegenen Owanka und Schüler des Black Hills State College in Spearfish, hat ein frisches Gesicht und einen saftigen Adamsapfel; er erzählt mir, dass wir zumindest in Sachen Denkmal Glück haben, weil »die Monumente«, so es das Wetter erlaubt, rund um den Valentinstag immer geöffnet haben. Aus unklaren Gründen, die bis in die Dreißigerjahre zurückreichen, als Washingtons Gesicht vor einer ehrfürchtig staunenden Welt enthüllt wurde, ist es zu einem touristischen Ritual geworden, am Valentinstag den Schrein zu besuchen, offenbar im Hinblick auf astrologische Parallelen zwischen dem Valentinstag und vier toten Präsidenten. Das würde Heidegger gefallen, er befasst sich ja mit den unerwarteten Verknüpfungen der Alltäglichkeit und der Zeitlichkeit.

Der gute Jeff (Nachname Hansen) ist großherzig und startet einen Rundruf bei einigen »besseren Schwesterunternehmen«, inklusive der Konkurrenz. Aber kein Stich zu machen. Ankömmlinge ohne Zimmer schlafen in Wohnmobilen hinter dem Travel Center of America. (Die Option haben wir im *Warmen Wind* nicht.) Allerdings, sagt er, besitzt Harald, der Bruder seiner Mutter, ein »älteres Haus etwas außerhalb«, ungefähr da, wo wir gerade herkommen: The Four Presidents Courts ist ein abgeschraddelter Laden, den ich im Vorbeifahren schon erspäht und als Rendezvous-Absteige für Versicherungsvertreter und ihre Sekretärinnen verbucht hatte. Genau die Sorte, wo keine Fragen gestellt werden, in so etwas hatte ich mich auch mit meiner College-Freundin Mindy Levinson aus Royal Oak geflüchtet, und dann spendeten wir einander Freude für vier Dollar die Nacht, bis wir die Engel singen hörten. Die Zeiten sind vorbei. Vorbei, so ein Ort, vorbei, so ein Sport – das dachte ich jedenfalls.

Der lächelnde junge Jeff macht einen Anruf gleich von der Rezeption des Homewood aus, erreicht Onkel Harald, sagt »Hier sind zwei, die sind in Ordnung« und müssen »irgendwo kampieren«, ob er uns aushelfen könnte? (Keine Ahnung, woher er sein Wissen bezieht, dass wir »in Ordnung« sind. Paul hat er nicht gesehen.) Nach einigem Smalltalk gibt es neuerliches Nicken und Grinsen, dann ein gereckter Daumen mit einem »Alles klar«-Zwinkern. Wir sind drin. Keine Ursache, dafür ist er doch da, in solchen Situationen müssen wir doch alle zusammenarbeiten, kommen Sie wieder, wenn es hier nicht so verdammt Iglu-City-mäßig ist. Und dann sind Paul und ich wieder unterwegs auf der breiten, grellen Durchgangsstraße Richtung Four Presidents, gleich hinter Reifen, Reifen, Reifen, dem Rushmore Autoschaum, dem Rushmore Minigolf und der Rushmore Schlachtung für Eigenbedarf. Ich würde uns für einen Cent zurück in den Fawning Buffalo fahren. Aber das wäre die falsche Richtung, und etwas sagt mir (ein drängendes Bauchgefühl), dass ich uns jetzt hinschaffen sollte, wo wir hinwollen, und zwar schnell.

Paul ist, während ich im Homewood war, anderthalbhändig an seinen Metallkoffer gegangen und hat die Bauchrednerpuppe rausgehievt, die jetzt mitten auf dem kleinen Rücksitz thront, genau dort, wo mich das hölzerne Gesicht ständig im Rückspiegel nerven wird. Als junger Bauchredner, während seiner Highschoolzeit, veranstaltete Paul regelmäßig »Shows« in unserem Wohnzimmer in der Cleveland Lane, damals erholte sich sein Stiefvater zunächst von Dickdarmkrebs und starb dann daran, und Paul wurde seiner Mutter zu viel. Bei all diesen Vorführungen – am Ende musste ich dem Einhalt gebieten – erwies er sich als vollkommen unfähig, seine Lippen stillzuhalten, als wenig talentiert in der Handhabung von Ottos internen Mechanismen, gut war er nur darin, Otto unverschämte Dinge »sagen« zu lassen, die er – Paul – für oberwitzig hielt und die manchmal mich oder seine Mutter oder seinen sterbenden Stiefvater Charley aufs Korn nahmen. (Seine Schwester nie, denn vor der hatte er Angst.)

Ich halte jetzt Ausschau nach dem *Reifen, Reifen, Reifen* oder dem Minigolf, während im Rückspiegel Scheinwerfer über Ottos anzüglich grinsendes Glubschaugen-Gesicht auf dem dunklen Rücksitz blitzen.

»Otto steht jetzt auf Homonyme, stimmt's, alter Knabe?«, sagt Paul/Otto. *Alter Knabe.* Manchmal ist Otto britisch. Paul wirft mir seinen Gaunerblick zu und unterdrückt ein schiefes Grinsen. Als er sechzehn war, gab es einen völlig unpassenden Moment, da prahlte er damit, dass eine große Karriere vor ihm läge, als bauchredender Spielshow-Gast, der Millionen verdienen würde.

»Recht hast du, alter Kackeimer«, »sagt« Otto in Pauls brüchigem Falsett, während der sein Gesicht abwendet, um die zitternden Lippen zu verbergen. Der Dodge bietet eine perfekte Vorbühne.

»Sollen wir uns was zum Abendessen mitnehmen?« Wir fahren gerade beim Goldenen Drachen vorbei, einem Chinesen mit Autos davor, aber nicht vielen. Paul ist Fan von General Tso mit Hähnchen, und ich könnte mir eine Pu-Pu-Platte mit Schwein vorstellen.

»Otto spricht gerade. Er isst nur Sägespäne.«

»Kapiert«, sage ich und fahre weiter.

»Was sind deine Lieblings-Homonyme, Otto?«, fiepst Paul. Ottos große, blau gemalte Augen starren irre vom dunklen Rücksitz her, das orange Haar, die Reitjacke und die behandschuhten Balsaholz-Hände leuchten im Verkehr auf. »Arme und Arme. Bock und Bock. Kippe und Kippe. Laster und Laster. Mutter und Mutter.« Ottos Lippen bewegen sich nicht, nur Pauls. Er glaubt, er »projiziert seine Stimme«. Von wegen.

»Noch etwas, Otto?« Pauls Stimme ist schon auf der Kippe-Kippe.

»Moor und Mohr«, »sagt« Otto.

»Das sind keine echten Homonyme«, sage ich. »Außerdem ist das rassistisch.« Weiter vorne unter den verblassenden Straßenleuchten sehe ich *Reifen, Reifen, Reifen* (noch ein Homonym) und den Minigolfplatz neben der *Rushmore Schlachtung für Eigenbedarf*.

»Fick dich«, faucht Paul. »Das sind welche, wenn Otto das sagt.«

Ich sage: »Überlegen und überlegen, Sankt und sankt, Fall und Fall. Ich will ja nur mitspielen.«

»Du bist ein Idiot«, sagt Paul.

»Puff und Puff, wiederkommen und wieder kommen.«

»Leck mich und leck mich«, sagt er. »Was ist das gefährlichste Tier in South Dakota? Das weißt du nicht.«

»Der Leopard«, sage ich. »Wen juckt's? Der Präriehund.«

»Der Bison«, »sagt« Otto. »Mehr Menschen werden von Bisons getötet als von Klapperschlangen. Du bist ein Depp.« Den letzten Satz sagt Paul selbst.

»Und was ist mit Null Jersey?« Wir biegen auf den Parkplatz ein, das Motel ist ein weißer Flachbau mit einer Reihe von zehn dunklen Türen und einem trüb beleuchteten Büro am näher gelegenen Ende, vor dem ein Pick-up steht.

»Der Kojote«, sagt Paul. Ottos blaue Schielaugen blinzeln nicht. Er ist froh, wenn Paul das Reden übernimmt. »Kojoten bringen mehr Menschen in New Jersey um als Braune Einsiedlerspinnen. Ich wusste, dass du das nicht weißt. Es mangelt dir an Faktenwissen. Du siehst nicht genug fern.«

»Ich tue mein Bestes.« Wir halten hinter dem Pick-up: die traurigen Überreste eines Ford 150 mit Rostgirlanden, Aufklebern und Botschaften quer über seiner mit Draht geschlossenen Heckklappe. »Co-Pilot Hund«. »Nietzsche hatte recht.« »Glaub nicht alles, was du denkst.« »Die Jack-Mormonen rocken.« »Biden.« Ich bin skeptisch bei Menschen, die ihre Autos mit ihren Überzeugungen übersäen. Das sind die Leute, die die Sitzungen der Planungsbehörde stören und immer schreien, das System wäre korrupt und alle (außer ihnen selbst) gehörten an die Wand gestellt, wenn gerade normale, gesetzestreue Bürger (ich) da sind, die nur eine baurechtliche Veränderung beantragen wollen. Das sind nicht immer Republikaner.

»Was sollen wir denn *hier*?« Pauls Stimme ist dünn, und durch das

Sprechen hat er irgendwas Übles hochgehustet, das er wieder runterwürgen muss. Er hatte einen langen Tag, ich übrigens auch.

»Wir haben hier ein Zimmer. Nimm es als eine nationale Bauerbe-Stätte. Es wird dir gefallen.«

Paul hat sich mühsam umgedreht und betrachtet das Four Presidents-Schild – eine handgemalte Wiedergabe des berühmten Berges, und alle vier Präsidentengesichter sind ungenau reingepinselt. Roosevelts Gesicht ist größer als Lincolns. Washington schaut geradeaus, so dass Jefferson wie ein Nachklapp wirkt. Das Schild wird lediglich von zu kleinen Sealed-Beam-Scheinwerfern beleuchtet, die von oben herunterstrahlen und den gefrorenen Boden stärker beleuchten als die Gesichter. Mit Mindy Levinson war ich an unseren Sex-Wochenenden tatsächlich in genau solchen Absteigen. Aber das ist fünfundfünfzig Jahre her.

»Sieht aus wie die Pforte zum Tod.« Paul duckt sich, er wirkt verwelkt und geschrumpft und etwas jämmerlich. »Da passe ich ja gut hin.«

»Ihr bleibt jetzt schön hier sitzen, Otto und du.« Ich steige aus in die Kälte und das trübe Licht von dem Schild.

»Otto sagt, wenn man losfährt, hat man ein Ziel, und dann landet man irgendwo.«

»Otto kann gern unsere nächste Reise planen.«

»Wann wird die sein, aller Wahrscheinlichkeit nach?«

Die Luft draußen riecht beißend nach Schlachthof. Auf der anderen Seite einer Nebengasse ist im Dunkeln ein Metallgehege auszumachen. Zwei Kühe mit weißem Gesicht stehen in der Finsternis beieinander und starren nicht mich, sondern den Schlachthof an. Morgen ist ihr Tag in der Geschichte. Der Valentinstag.

»Es geht mir nicht sehr gut, Lawrence. Tut mir leid.« Paul äugt durch meine Tür, mit einem prüfenden Blick aus seinem Parka heraus. Er hört sich sprechen. Er scheint zu nicken, vielleicht hat er gerade Symptome, die ich übersehen habe.

»Okay. Hör auf zu winseln.« Etwas Besseres fällt mir nicht ein.

»Du hast leicht reden …« Ich schließe die Tür des Trucks, bevor ich ihn antworten höre, und schlurfe auf das schemenhafte BÜRO zu.

* * *

Da drinnen ist, als ich die Tür hinter mir zuziehe, niemand zu sehen. Es ist warm und eng und schlecht beleuchtet und riecht nach saurer Wäsche. Solche Motelbüros haben aber auch etwas Gemütliches, so als wäre der Besitz einer Zimmerreihe für Touristen alles, was der Mensch braucht.

»Okay. Genau.« Eine schwere, hustige Stimme (männlich) kommt aus irgendwelchen Hinterzimmern. Das Schließen einer Tür ist zu hören. Eine Videokamera, in Deckennähe angebracht, behält mich im Blick, falls ich hergekommen sein sollte, um Ärger zu machen.

An den Bürowänden hängen alte Drahtgitter mit Reisebroschüren und noch mehr plakativen persönlichen Ansichten. »Alkohol ist ein guter Diener, aber ein schlechter Herr.« »Nichts Gutes geschieht nach Mitternacht.« »Heute ist der erste Tag vom Rest Deines Lebens.« Stimmt alles. Außerdem hängt da ein braungelbes Foto in Wandgemälde-Größe vom Seeufer in Chicago, um 1955, bevor der Fortschritt alles ruinierte, und ein gerahmtes Werbefoto des alten Sheffielder Hüftschwenkers Joe Cocker, mit schwimmenden Armen und offen stehendem Mund, so als stünde er unter Strom. Signiert: Joe, mit einem Schnörkel.

»Ich gucke gerade die Vorberichterstattung in Winnipeg«, sagt die belegte Stimme, immer noch außer Sicht, die sich mit schwerfälligen Schritten nähert.

»Machen Sie in Ruhe.«

»Eishockey ist eine tolle Sportart. Mal gespielt?« Keiner ist zu sehen, aber wir sind uns schon ganz vertraut.

»Noch nie.« Ich lächle erwartungsvoll.

Auf dem Check-in-Tresen mit Glasplatte liegt ein Stapel Handzettel: »Ist das Hospiz die Lösung?« Ein distinguierter, gutaussehender weißhaariger Herr ist abgebildet, der ein lachendes, engelhaftes Kind im Arm hält und selig knuddelt. Einen Enkel, den er hinterlassen wird. Aufgelistet sind häufig gestellte Fragen mit unverblümten Antworten. »Wie ist die Erfolgsrate eines Hospizes im Schmerzmanagement?« Sehr hoch. »Wie schwer ist es, einen sterbenden Angehörigen zu Hause zu pflegen?« Selten einfach. »Wird mich das Hospiz fallenlassen, wenn ich nicht nach einem halben Jahr dahingegangen bin?« Normalerweise nicht.

Ich lasse die Zettel liegen, wo ich sie gefunden habe.

»Klar hab ich das. Da können Sie Gift drauf nehmen.« Der nicht Anwesende gibt Antwort auf eine ungestellte Frage. »Die Hospiz-Flyer sind übrigens gratis.«

Harald, Lieblingsonkel des adamsapfligen Jeff vom Hilton Homewood, beugt sich schwerfällig durch den engen Gang von hinten (PRIVAT! KEIN ZUTRITT!) herein, er ist ein Koloss. Knapp zwei Meter, bestimmt hundertfünfundzwanzig Kilo, manövriert er auf zwei Metallstöcken herum, die ihn nicht genug stützen, so dass er eine große Pranke auf alle vorbeikommenden Oberflächen klatschen muss. Man sollte meinen, dass er zu groß für Eishockey ist. »Hab in Brookings gespielt. Und in Kanada, bei den Medicine Hat-Junioren. Damals, als man aufgestellt wurde, um einfach zu kämpfen. Anders als heute.« Mit seiner Anwesenheit ist das Büro merklich kleiner geworden. Harald atmet hörbar und tief. Er war mal der Typus James Arness – kleine nussbraune Augen mit einer vollen Ausstattung an Filmstarhaaren. Allerdings weist die Nase eine breite Delle auf, von irgendeinem Eishockeyschläger. Er ist noch gar nicht alt. Wäre er beweglicher und hätte mehr Glück gehabt, könnte er auch hinter dem Info-Schalter eines Baumarkts sitzen. Ich lächle ihn hoffnungsfroh an.

»Okay«, er quetscht sich auf einen Stuhl hinter dem Tresen. Dann klemmt er sich eine Zweistärkenbrille auf die Nase und fummelt mit einer Anmeldekarte herum. Hier drin ist alles händisch. Nichts elektronisch. Wahrscheinlich funktioniert die Kamera nicht, obwohl er gesehen haben muss, dass ich die Hospiz-Infos gelesen habe. »Sind Sie für die Reden gekommen?«

»Nein«, sage ich. »Mein Sohn und ich fahren zum Mount Rushmore. Morgen.«

»Hm-hmm.« Er schiebt eine Karte auf das Glas. »Füllen Sie das einfach aus.« Harald könnte in einer Faust zwanzig Pucks halten und es gleichzeitig vernichtende Schläge hageln lassen. Oder hätte es zumindest früher gekonnt. Ich mach mich mit dem vorhandenen Kuli an die Arbeit. Jeff bleibt unerwähnt.

»Wir hätten gern zwei Doppelbetten.«

Ein dicker weißer Hund kommt aus dem hinteren Bereich und bleibt im Türrahmen stehen, um mich anzustarren. Eins seiner Augen ist trüb.

»Gibt nur Ehebetten«, sagt Harald. »Ich geb Ihnen die Hochzeitssuite. Die hat zwei Zimmer mit Tür dazwischen. Kostet hundert.« Er holt mächtig Luft. Eigentlich ist es unerheblich, dass ich hier bin.

»Das wäre großartig.«

Ich schreibe zu Ende und reiche ihm die Karte. »Müssen mal im Sommer wiederkommen.«

»Ich weiß. Das sind jetzt besondere Umstände.« Der Hund dreht um und geht zurück, wo er hergekommen ist.

Harald verziert meine Anmeldekarte mit einem BEZAHLT-Stempel (mit Stempelkissen). »Nur Barzahlung.«

»Kein Problem.« Ich hatte die Karte gezückt, stecke sie aber zurück. Das Fawning Buffalo hätte neunzig gekostet – inklusive Tahiti-Büfett, Holzhäckslerin und Shuttle. Bloß nicht nochmal darüber nachdenken. Ich hole ein paar Zwanziger heraus.

Haralds Bewegungen sind beinahe zierlich. Er fischt zwei Plastik-Schlüsselanhänger unter dem Tresen hervor und reicht sie hoch. »Einer ist für die Innentür. Check-out ist um zehn. Meine Frau wird da sein. Es ist Nummer 9 und 10, ganz am Ende. Lassen Sie die Schlüssel im Zimmer.« Ich möchte fragen, ob es irgendeine anständige Adresse gibt, von wo wir uns Essen bringen lassen können. Paul schafft keinen Goldenen Drachen und auch kein Applebee's. Ein weißer Kühlschrank steht in der Ecke, obendrauf ein Mini-Weihnachtsbaum, rote, blaue und grüne Lichter. Vielleicht gibt's was für die Mikrowelle.

»Kann ich hier vielleicht irgendwas zu essen kaufen?« Ich werfe einen hoffnungsvollen Blick auf den Kühlschrank.

»Rotwürmer für die Eisfischer. Das sind im Winter unsere Gäste. Snickers und Chips sind da drüben.« Er weist auf ein Regal mit einer kleinen Auswahl.

»Wo ist Haddam ...«, Harald greift nach der Anmeldekarte, »... New Jersey.«

»Auf halber Höhe auf dem Hundebein.« Fast an den Eiern, aber die sind schon in Pennsylvania. Das sage ich nicht.

»Ich war mal in Manalapan. Kennen Sie?«

»Ich hab da früher Häuser verkauft. Nicht nur in Manalapan. Überall.« Ich setze für Harald meine höfliche Kunden-Miene auf, die ich über die Jahre Tausenden entmutigten Hauskäufern dargeboten habe.

»Meine Schwester hat sich da total mit einem Kerl verhakelt – einem Russen. Keine guten Absichten. Ich musste hin und sie holen. Der hat sie voll ausgenutzt. Natürlich gehören da immer zwei dazu.«

»Wo ist sie jetzt?«

»Ach, gestorben.« Tatsächlich lächelt er mich an – so verwunderlich ist es. Trotz seiner übergroßen Filmstarzüge ist Haralds Gesicht nachgiebig, vertrauensselig, so als hätte sich das Leben bei ihm von Anfang an geirrt. »Heroin. Nicht jede Geschichte endet glücklich.« Er scheint kein Mann der Aufkleberssprüche und demonstrativen Gesten zu sein; eher ein Mann der unterschätzten Vorzüge. Andererseits ist nichts jemals wirklich untypisch für irgendwen.

»Das tut mir leid«, sage ich, zum Thema Schwester.

»Deswegen habe ich das Hospiz-Zeug da. Die haben sie gut behandelt.« Harald rutscht auf dem Stuhl herum, als fühlte er sich da nicht wohl. »Nur Ihr Sohn und Sie?«

»Jepp.«

»Wie alt ist er?«

»Siebenundvierzig. Er hat eine neurologische Störung.« Das füge ich hinzu, falls er irgendetwas suspekt finden sollte.

»Wir sind früher immer mit den Kindern hochgefahren. Für die waren die Gesichter ein Riesenspaß«, sagt Harald. »Jetzt ist alles barrierefrei. Da muss ich ja auch immer drauf achten. Wahrscheinlich hat aber nicht viel geöffnet.«

»Das geht schon in Ordnung.«

»Wo ist die Frau?« Er hat an seine eigene Frau gedacht, da fiel ihm meine ein.

»Ich habe keine mehr.« Ich lächle, um anzudeuten, dass das in Ordnung ist. Höchstwahrscheinlich gibt es auch einen Aufkleber für meinen Status. Nicht jede Geschichte endet glücklich. Mag es draußen noch so finster sein, irgendwo brennt für dich ein Kerzelein. Shit happens. Harald ist Optimist. Ein Biden-Fan – falls das kein Witz war.

»Ich hab immer gedacht, ich würde allein bleiben. Wär auch okay gewesen«, sagt Harald und schüttelt den Kopf, noch etwas Verwunderliches.

»Ich hab immer gedacht, ich nicht«, sage ich.

Harald macht sich mühsam ans Aufstehen, packt einen Stock nach dem anderen. »Männer und Frauen irren sich ständig«, sagt er. »Check-out ist um zehn. Meine Frau wird da sein. Sagte ich das schon?«

»Ja. Aber vielen Dank.« Schlüssel in der Hand.

»Sie kriegen das hin«, sagt Harald.

»Okay. Das hoffe ich.« Keine Ahnung, was er meint, aber ich zähle darauf, dass er recht behält. Dann bin ich zur Tür hinaus und wieder in der Kälte.

* * *

Das Abendessen wird nicht zum Problem. Paul schläft in sich zusammengesunken, als ich mit den Schlüsseln einsteige – Otto hinten ist gespenstisch »wach«. Ich fahre uns über die natriumlampenhelle Hauptstraße in die Stadt – ohne zu wissen, wohin genau –, aber dann biege ich zu einem Walgreens ein, wo ich Wiiiiiiener, Salzcracker, Sardinen, ein kleines Glas koschere Dillgurken, Newtons-Feigenkekse plus ein Sixpack Dr. Peppers-Cola und für mich zwei große Bier (Coors) in den Wagen lege – die Grundausstattung meiner Mutter für alle Familienausflüge. Walgreens verkauft inzwischen alles – von Sextoys über Angelbedarf bis hin zu orthodoxen Ikonen.

Dann zurück zu den Four Presidents und bis zur letzten Tür, Paul schläft immer noch – die beiden Hereford-Rinder sehen uns aus ihrem Gehege zu. Anscheinend sind wir die einzigen Gäste. Jemand – ein kleiner Mann mit großem Cowboyhut – steht in der Waschanlage vom Rushmore Autoschaum gegenüber, Zigarette im Mundwinkel, und verpasst seinem Chevy Silverado eine Dusche, seine Frau sitzt drin und liest ein Buch. Haralds verrosteter Ford mit seinen vielen Aufklebern steht, wo er stand; allerdings ist der Four Presidents-Schriftzug ausgeschaltet – und Harald wieder im Hinterzimmer mit dem Jets-Spiel aus Winnipeg. Eine entspannte Winternacht in Rapid City. Würde man hier leben, könnte man es halbwegs okay finden.

Paul erwacht, als ich den Motor ausschalte, und betrachtet die Reihe der Moteltüren. »Übernachten wir echt hier?«

»Das Carlyle war ausgebucht.« Er muss jetzt ins Zimmer und was zu essen kriegen.

»Ich hab geträumt, da war was, wo ich ganz knapp nicht rankam, aber sonst immer rangekommen bin. Keine Ahnung was. Vielleicht bin ich tot. Bin ich das?«

»Wär mir aufgefallen.« Wenn er spricht, kommen wieder mal die Worte nicht ganz deutlich raus.

»Ich wähle jetzt meine Worte«, sagt er. »Darum spreche ich so gesetzt. Ja? Es fließt nicht richtig. Ich habe Kopfweh. Kalt ist mir auch.«

»Du musst müde sein.« Ich bin müde, und ich komme eindeutig für ein Bier plus Wodka in Frage, egal, wie unser Zimmer aussieht.

»Was meinst du, ist dir das alles wichtiger als mir?« Er starrt vor sich hin, als würde er sich besonders konzentrieren.

»Was ist *das alles*?«

»Hmm. Weiß nicht.«

»Ich denke, dir ist es wichtiger als mir. Sollte es jedenfalls.«

»Meinst du, meine Ärzte machen sich Sorgen über mich?«

»Wahrscheinlich.«

Draußen in der Dunkelheit, zu der wir nun gehören, höre ich eine ferne Sirene, dann das möp-möööp eines Feuerwehrwagens. Dann beschleunigt, relativ nah, ein schwerer Lkw. Irgendwo wird irgendwem geholfen. Wären wir das doch nur. »Nicht länger des Lebens schönstes Mäntelchen umhängen«, sagt der Dichter. Ich kann meinem Sohn jetzt nichts mehr vormachen. Obwohl ich es jederzeit tun würde.

»Bist du enttäuscht, dass ich kein Eagle bei den Pfadfindern war?«

»Du warst doch überhaupt nicht bei den Pfadfindern. Die sind sowieso ein großer Quatsch. Ich habe Zelten gehasst.«

»Du könntest trotzdem enttäuscht sein.«

»Nichts an dir enttäuscht mich.« Das stimmt.

»Was ist, wenn es mir richtig schnell schlechter geht?«

»Dann hol ich einen Rettungshubschrauber. Es werden keine Kosten gescheut. Denk nicht drüber nach, okay?« Als er fünfzehn war und bei einem Baseball-Unfall fast ein Auge verloren hätte, wurde er mit dem Helikopter nach Yale-New Haven geflogen, woraufhin er monatelang von Hubschraubern erzählte. Sogar Otto hatte was dazu zu sagen.

»Ein tolles Leben hab ich nicht hingelegt, oder, Frank?« Er sieht mich nicht an.

»Nein. Aber du hast dich ordentlich geschlagen.« So bringt er die schweren Themen für uns aufs Tapet – als etwas, das wir auf dem Weg zu etwas Wichtigerem nicht sagen. Wir frieren uns im Auto einen ab. Alles gut.

»Kotzt dich das an mit mir?« Er schnieft.

»Im Moment nicht, nein. Nur manchmal. Wieso?«

»Mich kotzt *du* an. Das alles kotzt mich an.« Er kriegt »kotzt mich an« nicht ganz raus. Klingt mehr nach »kost-mi-jan«. Ich kann nichts sagen. Nur seine Worte zählen. Seine Lage neutralisiert meine.

»Wir sollten reingehen«, bringe ich abgehackt hervor. Ich zittere bis zu den Oberschenkeln. Paul friert anscheinend nicht, in seinem Chiefs-Parka, der Skiunterhose, roten Rollmütze und dem *Genie an der Abreit*-Sweatshirt, dabei hat er es eben noch gesagt. Im Rückspiegel beobachtet uns Otto.

»Magst du die Eagles? Nicht die Footballmannschaft.«

»Die sind okay.« Ich greife mir unser Picknick-in-der-Plastiktüte vom Wagenboden.

»Wusstest du, dass die Queen Tom Jones zum Ritter geschlagen hat?«

»Ja.« Ich öffne die Tür zur Kälte und dem beißenden Kuh-Geruch.

»Er ist Waliser. Das ist ungewöhnlich.«

»Ich weiß.« Ich muss uns hier wegkriegen, sonst erfrieren wir und werden den Mount Rushmore niemals sehen. Was unterm Strich schade wäre.

* * *

Unser Zimmer – das zehnte von zehn – ist nicht so schrecklich, wie ich erwartet hatte. Ein geräumiges Queen-Size-Bett (das »Ehebett«), ein kompakter Sekretär-mit-Stuhl und einem Plastik-Gänseblümchen-in-der-Vase, falls jemand Lust kriegt, einen Liebesbrief zu schreiben. Ein anständiges Duschbad mit einem Handtuch und einem einzelnen Stück Colgate-Seife. Eine alte verstaubte Klimaanlage der Marke Carrier Super-Weather ist in ein Loch in der Wand geschraubt. Ich schalte die Heizfunktion ein, hier drinnen ist es genauso kalt wie draußen. Der Boden ist hinrichtungskammergrünes Linoleum, und als ich die Deckenbeleuchtung einschalte, legt sich grelles Hinrichtungskammerlicht wie ein Leichentuch über alles. Doch es ist ein akzeptabler Nachbau des Liebesnests, das Mindy Levinson und ich damals im Silver Birches in Charlevoix hatten, und als solches bietet es mir das überaus seltene Gefühl des Nachhausekommens, worauf ich im Fawning Buffalo hätte verzichten müssen.

Ich bringe unsere Reisetaschen rein. Der Rollstuhl erweist sich als zu breit für die Tür, also trage ich Paul rein wie ein Feuerwehrmann – riskant im Dunkeln – und entlocke ihm Grunz- und »Uff«-Laute, als täte es ihm weh, so geschleppt zu werden. Selbst in dem schweren Mantel bieten seine Arme und Schultern keinen Widerstand, deshalb ist es nicht schwer, ihn aufs Bett zu hieven, allerdings springt von der Anstrengung mein Schlüsselbeinschmerz an und legt mich einen Augenblick lang fast lahm.

»Keine Wiederbelebung«, sagt Paul, ein Häuflein auf der rauen Tagesdecke, die Beine hängen an einer Seite raus, und die gesunde Hand klammert sich am Stoff fest, als hielte ihn das aufrecht. »Das ist einer meiner Lieblings-Grabsprüche. ›Nichts ist genug‹ wäre ein anderer.«

»Gut.« Ich bin außer Atem, mir tun die Schulterblätter weh. Die alte Carrier spuckt einen feinen Staubnebel aus, wärmt das Zimmer aber halbwegs an und stinkt ungesund nach Pfirsich. »Brauchst du noch was aus dem Auto?«

»Lass Otto drin«, sagt er im Befehlston. »Bring Paul Zweipunktnull rein. Ich will sein Bild sehen können. Er ist mein Amigo.«

»Meiner nicht«, sage ich grimmig.

»Irgendwann schon, Lawrence. Du hast hier gar nichts zu sagen, schon vergessen?« Mein Sohn und ich starren uns in dem tristen Zimmer an – er ist der pure Trotz vor lauter Drang, etwas anderes zu sein. Wie er schon gesagt hat: scheißegal, was richtig ist. Er macht mehr durch, als ich auffangen kann.

»Wenn ich nachts aufwache«, sagt er, »weiß ich meistens nicht, wo ich bin. Oder *wer*. Das ist bislang noch das Beste, was passiert ist.« Er hebt die schlimme Hand und klatscht sie auf die andere Handfläche – ich deute das als Applaus. Diese Erfahrung kenne ich. Eine Art Gnadenfrist.

»Findest du, alles ist im Westen echter? Oder vielleicht bin ich hier echter?«

»Ich dachte doch bloß, es wird lustig. Hab ich dir ja schon gesagt. Du bist echt genug.«

In dem Hinrichtungskammerlicht schaut er zu mir hoch. »Meinst du lustig im Sinne von ›Fritten dazu?‹, ›Immer noch bei der Arbeit?‹, ›Darf's die Rechnung sein?‹, ›Bald fertig?‹ Die Art von lustig?«

»Genau. So ungefähr.«

»Meine Nerven machen echt die Grätsche, oder?«

»Vielleicht. Ein bisschen. Wir werden sehen.«

»Ich hätte trotzdem gern nochmal Sex.« Er sieht sich im Zimmer um. »Was meinst du, ist das hier so ein Laden?«

»Ich glaube nicht.« Was würde Harald sagen, wenn ich deshalb an seine Tür klopfte. »Das Kasino war deine beste Chance.«

»Aber es ist doch nie zu spät, oder?«

»Hoffentlich nicht.«

Mein Sohn sinkt schwer auf die steife Tagesdecke aus verblassten Hochzeitsrosen und atmet flach ein, dann flach aus. »Puuuuh ... scheiße«, sagt er. Nicht: »Puuuuh ... Jungejunge.« Beide Knie zappeln leicht. Womöglich schläft er mir ein, bevor ich ihm was zu essen geben kann. Ich weiß nicht mehr, was ich von diesem Tag erwartet hatte.

Jetzt ist Paul zu tieferen Frühschlafatemzügen übergegangen, als käme er noch an alles ran. Die Finger flattern, die Knie sind nicht mehr unruhig. Er sieht aus wie ein Bündel Klamotten, das vom Himmel geworfen wurde.

Ich trete hinaus auf den kalten Parkplatz. Der Cowboy mit dem Hut hat seinen Pick-up fertig gereinigt und ist weggefahren, das Licht in der Waschanlage ist angeblieben. *Reifen, Reifen, Reifen* hat einen Maschendrahtzaun ringsum und ist – wie ich sehe – ein Gebrauchtwagenhändler. Ein paar Straßen weiter höre ich einen Sattelschlepper schalten. Die Kühe im Gehege haben sich in der hinteren Ecke niedergelassen, ein dunkles Gebilde vor den Gitterstäben. Hoch oben bietet der Himmel den abnehmenden Mond und eine wilde Sternenkarte, von der ich keine Ahnung habe. Meine Frau Ann kannte sämtliche Sternbilder, weil sie jahrelang im Huron Mountain Club draußen geschlafen hatte. Als wir jung waren, redete sie ständig vom »Stier«, vom »Wassermann«, vom »Zwilling«. Auf mich wirkte das alles wie ein Idyll für Menschen, die Angst vorm Alleinsein haben. Paul lag dann gern am Boden und »sah« seine eigenen Konstellationen und ging seiner Mutter auf die Nerven. »Die Meerkatze.« »Die Schreibmaschine.« »Die Pastinake.« »Das Schweineschwänzchen.« Wenn ich es am meisten brauche, kann ich mich in der befreienden Unverständlichkeit all dessen, was da oben ist, verlieren. Aber tief drinnen weiß ich, wenn wir in den weitesten Weltraum schauen, hoffen wir immer darauf, seine Grenzen zu finden.

Ich lege eine Hand auf die Motorhaube des Dodge, warm, aber immer kühler. Das könnte jetzt der Augenblick sein, wo eine andere Art von Mensch erneut einen lang abgetanen Respekt vor dem Jenseits verspürt. Da der Tod unumkehrbar ist, muss es doch einen Weg drum herum geben. Aber alles, was mir einfällt, ist ein Anruf bei Betty Tran, um ihre Stimme aus den Sphären zu locken. (Sie schaltet um acht ihr Telefon aus, damit sie ihre Hausaufgaben für den Business-Abschluss machen kann. Ich brauche nichts zu sagen.)

»*Hi, hier Betty.*« (Der passend zwitschernde Singsang, den ich liebe.) »*Hoffentlich haben Sie einen tollen Tag. Ich würde sehr gern mit Ihnen sprechen. Wenn Sie einen Termin buchen wollen, hinterlassen Sie Ihren Namen – wenn Sie bereits Kunde sind – und Ihre Rückrufnummer. Sollten Sie ein neuer Kunde sein, rufen Sie bitte Bethany Tran an, um ein Neukundengespräch zu buchen* [das brauchte ich nie], *unter der 507–732 2961. Ja? Pööör-fekt. Passen Sie auf sich auf.*« KLICK.

Perfekt. Ihre klimpernde Stimme aus der blauschwarzen Kuppel heraus ist eigentlich alles, was ich brauche. Wobei ich zugeben muss, dass ich beim Zuhören keineswegs Bettys Gesicht vor Augen hatte, sondern das von Schwester Krista aus dem *Wolkenkuckucksheim*.

* * *

Paul hat sich nicht gerührt, als ich mit dem Foto vom »anderen Paul« wieder reinkomme. Der Heizlüfter hat das Zimmer schnucklig warm gemacht, als ich allerdings ins Bad gehe, ist immer noch eine dünne Eisschicht auf dem Wasser im Klo und eine ordentlich große Ex-Maus in der Badewanne. Überraschenderweise kommt heißes Wasser aus der Leitung. Ich lasse die Tür offen, damit alles tauen kann.

Zimmer Nummer 9 ist, wie sich herausstellt, als ich es geschafft habe, die Verbindungstür aufzuschließen, ein kühlhauskalter Lagerraum – alte Motelmöbel und Geräte, gesprungene Porzellan-Armaturen, Jalousien in einem großen Haufen, das meiste davon auf dem Bett, was den Zugang zum Bad und zur Außentür blockiert. Ein verdorbenes Kloaken-Aroma steigt von irgendwo auf. Hier läuft gar nichts. Und was heißt das genau? Nicht im *Warmen Wind* zu schlafen und zu erfrieren? Nicht bei tuckerndem Leerlauf in der Fahrerkabine zu schlafen und mich drauf zu verlassen, dass die giftigen Abgase abziehen? In das Büro kann ich nicht zurück. Ich muss in der Nähe sein, falls mein Sohn zum Pinkeln aufstehen muss, was er bis heute allein geschafft hat, aber was inzwischen riskant aussieht – Notaufnahme, Ärzte aus Mexiko, Pflegerinnen von den Philippinen, ein ernsthaftes Rettungshubschrauber-Szenario. Als wäre ALS nicht genug.

Ich setze mich auf den Stuhl vorm Sekretär am Fuß des Bettes, fummle die Würstchen und Cracker raus und trinke ein Bier. Was gar nicht so schlecht schmeckt und mich an meine Eltern erinnert – wie wir zu dritt am straßennahen Strand von Pensacola saßen, in Florida, die beiden rauchten, starrten übellaunig auf den glanzlosen Golf und redeten leise von ihren eigenen Eltern, während ich bei einem Rootbeer meine Chancen auf eine ruhmreiche Sportkarriere ausrechnete. Die gleich null waren.

Ich mache mich über die Newton-Kekse her, die ohne Feigen sind, trinke das zweite Coors und schaue meinen Sohn einfach an, wie vor zwei Tagen, als er vor seinem Computer eingeschlafen war und Tiger wieder sein fünftes Green Jacket errang. Ich betrachte ihn nicht, um Dinge zu entdecken, die ich schon fünfhundert Mal entdeckt habe. Ich starre ihn nur an, um zu bestätigen, dass er da ist und ich da bin, dass seine immer noch beschuhten Füße nicht weiter als einen Meter von mir entfernt sind und er friedlich atmet, obwohl in seinem Innern so vieles zerbrochen ist. Was kann ich sonst tun?

Das gibt mir die Freiheit, auf die steife Tagesdecke neben ihm zu krabbeln – nachdem das Deckenlicht gelöscht ist. Das Licht im Bad lasse ich an, die Tür angelehnt und ziehe mir, mit einem Stechen im Schulterblatt, Mantel und Schuhe aus. Vor vielen Jahren, als Ann und ich uns nach dem Tod unseres Sohnes Ralph allmählich entheirateten und sie mich in unseren Keller in der Hoving Road in Haddam geschickt hatte, bis die Scheidung »durch war«, da schlief ich jede Nacht in Kleidern, als müsste ich allzeit bereit sein, um irgendwelchen Feinden unserer noch überlebenden Liebe entgegenzutreten. In Kleidern zu schlafen gab mir ein überaus befriedigendes Gefühl von Bereitschaft. Die Höhlenmenschen schliefen so. Und heute Feuerwehrleute. Leuchtturmwärter. Schlafwagenstewards, Neurochirurgen und Fluglotsen. Nichts konnte mich pflichtvergessen auf meinem Posten überraschen – kein Feuer, kein Einbruch, kein Albtraum eines anderen, kein weinendes Kind, keine weinende Ehefrau, kein weinendes Ich. Ich würde wach sein. Ann verstand mein Bedürfnis, in diesen aus der Ordnung gefallenen Tagen bereit zu sein, überhaupt nicht – eine der vielen, vielen Tatsachen, die sie damals beschloss nicht wertzuschätzen, obwohl sie es durchaus hätte tun können.

Während ich daliege und der Carrier zuhöre, wie sie ihre trockene Pfirsichwürze rauskeucht, denke ich erstaunlicherweise an nichts

Besonderes. Weder an den Mount Rushmore noch an meine diesbezüglichen Befürchtungen. Nicht daran, was Paul und ich danach an bedeutenden Dingen tun werden oder nicht. Auch nicht an tiefgründige Gespräche, die wir vielleicht niemals führen werden. So viele Dinge, die einem zu irgendeiner Mitternachtsstunde wichtig erscheinen, plumpsen völlig unnötigerweise in unseren Geist, während wir darauf warten, Wichtigeres zu erfahren.

Woran ich sehr wohl denke, wie ich da im Dunkeln neben meinem Sohn liege und seine Gegenwart intensiv spüre, ist die seltsame Begebenheit, die sich neulich ereignete und auf die ich seither öfter zurückkomme, als läge in ihr ein Geheimnis verborgen. Ich war zum Trader Joe's in der Thousand Lakes Mall gefahren, um Couscous zu kaufen. Paul mag Couscous mit geröstetem Wurzelgemüse und scharfer italienischer Wurst, selbst jetzt, wo er es kaum noch schmecken kann. Als ich durch die aufzischenden Automatiktüren trat, wurde mir schlagartig schwindlig von all den Aromen, es duftete nach Obst und anderem Essen, und von dem Menschengesumm der Einkaufenden, die Körbe mit ihren Lieblingsköstlichkeiten füllten. Nichts kann so gut eine grüne Linie zwischen einem selbst und den Sorgen des Tages ziehen wie die ersten, reichhaltigen Ausdünstungen eines Megamarktes. Ich war allerdings noch nicht mal an den Orchideen und frischen Tulpen vorbei, als mir der Couscous vollkommen entfiel. Also, das Wort. Zwanzig Sekunden früher hatte ich es noch gehabt, als ich über den frostigen Parkplatz matschte. Aber als ich in das üppige, feuchte Innenklima des Marktes trat, entschwand Couscous wie ein verlöschender Stern. Ich erinnerte mich hervorragend an eine »essreife« Avocado, ein Glas mit norwegischem Hering, ein Döschen mit scharfem Baba Ganoush – die ich auch dort kaufen wollte. Aber *Couscous* hatte sich im weiten Weltraum verflüchtigt. Das war etwas anderes als globale Amnesie, denn das Wort *war da gewesen.* Ich erinnerte mich an sein Vorhandensein – nur nicht daran, was es war. Ich stand stocksteif neben einem Regal voll unreifer Limetten und verspürte ein eisiges Gefühl von Gefangenschaft – Eingemauertsein. Ein Wort zu verlieren, über das man noch Sekunden zuvor verfügte, hat etwas an sich, was wohl der allumfassenden, hohlen Verblüffung angesichts des Todes entspricht.

Um der Gefangenschaft zu entkommen, setzte ich mich in Bewegung, und zwar schnell, so wie ein Fischer es tut, wenn er einem besonders großen Barsch nachpirscht, den er nicht sehen kann, von dem er aber weiß, dass er da ist. Nur tat ich es mit einem unerbittlicheren Gefühl von Dringlichkeit. Ich würde an jedem Regal von Trader Joe's entlanggehen, auch wenn die Panik um die Ränder meiner Ruhe herumlugte, und sobald oder falls ich an dem Produkt (also dem Wort) vorbeikäme, würde, darauf setzte ich, sein Anblick die Erinnerung wachrufen und alles wiedergutmachen.

Also schritt ich die Konservendosen ab und zurück durch die dunklen Gänge mit Limonaden, gekühltem Fleisch und dargebotenen Delikatessen. Ich wusste, dass das Gesuchte in einer Pappschachtel verkauft wurde, vermutlich ein »Getreide« war, vermutlich mediterran, wahrscheinlich eine landestypische Spezialität, die unter »International« oder »Feinschmecker« einsortiert war. Couscous ließ sich nicht blicken, keine Sekunde lang. Doch dann machte mein Herz plötzlich einen Satz, in der »italienischen« Abteilung. Erst ging ich daran vorbei, dann kehrte ich zurück zu Schachteln voller Risotto. Erleichterung wallte in mir auf (irrtümlich, klar). Risotto. Das war es. Ich machte mir nicht vor, ich hätte es »gefunden« oder wäre darauf gestoßen, weil ich eigentlich »wusste«, dass es hier war. Ich war bloß darüber gestolpert, weil ich so lange gesucht hatte, bis nichts anderes mehr übrig war. Was mich insgesamt zwanzig Minuten gekostet hatte. Mein Hemd war unter dem Parka durchgeschwitzt. Ich wusste, ich hatte übertrieben reagiert, aber mir war, als hätte ich etwas Schlimmes überstanden, so wie Überlebende sich fühlen mussten, die zu ihren notdürftigsten tierischen Impulsen hinabgestiegen waren. Und dass es sich um reine Glückssache handelte, entging mir auch nicht. Ich hatte weniger meinen Verstand wieder geortet, ich hatte vielmehr gelernt, mit einer kleineren Portion davon auszukommen.

Als ich mit meiner Trader Joe's-Tüte in die New Bemidji Street zurückkehrte (an die Avocado, den Hering und das Baba Ganoush hatte ich noch gedacht), beschloss ich, meinen Sohn nicht meiner Wuschigkeit auszusetzen, weil ich fürchtete, es könnte ihn aus dem Gleichgewicht bringen, nur davon zu hören. Er kam mit der Gehhilfe aus dem Kalbfleische-Flur in die Küche, wo ich gerade die Lebensmittel auf dem Tresen absetzte. Er trug die Jarmulke und ein grünes »Ich bremse für Tilapias«-T-Shirt.

»War der Couscous alle?«, fragte er schwankend.

»Wie meinst du das?« Ich sah ihn verblüfft an, dann die Schachtel Lundberg-Risotto, als wäre sie ein Todesurteil mit meinem Namen drauf.

»Du hast Risotto geholt«, sagte er. »Das schmeckt immer scheiße. Nach Tapetenkleister.«

»Ich mag Risotto«, sagte ich. (Gelogen.) »Deine Mutter hat immer richtig guten gemacht.« (Gelogen.) »Wahrscheinlich kannst du dich nicht daran erinnern.« (Wie auch.) »War wirklich alle, der Couscous.« Dreistes, dürftiges Wort.

»Dann iss du ihn doch. Ich bestell mir online General Tso.« Er scharrte mit der Gehhilfe los, in den halbdunklen Flur zurück. »Was lässt einen alten Mann alt aussehen?«, fragte er, während sein Rücken kleiner wurde.

»Weiß ich nicht«, sagte ich. »Sag du's mir.«

»Nasenhaare. Ohrhaare. Rote Knöchel. Verwirrtheit. Die sind untrüglich.«

»Okay«, sagte ich. »Okay. Danke schön.«

Welche anderen entscheidenden Anzeichen, fragte ich mich damals – und frage mich jetzt, auf dem Bett neben meinem Sohn, wieder –, übersehe ich womöglich, während diese ereignisreichen Tage an mir vorüberziehen?

Unter dem Kratzen und Scharren der alten Carrier höre ich einen Zug, der nicht weit weg, irgendwo in der Winterdunkelheit Fahrt aufnimmt. Es ist acht Uhr abends, vielleicht auch später. Ich bin überempfindlich für Geräusche. Ich habe das deprimierende Foto des »anderen Paul« auf den Schreibtisch gestellt, wo ich es in dem Lichtstreifen aus dem Klo erkenne und wo Paul es beim Aufwachen sehen wird. Ich bemühe mich sehr darum, die Anker des Tages zu lichten und meinen Geist zu befreien, damit er schweben kann. Suchen-suchen-Sikh-Tahiti-Ehe-Kolloquium-Ram-Dodge-Psycho-demnächst-Ich-würde-gern-Tor-sein. Wie immer braut sich ein Zauber zusammen, wenn sich die Gedanken von dem lösen, was im Dunkeln lauert. Couscous. Couscous. Taumeln, taumeln, rutschen, rutschen ... Frieden, Frieden, Frieden, Frieden, Frieden ...

»Mir hat der Maispalast gefallen. Er war schräg. Willst du mich fragen, was ich vermissen werde?«, sagt mein Sohn so direkt und unvernuschelt, als hätte er keine Krankheit zum Tode. Ich bin wieder wach, aber er spricht im Tiefschlaf. Sein Atem wird noch entspannter. Er dreht sich zum Fenster, vor dem ich die Vorhänge zugezogen habe, um das Licht von der Straße auszuschließen.

»Das ist gut, mein Junge. Ich freue mich.« Er wird mich nicht hören.

»Es ist natürlich trockene Kälte«, sagt er. Worauf ich nicht antworte. Keine schlafenden Hunde wecken. Oder Söhne.

Es ist viel zu warm in unserem Brautgemach. Wobei ich es auf der Tagesdecke schon aushalte. Von neuem rutsche ich und rutsche. Sein Schlaf bringt mir Schlaf – den Rausch des Versinkens, tiefer als die Wände ringsum. Weiter und immer weiter in eine tiefseeweite Leichtigkeit hinein, die mit dem Tageslicht enden wird – oder auch nicht –, wenn alles neu aussieht.

* * *

Um 02:46 wache ich auf. Das Zimmer ist eine Sauna. Ich stehe auf und schalte die Carrier aus, überlege, ob ich mich ausziehen soll, aber bald wird es wieder kalt sein. Vom Parkplatz höre ich Geräusche – Metallscheppern, lachende Männerstimmen, eine muhende Kuh, eine Flasche, die auf den Asphalt fällt. Noch mehr Gelächter. Ich trete ans Fenster, sehe aber nur den massigen *Warmen Wind* in der Dunkelheit und Haralds Hund, der vorbeiläuft, die Autowaschanlage ist immer noch erleuchtet, aber keiner da. Neuerliches Scheppern, aber ich beschließe, dem nicht nachzugehen. Es gibt keinen Grund zur Beunruhigung. Es ist Valentinstag.

* * *

Um halb acht sind Paul und ich schon munter. Es ist später, als ich erwartet hatte, ohne wirklich etwas erwartet zu haben. Mein Schlaf im »Ehebett« des Four Presidents – voll bekleidet, neben meinem Sohn – war erholsam.

Allerdings brauchen wir jetzt etwas Nahrhaftes. Ein echtes Fressgelage vor dem Aufstieg. An der Hauptstraße in die Stadt habe ich gestern Big Jack Rancher's Café erspäht. Paul ist beweglicher aufgewacht, als er beim Schlafengehen war. Er hat seine Schlafkleidung ohne Hilfe abgelegt und ist, nackt und selbstvergessen, zu einer Wannendusche ins Bad geschlurft, vorsichtig barfüßig wie ein Achtzigjähriger, die schlimme Hand fürs Gleichgewicht ausgestreckt, während ich ihn von hinten an den Schultern dirigiere, auf dem Waschbecken abstütze und die Dusche auf warm stelle – heiß mag er nicht –, dann helfe ich seinen wackligen Beinen über den Wannenrand und setze ihn hin, wo das Wasser auf ihn und zum Teil auch auf mich zischt. Bislang war das noch kein Aspekt meiner Pflegeaufgaben, aber heute Morgen schon. Als er seine schweren Kleider wieder am Leib hat, könnte man meinen, es ginge ihm gar nicht schlechter. Aber auf dem Boden der Badewanne – ohne Brille, das flachsblonde durchscheinende Haar nass, so dass er fast so kahl aussieht, wie er es in zwanzig Jahren wäre, die bleich gewordene Haut, der verletzte Penis, der ramponierte Arm mit der Shunt-Quaddel, die angeschlagenen Knie –, erscheint er ziemlich aussichtslos. Was er zu ignorieren versucht, so wie es jeder täte. Dabei ist er (das weiß er nicht und würde es ungern hören), wie er so in der Wanne sitzt und sich konzentriert einseift, das Abbild von seiner Mutter und mir zusammen – von ihr das starke Kinn und die starke Stirn, von mir die kleine Nase und der schmale, wohlgeformte Mund. Die schrägen Augen sind die seiner Mutter, die bescheidenen Ohren mit den eingekerbten Ohrläppchen und die Unterkiefer tragen den Bascombe-Stempel. Eltern sollten darauf achten, wie sich ihre Gene in physiognomischer Hinsicht kombinieren werden. Wir zwei dagegen waren zu erpicht darauf, mit dem Leben voranzukommen, komme, was wolle. Was eh kommt.

Von der Seite der Wanne ziehe ich ihn auf die Füße, das kratzige Handtuch hängt ihm halb um den Körper, aber es ist warm in dem kleinen Badezimmer, und er zittert nicht. Er lässt es zu, dass ich ihn größtenteils abtrockne, außer die aufgescheuerte empfindliche Stelle, die er mit der Linken hinkriegt, während ich ihn wieder gegen das Waschbecken lehne und er murmelt: »Hm-hmm, hm-hmmm, hm-hmmm.« Er ist schwer und leicht zugleich. Sein Dahinscheiden mag noch weit in der Zukunft liegen, aber an diesem engen Ort, wo unsere Gesichter Seite an Seite im Spiegel erscheinen, ist der Tod unser Gefährte.

Ich trockne ihm die Haare und die Achseln ab, die Schenkel hinunter bis zu den Fußrücken, und in meinem Nacken ist es feucht vom Duschdunst. Er riecht nach der Seife. »Wie geht es dir?«, frage ich. Beide Knie sind wieder in Bewegung. Er hat die milchigen Lippen zu einem Strich der Konzentration zusammengepresst.

»Als würde ich in der Öffentlichkeit kacken.«

»Ich verstehe.«

»Ist mein Schwanz groß genug? Ich bin doch richtig gut bestückt, oder?«

»Gut genug. Ja.«

»Und ich kann Narren gut ertragen, oder?« Da erschauert er doch, es überläuft ihn am ganzen, wackligen Körper. Mit der linken Hand packt er mich an der Schulter, genau, wo es wehtut. Ich habe keine Angst, hinzufallen, aber er.

»Hattest du dabei an mich gedacht?«, frage ich und halte ihn.

»Ich habe an niemanden gedacht«, sagt er. »Das ist meine Haltung, seit ich AI's habe. Das sorgt dafür, dass ich nicht herumjammere.«

»Da hast du mir viel voraus.«

»Ich habe keinem was voraus. Das ist doch mit bloßem Auge erkennbar. Ich könnte an etwas anderem sterben.«

»Ich weiß.« Ich manövriere ihn durch die Badezimmertür. Er torkelt. Nackt und bloß, mit bloßem Auge erkennbar.

»Das wär doch super, oder? AI's kriegen und dann an Tetanus sterben.«

»Das wär super. Absolut.« Am Bett knicken ihm die Knie ein, aber er kann sie noch steuern.

»Dann wärst du wahrscheinlich erleichtert«, sagt er mühsam.

»Denk mal, wie viel Geld ich sparen würde.«

»Ist heute Valentinstag?« Erst stützt er sich ab, dann setzt er sich auf das ›Ehebett‹.

»Der Nationale Tag der Organspender. Du kriegst das Herz.«

»Hast du mir auch eine Karte geschrieben?«

»Hab ich.« Hab ich nicht. Ich hab nur Betty eine geschrieben. Aber bevor der Tag vorüber ist, werde ich ihm eine besorgen. Ich muss ihn anziehen, damit wir uns auf den Weg zum Mount Rushmore machen können. Ich weiß nicht genau wie, aber irgendwie.

»Ich hab eine für dich auf dem Trucker-Rastplatz gekauft. Total schlüpfrig. Die gefällt dir bestimmt.«

»Super.« Ich bin am Boden und wühle in seiner Reisetasche herum, während er in hüllenlosem Zustand auf der Bettkante wartet, Füße auf dem Linoleum und hängender Kopf, als hätte er alle Hoffnung aufgegeben.

»Ich hab an all das gedacht, womit man unmöglich leben kann. Hast du so eine Liste?«

»Ich führe eine andere Liste.« Ich ziehe ihm die Socken an. Die Füße sind klamm und hart, die Knöchel knochig und unbehaart.

»Willst du meine hören?«

»Aber todsicher.« Jetzt ist alles gut.

»Nummer eins ist ein Kolostomiebeutel. Das wäre unterirdisch. Nummer zwei ist permanentes Dahinvegetieren. Nummer drei ist, der Schlächter von Bergen-Belsen zu sein. Mehr fiel mir nicht ein. Al's steht nicht auf der Liste. Das hab ich ja schon.«

»Gut.« Ich starre auf seine Füße in den grau-blauen Skistrümpfen. Sonst hat er nichts an.

»Al's ist ein Klacks.«

»Ich bin froh, dass du das so siehst.« Ich nehme die Füße in die Hände, als wollte ich sie wärmen.

»Okay. Dann erzählen Sie uns mal, wie Sie das sehen, Sir.« Ein Luftmikrofon wird mir vorgehalten, zum Reinsprechen. Er ist Ted Ramsey, der Sprecher der Sechs-Uhr-Nachrichten, und interviewt mich zu meinem Leben und meinen bisherigen Erfahrungen als Pflegender. Wie geht es mir damit, dass mein Sohn ALS hat? Was geht mir durch den Kopf, wenn ich ernsthaft darüber nachdenke? Wie werde ich das meinen anderen Kindern erklären?

Er lugt, ohne Brille, mit gespielter Intensität zu mir herunter. Egal, wen er nachmacht, er ist er selbst. Das runde Gesicht erscheint mir erneut wie eine Mischung aus dem seiner Mutter und meinem. Ein Gesicht, das sie geliebt hat.

»Es ist ein Klacks«, sage ich, um zu bestätigen, wie ich es sehe. Er starrt mich mit seinem aufgesetzten Stirnrunzeln der Ernsthaftigkeit an. Jetzt bin ich nackt und begreife nicht ganz, was ich hier tue. Was *wir* hier tun. Ich glaube, ich versuche bloß, ihn anzuziehen.

»Das ist nicht besonders originell. Soll ich dir ein paar Takte vorsingen?«

»Nein, mein Junge. Sing jetzt mal gerade nicht. Lass mich dich fertig anziehen, damit wir loskommen.«

»›Morgen vielleicht schon/find ich, was ich suche‹! Du weißt nicht, was gut ist, Lawrence.«

»Ich weiß. Da war ich noch nie gut drin.« Ich tauche wieder in die Reisetasche ab, auf der Suche nach langen Unterhosen. Ich bin derjenige, für den nicht mehr alles in Reichweite ist. Ich wünschte, ich könnte das präziser benennen. Vielleicht fühlt es sich genau so an, wenn man nichts mehr in der Hinterhand hat.

* * *

Während ich unsere Taschen in den *Warmen Wind* bringe, erspähe ich eine Frau vor dem Motelbüro. Bestimmt Haralds Frau, die die Tagesschicht beginnt – und die Pro-Stunde-zahlenden-Trucker rausschmeißt, mit ihren »Freundinnen« aus den durchgehend geöffneten Nachtbars. Mrs. Harald, im karierten Männerhemd über einer Kombi aus Kleid und Hosen, unterhält sich angeregt mit einem uniformierten Polizisten, dessen braun-weißer Streifenwagen die Warnblinkanlage anhat, aber nicht das Blaulicht. Ich hab nichts mit Mrs. Harald zu klären. Schlüssel im Zimmer lassen, das war der Deal. Außerdem hatte ich einen kurzen, unpassenden Schwindelanfall, nachdem ich Paul angezogen und selbst geduscht hatte. (Wäre fast kopfüber in der Wanne gelandet.) Nach meiner zweiminütigen Hinlege-Aufsetz-Therapie vor den Augen meines Sohnes ist das Schwindelgefühl weitgehend weg. Aber jetzt sehe ich, wie es oft passiert, die Welt wie einen Kinofilm, alles etwas übergroß, farbgesättigt und aus dem Lot, als wäre der, der hier die Welt für mich filmt, selber beeinträchtigt.

Paul ist immer noch im Raum, in einem frischen, sauberen Krankenanzug – seinem »Nicht witzig«-Sweatshirt mit Jogginghose, dem Parka, einer roten Chiefs-Deppenmütze mit Ohrklappen sowie orthopädischen Schuhen aus der Schweiz –, und natürlich hört er Tony. »I'm the Funny Man« dringt aus den Ohrstöpseln. Der Mount Rushmore (ich habe auf dem Handy recherchiert) ist eine halbe Stunde vom Motel entfernt, an guten Tagen.

Von denen wir heute überraschenderweise einen haben. Über Nacht ist die augenbeißende Kälte von einer stimmungsaufhellenden »Warmfront« verdrängt worden, die mit dem Golfstrom, El Niño, dem Samum, Sonnenflecken und anderen Dingen zu tun hat, darunter dem trumpzertifizierten Klimaschwindel. Das Morgenlicht ist wässrig und milchig, als hätten wir den 1. April, und das Thermometer nähert sich vier Grad plus, was einfach alles verändert. Schulbuskinder, Handwerker in Pick-ups, Versicherungsmakler auf dem Weg ins Büro, alle haben eine hoffnungsvollere Ausstrahlung. Der Asphalt ist feucht und voller Pfützen, im Rinnstein schmelzen rostfarbene Schneekrusten, während sich drüben beim Rushmore Autoschaum eine Fahrzeugschlange gebildet hat, die Fahrer ergreifen die Chance, das Salz und den Dreck runterzukriegen, denn morgen sieht wahrscheinlich schon wieder alles anders aus. Ein Mann und seine spillerige Tochter sind draußen auf dem Minigolfplatz, der opportunistischerweise aufgemacht hat. Wenn dir das Wetter von Rapid City nicht gefällt, warte *fünf* Minuten.

Ich beschließe, die Zimmerschlüssel persönlich zu überreichen, damit ich Mrs. H. – falls sie es ist – mitteilen kann, dass Zimmer 9, wofür ich bezahlt habe, nicht bewohnbar ist. Sie hat das Gespräch mit dem Riley-County-Polizisten beendet und steht jetzt still, betrachtet den frisch zugezogenen Himmel und die Aktivitäten auf der Straße. Der weiße Hund von gestern Abend sitzt neben ihr.

»Hi«, quer durch die Pfützen, vorbei an einem roten Cadillac Escalade mit Minnesota-Nummernschild und Trump-Aufkleber, der vor Nr. 5 parkt. Der Hund betrachtet mich, steht auf und macht einen Schritt nach vorn, dann setzt er sich wieder. Ein gutes Zeichen. »Wir sind unten in Nr. 10«, sage ich. »Mein Sohn und ich. Wir checken aus. Ich bring Ihnen die Schlüssel.« Ich habe ein Valentinstag-Lächeln am

Valentinsmorgen aufgesetzt. Mein Schwindel lässt nach, aber nicht ganz. Ich sehe die Welt immer noch in Technicolor.

Mrs. Harald ist eine große, lächelnde, rundgesichtige Frau (dicker Torso, hoch sitzende Taille, lange Arme), die sich vielleicht irgendwann in der Vergangenheit zwischen einem Basketball-Aufbauspieler-Stipendium am College von Grinnell, Iowa, und dem massigen Harald auf Mission in Hastings und Medicine Hat entscheiden musste. Ihr Schicksal ist das Gegenteil von Betty Tran. Doch wie Harald sieht sie nicht nach der Besitzerin eines Säufermotels aus, eher nach einer Highschool-Sportlehrerin, die manchmal bei Mathe einspringt.

»Ich hatte schon an euch zwei gedacht«, sagt sie mit einer Sprachmelodie, die klingt, als würde sie direkt aus Nord-Alabama (oder zumindest Ost-Tennessee) rübergebeamt. Das hatte ich genauso wenig erwartet wie das breite Lächeln einer Südstaatenschönheit mit beachtlich großen weißen Zähnen. Nach meiner Erfahrung geht das Südstaatenmäßige mit einem Körpertypus einher. Muskulös, groß, lange Arme, hohe Taille entspricht dem nicht. »Wie schaut's beim Herrn Sohn aus?« Sie bietet einen gutgeübten, »warmen« Blick dar, den sie Kindern, Hunden und Alten vorbehält. Ihr Akzent beunruhigt mich, und ich kann gar nicht gleich reagieren. Ich finde immer, Südstaatler hören sich »aufgesetzt« an. Dass ich selber da herstamme, vor langem geflüchtet, verrate ich nicht und hoffe dringend, dass ihr Akzent nicht meinen eigenen, lang abgelegten anstachelt, alles schon vorgekommen. »Harald meinte, er wär bisschen schwächlich, hätten Sie gesagt.« Mrs. Harald trägt grüne Gummihandschuhe und wollte wahrscheinlich gerade schon in unser Zimmer. Vor der Bürotür lehnt ein Besen im gewerblichen Format neben einem Plastikeimer voller Ätzlauge, Lappen und Schwämmen. Die Tür zum Büro ist angelehnt. Ich erkenne den beleuchteten Weihnachtsbaum von gestern Abend. Besser, dass ich sie abfange, bevor sie Paul in seiner Chiefs-Uniform begegnet und er ihr.

»Er ist nicht richtig krank«, sage ich. »Er hat eine Motoneuronerkrankung, die seine Beweglichkeit einschränkt. Es geht ihm gut.«

»Gute Güüüte«, sagt sie. »Übrigens hat Harald vergessen, die Nr. 9 ist außer Betrieb. Ich hätt hier zwanzig Dollar Erstattung für Sie. Ich hoffe, Sie ham nicht in dem Chaos geschlafen.« Sie zupft den Zwanziger aus der Brusttasche ihres Männerhemdes. Sie will die Transaktion jetzt machen. Als ginge es um etwas Prinzipielles.

»Hab ich nicht«, sage ich. »Sie brauchen mir nichts zu erstatten.«

»Ooooh doch«, sagt Mrs. Harald. »Man muss schon ehrlich und offen sein.« Offen-lächelnd reicht sie den Schein rüber, und ehrlich-vernünftig nehme ich ihn an – auch befriedigt, nicht behumst worden zu sein. »Ham Sie letzte Nacht was gehört? Hier auf dem Gelände?« Mrs. H. verdreht die Augen über was immer es gewesen ist. Vielleicht was Lustiges.

»Ich hab Metall scheppern gehört und Gelächter. So gegen drei. Gesehen hab ich nichts.«

»Ja, um diiiie Zeit muss es gewesen sein. Die hätte man grad verhaften können da draußen. Paar Cowboys haben einen Hänger rückwärts reingesetzt und sich zwei Rindviecher aus dem Pferch da drüben geholt. Der Cop, der Indianer, ist ihnen aber hart auf den Fersen. Er meint, mit denen hätt er im Reservat mal Football gespielt.« Die ganze Vorstellung gefällt ihr. Schlachtvieh mopsen als Streich. Nichts, was sie besonders ernst nähme.

»Und jetzt sollt ihr zwei eine gute Zeit oben auf dem Berg haben«, sagt Mrs. Harald und nickt wie das Vitamin C aus einer Sprudeltablette. Von Harald weiß sie alles über uns. »Zuerst könnt man meinen, die wärn zu klein – die Gesichter. Aber dann gewöhnt man sich dran. In Tuscumbia, Alabama, wo ich aufgewachsen bin« – Bingo! –, »hatten wir keinen Mount Rushmore. Wer sich da was anschauen wollte, musste schon zum Stone Mountain fahren und so. Haben wir oft gemacht.« Sie rümpft die große Nase beim Gedanken an den Stone Mountain und jene leuchtenden Tage. »Meine Schwestern und Cousinen sind der Scholle dort treu geblieben bis heut. Aber ich mag's hier. Das Großartige. Wie alt ist Ihr Sohn?« Ich muss ihr noch die Schlüssel zurückgeben.

»Siebenundvierzig«, höre ich mich sagen, als wäre er gar nicht siebenundvierzig und ich würde sie anlügen. Mrs. H. wirkt wie das beste hartgesottene Mädel, das man sich als Cousine wünschen könnte. Aber ich wette, nach ein Paar Whiskey wird sie anfangen, über Einwanderer, Ureinwohner, Sozialisten, Eliten, Völkergemeinschaftler, die UNO, Kofi Annan und was nicht alles vom Leder zu ziehen – und über alle, die etwa nicht daran glauben, dass Besitzrechte über Menschenrechte gehen. Wenn die scharfäugige Mrs. Harald mit ihren sorgfältig gezupften Augenbrauen keine Sue oder Barb oder Bev ist, dann kletter ich auf die Freiheitsstatue und sing da oben Operette. Mrs. H. wirft jetzt genauere Blicke über den Parkplatz des Four Presidents auf unseren *Warmen Wind* und schließt daraus – würde ich tippen –, dass das alles nicht ganz so lustig ist. Der Escalade gehört wahrscheinlich ihr. Harald hat wohl eher den Schrotthaufen mit den Aufklebern verdient.

»Heut ist Valentinstag. Feiert ihr den, ihr zwei?« Zum Glück nichts zu unserem *Warmen Wind*.

»Das haben wir vor.« Ich halte die Schlüssel hoch. Mrs. Harald trägt flache Keds-Sneakers in Blasslimette, die hatte sie bestimmt auch schon in Tuscumbia an – bevor sie Harald traf und sie durchbrannten. Manchmal lässt sich das Leben leicht ergründen – das kann man sich zumindest einreden.

»Wir haben die Kids da immer hochgeschleppt«, sagt sie. »Pädagogisch wertvoll, dachten wir. Aber denen war's wurst. Schade, dass ihr nicht im Sommer gekommen seid. Heut ist allerdings nicht übel.« Alles, was sie sagt, ist zum heftigsten Alabama-Maisbrotsound eingedickt. Ich starre sie an und vergesse meine Antwort zum Thema, wie der Tag ist. »Also, ich bin ja ganz wild auf Yoga«, fährt Mrs. H. fort. »Manchmal fahr ich da hoch und roll meine Matte aus und grüß die Sonne wie ein Indianer. Für die war das natürlich heilig. Dann komm ich wieder runter und mach mit dem normalen Leben weiter. Ist mal was Neues.« Sie wackelt mit dem Kopf und lächelt ihr Highschool-Lächeln – für das hat Harald sie im Sturm erobert und nach Medicine Hat entführt.

»Ganz sicher«, sage ich.

»Kein Mensch weiß, wo er am Ende in der Welt landet, stimmt's?« Ich reiche ihr die beiden Schlüssel, die sie in einer Brusttasche des Flanellhemds versenkt.

»Wirklich nicht.« Wir zwei wären dann Exponat A und B.

Mrs. H. rollt, mit einer Geschicklichkeit, wie sie nur Frauen besitzen, die Hände ein und zieht die Flanellärmel über die vermutlich feuchten und kalten Handschuhe. Der weiße Hund steht auf und mustert die Reihe Motelzimmer, als hätte er was gehört.

»Ich heiße übrigens Patti. Mit i. Wie aus der alten Fernsehserie.«

»Frank.«

»Wie aus der *anderen* alten Fernsehserie.«

»Genau.« Ich lächle sie an.

»Und wo kommen Sie jetzt her? New Hampshire?«

»New Jersey.«

»Wo Harald hinfuhr, um die arme Star zu retten. Was seine Schwester ist. War.«

»Hat er erzählt.«

»Die hat er geliiiiebt, wie wahnsinnig. Wenn ihr übrigens frühstücken wollt, Big Jack's Rancher ist ganz gut. Wird aber heut voll sein, fürcht ich, mit den Leuten von den Reden. Manchmal geh ich hin und hör mir die an, wenn das Thema gut ist. Letztes Jahr hatten sie ›Was ist Mut?‹. Das war gut. Ich wusste nicht, dass man Mut messen kann. Der braucht was, wogegen er ankämpfen kann. Wie Angst. War ziemlich interessant.«

»Wenn der Mut gegen nichts ankämpfen muss, braucht man ihn nicht zu messen, würd ich sagen.«

»Würd ich auch sagen.«

Wir tun, was Amerikaner zu tun pflegen – wir führen ein Gespräch, das kein echtes Gespräch ist, aber eine Art Verbindung schafft. Ich glaube, ich hab mich in der Patti von Harald und Patti geirrt. Von den Augenbrauen und dem unsteten Blick mal abgesehen, ist sie vermutlich der Inbegriff der Toleranz und hat im Leben noch kein Wort gesagt, das etwas anderes bedeutete. Und das reicht doch schon, dass man sich an einem frühlingshaften Morgen auf einem Motelparkplatz mit so einer Fremden aufrichtig, aber folgenlos austauscht.

Unter Pattis Hemd zwitschert ihr Telefon. Aber bevor wir uns überlegen, was uns noch zum Mut und seinem alten Gegenspieler, der Angst, einfiele, sagt sie »Oha«. Sie hält ihr puderrosa Telefon in der Hand, aber damit hat das »Oha« nichts zu tun. »Und das wär Ihr Sohn?«, fragt Patti und setzt eine besorgte Miene auf. Sie schaut an mir vorbei.

In genau dieser Sekunde geht Paul Bascombe in seinem roten Langparka aus unserem Zimmer. Ja, das wäre mein Sohn. Gehen ist allerdings nicht ganz das, was er tut. Na ja, er geht durchaus, aber den einen Arm hat er erhoben, den anderen nach der Widderverzierung aus Chrom ausgestreckt, die unser Dodge auf der Motorhaube hat. Ich habe den Wagen zu nah an unserer Zimmertür geparkt. Paul hat sein Foto vom »anderen Paul« – »Bringt gern alle zum Lachen« – dabei, kann es aber nicht festhalten, so dass es auf den feuchten Boden fällt und er mit einem Knirschen drauftritt. Ich bin schon unterwegs zu ihm, über den Gehsteig des Motels, und sage (zu laut): »Warte. Verflucht. Warte doch.« Patti kommt mir nach und sagt: »Ich ruf dich zurück, Schatz.« Den Schritt nach unten vom Bordstein vor unserem Zimmer hat Paul nicht geschafft und landet direkt in der Frontpartie des Trucks, Gesicht Richtung Stoßstange – aber die linke Hand trifft zuerst auf und verhindert eine komplette Kopfkollision. »Gute Güte«, höre ich Patti in ihr Telefon sagen. »Der arme Sohn von dem Mann hier ist grad hingefallen, direkt auf die Stoßstange von ihrem Truck.«

Ich sage: »Kannst du nicht warten, du Dummbeutel«, wieder zu laut, schon auf den Knien in einer Schneematsch-Pfütze. Ich packe die dicke Parka-Schulter, als könnte er nochmal stürzen. Auch er ist auf den Knien und stützt sich mit einer Hand ab. Er hat sich Brille und Mütze runtergeschlagen und streckt die kaputte Hand nach der Mütze aus, als wollte er unbedingt verbergen, wie viel Haar er nicht mehr hat. Ich sehe immer noch alles so farbgesättigt wie im Kino. Wenn ich jetzt zu schnell aufstehe, könnte ich selber hinfallen.

Auf meine Frage zum Warten des Dummbeutels sagt Paul »Nein«. Er schnaubt Luft aus, als wäre es schwer, am Boden zu sein. Die Brille hat er wieder auf, die Mütze nicht.

»Hast du dir den Kopf gestoßen?« Ich berühre seine Wange und Stirn und erwarte Blut.

»Nein«, sagt Paul. »Nur die Scheißhand aufgescheuert.«

»Alles in Ordnung, Liebes? Geht es ihm gut?« Patti ragt über uns auf, späht entsetzt runter, sie hält immer noch ihr rosa Telefon in einem grünen Handschuh.

»Ja«, sagt Paul trotzig. »Mir geht's gut. Und wer sind Sie?« Er fährt herum und richtet sich auf, als er sie erblickt.

»Alles okay, Sweetheart«, flötet Patti. »Wir helfen dir.«

»Ich glaube, er ist okay«, sage ich. Die Handschuhe stinken nach Chlorreiniger und Ammoniak, dazu irgendeine süße Tinktur. Das Parfüm, das sie drauf hat. Ich versuche, im Knien Paul wieder aufzurichten und aufzustellen, finde aber nicht den richtigen Zugriff. Eines der Knie wackelt, die rechte Hand macht Bewegungen wie ein Kind, das einen Stift umklammert und damit kritzelt. Mitten auf der Stirn hat er eine Abschürfung, da, wo ein Muslim den Gebetsteppich berühren würde.

»Komm, Sweetie. Ich helfe dir.« Patti hockt sich hin, greift mit langen, starken Armen unter Pauls Körpermitte und steht mit ihm auf, während ich mich an der Schnauze des Trucks hochziehe.

»Das ist jetzt total scheiße«, sagt Paul.

»Ich weiß«, sagt Patti tröstend. »Aber wirklich.« Dann steht er wieder, ich stehe wieder. Wir sind beide aus der Fassung und beide nass vom Boden. Es fühlt sich an, als würde meine Schulter heiße Flüssigkeit durch die Schulterblätter jagen (zum Glück nicht auf der Seite, wo das Herz stillstehen könnte).

»Ich hab das verfluchte Bild kaputtgemacht«, sagt Paul.

»Das kriegen wir hin«, sagt Patti. Sie hält ihn, ich halte ihn. Paul schwankt, als könnte er gleich wieder stürzen. Das Pulsieren der blassen, zusammengepressten Lippen sieht aus, als hätte der Mund die Kontrolle über ihn. Die rosa Stelle auf der Stirn blutet nicht. Er riecht immer noch nach Seife.

»Wir sollten mal in den Truck einsteigen«, sage ich. Pauls schmale Augen hinter den Brillengläsern treffen meinen Blick und flammen auf, er weigert sich, mir die Führung zu überlassen.

»Ganz sicher?«, fragt Patti. Sie bläst die Mundwinkel auf, um anzudeuten, dass sie das für eine Schnapsidee hält. »Ihr könnt gern ins Zimmer zurück. Ohne Extrakosten.«

»Bild aufheben«, kommandiert Paul. Er schaut sich um, als wollte er feststellen, wo er ist, immer noch auf beiden Beinen schwankend. »Ich komm schon klar. Okay?«, sagt er zu niemandem.

»Okay, Sweetie«, sagt Patti, bückt sich und sammelt mit ihren handschuhgeschützten Händen so viel von dem Bilderrahmen auf, wie sie kann. Das Glas ist hinüber. Das hohle Beachboy-Gesicht des »anderen Paul« ist verschlammt und eingerissen, wo Paul draufgetrampelt ist. (Sehr gut.) »Ich stolpere jeden zweiten Tag über den blöden Bordstein«, sagt Patti. »Ich muss Harald da mal einen orangen Streifen hinmalen lassen. Mit dem Bild ist nicht mehr viel zu löten, Sweetheart. Dein Dad besorgt dir bestimmt ein neues.« Sie sieht mich an und verzieht das Gesicht zu einem halb-zuversichtlichen Halb-Lächeln. Ihre limettengrünen Keds sind vorn durchnässt vom Schneematsch.

Auf der Hauptstraße wird der Verkehr immer dichter. Ein Riesentruck, der zylindrische Heuballen transportiert, donnert vorbei. Dann ein Polizeiauto. Sein einsamer Fahrer wirft uns einen unentschiedenen Blick zu. Da tritt aus der Tür zu Nr. 5 ein großer, spindeldürrer Mann in Cowboykluft: Strohhut, Stiefel, Jeans und beige Lammfelljacke. Er trägt eine lederne Aktentasche und oben auf der Hutkrempe eine verspiegelte Sonnenbrille am Band. Typen, die ihre Sonnenbrille so tragen, sind immer Arschlöcher. Als er unsere kleine Versammlung vor dem Dodge erblickt, macht er kehrt. Ich höre eine Frauenstimme, dann Lachen, dann schließt sich die Tür.

»Wir holen ihm ein neues«, sage ich zum Thema kaputtes Bild. Aber das werden wir nicht tun. »Steigen wir einfach ein.«

»Steigen wir einfach ein«, sagt Paul brutal. Ich bewege ihn, meine Linke unter seinem rechten Arm, während seine Füße unabhängig voneinander operieren, die Knie gebeugt, um auszuschreiten, aber trotzdem blockiert, und der linke Arm ausgestreckt wie zuvor, als er sich das Gesicht aufgeschlagen hat.

»Ich wisch die ganze Bescherung hier auf«, sagt Patti. »Ihr zwei seid echt mutig. Wenn ihr heute Abend wiederkommen wollt, super. Dann geb ich euch Zimmer 1, das ist schöner. Ich mache Cupid's Delight, das gibt es immer am Valentinstag. Unser Sohn kommt zu Besuch. Der wird euch Spaß machen. Er ist ein Rodeo-Clown – ein richtiger. Lebt in Casper. Und heute hat Harald Geburtstag, es ist sein sechzigster. Ein Valentins-Baby.«

»Okay. Danke.« Ich kriege den Dodge auf, meinen Sohn drum herum und zum Sitz gedreht. Die Luft drinnen ist eisig. Ich hätte ihn früher anwerfen sollen.

»Mir tut die Hand weh, und ich krieg die Scheißfüße nicht unter Kontrolle«, sagt Paul und tastet nach dem Griff auf der A-Säule.

»Das schaffst Du«, sage ich. »Verlagere dein Gewicht. Ich schiebe dich.« Und ich schiebe ihn – seinen gepolsterten Hintern, während die immer noch bemuskelten Schenkel sich anstrengen, so anstrengen. Die Tür zu Nr. 5 geht wieder auf. Der Kopf des großen Mannes wird rausgestreckt, jetzt ohne Hut, mal auskundschaften.

»Wer ist das?«, fragt Paul. Ich schiebe weiter. Der Mann macht die Tür wieder zu.

»Den kannst du nachher kennenlernen«, sage ich.

Er schiebt seine schlimme Hand in die Schlaufe des Griffs und kriegt einen Fuß auf das Trittbrett, dann packt er die Sitzlehne mit der guten Hand, und ich schiebe ihn hoch und nach vorn wie einen Sack Steine. Ich habe Angst, er könnte furzen, mir mehr oder weniger ins Gesicht, das bei dieser Hilfsaktion in seine Nähe kommt, und womöglich auch noch in Pattis Hörweite – auch wenn das eigentlich egal ist. Es passiert nicht, ein Wunder.

Und dann ist er fast drinnen. Mit einem Grunzen verpasse ich ihm noch einen Aufwärtsschub, ignoriere alles außer dem, was ich gerade so gut wie möglich zu tun versuche. Und dann sackt er hinein. Jetzt ist wirklich alles andere egal. Wir können losfahren. Unser Gepäck – Otto inklusive – ist im Camper-Teil.

Patti hat sich das angeschaut. Sie hat unser Florida-Nummernschild bemerkt und lächelt mich durchs Beifahrerfenster an, als kämen wir gar nicht wirklich aus New Jersey, aber wen juckt's. Ich recke mich rüber, um Paul anzuschnallen.

»Wenn ihr zwei da rauffahrt, vergesst eins nicht, ja?« Patti kommt um die offene Tür herum, die für den Müll bestimmten Reste des »anderen Paul« in der Hand.

»Okay.« Ich bin gestresst. Paul mustert sie grimmig, als wäre sie ein Alien, den er gern verdampfen sähe. Höre ich da *Südstaaten* in meiner Stimme? Ich hoffe nicht.

»Ich weiß, dass wir alle tun müssen, was zu tun ist«, sagt Patti. »Aber wir müssen *nicht immer* genau das Richtige aus den genau richtigen Gründen tun. Okay, Frank?« Sie hebt die dunklen Augenbrauen zu einer Pyramide, als ließe sie uns an einer heiligen Wahrheit teilhaben, die kein vernünftiger Mensch jemals missachten würde.

»Ja-nee«, sage ich abgelenkt. Patti glaubt, sie wäre ein Genie darin, andere Menschen zu lesen und besser zu verstehen, als sie, ohne jede Erfahrung mit ihnen, eigentlich dürfte. Das glauben die Südstaatenfrauen alle von sich. Deshalb ist dringend von der Ehe mit einer von ihnen abzuraten. Armer Harald. Das Valentins-Baby.

Aber natürlich hat sie unrecht! Absolut unrecht! Sollte mir etwa egal sein, dass ich tue, was ich tue, und warum? Oder wie ich es tue?

Mit meinem einzigen Sohn? Kann so etwas jemals stimmen? Wenn ich jetzt zuließe, dass es mir egal ist, dass ich nicht mein Bestes gebe, könnte das ein Scheitern auf der ganzen Linie bedeuten, zunächst für unseren heutigen Aufstieg auf den Berg, bei dem ich nur einen einzigen Trumpf habe, meine guten Absichten. Wahrscheinlich hat sie auch eine Meinung zu Pauls »mutigem Kampf«. Ich sollte sie ihn mal fragen lassen, ob er sich mutig fühlt, wenn er gegen seinen Gegner Al's ankämpft, den guten, edlen Kampf »ausficht«, so dass er eines Tages, bald, stirbt, okay, aber nur, nachdem er allen unermesslich schlechten Chancen zum Trotz eine tapfere Schlacht geschlagen hat. Er würde ihr ins Gesicht lachen, wahrscheinlich einen Furz lassen und ihr mit einem Vortrag über wenig bekannte Pressungen aus Tonys Diskografie die Ohren abkauen oder darüber, welchen Einfluss die Neuaufstellung des Angriffs bei den Kansas City Chiefs, angesichts des Altersverschleißes, auf ihre Chancen beim Lombardi-Pokal hat – auch wenn er selbst leider nicht mehr sehen wird, wie es ausgeht. Ich habe wenig zu dem Thema gesagt, aber was immer mein Sohn jetzt an diesem Scheidepunkt seines Lebens sein mag, es bewegt mich. Es sollte ein Wort dafür geben, was er ist – wenn ich es doch nur wüsste –, ein Wort, das man in alle Nachrufe setzen könnte, um zu erklären, was es mit dem menschlichen Dasein wahrhaftig auf sich hat. Welches Wort das auch sein mag, »mutig« ist es nicht.

Ich starre Patti einfach nur an, während ich die Trucktür in der gespenstisch flüssigen Morgenbrise aufhalte. Kein Cupid's Delight für uns, kein Abend mit dem Geburtstagskind, an dem wir über Mut diskutieren, den nach Norden fließenden Fluss und wie wenig von alldem je verstanden wird. Kein Wunder, dass sie es für perfekt hält, dass ihr Sohn Rodeo-Clown ist.

In diesem Augenblick tritt der große Schluck Wasser in der Kurve mit Lammfelljacke und Hut aus der Nr. 5, gefolgt von einer jungen, schlaksigen Blonden in engen Jeans, Flipflops und rückenfreiem Top, über der Schulter trägt sie einen Rucksack und unterm Arm einen bauschigen grünen Tarnparka. Der Cowboy klickt den Escalade mit seiner Fernbedienung auf. Lichter blinken. Er beachtet niemanden und hat offenbar keine Sekunde zu verlieren. Die junge Frau selbst allerdings hat es nicht eilig. Sie hält in der frühlingshaften Frische des Morgens inne, schaut empor zum Himmel und auf das Schild der Four Presidents, streicht sich mit den Fingern durch die langen, frisch gewaschenen und ungekämmten Locken. Sie wirkt, als wollte sie uns allen gleich etwas mitteilen, dann wird es aber nur ein glückliches Kinderkichern, das der Welt erzählt, sie ist jung und der Tag beglückt sie. Der Cowboy sitzt schon im Auto und sagt etwas – offensichtlich zu ihr, obwohl sie es gar nicht merkt. Wie ich sehe, fährt der Escalade hinten links auf einem Donut statt auf einem Reifen. Paul und ich glotzen das hübsche blonde Mädchen an, Patti ignoriert sie.

»Also, nicht vergessen, wenn ihr das Denkmal seht«, sagt Patti fröhlich, »werden euch die Gesichter da oben auf den ersten Blick klein vorkommen. Aber ihr werdet euch anpassen. Oder vielleicht auch sie.« Das ist ihr Scherz für Wanderer wie uns. Sie tritt lächelnd zurück, während ich zur Fahrerseite hinüberlatsche. Es ist eine meiner Schwächen, dass ich am liebsten jede Unterhaltung mit einem Bonmot beenden würde. Einer Grußformel. Aber ich habe kein Bonmot für Patti, die Spenderin trügerisch-toxischer Weisheiten. No-mot muss reichen.

Patti dreht sich um und sagt etwas zu der jungen Frau, die so süß über ihre eigene Überraschung gelacht hat, welcher Tag heute ist – Valentinstag. Ich höre sie antworten: »Ja, Ma'am.« Ich werfe unsere Tür zu und den Dodge an, der lärmend anspringt. Eine schwache Ahnung des minzigen Lufterfrischers hängt noch in dem kalten Fahrerhaus.

»Wer ist diese Frau?«, fragt Paul. »Bist du irgendwie mit der befreundet?«

»Nein. Bin ich nicht.«

Patti lächelt und winkt uns zweien mit einem grünen Handschuh. Ich winke durch die Frontscheibe zurück. Dann kommen wir weg, und wir kommen gut weg.

* * *

Big Jack Rancher's Café, ein vielfenstriger ausgebauter Diner, auf dem ein riesiger weißer Stetson thront, ist so rappelvoll wie vorhergesagt. Frühstück bei Jack's ist für die Rednerfamilien, die von Bowdle und Mobridge hergekommen sind, eine Tradition. Das große Schild an der Straße empfiehlt das Valentins-Spezialfrühstück – Ahornsirup-Scrapple plus *Köttbullar med Huhn*: So kriegt man die Bauerntrampel todsicher in Gang.

Zum Glück hat Big Jack den Massenandrang schon erwartet und auf der Rückseite ein Servicefenster eingerichtet, dazu ein leichteres Angebot für »Wanderreiter«, auf dem exakt das steht, was sich Paul Bascombe zum Frühstück wünscht – ein Körbchen Krabben. Ich nehme »Das Echte und Erprobte« – ein Spiegelei-Sandwich mit Bacon auf dickem Röstbrot. Mit unseren Schachteln fahren wir zurück auf die breite Hauptstraße (Omaha Street) und biegen bei einer Black-Hills-Bank auf den Parkplatz, um reinzuhauen.

Paul bewältigt geschickt mit einer Hand seine Krabben und scheint die Frankenstein-Bauchlandung bei den Four Presidents vergessen zu haben. Das rote Mal auf der Stirn verblasst schon. Vielleicht passieren ihm Stürze viel häufiger, als mir klar ist. Vielleicht bin ich auch inzwischen viel weniger geeignet – falls ich es je war –, mich um meinen Sohn zu kümmern, und einer der Letzten, die das merken. Vielleicht habe ich mich auch daran gewöhnt, dass er »so« ist, und mir ist nicht aufgefallen, wie festgeschrieben seine Verluste schon sind, denn es lässt sich gar nicht genau sagen, wo er jetzt gerade steht – und wie lang das so bleiben wird. Selbst an Tagen, an denen es ihm so wenig schlechter geht, dass es nach Besserung aussieht, geht es ihm schlechter. Wahrscheinlich sollte ich ihn wieder zur Mayo bringen, zur »Nachbeobachtung«, oder ich hätte gar nicht mit ihm losfahren sollen. Diese Gedanken sorgen im Fahrerhaus für einen Fallwind des Scheiterns, fast der Trauer. Das unvermeidliche Vaterscheitern von allem, was du tust – auch wenn dein Sohn nicht Al's hat. Bevor ich mit Heidegger anfing, hatte ich im guten alten Trollope herumgelesen – der wirklich ein Brüller ist. In seiner Autobiografie schreibt er, im Leben gebe es einen so großen Kummer, dass er zu einer Legierung von Glück wird. Ich hier, in meinem von Zweifeln bestürmten Glück auf dem Bankparkplatz, kenne diese Legierung.

Paul hat schon aufgehört, seine Krabben zu essen, die, wie er verkündet, »komisch pflanzlich« schmecken. Eine davon ist auf den Wagenboden gefallen, was er ignoriert. Vielleicht kann er nicht mehr so gut schlucken; und da er nicht viel schmeckt, isst sich eins wie das andere. Aber sein Frühstück hat den Innenraum des Dodge in eine große gebratene Krabbe verwandelt – fettig, dicht, penetrant, der Einheitsgestank von allem, was sich auf der Welt braten lässt. Er räuspert sich und reckt seinen kurzen Hals, um das, was er gerade kaut, runterzuzwingen, dann starrt er hinaus auf die Bank, an deren Fahnenmast nur Stars 'n' Stripes hängt, voll gehisst, flirrend und flatternd in der Frühlingsbrise, um seinen Fuß ein Kragen aus leuchtendem Schnee. In einem Monat werden hier Krokusse sprießen. Rapid City erscheint mir bei Tageslicht noch schlimmer – seelenlos hingeklatschte Mini-Malls, Turmkräne, Franchise-Lokale, Autogewerbe und neue Banken wie die hier, wo wir gerade unser Frühstück verspeisen. Früher mal sah nur Kalifornien so aus. Hier könnte Helen Keller Immobilien verkaufen, aber irgendwann würde sie gehen müssen.

»Ich bin es leid, dass mich Leute fragen, warum ich nicht anders bin, als ich bin«, sagt Paul ohne Anlass und räuspert sich wieder, schluckt die letzten Worte dabei. »Als ich bin« kommt wie »ass-ch-in« raus. »Die sind dumm.«

»Wer tut das? Ich tu das nie.«

»Oh doch. Die ganze Zeit. Und schon immer. Seit ›ch-klei-wer‹.« Er räuspert sich noch mühsamer, was ein bisschen Erleichterung bringt.

»Ich habe immer deine Unabhängigkeit bewundert.« Sorgfältig klicke ich den Deckel meiner Styroporbox in die Verschluss-Schlitze. »Aber ich achte mal drauf.«

»Es ist zu spät.« Großer Seufzer. Pause. »Willst du wissen, wo ich auf der Kübler-Ross-Skala stehe?«

»Nicht so richtig. Aber gut.«

Er hält inne, pulsierende Knie, zitternde Rechte. Er streckt die graue Unterseite seiner Zunge raus, dann lässt der Krampf ihn los. »Ich stehe auf *Flucht*.«

»Okay. Wenn *Flucht* auf der Skala vorkäme.«

»Sollte es. Die sollte erweitert werden. Fünf Ebenen reichen nicht. Da bin ich schließlich der Experte.«

»Okay.«

Er winkt mit seiner kaputten Hand zwei Kindern zu – einem Jungen und einem Mädchen, beide unter acht –, die frühlingshaft pastellige Partykleidung tragen und Hand in Hand von einem älteren Herrn in einem braunen Gabardineanzug, Westernhut und -stiefeln in die Bank mitgenommen werden. Die Kinder hatten Paul als Erste zugewinkt. Sie gehen in der Bank auf eine Party, die von den Angestellten veranstaltet wird. Der Mann ist ihr Großvater, der Bankdirektor. Es ist Valentinstag. Die Kinder müssen nicht zur Schule usw. usf.

»Das ist deine Version eines zweiten Versuchs, oder?« Paul feuert einen tödlichen Blick auf mich ab.

»Wovon reden wir gerade?«

»›Morgen vielleicht schon‹«, singt er. »Fuck-iss-es.«

»Was für ein zweiter Versuch? Glaubst du, ich wollte hier verlorene Zeit mit dir aufholen? Von wegen.« Jetzt erdolche ich ihn mit Blicken. »Ich dachte, wir würden zusammen herkommen und ein einziges Mal irgendwas gleich empfinden. Da hab ich mich wohl geirrt.« Wieder lasse ich unsere Lebenslagen gegeneinander antreten. Seine und meine. Sie sind nicht deckungsgleich, auch wenn es manchmal danach aussieht. Ich versuche, dieses Wissen in mir zu unterdrücken, aber es gelingt mir nur selten. Bloß wenn irgendwas witzig ist. Auch Fürsorge löst nicht jedes Problem.

»Du denkst gern lange über alles nach, nicht wahr, Frank?«

Ich bin verärgert, deshalb will er das Thema wechseln, das ist mir nur recht.

»Nein«, sage ich. »Überhaupt nicht. Ich verlasse mich auf den platten Instinkt und liefere dann die Gründe nach. Wie alle anderen.« Ich strecke die Hand aus und nehme das stinkende Krabbenkörbchen von seinem Schoß. Es ist zehn Uhr. »Ich bin wie alle anderen, und du genauso.«

Einen Moment lang beobachte ich ein paar stämmige Weststaatler, die den kleinen Glaskubus der Bank betreten und wieder verlassen; mit einem kleinen Hüpfer in ihrem Gang und geschwellter Brust quittieren sie den Wohlstand von allem ringsum, zu dem sie ihren Beitrag leisten. Wenige bemerken uns. Was nicht lange so bleiben wird, so wie wir hier sitzen – zwei Männer allein, zu lange auf einem Bankparkplatz. Und aus Florida. Je älter du wirst, desto mehr siehst du die Welt mit den Augen der Polizei.

Der Parkplatz füllt sich. Die digitale Anzeige auf der Omaha Street bietet ein kostenloses Girokonto ab einem Dollar Mindestersteinzahlung. Rapid City erwacht am Valentinstag zum Leben. Zwischen dem Parkplatz und der Straße stehen Mülltonnen in der Gestalt des ursprünglichen Bankgebäudes – es war ein solides Haus mit Säulen im Greek-Revival-Stil, auf »1876« datiert. Ich steige aus und werfe unsere Frühstücksboxen weg. Die Sonne ist herausgekommen und funkelt wie verrückt auf den Glasfenstern der Bank.

»Willst du deine Valentinskarte gern jetzt haben?«, sagt Paul, als ich wieder eingestiegen bin – sichtlich konzentriert, als kämen die Worte wieder nicht flüssig heraus. Erst denkt er sie, dann sagt er sie. Wobei er sein listiges Insiderlächeln grinst, was eine Wange zucken lässt.

»Okay. Deine muss ich dir später geben. Sie ist in der Reisetasche.« Ich werde ihm die Karte für Betty geben, ohne die zweihundert Dollar.

Paul hat schon einen rosa Umschlag aus seiner Parkatasche gezogen. Er sieht rein aus in seinem milden Rosa, nur leicht verknickt. »Er hat was abgekriegt, als ich hingefallen bin«, sagt er. Aus irgendeinem Grund überreicht er ihn mir mit seiner Klauenhand, die er nicht ganz kontrollieren kann, also halte ich ihn am Handgelenk fest, um die Karte entgegenzunehmen. Dann fällt die kranke Hand in den Schoß wie ein Hammer. »Mach ihn auf«, sagt er mit zuckender Wange, auch der Kopf sitzt nicht so fest auf seiner Spindel. Er räuspert sich wieder und schluckt. »Ich hab sie auf dem Trucker-Rastplatz gekauft. Nicht ganz das Übliche.« Ich schlitze den Umschlag mit dem Finger auf. Außen steht auf der Karte »Ein Valentinsgruß aus South Dakota«, umgeben von den kastigen Umrissen des Staates. Als ich sie aufklappe, offenbart sich ein hellgelbes Herz ganz aus Maiskörnern, und darunter steht gedruckt: »Auch wenn es kitschig klingt: Ich liebe dich. Alles Gute zum Valentinstag.« Unterschrieben hat Paul aus offensichtlichen Gründen nicht.

»*Okay!*« Zum zweiten, vielleicht auch dritten Mal, seit wir auf unserem Ausflug sind, werden meine Augen feucht, allerdings nicht so sehr, dass ich Tränen wegwischen müsste. »Das ist wirklich toll. Ich danke dir.« Die ist überhaupt nicht schlüpfrig.

»Die hab ich zweimal gekauft.« Er schaut ganz erfüllt vor lauter Befriedigung. »Eine hab ich verloren. Die wollte ich Clary schicken.« Er atmet ein und hält die Luft an.

»Wir besorgen ihr noch eine. Da freut sie sich drüber.«

»Scheiß drauf«, sagt er. »Der Gedanke zählt.«

»Richtig.« Sie würde sich tatsächlich drüber freuen – wenn nicht sofort, dann später. Es tut mir leid, dass sie sie nicht bekommen wird. Viele Dinge werden vermutlich kein zweites Mal passieren – aber was weiß ich schon über die letzten Dinge, meine eigenen eingeschlossen. Der Gedanke zählt, wirklich.

Lange, friedlich sitzen wir da und beobachten, wie der Stadtverkehr über die frühlingsfeuchte Hauptstraße gleitet. Da der Lärm vom Fahrerhaus stark abgedämpft wird, wirkt der Verkehr beruhigend: wie ein Film ohne Action-Elemente, die den Puls beschleunigen. Trucks und Autos, Autos, Trucks, noch mehr Trucks, noch mehr Autos. Der wattierte Himmel. Ein leerer Viehtransporter. Ein Bankkurier. Ein Lieferwagen für französisches Gebäck. Ein Leichenwagen (ohne Kunden). Ein Schneepflug mit gereckter Schaufel. Ein ganzes Wohnmobil. *Benjamin Franklin Erfahrener Klempner*. Eine weiße Stretchlimousine mit rosa Ballons, die in der Brise tanzen. Gegenüber hat, neben der gutbesuchten Jiffy Lube-Autowerkstatt, die Stadtbücherei geöffnet, ihre Digitalanzeige, ähnlich wie die der Bank, erinnert uns an die »Dichterlesung heute Abend. Bringt Euren Valentinsschatz mit!«. Bei dem diffusen Licht machen die glasigen Schwimmkörper Hechtsprünge durch mein Blickfeld. Meine Augen sind getrocknet, brennen aber immer noch.

»Wir sollten wohl mal so langsam nach da oben«, sagt Paul und meint unser Ziel. Die warzige schlimme Hand und beide Knie zittern.

»Absolut«, sage ich.

»Kann da jeder hin?«

»Inklusive Nichtbürger. Ich habe einen Seniorenpass.«

»Wir müssen doch nicht immer das Richtige tun, oder? Wir müssen nur schauen, dass ich nicht unruhig werde.«

»Das klappt nicht immer. Manchmal müssen wir das Richtige tun.«

»Was dich nicht umbringt, macht dich noch lange nicht stärker, Lawrence«, sagt er, »höchstens traurig.« Für ihn ergibt das einen Sinn, für mich nicht.

»Wird wohl so sein.« Ich starte den Dodge, froh, loszukommen.

»Was machen wir, wenn wir da oben fertig sind?«

»Das finden wir dann raus.«

»Wie geht es eigentlich dir? Frage ich dich nie. Sollte ich aber.«

»Mir geht's gut.« Ich lächle ihn an, setze zurück und herum. »Danke der Nachfrage.«

»Du bist mein Lieblings-Arschloch, Frank. Weißt du das nicht?«

»Nein«, sage ich, rückwärts, rückwärts. »Das weiß ich nicht. Freu mich aber, es zu hören.«

Und nun sind wir endlich, wirklich fast da.

Elf

Auf unserem Weg aus der Stadt hinaus kommen wir an der Mehrzweckhalle vorbei, wo die Endausscheidungen im Rhetorikwettbewerb laufen. Ein weißer, brutalistischer Flachdachbau aus der Zeit, wo nur minimal auf Sicherheit geachtet wurde. Farm- und Ranchfamilien aus fernen Städten stehen draußen herum, warten auf den Einlass, damit ihre Kinder an den morgendlichen Trostpreisrunden teilnehmen können, bevor sie sich auf die lange Heimfahrt machen. Bringt ja nichts, zu der großen Siegerehrung heute Abend dazubleiben. Zu Hause wartet Arbeit.

Unser Highway gen Süden wendet sich, sobald wir die Stadtgrenze von Rapid City hinter uns gelassen haben, steil Richtung Berge und Canyons und folgt einem halb zugefrorenen Fluss, der von dem plötzlichen Temperaturanstieg zum Leben erweckt wurde. Alle Geschäfte hier konzentrieren sich auf Rushmore-Tourismus. Rushmore-Hubschraubertouren, ein Rushmore-Weihnachtsdorf, Eselreitausflüge und Reptiliengärten. Ein Rushmore-Musketenschießplatz und ein Drive-Thru-Rushmore-Ashram. Alle sind verrammelt, ein paar stehen zum Verkauf, auf den Parkplätzen verlassene schneebedeckte Autos, als hätten deren Besitzer zurückkommen wollen, aber dann gewürfelt und sich fürs Weiterziehen entschieden.

Unsere Straße, der Highway 16W, steigt merklich an, in kahle Laubwälder hinein, an die Felswände klammern sich karge Tamarack-Lärchen, Gelbkiefern und Fichten.

Irgendwann fahren wir durch einen tatsächlichen Regenschauer mit Hagelkörnern, die auf die Windschutzscheibe klackern – nichts ist undicht –, dann wird ebenso schnell die Straße wieder frühlingsfeucht, was den Shrimpsdunst wieder auffrischt. Der Dodge nimmt alles mit Bravour.

Paul blättert in *Die Geschichte hinter den Kulissen – eine patriotische Erfahrung, die mein Leben veränderte*, das Buch auf die Schenkel gestellt, und die gute Hand schlägt die Seiten um. Er hat den Parka ausgezogen und sieht jetzt mit Brille und Mütze und sauberem »Nicht witzig!«-Sweatshirt fahl und ruhig aus.

Zum ersten Mal seit wir Rochester verlassen haben – erst zwei Tage her –, habe ich keine Angst, dass diese Reise ein Reinfall wird. Alles kann jetzt annähernd normal werden – das ist natürlich das Einzige, was es nie sein wird. Aber zumindest in diesem Augenblick fühle ich mich, als wäre ich gerade aus einer Nacht voll unruhigem Schlaf, Quälereien und Schikanen erwacht, in der die Zukunft unbezwingbar war – und würde jetzt, da blasses Licht die Vorhänge einfärbt, feststellen, dass ich noch eine Stunde schlafen kann. Ich habe Erfahrungsberichte von Verkehrspiloten gelesen, da erzählen diese Helden offen von Situationen – wenn der Autopilot der DC-10 die Nase eigenmächtig Richtung Boden ›korrigiert‹ –, in denen sie als altgediente Profis das Gefühl haben, buchstäblich nichts falsch machen zu können, und dann auch prompt alles richtig machen.

Das habe ich noch nie erlebt. Ich kann immer etwas falsch machen und tue das häufig. Und doch kann ich behaupten, mich diesem seltenen psychischen Äther – wo sich Entscheidungen von selbst treffen und kein Scheitern Bestand hat – zumindest angenähert zu haben, genau jetzt, auf unserer Fahrt nach oben. Und es kommt mir nicht so vor, als würde da noch irgendwas in der Reserve lauern, während ich den *Warmen Wind* die Bergflanke hochmanövriere, von einer Mikro-Jahreszeit zur nächsten. Gott weiß, wie viel besser mein Leben gelaufen wäre, wenn ich als junger Mensch so einen Weg gefunden hätte.

* * *

Wir kommen durch die Filmset-Stadt Keystone, wo im Sommer jeden Tag um zwölf Uhr mittags zum großen Vergnügen der Rushmore-Tagesausflügler die Clanton-Outlaws von Marshall Earp und seinen Brüdern (plus Doc Holliday) niedergeschossen werden (die tatsächliche Schießerei fand 1881 in Arizona statt, aber das juckt keinen). Auch Keystone ist zum größten Teil geschlossen. Der Saloon namens Rotes Strumpfband, das Atelier der Kettensägenkunst, die Goldmine Großer Donner. Nur der weiße SUV des Sheriffs steht im Leerlauf vor dem Pest & Cholera, der Beamte gönnt sich drinnen einen Latte aufs Haus.

Und dann, fünfhundert Meter hinter der Stadtgrenze von Keystone, sind wir da. Oder hier. Oder beinahe. Wir durchqueren die Tore zum Mount Rushmore, hinter denen es, ordentlich geräumt und gestreut, mit einer Zehn-Prozent-Steigung emporgeht. Der große Dodge – ich habe den Vierradantrieb gefunden und für alle Fälle eingeschaltet – kommt in Schwung und röhrt kehlig. (Warum fährt nicht jeder so ein Viech?) Wir sind heute nicht die Einzigen, die nach oben wollen. Andere Fahrzeuge sind bei diesem günstig gesinnten Wetter aufgetaucht. Eine schaukelnde Landyacht vor uns hat blaue Kansas-Nummernschilder und einen Aufkleber mit dem Text »Kansas Is For Lovers?«. Hinter uns kann ich einen Chrysler-Lieferwagen aus Michigan erkennen. Paul und ich sind natürlich schon immer aus Florida gewesen und trauern um Norm Cepeda.

»›Hoch über den Ebenen des amerikanischen Herzlandes erhebt sich ein Koloss und begrüßt das erwartungsvolle Auge des Reisenden.‹« Paul liest mir aus *Die Geschichte hinter den Kulissen – eine patriotische Erfahrung, die mein Leben veränderte* vor. »›Er ist ein Schrein der Demokratie. Wenn wir in die rücksichtslose Welt zurückkehren, werden wir bemerken, dass unser Geist erfüllter ist und unser Herz leichter, ganz anders als zuvor.‹ Glaubst du das?« Er stülpt die Lippen nach außen, die rechte Hand zittert, die Füße scharren, aber nicht heftig. Das laute Vorlesen ermöglicht es ihm irgendwie, deutlich zu sprechen. Wie Stotterer, die nicht mehr stottern, wenn sie singen.

»Kann ich schwer sagen. Vielleicht.« Wir nähern uns dem Eingangskiosk von Rushmore, wo ein älterer Parkranger mit Campmütze die Fahrzeuge durchwinkt und übermütige Worte mit jedem Fahrer wechselt. Dieser Tag ehrt das Recht auf Erholung, unabhängig von Geschlecht, Orientierung oder nationaler Herkunft. Ich bin bereit.

»›Die Freude daran braucht keine Worte‹«, fährt Paul fort und wirft mir seinen Geheimblick zu, den kenne ich schon, wenn auf Schildern steht »Kinder essen umsonst«, »Unendliche Kaffeetasse« oder »Zum weltbesten Chilidog gewählt«. Er ist ein strikter Konstruktionist in einer Welt, die auf Nonsens setzt. »Das trifft sich gut«, sagt er. »Mir gehen langsam die Worte aus.« Ein inneres Drehmoment bringt ihn dazu, die Zunge über die Oberlippe zu rollen, als könnte er gleich auf dem Sitz, an den er geschnallt ist, das Gleichgewicht verlieren. »Deine Eltern haben dich also in den Vierzigern hierhergebracht?« Die Fahrer vor uns führen endlose Gespräche mit dem Ranger, der Rushmore-Broschüren verteilt und den Weg über die bewaldete Straße nach oben zum Parkplatz weist. Von hier unten aus kann man die Gesichter auf der Seite des Berges noch nicht sehen.

»In den Fünfzigern«, sage ich. »Sie hatten hier oben einen Riesenstreit. Aus irgendeinem Grund erzählte mein Vater meiner Mutter von einer Frau, die ihm vor langer Zeit etwas bedeutet hatte. Und meine Mutter wurde wütend. Sie nahm an, es hätte da auch ein Baby gegeben. Das wäre jetzt dein Onkel.«

»Parks bringen Menschen auf den Gedanken, sie würden etwas tun, während sie gar nichts tun. Das finde ich toll. Ich könnte hier oben in HL arbeiten.« Er meint Human-Resources-Logistik. Er ignoriert die Geschichte über meine Eltern. Er hustet tief, verdreht den Kopf seitwärts, dann wieder zurück.

Wir nähern uns dem Ranger, der den Fahrer eines uralten, grellpinken VW-Campingbusses begrüßt und herumwiehert. Auf der hinteren Klappe prangen sowohl ein Biden- als auch ein Trump-Aufkleber – sicher ist sicher. Das Nummernschild dieses Busses sieht nach einem anderen Land aus. Es ist leuchtend gelb und die Hand des Fahrers, die aus dem Fenster ragt, ist tiefschwarz. Aus irgendeinem Grund halte ich sie für Afrikaner, das fühlt sich nach einem positiven Vorzeichen an.

»›Die Gesichter der Präsidenten sollen einhunderttausend Jahre halten‹«, sagt Paul. »›Im Kampf mit der feindlichen menschlichen Natur, um eine Erinnerung herauszumeißeln, die fortleben und eine Inspiration sein wird.‹ Alles muss offenbar im Gegensatz zu etwas anderem stehen.«

»Ich glaube nicht, dass das stimmt«, sage ich und fahre näher an den geschwätzigen alten Ranger heran. »Manche Dinge tut man einfach.«

»Ich bin froh, dass *du* endlich was zu tun kriegst, Lawrence. Du bist nicht aktiv genug. Das wird dir guttun.« Das zu sagen amüsiert ihn.

»Ich tue eine Menge.« Ich kümmere mich um meinen schwierigen Sohn, aber das sage ich nicht.

Paul schlägt mit der unbrauchbaren linken Hand – das sehe ich – unerwartet das Kreuzzeichen, so wie es eine frömmelnde Betschwester täte. Wobei er es umgekehrt macht und dann die Hand in den Schoß legt, als hätte ich ihn nicht gesehen.

»Was tust du da? Was ist das?«

»Du hast so ein Theater darum gemacht, hier hochzukommen, dass ich dachte, es wird eine religiöse Erfahrung. Meine Bibliothekarin zu Hause ist Katholikin. Die macht das immer. Wenn ich also nicht zurückkomme, will ich zumindest den Schutz.«

»Ich mache kein Theater darum«, sage ich. »Sei kein Idiot.«

»Sieht so aus, als kämt ihr zwei von orntlich weit her«, sagt der alte Ranger mit dem Truthahnhals zu uns herein, ich habe das Seitenfenster herabgelassen. Er hat fröhliche, verblüffend blaue Augen, keine Schlieren auf der weißen Lederhaut. Wobei das restliche Gesicht knochig und hager unter der Rangerkappe hervorschaut, mit Schrammen, wo die Morgenrasur nicht perfekt war. Er verströmt die unausgelastete Freundlichkeit eines Witwers und ist sicher heute eingesprungen. Er denkt, wir wären direkt aus Florida gekommen. »Frohen Cupido-Tag und willkommen auf dem Rushmore Campus«, singt er. Er winkt mit einem Parkleporello, auf dem eine Satellitenkarte zu sehen ist, gibt ihn mir aber nicht. Ich habe meinen Seniorenpass griffbereit.

»Alles ist ein verdammter Campus«, sagt Paul.

»Wir sind heute gratis«, sagt der Ranger laut. »Valentinstag. Ihr habt das gute Wetter mitgebracht. Vielen Dank dafür.« Ranger Knippling heißt er – ein alter Breitgrinser.

»Super, danke«, sage ich durchs offene Fenster. Frostige Bergluft strömt herein, kalt und trocken, aber nicht beißend.

»Seinen Job solltest du machen«, sagt Paul. »Da nehmen die jeden für.«

»Folgt einfach der Titanic da vorne, immer die Lincoln-Rampe hoch.« Das ist Ranger Knipplings Schenkelklopfer über die Kansas Is For Lovers?-Landyacht. Für das nächste Auto wird er sich einen über den *Warmen Wind* einfallen lassen. »Heute haben wir nur bis zur Prachtstraße der Flaggen offen. Aber von da hat man eine großartige Aussicht auf die Präsidenten.«

»Diese Typen sind nicht bewaffnet«, sagt Paul.

»Okay, na bitte sehr«, sagt Ranger Knippling immer noch laut und verschränkt gespielt förmlich die uniformierten Arme. »Der gefällt mir. Wo haben Sie den Knaben her?« Er hat kein Wort gehört, das Paul gesagt hat. Seine großen schuppigen Ohren haben eichelgroße Beltones drin, die wie alle Hörgeräte einen Scheiß taugen.

»Er ist unter einem Felsen hervorgekrochen«, sage ich und rolle langsam mein Fenster hoch.

»Da-da-das hatte ich mir gedacht. Na, gut zu wissen.« Ranger Knippling starrt mich weiter grinsend an.

»Der erinnert mich an dich. Total«, sagt Paul. »Die Karte hat er uns nicht mitgegeben.«

»Wir brauchen keine.«

Wir dröhnen los und schließen über den gewundenen Asphalt zu dem Wagen aus Kansas und dem rosa VW der Afrikaner auf. Am Straßenrand liegt viel Schnee, aber der Schneepflug hat in stundenlangem Einsatz dafür gesorgt, den Campus für alle offen zu halten. Der Dodge gibt jetzt ein knirschendes Achsengeräusch von sich, aus der Heizlüftung kommt ein Geruch nach heißem Öl. Das macht mir Sorgen. Ich werde wohl Pete Engvall anrufen müssen. Hertz oder National wäre klüger gewesen. Wenn du dich nach dem Annehmlichkeitsprinzip richtest, kommst du am Ende immer billiger weg.

Paul periskopt herum, während wir an tapferen Bürgern vorbeifahren, die aus Keystone in Kniebundhosen und Alpenpullovern und schicken Stiefeln hochgewandert sind, einige mit Skistöcken. Er hat sich nicht nochmal bekreuzigt. Eigentlich lässt er sich von sehr wenig aus der Fassung bringen. In seinem derzeitigen Zustand kann er, wenn überhaupt, nur kleine Brötchen backen.

»Befürchtest du immer noch, dass das alles hier ein Griff ins Klo ist?« Er winkt den Wanderern zu, dann beißt er auf eine Warze an seinem Finger.

»Jetzt bin ich ziemlich glücklich.«

»Ich wünsche mir echt, dass es für dich gut läuft. Okay?« Er wirft mir einen schnellen Blick zu. Er meint es ernst und auch wieder nicht – der bestmögliche Modus.

»Klar. Danke.«

Und dann sind wir am oberen Ende der Zugangsstraße – direkt vor uns liegt die Lincoln-Rampe, dahinter die Washington-Rampe, umzäunt, verrammelt und von ungeräumtem Schnee umhäuft. Paul sieht sich um, findet aber nicht, wonach er sucht. Die Gesichter der Präsidenten – auch von hier nicht zu sehen.

Das ist tatsächlich ein Campus hier oben. Moderner, regloser Beton. Der Campus eines vorstädtischen Community College oder eine Poliklinik, wo sich alles um Parken, Verkehrsfluss, Zugang und Ausgang dreht – die Präsidenten sind Nebensache. Wir könnten genauso gut durch die Ocean County Mall in Tom's River, New Jersey, streifen.

»Ich seh gar nichts«, sagt Paul, er verschleift »ich« und »nichts« leicht, der Mund steht halb offen, als würde er die Enttäuschung schmecken.

»Emma mit der Ruhe. So war es 1954 nicht«, sage ich.

»Sieht ja wie ein doofer Flughafen aus. Ich brauch keinen Flughafen auf einem Berg.« Seine Beine summen. Ein Teil von ihm genießt das alles.

Ich fahre uns auf das Lincoln-Gelände, wo Autos parken und Leute aussteigen. Als ich einbiege, steht gegenüber der pinkfarbene VW-Bus mit den gelben Nummernschildern. Die Türen sind aufgeschoben, und PoC-Kinder purzeln heraus – alle tragen schicke Daunenmäntel in leuchtenden Farben, Stiefel, Handschuhe und nepalesische Mützen wie aus dem Katalog. Dito Mom und Dad, die reden und lachen und die Kinder – vier insgesamt – in die richtige Richtung losschicken. Der Vater ist ein begeisterter kleiner runder Schwarzer in einem grellroten Parka, dieselbe Marke wie seine Kinder. Er bemerkt den *Warmen Wind*, auf der anderen Seite der Parkdurchfahrt, und sagt etwas zu seiner Frau, die – groß und schlank und wunderschön in ihrem langen Wollmantel – zu uns rüberschaut. Beide lachen, wechseln ein paar Worte und ziehen dann los, die Kinder rennen voraus. Auf dem gelben Nummernschild steht Alaska. Nicht Côte d'Ivoire.

Zügig schaffe ich Paul hinaus und in einem Rutsch in den Rollstuhl, den ich aus dem Camper-Teil geholt habe. Ich packe ihn wieder in den Chiefs-Parka, die Handschuhe und die Mütze mit den Ohrklappen. Hier oben ist es kälter, erst recht auf dem Parkplatz, wo der Wind zwischen den Autoreihen durchfegt. Paul sieht in dem Parka und im Rollstuhl kleiner aus, leicht feminin – nicht wie seine Mutter, eher wie ein Mann, der vor kurzem noch eine Frau war.

»Hast du den Valentinstag gefeiert, als du klein warst?«, fragt er, während ich ihn schiebe. Die schlimme Hand liegt fest auf der Armlehne. Ich habe ihn angeschnallt. Die laufende Nase kann er sich ohne Hilfe abwischen.

»Nein. Einmal hab ich in der Sechsten einem Mädchen eine Valentinskarte gegeben, aber ich hatte was Dämliches draufgeschrieben, und danach hab ich es nie mehr gemacht.« Ich stelle fest, dass ich hinke, ohne Grund.

»Bei Hallmark nannten wir das einen ›Alibifeiertag‹«, sagt er, zum zweiten Mal. »Eine Entschuldigung, Geld für was Idiotisches auszugeben. Nicht um etwas zu feiern.« Er räuspert sich, dabei kommt ein gruseliges Geräusch aus seiner Brust, und er presst den Oberkörper gegen die lederne Rückenlehne.

»Alles in Ordnung?« Wir sind draußen im Freien, überqueren einen Vorplatz mit Fahnenmasten auf dem Weg zu einer Betonkolonnade, die nach Ost-Berlin aussieht – vereinsamt und verletzend. Eine Architektenreverenz an den amerikanischen Patriotismus. Die Besucher des Mount Rushmore streben durch die Bogengänge der Kolonnade – nicht viele, aber genug, dass wir ein Teil von irgendetwas sind. Eine Reihe neuer mobiler Toiletten – Sodak Comfort – ist zur Feier des Tages hertransportiert worden, an beiden Enden der Kolonnade. Frauen links, Männer rechts. Und sie werden gut angenommen, die Rushmore-Toiletten sind ja zu.

»Musst du?«, frage ich und hoffe, dass nicht.

»Ich lass mir doch keine Zielscheibe aufs Herz tätowieren«, sagt er und ignoriert mich.

»Warum das?« Ich schiebe ihn weiter durch das Portal in der Kolonnade. Die Familie aus Alaska ist weit vorn in der Menge.

»Ich brauch das jetzt nicht.« Keine Erklärung.

Vor uns gibt es noch einen kleinen Eingang mit Säulen – barrierefrei –, flankiert von weiteren langen Betonbauten im Kalter-Krieg-Stil, wo im Sommer große Bildschirme aufgebaut sind, da kann man virtuelle Mount Rushmores statt des echten besichtigen (was den meisten Amerikanern lieber ist). Paul und ich schieben uns zusammen mit unseren Rushmore-Genossen auf den nächsten windigen Vorplatz, der Himmel wird tiefer und grauer, und die feuchte, nach

Chlor riechende Luft drückt mir gegen die Wangen. Wir alle – mehrere Nonnen in halbem Habit, ein paar Priester mit Kollar, einige offenkundige Natives, ein paar Rollstuhlbesucher, eine ganze Grundschulklasse – durchschreiten die zweite Säulenreihe, hin zur Prachtstraße der Fahnen, nehme ich an, wo wir einen grandiosen Ausblick bekommen werden. Ein paar Leute vom Rhetorikwettbewerb sind hier, dazu Oldie-Paare, ein Kontingent dünner Asiaten mit Schutzmasken und zahlreiche Muskelpakete vom Farmboy-Typus mit zierlichen Freundinnen. Die Schwarze Familie ist vorausgeeilt und schon bis zum Ausblickareal vorgedrungen. Eine blonde Teenagerin mit rotem Sweatshirt, auf dem groß »Rede! Rede!« steht, glotzt Paul an, wahrscheinlich ist ihr seine verkrüppelte Hand aufgefallen, die nicht stillhalten will, obwohl er versucht, das zu verbergen, und sie unter den anderen Arm steckt und sich umschaut, so als wäre alles ganz normal. Währenddessen erlebe ich ganz plötzlich wieder das körnige Gefühl, das mich einen Moment lang lähmt: als würde sich irgendwo auf den nahe gelegenen Kiefernhängen jemand – ein verdrossener Parkangestellter, ein pubertärer Einzelgänger – bereit machen, das Feuer auf uns zu eröffnen (es ist immer ein »er«), nachdem er den Berg erklommen hat, von wo aus er die Promenade und jeden Menschen hier ins Visier nehmen kann. Ich glaube das nicht *ernsthaft*. Aber warum sollte das nicht irgendein Bürger erwägen? Früher gab mir nichts so ein Gefühl von bürgerlicher Berechtigung und Beglaubigung wie öffentliche Einrichtungen. Ein baumbestandener Stadtpark. Der Bus M4 zum Cloisters in New York. Die Aussichtsplattform über den vernebelten Niagara-Fällen. Jetzt befinde ich mich nicht mehr so gern an solchen Orten, und wenn doch, dann zieht es mich schnell zu den Ausgängen, mit dem Nadelstichdrang, mich zurückzuhalten, nicht an den Rand zu gehen (egal wovon), alle möglichen Stellen auszuspähen, von denen aus irgendeiner auf mich anlegen könnte. Wie gesagt, ich habe keine begründete Angst, mir ist nur bewusst, dass sie angebracht wäre. Wenn man ein Kennzeichen des Alterns sucht, findet man es hier: im Bewusstsein, dass einem etwas bewusst ist und man so gut wie keine Kontrolle darüber hat, was vor sich geht. In diesem Fall der Gedanke, dass das *Leben im öffentlichen Raum* nicht mehr ist, was es mal war.

»Oh wow«, höre ich meinen Sohn unerwartet ausrufen, was mich erleichtert, denn ich glaube, das habe ich ihn noch nie sagen hören. Ich habe ihn nach draußen auf die weitgespannte Prachtstraße der Fahnen geschoben (immer noch hinkend, warum bloß?), eine lange, geräumige, unverwechselbar militärische Esplanade, wie ein Exerzierplatz mit derzeit leeren Fahnenmasten, jenseits davon befindet sich (wie ein Schild besagt) die Große Aussichtsterrasse und dahinter »das Amphitheater«, wo ein Mormonenchor und die Marine-Band auftreten, wo sich die Besucher im Sommer entspannen und bei »Old Man River« und »El Capitán« mitsummen können, während sie nach oben zu dem Granitkoloss blicken und sich, vermute ich, kolossal fühlen. Wen juckt's, dass nicht alles offen und verfügbar ist? (Das Amphitheater darf man heute nicht betreten, es ist abgesperrt durch Betonschutzwände wie die Ausfahrt 8A auf der Schnellstraße.) Von hier aus können alle, ganz gleich, in welchem Zustand ihr Körper ist – und wir sind von allen möglichen Varianten umgeben –, im Stehen oder Sitzen auf den großen Berg namens Rushmore schauen und die granitätisch-weißen Gesichter der vier Präsidenten, die in den leeren Raum blicken, auf sich wirken lassen.

»Das ist toll. Ich liebe es«, sagt Paul Bascombe – *der* Paul Bascombe. Er reckt sich auf dem Rollstuhl nach vorn, befingert seinen silbernen Ohrstecker, die Augen, gemeinsam mit allen anderen, fasziniert auf die vier gemeißelten Gesichter gerichtet. Von links nach rechts – Washington (der Vater), Jefferson (der Expansionist), Roosevelt Nr. 1 (der Dilettant, reingeschmuggelt wie ein Hochstapler) und Lincoln mit seiner steinernen Miene (der Befreier, obwohl das neuerdings in Frage gestellt wird). Keiner dieser Kandidaten würde heute gewählt werden – Sklavenhalter, Frauenhasser, Homophobe, Kriegstreiber, historische Schlaumeier, die sich alle viel zu sicher gefühlt haben.

Trotzdem. Ich kann es nicht richtig fassen, dass ich diesen unwahrscheinlichsten aller Augenblicke zustande gebracht habe und jetzt stehe, wo ich stehe – mit meinem Sohn. Wie oft funktionieren überhaupt irgendwelche Pläne, ganz gleich, wie gut sie ausgeheckt waren? Wie oft werden Versprechen gehalten und Ziele erreicht? Ich sag's dir. Echt nicht so oft. Die Buddhisten behaupten, im Weg liege das Ziel. Vergesst das Ankommen. Aber was wissen die schon? Die verbergen irgendwas, wie alle Religionen.

Und trotzdem. Irgendwas an den Vier-Präsidenten-auf-dem-Berg fühlt sich für mich nicht ganz richtig an. Was ich Anno 54 nicht so empfunden hatte, als meine Eltern nicht mehr miteinander sprachen und ich die Rolle des Friedensstifters/Anfeuerers übernahm und alles genauso monumental wurde wie erwartet, ja, überwältigend. Aber mir, obgleich bestimmt nicht allen, die wir hier unten, fünfhundert Meter tiefer, nach oben starren –, mir kommen jedenfalls die Gesichter *viel* zu klein vor (Patti hatte ja gesagt, man gewöhnt sich dran). Fotos werden natürlich von Drohnen gemacht, damit sie größer aussehen. Aber in puncto Erhabenheit sind die Köpfe kein Vergleich mit Niagara beispielsweise oder dem Bierstadt-Gemälde von den Tälern im Yosemite Park oder dem mächtigen Mississippi in New Orleans oder, was das betrifft, den Dünen in Seaside Heights, New Jersey, die einen nie enttäuschen. Die Köpfe passen eher zu dem Faksimile-Parthenon in Nashville oder dem falschen Monticello in Connecticut. Oder dem Space-Needle-Turm in Seattle. Irgendwas an ihnen ist entschieden mickrig, irgendwas Hochgejazztes, hinter dem sie zurückbleiben. Der leere Raum zwischen uns und ihnen ist, in meinen Augen, beeindruckender als ihre Gesichter. Außerdem scheinen die großen Männer von sich aus auf Abstand zu gehen, als könnten sie *mich* sehen und *ich* wäre zu klein. Sie sind mir etwas peinlich.

Nichts davon brauche ich meinem Sohn mitzuteilen. Denn bedauere ich, dass ich uns hier hochgebracht habe? Nicht wenn es ihm gefällt. Ich kann mich dran gewöhnen.

Ringsum sind die Betrachter damit beschäftigt, auf ihre jeweilige positivistische Weise ihr Betrachten zu personalisieren und zu einer Erinnerung zu machen. Die daunenbemäntelten Alaska-Afrikaner (wer weiß, vielleicht sind sie ja aus Dallas) bringen eine schicke Video-Ausrüstung zum Einsatz, richten sie auf die Gesichter, als könnte Lincoln gleich zwinkern oder Jefferson grinsen. Andere benutzen ihre Telefone. Die maskierten Asiaten posieren für Gruppenselfies und lachen über das Ganze. Viele stehen da, starren, als warteten sie auf etwas, ein Zeichen – dass der Berg rumpelt, ein Blitz einschlägt, weißes Licht sie umhüllt. Die meisten allerdings freuen sich darüber, innezuhalten, hinzuschauen, noch einmal hinzuschauen, etwas befangen über den weiten Platz zu laufen, den Blick schweifen zu lassen – im leisen Gespräch mit anderen, argwöhnisch zu den Berghängen hochäugend oder über den Souvenirladen nachdenkend, ob der geöffnet ist und ob es noch andere Toiletten außer den stinkigen Dixi-Klos gibt. Im Stillen glaube ich, dass ihr Peinlich-Berührtsein mit meinem verwandt ist, denn wenn es nichts anderes zu tun gibt, als zu schauen, wird man schnell befangen. An der Chinesischen Mauer kannst du in die Fußstapfen von Ming-Kaisern treten; du kannst (wenn du die Nerven dafür hast) den Eiffelturm bis zu seiner schwankenden Spitze erklimmen. Bei den Niagarafällen kannst du in einem Boot in die Klamm fahren und bei dem Gedanken erschauern, dass du über Bord gespült wirst. Aber nur zu schauen hat seine emotionalen Grenzen. »Das ist wirklich ein Vermächtnis«, höre ich jemanden sagen. »Ich komme jedes Jahr«, antwortet ein anderer. »Machen die irgendwas?«, wundert sich eine junge Braut ganz offen. »Amors geflügelter Pfeil«, antwortet der junge Gatte mit einem Aufwiehern. »Ich versteh nicht, warum du mich hierhergebracht hast. Für mich sieht das alles irgendwie nach einem großen Nichts aus«, sagt sie.

Ganz vorn, wo die Betonschutzwände die Leute stoppen, sehe ich den großen, langgliedrigen Escalade-Cowboy, die verspiegelte Sonnenbrille immer noch auf dem Strohhut drapiert wie bei einem Autoverkäufer. Kein Aktenkoffer in Sicht. Die Blonde im Tarnparka ist nah bei ihm, so begeistert wie im Motel, sie zeigt auf die Präsidenten und lacht. Der Cowboy ist so maskulin-unbeteiligt wie möglich. Jetzt steht eine Frau mit dünnem blauem Wollmantel und blauer Baskenmütze, flachen Gummistiefeln und großer Lacklederhandtasche bei ihnen, deutlich älter als sie – so alt wie ich. Sie spricht mit dem Cowboy und tätschelt ihm dabei ein paarmal den Arm, um seine Aufmerksamkeit nicht zu verlieren. Was den Cowboy und die Blonde betrifft, habe ich offensichtlich Verbindungen angenommen, die gar nicht zutreffen, und es macht mir nichts aus, das zuzugeben. Menschen bleiben Menschen – weitgehend unergründlich für uns andere.

»Der Kopf der Sphinx in Ägypten ist kürzer als Washingtons Nase«, sagt Paul gerade. Er starrt immer noch mit verzücktem Lächeln nach oben. In diesem Lächeln entdecke ich aufflackernde Nervosität. Keine Ahnung weshalb. Einen Moment lang war er mir nicht mehr so bewusst. Aber er ist ja nicht weg, sitzt immer noch in seinem Rollstuhl. »Die haben die Gesichter so hoch platziert, damit sie keiner verunstalten kann«, sagt er. »Ursprünglich wollte der Bildhauer sie bis zur Taille zeigen. Wie bei einem Herrenschneider. Aber nur die Köpfe ist viel besser, finde ich.« Er sitzt immer noch vornübergebeugt und wirkt in diesem besonderen Augenblick nicht gepeinigt, spricht unbeeinträchtigt. »Als sie die geschaffen haben, ist noch nicht mal jemand gestorben«, sagt er. »Erstaunlich, schließlich wurde Dynamit eingesetzt. Das hab ich alles aus dem Buch.« Er dreht sich um, weil er sehen will, ob ich mich mit meinem Schweigen über ihn lustig mache – was ihm nicht gefallen würde. Seine runden Wangen sind rosig von der feuchten Kälte, der Mund ist geschlossen, fast zusammengepresst vor lauter Anstrengung und Vergnügen. Viel Ungesagtes summt ihm hektisch durch den Kopf. Die Augen hinter der Brille sausen hellwach hin und her. Ich bin glücklich, anscheinend eine Sache richtig gemacht zu haben, aus anscheinend richtigen Gründen. Jeder Ausflug kann riskant werden, sobald man sich auf das Ziel festlegt, wie wir es getan haben.

»Ist das besser als Sopchoppy, Florida, und Whynot, Mississippi?« Der alte Fliegende Holländer, der nie geflogen ist.

»Weißt du, warum es so toll ist, Lawrence? Warum ich dir niemals genug werde danken können?« Paul räuspert sich mit einem gutturalen Kreuchz wie ein alter Kauz, dann legt er den Kopf schief. Was seine Knie zum Erschauern bringt. Alles, was gerade passiert, hat ihn natürlich nicht wieder gesund gemacht.

»Sag's mir.«

»Es ist komplett sinnlos und lächerlich, und es ist super.« Seine Augen flattern und glänzen. »Es gibt nicht genug absichtlich stupide Dinge auf der Welt.« Er lächelt glückselig, als hätte er gerade etwas außerordentlich Überraschendes entdeckt. Eine Bestätigung. Ich bin schlicht glücklich, weil ich annehmen kann, wir sehen ein einziges Mal etwas gleich – mehr oder weniger. Es ist sinnlos, und es ist stupide. Es mag ihn nicht heilen, das zu sehen, aber ein bisschen vielleicht doch. »Wir sind verbunden«, sagt Paul schlau, immer noch lächelnd, und schaut ganz bewusst zu den Präsidenten. Ich bin sein Lieblings-Arschloch.

»Glaub schon.« Meine Hände auf den Rollstuhlgriffen brennen. Ich habe die Handschuhe im Truck vergessen.

Jemand in der Nähe, eine klobige Rothaarige vom Land mit süßem Gesicht, in einem geräumigen blauen Sweatshirt mit »Tolstoi Rhetorikclub« drauf, sagt zu ihrem Vater: »Ist das Monument hier unten oder da oben?« Da ist was dran.

»Wollen wir nicht ein bisschen rumwandern?«, sage ich.

»Wanda Selba«, sagt Paul. »Ich fahr lieber.«

Und so machen wir es. Ich schiebe ihn weiter über die Prachtstraße der Fahnen, näher an die Stelle heran, wo sich die Leute an der vorübergehenden Schutzwand um die Große Aussichtsterrasse versammelt haben, reden und lachen, Videos und Schnappschüsse machen und kommentieren, was es bedeutet, hier zu sein. Auch hier gibt es wenig anderes zu tun, als zu schauen und zu *sein* und nicht trüb und trist zu werden. Der Escalade-Mann und seine Begleitung haben sich von dannen gemacht, als ich nicht hinsah. Die Afrikaner aus Alaska haben Sandwiches und Getränkedosen herausgeholt und sich in bester Stimmung ans äußerste Ende der Wand gestellt. Sie unterhalten sich mit anderen Besuchern, die lächeln und nicken und zu den Präsidenten hochzeigen, als würde das alles erklären. Alle sind höflich. Das Novum des Tages und das gute Wetter sind mehr als genug, um als Abenteuer durchzugehen. Es tut uns beiden gut, zu etwas zu gehören, das fern von unserem drängenden Thema liegt, zu einem positiven leichtgewichtigen Valentinstag, den wir unbeschwert in vollen Zügen genießen können, da er nicht perfekt sein muss. Wobei ich nicht völlig die Vorahnung abschütteln konnte, dass irgendetwas passieren wird – als könnte jemand seinen Rollstuhl hinter sich lassen und singend herumwandeln. Vielleicht fühlt es sich so an, wenn man eine Hürde überwindet. Uns ist nie ganz bewusst, was es ist oder wann es passiert. Aber. Falls irgendein heimlicher Scharfschütze, der sich hoch oben in der steinernen Feste verbirgt, unter all den Unschuldigen mich auswählt, um mich wie eine Bergziege zu erlegen, dann wäre das kein vollkommen falsches Timing. Ich habe getan, wozu ich hergekommen bin.

In diesem Augenblick materialisiert sich, als hätte der Berg selbst ihn losgeschickt, ein – winziger – Hubschrauber am marmorierten Himmel, wie ein Insekt mit hochgerecktem Schwanz und, für uns alle an der Betonschutzwand, lautlos. Er zieht kontrolliert durch die körnige Luft, kippt nach Steuerbord, scheint einen Augenblick lang innezuhalten, dann gleitet er davon, wechselt den Kurs und geht schlafwandlerisch dicht an die präsidialen Physiognomien ran, wendet mit schwankendem Heck und geht mit der anderen Seite erneut ganz dicht heran, so dass, wer immer da drinsitzt, die beste Nahansicht bekommt. Ich würde das nicht mal für Geld machen, aber mich beeindruckt das Tollkühne daran, während sich der kleine Flitzer nordwärts herumarbeitet, die Knollennase mit dem Glascockpit abwärts gerichtet, und dann verschwindet er, wo er hergekommen ist.

»Irgendein beschissener russischer Billionär«, verkündet ein Mann in meiner Nähe. »Muss uns unbedingt zeigen, wer hier der Boss ist. Wahrscheinlich kauft er die gerade.«

»Die hat Trump schon gekauft!«, sagt jemand, was Zustimmung hervorruft, einiges Gelächter, ein paar Wellen Applaus, und dann muss einer – solche Typen gibt es in allen Gruppen – unbedingt rufen: »Jaaaaa! Schnapp sie dir! Woo-hoo!«

* * *

Mir ist jetzt sehr kalt geworden. Halbwegs turbulente Austernwolken haben sich wie Nebel über die Prachtstraße der Fahnen gesenkt. Viele, die sich hier mit uns versammelt haben, schlendern zurück zum Lincoln-Gelände, da sie nicht warm genug angezogen sind – was darauf hindeutet, dass viele nicht von hier kommen.

Paul lächelt immer noch merkwürdig und untypisch – mit reglosen weichen Mundwinkeln. Vielleicht ist ihm auch nur kalt, sogar in seinem Chiefs-Aufzug. Die Knie oberhalb der Fußstützen sind in ständiger Bewegung, die schlimme Hand liegt zusammengeballt in der gesunden. Ich habe wieder gesehen, wie er sich ruckartig mit der Linken bekreuzigt hat, als wollte er feierlich etwas begehen, von dem nur er weiß. Er blickt zu den vier fernen Gesichtern empor, statt sich starren Blicks umzuschauen, wie er es sonst täte.

»Es ist wirklich wie kein anderer Ort, oder? Monumental, aber nicht majestätisch.« Kein Hauch Enttäuschung schwingt mit, keine zweite oder dritte Bedeutungsebene.

»Des einen Majestät ist des anderen Pfeffersteak, schätze ich.«

»Große Puppen sind das.« Er denkt einen Moment nach. »Hast du eine romantische Beziehung zu ihnen oder so was?«

»Nee«, bekenne ich. Die Schwarze Familie ist an uns vorbeigehuscht, zurück zu ihrem rosa VW. Nur ein paar Beherzte sind draußen geblieben. Eine sargkalte Brise hat sich von irgendeiner eisigen Schanze runtergedrückt (oder hoch). Wäre die Prachtstraße beflaggt, würden sich die Fahnen jetzt bewegen. »Wir sollten mal zurück.« Ich wende den Rollstuhl und setze uns in Gang. Zwanzig Minuten sind wir hier gewesen. Ich bin zweieinhalb Tage lang gefahren, um nicht mal eine halbe Stunde hier zu verbringen. Besser geht's nicht.

»Wie hoch sind wir hier über dem Meeresspiegel?«, fragt Paul wie ein Pilot. Wobei Meeresspiegel – das Wort – eine kleine Herausforderung darstellt.

»Ich weiß es nicht.«

Er kurbelt sich halb im Rollstuhl herum – so eng, wie er festgeschnallt ist, dreht sich nur der bemützte Kopf. Mit offensichtlichem Vergnügen beißt er sich auf den Mundwinkel. »Was meinst du, Lawrence, zeige ich verborgene Tugenden?«

»Klar. Ich liste sie für dich auf, wenn mir nicht mehr so scheißkalt ist.« Ist es mir nämlich. Ein anderer Wind wirbelt und rauscht und wechselt die Richtung, und auf einmal sind Luft und Himmel zwischen uns und dem fast unsichtbaren Berg voll tanzender Schneepartikel. Wir kommen an zwei lachenden asiatischen Mädchen mit rosa Masken vorbei, die sich ein letztes Rushmore-Selfie gönnen. Wer weiß, worüber sie reden.

»Was für Optionen haben wir jetzt?«, fragt Paul.

»Optionen wofür?« Humpel-di-humpel.

»Oh, oh, oh, ih, ih«, klappern die asiatischen Mädchen auf hohen Absätzen an uns vorbei. Ich brauche eine Pinkelpause. Wir beide wahrscheinlich. Schnee verkrustet mir die Augen und beißt an den Ohren.

»Ich weiß nicht«, sagt Paul. Auf seinen Brillengläsern fangen sich Schneeflocken. »Was machen wir jetzt?«

»Na ja.« Meine Handrücken sind steif und sehen alt aus. »Es gibt den Rhetorikwettbewerb. Und eine Dichterlesung. Dann den *König der Löwen*. Ich kann dich zurück zum Fawning Buffalo bringen, dann sehen wir, was dabei rumkommt. Ich weiß, was ich machen würde.«

Ich schiebe ihn schneller und wische mir mit der Schulter über die Augen. »Das finden wir alles noch raus.« Werden wir.

»Mount Rushmore sehen und dann?«

»Ich weiß es nicht.« Schieben, humpeln, schieben. »Es passiert immer irgendwas. Wir wissen es bloß nicht.«

»Ich schon«, sagt er. Er zittert, wie ich sehe, und sieht ziemlich aschfahl aus. Vielleicht geht sein Atem flacher, er wirkt angestrengt. »Und über dich weiß ich auch alles, Frank. Oder?« Die Ohrklappen wippen vor mir hin und her, als hätte er einen Song im Kopf, was durchaus sein kann.

»Vielleicht stimmt das«, sage ich. »Vielleicht ist das auch nicht so schwer. Hast du immer noch Kopfweh?«

Der Kopf geht hoch, dann runter, dann hoch, dann runter, ein Nicken der Zustimmung. Wir machen weiter, ganz als wäre in diesem Augenblick alles, was so zu sein scheint, wie es ist, auch wirklich so. »Was würdest du gerade tun, wenn du nicht hier wärst?«, fragt er.

»Ich wäre hier.«

»Okay. Gut zu wissen.«

»Ich hab dir deine Valentinskarte noch nicht gegeben. Aber das mache ich noch.« Überall ringsum ist Schnee, der sich auf seiner roten Mütze und in meinen Haaren festsetzt. Vor uns fahren Autos weg. Der Wetterumschwung bringt jetzt alles zum Stillstand.

»Du darfst meine verborgenen Tugenden nicht vergessen«, sagt Paul. »Ich sag dir deine. Und dann können wir uns beide kaputtlachen.«

»Das machen wir. Du hast eine Menge Tugenden. Okay?«

»Bin ich ein Akteur des Wandels?«

»Ja, würde ich sagen. Kämpfst du immer noch mit dem Himmel und schlägst ihn?«

»Ja. Ich mach mir keine Sorgen über irgendwas. Keine Beschwerden. Okay?«

»Klar. Das ist gut«, sage ich. »Auch gut zu wissen.«

»Falls du dich das gefragt hattest.«

»Hatte ich.«

»Meinst du, in der Klinik werden die sich an mich erinnern?«

»Ganz bestimmt«, sage ich.

»Bin ich immer noch eine Präsenz, was meinst du?«

»Und wie«, sage ich. »Absolut.«

»Das ist gut«, sagt Paul. »Das hatte ich gehofft.«

Und wir machen weiter.

Glück

Beziehungen, sagt der große Meister, hören eigentlich nie auf. Der Erzähler hat nur die Aufgabe, in seiner ureigenen Geometrie den Kreis zu ziehen, innerhalb dessen sie, glücklich oder nicht, aufzuhören scheinen.

Mein Sohn Paul Bascombe starb – in Scottsdale – am Samstag, dem 19. September (am Internationalen Sprich-wie-ein-Pirat-Tag, das hätte ihm Spaß gemacht). Einer seiner letzten Wünsche war, nicht nach Einbruch der Dunkelheit zu sterben, und der glückliche Zufall legte den Moment auf den frühen Nachmittag.

Nach unserem Besuch des Mount Rushmore blieben wir noch eine Nacht, um den Dodge in einer Reifenwerkstatt reparieren zu lassen, was aber nicht klappte, so dass wir Pete Engvall anrufen mussten, damit er ihn zurückholte – was er vielleicht gemacht hat, vielleicht auch nicht. Mein Honda ist immer noch in seiner Obhut. Am nächsten Tag mieteten wir am Flughafen bei National einen One-way-Wagen, verbrachten eine Nacht im Fawning Buffalo und fuhren dann weiter, nicht nach Kamloops, sondern zum Little Bighorn – Paul fand auch, dass er das sehen sollte, und dort gab ich ihm seine Valentinskarte. Zu spät und zu wenig. Dann wandten wir uns gen Süden, nicht mehr zurück nach Rochester oder New Jersey, jedenfalls im Leben meines Sohnes nicht. Es war nicht die Fliegender-Holländer-Tour, aber besser hab ich's nicht hingekriegt.

Zu seiner und meiner Überraschung starb er nicht an Al's, sondern an einer völlig neuen Krankheit, von der wir nur flüchtig gehört hatten, als wir in der Mayo-Klinik waren und bevor wir uns auf unsere Nicht-Sieger-Ehrenrunde quer durch die große amerikanische Wildnis machten, bis hin zu der angreifbaren Majestät des Mount Rushmore, den er großartig fand. Für ihn stand er dafür, in seinem Leben eine wichtige Hürde überwunden zu haben, aber ganz ehrlich, ich weiß nicht viel darüber, weder welche Hürde noch was sie versperrte – die eine oder andere Idee habe ich allerdings schon. Das alles ist ohnehin metaphorisch und hochgradig persönlich.

Als er starb, war ich nicht direkt bei ihm, auch seine Schwester nicht, aber wir waren in der Nähe. Ich saß im Auto meiner Tochter, vor dem Krankenhaus – bei dreiundvierzig Grad und dröhnender Klimaanlage –, und hörte mir an, wie die Yanks im Fenway-Stadion die Red Sox schlugen. Ich kann zwar nicht sagen, ob mein Sohn seinem Feind, dem Tod, mutig entgegentrat – intubiert, abgemagert, fahl, untypisch ängstlich, vermutlich panisch –, aber er starb ungefähr so, wie er auch sonst gestorben wäre, die Muskeln unterstützten das Atmen nicht mehr, die Lungen waren geflutet, erstickten in Flüssigkeiten. Ich glaube nicht daran, dass er, wie manche sagen würden, »Glück« hatte, dass der Tod so zu ihm kam – relativ schnell –, nur dass es möglicherweise nicht so schlimm war, wie tatsächlich an ALS zu sterben, wo die Kranken manchmal jahrelang leben, alles verlieren bis auf ihre kognitive Kraft (für die es keine Muskeln braucht) und dann ebenso elend und unweigerlich sterben, als hätten sie nur ein Jahr gehabt – wie mein Sohn. Wie gesagt, ich habe mir nicht erlaubt, ihm das eine oder das andere zu wünschen oder zu erhoffen. Oftmals, gegen Ende, wenn Paul mein schlimmstes Geheimnis hören wollte (ich habe es nicht verraten), wäre es das gewesen. Dass ich mir nicht wünschte, er möge weiterleben – weil dieser Wunsch sinnlos gewesen wäre. Ich habe oft versucht, mir einzureden, Paul hätte einen starken »Lebenswillen« an den Tag gelegt. Aber ich glaube, nicht mal das traf zu. Lebenswille ist nur eine weitere Metapher, ein Euphemismus für denselben Wunsch. Während das Weiterleben meistens von Glück abhängt. Oder von den Genen. Oder von etwas, das in hundert Jahren entdeckt wird, falls wir dann noch da sind.

Eines kann ich allerdings von ihm sagen: Obgleich Paul in einer »Einrichtung« starb, genau wie seine Mutter und irgendwann bestimmt auch ich (falls mich kein Truck voller Golfwagen trifft), starb er grundsätzlich unverändert, weiterhin fest entschlossen, er selbst zu sein und dem Leben seinen vollen Tribut zu zollen – dem Anschein nach skeptisch, aber in Wahrheit nicht skeptisch; eher wie der hübsche kleine Junge von vor langer Zeit, der in einem Kabuff hinter unserem Haus in Haddam Tauben hielt und sie jede Nacht losschickte, weil er hoffte, seinem toten Bruder Ralph Botschaften schicken zu können, der, so glaubte er, auf Cape Cod lebte – Botschaften aus dem Alltag des reduzierten Lebens, das dieser hinterlassen hatte: wo wir alle traurig waren.

In seiner letzten Woche im Klaus-und-Helga-Simmonsen-Flügel der Carefree-Poliklinik (der Name mit seinem Sorglos-Versprechen entging ihm natürlich nicht) schickte mir Paul über sein neues Pflegeteam kleine Nachrichten. Eine davon besagte, er habe zwar bei genauerem Nachdenken nicht viel aus unserem Ausflug durch unser Land gelernt, aber wir hätten ja immerhin unser Ziel erreicht und das sei per se schon mal gut – aber wie schade, dass der Mount Rushmore so weit weg sei. Er fragte mich außerdem, ob ich eine Arbeitsdefinition dafür hätte, was *gut* sei – das überraschte mich, da er sein ganzes Leben lang in den meisten Dingen immer beneidenswert unabsolutistisch gewesen war; er hatte seinen Frieden damit gemacht, dass das Leben einem überwiegend Zufälliges, Verwirrendes, Schlaufüchsisches anbietet und es letztlich nichts anderes gibt als die ungeprüften Wege. Bestenfalls einen vorübergehenden Aufschub dem Chaos gegenüber. Ich dachte eine Zeitlang über diese Frage nach, dann lieferte ich ihm die Definition, an die ich immer noch am ehesten glaube – frei nach Augustinus –, nämlich dass Gut vor allem die Abwesenheit von Schlecht ist und Glück die Abwesenheit von Unglück. Ich fügte hinzu, der Dichter Blake habe gefunden, das Gute scheine nur in den Besonderheiten auf – was wir ja auf unserer Reise erlebt und genossen hatten. Die Details. Auf seine Frage, was mir am meisten Angst mache, hatte ich wahrheitsgemäß geantwortet: dass meine größte Angst keine echte, sondern eine ältere Angst sei, die Angst, ich würde nicht all das schaffen, was ich tatsächlich mit ihm und für ihn gemacht hatte, und am Ende wäre alles nur ein Traum – jeder Tag und jede Tat –, aus dem ich erwachte, um … was genau vorzufinden? Das wusste ich nicht. Wahrscheinlich bloß, dass ich ihn überlebt hatte – aber das sagte ich ihm nicht. Ich schrieb all das auf ein gelbes Notizblatt, das erst desinfiziert werden musste, bevor es ihm vorgelesen werden konnte, zu dem Zeitpunkt konnte er es schon nicht mehr selbst halten. Sein Pflegeteam erzählte mir, er hätte es geschafft, einen Daumen hochzurecken.

Als letzte Frage – nicht alle waren gleichermaßen interessant – kam er darauf zurück, ob er meiner Meinung nach verborgene Tugenden besitze. Die Antwort blieb ich ihm schuldig, denn er hätte entweder gern eine Liste brüllkomischer oder zutiefst ernsthafter Eigenschaften bekommen – dass er einen größeren Schniedel habe, als seine Hände, Körper- und Schuhgröße erwarten ließen; dass er, mit mehr Ermutigung durch seine Eltern, ein großartiger Bauchredner hätte werden können; dass er die seltene Gabe besaß, überall, wo er hinkam, gute Laune zu verbreiten. Wahrscheinlich mangelte es mir, als es um diese Liste ging, gerade an der notwendigen Leichtherzigkeit, denn ich schrieb ihm nur, dass er ein geduldiger und unabhängiger Mensch sei, kein Jammerer, auch wenn er nicht still vor sich hin leide; dass er einen guten und ungewöhnlichen Sinn für Humor habe, geistreich sei, vermutlich ein besserer Bauchredner, als man ihm zugebilligt habe, und früher auch ein guter Schwimmer. Und dass ich ihn liebte, was streng genommen nicht zu seinen Tugenden gehörte.

An dem Samstag, als er starb, spielten die Wolverines gerade nicht, aber am nächsten Tag sollten die Chiefs gegen die Chargers spielen und gewinnen – was er leider verpasste. Am selben Morgen sagte seine Schwester zu mir – in den Monaten, als er in ihrem Haus lebte, hatten sie offenbar »unglaubliche« Gespräche gehabt –, dass Pauls Tod, mit dem wir laut Einschätzung der Ärzte bald rechnen sollten, den

Niedergang von Amerikas Moral und Einfluss in der Welt spiegele, ja, er sei ein bedeutungsvolles Symptom davon. Das gefiel mir überhaupt nicht, denn es war, als stehle sie ihm seinen Tod, und das sagte ich ihr auch. Sie ist Blockhütten-Republikanerin (was könnte für einen Vater schlimmer sein?). Und selbst wenn ich ernst genommen hätte, was sie sagte (so richtig verstand ich es nicht), zustimmen konnte ich ihr nicht. Wenn ein Mensch stirbt, ist das kein Symptom.

All das ging mir durch den Kopf, als ich da im Auto saß und darauf wartete, dass Paul starb – ein zerfahrener Chor von Gedanken, die meisten darunter vom Tod ausgelöst, aber keineswegs damit versöhnt. Ich fragte mich, ob der Tod eine Art Mitteilung war – das hatte ich in einem Roman gelesen. Aber falls ja, was wurde denn da mitgeteilt? Befreite der Tod etwas in uns? Paul hatte das beharrlich verneint. Ich fragte mich, ob die Nähe des Todes die Gegenwart beflügelt, uns noch magische Momente zu liefern? Mag sein. Bringt der Tod unser essenzielles Selbst zum Vorschein? Ich glaube ja nach wie vor nicht, dass ich ein essenzielles Selbst habe, aber falls doch, so liegt es immer offen da. Ich fragte mich, selbstsüchtig, ob der Tod unweigerlich enthüllen würde, was Paul von mir hielt, seinem Vater, der sich bis zum Ende um ihn gekümmert hatte. Aber das werde ich nie erfahren. Während ich mit Maske im roten Rover meiner Tochter auf dem Krankenhausparkplatz voller Eukalyptusbäume saß, mir anhörte, wie die Sox gegen die Yanks verloren, und mit einem Schluck aus einer Plastikflasche auf meinen Sohn trank, die ich für diesen Augenblick gekauft hatte, beschloss ich: Falls der Tod tatsächlich etwas mitzuteilen hat, dann ist das eine Botschaft über das Leben; das Wichtigste am Leben ist, dass es zu Ende geht, und wenn es so weit ist, werden wir, ob allein oder nicht, alle auf unsere eigene Weise sterben. Wie genau, das ist das kostbare Geheimnis des Todes, das wohl niemals gelüftet werden dürfte. Eigentlich weiß ich nur eines – als Paul aus seinem Leben schied, schied ich nicht aus meinem.

* * *

Am Ende hat Paul seinen Körper weder der Wissenschaft noch der Mayo-Klinik gespendet noch entschieden, dass er kompostiert, von einem kleinen Flugzeug aus verstreut oder vor der Küste von Sea Clift, New Jersey, seebestattet werden sollte – er hatte von all diesen Möglichkeiten gesprochen. Seine Vorab-Anweisungen ließen unerwähnt, in welcher Form er in die Wiedergeburtsphase übergehen wollte. Seine Schwester und ich kamen angesichts der schwierigen Quarantänebedingungen überein, dass wir ihn unpersönlich, aber respektvoll im nahe gelegenen Surprise, Arizona, kremieren lassen wollten (für 925 Dollar), in einem glaubensübergreifenden Krematorium, das von freundlichen Basken geführt wurde; dieser Formalität durften wir zwar nicht beiwohnen, konnten aber, falls wir das wollten, einen Zoom-Mitschnitt bekommen (ich wollte, seine Schwester nicht). Den Link dafür habe ich auf meinem Laptop, noch nicht angeklickt. Ich betrachte die Welt daraufhin, was Paul wohl lustig gefunden hätte und was langweilig, ich kann nicht anders. Das mag sein Vermächtnis für mich sein. Die Kremierung wäre vermutlich nicht seine erste Wahl gewesen, aber ich glaube, er hätte es toll gefunden zu sehen, wie er und kein anderer über diese Schienen und durch die Hadestüren hinab in die Flammen fuhr – gemütlich auf dem Laptop betrachtet, wo es für immer als Andenken erhalten bleibt.

Clarissa und ich haben uns geeinigt, dass wir irgendwann gemeinsam die Hälfte von Pauls Asche zum Friedhof von Haddam bringen und dort neben seiner Mutter und seinem Bruder bestatten werden. Ausdrücklich ohne Dudelsack; Grabspruch noch offen; eine kleine Anzeige im Haddam Packet. Die andere Hälfte werden wir zum Huron Mountain Club bringen (Clarissa hat die Familien-Mitgliedschaft geerbt, es mir aber nie mitgeteilt) und zeremonieller, als ich es mir letztes Jahr für ihre Mutter ausgedacht hatte, womöglich als echte Feier des Lebens Pauls zweite Hälfte den tanzenden Moränenwassern des Ives Lake übergeben. Immer vorausgesetzt, dass wir diesen Tag auch erleben. Bis dahin behalte ich Pauls Asche in einem lackierten chinesischen Behältnis, das die Basken als Teil des »Pakets« mitgeliefert haben, bei mir.

Clarissa hat ziemlich lieblos festgestellt – sie steckt voller kleiner Lieblosigkeiten; wobei ich in den langen Monaten der Pandemie, als Paul noch lebte, ihre Gastfreundschaft eindeutig überbeansprucht habe, weil ich in der Nähe meines Sohnes bleiben wollte –, sie hat festgestellt, dass Pauls Leben gerade erst angefangen hatte, als es traurigerweise seinem Ende zuging. Was, wie ich ihr sagte, auch falsch ist, denn das kann man ja von allen Leuten sagen, die mit dem Wunsch sterben, noch einen Tag länger zu leben. Durch ihre unglaublichen Gespräche hat sie ihn, behauptet sie, endlich »entdeckt«: dass er »ein überraschend realer und komplexer, vollständiger Mensch« war. Als wäre er siebenundvierzig Jahre lang weniger als eine volle Einheit gewesen und hätte nur darauf gewartet, dass sie ihn endlich beachtete, um plausibel zu werden. Für eine kluge Frau – sie ist fünfundvierzig – spricht und denkt sie oft in Klischees und dringt selten zu dem durch, was am Leben so überwältigend ist. So zu sein funktioniert natürlich gut in der Business-Welt und vielleicht auch in der Psychoanalyse – wovon sie eine paradiesische Fülle genossen hat. Aber dann kommt man an vieles im Leben einfach nicht ran. Nun ja, sie ist Republikanerin und glaubt daran, dass man mehr Geld verdienen kann, wenn man das Leben weniger interessant macht.

* * *

Seit dem Wochenende vor dem Kolumbus-Tag – dem Tag der First Nations, einem Feiertag, der mich als gebürtigen Amerikaner ebenso feiert wie Cochise und Jay Silverheels – lebe ich als vorübergehender Kostgänger im Gästeapartment (dem durchgestylten Kellergeschoss) von Dr. Catherine Flahertys ligusterumhegten, unterspielten »Klippenhaus« (italienischer Feldstein, italienische Dachziegel), das früher dem Schauspieler Leo G. Carroll gehörte (er hat im Fernsehen *Topper* gespielt). Das Haus steht auf nackten Felsen oberhalb des Pazifiks, umlaufende breite Veranden, passionsblumenbewachsene Pergolas und steinerne Böschungsmauern zum Meer hin – ziemlich genau so, wie ich es mir vor fast einem Jahr an dem Morgen zusammenfantasiert hatte, als ich erfuhr, dass mein Sohn ALS hatte, und sie ein paar Strippen zog, damit er in die Mayo-Klinik kam. Bei jenem Telefongespräch hatte ich ihr gesagt, dass ich sie liebte und eines Tages ihre Schwelle zu überschreiten hoffte, bereit, meinen seit langem hinauszögernden Worten endlich seit langem hinausgezögerte Taten folgen zu lassen. (Oder, wie mein Sohn gesagt hätte, meinen »Kohorten Granaten folgen zu lassen«.)

Catherine (die sich tatsächlich gern Kate nennen lässt) sieht exakt so aus, wie ich es in Erinnerung und mir erhofft hatte; etwas fülliger als damals die Sportreporter-Praktikantin in Dartmouth, aber immer noch mit goldener Haut, honigfarbenen Haaren (nicht mehr die Naturfarbe, versichert sie mir), schimmernden Zähnen und Nägeln, und immer noch lächelt sie breit und reißt die dunklen Augen weit auf, als würde ich ständig etwas Schockierendes sagen, was ich tatsächlich selten tue. In Wahrheit aber hat die Frau, die du vor vielen Jahren geliebt und mit der du irgendwie nicht geschafft hast handelseinig zu werden, sondern die du dir die ganze Zeit an dem funkelnden Morgen vorgestellt hast, da du zurückkehren und tausend ungehaltene Versprechen einlösen würdest – diese Frau hat nicht auf dich gewartet, und wer weiß, ob sie auch nur einmal an dich gedacht hat. Catherine (Kate) verfügt über einen absolut akzeptablen, gutmütigen Galan, mit dem sie gelegentlich Abende und Bett teilt (sie leben nicht zusammen; »Gott, wer braucht denn *den* Ärger«). Ich bin nun seit einem Monat der Kellerbewohner, der Galan und ich kommen passabel miteinander klar, wie Schiffbrüchige auf einem zu kleinen Floß. Wenn ich nach oben auf einen Drink eingeladen werde, stürzen er und ich uns in ernsthafte, folgenlose Ellbogen-auf-Knie-Gespräche über Sport, den Immobilienmarkt, die langfristigen Aussichten für Bitcoins in der

Eurozone – Dinge, von denen er was versteht und ich ein bisschen. Alles gut. Er ist ein energischer Schlaks in den Siebzigern mit markantem Kinn, einem kleinen, selbstgefälligen Mund und einer ewigblonden Schmachtlocke – Arsen ›Tap‹ Tapscott vom Williams College, Massachusetts, bis zur Rente als Justiziar am La Brea Tar Pits Museum tätig. Er fährt immer noch Wettrennen mit seinem Hochsee-Segelboot und einen grünen Porsche Cayenne, außerdem wacht er getreulich über seine Frau Mazie, die an frontotemporaler Demenz leidet und seit zehn Jahren keinen Schimmer mehr hat, wer er ist. Kate kennt er über katholische Spendensammel-Connections, und zuweilen kommt er am Wochenende runtergezischt, wenn seine Tochter von Oxnard rüberfahren kann, um bei Mom in Pacific Palisades zu bleiben. Weder wünsche noch hoffe ich, den guten Tap von seinem beneidenswerten Hochsitz zu verdrängen. Kate und er sind wie fröhliche Dinnerparty-Partner, die über Kaviar und Blinis flirten und dann allein nach Hause gehen – ein fragiles und doch haltbares Gleichgewicht, das nicht auf dem guten alten Schnackseln beruht, sondern auf einer bevormundenden Weltsicht, moderat republikanischen Überzeugungen und der spät gedämmerten Einsicht, dass die Messe auf Latein »wirklich irgendwie Sinn macht«. Ich habe nie mit ihm über Paul gesprochen; wobei, Kate bestimmt – was zur Genüge erklärt, warum ich hier bin und erst mal bleibe. »Ach, bloß ein interessanter Mann, den ich vor langer Zeit mal kannte.« Das Schicksal vieler.

Über meine Zeit hier ist nicht viel zu sagen. Nachdem ich mich zehn ereignisreiche Monate lang um meinen sterbenden Sohn gekümmert habe, bin ich im Reinen mit der verbleibenden zentralen Lebensfrage: »Was habe ich jetzt vor? Was tue ich eigentlich gerade?« Diese Frage ist nie unzeitgemäß oder unpassend, denn die Antwort überrascht einen fast immer.

Catherine hat mich in dieser seltsamen Phase meines Lebens sehr unterstützt – wenn auch nicht durch die Liebe, von der ich geträumt hatte. Sie hat es geschafft, mich zum Parodontologen, Dr. Yih, zu schicken, da das Loch in meinem vorderen Backenzahn inzwischen glatt bis zur Wurzel reichte, es also ein Implantat brauchte – was, das kann ich bezeugen, praktisch schmerzlos und eine gute Lösung ist. Sie hat außerdem für mich arrangiert, dass ich hier in La Jolla im Radio Vorlesen für Blinde anbieten kann, was ich jahrzehntelang in Haddam gemacht hatte. Es braucht immer geübte Vorleser, und es gibt auch mehr als genug Blinde. Als »gläubige Medizinerin« ist Catherine davon überzeugt, dass man auf diese Weise besser etwas zurückgeben kann, als wenn man sich einer »Trauergruppe« aus trübsinnigen Jammerlappen und Klageweibern anschließt. Diese Leute behaupten oft, sie hätten posttraumatische Belastungsstörungen, anstatt zuzugeben, dass sie einfach das Gefühl der Leidensgenossenschaft in einer buntgemischten Gruppe einsamer Hinterbliebener in einem Keller der Kirche Christi suchen. Das ist wie die Personal Trainer im Fitnessstudio, die sich für systemrelevant erklären.

Das Vorlesen für die Blinden – immer dienstags und freitags – findet in einem allgemein zugänglichen Bunker im mexikanisch-kolonialen Pseudo-Adobe-Stil statt, zwanzig Minuten von Catherines Haus, Spindrift Drive 1830. Lesen heißt meistens, einfach nur die wichtigsten Nachrichten der morgendlichen *Union-Tribune* durchzugehen – wobei ich die rechtslastigen Leitartikel und die Todesanzeigen auslasse. Das kann bis zu drei Stunden dauern. Übrigens hat mich der Redakteur auch eingeladen, Auszüge meiner Literaturlektüre zu seiner *Buchecke*-Sendung mitzubringen. Bislang habe ich einen »Klassiker« beigesteuert – den skurrilen Auftakt zu Charles Dickens' *Bleak House*, wo alles im Nebel hängt; aber auch ein paar Passagen aus druckfrischen zeitgenössischen Romanen, die ich in letzter Zeit wieder lese, so wie früher, als ich ein junger aufstrebender und bald wieder abstürzender Schriftsteller war.

Diese brandaktuelle Literatur hat meine Bewunderung, und ich genieße es zutiefst, sie den Blinden vorzulesen, die sonst niemals irgendwas davon mitbekämen. Ich habe festgestellt, dass die jungen Autorinnen und Autoren alle brillant sind; sie schaffen es, hellsichtig und clever zu wissen und zu sagen, was genau was im Leben hervorruft. Was uns Lust macht. Was uns Schuldgefühle macht. Was uns sorgenvoll und verzweifelt macht. Was uns Freude macht. Was die Tragödie tragisch und die Komödie komisch macht und wie diese beiden zusammenhängen. Wollen wir bei näherem Hinsehen nicht alle genau das aus der Literatur lernen, da uns dieses Wissen ein praktisches Verständnis vom wahren Glück eröffnen kann?

Diesen Trick hatte ich in den späten Sechzigern, als ich in meiner eigenen Schreibselphase war, nicht drauf, aber zu meiner Verteidigung sei gesagt, dass ich nie fand, ich müsste darüber schreiben. Ich hielt die Ursache der meisten Dinge für ziemlich offensichtlich. Lust war natürlich, und sie machte uns Schuldgefühle, die uns dann Sorgen und Verzweiflung einbrachten, und nichts davon war lustig. Ich brauchte mich doch nur dafür zu interessieren, was ich als Nächstes passieren lassen konnte – nach der Lust, der Sorge, der Verzweiflung –, ohne im Geringsten über Ursache und Wirkung nachzudenken. Ich hatte einmal in einem Buch über das Schreiben gelesen, dass in guten Romanen alles auf alles folgen konnte und nichts jemals zwingend auf etwas anderes. Für mich war das eine unschätzbare Erkenntnis und Erleichterung, denn genau so sieht unser Leben doch aus – Ameisen, die auf einem Muffin herumkrabbeln. Ich sah nicht ein, warum ich darüber spekulieren sollte, was was hervorrief. Und ehrlich gesagt bin ich bis heute dieser Überzeugung. Mitanzusehen, wie mein Sohn gnadenlos von ALS befallen wurde, was, soweit es die beste medizinische Wissenschaft sagen kann, ein beinahe vollkommenes Mysterium darstellt. Ja, wir sehen, wie es geschieht. Aber es wird weder von etwas Bestimmtem hervorgerufen noch von etwas Bestimmtem nicht hervorgerufen. Es geschieht einfach.

Ich sollte dazusagen, dass ich nicht zu dem alten Nazi Heidegger zurückgekehrt bin und das auch nicht mehr vorhabe. Wenn du dich von der Gemeinheit und willkürlichen Ungerechtigkeit der Welt abschotten willst, hat es was, lange, dichte Bücher zu lesen, die du nicht verstehst. Manchmal wehte mich bei Heidegger der Hauch von etwas Interessantem an – z.B. was das Dasein wirklich ausmacht –, aber dann zog sich der Nebel über meinem Hirn zusammen wie über der Themse in *Bleak House*, und schon war ich eingeschlafen – allerdings oft zutiefst bestürzt. Mir ist bewusst geworden, dass Heidegger das Leben – das schon schwer genug ist – noch ein kleines bisschen schwerer macht, indem er, jedes Mal wenn ich mir einen Moment der Freiheit, der luftigen, wohlverdienten Leichtigkeit und Klarsicht wünsche, wieder etwas Einschränkendes und Unbegreifliches vor mir aufbaut. Wobei, keine Abschottung. Abschottung nie mehr. Das würde sich mein Sohn für mich wünschen, da bin ich mir sicher.

Auf meinen Vorstadtspaziergängen zum Radiosender (mein Hinken ist mysteriöserweise verschwunden) habe ich Unmengen Zeit und Anregungen, um über das Wesen meines Lebensprojekts nachzudenken. Wir unterschätzen die Vorstädte, auch die reichsten, abweisendsten von ihnen, wenn wir annehmen, sie könnten solche Ergründungen nicht begünstigen und dadurch den Geist zu Höhenflügen anspornen. Ich genieße in vollen Zügen meine Spaziergänge über die geschwungenen, manikürten, von Palmen und Bougainvilleen bestandenen Gehsteige, vorbei an den hinter Buchshecken, Backsteinmauern und dichten Bambusvorhängen verborgenen Behausungen der oberen Zehntausend. Die linke Seite des Spindrift Drive ist ein bis zwei Meter höher gebaut als die rechte, um die ganz wichtige Aussicht auf den kristallenen Pazifik zu gewährleisten. Das ist die Küsten-Glamourvariante der durchweg begüterten jahrhundertealten Brownstone-Viertel in Cleveland und Pittsburgh, aber in Kalifornien sieht es so aus, dass die Häuser nur fünfzig Jahre überdauern, dann werden sie abgerissen, und die Bürger der neuen Generation mit anderen Werten und anderen Kalibern von Reichtum bauen etwas Neues, das ihren eigenen Geist zu Höhenflügen anspornt. All das heißt, die Werte liegen weder in den Menschen noch in den Häusern, sondern im Grund und Boden und in dem Vertrauen, das er einflößt. Was ich auf eine irgendwie Ozymandias-artige Weise ermutigend für die Zukunft finde, aber vielleicht können das nur Makler verstehen.

In diesen Wochen erholsamen, nicht konjugalen ›Urlaubs daheim‹ und ausführlicher Selbstbeschäftigung habe ich entdeckt, dass ich nicht resigniert bin, trotz allem, was passiert ist, mein Narrativ ist zu meiner Überraschung nicht das des traurigen Mannes. Ich schlafe gut, esse vernünftig, bin Magen-Darm-verlässlich, habe einen für mein Alter anständigen Blutdruck und mache mir fast gar keine Sorgen. Als sich Catherine an einem späten Herbstabend nach unten in meinen Bau wagt mit einer Flasche Stoli und was Selbstgemachtem zum Knabbern, und wir uns dann traut nebeneinander auf ihrer isländischen Moschusochsenfell-Couch niederlassen, um Netflix zu schauen – die schwedischen Polizeiermittlungen sind die besten –, stelle ich fest, dass ich so befriedigt und nahezu glücklich bin wie kaum je zuvor. (Eigentlich wünsche ich mir, sie würde es sich anders überlegen, die – oder den – Verehrer rauswerfen und mich ernsthafter in Betracht ziehen. Aber das wird sie nicht tun.) Und hätte ich vor langer Zeit doch den goldenen Ring ergattert und wir wären gemeinsam dahingewandelt in Ewigkeit, so dass alles, was in der realen Zwischenzeit passiert und nicht passiert ist, ausgelöscht wäre und das Leben nur aus uns beiden bestanden hätte – auch dann wären wir höchstwahrscheinlich auf einer standesgemäßen Couch irgendwo gelandet, würden den standesgemäßen Wodka trinken und drei Folgen von irgendwas *bingen*, bevor wir uns zum langen, ungestörten und traumlosen Schlaf in getrennte Räume zurückzögen. Und wenn ich meine kleine »Mietzahlung« leiste und mit ihren zwei Lurchern Richtung Pazifik-Ausblick Gassi gehe – grüne Ökoplastik-Kacktütchen in den Gürtel gestopft –, damit sie ihr Geschäft verrichten und bei den abgezäunten, jetzt als gefährlich geltenden Stufen herumschnüffeln können, und manchmal einen Regenbogen sehe –, dann wird mir in ähnlicher Weise klar, dass ich auch in jenem ersehnten anderen Leben genau das tun würde. Man kann das Dasein aus zu großer Nähe betrachten. Sorgfältiges Betrachten aus nicht allzu großer Nähe stellt für mich mittlerweile die maximale Eintauchtiefe dar, die ich noch ertragen kann. Ans Ende kommen ist schwer, hörte ich letzte Woche einen Moderator auf PBS sagen. Er sprach nicht von dem Ende, das mein Sohn ertragen musste – da hätte er zweifellos recht –, sondern davon, wie kunst- und taktvoll wir alle die vor uns liegende Landschaft durchqueren, bis die vorletzte Hürde überwunden ist. Okay. Ans Ende kommen ist schwer, dachte ich. Aber ganz so schwer muss es doch nicht sein.

Gestern Abend, als ich allein draußen auf Catherines Sonnenterrasse aus handglasierten Terracotta-Fliesen stand – bei einem frühen Glas North Coast Rosé und, wie immer, dem Gefühl, ich schaue ostwärts statt westwärts –, habe ich wohl meinen zweiten Anfall globaler Amnesie erlebt. Davon wird den Menschen eigentlich nur einer im Leben bewilligt, was immer man mit dieser Information jetzt anfängt. Ich hatte gerade überlegt, ob ich nach Rochester fahren, dort meine Sachen abholen (oder es lassen) und dann zurück nach New Jersey reisen sollte – ein seltsamer Ort, finde ich inzwischen, auch wenn ich zu meinem Job zurückkehren, Mike Mahoney mein Haus zum Business-Mietobjekt umbauen lassen und selbst an (eine bessere Formulierung fällt mir nicht ein:) »einen anderen Ort« ziehen würde. Ich höre also Stimmen im Haus – Catherine, die lachend die Hunde neckt. Gläser, Silberbesteck und Eiswürfel klingeln. Doch ich merke – genau wie beim ersten Mal, als ich zu Hause den Müll zwei Mal rausbringen wollte –, dass ganz eindeutig Zeit vergangen ist, ohne dass ich es gemerkt habe. Das Wetter hier ist ziemlich stabil, der Sonnenuntergang ein flüssiger Ball, der auf den Horizont plumpst, das gehört hier in Kalifornien zum festen Inventar. Nur dass die Sonne jetzt weg ist. Die Luft kühler. Blasse Sterne am Himmel. Ein Scheibchen schillernder Mond. Wo bin ich gewesen? Und wie lange? Fünf Minuten? Eine Stunde? Eine Woche? Ich erinnere mich, woran ich gedacht hatte. An Rochester. Und Haddam.

Und auch an meinen Sohn Paul, sein Leben und seinen Tod, und ob dieser Gedankenmix mir einen frischen Zugriff auf die Gegenwart ermöglichen könnte – auch wenn die Gegenwart gar kein so sicherer Ort zu sein scheint. Ich denke an andere Dinge, die mir vielleicht wichtig sind, über die ich vielleicht nachgegrübelt habe: Lässt sich die Trauer besiegen, oder übersteht man sie einfach? Wie schafft man es, jemals ganz ins irdische Dasein einzutauchen? Was ist das größte Glück? Ich komme einfach nicht darauf, worüber ich während dieser Zeitspanne, die eindeutig verloren ist, nachgedacht habe. Es ist nicht vergessen, aber zugepflastert, genau wie zuvor. Verschwunden. Aber das weiter zu vertiefen, denke ich, wäre, als würde ich mir ein Leben nach dem Tode ersehnen, nur weil im Alltagsdasein so vieles so drastisch sein kann. Ich werde gerufen. »Wo bist du, Frank? Ich komme jetzt. Ich hab was, das wird dir gefallen. Was ganz Anderes und Neues.« Ich drehe mich um, wer das wohl ist. Der leere Zeitraum, den ich verpasst habe, hat sich geräuschlos von beiden Seiten geschlossen. »Okay«, sage ich. »Ich bin bereit für etwas Anderes.« Und lächele, begierig zu erfahren, wer da mit mir spricht.

ENDE

Nachwort und Anmerkungen des Übersetzers

Frank Bascombe, der Protagonist, der (oder den?) Richard Ford praktisch sein ganzes Schriftstellerleben lang begleitet hat, ist spannend und komplex – ein aufmerksamer, unermüdlicher Beobachter der Realität ringsum, ein meinungsstarker Alltagsphilosoph und Menschenkenner mit humorvollem Blick für das Absurde des Lebens, mal grüblerisch zaudernd, mal zupackend. Seinen detailreichen, pointierten Beschreibungen US-amerikanischer Lebenslagen und Lebensräume verdanken wir die Erfahrung, die zu den Grundmotivationen fürs Lesen von Literatur gehört: Im Geiste machen wir eine Reise »dorthin«.

In *Valentinstag* nimmt Frank B. nicht nur seinen todkranken Sohn Paul, sondern auch uns mit auf eine solche Reise: durch touristisch weniger bekannte Gegenden der USA, die oft spöttisch als »Fly-over States« bezeichnet werden, nur gut zum Drüberweg-Fliegen von Küste zu Küste. Dieser Trip dient nicht nur dem Vater-Sohn-Bonding in letzter Minute, sondern auch einer Art Selbstvergewisserung, wie es um die eigene Verwurzelung im Amerikanisch-Sein steht, der die beiden mit quasi ethnologischer Neugier nachspüren – auf vollkommen unpathetische, eben typisch Bascombesche Art. Frank und Paul verbindet ein fast kindlich-nerdiges Vergnügen am Alltags-Dada des ›typisch amerikanischen‹ Lebens. Die vielen Assoziationen und Konnotationen, die jedes beobachtete Detail bei den beiden Durchreisenden auslöst, sind Verweise auf die US-amerikanische Geschichte, auf Popkultur, Sport und Kommerz – und je skurriler und abgelegener sie ausfallen, desto besser.

Schriftstellerisch entsteht so ein raffiniertes, spielerisches Gegengewicht zu dem emotionalen Ernst der Haupterzählung um Leben und Sterben. Und zugleich ein Panorama der US-amerikanischen Gesellschaft, das mir erscheint wie eine postmoderne *comédie humaine*; doch beschrieb Balzac seine Nebenfiguren in langen Exkursen, so verdichtet Ford sein soziales Kaleidoskop zu einer vor uns aufgereihten Kette an knapp servierten Trigger-Knöpfen – auf die wir als aktivierbares Potenzial drücken können oder auch nicht.

Wie mache ich als Übersetzer diese kulturelle Aufladung dem deutschsprachigen Lesepublikum zugänglich? Ist mein prinzipielles übersetzerisches Ziel Wirkungsäquivalenz, so stößt diese genau hier an ihre Grenzen: Was in den USA selbstverständlich ist, kann in Deutschland unverständlich sein. Bei einem chinesischen Roman würde das nicht überraschen; Ford zeigt uns, die wir »Amerika« so gut zu kennen meinen, dass die US-Provinz ebenso exotisch sein kann wie China. Und so greift diese deutsche Ausgabe zu einem Mittel, das bei Übersetzungen aus fernen Kulturen gang und gäbe ist – zu dem Angebot, sich bei Bedarf kulturelle Referenzen durch Anmerkungen erläutern zu lassen. Auf die Problematik angesprochen, war Richard Ford sehr eindeutig in seiner Haltung: Lasst meine Leserinnen und Leser nicht allein mit der Vielzahl an möglicherweise völlig Unbekanntem! Well, here you go.

7 *John Knox* (1514–1572): schottischer Reformator, Calvin-Schüler und Mitbegründer der presbyterianischen Kirchen

8 *Lou Gehrig* (1903–1941): deutschstämmiger Baseballspieler, der an ALS starb und die Krankheit als Lou-Gehrig-Syndrom bekannt machte. Sein Spitzname war »Iron Horse« (Eisernes Pferd). Bei seiner feierlichen Verabschiedung 1939 äußerte er den heute noch legendären Satz »Yet today I consider myself the luckiest man on the face of the earth« (Und doch betrachte ich mich heute als glücklichsten Mann auf Erden).

16 *Jefferson Davis* (1808–1889): 1861–1865 erster und einziger Präsident der Konföderierten (Südstaaten) während der Sezession. 1865, nach verlorenem Bürgerkrieg, verhaftet und des Verrats angeklagt, der Prozess endete 1869 mit der Aberkennung seiner US-Staatsbürgerschaft. Trotzdem schon zu Lebzeiten eine Legende.

22 *Bob Cousy* (*1928): einer der besten Basketballspieler aller Zeiten (als Point Guard – Aufbauspieler), auch als Trainer berühmt

45 *Semper Fi*: Kurzform von »Semper fidelis« (Für immer treu), Motto der sog. *Marines* (United States Marine Corps, USMC), die sich als Eliteeinheit verstehen. Dieser Teil der US-Streitkräfte besteht zunächst aus Marineinfanteristen, verfügt jedoch auch über Panzer, Artillerie und Flugzeuge.

54 *Paul Bunyan*: mythischer Holzfäller. Die Figur geht auf den Journalisten James MacGillivray zurück (1906); die Popularisierung des Mythos lief ab 1910 über eine in Serie erscheinende Broschüre der Holzfirma Red River Lumber Company. Zu den heldischen, derben Legenden des ›Titanen‹ Bunyan und seines blauen Ochsen Babe (Babe the Blue Ox) gehört auch, dass sie mit ihren riesigen Fußabdrücken die 10 000 Seen Minnesotas erschaffen haben sollen, darunter den Lake Bemidji, dessen Form tatsächlich einem Fußabdruck ähnelt.

69 *Abbott und Costello*: Bud Abbott und Lou Costello waren ein in den 1940er und frühen 50er Jahren berühmtes Komikerduo (Theater, Film und Fernsehen).

74 *Ichabod*: Anspielung auf den Disney-Film »Die Abenteuer von Ichabod und Taddäus Kröte« (1949) mit einem dünnen, linkischen Landkind als Hauptfigur

90 *Dedham Doornails*: Dort muss es wirklich todlangweilig gewesen sein; nicht nur klingt der Ort schon so (»dead« – Dedham), hier wird auch mit dem von Charles Dickens in »Eine Weihnachtsgeschichte« geprägten Ausdruck »dead as a doornail« (tot wie ein Türnagel) gespielt.

92 *Sheik Omar*: Sheik Omar Abdel Rahman gehört zu den Islamisten, die 1993 einen Bombenanschlag auf das World Trade Center verübten; er bekam lebenslänglich.

Lyndon LaRouche (1923–2019): rechtsextremer Sektenführer, Verschwörungstheoretiker, siebenfacher Präsidentschaftskandidat der von ihm gegründeten Labor Party

Unabomber: der »University-and-Airline-Bomber« Theodore Kaczynski (* 1942), Wunderkind, Mathematikprofessor, Natur-Anarchist und Terrorist. Verschickte zwischen 1978 und 1995 Paketbomben an Menschen, die in Verbindung mit damals neuer Technologie standen. Seit 1998 in lebenslanger Haft.

Johnny Appleseed: eigentlich John Chapman (1774–1847), ökologischer Pionier und heldenhafter Sonderling, legendenumrankt in der US-Folklore und bekannt dafür, dass er allein durchs Land ritt und an jedem geeigneten Ort Apfelsamen verstreute

93 *Watts Towers*: architektonisch skurriles Kunstzentrum in Los Angeles, zwischen 1921 und 1954 erbaut

94 *Twin Cities*: Spitzname für Metropolregion Minneapolis (Minnesota) – St. Paul (Wisconsin)

97 *Jonas Salk* (1914–1995): US-Arzt und Immunologe, bekannt für die Entwicklung mehrerer Impfstoffe

123 *Free Will-Baptisten*: Untergruppe der Baptisten, die freie Gnade, freie Erlösung und freien Willen lehrt. Im 17. Jh. in England entstanden, Ende des 18. Jh.s in New England von Benjamin Randall gegründet. Dieser Unter-Kirche ging es um Selbstverwaltung der Gemeinden und eine Abkehr vom Puritanismus.

124 *Uffda*: skandinavische Interjektion als (freundliche) Reaktion auf schlechte Nachrichten, etwa »oje«. Verbreitet im Mittleren Westen mit seinen zahlreichen skandinavischen Einwanderern. Es gibt einen Uff-Da-Airport in Wisconsin, mehrere Uffda-Feste und -Festivals und die entsprechenden Souvenirartikel.

166 *James »Jimmy« Cagney* (1899–1986): US-Filmschauspieler, häufig in Gangster-Rollen zu sehen. In »White Heat« (»Sprung in den Tod«) spielte er einen Killer mit Ödipuskomplex.

167 *I. M. Pei* (1917–2019): chinesisch-amerikanischer Architekt (Baustil der klassischen Moderne)

Diahann Carroll (1935–2019): US-Schauspielerin (»Denver-Clan«, »Grey's Anatomy«) und Sängerin

Lee Iacocca (1924–2019): erfolgreicher US-Automanager bei Ford und Chrysler

Claus von Bülow (1926–2019): Skandalumwitterter Brite deutsch-dänischer Herkunft, wurde Anfang der 80er Jahre wegen zweifachen Mordversuchs an seiner (reichen) Frau zu 30 Jahren Haft verurteilt, 1985 in einem zweiten Verfahren umfassend freigesprochen.

Daryl Dragon (1942–2019): US-Musiker zunächst bei den Beach Boys, dann beim Duo Captain + Tennille, das vor allem in den 70er Jahren erfolgreich war.

Monkees: US-Pop-Rock-Band der 60er Jahre, 2019 starb der Bassist und Sänger Peter Tork.

173 »In einer zeremoniellen …«: J.M.Coetzee: Schande. Aus dem Englischen von Reinhild Böhnke. Frankfurt/M.: S. Fischer Verlag, 2000.

186 *John Dillinger* (1903–1934): Bankräuber, vom FBI als »Staatsfeind Nr.1« bezeichnet

191 *Rosemary Clooney* (1928–2002): Pop- und Jazzsängerin sowie Schauspielerin, ein Star der 50er Jahre, Tante von George Clooney

194 *Jack Dempsey* (1895–1983): US-Boxer von 1922 bis 1926 Weltmeister im Schwergewicht

196 *Jack Nicklaus* (* 1940): erfolgreichster Golfspieler aller Zeiten, Spitzname Goldener Bär, aktiv in den 60er bis 80er Jahren

203 *Alumni unterm Wappen des Vielfraßes*: ehemalige Studenten der Uni Michigan, Spieler oder Fans der *Wolverines*, der Uni-Footballmannschaft

206 *Bud Grant* (* 1927): Footballer, später Trainer der Minnesota Vikings

209 *Alte Menschen schlagen* – Paul spielt auf einen in den USA verbreiteten Auto-Aufkleber an, mit dem Text »No excuse for elder abuse« (Alte Menschen schlagen sollte keiner wagen).

211 *Busby Berkeley* (1895–1976): US-Filmregisseur und Choreograf, berühmt für seine komplexen Choreografien nach geometrischen Mustern

235 *Prärieaustern*: Fleischbällchen aus Stierhoden, die man, ohne zu kauen, schlucken soll, und die man als Tapas im Mittleren Westen isst

239 *Tommy-John-OP*: ursprünglich eine Ellbogen-OP, bei der eine defekte Sehne durch eine körpereigene andere ersetzt wird, zum ersten Mal beim Baseballspieler Tommy John erfolgreich durchgeführt

246 *Du bist die Größte, Alice*: ikonisches Zitat aus der TV-Serie »The Honeymooners« aus den 50er Jahren mit Jackie Gleason in der männlichen Hauptrolle. Der Satz steht für geheucheltes Lob.

247 *Poi*: hawaiianisches Gericht aus der Taro-Wurzel

249 *George McGovern* (1922–2012): US-Politiker der Demokratischen Partei, lange Senator von South Dakota; 1972 trat er als Präsidentschaftskandidat der Demokraten gegen Richard Nixon an und verlor

252 *Lawrence Welk* (1903–1992): elsässischstämmiger Bigbandleader, erfolgreich von den 1940ern bis in die 70er Jahre

Paul Whiteman (1890–1967): ebenfalls erfolgreicher Bigbandleader (»Symphonic Jazz« wurde sein Stil genannt), aktiv vom Ende des Ersten bis Ende des Zweiten Weltkriegs

Billy Graham (1918–2018): berühmter Evangelist und Fernsehprediger

Tennessee Ernie Ford (1919–1991): von den 1950ern bis 70ern erfolgreicher Country- und Gospelsänger, größter Hit 1955 die Covernummer »Sixteen Tons«, ein sozialkritischer Song über Bergarbeiter

Jack Benny (1894–1974): Schauspieler, Musiker, Komiker; spielte in Ernst Lubitschs »Sein oder Nichtsein« den polnischen Schauspieler Joseph Tura

Grover Cleveland und William McKinley: zwei eher vergessene US-Präsidenten vom Ende des 19. Jahrhunderts, traten 1897 gegeneinander an

253 *Iwojima*: Blutige Schlacht zwischen den USA und Japan im Februar/März 1945 auf der Insel Iwojima, berühmt durch das Kriegsfoto der auf dem Vulkan Suribashi aufgepflanzten US-Fahne

Guadalcanal: Bei der Seeschlacht von Guadalcanal (Salomon-Inseln) im November 1942 gingen zahlreiche US-amerikanische und japanische Schiffe unter, Ford nennt hier naheliegenderweise die USS South Dakota.

Dorsey Brothers: große Musik- und Tanzband der Gebrüder Dorsey, ab 1928, erfolgreich in verschiedenen Umbesetzungen bis in die 1950er Jahre

Three Stooges: US-Komikertrio, erfolgreich in verschiedenen Besetzungen von 1925 bis 1970

Crystal Gayle (* 1951): US-Country-Pop-Sängerin erfolgreich besonders in den 1970er und 80er Jahren

Pat Boone (* 1934): US-Sänger und Schauspieler, erfolgreich besonders in den 1950er und 60er Jahren

William Jennings Bryan (1860–1925): US-Politiker. Diese Rede, zu den großartigsten politischen Reden der USA gerechnet, hielt Bryan zuerst auf dem Parteikongress der Demokraten 1896, bei dem er zum (später erfolglosen) Präsidentschaftskandidaten gewählt wurde. Es ging vor allem um den Goldstandard als Wertmaßstab für die US-Währung; Bryan war dafür, auch Silber als Standard einzuführen (»Bimetallismus«) und die Nation nicht »an ein Kreuz aus Gold zu schlagen«. 1900 bekräftigte die US-Regierung den Goldstandard.

255 *Pennsylvania Dutch*: deutschstämmige Einwanderer, oftmals Mitglieder religiöser Sekten wie der Amish, also keine Niederländer, wie das Wort »Dutch« vermuten lassen könnte.

256 *Patti Page* (1927–2013): erfolgreichste US-Country- und Pop-Sängerin der 1950er Jahre

260 *Custers letzte Stellung*: In der Schlacht am Little Bighorn wurden am 25. Juni 1876 die Truppen unter General Custer von Kriegern verschiedener First Nations am Little Bighorn River (heute Montana) restlos aufgerieben – die größte Niederlage der Kolonialisten in den sog. ›Indianerkriegen‹.

263 *Packer-Fans*: Die Green Bay Packers sind die Footballmannschaft aus Green Bay, Wisconsin, mit einer Fangemeinde in allen nördlichen Staaten.

270 »Die ergriffene Endlichkeit …« Martin Heidegger, Sein und Zeit, Tübingen: Max Niemeyer Verlag, 2006, 19. Auflage, S. 384.

276 *George Sanders* (1906–1972): Britischer Schauspieler, verkörperte häufig kultivierte Unsympathen.

277 *Chordettes*: Weibliches US-Gesangsquartett 1954–1961, gilt als Vorläuferensemble der Girl-Groups.

278 *Spam*: vorgekochtes Fleisch in Dosen (wichtig z.B. im Zweiten Weltkrieg), das diesbezügliche Museum liegt in Austin, Minnesota.

279 *Jimmy Durante* (1893–1980): US-Komiker, Schauspieler, Radiomoderator, Musiker, erfolgreich in den 1930er bis 60er Jahren

294 *Staat der versengten Katze*: Jeder US-Staat hat zahlreiche Spitznamen. Dieser hier für South Dakota geht zurück auf ein Interview, das sein erster Gouverneur, Arthur Calvin Mellette, 1890 in Chicago gab. Auf die Frage, wie es South Dakota (nach einer jahrelangen Dürre) jetzt gehe, antwortete er: »Na ja, South Dakota ist eine versengte Katze, aber es geht ihr besser, als sie aussieht.«

297 *Jack-Mormonen*: im 19. Jh. Name für Sympathisanten der Mormonen, die der Sekte später beitraten, allerdings mit gelockerten Lebensregeln.

300 *James Arness* (1923–2011): zwei Meter großer US-Schauspieler, bekannt u.a. durch die Hauptrolle des Sheriffs Matt Dillon in »Rauchende Colts«

333 *Scrapple*: Scrapple, eine US-amerikanische Frühstücksspezialität, ähnlich dem deutschen oder niederländischen Panhas, ist ein angebratener, in Scheiben servierter Brei aus Schweinefleischresten, Innereien und Mehl.

364 *Blockhütten-Republikaner*: Die »Log Cabin Republicans« sind eine Aktivisten-Gruppe, die innerhalb der republikanischen Partei für größere Anerkennung und mehr Rechte für die LGBTQIA kämpfen.

366 *Cochise*: indigener Chief der Chokonen im 19. Jh.
Jay Silverheels (1912–1980): kanadischer Schauspieler mit Mohawk-Herkunft
Leo G. Carroll (1886–1972): US-Schauspieler u.a. in Hitchcock-Filmen, in den 1950er Jahren spielte er die Hauptrolle der TV-Fantasyserie »Topper«

368 *La Brea Tar Pits Museum*: paläontologisches Museum in Los Angeles, 1913 gegründet

372 *Ozymandias*: romantisches Gedicht von Percy Bysshe Shelley von 1817, in dem es um die Vergänglichkeit alles Irdischen geht.

Dank

Kristina Ford hat mir mit vollstem Einsatz dabei geholfen, dieses Buch zu schreiben. Ohne ihre Weisheit, Intelligenz, Geduld und Beharrlichkeit, ihren Witz, ihre Brillanz und Liebe, vom Anfang bis zum Ende, hätte es einfach nicht geklappt.

Viele, viele andere – geschätzte Lektoren, Agenten, Verleger, Übersetzer, Ärzte, Lehrer, Kollegen und Freunde – haben entscheidend dazu beigetragen, dieses Buch auf die Welt zu bringen. Mit großem Dank feiere ich Euer aller Großzügigkeit. Wir, Ihr und ich, wissen, wer gemeint ist.

Richard Ford